Oscar bestsellers

Emozioni

KATHERINE WEBB

L'EREDITÀ SEGRETA

Traduzione di Manuela Faimali

OSCAR MONDADORI

Titolo originale dell'opera: *The Legacy*

I edizione Omnibus settembre 2011
I edizione Oscar bestsellers settembre 2012

ISBN 978-88-04-62259-8

Questo volume è stato stampato
presso Mondadori Printing S.p.A.
Stabilimento NSM - Cles (TN)
Stampato in Italia. Printed in Italy

L'eredità segreta

A mamma e papà

Prologo

1905

Poco alla volta Caroline riprese conoscenza. Il torpore che le annebbiava la mente si dissolse, lasciando spazio a un'infinità di pensieri che schizzavano via come uccelli in gabbia, troppo veloci perché riuscisse ad afferrarli. Si alzò in piedi barcollando. Il bambino era ancora lì, sul letto, e un'onda nera di paura le percorse la schiena. Una parte di lei aveva sperato che non fosse andata così, che in qualche modo fosse sparito o, meglio ancora, che non ci fosse mai stato. Si era trascinato dalla parte opposta del letto, faticando a gattonare sul copriletto soffice e liscio. Afferrava tenacemente il tessuto, stringendolo nei pugnetti, e avanzava come se stesse nuotando, molto lentamente, sulla distesa di seta verdeazzurro. Si era fatto così grande e robusto: in un altro posto, in un'altra vita, sarebbe stato un guerriero. Aveva i capelli di un nero lucente. Sbirciò oltre il bordo del letto, poi si voltò a guardarla. Emise un unico suono, qualcosa come "*daaa*", e per quanto fosse assurdo Caroline lo intese come una domanda. Gli occhi le si riempirono di lacrime e le gambe minacciarono di cederle un'altra volta. Il bambino era reale, era lì, nella sua stanza a Storton Manor, ed era già abbastanza forte da farle una domanda.

La vergogna le ottenebrava la vista come una cortina di fumo: oscurava ogni cosa, le impediva di pensare. Non aveva idea di cosa fare. Trascorsero lunghi minuti, e d'un tratto le parve di sentire dei passi nel corridoio fuori dalla porta. Ebbe un tuffo al cuore e comprese con assoluta certezza che il bambino non poteva stare lì, non sul letto, non nella sua stanza, non alla tenuta. Semplicemente *non poteva*, e nessuno dei domestici né tantomeno suo marito dovevano sapere che ci fosse mai stato. Forse la servitù lo aveva già scoperto, forse aveva visto o sentito qualcosa mentre lei era riversa sul pavimento, priva di sensi. Poteva solo pregare che non fosse così. Nella sua testa c'era un tale groviglio di terrore e dolore che non era in grado di dire per quanto tempo fosse rimasta lì. Il piccolo non si era stancato di esplorare il letto, perciò in fondo non doveva esserne passato troppo. Poteva ancora agire, e non aveva altra scelta.

Asciugandosi il viso, Caroline fece il giro del letto e prese in braccio il bambino, ma per la vergogna non riuscì a guardarlo negli occhi. Erano neri anche quelli, lo sapeva, neri e imperscrutabili come macchie d'inchiostro. Era molto più pesante di quanto ricordasse. Lo mise sdraiato e gli tolse tutti i vestiti, compreso il pannolino, per evitare che quei capi, anche se dozzinali, lo ricollegassero in qualche modo a lei. Li gettò nel camino, dove emanarono fumo e fetore tra le braci del fuoco mattutino, poi si guardò attorno smarrita per un attimo prima che i suoi occhi andassero a posarsi sulla federa del cuscino in testa al letto. Sul tessuto liscio e spesso c'era un motivo di piccoli fiori gialli ricamato a mano con precisione ed eleganza. Caroline tolse la federa dal cuscino e vi infilò il bambino scalpitante. Lo fece con tenerezza, le mani consapevoli dell'amore che la legava a lui, sebbene la sua mente non fosse in grado di comprenderlo. Non usò la federa per coprirlo: la utilizzò come un sacco e portò fuori la piccola creatura come avrebbe fatto un bracconiere con dei conigli. Le lacrime le bagnavano il viso, sgorgando dal profondo dell'anima, ma non poteva fermarsi, non poteva permettersi di amarlo di nuovo.

Fuori pioveva a dirotto. Caroline attraversò il prato con la schiena dolorante, rabbrividendo e sentendo su di sé gli occhi della casa. Quando fu al sicuro, nascosta dietro gli alberi, si rese conto che stava boccheggiando, le nocche delle dita sbiancate per lo sforzo di tenere chiusa la federa. All'interno il bambino sgambettava e borbottava, ma senza strillare. La pioggia le aveva inzuppato i capelli e le gocciolava dal mento. "Eppure non basterà a ripulirmi" pensò disperatamente, poi si ricordò che poco distante c'era uno stagno di rugiada, ai margini della proprietà, vicino alle colline ondulate da cui aveva origine il torrente che attraversava il villaggio. Era profondo, calmo e ombreggiato, le acque scure intorbidite dalla pioggia in una giornata nuvolosa come quella, pronte a nascondere qualunque segreto vi fosse stato gettato. Trattenne il fiato mentre l'idea le balenava alla mente, e le si gelò il sangue. "No, non posso" pensò. "Non posso." Gli aveva già portato via fin troppo.

Continuò a camminare, allontanandosi dalla casa, e pregò di trovare qualche altra soluzione. Quando la sua richiesta fu esaudita, si sentì quasi mancare per il sollievo. Vide un carro coperto parcheggiato in una radura erbosa, nel punto in cui il viottolo incrociava il bosco. Accanto al carro era legato un pony bianco e nero, la groppa curva sotto le intemperie, e sottili spirali di fumo si levavano da un camino di metallo sul tetto. "Zingari" pensò, mentre il petto le si riempiva di speranza. Lo avrebbero trovato loro, lo avrebbero preso e portato via con sé. Non avrebbe dovuto rivederlo mai più, non lo avrebbe più incontrato, ma almeno qualcuno si sarebbe preso cura di lui. Avrebbe avuto una vita.

In quel momento il bambino si mise a piangere, perché la pioggia aveva inzuppato la federa sino a bagnarlo. Caroline si buttò frettolosamente il sacco sulla spalla e si addentrò fra gli alberi verso il lato opposto della radura, mettendo ancora più spazio fra sé e la casa in modo che le impronte non puntassero in quella direzione. Così facendo, sperava che sarebbe sembrato che chi aveva abbandonato il bambino fosse arrivato da sud, lungo il viottolo. Lo sistemò tra le radici nodose di un faggio imponente, in un punto abbastanza riparato, e indietreggiò mentre gli strilli del piccolo si facevano più acuti e insistenti. "Prendetelo e andatevene via" implorò in silenzio.

Tornò nel bosco incespicando, in fretta e facendo meno rumore possibile, e le grida del bambino la seguirono per un po' prima di affievolirsi al punto da non essere più udibili. Allora il suo passo si fece incerto. Si fermò di scatto, indecisa se proseguire o tornare sui suoi passi. "Non lo sentirò mai più" si disse, ma il pensiero non le diede sollievo. Era l'unica soluzione possibile, eppure un brivido gelido e tagliente come il ghiaccio le attanagliò il cuore perché non sarebbe mai potuta sfuggire a quello che aveva fatto, adesso lo sapeva: non lo avrebbe mai dimenticato. Aveva messo radici in lei come un cancro e, così come non aveva la possibilità di tornare indietro, non era nemmeno più sicura di poter andare avanti. Si mise una mano sul ventre, sapendo che lì dentro c'era un bambino. Gli fece sentire il calore della sua mano, come se volesse dimostrare a quel figlio che era ancora viva, capace di sentimenti, e che lo avrebbe amato. Quindi si incamminò lentamente verso la casa, dove in seguito si sarebbe resa conto, quando ormai era troppo tardi, di aver svestito con cura il piccolo per poi farlo ritrovare dentro un'elegante federa ricamata. Premette il viso contro il cuscino spoglio e cercò di cancellare il bambino dalla sua memoria.

Come quieto! sì quieto che conturba
col suo strano, col suo estremo silenzio
il fluir del pensiero.

SAMUEL TAYLOR COLERIDGE,
Gelo a mezzanotte

1

Se non altro, è inverno. Una volta venivamo qui sempre e solo d'estate, perciò non sembra nemmeno lo stesso posto. Non è più così spaventosamente familiare, così opprimente. Storton Manor, torva e maestosa, dello stesso colore del cielo basso di oggi, un edificio neogotico vittoriano con finestre divise da colonnine di pietra e il legno degli infissi scrostato e verde di muschio. Ci sono mucchi di foglie secche contro i muri, dove la vegetazione ha proliferato sino a raggiungere i davanzali del pianterreno. Scendo dalla macchina respirando lentamente. Finora è stato un inverno molto inglese, umido e fangoso. Da lontano le siepi di arbusti sembrano lividi violacei dal profilo indistinto. Ho indossato abiti dai colori sgargianti a dispetto del luogo, della sua austerità e del peso che ha nei miei ricordi, ma adesso mi sento ridicola, un pagliaccio.

Attraverso il parabrezza della mia sgangherata Golf bianca vedo Beth con le mani strette in grembo, e noto le punte sottili dei suoi lunghi capelli. Sono striati da qualche filo grigio, e mi sembra presto, troppo presto. Aveva una smania febbrile di arrivare, ma adesso se ne sta seduta come una statua. Osservo quelle mani pallide, esili, adagiate passivamente in grembo, in attesa. Da piccole i nostri capelli splendevano. Erano di un biondo chiarissimo, quello degli angeli, dei giovani vichinghi, un colore puro che con l'età si è sbiadito in questo scialbo castano. Io ho cominciato a tingerli per ravvivarli. Ci assomigliamo sempre meno, ultimamente. Ripenso a Beth e Dinny con le teste vicine, che complottavano e bisbigliavano: i capelli di lui così scuri, quelli di lei così chiari. Mi rodevo dalla gelosia all'epoca, e nel ricordo le loro teste mi sembrano lo yin e lo yang. Inseparabili.

Le finestre immerse nel buio riflettono le sagome scure degli alberi spogli tutt'attorno. Sembrano più alti, e pendono un po' troppo verso la casa. Sarebbe il caso di potarli. Sto pensando alle cose che ci sono da fare, da sistemare? Sto provando a immaginare di vivere qui? La casa è nostra, adesso, con le sue dodici stanze da letto, i soffitti alti, l'imponente scalinata, i locali sotterranei con i pavimenti di pietra consumati dall'andirivieni dei domestici. È tutto nostro, ma soltanto se resteremo a viverci. È sempre stato questo il volere di Meredith, nostra nonna, con il suo rancore perenne e le mani ossute strette a pugno. Anni fa voleva che nostra madre ci trascinasse tutti quanti a vivere qui per guardarla morire, ma lei si rifiutò, fu puntualmente diseredata e continuammo le nostre vite felici a Reading. Se non ci trasferiremo qui, la casa verrà venduta e il ricavato sarà destinato a scopi benefici. Meredith filantropa nella morte, per ripicca. E così adesso la casa è nostra, ma solo per poco, perché non credo che riusciremo a viverci.

Se dico questo c'è un motivo, ma quando cerco di affrontarlo si dissolve come vapore. Solo un nome affiora: Henry, il ragazzo scomparso, svanito all'improvviso. Il mio pensiero in questo momento, mentre alzo lo sguardo verso i rami svettanti, è che *so*. So perché non possiamo vivere qui, perché il solo fatto di essere venute è una cosa straordinaria. *Io lo so*. So perché adesso Beth non vuole nemmeno scendere dalla macchina. Mi chiedo se dovrò persuaderla con le moine, come quando bisogna convincerla a mangiare. Non è mai cresciuta una sola pianta nello spazio tra qui e la casa, l'ombra è troppo fitta, o forse il suolo è avvelenato. C'è odore di terra e funghi putridi e vellutati. *Humus*: questa parola riemerge dalle lezioni di scienze di tanti anni fa. Migliaia di minuscole bocche d'insetto intente a rosicchiare, assimilare e digerire il terriccio. C'è un istante di quiete. Il motore tace e c'è silenzio fra gli alberi, nella casa, tutto intorno. Torno di corsa in macchina.

Beth si fissa le mani. Credo che non abbia ancora alzato gli occhi per guardare la casa. All'improvviso mi chiedo se ho fatto la cosa giusta portandola qui. Temo di aver aspettato troppo, e questo timore mi stringe lo stomaco. Ha i tendini del collo spessi come spago ed è seduta in una posa innaturale, tutta giunture e spigoli. Di questi tempi è così esile, ha un aspetto talmente fragile... È sempre mia sorella, ma è cambiata. C'è qualcosa dentro di lei che non posso sapere, che non posso sondare. Ha fatto cose che non comprendo, ha pensato cose che nemmeno immagino. Tiene gli occhi fissi sulle ginocchia, vitrei e sgranati. Maxwell vuole farla ricoverare di nuovo, me l'ha detto due giorni fa al telefono, e io l'ho trattato male per averlo anche solo suggerito. Eppure adesso mi comporto in modo diverso con lei, per quanto mi sforzi di non farlo, e una parte di me la odia per questo. È la sorella maggiore, dovrebbe essere più forte di me. Le sfioro appena il braccio, sorridendo allegramente. «Che ne dici di entrare?» propongo. «Ho bisogno di qualcosa di forte.» La mia voce suona troppo alta nello spazio angusto dell'abitacolo. Penso alle bottiglie di cristallo di Meredith, una accanto all'altra, in salotto. Da bambina scrutavo sempre quei liquidi misteriosi, li guardavo riflettere la luce e sollevavo il tappo per un'annusata illecita. C'è qualcosa di grottesco nell'idea di bere il suo whisky ora che è morta. Questa sollecitudine nei confronti di Beth è il mio modo per dirle che so che non voleva tornare qui. Poi però, con un respiro profondo, lei scende dalla macchina e si lancia precipitosamente verso l'ingresso, costringendomi a rincorrerla.

Vista da dentro la casa sembra più piccola, come capita sempre con i luoghi dell'infanzia, ma è pur sempre enorme. L'appartamento che condivido a Londra mi pareva grande quando ci andai a vivere, perché c'era abbastanza spazio da non dover sbirciare attraverso la biancheria stesa per guardare la tivù. Ora, in questo atrio echeggiante, sento il ridicolo impulso di fare la ruota.

Indugiamo e posiamo le valigie ai piedi delle scale. È la prima volta che veniamo a Storton Manor da sole, ed è una sensazione talmente strana che vaghiamo come pecore smarrite. I nostri ruoli sono dettati dall'abitudine, da ricordi e consuetudini. Qui, in questa casa, siamo di nuovo bambine. Devo sdrammatizzare, però, perché Beth sembra vacillare e ha lo sguardo sconvolto.

«Accendi il bollitore. Vado a cercare qualcosa di forte, così ci facciamo un caffè alcolico.»

«Erica, non è nemmeno ora di pranzo.»

«E allora? Siamo in vacanza, giusto?» Oh, no che non è giusto. Non so cosa stiamo facendo, ma di certo non è una vacanza. Beth scuote la testa.

«Io mi faccio un tè» dice, avviandosi verso la cucina. È minuta, e il profilo spigoloso delle spalle spicca sotto il tessuto della camicetta. La osservo con un moto d'inquietudine: sono passati appena dieci giorni dall'ultima volta che l'ho vista, eppure è visibilmente dimagrita. Voglio stringerla forte, farla stare bene.

La casa è fredda e umida, così comincio a premere i pulsanti di un antiquato pannello finché non sento un rimestio, il lamento dei tubi in profondità, il ribollire dell'acqua. Nel camino c'è della cenere maleodorante, e nel cestino in salotto sono rimasti dei fazzoletti e un torsolo di mela ormai marcio. Questa incursione nella vita di Meredith mi dà un senso di disagio, un vago disgusto. È come se voltandomi potessi scorgere il suo riflesso nello specchio, una smorfia acida, i capelli tinti di un'innaturale tonalità dorata. Mi avvicino alla finestra e guardo il giardino d'inverno, un groviglio di piante affusolate, cascanti e incolte. Ecco gli odori che ricordo delle estati che passammo qui: crema solare al cocco, zuppa di coda di bue per pranzo, anche nei giorni più caldi, le dense nubi dolciastre che aleggiavano sopra i cespugli di rosa e lavanda attorno al patio, l'odore acre e intenso dei grassi labrador di Meredith che mi sbuffavano il loro fiato caldo sulle gambe. Com'è diverso, ora. Sembrano passati secoli, sembra che quelle cose siano successe a qualcun altro. Qualche goccia di pioggia scivola rapidamente sul vetro, e mi sento lontana anni luce da tutto e da tutti. Qui siamo completamente sole, Beth e io, sole in questa casa ancora una volta, nella nostra congiura del silenzio, dopo tanti anni in cui nulla si è risolto, in cui mia sorella si è autodistrutta, un pezzo alla volta, mentre io non ho fatto altro che schivare ed evitare ogni cosa.

Tanto per cominciare dobbiamo dare una sistemata, mettere un po' d'ordine in questa accozzaglia di cose, fra i tanti oggetti ammucchiati negli angoli. Questa casa ha una tale abbondanza di stanze, mobili, cassetti, credenze e nascondigli... Immagino che dovrei rattristarmi al pensiero che sarà venduta – il filo della nostra storia di famiglia si dipana lungo gli anni fino a Beth e me, e poi si spezza –, ma non è così, forse perché tutto questo sarebbe toccato a Henry di diritto. Fu allora che le cose iniziarono ad andare male. Mi fermo a guardare mia sorella, che sta prendendo alcuni fazzoletti di pizzo da un cassetto per impilarli su un ginocchio. Li tira fuori uno per volta, esaminando il ricamo e seguendolo con la punta delle dita. La pila sul ginocchio non è ordinata come quella nel cassetto. Quello che sta facendo non ha alcun senso, ed è uno dei suoi atteggiamenti che trovo incomprensibili.

«Vado a fare due passi» annuncio, muovendo le gambe irrigidite e ricacciando indietro l'irritazione. Beth sobbalza come se si fosse dimenticata della mia presenza.

«Dove vai?»

«A fare due passi, te l'ho appena detto. Ho bisogno di una boccata d'aria.»

«Va bene, ma non stare via troppo» replica. Ecco un'altra cosa che fa, certe volte: mi parla come se fossi una bambina cocciuta e potessi scappare via. Sospiro.

«No. Una ventina di minuti. Giusto per sgranchirmi le gambe.» Credo che sappia dove sto andando.

I piedi si muovono da soli sul terreno sconnesso e accidentato, una distesa di erbacce brunastre e spezzate che mi bagnano le scarpe. Un tempo era tutto così curato, così bello. In un primo momento penso che le cose siano state lasciate andare dopo la morte di Meredith, ma è ridicolo: è morta un mese fa, mentre il giardino sembra trascurato da parecchi anni. Come noi abbiamo trascurato lei, si potrebbe dire. Non so che cosa facesse, come passasse il tempo prima di morire. Era semplicemente lì, in un angolo della mia mente. Mamma e papà venivano a farle visita più o meno una volta all'anno, mentre Beth e io non mettevamo piede qui da un'eternità, ma la nostra assenza era giustificata, credo. Nessuno la mise mai in discussione, nessuno ci assillò perché venissimo a trovarla. Forse a lei avrebbe fatto piacere, forse no. Difficile dirlo, con Meredith. Non era una nonna amorevole, non aveva un atteggiamento materno. Anche la bisnonna Caroline abitava qui quando nostra madre era ancora giovane, e la sua presenza era un ulteriore motivo di disagio. Nostra madre se ne andò il prima possibile. Meredith è morta improvvisamente, per un ictus. Un giorno era una donna senza età che ricordo anziana da sempre, e quello dopo non c'era più. L'ultima volta che la vidi fu alle nozze d'argento di mamma e papà, non qui ma in un albergo surriscaldato pieno di tappeti sfarzosi. Sedeva al suo tavolo come una regina e lanciava sguardi gelidi in giro, gli occhi penetranti sopra le labbra raggrinzite.

Ecco lo stagno di rugiada: sembra così diverso adesso che è inverno. È in un angolo di un vasto campo erboso usato per il pascolo intensivo, che si estende a perdita d'occhio verso est, mentre a ovest ci sono i boschi. Questi alberi un tempo proiettavano una luce di un verde screziato sulla superficie dell'acqua, un colore freddo che si diffondeva dai rami ondeggianti e vocianti di uccelli. Ora sono spogli, tempestati di chiassosi corvi che strillano e schiamazzano tra loro. Lo stagno era irresistibile nelle calde giornate di luglio, ma sotto il cielo grigio di oggi appare piatto, come una pozza d'acqua poco profonda. Le nubi lo attraversano rapide. So che l'acqua non è bassa. C'era un recinto quando eravamo piccoli, ma era fatto con del misero filo spinato che non poteva fermare dei ragazzini risoluti: polpacci graffiati e capelli impigliati erano cose da niente. Illuminata dal sole, l'acqua era di un azzurro limpido. Sembrava profonda, ma Dinny sosteneva che lo era ancora di più. Diceva che l'acqua inganna l'occhio, e non gli credetti finché un giorno non si tuffò, prendendo una lunga boccata d'aria e scalciando ripetutamente verso il basso. Guardai il suo corpo bruno piegarsi e distendersi, e lui continuò a spingere verso il basso anche quando pareva che dovesse aver raggiunto il fondale gessoso. Riaffiorò boccheggiando e mi trovò incantata, sbalordita.

Lo stagno alimenta il torrente che attraversa il villaggio di Barrow Storton, più a valle rispetto alla tenuta sul versante di questa ampia collina. Lo porto impresso nella memoria: sembra dominare la mia infanzia. Rivedo Beth sguazzare a riva la prima volta che vi feci il bagno. Si muoveva furtiva avanti e indietro, nervosa perché era la sorella maggiore e le sponde erano scoscese, e se fossi annegata sarebbe stata colpa sua. Io mi tuffavo e rituffavo cercando di toccare il fondo come aveva fatto Dinny senza mai riuscirci, e sentivo le grida minacciose di Beth ogni volta che riemergevo in superficie. Un tappo di sughero, ecco cos'ero, tenuta a galla dalla pinguedine infantile che mi torniva le gambe paffute e la pancia rotonda. Mi fece fare molte volte il giro del giardino prima di lasciarmi avvicinare a casa, aspettando che mi asciugassi bene, riprendessi colore e smettessi di battere i denti, altrimenti ci avrebbero chiesto spiegazioni.

Dietro di me, attraverso gli alberi spogli, affiorano scorci dell'edificio. Non l'avevo mai notato prima. D'estate non si vede nulla tra i rami, mentre adesso la casa è lì che guarda, che attende. Mi preoccupa sapere che Beth è là dentro da sola, ma non sono ancora pronta a tornare. Continuo a camminare, scavalcando il cancello che si apre su un campo, poi su un altro, ed ecco che cominciano le catene ondulate di colline di gesso del Wiltshire, punteggiate di tracce preistoriche. All'orizzonte sorge la montagnola che dà il nome al villaggio, un tumulo risalente all'Età del Bronzo dove è sepolto un re il cui nome e la cui fama sono sfuggiti a qualsiasi ricordo: una collinetta bassa e stretta, lunga all'incirca quanto due automobili e aperta a un'estremità. D'estate il sovrano giace sotto strati di orzo selvatico, sgargiante senecione e nontiscordardimé, e ascolta l'intenso e incessante ridacchiare delle allodole, ma adesso non è che una fragile distesa d'erba, con qualche cardo morto e un pacchetto di patatine vuoto.

Mi fermo vicino al tumulo e guardo giù verso il villaggio mentre riprendo fiato dopo la salita. Non c'è molto movimento, solo qualche sfilacciata colonna di fumo che sale dai comignoli e alcuni residenti tutti infagottati che portano a passeggio il cane fino alla cassetta della posta. Visto da questa solitaria collina, sembra il centro dell'universo. "Questo villaggio popoloso!" Mi torna in mente Coleridge. Affrontai i *Conversation Poems* con i miei ragazzi di prima superiore. Cercai di farli leggere il più lentamente possibile per assimilare le parole e assorbire le immagini, ma loro diedero solo una scorsa e continuarono a chiacchierare come bambinetti sciocchi.

L'aria è tagliente quassù, mi avvolge come un'ondata fredda. Ho le dita dei piedi intorpidite dentro le scarpe zuppe. So che ci sono dieci, venti paia di stivali di gomma in casa, giù nel seminterrato, in file ordinate avvolte dalle ragnatele. Ricordo bene quell'unica, tremenda volta in cui non scrollai lo stivale prima di infilarvi il piede nudo e sentii il formicolio di un insetto che ci camminava dentro. Mi sono disabituata a vivere in campagna, sono impreparata alle asperità di un terreno che non sia stato spianato con cura per offrirmi la massima comodità. Tuttavia, se me lo chiedessero, risponderei che sono cresciuta qui. Quelle prime estati, così lunghe e chiare nella mia mente, affiorano come isolotti in un mare di giorni di scuola e weekend piovosi, troppo sfocati e uniformi perché possa ricordarmene.

All'entrata del tumulo, il vento soffia producendo un lamento sommesso. Salto giù a piedi uniti dai gradini di pietra: all'interno c'è una ragazza, e la mia comparsa improvvisa la fa trasalire. Si raddrizza con un gemito di sorpresa sbattendo la testa contro il soffitto basso, si rannicchia di nuovo e si stringe il cranio tra le mani.

«Accidenti... Scusami! Non volevo piombarti addosso così... Credevo che non ci fosse nessuno qui dentro.» Sorrido. La luce fioca si riversa dall'ingresso del tumulo su di lei: ha i boccoli dorati raccolti in un foulard turchese, il viso giovane e un corpo stranamente informe, avvolto in un lungo abito di chiffon e una maglia lavorata all'uncinetto. Mi lancia uno sguardo furtivo, ai suoi occhi devo apparire come una sagoma indistinta, una figura nera stagliata contro il cielo. «Stai bene?» Non mi risponde. Di fronte a lei noto piccoli e vivaci mazzolini di fiori infilati nelle fessure del muro, gli steli recisi tenuti accuratamente insieme da un nastrino. È questo che stava facendo qui, nel più completo silenzio? Stava pregando? Quando si accorge che sto guardando le sue offerte aggrotta la fronte e si alza, e mentre mi passa accanto senza dire una parola mi rendo conto che è incinta. È molto carina, molto giovane e appesantita dalla gravidanza. Quando riemergo dal sepolcro scruto in fondo al declivio che conduce al villaggio, ma lei non c'è. Sta andando nella direzione opposta, quella da cui sono venuta, verso il bosco che confina con la tenuta. Cammina decisa, facendo ondeggiare le braccia.

Beth e io ceniamo nello studio. Potrebbe sembrare una scelta bizzarra, ma è l'unica stanza dove ci sia un televisore, e mangiamo pastasciutta con un vassoio appoggiato sulle ginocchia e il notiziario della sera a tenerci compagnia, perché i discorsi frivoli sembrano averci abbandonate e quelli seri sono semplicemente troppo seri per essere affrontati ora. Non siamo pronte. Non sono sicura che lo saremo mai, ma ho delle cose da chiedere a mia sorella. Aspetterò e cercherò di formulare le domande nel modo più adatto. Se troverò quello giusto, spero che potrò aiutarla a stare meglio, e che la verità la renderà libera. Beth giocherella a lungo con le penne nel piatto, poi le infilza con la forchetta. Se le porta alle labbra parecchie volte prima di infilarle in bocca. Alcune penne non arriveranno mai a destinazione: le prende, poi cambia idea e le scrolla via dalla posata. Vedo tutto questo con la coda dell'occhio, proprio come vedo il suo corpo smunto. Le immagini della tivù si riflettono tetramente nelle sue iridi.

«Secondo te è una buona idea far venire qui Eddie per Natale?» mi chiede all'improvviso.

«Ma certo. Che male c'è? Ci servirà del tempo per sistemare tutto, e quindi possiamo benissimo rimanere qui insieme per Natale.» Mi stringo nelle spalle. «Di spazio ce n'è in abbondanza, in fondo.»

«No, volevo dire... portare un bambino qui. In questo... posto.»

«Beth, è solo una casa. Gli piacerà da impazzire. Lui non sa... Insomma, si divertirà un mondo, ne sono sicura. È pieno di angoli e nascondigli da esplorare.»

«Ma non è un po' troppo grande e vuota, secondo te? Un po' isolata? Magari gli metterà tristezza.»

«Allora potresti dirgli di portare un amico. Che te ne pare? Chiamalo domani. Non per tutto il periodo di Natale, è ovvio, ma qualche genitore che lavora magari sarà contento di avere un paio di giorni di tregua in più prima che il figlio ricominci a demolirgli la casa.»

«Mmh.» Beth rotea gli occhi. «Credo che nessuna delle madri degli studenti di quella scuola faccia qualcosa di così normale come lavorare.»

«Solo la plebaglia come te?»

«Solo la plebaglia come me» conferma impassibile.

«Dài, stavo scherzando. Anche perché sei il non plus ultra: sangue blu a tutti gli effetti.»

«Non direi, ma se vale per me, vale anche per te.»

«No, credo che la nobiltà non abbia attecchito su di me.» Sorrido. Fu Meredith a dirmelo una volta, quando avevo dieci anni. "Tua sorella ha il portamento dei Calcott, Erica. Tu invece sei tutta tuo padre, temo." Non me la presi allora e non me la prendo adesso. All'epoca non sapevo con precisione cosa significasse "portamento". Credevo si riferisse ai miei capelli, che portavo corti per via di un piccolo incidente con la gomma da masticare. Quando Meredith si voltò le feci la linguaccia, e la mamma mi rimproverò agitando il dito.

Anche Beth ha rifiutato questo genere di cose. Litigò con Maxwell – il padre di Eddie – perché voleva che suo figlio frequentasse la scuola elementare del villaggio, che era piccola e accogliente e aveva un giardino naturale in un angolo del cortile: uova di rana, i resti essiccati di ninfe di libellule, primule in primavera, poi viole del pensiero. Maxwell, però, l'ha spuntata in seguito, e forse è stato meglio così. Eddie adesso sta in collegio per tutto il semestre e Beth ha molte settimane a disposizione per rimettersi in sesto, per ridare luce al suo sorriso.

«Riempiremo questo posto» le assicuro. «Addobberemo le sale. Posso rimediare una radio. Non sarà come...» ma mi interrompo. Non so bene che cosa volessi dire. Nell'angolo, il piccolo televisore produce una rabbiosa scarica di interferenze che ci fa sobbalzare.

È quasi mezzanotte, e Beth e io siamo nelle nostre stanze. Le camere che abbiamo scelto sono le stesse di sempre, e dentro troviamo gli stessi copriletti, lisi e scoloriti. All'inizio mi sembrava una cosa irreale, ma in fondo che senso avrebbe cambiare il copriletto in stanze che nessuno usa mai? Credo che nemmeno mia sorella stia dormendo. Il silenzio della casa è così profondo da essere assordante. Quando mi siedo sul letto, affondo nel materasso: le molle hanno perso elasticità. La spalliera è di quercia scura e c'è un acquerello appeso al muro, molto sbiadito. Navi in porto, anche se Meredith non ha mai visitato la costa, che io sappia. Allungo una mano dietro il letto e la faccio scendere lungo la testiera finché non lo trovo, fragile e ricoperto di polvere. È il pezzo di nastro che annodai tanto tempo fa, un nastro rosso che decorava un regalo di compleanno. Ce lo misi quando avevo otto anni, perché così avrei avuto un segreto solo mio. Avrei potuto pensarci una volta tornata a scuola e immaginarmelo nascosto alla vista, intatto, mentre la stanza veniva pulita, mentre la gente andava e veniva. Era qualcosa che sarebbe rimasto, una traccia di me stessa che avrei sempre potuto ritrovare.

Un colpo leggero alla porta, e il volto di Beth compare sulla soglia. Ha sciolto la treccia, e i capelli le ricadono attorno al viso facendola sembrare più giovane. A volte è così bella che mi si stringe il cuore. La debole luce dell'abat-jour le proietta un'ombra sugli zigomi, sotto gli occhi, mettendo in risalto la curva del labbro superiore.

«Tutto a posto? Io non riesco a dormire» sussurra, come se in casa ci fosse qualcun altro e temesse di svegliarlo.

«Sì, Beth, tutto a posto. È solo che non ho sonno.»

«Oh.» Si trattiene sulla porta, esita. «È così strano essere qui.» Non è una domanda. Aspetto che continui. «Mi sento come... Mi sento un po' come Alice in *Attraverso lo specchio*. Capisci cosa intendo? È tutto così familiare, eppure c'è qualcosa di sbagliato, come se fossi tornata indietro nel tempo. Secondo te perché ha lasciato la casa a noi?»

«Non lo so proprio. Per ferire la mamma e zio Clifford, immagino. È il genere di cosa che Meredith avrebbe fatto» rispondo, sospirando. Beth indugia, così bella con quell'aria da ragazzina. In questo istante è come se non fosse passato un solo giorno, come se nulla fosse cambiato. Potrebbe avere ancora dodici anni e io otto, e lei potrebbe essersi affacciata per svegliarmi e assicurarsi che scenda in tempo per la colazione.

«Secondo me l'ha fatto per punirci» dice con un filo di voce, l'aria affranta.

«No, Beth. Non abbiamo fatto niente di male» ribatto con fermezza.

«Ah, no? Neanche quell'estate? No, probabilmente hai ragione tu.» I suoi occhi guizzano rapidamente su di me, perplessi, e ho la sensazione che stia cercando di scorgere qualcosa, una qualche verità. «Buonanotte, Rick» mormora, usando come sempre l'abbreviazione maschile del mio nome, poi scompare dietro la porta.

Ricordo talmente tante cose di quell'estate, l'estate del 1986. Ricordo che Beth era sconvolta perché gli Wham! si stavano sciogliendo. Ricordo che col caldo mi si coprì il petto di vesciche piene d'acqua, che prudevano e mi scoppiavano sotto le unghie, dandomi il voltastomaco. Ricordo il coniglio morto nel bosco che andavo a controllare quasi ogni giorno, inorridita e rapita al tempo stesso dal suo lento decomporsi, da come sembrasse respirare finché non gli diedi un colpetto con un bastone per accertarmi che fosse morto davvero e mi resi conto che il movimento era provocato da un'avida disputa fra i vermi al suo interno. Ricordo di aver seguito, sul piccolo televisore di Meredith, le nozze di Sarah Ferguson con il principe Andrea, il 23 luglio, rodendomi dall'invidia per quell'abito incredibile.

Ricordo di essermi inventata un balletto sulla base di *Chain Reaction*, il successo di Diana Ross. Ricordo che rubai uno dei boa di Meredith per farmi un costume, ma poi incespicai e lo calpestai – una pioggia di piume – e così lo nascosi in un cassetto lontano, lo stomaco stritolato dal terrore, troppo spaventata per confessare. Ricordo giornalisti e poliziotti schierati ai due lati del cancello di ferro di Storton Manor. I poliziotti avevano le braccia conserte, l'aria annoiata e accaldata nelle uniformi. I giornalisti giravano a vuoto e armeggiavano con i loro apparecchi, parlavano alle telecamere, nei registratori, sempre in attesa che giungesse qualche notizia. Ricordo lo sguardo di Beth inchiodato su di me mentre un agente mi parlava di Henry, chiedendomi dove stessimo giocando, che cosa stessimo facendo. Il suo alito puzzava di caramelle Polo e di zucchero inacidito. Gli risposi, credo, e mi sentii poco bene. Beth mi fissava stravolta, con gli occhi sbarrati.

Malgrado i tanti pensieri, appena mi abituo al tocco freddo delle lenzuola e all'oscurità estranea della stanza non fatico a prendere sonno. Nell'aria c'è un odore che non è sgradevole, ma permea ogni cosa. Il modo in cui le abitazioni assorbono l'odore dei loro occupanti, la combinazione di detersivi, deodoranti e capelli sporchi, il loro profumo, i cibi che cucinano. Pur essendo inverno, aleggia in tutte le stanze, evocativo e inquietante. Mi sveglio una sola volta, e mi sembra di sentire Beth aggirarsi per la casa. Poi sogno lo stagno di rugiada, sogno di nuotarvi, di spingermi sempre più giù perché c'è qualcosa che devo recuperare sul fondale, ma non riesco a raggiungerlo. Sento la morsa fredda dell'acqua, la pressione sui polmoni, la paura tremenda di quello che le mie dita troveranno quando toccherò il fondo.

La partenza

1902

“Sarò irremovibile” si disse Caroline con fermezza, mentre guardava di nascosto zia Bathilda dietro le ciglia abbassate. La donna vuotò il piatto con metodica efficienza prima di riprendere a parlare.

«Ho paura che tu stia per commettere un grave errore, mia cara.» Ma lo scintillio negli occhi della zia non esprimeva affatto timore. Sembrava piuttosto compiaciuto, quasi lei sentisse di aver trionfato pur continuando ad affermare il contrario. Caroline osservò il proprio piatto, dove il grasso era affiorato nel sugo rapprendendosi in una patina poco appetitosa.

«Me lo avete già detto, zia.» Mantenne un tono basso e rispettoso, eppure Bathilda la guardò con aria torva.

«Se mi ripeto, piccola, è perché ho l’impressione che tu non ci senta» disse bruscamente.

Caroline avvampò. Sistemò le posate con una piccola spinta, tastando la liscia superficie d’argento, e mosse leggermente la schiena. Le faceva male, stretta nel rigido corsetto.

«E sta’ composta» aggiunse Bathilda.

La sala da pranzo del ristorante La Fiorentina era troppo luminosa, opprimente dietro le finestre appannate dal respiro dei commensali e dai vapori del cibo. L’intensa luce gialla si rifrangeva contro i bicchieri, i gioielli, l’argenteria lucidata. L’inverno era stato lungo e aspro e ora, proprio quando la primavera sembrava pronta a sbocciare dopo un'allettante settimana di cinguettii, crochi in fiore e alberi del parco verdeggianti, New York si era trovata intrappolata in un lungo intervallo di piogge fredde.

Caroline si vide riflessa negli specchi che tappezzavano tutta la stanza, moltiplicando ogni suo movimento. Sentendosi osservata, arrossì ancora di più. «Certo che vi ascolto, zia. Vi ho *sempre* ascoltata.»

«In passato mi ascoltavi perché eri costretta a farlo, credo. Adesso, invece, da quando hai cominciato a sentirti grande, non mi tieni più in nessun conto. Nella decisione più importante della tua vita, in questa fase così cruciale, mi ignori. Be', sono soltanto contenta che il mio povero fratello adorato sia passato a miglior vita, così non può vedere come ho fallito con la sua unica figlia.» Bathilda fece un sospiro da martire.

«Non avete fallito, zia» mormorò Caroline con riluttanza.

Un cameriere ritirò i piatti vuoti, sostituì il vino rosso con del bianco dolce e portò il carrello dei dessert. Bathilda bevve un sorso, e le labbra lasciarono una traccia viscida sul bordo dorato del bicchiere, dopodiché scelse un grosso bignè alla crema, ne tagliò un pezzo e spalancò la bocca per accoglierlo. La pelle flaccida del mento si ripiegò sul colletto di trine. Caroline la guardò con ripugnanza e la gola le si serrò.

«Non mi avete mai dato un briciolo di affetto» mormorò Caroline talmente piano che le parole si smarrirono nella moltitudine di voci e rumori delle persone che mangiavano e bevevano. L'odore della carne arrosto e della zuppa al curry impregnava l'aria.

«Non parlare fra i denti, Caroline.» Bathilda finì il bignè e si pulì gli angoli della bocca.

"Non manca molto. Non manca molto, ormai" si disse lei. La zia era una fortezza, pensò con rabbia. Balaustre di opulenza e buone maniere cingevano uno spazio riempito soprattutto di cibi prelibati e sherry. Di certo non c'era un cuore lì dentro, né amore, né calore. Caroline ebbe un impeto di ribellione.

«Mr Massey è un brav'uomo, ha una famiglia rispettabile...» cominciò a dire, mantenendo un atteggiamento di pacato buonsenso.

«La moralità di quell'uomo è irrilevante. Corin Massey farà di te una donnetta qualunque. Non ti renderà certo felice» la interruppe Bathilda. «E come potrebbe? È *inferiore* a te. È molto inferiore a te, per ricchezza, per educazione e sotto ogni altro aspetto.»

«Ma se lo conoscete appena!» strillò Caroline. Bathilda le lanciò un'occhiata di rimprovero.

«Permettimi di ricordarti che anche *tu* lo conosci appena. Avrai anche compiuto diciotto anni, potrai anche essere indipendente da me ora, ma non merito almeno un minimo di rispetto per averti allevata, per averti mantenuta e istruita?»

«Mi avete mantenuta con i soldi che hanno lasciato i miei genitori. Avete fatto il vostro dovere» ribatté Caroline con un pizzico di amarezza.

«Non interrompermi, Caroline. Il nostro è un buon nome, e ti avrebbe garantito un'adeguata posizione qui a New York. Tuttavia hai scelto di sposare un... *contadino* e di abbandonare tutto, tutte le persone che conosci, per andare a vivere in mezzo al nulla. Ho fallito eccome, non c'è dubbio. Ho fallito nell'insegnarti il rispetto, il buonsenso e il decoro, anche se ci ho provato in tutti i modi.»

«Ma io non *conosco* nessuno qui, zia. È la verità. Conosco solo voi» replicò Caroline con tristezza. «E Corin non è un contadino. È un allevatore di bestiame, e molto affermato. I suoi affari...»

«I suoi *affari*? I suoi *affari* dovevano starsene là, nelle lande selvagge, anziché venire fin qui per approfittare di una ragazzina suggestionabile.»

«Di soldi ne ho abbastanza.» Caroline sollevò appena il mento in segno di sfida. «Non faremo la fame.»

«E invece non ne hai, almeno per adesso, né per i prossimi due anni. Vedremo quanto ti piacerà vivere del reddito di un contadino fino ad allora. E vedremo quanto durerà il tuo patrimonio, una volta che quello ci avrà messo le mani e avrà preso il vizio del gioco!»

«Non dite così. Mr Massey è un brav'uomo. Mi ama, e anch'io... anch'io lo amo» dichiarò Caroline, risoluta. Lui l'amava. Si abbandonò a quel pensiero e non seppe trattenere un sorriso.

Quando aveva chiesto a Caroline di sposarlo, Corin le aveva

detto di essersi innamorato di lei nell'istante stesso in cui l'aveva conosciuta il mese precedente al ballo dei Montgomery, che sanciva l'inizio della Quaresima. Fin dal suo debutto in società Caroline aveva invidiato le altre ragazze per il piacere che sembravano provare partecipando agli appuntamenti mondani. Danzavano, ridevano, chiacchieravano con disinvoltura. Ogni volta che era costretta a entrare in quei saloni con Bathilda, lei si sentiva in soggezione ed evitava sempre di parlare nel timore che la zia potesse correggerla o rimproverarla. Con l'arrivo di Corin, tutto questo era cambiato.

Per il ballo dei Montgomery, Caroline aveva scelto il suo abito di seta beige con sfumature rosate e gli smeraldi della madre. La collana era fredda e pesante, e spandeva sul modesto décolleté un bagliore dorato e un intenso brillio che accendevano scintille di luce nei suoi occhi grigi.

"Sembrate un'imperatrice, signorina" disse Sara con ammirazione mentre spazzolava i capelli chiari di Caroline, li raccoglieva sopra la testa in un alto chignon e, con un piede appoggiato contro lo sgabello, tirava i lacci del corsetto. Il girovita di Caroline destava l'invidia delle sue coetanee, e Sara si dava sempre un gran da fare per assottigliarlo il più possibile. "In quella sala non ci sarà un solo uomo capace di resistervi."

"Tu credi?" chiese Caroline ansimando. Sara, con i capelli scuri e il sorriso spontaneo, era la cosa più simile a una vera amica che Caroline avesse mai avuto. "Ho paura che a mia zia saranno capaci di resistere, però" sospirò. Bathilda aveva respinto più di un cauto pretendente: tutti giovanotti indegni, ai suoi occhi.

"Vostra zia ha grandi speranze per voi, signorina, ecco tutto. È chiaro che si preoccupa molto dell'uomo che sposerete" la blandì Sara.

"Di questo passo non sposerò proprio nessuno, e rimarrò qui per sempre a sentirmi rinfacciare quanto l'ho delusa!"

"Che sciocchezze! L'uomo giusto arriverà e saprà convincere vostra zia, se è questo che deve fare per avervi. Guardatevi, signorina! Rimarranno a bocca aperta, ne sono sicura" disse Sara sorridendo. Caroline incrociò il suo sguardo nello specchio. Allungò una mano sopra la spalla e strinse quella della ragazza per farsi coraggio. "Forza, andrà tutto bene" la rassicurò Sara, avvicinandosi alla toeletta per prendere cipria e belletto.

Caroline, che incarnava alla perfezione la pudica ragazza dell'alta società, scese l'ampia scalinata immergendosi nell'incandescenza della sala da ballo dei Montgomery. L'ambiente rifulgeva di pietre preziose e risate, ed era pregno della fragranza di vino e brillantina. Chiacchiere e sorrisi circolavano nella sala, diffondendosi come nel gioco del telefono senza fili, a tratti amichevoli, altre volte divertiti e maligni. Caroline vide gli ospiti apprezzare il suo abito e deridere la zia, ammirare i suoi gioielli, posarle addosso sguardi sfrontati, commentare a bassa voce nascondendosi dietro mani delicate e portasigarette di tartaruga. Parlò poco, quanto bastava per non sembrare scortese; questa, se non altro, era una caratteristica che la zia aveva sempre approvato in lei. Sorrise e applaudì insieme agli altri invitati quando Harold Montgomery si esibì nel suo pezzo forte: una magnum di champagne versata caoticamente su una piramide di bicchieri. Il vino schizzò e traboccò, bagnando gli steli delle coppe che avrebbero poi macchiato i guanti delle signore.

La stanza era calda e soffocante. Caroline si teneva ben dritta, sorseggiando il vino aspro che la faceva sentire accaldata e con la testa leggera. Il fuoco ardeva in tutti i caminetti, e dalle centinaia di candele elettriche dei lampadari si riversava una luce così intensa che Caroline vide addirittura alcuni residui di rossetto scivolare nelle rughe attorno alla bocca di Bathilda. All'improvviso, però, comparve davanti a loro Corin, e quando Charlie Montgomery fece le presentazioni Caroline quasi non lo sentì, catturata com'era dallo sguardo schietto e dal calore del nuovo arrivato. Vedendola arrossire, anche Corin arrossì per poi farfugliare le sue prime parole, che furono: "Salve, come va?" neanche fossero due ragazzi come tanti impegnati in una partita di *whist*. Le afferrò la mano avvolta nel guanto ricamato come se gliela volesse stringere, ma quando si accorse della gaffe la mollò di colpo, lasciandola cadere inerte tra le pieghe dell'abito. A quel punto

Caroline arrossì ancora di più e non osò voltarsi verso Bathilda, che fissava Corin con uno sguardo severissimo. "Mi spiace... io, ehm... Volete scusarmi?" borbottò lui, inclinando appena la testa e scomparendo in mezzo alla folla.

"Che giovane *bizzarro*!" esclamò Bathilda in tono graffiante. "Dove *diamine* l'hai trovato, Charlie?" I capelli neri di Charlie Montgomery, lucidi come tela cerata, scintillarono.

"Oh, non fate caso a Corin. È un po' fuori allenamento in queste cose, tutto qui. È un mio lontano cugino. La sua famiglia sta qui a New York, ma sono anni ormai che lui si è trasferito all'Ovest, nel Territorio dell'Oklahoma. È tornato in città per il funerale di suo padre" spiegò Charlie.

"Che giovane bizzarro" ripeté Bathilda. "Non avrei mai creduto che le buone maniere avessero bisogno di allenamento." Charlie replicò con un debole sorriso. Caroline guardò Bathilda di sfuggita e capì che la zia non aveva idea di quanto la gente la detestasse.

"Cos'è successo a suo padre?" chiese poi a Charlie, sorprendendosi di se stessa.

"Era a bordo di uno dei treni che si sono scontrati nel tunnel di Park Avenue il mese scorso. È stato un vero disastro" disse Charlie con una smorfia. "Diciassette morti, stando alle fonti ufficiali, e quasi quaranta feriti."

"È terribile!" sussurrò Caroline, e l'uomo assentì con un cenno del capo.

"I treni vanno alimentati a elettricità, e bisogna automatizzare i segnali per scongiurare il pericolo che qualche autista assonnato causi simili tragedie" dichiarò.

"Com'è possibile che un segnale funzioni se non c'è nessuno a manovrarlo?" domandò Caroline, ma in quel momento Bathilda fece un lieve sospiro, come se si stesse annoiando, così Charlie Montgomery si congedò, lasciandole sole.

Caroline cercò tra la folla la capigliatura color bronzo dello sconosciuto, e si rese conto di essere dispiaciuta per lui, per il suo lutto, e per la goffaggine con cui le aveva preso la mano davanti agli occhi freddi e spietati di Bathilda. Il dolore terribile per la perdita di un parente stretto suscitava tutta la sua compassione. Sorseggiò distrattamente il vino, che le si era riscaldato tra le mani e cominciava a irritarle la gola. All'improvviso sentì gli smeraldi premerle contro il petto e il tessuto dell'abito sfiorarle le cosce, come se la sua pelle bramasse di essere toccata. Quando subito dopo Corin comparve al suo fianco e le chiese di ballare, accettò in silenzio con un cenno sorpreso del capo, il cuore in gola che le impediva di parlare. Bathilda fulminò il giovane con lo sguardo ma lui non se ne accorse nemmeno, inducendola a esclamare: "Da non credersi!".

Danzarono un valzer lento, e Caroline, che si era domandata perché avesse scelto un ballo così poco movimentato e avesse aspettato tanto a invitarla, trovò la risposta nei passi incerti di Corin e nella presa esitante della sua mano. Fece un timido sorriso, e sulle prime non parlarono. Poi lui disse:

"Vi prego di scusarmi, Miss Fitzpatrick. Per prima, e per... Temo di non essere un ballerino provetto. È passato un po' di tempo dall'ultima volta che ebbi la fortuna di partecipare a un ballo come questo, o di danzare con una persona così... ehm..." Si interruppe e lei sorrise di nuovo, abbassando lo sguardo come le era stato insegnato, ma non riuscì a tenere gli occhi bassi a lungo. Avvertiva il calore della mano di Corin in fondo alla schiena, come se non vi fosse nulla a separare la sua pelle da quella di lui. Tutt'a un tratto si sentì nuda, profondamente sconvolta, ma anche eccitata. Il viso di Corin era molto abbronzato, e il sole aveva indugiato su baffi e sopracciglia donando loro una tonalità calda. I capelli erano pettinati, ma senza brillantina e, quando una ciocca gli ricadde sulla fronte, per poco Caroline non allungò una mano per tirarla indietro. Lui la guardava con quegli occhi castano chiaro in cui le parve di leggere una sorta di sbigottita felicità.

Al termine del ballo, quando Corin le prese la mano per accompagnarla fuori dalla pista, il guanto di Caroline sfregò contro la pelle irruvidita del suo palmo. D'istinto lei rigirò la mano del giovane nella propria e la osservò, premendo il pollice sui calli alla base delle dita e notando quanto fossero grandi. La sua mano, vicino a quella di Corin, sembrava la mano di una bambina, così prese fiato e aprì la bocca per dirglielo, poi si rese conto di quanto sarebbe stato inopportuno. Si sentiva proprio come una bambina, in effetti, e si accorse che Corin stava respirando affannosamente.

"Vi sentite bene, Mr Massey?" gli domandò.

"Sì... Sto bene, grazie. Si sta un po' stretti qui dentro, non trovate?"

"Venite alla finestra, è più fresco" propose lei, prendendolo sottobraccio per condurlo attraverso la calca. L'aria era davvero soffocante, densa di sudore e fiato, fumo, musica e voci.

"Vi ringrazio" disse Corin. Le alte finestre a battenti erano chiuse per respingere il freddo intenso di quella sera di febbraio, ma l'aria gelida filtrava ugualmente dai vetri, offrendo un'oasi di frescura in cui gli ospiti potevano trovare sollievo. "Non sono abituato a vedere tanta gente in una volta sola. È buffo come si possa perdere così in fretta la familiarità con questo genere di cose." Sollevò una spalla di scatto, un gesto troppo disinvolto per la sua giacca da sera.

"Io non mi sono mai mossa da New York" si lasciò sfuggire Caroline. "Be', se non per andare nella residenza estiva della mia famiglia, sulla costa... Quello che voglio dire..." Ma non riuscì a esprimere esattamente il suo pensiero. Lui le sembrava uno straniero, quasi una figura mitica, per essersi spinto così lontano dalla civiltà, per aver scelto di vivere in una terra tanto selvaggia.

"Non vi piacerebbe viaggiare, Miss Fitzpatrick?" chiese Corin, e Caroline capì che fra loro era nato qualcosa, come una sorta di trattativa: stavano tastando il terreno.

"Eccoti qui, mia cara." Bathilda si avventò su di loro. A quanto pareva, perfino da lontano si era accorta di quel che stava succedendo. "Forza, vieni con me, voglio presentarti a Lady Clemence." Caroline non ebbe altra scelta che lasciarsi trascinare via, ma si voltò a guardarlo e alzò la mano in un cenno di saluto.

«Non essere ridicola, ragazzina!» Bathilda irruppe nei suoi pensieri e la riportò al presente, alla tavola imbandita del ristorante

La Fiorentina. «Ti stai comportando come una studentella con il mal d'amore! Ho letto anch'io il romanzo di Mr Wister, ed è chiaro che ti ha riempito la testa di idee sdolcinate. Non vedo altri motivi per cui potresti aver scelto di sposare uno di quei cowboy. Ma capirai che *Il virginiano* è un'opera di fantasia che ha poco a che vedere con la realtà dei fatti. Non hai letto anche tu dei pericoli, della desolazione e delle avversità delle zone di frontiera?»

«Non è più così. Corin mi ha raccontato tutto. Dice che la terra è talmente bella che si può riconoscere la mano di Dio in ogni filo d'erba...» A quel punto Bathilda sbuffò sgarbatamente. «E lo stesso Mr Wister ammette che l'epoca selvaggia di cui parla non esiste più. Woodward è una cittadina fiorente, me l'ha detto Corin...»

«*Woodward*? Chi ha mai sentito parlare di Woodward? In che Stato è?»

«Ehm... non lo so» confessò Caroline, stringendo le labbra sdegnosamente.

«Non è in nessuno Stato, ecco perché non lo sai. In nessuno Stato dell'Unione. È un territorio inesplorato, pieno di uomini selvaggi e incivili. Diamine, ho sentito che non si trova una sola signora a ovest di Dodge City, solo *femmine* della peggior specie. Neanche una signora! Puoi immaginare che luogo di barbarie debba essere?» Il petto di Bathilda si gonfiò nello stretto abito bordeaux. Arrossì fino all'attaccatura dei capelli, dove la chioma color acciaio era raccolta in un'acconciatura soffice e vaporosa. Era commossa, si rese conto Caroline con incredulità. Bathilda era addirittura *commossa*.

«Ma certo che ci sono signore! Sono tutte esagerazioni, zia, ne sono sicura» replicò.

«Non vedo come tu possa esserne così sicura, visto che non sai un bel nulla. E come potresti saperne qualcosa, Caroline? Sei ancora una bambina! Quello racconterebbe qualsiasi frottola pur di accaparrarsi una moglie raffinata e abbiente come te, e tu credi a ogni sua parola! Lascerai la tua casa e la tua famiglia e tutte le possibilità che avresti qui. Per vivere dove non avrai un nome, né compagnia o agi.»

«Gli agi non mi mancheranno» insistette Caroline.

Una settimana dopo il ballo, Corin portò Caroline a pattinare sul laghetto in Central Park insieme a Charlie Montgomery e a sua sorella Diana, che ebbero il tatto di lasciarli un po' da soli. Erano gli ultimi giorni di febbraio, e il cielo appariva come una distesa bianco giallastra. I fiocchi di neve turbinavano sullo sfondo degli alberi spogli prima di posarsi a terra.

"Da ragazzo avevo sempre un po' di paura a pattinare qui. Temevo che sarei sprofondato nel ghiaccio da un momento all'altro" disse Corin con un sorriso, muovendo passi piccoli e cauti che somigliavano più a una camminata che a una pattinata.

"Non avevate motivo di preoccuparvi, Mr Massey. Aspirano gran parte dell'acqua all'inizio dell'inverno, per essere sicuri che ghiacci fino in fondo" spiegò Caroline, ricambiando il sorriso. Il freddo tagliente le arrossava le guance, e il fiato aleggiava attorno a loro condensandosi in nuvolette biancastre. Caroline infilò le mani protette dai guanti nelle tasche del cappotto e disegnò con disinvoltura un ampio cerchio intorno a Corin.

"Siete molto brava a pattinare, Miss Fitzpatrick. Molto più brava di me!"

"Mia madre mi portava sempre qui, quando ero piccola. Non pattino da un po', però. A zia Bathilda non piace."

"Dov'è vostra madre adesso?" chiese Corin, agitando goffamente le braccia per tenersi in equilibrio. La neve si era accumulata sulla falda del suo cappello, dandogli un'aria allegra.

"I miei genitori sono morti otto anni fa" rispose Caroline, frenando di fronte a Corin che si era fermato. "Ci fu un'esplosione in una fabbrica, mentre tornavano a casa una sera. Una parete crollò e... la loro carrozza rimase intrappolata là sotto" spiegò con calma. Corin tese le mani come a volerla stringere a sé, poi le lasciò cadere.

"Che terribile disgrazia. Mi spiace tantissimo" disse.

"Charlie mi ha raccontato di vostro padre, e sono molto dispiaciuta anch'io" replicò Caroline, domandandosi se Corin avesse notato l'analogia fra le circostanze tremende, claustrofobiche in cui i loro cari avevano perso la vita. Abbassò gli occhi sui pattini. All'interno, le dita dei piedi si stavano intorpidendo. "Forza,

Mr Massey, rimettiamoci in marcia, sennò resteremo attaccati al ghiaccio!" lo esortò, tendendogli la mano. Lui la prese con un sorriso che si tramutò in una smorfia mentre Caroline lo trascinava in avanti, facendolo barcollare come un bambino ai primi passi.

Quando il laghetto si affollò a tal punto che divenne pressoché impossibile muoversi, andarono a bere una cioccolata calda. Dal loro tavolo accanto alla finestra guardarono i ragazzini sfrecciare spericolati fra gli adulti. Caroline si rese conto di non aver sofferto il rigido clima invernale come le capitava di solito. Forse stare vicina a Corin era bastato a riscaldarla: le sembrava che il sangue nelle sue vene scorresse più veloce che mai.

"Avete due occhi veramente straordinari, Miss Fitzpatrick" le disse lui con un sorriso timido. "Per la miseria, scintillano come dollari d'argento contro la neve là fuori!" esclamò.

Caroline non aveva idea di come rispondere. Non era abituata ai complimenti, perciò si mise a fissare la tazza, imbarazzata.

"Bathilda dice che ho gli occhi freddi. Le spiace che non abbia ereditato l'azzurro di mio padre" disse, mescolando lentamente la cioccolata.

Corin allungò un dito e le sollevò il mento, e quel tocco ebbe su di lei l'effetto di una scarica elettrica. "Vostra zia si sbaglia di grosso" dichiarò lui.

La proposta giunse nemmeno tre settimane più tardi, mentre il ghiaccio cominciava a sciogliersi e il cielo slavato assumeva tinte più accese. Corin andò a farle visita un martedì pomeriggio, sapendo che l'avrebbe trovata sola perché di solito quel giorno zia Bathilda giocava a bridge con Lady Atwell. Quando Sara lo introdusse nella stanza Caroline arrossì, le si seccò la gola e alzandosi per salutarlo si sentì le gambe molli. Una potente miscela di gioia e terrore sembrava annientarla tutte le volte che lo vedeva, e questa sensazione diventava ogni volta più forte. La mente di Caroline si svuotò, e chiudendo la porta Sara le rivolse un sorriso teso, eccitato.

"Siete stato gentile a passare" riuscì a dire Caroline alla fine, con la voce che le tremava quanto le mani. "Va tutto bene, mi auguro."

Invece di rispondere, Corin si rigirò il cappello tra le dita, cominciò a parlare ma si impappinò, poi infilò un indice nel colletto e lo strattonò come a volerlo allentare. Caroline unì le mani per acquietarle e aspettò, guardandolo meravigliata. "Non... non vi andrebbe di sedervi?" suggerì dopo un po'. Corin le scoccò un'occhiata e parve trovare un po' di determinazione.

"No, non voglio sedermi" dichiarò, facendola sussultare per l'asprezza del suo tono. Rimasero a guardarsi per un lungo momento, impacciati, quindi Corin attraversò la stanza in due lunghe falcate, prese il volto di Caroline tra le mani e la baciò. La pressione della sua bocca fu così sconvolgente che Caroline non fece nulla per fermarlo, né per ritrarsi, pur sapendo che avrebbe dovuto. Rimase colpita dall'inaspettata morbidezza delle sue labbra, dal suo calore. Non riusciva a respirare, stordita da un senso di vertigine mentre una fitta strana, ardente, le s'irradiava nel ventre.

"Mr... Mr Massey..." balbettò quando lui si scostò, continuando a tenere il suo viso tra le mani e studiandola intensamente in silenzio.

"Caroline... venite via con me. Sposatemi" disse. Lei faticò a trovare le parole per rispondergli.

"Allora... allora mi amate?" chiese infine. Il suo cuore mancò un battito per la paura, mentre aspettava di sentire la risposta che tanto aveva desiderato.

"Ma come, non lo sapete? Non l'avete capito?" domandò lui, incredulo. "Vi amo fin dal primo momento che vi ho incontrata. Fin dal primissimo momento" mormorò. Caroline chiuse gli occhi, sopraffatta dal sollievo. "State sorridendo" disse Corin, sfiorandole il mento con un dito. "Questo significa che mi sposerete, o che vi state prendendo gioco di me?" Corin sorrise nervosamente, e Caroline gli prese la mano e se la premette contro il viso.

"Significa che vi sposerò, Mr Massey. Significa che... voglio sposarvi più di ogni altra cosa" sussurrò.

"Vi farò felice come non mai" promise Corin, baciandola di nuovo.

Bathilda si rifiutò di annunciare il fidanzamento tra la nipote e Corin Massey. Si rifiutò di aiutarla a preparare il corredo da sposa, a comprare i vestiti per il viaggio, a riempire i suoi bauli di cuoio in vista della partenza. Si limitò a guardare mentre la nipote riponeva con ordine gli abiti nuovi di sartoria, le gonne a godet e gli chemisier ricamati.

«Ti crederai emancipata, immagino, adesso che hai compiuto una scelta così disastrosa» osservò. Caroline non replicò, sebbene la frecciatina avesse quasi colto nel segno. Ripose i gioielli in una tasca di velluto blu che infilò nel suo nécessaire, poi andò in cerca di Bathilda nella loro vasta dimora in Gramercy Park, e la trovò seduta in uno scorcio di sole primaverile sorprendentemente luminoso, che la faceva sembrare molto più giovane della sua età. Caroline la pregò di nuovo di annunciare il fidanzamento. Voleva che tutto fosse fatto a dovere, in modo ufficiale, com'era giusto che fosse, ma la sua richiesta rimase inascoltata.

«Non c'è molto da celebrare» sbottò Bathilda. «La sola cosa che mi solleva è che, non essendo qui, non sarò costretta a rispondere a domande sul matrimonio. Tornerò a Londra. Starò da una cugina del mio caro marito defunto, una donna per la quale ho sempre nutrito profondo affetto e stima. Non c'è più niente che mi trattenga a New York, ormai.»

«Tornerete a Londra? Ma... quando?» chiese Caroline, più docile. Si rese conto con tristezza che, malgrado le divergenze, zia Bathilda era tutto ciò che le restava della sua famiglia.

«Il mese prossimo, quando il clima sarà più mite.»

«Capisco» sussurrò Caroline. Unì le mani in grembo, intrecciando saldamente le dita e stringendo forte. Bathilda alzò gli occhi dal libro che stava fingendo di leggere, lo sguardo indurito da una luce quasi aggressiva. «Perciò immagino che non ci vedremo molto spesso, d'ora in poi» mormorò Caroline.

«Direi proprio di no, mia cara. Ma sarebbe stato lo stesso se io fossi rimasta a New York. Saresti stata comunque troppo distante perché potessi raggiungerti con facilità. Ti darò il mio indirizzo di Londra, e se vorrai scrivermi mi farà senz'altro piacere. E suppongo che alla fattoria troverai compagnia a sufficienza. Ci saranno le mogli di altri contadini nelle vicinanze, ne sono sicura» disse, sorridendo appena mentre tornava al suo libro. Caroline si sentì soffocare dal colletto di trine e avvertì un brivido di paura. Non sapeva se cercare conforto in Bathilda, o scappare via da lei.

«Non mi avete mai fatto sentire amata» sussurrò, la voce tesa e spaventata. «Non so perché vi stupite tanto che io rincorra l'amore ora che qualcuno me lo offre.» E lasciò la stanza prima che la zia potesse sminuire la portata dei suoi sentimenti.

E così Caroline si sposò senza nessuno che l'accompagnasse all'altare e senza una famiglia vicino. Scelse un abito di mussola di un bianco perlaceo, con un ampio décolleté decorato con ricami in pizzo e balze arricciate sui polsini. I capelli erano raccolti in un'alta acconciatura fermata da pettini d'avorio, e i due orecchini con perle a goccia erano gli unici gioielli che indossava. Non si truccò, e dando un'ultima occhiata allo specchio si accorse di essere piuttosto pallida. Non faceva caldo, eppure portava al polso il ventaglio di seta della madre, che tastava nervosamente mentre si dirigeva verso una chiesetta nell'Upper East Side, non lontano da dove Corin aveva vissuto da ragazzo. Entrando Caroline vide che il lato riservato alla sposa era occupato solo da Sara, e rimpianse di non poter avere al suo fianco i genitori. Corin indossava un abito che aveva preso a noleggio, i capelli erano pettinati all'indietro con cura e le guance erano appena rasate, la pelle morbida e un po' arrossata. Armeggiò con il colletto vedendo Caroline incedere lungo la navata, ma gli bastò incrociare il suo sguardo ansioso per sorridere e tranquillizzarsi, come se nient'altro contasse. Erano presenti la madre e due fratelli maggiori di Corin, seri in volto mentre la coppia pronunciava i voti davanti al pastore. Mrs Massey era ancora vestita a lutto, e per quanto avesse accolto di buon grado la futura nuora la perdita del marito era troppo recente perché potesse condividere pienamente la loro felicità. Era una giornata piovosa come tante, e nella chiesa silenziosa e buia si respirava odore di polvere di mattone bagnata mista a cera di candela. Caroline non se ne curò. Il suo orizzonte si era ristretto fino a racchiudere unicamente l'uomo che aveva di fronte, che le stava prendendo la mano e la guardava con aria possessiva, recitando con molta convinzione le promesse nuziali. Con le mani giunte al cospetto di Dio, Caroline fu travolta da un'irresistibile ondata di felicità che lei non seppe contenere e si riversò all'esterno in un torrente di lacrime di gioia. Corin le raccolse sulle dita e le asciugò con un bacio. Con lui sarebbe finalmente cominciata la sua vera vita.

Subito dopo, però, Corin fece i bagagli e si apprestò a lasciare New York, provocando lo sgomento della sua novella sposa.

«Passeremo la prima notte di nozze nella *nostra* casa, la casa che ho costruito per noi, non qui, in un posto che piange ancora la scomparsa di mio padre. Sono venuto per un funerale e non contavo di trovare moglie» disse sorridendo, e le baciò le mani. «Devo sistemare un paio di cose, preparare la casa per il tuo arrivo. Voglio che sia perfetta.»

«Sarà perfetta, Corin» lo rassicurò Caroline, che non era ancora abituata a rivolgersi a un uomo usando il suo nome di battesimo. I suoi baci le bruciavano la pelle, togliendole il respiro. «Ti prego, lasciami venire via con te.»

«Dammi un mese, uno soltanto, tesoro mio. Raggiungimi fra quattro settimane, e tutto sarà pronto. Tu avrai il tempo di dire addio a tutti i tuoi amici, e io potrò vantarmi con i miei per aver sposato la ragazza più bella di tutta l'America» replicò lui. Così Caroline acconsentì, anche se alla partenza di Corin le parve che il cielo si rabbuiasse.

Fece visita ad alcune vecchie compagne di scuola per salutarle prima di lasciare New York, ma quasi tutte erano occupate, oppure fuori casa. Alla fine capì che la sua presenza non era gradita, e così passò le quattro settimane in casa, soffrendo per lo spiacevole silenzio calato tra lei e la zia, preparando e ripreparando i bagagli, scrivendo lettere su lettere a Corin e guardando il panorama dalla finestra, ora dominato dal Fuller Building, un colosso svettante di recentissima costruzione che s'innalzava in cielo per quasi cento metri. Caroline non avrebbe mai immaginato che l'uomo potesse erigere edifici tanto alti. Mentre lo osservava si sentì piccola, e nella sua mente germogliarono i primi dubbi. Adesso che Corin se n'era andato, aveva quasi l'impressione che non fosse mai stato lì, che fosse stato tutto un sogno. Si rigirò la fede nuziale attorno al dito e aggrottò la fronte, sforzandosi di tenere a bada i brutti pensieri. Ma cosa poteva esserci di tanto terribile da impedirgli di portarla con sé fin da subito? Cos'aveva da nascondere, forse il rimpianto per il loro matrimonio avventato? Sara intuì la sua inquietudine.

«Non manca molto ormai, signorina» disse un giorno, portandole il tè.

«Sara... Puoi restare qui un momento?»

«Ma certo, signorina.»

«Credi... credi che andrà tutto bene nel Territorio dell'Oklahoma?» chiese Caroline in tono sommesso.

«Eccome se andrà tutto bene, signorina! Voglio dire, non lo so con precisione perché non ci sono mai stata, però... Mr Massey si prenderà cura di voi, questo è certo. Non vi trascinerebbe mai in un posto che potrebbe non piacervi, ne sono convinta» la rassicurò Sara.

«Bathilda dice che dovrò lavorare. Finché non erediterò il mio denaro, intendo... Sarò la moglie di un contadino» disse Caroline.

«Questo è vero, signorina, ma senz'altro sarete diversa da tutte le altre.»

«È molto dura mandare avanti la casa e tutto il resto? Tu lo fai così bene, Sara... È molto dura?» ripeté, cercando di non lasciar trapelare l'ansia che provava. Sara la osservò con uno strano miscuglio di divertimento, compassione e risentimento.

«A volte è abbastanza dura, signorina» rispose piuttosto seccamente. «Ma voi sarete la padrona di casa! Sarete libera di fare le cose come meglio credete, e sono sicura che avrete qualche aiuto. Oh, non vi tormentate! Magari vi ci vorrà un po' di tempo per abituarvi a una vita così diversa da quella che avete sempre avuto, ma sarete felice, ne sono convinta.»

«Sì. Sarò felice, vero?» Caroline sorrise.

«Mr Massey vi *ama*, e voi amate lui. Perché non dovreste esserlo?»

«È vero, lo amo» replicò Caroline, facendo un respiro profondo e stringendo con forza la mano di Sara. «Lo amo.»

«E io sono *felicissima* per voi, signorina» disse Sara, mentre gli occhi le si riempivano di lacrime.

«Oh, non piangere, Sara, ti prego! Come vorrei che potessi venire con me!» esclamò Caroline.

«Lo vorrei anch'io» disse Sara in tono pacato, asciugandosi il viso con l'orlo del grembiule.

Quando giunse finalmente una lettera in cui Corin la esortava con parole d'amore e di incoraggiamento a pazientare ancora un po', Caroline la lesse e rilesse venti volte al giorno finché non la imparò a memoria e ne fu profondamente rincuorata. Al termine delle quattro settimane baciò la guancia florida della zia, cercando di scorgere qualche traccia di rimpianto in lei, ma alla stazione l'accompagnò soltanto Sara, singhiozzando inconsolabilmente al fianco della sua giovane padrona mentre i cavalli trottavano svelti lungo strade e viali trafficati.

«Non so come farò senza di voi, signorina. Chissà se Londra mi piacerà!» piagnucolò la ragazza e Caroline le strinse forte la mano, con la mente così affollata di sensazioni contrastanti da non riuscire nemmeno a parlare. Solo quando fu di fronte alla locomotiva, che sputava vapore e fuliggine a tutta forza, riempiendole il naso dell'odore acre di ferro caldo e cenere, sentì finalmente di aver trovato qualcos'altro al mondo che fosse felice quanto lei di intraprendere quel viaggio. Chiuse gli occhi mentre il treno si metteva lentamente in marcia e, con un potente e solenne sbuffo di vapore, sanciva la fine della sua vecchia vita e l'inizio di quella nuova.

2

Lo zio Clifford, il fratello di mia madre, e sua moglie Mary vogliono prendere il vecchio armadio della biancheria che è nella cameretta, il tavolo rotondo in stile Regina Anna dello studio e la collezione di miniature esposta in una vetrinetta in fondo alle scale. Non sono sicura che Meredith intendesse questo dicendo che i suoi figli potevano prendere "un ricordino", ma non me ne importa niente. Presumo che entro la fine della settimana qualche altro oggetto finirà sul furgone di Clifford, una cosa che avrebbe fatto indignare Meredith, ma non me. Storton Manor, per quanto imponente, non è certo Chatsworth House. Non ci sono pezzi da museo, a parte forse un paio di quadri. È solo una casa grande e vecchia, piena di cose grandi e vecchie. Cose di valore, forse, ma prive di amore. Nostra madre ha chiesto solo di avere tutte le fotografie di famiglia che mi capitano tra le mani. La amo per la sua compostezza, e per il suo buon cuore.

Spero che Clifford mandi uomini a sufficienza. L'armadio della biancheria è enorme, torreggia sulla parete in fondo alla cameretta: una distesa di mogano francese con minareti e cornicioni, un tempio in scala ridotta dedicato all'appretto e alla naftalina. Gli scalini di legno scricchiolano e traballano sotto il mio peso. Prendo dagli scaffali alcune pile di biancheria spessa e infeltrita e le getto per terra. Sono pesanti e compatte, e atterrando sul pavimento fanno tremare le fotografie. Si alza una nuvola di polvere che mi fa pizzicare il naso, e Beth si precipita sulla porta per controllare cosa sto combinando. C'è così tanta roba, generazioni di lenzuola, abbastanza logore da meritare un rimpiazzo ma non abbastanza da essere buttate via. Parte di questi corredi potrebbe essere rimasta indisturbata per decenni. Ricordo la governante di Meredith che saliva questi stessi scalini sbuffando, con le braccia cariche, le guance rosse screpolate e due mani grandi e brutte.

Quando ho finito di svuotare l'armadio non so cosa fare della biancheria. Potrei darla in beneficenza, immagino, ma sto male al solo pensiero di infilare tutto nei sacchi neri, trascinarli in macchina e trasportarli a più riprese fino a Devizes. Impilo di nuovo la biancheria contro il muro, e di colpo i miei occhi si posano su un motivo, un tenue sprazzo di colore in mezzo a tutto quel bianco. Fiori gialli. Tre federe con fiori gialli dagli steli verdi in ogni angolo, un ricamo in filo di seta ancora scintillante. Passo il pollice sull'elegante cucitura e noto che il tessuto, dopo anni di utilizzo, ha assunto una morbidezza quasi acquosa. C'è qualcosa nei recessi della mia mente, qualcosa che so di sapere ma non riesco a ricordare bene. Ho già visto queste federe da qualche parte? I fiori hanno un aspetto irregolare, selvatico. Non so dare loro un nome. E le federe sono soltanto tre. Tutti gli altri corredi hanno quattro federe, tranne questo. Le lascio cadere di nuovo in cima alla pila e vi getto sopra altra biancheria. Mi rendo conto di essere accigliata, e con uno sforzo distendo la fronte.

Clifford e Mary sono i genitori di Henry. Erano i genitori di Henry. Erano a Saint-Tropez quando scomparve, un fatto attorno al quale la stampa sollevò ingiustamente un polverone, neanche lo avessero lasciato con degli sconosciuti o a casa da solo. Anche i nostri genitori lo facevano. Spesso ai tempi della scuola trascorrevamo qui tutte le vacanze, e quasi ogni anno, per due settimane se non addirittura tre, mamma e papà se ne andavano senza di noi a fare lunghe camminate in Italia, oppure ai Caraibi, in barca. Ero felice e spaventata di saperli lontani. Felice perché Meredith non badava troppo a noi, non usciva mai a cercarci quando rimanevamo fuori per ore. Per noi era una liberazione, scorrazzavamo come selvagge, ma ero anche spaventata, perché dentro casa eravamo sotto l'esclusiva responsabilità di Meredith. Dovevamo stare con lei, cenare con lei, rispondere alle sue domande, inventare bugie. Non mi era mai passato per la mente che forse non mi piaceva, che potesse essermi antipatica. Ero troppo piccola per ragionare in questi termini. Ma, quando la mamma tornava, le correvo incontro e le agguantavo la gonna con le mani tutte appiccicose.

Beth non mi perdeva di vista un istante quando i nostri genitori erano via. Se camminava davanti a me lo faceva con una mano un po' tesa all'indietro, le lunghe dita spiegate, sempre in attesa che le afferrassi, e se non lo facevo si fermava, guardava dietro di sé per accertarsi che la stessi seguendo. Un anno Dinny le costruì una capanna su un alto faggio all'estremità del bosco. Negli ultimi giorni non lo avevamo praticamente visto, e ci aveva proibito di spiarlo. Il tempo era stato variabile, con il vento che increspava la superficie dello stagno, ed era troppo fresco per fare il bagno. Avevamo giocato a travestirci in una stanza degli ospiti, costruito castelli nel giardino d'inverno con vasi da fiori vuoti, creato un nascondiglio nella parte alta del prato, in una cavità segreta dentro la chioma di un tasso potata a forma di sfera. Poi, quando uscì di nuovo il sole, vedemmo Dinny sbracciarsi da un angolo del giardino, e Beth mi sorrise con gli occhi che brillavano.

"È pronta" disse Dinny quando lo raggiungemmo.

"Che cosa?" domandai. "Dài, diccelo!"

"È una sorpresa" si limitò a dire, rivolgendo un timido sorriso a Beth. Lo seguimmo tra gli alberi, e d'un tratto, mentre gli raccontavo del nascondiglio nella chioma sferica, lo vidi e ammutolii. Era uno dei faggi più imponenti, il tronco liscio e argenteo e la corteccia raggrinzita all'attaccatura dei rami, simile alla piega di un gomito o all'incavo dietro le ginocchia. Avevo già visto Dinny arrampicarsi su quell'albero dandosi qualche abile spinta per poi sedersi là in cima, tra le foglie verde pastello. Ora, nel punto in cui l'albero cominciava ad allargarsi, Dinny aveva costruito un'ampia piattaforma di assi robuste. Le pareti erano ricavate da vecchi sacchi di concime di un blu brillante fissati a una cornice di legno, che si gonfiavano e sgonfiavano come vele. La via per salire alla fortezza era segnalata da una corda intrecciata a piccoli ciocchi di legno, inchiodati all'albero a formare una scaletta. Nel silenzio teso, sentii il piacevole soffio della brezza e il fruscio schioccante delle pareti della casa sull'albero.

"Che ve ne pare?" chiese Dinny, incrociando le braccia e guardandoci di sottecchi.

"È magnifica! È la casa sull'albero più bella del mondo!" esclamai, saltellando con impazienza da un piede all'altro.

"È fantastica. L'hai costruita tutta da solo?" domandò Beth, continuando a sorridere mentre guardava la casa blu. Dinny annuì.

"Venite su a vedere, dentro è ancora meglio" le disse, spostandosi ai piedi dell'albero e allungando la mano verso il primo appiglio.

"Forza, Beth!" la esortai, vedendola esitare.

"E va bene!" disse lei ridendo. "Vai prima tu, Erica. Ti do una spinta fino al primo ramo."

"Bisogna darle un nome. Dovresti darglielo tu, Dinny!" esclamai mentre mi tiravo su la gonna e la infilavo nelle mutandine.

"Che ne dite di 'la torre di controllo'? Oppure 'il nido del corvo'?" suggerì Dinny. Beth e io ci trovammo d'accordo: "il nido del corvo" andava bene. Beth mi aiutò a issarmi sul primo ramo e i miei sandali tracciarono dei solchi nello strato friabile di muschio verde, ma non riuscii a raggiungere l'appiglio successivo. Incurvai le dita attorno al piolo che Dinny aveva fissato all'albero, così vicino eppure troppo lontano perché potessi aggrapparmici saldamente. Dinny salì sul primo ramo accanto a me, mi fece salire sul suo ginocchio piegato per aiutarmi a raggiungere il piolo, ma la mia gamba non era lunga abbastanza da arrivare a quello successivo.

"Vieni giù, Erica" gridò Beth alla fine, quando ormai ero paonazza e arrabbiata, sull'orlo del pianto.

"No! Voglio andare su!" protestai, ma lei scosse la testa.

"Sei troppo piccola! Vieni giù!" insistette. Dinny ritrasse il ginocchio, balzò giù dall'albero e non mi rimase altra scelta che ubbidire. Mi lasciai scivolare a terra e fissai in un silenzio imbronciato le mie stupide gambe troppo corte. Mi ero graffiata un ginocchio, ma ero così scoraggiata che il rivolo appiccicoso di sangue lungo lo stinco mi entusiasmò.

"E tu, Beth? Vieni su?" chiese Dinny, e io mi sentii morire dentro all'idea di essere tagliata fuori, di lasciarmi sfuggire la magnifica casa sull'albero. Ma Beth scosse la testa.

"No, visto che Erica non può" rispose. Alzai lo sguardo verso Dinny ma lo distolsi subito per non scorgere la delusione dipinta nei suoi occhi, per non vedere il suo sorriso che svaniva. Si appoggiò all'albero, incrociando le braccia, sulla difensiva. Beth esitò un istante, come se non riuscisse a decidere cosa dire. Poi tese di nuovo la mano verso di me. "Vieni, Rick. Dobbiamo andare a sciacquarti la gamba."

Due giorni più tardi Dinny tornò a chiamarci, e stavolta il tronco del faggio era tempestato di funi e pioli. Beth accennò un sorriso mentre io mi precipitai subito ai piedi della scala sgangherata, lo sguardo fisso sulla casa ondeggiante in cui stavo per salire.

"Sta' attenta!" ansimò Beth, mordendosi le dita quando misi un piede in fallo e persi l'equilibrio. Salì dopo di me, la fronte aggrottata per la concentrazione, senza mai guardare giù. Una tenda fluttuante fatta di sacchi fungeva da porta. All'interno, Dinny aveva sistemato sacchetti di plastica pieni di paglia. C'erano una cassetta di legno che faceva da tavolo, un mazzetto di cerfoglio selvatico in una bottiglia di latte, carte da gioco e qualche fumetto. Era davvero il posto più bello che avessi mai visto. Trascorremmo ore lassù, cullati dai sussurri di quelle nuvole verdeggianti con luminosi scorci di cielo che sfavillavano sopra di noi, pranzando al sacco, lontani da Meredith e Henry. Avevo paura che Henry avrebbe rovinato tutto quando ci avesse raggiunti. Temevo che avrebbe fatto irruzione nel nostro luogo magico e lo avrebbe deriso, facendolo apparire meno straordinario. Ma, per un caso davvero molto fortunato, venne fuori che Henry soffriva di vertigini.

Nella mia mente Henry è sempre più alto di me, più grande di me. Aveva undici anni quando io ne avevo sette. Sembrava un divario enorme, a quell'età. Era un ragazzone. Era chiassoso e prepotente, e diceva che dovevo fare tutto quello che mi ordinava. Adulava Meredith: lei aveva sempre preferito i maschi alle femmine. Usciva con lei nelle rare occasioni in cui Meredith faceva un giro tra i boschi, e più di una volta la aiutò a mettere in pratica i suoi piani orribili. Henry: il collo grassoccio sotto un mento sfuggente, i capelli castano scuro, gli occhi di un azzurro limpido che spesso strizzava, rendendoli brutti, la pelle chiara che si scottava sul naso in estate. Uno di quei ragazzini, ora me ne rendo conto, che sono adulti in miniatura, e basta guardarli per sapere fin da subito che aspetto avranno da grandi. I suoi lineamenti erano già definiti: sarebbero cresciuti, non mutati. Dal suo volto credo s'intuisse che sarebbe diventato una persona banale, priva di attrattive. Ma questo è ingiusto: non ha mai avuto la possibilità di smentirmi, dopo tutto.

Eddie ha ancora un viso da bambino, che io trovo adorabile, il naso affilato, i capelli arruffati, le rotule che sporgono orgogliose sugli stinchi scheletrici e i calzoncini dell'uniforme scolastica. Mio nipote. Abbraccia Beth sulla banchina della stazione, con un po' d'imbarazzo perché dietro di lui, sul treno, alcuni compagni di classe bussano sul finestrino mostrando il dito. Li aspetto di fianco alla macchina, le mani intirizzite dal freddo, e mentre si avvicinano sorrido contenta.

«Ehi, piccolo Eddie! Edderino! Eddius Maximus!» strillo, poi lo prendo tra le braccia e lo stringo a me sollevandolo da terra.

«Zietta Rick, adesso sono Ed e basta» protesta lui con un pizzico di esasperazione.

«Ma certo, scusa. E tu evita di chiamarmi "zietta", mi sembra di avere cent'anni! Butta dietro lo zaino, che ci mettiamo in marcia» dico, resistendo alla tentazione di prenderlo in giro. Ha undici anni, ormai. La stessa età che Henry avrà per sempre, un'età in cui le prese in giro cominciano a pesare. «Com'è stato il viaggio in treno?»

«Un po' noioso, a parte quando Absolom ha chiuso Marcus nel gabinetto. Ci ha assordati a furia di gridare. Da morire dal ridere» racconta Eddie. L'odore pungente che ha addosso comincia a spandersi nell'abitacolo: calzini sporchi, trucioli di matita, fango, inchiostro, panini stantii.

«Oh, sì, proprio da morire dal ridere! Sono dovuta andare a parlare col preside un paio di settimane fa perché avevano chiuso l'insegnante di educazione artistica nell'aula. Avevano spinto una fila di armadietti contro la porta!» interviene Beth a voce alta e squillante, facendomi sobbalzare.

«Non è stata un'idea *mia*, mamma!»

«Però c'eri di mezzo anche tu» ribatte Beth. «E se fosse scoppiato un incendio o che so io? È rimasta là dentro per ore!»

«Be'... allora non dovevano vietare i cellulari, no?» replica Eddie sorridendo. Colgo il suo sguardo nello specchietto retrovisore e gli strizzo l'occhio.

«Edward Calcott Walker, sono sconvolta» dico in tono scherzoso. Beth mi fulmina con lo sguardo. Devo ricordarmi di non fare comunella con Eddie, nemmeno per un'inezia come questa. Non possiamo allearci contro di lei, fosse anche solo per un secondo. Il fatto di dover accettare il mio aiuto la infastidisce già abbastanza.

«Hai la macchina nuova?»

«Quasi nuova» rispondo. «Il vecchio Maggiolino alla fine mi ha lasciata a piedi. Aspetta di vedere la casa, Ed. È gigantesca.» Mentre infiliamo il vialetto lo guardo speranzosa, ma lui si limita ad annuire inarcando le sopracciglia, per nulla colpito. Poi penso che la tenuta potrebbe essere grande appena quanto un'ala della sua scuola, forse più piccola delle case dei suoi amici.

«Sono così felice che siano ricominciate le vacanze, tesoro» dice Beth, prendendo lo zaino dalle mani di Eddie. Lui fa un sorriso sghembo, un po' imbarazzato. Un giorno diventerà più alto di lei: le arriva già alla spalla.

Accompagno Eddie a fare un giro della proprietà mentre Beth è impegnata con la sua pagella. Lo porto al tumulo, costeggio il bosco spoglio, arrivo allo stagno di rugiada. Da qualche parte Eddie ha trovato un lungo bastone e lo sta facendo roteare, decapitando erbacce e ortiche morte. Fa più caldo oggi, ma la giornata è umida. Goccioline di pioggerella si mescolano alla brezza, e i rami nudi sbatacchiano sopra di noi.

«Perché si chiama stagno di rugiada? Non è uno stagno come tutti gli altri?» chiede Eddie, colpendo la riva con il bastone e rannicchiandosi sulle gambe agili e ossute. Piccole onde si riverberano sulla superficie. Ha le tasche dei jeans rigonfie di tesori rubacchiati. È come una gazza ladra, ma sono tutti oggetti che non interessano più a nessuno: vecchie spille di sicurezza, castagne d'India, frammenti di porcellana bianca e blu scovati per terra.

«È qui che nasce il torrente. Lo scavarono molto tempo fa, volevano trasformare questo stagno in una specie di bacino. E si chiama stagno di rugiada perché raccoglie anche la rugiada, immagino.»

«Ci si può fare il bagno?»

«Un tempo lo facevamo, Dinny, tua madre e io. A dire il vero, non credo che tua madre ci sia mai entrata completamente. L'acqua era sempre un po' fredda.»

«I genitori di Jamie hanno un lago dove vanno a fare il bagno che è una bomba. È una specie di piscina, solo che non è tutta piena di cloro e mattonelle e cose del genere. Ha dentro delle piante e roba così. Però è pulita.»

«Sembra magnifico. Non in questo periodo dell'anno però, eh?»

«Direi di no. Chi è Dinny?»

«Dinny... era un ragazzo con cui giocavamo sempre, quando venivamo qui da piccole. La sua famiglia viveva da queste parti. Così...» Lascio in sospeso la frase. Perché quando parlo di Dinny mi sento tanto esposta? Dinny. Con le sue mani squadrate sempre intente a costruire qualcosa. Gli occhi scuri che sorridevano dietro la frangia, e la folta chioma in cui una volta infilai delle margherite mentre dormiva, con le dita tremanti per la gioia repressa, per la mia audacia, per il fatto di stargli così vicina, di poterlo toccare. «Era un tipo davvero avventuroso. Un anno costruì una casa sull'albero, era fantastica...»

«C'è ancora?» chiede Eddie.

«Possiamo andare a vedere, se ti va» propongo. Eddie fa un sorrisetto e trotterella avanti di qualche passo, prendendo di mira un arboscello e sferrando un colpo a due mani.

I denti di Eddie non si sono ancora sistemati, sembrano in lotta per guadagnarsi un posto nella sua bocca. Ci sono grandi fessure, e un paio sono accavallati: ben presto saranno imprigionati in un apparecchio.

«Com'è che ti hanno chiamato gli altri ragazzi, dal treno?» gli grido.

Eddie ridacchia. «Fiorellino» ammette con aria mesta.

«E perché mai...?»

«Be', è un po' imbarazzante... Devo proprio dirtelo?»

«Certo che sì. Non ci sono segreti tra noi.» Sorrido. Eddie sospira.

«Miss Wilton tiene una piantina in vaso sulla cattedra. Non so bene cosa sia. Ce l'ha anche la mamma, ha dei fiori viola scuro e le foglie pelose.»

«Sembrerebbe una violetta africana.»

«Comunque, Miss Wilton ci ha lasciati lì in punizione all'ora di pranzo, e ho detto che avevo talmente fame che mi sarei mangiato qualsiasi cosa, allora Ben ha scommesso cinque sterline che non avrei mangiato la pianta della prof. E così...»

«Non dirmi che l'hai fatto?» Sollevo un sopracciglio, incrociando le braccia mentre camminiamo. Eddie si stringe nelle spalle, ma non sa nascondere un pizzico di orgoglio.

«Mica tutta intera. Solo i fiori.»

«*Eddie!*»

«Non dirlo alla mamma!» ridacchia, rimettendosi a camminare. «E a te che soprannome avevano dato a scuola?» mi chiede.

«Non avevo un vero soprannome, solo Rick. Ero sempre la più piccola, mi aggregavo agli altri. Dinny mi chiamava "cucciolo", a volte» rispondo.

Siamo più uniti di molte zie e nipoti, Eddie e io. Stetti con lui per due mesi mentre Beth si rimetteva, mentre "si faceva aiutare". Fu un periodo difficile, in cui bisognava tirare avanti, fingere e comportarsi nel modo più normale possibile, senza fare tante storie.

Non facemmo mai grandi conversazioni, non mettemmo a nudo la nostra anima, non aprimmo il cuore l'uno all'altra. Eddie era troppo piccolo e io troppo impaziente, ma passammo insieme un momento di grande difficoltà, un concentrato di tristezza, rabbia e confusione. Ci scontravamo di continuo, ed è proprio questo a renderci uniti: la consapevolezza di quel periodo. Maxwell e io discutevamo a voce bassa e strozzata, tenendo sempre la porta chiusa per evitare che Eddie sentisse il padre dire che Beth era "malata".

Della casa sull'albero ormai restano soltanto poche assi sbrindellate, verdognole e viscide, simili all'ossatura marcia di un relitto.

«Be', mi sembra che ormai abbia fatto il suo tempo» osservo tristemente.

«Potresti ricostruirla. Ti do una mano io, se vuoi» suggerisce Eddie, smanioso di consolarmi.

Sorrido. «Potremmo provarci. Andrebbe fatto d'estate, però. Credo che adesso sia un po' freddo e umido lassù.»

«Perché avete smesso di venire a trovare la bisnonna?» Una domanda innocente, povero Eddie, giusto per allentare la tensione. Non poteva sceglierne una peggiore.

«Oh, sai com'è. È solo che... crescendo cominciammo ad andare in vacanza più spesso con i nostri genitori. Non me lo ricordo bene.»

«Ma tu ripeti sempre che non si dimenticano mai le cose importanti che succedono quando siamo piccoli. Me l'hai detto anche quando ho vinto il premio di recitazione.» All'epoca mi era sembrata una cosa positiva. Peccato che Eddie vinse quel premio proprio durante i due mesi che trascorremmo insieme, e, quando lo dissi, quello che entrambi pensammo nello stesso istante fu che avrebbe ricordato per sempre di essere tornato a casa da scuola e di aver trovato Beth in quello stato. Glielo lessi negli occhi, e rimpiansi amaramente di non potermi rimangiare al volo quelle parole.

«Be', vuol dire che non sarà stata una cosa così importante, no?» dico in tono leggero. «Sbrighiamoci, abbiamo ancora un sacco di cose da vedere.»

Ci dirigiamo verso casa, ripiegando nel giardino d'inverno quando la pioggia comincia a farsi scrosciante, poi, senza quasi bagnarci, passiamo da una tettoia all'altra, dalle vecchie scuderie alla rimessa per le carrozze, che è straripante di cianfrusaglie e imbrattata di escrementi di uccello. Contiamo i nidi di rondine sopra di noi, avvinghiati alle travi come funghi. Eddie trova una piccola scure, la lama coperta di ruggine.

«Che bomba!» sussurra, e la fa roteare rapidamente. Gli afferro il polso e con il pollice controllo che la lama sia sufficientemente smussata.

«Con questa devi stare attentissimo» dico, fissandolo negli occhi. «E non portarla in casa.»

«Ricevuto» risponde brandendola di nuovo e sorridendo al sibilo prodotto dalla lama che taglia l'aria.

Fuori si fa sempre più buio e la pioggia aumenta di intensità. Un torrente d'acqua fangosa gorgoglia di fronte alla porta della rimessa.

«Rientriamo, ti va? Tua madre si starà chiedendo dove ci siamo cacciati.»

«Dovrebbe venire sino alla casa sull'albero, a vedere se secondo lei potremmo ricostruirla. Dici che lo farebbe?»

«Non lo so, Ed. Sai che patisce molto il freddo, quando c'è questo tempo» replico. È così magra che non c'è niente che la protegga dal gelo invernale.

Beth sta preparando delle tortine natalizie quando entriamo in cucina parlando a voce alta. Stende l'impasto, ne ricava dei cerchi, li farcisce e poi li inforna. Ha cominciato ieri, in vista dell'arrivo di Eddie, e non sembra intenzionata a smettere. Il tavolo della cucina è sommerso di briciole, farina e vasetti svuotati. Il profumo è divino. Beth, rossa in viso, emerge dalla stufa Rayburn con un'altra infornata e posa i vassoi sul piano di lavoro coperto di graffi. Ha riempito tutti i barattoli e le biscottiere. Ne ha infilati parecchi sacchetti nel vecchio congelatore della cantina. Ne prendo due e ne passo una a Eddie. Il ripieno mi scotta la lingua.

«Sono fantastiche, Beth» dico a mo' di saluto. Beth accenna un timido sorriso, che si fa più convinto quando i suoi occhi si posano sul figlio. Gli si affianca per baciarlo sulla guancia, lasciandogli impronte bianche di farina sulle maniche.

«Ottimo lavoro, tesoro. I tuoi insegnanti sembrano tutti molto soddisfatti di te» dice. Prendo la pagella dal tavolo, soffio via la farina e la sfoglio. «Con la comprensibile eccezione di Miss Wilton...» precisa Beth. Quella della violetta africana.

«Cosa insegna?» gli chiedo, vedendolo un po' sulle spine.

«Francese» borbotta Eddie con la bocca piena.

«Dice che non ti stai impegnando quanto dovresti, e le poche volte che lo fai dimostri che potresti andare molto meglio» prosegue Beth, stringendo le spalle del figlio per non lasciarselo sfuggire. Eddie si limita a scrollarle. «E poi, *tre* punizioni in un solo semestre? Cos'è questa storia?»

«È solo che il francese è così noioso!» dichiara Eddie. «E Miss Wilton è troppo severa! È davvero ingiusta! Una di quelle punizioni l'ho beccata perché Ben mi ha lanciato un biglietto, ma non era mica colpa mia!»

«Be', almeno prova a stare più attento, va bene? Il francese è importantissimo. No, dico sul serio!» insiste, vedendo Eddie alzare gli occhi al cielo. «Quando sarò ricca e mi trasferirò nel Sud della Francia, come te la caverai se non conosci la lingua?»

«Sbraitando e gesticolando?» azzarda lui. Beth stringe severamente le labbra ma poi scoppia a ridere, un suono intenso, caldo, che sento così di rado. Non riesce a resistere, con Eddie. «Posso avere un'altra tortina?» chiede lui, sentendo di averla avuta vinta.

«E va bene. Poi però vai a buttarti nella vasca, sei tutto sporco!» Eddie agguanta due tortine e si precipita fuori dalla cucina.

«Porta su lo zaino!» gli grida dietro Beth.

«Non ho spazio!» protesta Eddie.

«Non ha voglia, piuttosto» mi dice Beth con un sorriso malinconico.

Più tardi guardiamo un film. Beth è raggomitolata sul divano con Eddie, e si dividono un'enorme ciotola di popcorn. Lancio un'occhiata a mia sorella e mi accorgo che non sta prestando molta attenzione al film. Volta il mento, lo appoggia sopra la testa di Eddie, chiude gli occhi per la contentezza, e alcuni dei nodi che ho dentro si sciolgono, dissolvendosi nel tepore prodotto dal caminetto.

Il weekend passa in fretta tra una cosa e l'altra: una capatina al cinema di Devizes, i compiti al tavolo della cucina, le tortine ripiene, Eddie fuori nella rimessa o a scorrazzare nelle stalle deserte brandendo la sua scure. Beth è serena, anche se un po' assente. Smette di cucinare quando finisce la farina, e rimane ferma a lungo a guardare Eddie dalla finestra con un debole sorriso.

«Potrei portarlo in Francia la prossima estate» mi dice senza staccare gli occhi da suo figlio mentre le passo una tazza di tè.

«Secondo me gli piacerebbe un sacco» rispondo.

«In Dordogna, magari. Oppure nella Valle del Lot. Potremmo fare il bagno nel fiume.» Amo sentirla fare programmi per il futuro, è bello sapere che sta guardando così lontano. Le appoggio un istante il mento sulla spalla, seguendo il suo sguardo fuori, verso il giardino.

«Te l'avevo detto che si sarebbe divertito qui» osservo. «Sarà un Natale fantastico.» I suoi capelli hanno un leggero profumo di menta e li faccio scivolare sopra la spalla, lisciandoli sul pullover con una lunga carezza.

Domenica pomeriggio Maxwell passa a prendere Eddie. Mentre apro la porta chiamo Beth, e non vedendola arrivare gli faccio fare un breve giro del pianterreno e gli preparo un caffè. Maxwell divorziò da Beth cinque anni fa, quando lei sembrava sempre più depressa e continuava a perdere peso, e lui disse che non ce la faceva più e che non era quello il modo di tirare su un figlio. Così la lasciò e si risposò praticamente subito con Diane, una donna bassa, grassoccia e dall'aria florida: denti bianchi, abiti di cachemire, unghie perfette. Senza complicazioni. Per come la vedo io, la depressione di Beth tornò molto utile a Maxwell, ma sotto sotto non è cattivo. È solo che l'ha conosciuta in un momento felice, quando era un trionfo di grazia e di bellezza schiva. Era come un cigno allora, come un giglio. Un amico solo quando tutto va bene, ecco cosa si è rivelato Maxwell. Ora il suo impermeabile grigio gocciola sulle lastre di pietra, ma la pioggia non basta a cancellare la lucentezza dei capelli, delle scarpe, della pelle.

«Un posto davvero grandioso» dice, bevendo un sorso di caffè bollente con un rumore che mi infastidisce.

«Sì, anche secondo me» concordo, e mi appoggio alla stufa con le braccia incrociate. Se mi era difficile provare simpatia per Maxwell quando era ancora mio cognato, adesso mi è quasi impossibile.

«Certo, ci sarà da lavorarci un bel po', ma ha un enorme potenziale» dichiara. Ha fatto i soldi nel settore immobiliare, e mi domando con un pizzico di malignità come se la stia cavando con la stretta creditizia. Un enorme potenziale. Disse la stessa cosa del cottage che Beth comprò nei pressi di Esher, dopo il divorzio. Lui vede tutto con l'occhio dell'immobiliarista, invece Beth ha tenuto le porte di legno gonfie e i caminetti che tirano solo quando le finestre sono aperte. Le piace così, un po' cadente. «Avete deciso cosa farne?»

«No, per ora no. Beth e io non ne abbiamo ancora parlato seriamente» rispondo. Un lampo d'irritazione gli balena sul volto. Non ha mai sopportato di vedere il buonsenso sopraffatto dall'insicurezza.

«Be', con questa eredità potreste diventare molto ricche...»

«Dovremmo restare qui, però. Vivere qui. Non sono sicura che sia quello che vogliamo.»

«Non sarete mica costrette a occupare la casa intera. Avete mai pensato di convertirla in appartamenti? Vi servirà un progetto, è ovvio, ma non dovrebbero esserci problemi. Potreste tenere per voi un appartamento e liquidare il resto cedendo la proprietà superficiaria a lungo termine. Sarebbe un colpo grosso, e rispetterebbe i termini del testamento.»

«Verrebbe a costare migliaia e migliaia di sterline...» Scuoto la testa. «Tra l'altro siamo in piena recessione, non te lo dimenticare. Mi sembrava che il mercato edilizio avesse avuto una battuta d'arresto, o sbaglio?»

«Saremo anche in recessione in questo momento, ma nel giro di due o tre anni? La gente avrà sempre bisogno di posti in cui vivere, se si ragiona a lungo termine.» Maxwell inclina la testa: sta riflettendo. «Dovreste trovare qualche investitore. In questo potrei aiutarvi. Potrei addirittura essere interessato io stesso...» Osserva la stanza con maggiore attenzione, come se stesse prendendo le misure a occhio per disegnare una planimetria. Provo un moto di disgusto.

«Ti ringrazio. Lo farò presente a Beth» rispondo in tono fermo. Maxwell mi lancia un'occhiata severa, ma per un po' non dice nulla.

Posa lo sguardo su una natura morta raffigurante della frutta sulla parete opposta e alla fine, quando si schiarisce appena la voce, so cosa sta per chiedermi.

«E Beth come sta?»

«Bene» mi limito a rispondere, in modo volutamente elusivo. L'irritazione torna a fare capolino sul suo viso, disegnando un solco più profondo sulla fronte già corrugata.

«Andiamo, Erica. Quando ci siamo incontrati la scorsa settimana, l'ho vista di nuovo magrissima. Mangia? Ha fatto qualche scenata?» Cerco di non pensare alle tortine natalizie. Alle centinaia di tortine natalizie.

«Non che io sappia» mento. È una grossa bugia. Sta peggiorando di nuovo e, anche se non ne conosco con precisione il motivo, so quando tutto ha avuto inizio, quando ha ripreso a stare male: è stato dopo la morte di Meredith. Dopo che Meredith, morendo, ha riportato questo luogo nelle nostre vite.

«Allora, dov'è?»

«Non ne ho idea. Sarà in bagno» dico con un'alzata di spalle.

«Tienila d'occhio» mormora. «Non lascerò che Eddie passi il Natale qui se c'è il rischio che Beth abbia un altro dei suoi attacchi. Non sarebbe giusto per lui.»

«Non ci sarà nessun *attacco*, a meno che tu non cerchi di tenere Eddie lontano da lei» ribatto.

«Non è questione di tenerlo lontano da lei. Mi preme solo fare quello che è meglio per mio figlio, e...»

«Quello che è meglio per lui è avere la possibilità di passare del tempo con sua madre. E a lei fa un gran bene averlo attorno. Sta molto meglio ogni volta...»

«Non dovrebbe toccare a Edward far stare meglio sua madre!»

«Non intendevo questo!»

«Ho permesso che Edward venisse qui solo perché sapevo che ci saresti stata tu a tenere d'occhio la situazione, Erica. Beth ha già mostrato quanto possa essere imprevedibile e instabile. Nascondere la testa sotto la sabbia non ti servirà a niente, sai?»

«Penso di conoscere mia sorella, Maxwell, e non è per niente instabile...»

«Ascolta, Erica, so che cerchi solo di prendere le sue difese, ed è una cosa ammirevole, ma qui non stiamo giocando. Se Edward la vedesse al suo peggio potrebbe risentirne per tutta la vita, e non posso lasciare che succeda una cosa del genere! Non di nuovo!»

«Parla piano, per la miseria!»

«Senti, voglio solo...»

«Lo so cosa vuoi, Maxwell, ma Beth è la madre di Eddie ed è un fatto che non puoi cambiare. Le persone non sono perfette. Beth non è perfetta. Ma è una madre fantastica, e adora Eddie, e se solo riuscissi a concentrarti su questo anziché aspettare al varco che succeda chissà cosa e strillare "custodia esclusiva!" ogni volta che si sente un po' giù...»

«"Un po' giù" è un eufemismo bello e buono, Erica» mi interrompe Maxwell, e posso solo fulminarlo con lo sguardo, perché ha ragione. Nella pausa che segue sentiamo un rumore fuori dalla stanza, e ci scambiamo un'occhiata accusatoria. Eddie è in corridoio e sta facendo ondeggiare goffamente lo zaino. Il gesto gli fa storcere il polso scarno. «Edward!» esclama Maxwell facendogli un gran sorriso e attraversando la stanza per stringerlo in un rapido abbraccio.

Mi ci vuole un po' per trovare Beth. La casa è buia oggi, come il mondo esterno. Una domenica nel cuore dell'inverno in cui il sole si è levato a stento e sta già per svanire. Mi sposto da una porta all'altra, spalancandole, sbirciando dentro le stanze, inspirando l'odore stantio di ambienti chiusi da tempo. Qualche ora fa abbiamo fatto colazione tutti insieme, seduti al lungo tavolo della cucina. Beth era allegra e raggiante. Ha preparato una cioccolata bollente e riscaldato i croissant nel forno per tutti noi. Troppo allegra e raggiante, ripensandoci. Non l'ho vista sgusciare via. Accendo gli interruttori della luce passando, ma molte lampadine sono bruciate. Infine la trovo, raggomitolata sul davanzale di una camera all'ultimo piano. Da lì può vedere la macchina argentata nel vialetto attraverso il vetro della finestra striato di rivoli di pioggia.

«È arrivato Maxwell» dico inutilmente. Lei mi ignora. Si prende il labbro inferiore tra due dita, lo preme contro i denti, morde con forza. «Eddie sta andando, Beth, devi scendere a salutarlo. Forza. E poi Maxwell vuole parlarti.»

«Non voglio parlare con lui. Non voglio vederlo. Non voglio che Eddie se ne vada.»

«Lo so, ma è solo per un po'. E non puoi lasciarlo andare via senza nemmeno salutarlo.» Gira la testa per lanciarmi un'occhiata torva. Ha l'aria così stanca. Così stanca e triste. «Ti prego, Beth. Stanno aspettando... Dobbiamo scendere.» Beth fa un respiro profondo, poi scivola giù dal davanzale con un movimento lento e cauto.

«L'ho trovata!» annuncio allegramente, la voce troppo stridula. «Questa casa è talmente grande che ci si perde.» Beth e Maxwell mi ignorano, ma Eddie sorride, perplesso. Vorrei che mia sorella fosse più brava a fingere, certe volte. Che dimostrasse di potersela cavare. Le darei uno scrollata in questo momento, rimproverandola per non essersi mostrata a Maxwell in condizioni migliori. Se ne sta davanti a lui con le braccia conserte, persa in un cardigan sformato. Non gli diede battaglia, quando la lasciò. Raggiunsero un accordo amichevole, era questa la parola ripetuta da entrambe le famiglie. "Amichevole". Non c'è niente di amichevole in Beth adesso, mentre se ne sta lì con un'espressione cupa, l'aria afflitta. Non si sfiorano.

«È bello vederti, Beth. Ti trovo bene» mente Maxwell.

«Anch'io.»

«Ascolta, ti spiace se riportiamo Eddie il prossimo sabato, anziché venerdì? È solo che alla scuola di Melissa fanno il concerto di Natale venerdì sera, e ci piacerebbe andarci tutti insieme, vero, Ed?» Eddie alza una spalla e contemporaneamente annuisce. Poveretto, è così giovane ed è già un esperto di diplomazia. Beth stringe le labbra e serra la mascella. Quanto odia sentire parlare della nuova famiglia di Maxwell, e sapere che Eddie trascorrerà anche un solo secondo in più con loro. Ma la richiesta è ragionevole, e si sforza di esserlo anche lei.

«Ma sì, va benissimo, nessun problema» risponde.

«Fantastico» dice Maxwell con il suo sorriso fugace, pragmatico. C'è un momento di silenzio, rotto solo dal fruscio insistente dello zaino di Eddie che ondeggia avanti e indietro. «Avete molto da fare questo fine settimana?» chiede Maxwell.

«Non molto. Rovisteremo un po' tra le vecchie cianfrusaglie di quando eravamo piccole e ci dedicheremo ai preparativi per Natale» rispondo. Beth non aggiunge altro.

«Bene. Adesso andiamo, Ed.» Maxwell si dirige con il figlio verso la porta. «Ci vediamo sabato. Buona settimana a tutte e due.»

«Eddie, aspetta!» Beth corre verso il figlio e lo abbraccia stringendolo troppo. Andrebbe con lui, se potesse. Lo terrebbe con sé perché Eddie non la dimentichi, perché non si affezioni troppo a Diane e Melissa. Quando la porta si chiude dietro di loro mi volto verso Beth, ma lei evita di incrociare il mio sguardo.

«Perché sei sempre così silenziosa quando c'è Maxwell?» sbotto. «Non riesci a essere più...» Mi interrompo, smarrita. Beth alza le braccia.

«No che non ci riesco! Lo so che vuole portarmi via Eddie. Non posso fingere di non saperlo o di fregarmene!» urla.

«Ma no, hai ragione» la blandisco. Beth si passa le mani tra i capelli arruffati. «Eddie tornerà presto» aggiungo. «Lo sai quanto gli piace stare con te, Beth. Ti adora, sul serio, e Maxwell non potrà mai fare nulla per cambiare questo fatto.» Le stringo le spalle con delicatezza, cercando di strapparle un sorriso. Beth sospira, incrociando le braccia.

«Lo so. È solo che... Vado a fare una doccia» conclude, e se ne va.

Ora che Eddie non c'è più la casa è di nuovo grande e vuota. Con un tacito accordo, per ora abbiamo smesso di rovistare fra le cose di Meredith. È un compito troppo impegnativo, e in apparenza inutile. Gli oggetti che popolano la casa sono rimasti qui talmente a lungo da diventare tutt'uno con l'ambiente. Sarebbe un'impresa impossibile portarli via in un colpo solo. Ci serviranno rinforzi, magari addirittura dei bulldozer... Già me la immagino, la pala dentata che si conficca fra strati di tessuto e moquette, e poi carta, legno e polvere. Una faticaccia, come cercare di estrarre la polpa da un melone acerbo. Sarà un terribile atto di violenza, tutte le piccole tracce di così tante vite...

«Prima d'ora non mi ero mai chiesta che fine fanno le cose quando qualcuno muore» dico durante la cena. Al nostro arrivo abbiamo trovato la dispensa piena di minestre in scatola, ma stanno per finire. Tra non molto dovrò avventurarmi al villaggio.

«Cosa intendi?»

«Be'... solo che finora non era mai morto nessuno che conoscessi. Non avevo mai dovuto subirne le conseguenze, e...»

«Subirne le conseguenze? Fai sembrare la morte una cosa egoistica. È così che la vedi?» Beth parla in tono basso e infervorato. Com'è diversa, ora che Eddie se n'è andato.

«No! Ma no, figurati. Non stavo dicendo questo. Intendevo solo che, finché non ti ci trovi in mezzo, non ti viene nemmeno da pensarci... a chi metterà in ordine tutto. A dove andranno a finire le cose. Ad esempio, che ne sarà delle camicie da notte di Meredith? Delle sue calze? Del cibo in dispensa?» Sono in difficoltà. E dire che doveva essere una conversazione frivola.

«Che importanza ha, Erica?» obietta Beth. Smetto di parlare, prendo un pezzo di pane e lo sbriciolo tra le dita.

«Nessuna» replico. A volte mi sento molto sola con lei.

Non mi era mai successo, non prima, quando eravamo ragazze. Non ci capitava quasi mai di scontrarci, di litigare. Forse era per la differenza di età, o forse perché avevamo un nemico comune. Neppure quando rimanemmo chiuse in casa per due giorni interi, due lunghi giorni di sole, ci rivoltammo una contro l'altra. Era stato quello l'intento di Henry, e anche di Meredith. Meredith ci aveva impedito subito di giocare con Dinny. Ci aveva detto di non parlare a nessuno della sua famiglia, di non avvicinarci a loro, dopo che un giorno all'ora del tè le avevamo parlato ingenuamente della nostra nuova amicizia.

Lo avevamo conosciuto allo stagno, mentre faceva il bagno. La giornata era calda ma non afosa. Era l'inizio dell'estate, se ben ricordo, il paesaggio era ancora verdeggiante. Spirava una brezza fresca, e quando lo avevamo visto per la prima volta, bagnato fradicio, c'erano venuti i brividi. Aveva ammonticchiato tutti i suoi vestiti a riva. Beth mi aveva preso per mano, ma non eravamo scappate via. Eravamo rimaste affascinate fin dal primo momento. Avevamo desiderato subito conoscere quel ragazzo magro, nudo, con la pelle scura e i capelli bagnati appiccicati al collo, che nuotava e si tuffava tutto solo. Quanti anni avevo? Non ricordo bene. Quattro o cinque, non di più.

"Chi siete?" aveva chiesto lui, tenendosi a galla. Mi ero avvicinata di più a Beth strisciando i piedi, e le avevo stretto forte la mano.

"Quella è la casa di nostra nonna" aveva spiegato Beth indicando la tenuta. Dinny si era avvicinato un po', sguazzando.

"Sì, ma voi chi siete?" aveva ripetuto lui sorridendo, con i denti e gli occhi che brillavano.

"Beth!" avevo sussurrato in tono pressante. "È senza vestiti!"

"Ssh!" mi aveva zittito mia sorella, producendo un suono buffo e sommesso, rallegrato da un risolino.

"Dunque tu sei Beth. E tu?" Dinny mi stava guardando. Avevo sollevato appena il mento.

"Io sono Erica" avevo dichiarato, attingendo a tutto il mio sangue freddo. In quel momento un Jack Russell terrier era sbucato fuori dal bosco e aveva puntato dritto verso di noi, guaendo e scodinzolando.

"Io sono Nathan Dinsdale, e questo è Arthur." Aveva indicato il cane con un cenno. A quel punto, lo avrei seguito ovunque. Morivo dalla voglia di avere un animale tutto mio: un vero animale, non il pesce rosso che era il solo per il quale avessimo abbastanza spazio in casa. Ero talmente impegnata a giocare con il cane che non ricordo come Dinny fosse potuto uscire dallo stagno senza che Beth lo vedesse nudo. Ho il sospetto che non ce l'avesse fatta.

Malgrado il divieto di Meredith avevamo continuato a frequentarlo, ovviamente, e il più delle volte riuscivamo a tenere la cosa nascosta seminando Henry prima di scendere all'accampamento in cui Dinny viveva con la sua famiglia, ai confini della tenuta. Henry, in ogni caso, girava quasi sempre al largo dall'accampamento. Pur di non disobbedire a Meredith, aveva preferito assimilare il suo disprezzo per gli zingari e alimentarlo, lasciando che si tramutasse in un'ostilità che lui stesso provava. La volta in cui Meredith ci chiuse in casa, i nostri genitori erano partiti per il weekend. Eravamo andati al villaggio con Dinny per comprare dolcetti e Cola-Cola al negozio. Voltandomi, vidi Henry. Lui si tuffò dietro la cabina telefonica, ma non abbastanza in fretta, e mentre tornavamo verso casa avvertii un formicolio tra le scapole, sentendomi osservata. A un certo punto Dinny ci salutò e scomparve tra gli alberi, tenendosi a debita distanza dalla tenuta.

Al nostro arrivo trovammo Meredith ad aspettarci sulla soglia. Di Henry neanche l'ombra, eppure sapevo che lei sapeva. Ci afferrò per le braccia affondandovi le unghie, si chinò e accostò il suo volto livido di rabbia al nostro. "A giocare con i cani si prendono le pulci" disse in tono secco e pungente. Ci trascinò al piano di sopra e ci costrinse a fare un bagno così caldo da farci arrossare la pelle, e io piagnucolai ininterrottamente. Mia sorella rimase in silenzio, furiosa.

Più tardi Beth, sentendomi frignare nel mio letto, mi diede alcune istruzioni sottovoce. "Tenerci in casa è il suo modo per punirci, perciò dobbiamo farle vedere che non ci dà nessun fastidio. Che non ce ne importa niente. Hai capito, Erica? Ti prego, non piangere!" sussurrò, scostandomi i capelli dal viso con le mani che tremavano per la rabbia. Io annuii, mi pare, ma ero troppo turbata per prestarle attenzione. Fuori era ancora pieno giorno. Sentivo Henry giocare sul prato con uno dei cani e la voce di Clifford che filtrava indistinta attraverso le assi del pavimento. Un lungo pomeriggio d'agosto, e noi costrette a stare a letto. Chiuse in casa per l'intero fine settimana.

Quando mamma e papà tornarono, raccontammo loro ogni cosa. "Questo è troppo, Laura. Stavolta faccio sul serio" disse papà. Il cuore mi si riempì di gioia e di amore per lui.

"Le parlerò" replicò la mamma.

All'ora del tè origliai mentre lei e Meredith discutevano in cucina.

"Mi sembra un gran bravo ragazzo, molto assennato. Non vedo proprio cosa ci sia di male" disse nostra madre.

"Ah, no? Vuoi che le ragazze comincino a usare quell'orribile dialetto del Wiltshire? Vuoi che imparino a rubare, a imprecare? Vuoi che tornino a casa sudicie e depravate? Quando è così allora no, non c'è proprio niente di male" replicò Meredith con freddezza.

"Le mie bambine non ruberebbero *mai*" ribatté nostra madre con fermezza. "E 'depravate' mi sembra un'esagerazione, sinceramente."

"A me no, Laura. Hai forse dimenticato quanti problemi ci ha creato quella gente nel corso degli anni?"

"Come potrei dimenticarlo?" sospirò la mamma.

"Be', la madre sei tu..."

"Sì, esatto."

"Ma se vuoi che vivano sotto il mio tetto e sotto la mia custodia, dovranno attenersi alle *mie* regole" sbottò Meredith.

La mamma fece un respiro profondo. "Se vengo a sapere che le hai chiuse in casa un'altra volta, non metteranno mai più piede qui, e nemmeno David e io" disse senza scomporsi, ma io avvertii la tensione nella sua voce. Tremava quasi. Meredith non rispose. Sentii i suoi passi avvicinarsi e corsi a nascondermi. Scampato il pericolo, raggiunsi mia madre e la trovai che lavava i piatti in silenzio, concentrata, gli occhi lucidi. Le presi le gambe fra le braccia e strinsi con forza. Meredith rimase contraria al fatto che giocassimo con Dinny, ma non ci rinchiuse mai più nella nostra stanza. Su quel punto, se non altro, la mamma riuscì a spuntarla.

Il mattino di lunedì è grigio e piovoso. Mi sono svegliata con le dita delle mani e dei piedi gelate, e lo sono tuttora, come la punta del naso. Non ricordo l'ultima volta che ho patito un freddo del genere. A Londra non capita mai. Ci sono il tepore umidiccio della metropolitana, la sferzata di calore proveniente da negozi e caffè, centouno posti in cui nascondersi per trovare riparo dal gelido mondo esterno. Sono nel giardino d'inverno, sul versante meridionale della casa, che dà su un praticello circondato da nodosi alberi da frutto. Quando facevamo troppo baccano giocando, quando "mettevamo a dura prova la pazienza di Meredith", venivamo mandate qui, sul praticello, mentre gli adulti sedevano sulla terrazza affacciata a ovest bevendo tè freddo e vodka attorno a un tavolo di ferro battuto bianco. A tenermi compagnia trovo soltanto i resti scheletrici di qualche pianta di pomodoro. Un rospo paffuto è seduto accanto a un rubinetto dal quale stillano gocce verderame su una distesa di lenticchie d'acqua. Avevo scordato la quiete della campagna, che ora mi rende un po' nervosa.

È un posto umido e c'è odore di terra fertile, malgrado la stagione. Uno dei miei primi ricordi di Henry risale a quando lui aveva otto o nove anni e io cinque. Era una calda giornata d'agosto di una di quelle estati che sembrano durare in eterno. Ricordo il sole cocente che aveva imbiondito l'erba, rendendola friabile, le pietre della terrazza troppo calde per girare a piedi scalzi, i cani talmente sfiniti da non riuscire a giocare, il mio naso spellato e le lentiggini sulle braccia di Beth. Nel praticello era stata piazzata una di quelle enormi piscine per bambini, talmente grande che c'erano degli scalini su un lato della vasca, e una distesa di plastica azzurra all'interno, allettante ancor prima di essere riempita. Rammento ancora l'odore della plastica surriscaldata. La piscina era stata montata e collegata a un tubo di gomma. L'acqua arrivava direttamente dalle condutture della tenuta e risultava ghiacciata sulla pelle scottata dal sole, provocando un piacevole intorpidimento. Mi dimenavo nel mio costume rosso, implorando che si riempisse alla svelta.

Henry si buttò senza indugi, sporcando l'acqua con l'erba che aveva sotto i piedi, poi, una volta che gli adulti se ne furono andati, prese il tubo e lo agitò verso di noi. Ci schizzava per non lasciarci avvicinare. Ricordo che morivo dalla voglia di entrare, di bagnarmi i piedi, ma alle *mie* condizioni. Non volevo essere schizzata. Prima i piedi, poi il resto, per gradi. Ogni volta che azzardavo un passo avanti, mi spruzzava. L'acqua gli arrivava alle caviglie, e i suoi piedi apparivano bianchi e increspati. Anche il resto del corpo era bianco, i capezzoli appena sporgenti, rivolti all'ingiù. A un tratto si fermò e mi fece una promessa, o meglio un giuramento. Giurò che potevo entrare tranquillamente, che non mi avrebbe più schizzato. Gli feci mettere giù il tubo prima di arrampicarmi con cautela. Provai per un attimo una sensazione estatica di freddo ai piedi, dopodiché Henry mi afferrò, mi prese la testa sotto il braccio e mi puntò il tubo dritto in faccia. Acqua su per il naso, negli occhi, gelida, soffocante, mentre Beth inveiva contro di lui dal bordo della vasca. Cominciai a tossire e a strillare finché la mamma non venne a vedere cosa stesse succedendo.

Vorrei che Beth uscisse di casa. Ho letto da qualche parte che i grandi spazi aperti sono un toccasana per la depressione. Una camminata tonificante, in comunione con la natura, come se la depressione fosse una sorta d'indigestione, e andasse semplicemente risolta. Non sono sicura che possa funzionare in questo periodo dell'anno, quando il vento ti può soffiare fin dentro l'anima, ma senz'altro le farebbe meglio che non vagare per quella casa. Sul banco di lavoro trovo un canestro e delle cesoie, e mi incammino verso il bosco.

Disegno una curva e passo dallo stagno. Lo faccio quasi ogni giorno. Mi sembra di non riuscire a starne lontana. Mi fermo sulla riva scoscesa a prendere a calci qualche pezzetto di gesso e selce. Mentre sono lì, mi tornano in mente frammenti di ricordi. Mi succede ogni volta che sono nei paraggi di Storton Manor: piccole istantanee che si accompagnano a una vista, a un odore, a una stanza. Un nastro legato dietro il letto. Fiori gialli ricamati su una federa. Ogni passo è un promemoria. Qui allo stagno c'è qualcosa che dovrei *ricordare*, qualcosa che va oltre i semplici giochi, i bagni, il brivido del proibito. Chiudo gli occhi e mi rannicchio, abbracciandomi le ginocchia. Mi concentro sull'odore dell'acqua e del terreno, sul rumore degli alberi sopra di me. Sento l'abbaiare di un cane provenire da molto lontano, forse dal villaggio. Senza dubbio c'è qualcosa, qualcosa che sto cercando di ricordare. Protendo le dita alla cieca finché non toccano la superficie dell'acqua, che è più tagliente e fredda che mai. Me la immagino solidificarsi in cristalli di ghiaccio che tessono una tela rigida sulla superficie. Per un secondo avverto l'antica paura di essere risucchiata. Perché, se l'acqua ha potuto innalzarsi dal fondale sbucando dal nulla come per magia, allora di certo potrebbe succedere anche il contrario, giusto? Un gigantesco buco. A volte ci pensavo mentre facevo il bagno e provavo un delizioso brivido di paura, come se stessi nuotando in mare e d'improvviso mi venissero in mente gli squali.

In cima alle colline, dove gli alberi si interrompono, il terreno sprofonda in un'erta conca circolare simile a un enorme scavo nella terra e straripante di biancospino, prugno selvatico e sambuco, interamente cinto di vitalba. Il gelo si radica più a fondo lì, dura più a lungo. Punto lo sguardo su un cespuglio di agrifoglio proprio al centro della conca, le bacche scintillanti come gioielli nel groviglio incolore. Percorro la scivolosa distesa d'erba, e quando raggiungo il folto degli alberi non trovo vie d'accesso. L'aria è immobile, molto più fredda di prima. Il respiro mi si condensa davanti al viso mentre faccio il giro in cerca di un varco. Non vedo altro che il declivio che s'innalza sopra di me e il punto in cui il suo profilo incontra il cielo. Faccio un unico tentativo di aprirmi un passaggio, ma mi ritraggo con qualche brutto graffio.

Torno verso il bosco. Nel canestro per il momento ho solo qualche viticcio d'edera raccolto in giardino. Questo non è un bosco pubblico: non c'è nessuno che se ne occupi, non è attraversato da sentieri. I terreni da pascolo all'interno della proprietà sono stati tutti affittati o venduti ai contadini del posto, e mi chiedo se qualcuno di loro metta mai piede qui per fare legna o catturare qualche fagiano o coniglio. Non si direbbe proprio, visto che il terreno è ingombro di rovi, foglie cadute e pezzi di tronco che si sgretolano. Creature invisibili si allontanano da me con un leggero fruscio senza lasciare traccia. Vedo ghiande, faggine e, attorno a un albero, un tappeto di piccole mele gialle marcescenti. Devo guardare dove metto i piedi per non inciampare. Non ci sono uccelli che cinguettano sopra di me, ma solo il fioco respiro del vento che s'insinua fra i rami spogli.

Mentre procedo, per poco non calpesto una persona rannicchiata. Lancio un grido di sorpresa. È un uomo con lunghi dreadlock e abiti spaiati dai colori sgargianti.

«Mi scusi! Salve» dico. L'uomo si alza: è decisamente più alto di me, e per terra accanto a lui noto un grande poliporo, un orribile fungo giallo. Lo stava esaminando, praticamente sfiorandolo con il naso. «Non... non credo che si possano mangiare» aggiungo con un rapido sorriso. L'uomo è fermo di fronte a me e non dice nulla. È magro, slanciato, e rimane incantato a guardarmi con le braccia abbandonate lungo i fianchi. Mi mette a disagio e quindi mi allontano da lui. Forse è l'istinto, oppure è qualcosa nei suoi occhi vacui a darmi l'impressione che non sia del tutto a posto. Faccio un passo indietro e mi volto a sinistra, ma l'uomo si sposta sulla destra e mi blocca la strada. Prendo la direzione opposta e lui mi segue. Il cuore comincia a battermi più forte. Il suo silenzio è inquietante, e mi sento in qualche modo minacciata sebbene non mostri alcuna intenzione di aggredirmi. Emana un odore acre, leggermente pungente. Mi chiedo se sia un drogato. Mi volto di nuovo a sinistra e lui sorride, mostrando un ghigno sdentato che va da una parte all'altra del viso.

«Cristo, adesso levati dai piedi!» sibilo nervosamente, ma lui fa un passo verso di me e, mentre cerco di allontanarmi, un tacco della scarpa s'infila in un groviglio di rovi. Cado goffamente su un fianco, le spine mi si conficcano nei palmi delle mani e rimango senza fiato. Le foglie si sollevano attorno a me, spandendo dappertutto il loro odore putrido. Volto la testa e vedo che l'uomo si è chinato su di me, oscurando il cielo. Mi dibatto per liberare il piede dalla vegetazione, ma i miei movimenti convulsi non fanno che peggiorare le cose. Potrei mettermi a gridare, ma la tenuta è troppo lontana e Beth non mi sentirebbe mai. Non sa che sono qui. Nessuno lo sa. Tremo per il panico e respiro a fatica. Poi due mani vigorose, pesanti, mi stringono le braccia con forza.

«Lasciami! Sta' lontano da me! *Lasciami!*» urlo come una forsennata.

Sento una seconda voce e le mani mi liberano, lasciandomi ricadere a terra senza tante cerimonie.

«Harry non farebbe male a una mosca. Non volevi farle del male, vero, Harry?» dice il nuovo venuto, dando una pacca sulla spalla all'uomo alto. Alzo gli occhi su di loro. Harry scuote la testa, e solo adesso mi accorgo che è avvilito, preoccupato, e in lui non c'è traccia di violenza o lussuria. «Cercava solo di aiutarla ad alzarsi» dice l'altro uomo con un accenno di rimprovero. Harry torna a esaminare con cura il fungo giallo.

«Stava... Stavo soltanto... cercando un po' di fogliame. Per la casa» spiego, ancora spaventata. «Pensavo... Oh, insomma, non ha importanza» taglio corto. Il battito del cuore rallenta appena, e mi sento ridicola. Lo sconosciuto tende una mano, aiutandomi a rimettermi in piedi. «Grazie» mormoro. Ha un fucile ad aria compressa appoggiato all'avambraccio, con la canna che luccica debolmente. Scalcio per liberare il piede dai rovi e mi osservo le mani doloranti e punteggiate di gocce di sangue. Le asciugo sul dietro dei jeans e lancio uno sguardo al mio soccorritore, facendo un mezzo sorriso imbarazzato. Lo sorprendo a guardarmi con un'intensità che ha dell'inquietante, poi lo vedo sorridere.

«Erica?»

«Come... Scusi, ci conosciamo?» replico.

«Non ti ricordi di me?» dice lui. Guardo meglio: uno scuro groviglio di capelli raccolti sulla nuca, il petto ampio, una piccola gobba sul naso, fronte e sopracciglia dritte, la bocca una linea retta, determinata, occhi neri che brillano. E poi il mondo s'inclina appena, distorcendosi, e i lineamenti vanno ognuno al suo posto, fondendosi in qualcosa di incredibilmente familiare.

«*Dinny?* Sei tu?» chiedo, avvertendo una stretta al petto.

«È un sacco di tempo che nessuno mi chiama più così. Sono Nathan, adesso.» Sorride, ma non in modo del tutto convinto. È felice e curioso quanto me di incontrare una persona che frequentava in passato, ma allo stesso tempo è guardingo, trattenuto. Eppure i suoi occhi non si staccano dal mio viso: il suo sguardo è come un faro puntato su ogni mio movimento.

«Non posso credere che sia proprio tu! Come... come stai? Ma cosa *cavolo* ci fai qui?» Sono sbalordita. Non mi era mai passato per la mente che anche Dinny fosse cresciuto, che vivesse un'altra vita, che anche lui potesse tornare a Barrow Storton. «Come sei *cambiato*!» Ho le guance in fiamme, come se in qualche modo mi avesse colta in fallo.

«Tu invece sei sempre la stessa, Erica. Ho visto un trafiletto sulla morte di Lady Calcott sul giornale. Mi ha fatto pensare a... questo posto. Non eravamo più tornati qui dopo la morte di mio padre, ma all'improvviso mi è venuta voglia di venire...»

«Oh, no... Mi spiace così tanto per tuo padre.» Beth e io volevamo bene a Mickey, il padre di Dinny. Aveva un sorriso enorme, mani enormi, e ci dava sempre un penny o un dolcetto, dopo avercelo fatto spuntare da dietro le orecchie. La mamma lo incontrò un paio di volte per controllare la situazione con garbo, dato che passavamo così tanto tempo con lui e sua moglie Maureen, che tutti chiamavano Mo. Mickey e Mo. La frase in codice che usavamo quando Meredith avrebbe potuto sentirci era che stavamo andando a trovare Mickey Mouse.

«È successo otto anni fa. Ha fatto in fretta, non se n'è neanche accorto. La morte migliore, credo» dice Dinny pacatamente.

«Probabilmente sì.»

«Di cosa è morta Lady Calcott?» Non mi sfugge la punta di amarezza nella sua voce, e il fatto che non mi stia facendo le condoglianze.

«Un ictus. Aveva novantanove anni, e dev'essere stata una grossa delusione per lei.»

«In che senso?»

«Le donne Calcott erano una lunga stirpe di centenarie. La mia bisnonna visse fino a centodue anni, e Meredith era sempre stata convinta che sarebbe vissuta più a lungo della regina. Siamo di razza buona» dico, pentendomi subito di tutti questi accenni alla razza, alla discendenza, alla stirpe.

C'è un silenzio teso. Ho così tanto da dire che non so da dove cominciare. Dinny distoglie il suo sguardo intenso dirigendolo tra gli alberi, verso la casa, e un'ombra gli oscura il viso.

«Senti, scusa se ho trattato male Harry. È solo che mi ha spaventata» dico con voce sommessa.

«Non devi aver paura di lui, è innocuo» mi assicura Dinny. Guardiamo entrambi la sagoma variopinta rannicchiata in mezzo alla vegetazione. Dinny è talmente vicino che potrei toccarlo. Dinny, di nuovo qui, in carne e ossa, quando fino a pochi minuti fa era quasi una figura mitica. Stento a crederci.

«È... ha qualcosa che non va?» domando.

«È gentile e affabile, e non ama parlare. Se questo vuol dire che ha qualcosa che non va, allora la risposta è sì.»

«Oh, non volevo dire questo. Non stavo pensando male di lui.» La mia voce è troppo alta. Faccio un respiro profondo ed espiro lentamente.

«E tu stavi cercando... dell'agrifoglio?»

«Sì, o del vischio, oppure una bella edera con le bacche per decorare la casa.» Sorrido.

«Forza, Harry, facciamo vedere a Erica quella grossa pianta di agrifoglio» dice Dinny. Fa alzare Harry e con delicatezza lo sospinge avanti.

«Grazie» ripeto. Sto ancora respirando affannosamente. Dinny mi precede, e appesi alla sua schiena vedo due scoiattoli grigi legati per la coda con dello spago. Gli occhi neri sono socchiusi, ormai quasi asciutti, e la pelliccia è cosparsa di chiazze scure e incrostate.

«A cosa ti servono gli scoiattoli?» chiedo.

«Per cena» risponde Dinny senza scomporsi. Si volta, e quando vede l'orrore balenare sul mio volto fa un mezzo sorriso. «Immagino che lo scoiattolo non sia ancora finito sui menu dei raffinati ristoranti di Londra.»

«Be', di qualcuno forse sì, ma non di quelli che frequento io. Come sai che vivo a Londra?» Si volta di nuovo e lancia un'occhiata ai miei scarponcini eleganti, ai jeans scuri, al cappotto di lana ampio e soffice, alla mia frangia curata.

«Ho tirato a indovinare» borbotta.

«Non ti piace Londra?» domando.

«Ci sono stato una volta sola, ma non amo le città. Mi piace che l'orizzonte sia a più di dieci metri di distanza.»

«A me invece piace avere tante cose intorno» taglio corto. Dinny, senza sorridere, riprende a camminare al mio fianco in silenzio, e io cerco un modo per riempirlo. È poco più alto di me, all'incirca quanto Beth. Ha i capelli legati con un pezzo di stringa di cuoio rosso scuro annodato stretto e l'orlo dei jeans infangato. Porta una maglietta e un comodo pullover di cotone. Guardo il suo collo nudo colpito dal vento e rabbrividisco, anche se sono infagottata in vari strati di indumenti e lui non sembra patire il freddo. Saliamo un dolce declivio, e i miei passi sono molto più rumorosi degli altri. I loro piedi non paiono incontrare tanti ostacoli quanto i miei.

«Là» dice Dinny, puntando il dito. Davanti a me c'è una pianta di agrifoglio scura, vecchia e ritorta. Harry ne raccoglie un ramoscello caduto, poi si preme le spine contro il polpastrello del pollice, fa una smorfia, scrolla la mano e lo rifà di nuovo.

Mi metto a tagliare qualche ramo con le foglie più spinose e le fronde cariche di bacche. Uno mi schizza via dalle mani, colpendomi in pieno volto e facendomi un piccolo graffio sotto l'occhio. Dinny mi sta guardando di nuovo con un'espressione imperscrutabile.

«Come sta tua madre? È qui con te?» chiedo. Voglio sentirlo parlare, voglio sapere tutto quello che ha fatto dall'ultima volta che l'ho visto, voglio che torni a essere reale, un amico. Ma all'improvviso ricordo i suoi silenzi, che in passato non mi avevano mai messa a disagio. I bambini non si lasciano turbare da una cosa tanto innocua come il silenzio, dando prova di una pazienza insolita per loro.

«Sta bene, grazie. Non si sposta più con noi, ormai. Smise alla morte di papà, dicendo che stava diventando troppo vecchia per certe cose, ma credo che si fosse soltanto stancata di viaggiare. A papà non lo avrebbe mai detto, è ovvio, ma quando lui morì mollò tutto. Adesso sta con un idraulico, un certo Keith. Vivono a West Hatch, poco lontano da qui.»

«Ah, bene. Salutamela, la prossima volta che la vedi.» Dinny aggrotta appena la fronte, e mi viene il dubbio di aver detto qualcosa di sbagliato. Ha una di quelle facce che possono diventare arcigne e aggressive in un attimo. A dodici anni gli dava un'aria seria, responsabile. Allora mi sentivo totalmente insulsa in confronto a lui, e mi sento così anche adesso.

Dopo aver riempito il canestro di agrifoglio ci addentriamo fra gli alberi per tornare alla radura in cui si accampavano di solito. È un'ampia distesa all'estremità occidentale del bosco ceduo, circondata da una folta macchia d'alberi su tre lati, con campi a ovest e un viottolo erboso e dissestato che riconduce alla strada principale. Il terreno qui non drena bene, e i piedi sprofondano un po' mentre ci avviciniamo. D'estate è un luogo verdeggiante, con lunghi steli d'erba satinata e il terreno pieno di crepe, duro e compatto. Dietro di noi Harry trascina i piedi, lasciando guizzare lo sguardo da una cosa all'altra.

«E tu? Verrai a vivere qui adesso?» mi chiede Dinny.

«Oh, no... Non lo so, probabilmente solo per un po', senz'altro fino a Natale. Beth e io abbiamo ereditato la casa...» Quanto suono pomposa.

«Beth è qui?» mi interrompe Dinny, voltandosi a guardarmi.

«Sì, però... Sì, è qui.» Stavo per dire: "Però è diversa, non uscirà di casa". «Dovresti passare alla tenuta a salutarla» concludo, sapendo che non lo farà.

Ci sono sei veicoli nell'accampamento. Un tempo non erano così tanti. Due monovolume, due camper, un grosso e vecchio camion per cavalli e un'ambulanza dell'esercito riadattata, che Dinny dice essere sua. Dagli scarichi dei camini salgono spirali di fumo, e cerchi di cenere ormai fredda imbrattano il terreno. Harry avanza a grandi passi per andare a sedersi su un ceppo di legno, raccoglie qualcosa da terra e vi si dedica con impegno. Quando ci avviciniamo, tre cani si precipitano verso di noi abbaiando con apparente ferocia. So cosa devo fare. Resto immobile, le braccia penzoloni, e aspetto che ci raggiungano, mi annusino e vedano che non sto correndo via.

«Sono tuoi?»

«Solo due, quello nero e rossiccio è di mio cugino Patrick. Questo è Sgorbio» dice Dinny, stropicciando le orecchie di un meticcio nero dall'aria minacciosa, tutto denti e cicatrici. «E questo è Braccio di Ferro.» Indica un cane più piccolo e mite, con il pelo bruno e ispido e gli occhi buoni, che comincia a leccargli le dita.

«Allora... ehm, lavori da queste parti? Cosa fai?» Ripiego su un infallibile argomento di conversazione, e Dinny alza le spalle. Per un secondo penso che potrebbe vivere da sempre di sussidi, che potrebbe essere un ladro o uno spacciatore. Ma queste erano le idee di Meredith, e mi vergogno di averle prese in considerazione anche solo per un attimo.

«Niente, al momento. Il resto dell'anno troviamo lavoro in giro per il paese, lavoriamo nei campi, nei bar, alle feste, ma questa è una stagione un po' morta.»

«Dev'essere dura.»

Dinny mi lancia una rapida occhiata. «Non è male, Erica» replica con gentilezza. Non mi chiede che lavoro faccio. Nel breve tragitto sino all'accampamento sembro aver esaurito tutto il credito acquisito nell'infanzia.

«Mi piace la tua ambulanza» osservo, senza sapere più cosa dire. Mentre parlo la portiera del veicolo si spalanca e una ragazza scende con difficoltà. Appoggia le mani in fondo alla schiena, stiracchiandosi con una smorfia. La riconosco immediatamente: è la ragazza incinta del tumulo. Non avrà più di quindici, sedici anni, mentre Dinny ha la stessa età di Beth: trentacinque anni. Guardo di nuovo la ragazza e cerco di dargliene diciotto, forse diciannove, ma non ci riesco.

Ha i boccoli, di un biondo naturale sempre più raro, di questi tempi, la pelle chiara, e noto due ombre scure sotto gli occhi. Indossa un pullover attillato a strisce, e mi accorgo che è quasi giunta al termine della gravidanza. Mi vede ferma con Dinny e ci raggiunge, accigliata. Provo a sorridere, a mostrarmi a mio agio, ma lei sembra inferocita.

«Questa chi è?» chiede con le mani sui fianchi, rivolgendosi a Dinny.

«Erica, ti presento Honey. Honey, Erica.»

«Honey? Piacere di conoscerti. Mi spiace averti spaventata l'altro giorno, su al tumulo» dico nello stesso tono condiscendente che, mi vergogno ad ammetterlo, uso con i miei studenti.

Honey mi guarda con occhi spenti, stanchi. «Ah, eri tu? Non mi hai spaventata» replica con un marcato accento del Wiltshire.

«No, certo, non proprio spaventata, però...» Mi stringo nelle spalle. Mi studia per un lungo momento, un esame davvero rigoroso da parte di una ragazza così giovane. Provo un sollievo palpabile quando distoglie lo sguardo da me per posarlo di nuovo su Dinny.

«La stufa non tira bene» dice.

Dinny sospira e si accovaccia per infilare le mani nel pelo di Braccio di Ferro. Le prime gocce di pioggia ci bagnano le mani e il viso.

«Vengo a sistemarla tra un minuto» risponde in tono rassicurante. Lei lo fissa, poi si gira e torna dentro senza voltarsi. Per un attimo mi lascia senza parole.

«Allora... quando nascerà? Mi sembra che manchi poco» chiedo un po' imbarazzata, sperando che Honey non mi senta dall'interno.

«Poco dopo Natale» replica Dinny, guardando la radura.

«Così presto! Sarete entusiasti. Ha già preparato la borsa per l'ospedale e tutto il resto?» Dinny scuote la testa.

«Niente ospedale. Dice che vuole farlo nascere qui.» Poi si interrompe, si alza e si volta verso di me. «Non so se sia una buona idea. Tu ne sai qualcosa di bambini?» chiede con voce angosciata.

«Io? No, un bel niente. Non ho mai... Ma negli ultimi tempi il governo ha molto insistito sui vantaggi del parto in casa, dicono che sia un diritto di ogni donna. Avete trovato una buona ostetrica?»

«Non ci sarà nessuna ostetrica, e non sarà un parto in casa. Vuole farlo all'aperto, nel bosco.»

«*Nel bosco?* Ma... è dicembre! È pazza?»

«Lo so che è dicembre, Erica, ma ha tutto il diritto di scegliere, come dici tu» ribatte lui seccamente. Colgo un accenno di disperazione sotto la sua apparente durezza. «Praticamente sta spingendo all'estremo il concetto di parto naturale.»

«Be', anche tu hai il diritto di scegliere. Con i primogeniti potrebbe volerci un po' di tempo, sai? Beth è stata in travaglio per trentasei ore quando è nato Eddie...»

«Beth ha un bambino?»

«Non è più un bambino, ha undici anni ormai. Verrà per Natale, perciò è probabile che lo incontrerai... Si chiama Eddie, ed è un ragazzino fantastico.»

«Allora è sposata?»

«Era sposata. Ora non più» taglio corto. Fa domande su Beth, ma nessuna che riguardi me.

La pioggia ha ripreso a cadere con forza. Incurvo le spalle e affondo le mani nelle tasche, ma Dinny non sembra notarlo. Mi dico che potrei offrirmi di parlare con Honey, poi ripenso ai suoi occhi duri e mi auguro che Dinny non mi chieda di farlo.

«Be', se Honey volesse parlarne con qualcuno potrebbe farlo con Beth, magari. Chissà che la sua esperienza non serva a dissuaderla.»

«Non vuole parlarne con nessuno. È molto... ostinata» sospira Dinny.

«Me ne sono accorta» mormoro. Non posso sopportare un altro silenzio. Voglio chiedergli di Natale, dei nomi per il bambino, dei suoi viaggi, della sua vita, del nostro passato. «Be', adesso me ne torno a casa, prima di inzupparmi tutta» è l'unica cosa che riesco a dire. «È stato bellissimo rivederti, Dinny. Sono felice che tu sia tornato, ed è stato bello conoscere anche Honey. Sarò... be', siamo su alla tenuta, se aveste bisogno di qualcosa...»

«Anche a me ha fatto piacere rivederti, Erica.» Dinny mi guarda con la testa inclinata, ma nei suoi occhi leggo soltanto inquietudine.

«Bene, allora ciao» dico, poi me ne vado con la massima naturalezza possibile.

Non racconto a Beth di Dinny quando la trovo nello studio a guardare la tivù, anche se non so bene perché. Suppongo che avrà qualche reazione quando glielo dirò, e non sono certa di sapere quale sarà. All'improvviso sono turbata, ho la sensazione che non siamo più sole. Avverto la presenza di Dinny là fuori, dietro gli alberi, come un fastidioso puntino in un angolo del mio campo visivo. Il terzo lato del nostro triangolo. Spengo la tivù e apro le tende.

«Forza, adesso usciamo» le dico.

«Non ho voglia di uscire. Per andare dove, poi?»

«A fare la spesa. Non ne posso più delle minestre in scatola, e fra poco è Natale. Mamma e papà verranno a pranzo, e cosa darai da mangiare a Eddie quando arriverà? I vecchi cracker di Meredith?» Beth ci riflette un istante, poi si alza di scatto, con le mani sui fianchi.

«Cavolo, hai ragione. Hai ragione!»

«Lo so.»

«Ci servono un sacco di cose... Tacchino, salsicce, patate,

pudding...» Tiene il conto sulle lunghe dita. Mancano ancora dieci giorni a Natale, e abbiamo tempo in abbondanza per organizzarci, ma me lo tengo per me. Approfitto della sua improvvisa vivacità e le indico la porta. «E le decorazioni!» strilla.

«Andiamo. Puoi fare la lista in macchina.»

Devizes è addobbata per Natale. Piccoli abeti spuntano ai lati dei negozi e degli alberghi di High Street, decorati con luci bianche. C'è una fanfara che suona, e un uomo arrostisce castagne tra i pennacchi di fumo aspro che si levano dal suo carretto. Mi chiedo cosa faccia per il resto dell'anno. Avvolte dal buio e dal nevischio ci tiriamo la sciarpa fin sopra le orecchie, ci tuffiamo nella calca e guardiamo le vetrine, crogiolandoci nella calda luce gialla. Di nuovo nel mondo, io e lei, dopo la solitudine della tenuta. È piacevole, eccitante, e sento la mancanza di Londra. Ogni volta che entriamo in un negozio Beth canticchia piano i canti natalizi diffusi dagli altoparlanti, e mentre camminiamo la prendo sottobraccio tenendola stretta.

Dopo un po', mia sorella è in piena frenesia natalizia. Abbiamo comprato otto tipi diversi di formaggio, un enorme prosciutto, salsicciotti, cracker, un tacchino che fatico a portare fino alla macchina, e una torta che ci è costata uno sproposito. Stipiamo tutto nel bagagliaio e torniamo a fare scorta di decorazioni scintillanti, file di palline, vernice dorata, piccoli angeli di paglia con abiti bianchi di mussola. A pochi minuti dalla tenuta c'è una fattoria che vende alberi di Natale: passiamo di lì al ritorno e diamo istruzioni perché il 23 dicembre ci consegnino un albero alto quattro metri.

«Direi di metterlo nell'atrio, così potranno assicurarlo alla ringhiera» osserva Beth con decisione.

Forse dovrei impedirle di fare spese quando è agitata come ora. Non ho il coraggio di sommare tutte le ricevute, ma a Beth i soldi non mancano: ha quelli di Maxwell e del suo lavoro di traduttrice. Senz'altro è messa meglio di me, anche se sono cose di cui non discutiamo mai. Conduce una vita abbastanza modesta, e mette il denaro da parte nel caso in cui Eddie dovesse avere bisogno di qualcosa. Il mio stipendio è interamente inghiottito da Londra, dal tragitto per andare al lavoro, dall'affitto, dal vitto. Ora c'è abbastanza cibo per dieci persone, anche se in realtà saremo in cinque, in compenso Beth sembra più felice e ha il viso meno teso: shopping terapeutico. Ma non è questo, è che a lei piace fare le cose per gli altri. La lascio a disporre ghirlande sulla base del caminetto, la fronte appena aggrottata per la concentrazione, e vado a mettere il bollitore sul fuoco, soddisfatta e assonnata.

Sul cellulare trovo un messaggio della mia agenzia: vogliono propormi una supplenza in una scuola di Ealing a cominciare dal 12 gennaio. Il mio pollice indugia sul pulsante per richiamare, eppure sono stranamente riluttante a premerlo, ad accettare questa intromissione della vita reale, ma immagino che dovrò pur guadagnare, la vita dovrà pur ricominciare. Dovrò stipare nozioni di letteratura nelle orecchie di studenti disinteressati, a meno che le cose non vadano diversamente e che non resti a vivere qui, è ovvio. Niente più affitto, solo le spese di manutenzione, anche se probabilmente sarebbero superiori al mio affitto attuale. Varrebbe la pena di farlo per cinque anni, magari dieci? Provare a vivere qui, giusto il tempo di convalidare l'eredità, poi potremmo liquidare tutto e andare in pensione attorno ai quarant'anni, una volta che i prezzi degli immobili saranno risaliti. Ma se stare qui nuocesse alla salute di Beth? E se io continuassi ad avere questa sensazione di qualcosa che si avvicina furtivamente alle mie spalle? Vorrei riuscire a voltarmi e guardarlo, vorrei poter capire. Ricordo tutto ciò che successe quell'estate, tranne quello che accadde a Henry.

Tornammo qui altre due estati dopo quell'anno e nostra madre ci tenne sempre d'occhio, non per proteggerci o impedire che ci facessimo del male, ma per vedere come avremmo reagito. Non saprei dire se fossi diversa, forse ero solo un po' più silenziosa. E restavamo in giardino, non volevamo più avventurarci fuori. La mamma ci teneva lontane da Meredith, che a quel punto era diventata imprevedibile e si abbandonava a sfoghi pieni di imprecazioni e accuse, ma Beth era sempre più chiusa in se stessa. Nostra madre se ne accorse e lo disse a nostro padre, lui si preoccupò e non venimmo più.

Fuori il sole si adagia sull'orizzonte striato di arancio e rosa. Spruzzo la vernice dorata sulle foglie scure dell'agrifoglio. L'effetto è incantevole, e i vapori mi stordiscono, rendendomi euforica. Mentre appendo l'agrifoglio alla ringhiera e lo appoggio sui davanzali, Beth ricompare con le braccia incrociate, il viso segnato dal sonno. Passa in rassegna i punti in cui ho sistemato le decorazioni, toccandole con delicatezza e saggiando la vernice con la punta delle dita.

«Che te ne pare?» chiedo con un sorriso. Ho sintonizzato la radio sulla stazione dei classici, stanno trasmettendo *Good King Wenceslas*. Beth annuisce, sbadigliando, e io canto: «*Silly bugger he fell out. On a red hot cinder!*». Non si può dire che abbia una voce melodiosa.

«Sei allegra» osserva Beth. Mi raggiunge vicino al davanzale che sto coprendo di ramoscelli, mi sistema i capelli dietro le orecchie e sfiora il graffio che ho sotto l'occhio. È così raro che mi tocchi. Sorrido.

«Ascolta...» dico, poi indugio per un attimo. Sono così tentata di parlargliene, ma non so decidere se sarebbe un bene o un male.

«Cosa c'è?»

«Dinny è qui» dico.

L'amore

1902

Fu un lungo viaggio quello da New York a Woodward, nel territorio dell'Oklahoma, distante dalla metropoli quasi tremila chilometri. Gli Stati scivolavano via uno dopo l'altro sotto le ruote del treno, sempre puntate verso ovest. Inizialmente Caroline rimase molto colpita dallo scenario che si dispiegava fuori dal finestrino. Quando si furono lasciati alle spalle le familiari cittadine dello Stato di New York, gli insediamenti si fecero sempre più radi e isolati. Il convoglio si addentrò in boschi talmente fitti e bui che sembravano usciti da un'altra epoca, e vi rimase per interminabili chilometri. Superò coltivazioni di frumento e granoturco altrettanto sconfinate e stupefacenti, attraversando cittadine che si facevano man mano più piccole, come se fossero compresse dalle vaste distese di campi tutt'attorno. Accanto ai binari di una stazione sorgevano alcune abitazioni costruite alla bell'e meglio, e c'erano bambini che si divertivano a correre di fianco al treno, agitando le braccia ed elemosinando qualche moneta. Caroline sussultò notando che erano a piedi scalzi. Li salutò con la mano mentre il treno ripartiva lentamente, e si voltò a guardare le loro fragili casette rimpicciolirsi e i campi aprirsi sui due lati. L'Ovest era davvero indomito, si scoprì a pensare. Gli uomini l'abitavano, ma non l'avevano ancora plasmato nel modo in cui era stata plasmata New York. Caroline si appoggiò allo schienale e studiò le lontane colline violacee con un po' d'inquietudine: il convoglio, che all'inizio le era apparso tanto imponente, adesso le sembrava ridotto a un mero puntino, un insetto che arrancava sulla sconfinata superficie del mondo.

Quando cambiò treno per la terza e ultima volta a Dodge City, nel Kansas, era spossata e avrebbe avuto bisogno di un cambio d'abito. Le brontolava lo stomaco, perché il pranzo che Sara aveva preparato per lei era finito un giorno e mezzo prima. Sara, che non riusciva a immaginare un viaggio talmente lungo da richiedere molto più di una mezza dozzina di uova sode, una mela e un pasticcio di maiale... Caroline pranzò con i compagni di viaggio all'El Vaquero di Dodge City, nell'Harvey Hotel a ridosso della stazione. Era un edificio di mattoni di recentissima costruzione, e a lei parve una testimonianza della nuova ricchezza e stabilità di quella che fino a poco tempo prima era stata una terra di frontiera. Si guardò prudentemente attorno, troppo curiosa per non osservare l'ambiente circostante.

All'esterno, la strada sterrata era gremita di persone, pony, calessi e carretti che producevano un rumore smorzato diversissimo da quello di una strada di New York. C'erano cavalli sellati che riposavano lungo le rastrelliere, e sulla città aleggiava un pungente tanfo di melma che emanava dai vicini recinti del bestiame creando una miscela bizzarra con gli odori del cibo e dei corpi accaldati di persone e animali. Gli uomini passeggiavano con le pistole agganciate ai fianchi, il collo della camicia sbottonato, e Caroline li fissava stupita, come se si fossero materializzati da una leggenda. Il cuore le batteva forte tanto era agitata, e aveva la gola secca. Per un istante arrivò quasi a rimpiangere l'indomabile presenza di Bathilda al proprio fianco, la barricata della sua rispettabilità dietro cui nascondersi, ma subito si vergognò, raddrizzò le spalle e lesse di nuovo la carta del menu.

Il ristorante era affollato di gente che pranzava, ma in un attimo arrivò a servirla una ragazza riccioluta con un'uniforme linda, portando vermicelli in brodo, uova in camicia e caffè.

«Andate lontano, signorina?» le chiese un uomo seduto al suo stesso tavolo, due posti più in là, e quando sorrise sporgendosi verso di lei Caroline arrossì, scandalizzata all'idea che uno sconosciuto le si rivolgesse con tanta disinvoltura. L'uomo aveva la barba incolta e i polsini della giacca lisi.

«A Woodward» rispose, non sapendo se fosse il caso di presentarsi prima di parlare o piuttosto di non parlargli affatto.

«Woodward? Be', da qui non è mica così lontano, con tutta la strada che avete già fatto. Siete di New York, se l'accento non mi inganna.» Le sorrise di nuovo e Caroline si affrettò ad annuire, concentrandosi sulle sue uova. «Andate a trovare la vostra famiglia? A Woodward, intendo.»

«Mio marito» replicò Caroline.

«Vostro marito! Oh, che peccato. Però è una fortuna che abbiano aperto questo posto, eh? Il Fred Harvey che c'era prima era dentro un carro merci rialzato! Mai vista una cosa del genere nell'Est?» esclamò a voce alta, e Caroline si costrinse a fare un sorriso di cortesia.

«Oh, Doon, lascia in pace la ragazza. Non lo vedi che vuole mangiarsi il suo pranzo in tranquillità?» A parlare era stato un altro uomo, seduto accanto al primo. Aveva un'aria irritabile, rughe profonde attorno agli occhi e i capelli pettinati da una parte, fissati con qualche sostanza. Caroline non osava quasi guardarlo, e sentì le guance avvampare.

«Chiedo scusa, signora» borbottò il primo uomo. Caroline mangiò con una fretta indecorosa e fece ritorno al treno con le mani infilate nel manicotto di volpe, incurante del caldo.

Le campagne dopo Dodge City erano aperte e punteggiate di costruzioni rade. La dolce monotonia delle praterie si trascinava un chilometro dopo l'altro mentre il treno si spostava verso sud sulla linea di Santa Fe. Caroline sedeva scomposta e moriva dalla voglia di allentare il corsetto. Era troppo stanca per mantenere una postura signorile, ed essendo sola nello scompartimento, inclinò la testa contro il finestrino e fissò il cielo opaco e sconfinato. L'orizzonte non era mai stato così ampio, piatto, distante. Poco alla volta, di fronte a quell'enorme vastità, cominciò a crescere in lei una sensazione vaga, simile a una vertigine.

Si era aspettata di vedere montagne innevate, il verde smeraldo dei campi coltivati e fiumi che scorrevano rapidi, ma la terra sembrava accaldata ed esausta, proprio come lei. Allora prese la sua copia di *Il virginiano* dalla borsa e immaginò di essere Molly Wood, perché come lei aveva trovato il coraggio di lasciare la sua casa e partire verso una nuova vita in una terra sconosciuta. In breve, però, smise di immedesimarsi in Molly Wood e tornò a essere spaventata. Cominciò a pensare al marito che l'aspettava a Woodward, e così facendo ebbe l'impressione che la corsa del treno rallentasse, prolungando l'interminabile viaggio, ma almeno si rassicurò.

Il convoglio giunse a Woodward nel tardo pomeriggio, mentre il sole cominciava già a tingersi di un arancio screziato dietro il finestrino polveroso. Caroline stava sonnecchiando quando il capotreno attraversò a grandi passi il suo scompartimento.

«Woodward! Prossima fermata Woodward!» L'urlo la destò, facendole battere il cuore all'impazzata. Raccolse le sue cose e si alzò così in fretta che ebbe un capogiro e dovette sedersi di nuovo a respirare profondamente. "Corin" fu la sola cosa che riuscì a pensare. Finalmente lo avrebbe rivisto, dopo tanti giorni! Mentre il treno si arrestava con uno stridio, scrutò ansiosa la stazione dal finestrino, cercando disperatamente di scorgerlo. Colse il proprio riflesso nel vetro e si aggiustò frettolosamente i capelli, si morse le labbra per renderle più rosse e si pizzicò le guance. Non riusciva a stare calma, a smettere di tremare.

Scese dal treno anchilosata, la gonna appiccicata alle gambe, i piedi gonfi negli stivali. Guardò la banchina di legno da cima a fondo, con il cuore in gola, ma non vide Corin tra il gruppetto di persone che erano scese dal convoglio o aspettavano in stazione. Il treno emise uno sbuffo esausto e si avviò lentamente verso un binario di raccordo, dove un serbatoio d'acqua sopraelevato si stagliava contro il cielo. Un vento caldo l'accolse, soffiandole nelle orecchie una delicata melodia, e avvertì la sabbia della banchina sotto le scarpe. Si guardò attorno ancora una volta e all'improvviso si sentì vuota, persa, come se la prossima folata di vento potesse portarla via. Raddrizzò nervosamente il cappello, ma si tenne pronta a sorridere, lo sguardo vigile. Woodward sembrava piccola e indolente. La strada che dalla ferrovia conduceva in città era ampia e sterrata, e il vento aveva scolpito piccole onde nella sabbia che la copriva. Sentì odore di catrame giungere dal muro della stazione riscaldato dal sole, e il tanfo del bestiame. Abbassò gli occhi e tracciò una linea per terra con la punta della scarpa.

Dopo la partenza della locomotiva calò un'insolita quiete, rotta solo dallo sferragliare di un calesse di passaggio e dallo scricchiolio del carretto spinto dal facchino, che avanzava faticosamente sotto il peso dei suoi bagagli. Dov'era Corin? Dubbi e timori si agitavano in lei: forse si era pentito della sua scelta, forse l'aveva abbandonata e sarebbe stata costretta a prendere il prossimo treno per tornare a New York. Si girò su se stessa, smaniosa di vederlo. Il facchino si era fermato e stava cercando di richiamare la sua attenzione per chiederle dove dovesse portare i bagagli, ma senza Corin lei non ne aveva idea. Non sapeva dove andare, dove alloggiare, cosa fare. Si sentì mancare. Era talmente smarrita e confusa che per un terribile istante credette che sarebbe svenuta, o scoppiata a piangere o entrambe le cose. Fece un respiro profondo, tremando, e cercò disperatamente di pensare a come comportarsi, a cosa dire al facchino per nascondere la propria difficoltà.

«Mrs Massey?» Inizialmente Caroline non riconobbe il proprio nome, pronunciato in modo lento e strascicato. Ignorò l'uomo con il cappello tra le mani e l'aria rilassata che si era fermato al suo fianco. Dimostrava una trentina d'anni, ma il clima aveva già cominciato a segnargli il viso, oltre a sbiadire l'azzurro della sua camicia di flanella. I capelli arruffati erano striati di rosso e castano. «Mrs Massey?» chiese di nuovo, muovendo un passo verso di lei.

«Oh! Sì, sono io» esclamò Caroline con un sussulto.

«Piacere di conoscervi, Mrs Massey. Sono Derek Hutchinson, ma tutti da queste parti mi chiamano Hutch, e sarei felice se lo faceste anche voi» si presentò, infilando il cappello sotto il braccio e tendendo una mano che Caroline strinse con titubanza, solo con la punta delle dita.

«Dov'è Mr Massey?» domandò.

«Signora, Corin doveva tornare in tempo per venire a prendervi e so che ci teneva tantissimo, ma ci sono stati dei problemi con i ladri di bestiame, perciò lo hanno mandato a chiamare e ha dovuto occuparsene di persona... Sarà già tornato quando arriveremo, ne sono sicuro» disse Hutch, notando il disappunto sul volto di Caroline. Lacrime di delusione le annebbiarono la vista, e per trattenerle si morse il labbro inferiore. Hutch esitò, innervosito dalla sua reazione.

«Capisco» disse infine lei, e all'improvviso le girò la testa e sentì il bisogno di sedersi. Corin non era andato a prenderla. Colta da un improvviso terrore, cercò di immaginare quali motivi potesse avere per non volerla incontrare.

Hutch si schiarì la voce, non sapendo bene cosa dire, e spostò il peso da un piede all'altro. «Io... ecco... so che desiderava per davvero venire a prendervi, Mrs Massey, ma quando ci sono dei ladri da catturare i padroni dei ranch hanno il dovere di aiutarsi a vicenda. Ha mandato me al suo posto, e sono al vostro servizio.»

«Hanno il dovere di andare?» chiese Caroline timidamente.

«Proprio così. È un dovere morale.»

«E voi sareste il suo... servitore?» domandò.

Hutch sorrise e sporse appena il mento. «Be', non esattamente, Mrs Massey. Sono il sovrintendente del ranch.»

«Ah, capisco» disse Caroline, anche se non era vero. «Bene. Pensate che arriveremo in tempo per cena?» domandò, sforzandosi di ritrovare la calma.

«Per cena, signora? Domani, intendete?»

«Domani?»

«Ci sono più di cinquantacinque chilometri da Woodward al ranch. Non sono tantissimi, è vero, ma sono comunque troppi per metterci in marcia questa sera, direi. C'è una stanza pronta per voi alla pensione, e anche una buona cena, perché mi sembra che abbiate proprio bisogno di un pasto come Dio comanda, se posso permettermi.» Scrutò attentamente l'esile silhouette di Caroline e il pallore della sua pelle.

«Cinquantacinque chilometri? Ma... quanto ci vorrà?»

«Se partiamo domani di prima mattina dovremmo farcela entro le dodici del secondo giorno... Non pensavo che avreste portato con voi tutti questi bagagli, e può darsi che ci rallenteranno un po', ma i cavalli sono riposati, e se il tempo resterà sereno faremo un bel viaggetto tranquillo.» Hutch sorrise e Caroline, facendosi coraggio, riuscì a ricambiarlo, sebbene fosse stata assalita da una tremenda spossatezza al solo pensiero di avere di fronte un altro giorno e mezzo di viaggio. Hutch si fece avanti, offrendole il braccio. «Così va meglio. Venite con me adesso, così vi aiuto a sistemarvi. Avete proprio l'aria sfinita, Mrs Massey.»

Il Central Hotel in Main Street era gestito da una donna grassoccia dall'aria scontrosa, che si presentò come Mrs Jessop. Accompagnò Caroline in una stanza pulita e abbastanza spaziosa, mentre Hutch controllava il trasferimento dei bagagli dal carretto della stazione al carro coperto che li avrebbe condotti al ranch. Quando Caroline le chiese di prepararle un bagno caldo, Mrs Jessop si accigliò e lei prese in fretta qualche moneta dalla borsetta per addolcirla.

«E va bene, vi vengo a bussare quando è pronto» disse la proprietaria, squadrandola con aria arcigna. Il chiavistello del bagno era sottile, e c'era un nodo nel legno della porta che lasciava intravedere un sottile scorcio del corridoio esterno. Caroline sorvegliò con attenzione la fessura mentre si lavava, terrorizzata di veder comparire i contorni di un occhio invadente. L'acqua era poca, ma bastò a rinvigorirla. Il sangue riprese a scorrerle nei muscoli intorpiditi e nella schiena dolorante, e finalmente Caroline appoggiò la testa al bordo della vasca e si rilassò. La stanza puzzava di asciugamani umidi e sapone scadente, e le ultime luci della sera si insinuavano calde dalle imposte. Dalla strada giungevano voci calme e melodiose dall'accento sconosciuto, poi all'improvviso, in apparenza proprio sotto la finestra, un uomo gridò: «Ehi, maledetto figlio di *puttana*! Che *diavolo* ci fai qui?».

Il cuore di Caroline prese a battere all'impazzata quando udì quel linguaggio volgare. Si alzò a sedere di scatto sollevando spruzzi d'acqua, convinta che da un momento all'altro sarebbero seguite altre imprecazioni o un litigio, o addirittura una sparatoria, ma sentì solo una sonora sghignazzata e qualche pacca sulle spalle. Tornò a immergersi nell'acqua quasi fredda e si sforzò di ritrovare la calma.

Alla fine si tamponò con un asciugamano ruvido e indossò un abito pulito per cena, ma rinunciò ai gioielli per non mettere in soggezione il resto della clientela. Senza l'aiuto di Sara la sua vita appariva un po' meno sottile e i capelli più disordinati, ma se non altro si sentiva di nuovo presentabile mentre scendeva a mangiare. Si guardò attorno in cerca di Derek Hutchinson, e non trovandolo chiese sue notizie a Mrs Jessop.

«Non lo rivedrete questa sera, sono pronta a scommetterci» rispose la donna con un fugace sorriso d'intesa. «Stava andando al Dew Drop l'ultima volta che l'ho visto.»

«Andando dove, scusate?»

«Il Dew Drop Inn, dopo il Miliken's Bridge, vicino al magazzino. Questa sera andrà a cercare pane per i suoi denti là, non certo qui!» La donna fece una risatina. «È via da un bel po' di mesi, ormai. La fame si fa sentire.» Vedendo che Caroline non capiva, la donna lasciò perdere. «Andate pure a sedervi, Mrs Massey. Dirò a Dora di portarvi la cena.» Caroline fece come le era stato suggerito e mangiò da sola al banco, con l'unica compagnia della giovane e indiscreta Dora, che la tempestava di domande sull'Est a ogni nuova portata. Dalla parte opposta del locale due uomini trasandati, con il viso segnato, discutevano animatamente del prezzo del grano.

All'alba il tempo era sereno. Il cielo era limpido come il tintinnio di un campanello, e l'aria aveva una fragranza insolita per Caroline, un odore terroso di suolo bagnato e cespugli di salvia appena germogliati nelle praterie che circondavano Woodward. Era così diverso dall'odore di mattone, fumo e persone che si respirava in città. Il sole era già caldo quando si apprestarono a compiere l'ultimo tratto di viaggio. Mentre Hutch l'aiutava a montare sul carro, Caroline notò che adesso l'uomo portava in vita una fondina con una pistola a sei colpi ed ebbe un brivido. Inclinò in avanti il cappellino per schermarsi meglio dalla luce abbacinante, ma dovette comunque socchiudere gli occhi. Osservò che lì il sole sembrava molto più intenso rispetto che a New York, e Hutch rispose al suo commento sollevando appena il mento in segno di assenso.

«Lo credo anch'io, signora. Non mi sono mai spinto così tanto a est, e nemmeno a nord a pensarci bene, ma secondo me in posti del genere hanno così tanta foga di costruire, vivere e morire, che alla fine insozzeranno tutta l'aria, e pure i fiumi.» Il forte vento sollevava la sabbia sotto le ruote del carro facendola turbinare attorno a loro. Caroline agitava le mani per scacciarla, ma ben presto le pieghe della sua gonna ne furono piene. Hutch la guardò senza sorridere. «Quando saremo fuori dalla città non ci sarà più tutta questa sabbia nell'aria, Mrs Massey» disse.

Non impiegarono molto ad attraversare la cittadina di Woodward. Percorsero Main Street, costeggiata in larga parte da edifici in legno, oltre che da un paio di costruzioni più solide. C'erano molti saloon, banche, un ufficio postale, una grande drogheria e un teatro dell'opera, un discreto andirivieni di carri e cavalli e diverse persone, perlopiù uomini, che sbrigavano le loro faccende. Caroline si voltò a guardare indietro mentre lasciavano la città. Da lontano si accorse che i palazzi più alti in realtà avevano quasi tutti una falsa facciata dietro cui si celava un unico piano.

«È tutta qui, Woodward?» chiese, incredula.

«Sì, signora. Ora ci vivono più di duemila anime, e continuano ad aumentare. Da quando hanno aperto i territori dei Cheyenne e degli Arapaho a sud, la gente è arrivata a ondate, si è stabilita qui e ha cominciato a coltivare la terra. Alcuni dicono che è un peccato vedere le vaste praterie recintate. Io questa cosa la chiamo progresso, ma sono ben contento di sapere che ci sono ancora un sacco di terreni in cui le mandrie di mucche possono pascolare libere, per ora.»

«Arapaho? Cosa significa?»

«Gli Arapaho sono una tribù indiana. In origine stavano più a nord, ma il governo li ha fatti spostare qui, loro come tantissimi altri... Sapete, la terra che stiamo attraversando in questo momento apparteneva ai Cherokee fino a poco tempo fa, anche se loro abitavano più a est. L'avevano concessa per molto tempo ai padroni dei ranch e agli allevatori, prima che fosse aperta ai coloni nel '93...»

«Ma non è pericoloso che la gente civilizzata abiti dove stanno gli indiani?» Caroline era sconvolta. Hutch la guardò, poi scrollò le spalle.

«Una volta vendute le terre si sono spostati a est. Credo che non morissero dalla voglia di avere dei vicini bianchi, proprio come certi bianchi non muoiono dalla voglia di convivere con gli indiani.»

«Grazie al cielo!» disse lei. «Non sarei riuscita a dormire di notte se avessi saputo che simili creature girovagavano fuori dalla finestra!» Fece una risatina stridula e nervosa, e non si rese conto che Hutch guardava pensieroso la prateria. Caroline contemplò l'orizzonte e avvertì una stretta allo stomaco all'idea che proprio lì, fino a non molto tempo prima, i selvaggi potevano essere andati a caccia di teste. Sul ciglio della strada un paio di conigli spaventati guizzarono nella sterpaglia, lasciando in vista soltanto la punta nera delle orecchie.

Dopo una quindicina, forse una ventina di chilometri, comparvero alcuni edifici in lontananza, e alla loro vista Caroline si rallegrò. Da quando avevano lasciato Woodward, a ogni chilometro percorso le sembrava di allontanarsi un po' di più dalla sicurezza e dalla civiltà, e allo stesso tempo di avvicinarsi un po' di più a Corin. Si riparò gli occhi per vedere meglio.

«Quella è la prossima città?» chiese. Hutch fece un fischio sommesso ai cavalli, due bestie con zampe robuste e posteriori in carne, e li fece fermare.

«No, signora, quello è il vecchio forte militare, Fort Supply. Mi spiace ma tra poco dobbiamo lasciare la pista, e la strada sarà un po' più sconnessa.»

«Fort Supply? Allora là c'è una guarnigione?»

«Non più. È vuoto da sette o otto anni, ormai.»

«Ma perché stavano lì? Per proteggere la gente dagli indiani, giusto?»

«Be', in parte anche per quello, senz'altro, ma più che altro avevano il compito di impedire ai bianchi di occupare i territori degli indiani. Perciò si potrebbe dire che erano qui per proteggere gli indiani dalla gente come voi e come me.»

«Oh» replicò Caroline, un po' delusa. Le piaceva l'idea che vi fossero dei soldati di guardia a così poca distanza dal ranch, e si era subito immaginata di ballare una quadriglia in compagnia di uomini dalle uniformi impeccabili. Quando furono più vicini, vide che il forte era una costruzione bassa e impenetrabile, fatta principalmente di legno e terra anziché di mattoni o pietra. I varchi neri delle finestre sembravano sinistramente vigili, e Caroline distolse gli occhi con un fremito. «Ma dove porta questa strada, adesso?»

«Oh, da nessuna parte, credo. Collega questo forte a Fort Sill, ma è usata soprattutto da gente di passaggio come noi per arrivare in città senza spaccarsi le ossa» spiegò Hutch. Caroline si voltò a guardare la pista deserta, scrutando la polvere che tornava a posarsi nei solchi delle ruote. Si era immaginata una campagna vergine sulla quale non si fosse posata altra mano se non quella di Dio, ed ecco invece quelle rovine spettrali e una strada che finiva nel nulla. «Tra non molto attraverseremo il North Canadian, Mrs Massey, ma non dovete preoccuparvi neanche per quello. In questa stagione non ci darà problemi» disse Hutch. Caroline annuì e gli sorrise coraggiosamente.

Il fiume era ampio ma poco profondo, l'acqua arrivava soltanto a metà delle ruote del carro e al ventre dei cavalli. Una volta raggiunta l'altra sponda, Hutch allentò le redini e lasciò che le due bestie bevessero in abbondanza, sollevando spruzzi d'acqua che chiazzarono i mantelli impolverati degli animali e riempirono le narici di Caroline dell'odore della loro pelle accaldata. Lei strofinò via alcune gocce dalla gonna, con l'unico risultato di produrre una macchia sudicia. Si fermarono a pranzare sull'altra riva, protetti da una distesa di pioppi neri che affondavano le radici nella sponda sabbiosa e proiettavano ombre screziate sul terreno. Hutch stese una coperta spessa e Caroline gli prese la mano per scendere dal carro, sedendosi a terra come meglio poteva. Il corsetto non le permetteva di stare comoda, e parlò poco mentre mangiava una fetta di prosciutto che richiedeva un grande sforzo per essere masticata e del pane che le si sbriciolò in grembo. Sentiva i granelli di sabbia fra i denti. L'unico rumore era il sommesso sibilo della brezza tra le foglie dei pioppi, che si piegavano e fremevano proiettando tenui baluginii argentei e verdi. Prima che si rimettessero in marcia, Caroline armeggiò con i bagagli per estrarre l'ombrellino di seta a balze.

Il carro procedeva più lentamente in mezzo alla prateria, sobbalzando sulle protuberanze dell'artemisia e incagliandosi di quando in quando in tratti di sabbia cedevole o nel letto paludoso di qualche basso torrente. Ogni tanto superavano piccole abitazioni, fattorie tirate su alla meglio per mettere al riparo una famiglia, accampare un diritto, cominciare una nuova vita, ma le case erano distanti fra loro e si fecero via via più rade. Con il trascinarsi del pomeriggio Caroline si appisolò, ondeggiando sul sedile accanto a Hutch. Ogni volta che la testa cominciava a ciondolarle, uno scossone la risvegliava.

«Fra poco ci fermeremo per la notte, signora. Avete un gran bisogno di una tazza di caffè caldo e di una dormita, mi pare.»

«Oh, sì! Sono proprio stanca. Siamo parecchio lontani dalla città ormai, o sbaglio?»

«Meno di quanto sembri con questo carro lento. Mi è capitato di fare il viaggio in un giorno, senza neanche spingere troppo. Basta un buon cavallo da sella veloce, e vostro marito alleva alcune tra le bestie migliori di tutto il territorio dell'Oklahoma.»

«Dove ci fermeremo per la notte? Ci sono altri villaggi da queste parti?»

«Oh, no, signora. Stanotte ci accamperemo.»

«Ci accamperemo?»

«Proprio così. Non dovete spaventarvi, Mrs Massey! Sono un uomo d'onore e riservato» disse, facendo un sorrisetto ironico nel vedere l'espressione attonita e smarrita di Caroline. Le ci volle qualche secondo per capire che Hutch l'aveva creduta scandalizzata all'idea di passare la notte da sola con lui. Arrossì e abbassò gli occhi che però andarono a posarsi vicino alla cintura di Hutch, dove la camicia si era aperta un po', svelando un piccolo scorcio del suo ventre sodo e abbronzato. Caroline deglutì e si mise a fissare l'orizzonte. La sua più grande paura era stata proprio quella di trovarsi all'aperto di notte, alla mercé degli animali, delle intemperie, e delle altre brutalità della natura.

Prima del tramonto Hutch arrestò il carro in uno spiazzo pianeggiante, dove la terra era più verde e rigogliosa rispetto a prima. La aiutò a scendere, e Caroline rimase immobile, con tutto il corpo dolorante, senza sapere cosa fare. Hutch sganciò il carro, tolse il morso ai cavalli e diede loro una pacca sul sedere. Con un'aria beata, agitando la coda, le bestie trotterellarono pigramente in un punto poco distante e cominciarono a brucare enormi manciate d'erba.

«Ma... i cavalli non scapperanno?» domandò Caroline.

«Penso proprio che non andranno lontano, ma a ogni modo per una fetta di pane sarebbero pronti a fare chilometri.» Hutch scaricò una tenda dal carro e in un attimo la montò. Stese delle coperte su alcune pelli di bufalo che dovevano fungere da letto, e mise il nécessaire di Caroline nella tenda. «Starete comodissima lì dentro. Non ha niente da invidiare a uno di quegli alberghi di New York» le disse. Caroline gli lanciò un'occhiata, non capendo se la stesse prendendo in giro, poi sorrise e si sedette nella tenda, arricciando il naso per l'odore delle pelli. Il giaciglio, però, era alto e soffice, e i lati della tenda ondeggiavano avanti e indietro nella brezza, come un delicato respiro. Caroline si rilassò, e una dolce quiete calò su di lei.

Di lì a poco Hutch accese un fuoco e vi si rannicchiò accanto, sorvegliando un tegame basso e largo che fumava e ribolliva. Per attizzare le fiamme usò dei pezzi di qualche sostanza secca e marrone che Caroline non riconobbe.

«Cosa state usando come combustibile?» domandò.

«Scarti bovini» rispose Hutch senza dare ulteriori spiegazioni, e Caroline non osò chiedere altro. Il cielo era un tripudio di striature rosa e turchesi, che sfumavano dal brillante bagliore dell'occidente a un cupo blu vellutato verso oriente. Il volto di Hutch era illuminato dalle fiamme. «Ho messo lì quella cassetta in modo che vi ci possiate sedere sopra» disse, indicando con una forchetta. Caroline si sedette, obbediente. Nelle tenebre al di là delle fiamme, uno dei cavalli sbuffò e nitrì sommessamente. Poi un ululato lontano, acuto e spettrale, echeggiò sopra la distesa pianeggiante fino a loro.

«Cos'è stato?» esclamò Caroline alzandosi di scatto. Barcollò leggermente e, per non perdere l'equilibrio, tese un braccio che Hutch afferrò scattando prontamente al suo fianco.

«Forza, signora, sedetevi. Tornate a sedervi» insistette.

«Ci sono i *lupi*?» strillò lei, senza riuscire a impedire alla voce di spezzarsi.

«Sono soltanto lupi della prateria, niente di più. Insomma, non sono più grandi di un cane, e neanche più feroci. Non si avvicineranno a noi, ve lo prometto.»

«Ne siete sicuro?»

«Sicuro come sono sicuro di essere seduto qui, Mrs Massey» la tranquillizzò Hutch. Caroline si strinse con forza nello scialle e si accovacciò impaurita sulla dura cassetta di legno, completamente rigida per la tensione. Hutch, forse avvertendo la sua inquietudine, si mise a parlare. «Li chiamano anche coyote. Scorrazzano in branchi e si litigano qualche rimasuglio d'osso qua e là. È solo per questo che fanno tanta cagnara, per decidere chi avrà qualche vecchio osso di vacca più buono degli altri. Il danno più grande che fanno è rubare polli ai coloni, ma solo quando sono costretti. Credo che abbiano imparato a non avvicinarsi troppo alla gente, per evitare di beccarsi una pallottola nella coda...» E andò avanti a parlare così, a voce bassa, finché Caroline non si sentì rassicurata. In certi momenti il canto dei coyote risuonava fino all'accampamento, lungo e mesto.

«Sembrano così soli» mormorò Caroline.

Hutch si voltò a guardarla, gli occhi persi nelle tenebre, poi le passò una tazza di latta.

«Prendete un po' di caffè, signora» disse.

Quando Caroline si svegliò al levare del sole, l'interno della tenda era illuminato da un bagliore insopportabile. Aveva sognato che Bathilda era alle sue spalle e la osservava mentre eseguiva scale ascendenti e discendenti al pianoforte, esclamando: "I polsi! I polsi!", com'era solita fare. Per un istante non riuscì a ricordare dove si trovasse, poi mise la testa fuori dalla tenda con circospezione, e fu sollevata di non scorgere traccia di Hutch. Il cielo verso est era abbagliante. Non si era mai svegliata così presto in vita sua. Si alzò in piedi e si stiracchiò, massaggiandosi la schiena. I capelli erano in disordine, e aveva un sapore acido in bocca per il caffè della sera prima. Stropicciandosi gli occhi, scoprì di avere le sopracciglia piene di sabbia. Tutto il viso era pieno di sabbia, in realtà, e anche gli abiti: si era insinuata nei polsini dell'abito e la sentiva perfino nel colletto, che strofinava contro la pelle. Qualche coperta sgualcita accanto alle braci del fuoco ormai spento le fece capire dove avesse trascorso la notte il sovrintendente del ranch.

«Buongiorno, Mrs Massey» gridò Hutch, facendola trasalire. Sopraggiunse dalla spianata dietro il carro tenendo i cavalli sauri per le cavezze. «Com'è stata la vostra prima notte da mandriana?» chiese sorridendo. Caroline ricambiò il sorriso, senza capire cosa intendesse.

«Buongiorno, Mr Hutchinson. Ho dormito bene, grazie.»

«Porto questi due ad abbeverarsi al torrente qui a due passi, poi preparo la colazione» disse. Caroline annuì, e si guardò attorno. «Laggiù ho sistemato un fusto d'acqua, casomai voleste rinfrescarvi un po'» aggiunse l'uomo, sorridendo di nuovo mentre si allontanava dall'accampamento.

A Caroline, per la verità, sarebbe servito un bagno. Esitò qualche istante e poi si rese conto, con orrore crescente, che avrebbe dovuto fare i propri bisogni in mezzo ai cespugli, e che l'ostentata partenza di Hutch nella direzione opposta era probabilmente un modo per rassicurarla che non sarebbe stato nei paraggi ad assistere a quella pratica umiliante. Hutch aveva sistemato una pila di fogli di giornale strappati e un sottile asciugamano di cotone accanto al fusto d'acqua. Con una smorfia disgustata, Caroline sfruttò nel miglior modo possibile quella misera toilette. Al suo ritorno Hutch, con grande tatto, non cercò né chiese dove fossero gli oggetti che aveva messo a sua disposizione.

A mezzogiorno il sole era cocente, ma il braccio di Caroline, teso a sorreggere l'ombrellino coperto di polvere, era stremato dalla fatica. Ci rinunciò e ripiegò l'ombrellino, posandolo in grembo, quindi levò gli occhi al cielo vasto e insondabile e vide due lontane macchie scure volteggiare in cerchio sopra di loro.

«Sono aquile?» domandò indicando il cielo, e nel farlo notò che il suo guanto di pizzo era tutto impolverato. Hutch seguì il suo sguardo, socchiudendo gli occhi.

«Solo poiane, temo. In realtà non ci sono molte aquile, quaggiù nella prateria, ma se salite in cima alle Montagne Rocciose vedrete degli uccelli bellissimi. Avete proprio una vista acuta, Mrs Massey» le disse. Poi tornò a guardare davanti a sé e canticchiò sottovoce: «*Daisy, Daisy, give me your answer do...*». Caroline lasciò vagare lo sguardo all'orizzonte, quindi si drizzò a sedere e puntò di nuovo il dito.

«Arriva qualcuno!» esclamò concitata.

«Be', ormai non siamo molto lontani dal ranch, signora. Forse è uno dei nostri cowboy» replicò Hutch con un sorrisetto furbo.

«È Corin?» chiese Caroline, portandosi di scatto le mani ai capelli spettinati e tentando di infilare qualche ciocca ribelle sotto il cappellino. «Credete che sia Mr Massey?»

«Be'» disse Hutch, sorridendo di nuovo mentre Caroline proseguiva nella sua frenetica toeletta «non conosco altri uomini nei paraggi che abbiano una cavalla nera come quella, perciò credo proprio che potrebbe essere vostro marito, signora.»

Caroline si stava ancora lisciando la gonna e pizzicando le

guance, senza preoccuparsi che Hutch assistesse ai suoi preparativi, quando il cowboy si fece più vicino, e lei poté finalmente rivedere Corin dopo che lo aveva sposato, oltre un mese prima. Lasciò semplicemente ricadere le mani in grembo e raddrizzò la schiena, anche se era un fascio di nervi. Il cavallo nero coprì la distanza con agili falcate, sollevando pennacchi di sabbia con gli zoccoli, e quando infine li raggiunse Corin abbassò il fazzoletto dal volto e svelò un largo sorriso. Era bello e raggiante, proprio come lo ricordava.

«Caroline!» gridò. «Che bello rivederti!» Balzò giù da cavallo e andò a fermarsi sotto di lei. Caroline stette lì, seduta in alto sul carro, pietrificata da un misto di paura e attesa. «Stai bene? Com'è andato il viaggio?» Non ricevendo risposta, Corin rimase un po' male, e Caroline gli vide balenare negli occhi uno sguardo perplesso. A quel punto, perse completamente il controllo. Ancora in silenzio, e più sollevata di vederlo di quanto avrebbe mai ammesso, dimenticò ogni decoro e si lasciò cadere dal sedile tra le sue braccia aperte, evitando di travolgerlo e finire nella sabbia con lui solo grazie alla propria magrezza. Dietro di loro, le redini tenute con noncuranza in una mano, Hutch stette a guardare con un sorriso laconico e rivolse al suo capo un gioviale cenno di saluto.

Quando il carro che trasportava la nuova moglie di Corin Massey finalmente accostò, all'esterno dell'edificio principale del ranch si era formato un capannello di persone. Erano soprattutto giovani uomini con indosso abiti logori e polverosi, ma sembravano aver fatto almeno lo sforzo di pettinarsi e infilare le camicie nei calzoni. Corin sorrise notando la trepidazione sul viso di Caroline, che stava dando un'ultima disperata occhiata ai suoi abiti sporchi. Gli uomini la salutarono sollevando appena il cappello e mormorando parole di benvenuto mentre lei scendeva dal carro e sorrideva, ricambiando con gentilezza.

«Ho una gran voglia di portarti a fare un giro del ranch, Caroline. Non vedo l'ora di mostrarti tutto! Ma forse adesso sei troppo stanca per il viaggio?» disse Corin, balzando giù da cavallo.

«Oh, sì, Corin, sono proprio esausta! Mi farai vedere tutto al più presto, ma prima ho bisogno di sdraiarmi, e poi vorrei tanto fare un bagno» rispose lei. Corin annuì prontamente, pur avendo l'aria un po' delusa. La costruzione alta e bianca che Caroline aveva immaginato si rivelò essere un edificio basso di legno, e sebbene la facciata fosse stata effettivamente dipinta di bianco, la sabbia della prateria vi si era abbattuta contro dando alla metà inferiore un'aria un po' sporca. Corin seguì il suo sguardo.

«Si è alzato il vento quando la vernice non si era ancora asciugata» le disse, imbarazzato. «La ridipingeremo, non temere. Per fortuna abbiamo avuto solo il tempo di fare la facciata, così non è andato perso troppo lavoro!» Caroline sbirciò dietro l'angolo della casa, ed ebbe la conferma che i lati non erano stati ancora verniciati.

«A Sgualdrina ci penso io, tu accompagna pure Mrs Massey in casa» disse Hutch, prendendo le redini dalle mani di Corin.

«Sgualdrina?» chiese Caroline, confusa.

«La mia cavalla» sogghignò Corin, accarezzando la fronte dell'animale. Caroline sapeva ben poco di cavalli, ma la bestia pareva scontrosa. «L'anima più ostinata e irascibile che si sia mai vista da queste parti, sicuro come l'oro.»

«Perché la tieni, se è così ingestibile?»

«Be'» disse Corin con un'alzata di spalle, come se il pensiero non lo avesse nemmeno sfiorato «è la mia cavalla.»

All'interno, i muri erano spogli e non c'erano tende alle finestre. La mobilia non mancava, ma era sistemata alla rinfusa, senza tener conto della disposizione della stanza. Una poltroncina accostata alla stufa, con accanto varie pile di riviste sul bestiame e cataloghi di sementi, era la sola cosa che sembrasse al posto giusto. Sul pavimento erano sparpagliati scatole e scatoloni. Caroline fece un lento giro della stanza, osservando ogni cosa, e sentì la sabbia grattare sotto i tacchi degli stivali. Quando tornò a guardare il marito, non seppe nascondere il proprio sgomento. Il sorriso svanì dalle labbra di Corin.

«Ascolta, non ho sistemato tutto di proposito, perché ho pensato che non avesse senso finché non fossi arrivata tu a dirmi *come* fare. Metteremo a posto ogni cosa in un lampo, adesso che sei qui» spiegò in tono concitato. Caroline sorrise debolmente e inspirò la fragranza di quercia appena tagliata. «È solo... Mi ci è voluto più tempo del previsto per finire di costruire la casa... Mi spiace, Caroline.»

«Oh, no, non devi preoccuparti!» esclamò lei, dispiaciuta di vederlo mortificato. «Sono certa che sarà meravigliosa, ho già in mente qualche idea per abbellirla. Hai fatto un *ottimo* lavoro.» Si voltò e posò la testa sul petto del marito, cullandosi nel suo odore. Corin le spostò qualche ciocca di capelli dalla fronte e la tenne stretta a sé. Il suo tocco le riscaldò l'animo, facendole crescere dentro una strana tensione simile alla fame.

«Vieni con me» mormorò Corin, e la condusse oltre una porta in fondo alla stanza principale, che si apriva su una camera più piccola dominata dall'imponente spalliera di ferro di un letto adornato da una trapunta elegante e variopinta. Caroline vi fece scorrere delicatamente le dita: era un misto di satin e seta, fresco e liscio al tocco. «Ho fatto trasportare il letto da New York» le disse Corin. «È arrivato appena prima di te, e la trapunta era di mia madre. Perché non lo provi?»

«Oh, no! Non voglio sporcarlo. È davvero adorabile, Corin» dichiarò Caroline entusiasta.

«Be', sono sporco anch'io. E ti dico che dobbiamo collaudarlo.» Corin le strinse le mani, poi le cinse la vita e la prese tra le braccia.

«Aspetta! No!» Caroline si abbandonò a una risata mentre Corin la trascinava giù e atterravano sul materasso.

«Non abbiamo ancora avuto la nostra prima notte di nozze» le disse lui con dolcezza. Il sole, riversandosi dalla finestra, disegnò un tenue diadema di luce fra i capelli di Corin, ombreggiando i suoi occhi. Caroline era consapevole di non avere un buon odore, dato che non si lavava da giorni, e aveva la bocca asciutta.

«È vero, ma non è ancora ora di andare a letto, e ho bisogno di fare un bagno... E poi potrebbe entrare qualcuno.»

«Non siamo più a New York, amore. Non sei più costretta a fare quello che dice tua zia, e possiamo infischiarcene delle regole di comportamento...» Corin le posò il palmo della mano sulla pancia e Caroline trattenne il respiro. Lui le slacciò i bottoni della camicetta, uno alla volta, e scostò la stoffa con delicatezza.

«Ma io...»

«Niente ma» mormorò Corin. «Voltati.» Caroline ubbidì e lui armeggiò per slegare i lacci del corsetto. Quandò finalmente la liberò, l'improvviso afflusso d'aria ai polmoni le fece girare la testa, e Caroline chiuse gli occhi. Corin la fece girare e sfiorò i contorni del suo corpo con il palmo ruvido che lei aveva notato fin dal loro primo incontro, baciandole dolcemente le palpebre. «Sei bellissima» le disse piano, la voce profonda e ovattata. «Occhi come dollari d'argento.» Turbata dall'impeto di passione che la travolse, Caroline lo baciò con trasporto. Non aveva idea di cosa aspettarsi: sapeva soltanto che il marito aveva acquisito sul suo corpo un diritto che nessuno aveva mai avuto prima. Bathilda aveva fatto un misterioso accenno al dolore che avrebbe dovuto sopportare, e ai servizi che avrebbe dovuto compiere, ma la pressione della pelle di Corin contro la propria era un'emozione meravigliosa, come non ne aveva mai provate. La delicata insistenza del suo tocco e il movimento del suo corpo tra le cosce la riempirono di una sensazione calda e fredda allo stesso tempo e quasi dolorosa, ben più intensa di qualunque cosa avesse provato fino ad allora... Lanciò stupita un grido di gioia, senza più pensare che vi fosse qualcosa di sconveniente, o che qualcun altro al mondo avrebbe potuto sentirla.

Corin accompagnò la moglie a visitare il ranch a bordo di un calesse, perché era uno spazio troppo vasto per andare a piedi e Caroline non aveva mai montato a cavallo in vita sua. La notizia sembrava averlo sbalordito, ma poi si era stretto nelle spalle e aveva detto: "Non ti preoccupare, non ci metterai niente a imparare".

Ma Caroline non si fidava delle bestie, con quei denti orribili e quella forza bruta, e l'idea di sedercisi sopra non la entusiasmava. Quando Corin le presentò con orgoglio le sue cavalle da riproduzione e lo stallone Apache, lei annuì e sorrise, sforzandosi di distinguerli visto che ai suoi occhi erano tutti uguali. Poi il marito le fece fare il giro dei recinti del bestiame e delle baracche basse e rudimentali in cui dormivano i cowboy che sorvegliavano i confini. Caroline notò che Corin sembrava perfettamente a suo agio in quel posto, senza più traccia dell'esitazione e della timidezza che aveva mostrato nell'alta società newyorkese. Superarono un tugurio dall'aspetto misero, mezzo infossato nel terreno e con il tetto fatto di assi e zolle erbose.

«Sarebbe stata questa la nostra casa, se ti fossi trasferita qui troppo presto!» disse Corin sorridendo.

«*Questa?*» gli fece eco Caroline, inorridita. Lui annuì.

«Questo rifugio è la primissima abitazione che ho costruito qui nel '93, quando ho picchettato la mia terra, e ci ho passato due inverni prima di mettere su una casa vera. Ne ho trovata una nella prateria e l'ho trainata fin qui, non è incredibile?»

«Hai rubato una *casa*?»

«Macché rubata! No, figurati. Probabilmente l'ha costruita uno dei tizi che avevano tentato di occupare le terre prima che diventasse legale. Be', chiunque l'avesse fatto a quel punto se n'era andato di sua spontanea volontà, o era stato costretto. Era abbandonata lì, dava rifugio soltanto a qualche serpente a sonagli, così li ho buttati fuori, l'ho caricata su un carro senza sponde e l'ho trasportata fin qui. Era una bella casetta, ma lo spazio non sarebbe mai bastato per una famiglia intera.» Nel dire questo le prese la mano e la strinse, e Caroline distolse pudicamente lo sguardo.

«Una famiglia *numerosa*?» si informò in tono dubbioso.

«Direi che quattro o cinque bambini dovrebbero bastare» sogghignò Corin. «Tu che ne dici?»

«Quattro o cinque dovrebbero bastare» assentì lei con un largo sorriso.

«Bene. Qui c'è il ricovero in cui portiamo le cavalle quando devono partorire.»

«Quella cos'è?» domandò Caroline, indicando una tenda conica oltre il corral delle giumente.

«Lì vive la famiglia di Joe. Lo vedi il rifugio di fianco? Prima Joe e la moglie dormivano lì, ma la sua famiglia voleva stare in un teepee come aveva sempre fatto, e così ci abitano ancora adesso. È gente legata alle tradizioni.»

«Perché la famiglia di Joe vive... in un teepee?» chiese Caroline perplessa. Corin la guardò, confuso quanto lei.

«Be', sono indiani, tesoro. E vogliono vivere come hanno sempre fatto, anche se Joe sarebbe più progressista. Si è occupato delle mie piste fin dal principio, quando potevo pagarlo solo con abiti e scatolette di tabacco Richmond da cinque centesimi. È uno dei miei cowboy migliori...»

«Indiani? Ci sono degli *indiani* qui?» Il cuore di Caroline accelerò i battiti e il suo stomaco si torse. Non sarebbe rimasta così sconvolta nemmeno se Corin le avesse detto che lasciava scorrazzare i lupi in mezzo al bestiame. «Hutch mi aveva detto che se n'erano andati tutti!» sussurrò.

«Be', quasi tutti. Il resto della tribù di Joe sta in una riserva più a est, su una terra che si spinge fino alle rive del fiume Arkansas. Sto parlando di quelli che sono rimasti qui nel territorio dell'Oklahoma, guidati da Capo Aquila Bianca, ma alcuni sono tornati verso nord qualche anno fa. Capo Orso in Piedi li ha riportati nel Nebraska, nelle loro terre. Dovevano sentire nostalgia di casa più degli altri, immagino...» spiegò, ma Caroline seguì a stento la breve storia della tribù. Non riusciva a credere alle sue orecchie né ai suoi occhi: proprio lì, accampati di fianco a casa loro, vivevano dei selvaggi sulle cui atrocità erano circolate storie spaventose nell'Est per decenni. La paura le fece gelare il sangue. Completamente sconvolta, strappò le redini di mano a Corin e fece girare la testa al cavallo, puntando verso casa.

«Ehi, aspetta, che stai facendo?» esclamò Corin, tentando di sottrarle le redini con la forza mentre il cavallo agitava il muso in segno di protesta e il morso gli sferragliava contro i denti.

«Voglio andare *via*! *Lontano* da loro!» strillò lei, tremando da capo a piedi. Si coprì il viso con le mani, cercando disperatamente di nascondersi. Corin fece fermare il cavallo, poi scostò le mani di Caroline e le prese fra le sue.

«Adesso stammi a sentire!» disse in tono grave, fissandola negli occhi. «Ascoltami, Caroline. Sono brave persone. Sì, *persone*, proprio come te e me. Vogliono solo vivere, lavorare e mantenere le loro famiglie e ti assicuro che non sono qui per creare problemi né a te né a nessun altro, qualunque cosa tu abbia sentito nell'Est, dove si divertono a dipingere gli indiani come criminali della peggior specie. Ci sono stati scontri in passato, che il più delle volte siamo stati noi bianchi ad andarci a cercare, ma adesso tutti noi vogliamo soltanto tirare avanti come meglio possiamo. Joe ha portato qui la sua famiglia per vivere e lavorare con noi, e sono convinto che abbia dovuto tirare fuori una dose di coraggio che tu e io non possiamo neanche lontanamente immaginare. Mi stai ascoltando, Caroline?» Lei annuì, sebbene faticasse a credere alle parole del marito. Le lacrime le rigarono le guance. «Non piangere, tesoro mio. Tutto quello che hai sentito sugli indiani non ha niente a che vedere con Joe, te lo garantisco. Adesso vieni con me, così te li presento.»

«No!» ansimò Caroline.

«Sì, invece. Sono i tuoi vicini ora, e Joe è un mio caro amico.»

«Non posso! Ti prego!» singhiozzò Caroline. Corin tirò fuori il fazzoletto e le asciugò il viso, poi le sollevò appena il mento e le sorrise affettuosamente.

«Povera piccola. Per favore, non aver paura e vieni con me. Non appena li incontrerai, capirai che non hai niente da temere.»

Schioccando la lingua, Corin fece girare di nuovo il cavallo per dirigersi verso il teepee e il rifugio. Le due abitazioni erano circondate da una schiera di corde da bucato, funi, utensili e finimenti. Un fuoco ardeva fuori dalla tenda, e mentre si avvicinavano una donna piccola, con i capelli del colore del ferro, uscì con una pentola annerita che sistemò sulle braci. Aveva la schiena curva, ma gli occhi scintillavano nel volto grinzoso. Senza dire nulla, si drizzò e fece un cenno del capo, osservando Caroline con pacato interesse mentre Corin balzava giù dal calesse.

«Buongiorno, Nuvola Bianca. Sono venuto a presentarvi mia moglie» disse Corin, sollevando appena l'ampia falda del cappello in segno di rispetto verso l'anziana. Le gambe di Caroline, quando il marito la aiutò a scendere, erano malferme. Deglutì, ma in gola le rimase un groppo che le rendeva difficile respirare. I pensieri le turbinavano nella testa come una tormenta. Un uomo uscì dal rifugio, seguito da una ragazza ancora giovane. Dal teepee emerse un'altra donna, di mezza età e dall'aspetto severo che disse a Corin qualcosa di incomprensibile e lui, con totale stupore di Caroline, rispose.

«Parli la loro lingua?» chiese senza riflettere, ma indietreggiò quando tutti gli occhi si posarono su di lei. Corin sorrise con una leggera esitazione.

«Ma sì, certo. Dunque, Caroline, questo è Joe, e questa è sua moglie Magpie, ma tutti la chiamano Maggie.» Caroline tentò di sorridere, ma scoprì di non riuscire a reggere lo sguardo della coppia per più di qualche secondo. Davanti a lei c'erano un uomo austero dalla carnagione scura, non alto ma robusto, e una ragazza grassottella, i lunghi capelli raccolti in una graziosa treccia decorata con lacci variopinti. Anche i capelli di Joe erano lunghi, ed entrambi avevano gli zigomi alti e le sopracciglia che disegnavano una linea severa. Magpie sorrise e cercò di incrociare gli occhi di Caroline.

«È un vero piacere conoscervi, Mrs Massey» disse in un inglese perfetto malgrado l'accento molto marcato. Caroline la guardò stupefatta.

«Parli inglese?» sussurrò, incredula. Magpie fece una risatina allegra.

«Sì, Mrs Massey. Meglio di mio marito, anche se ho cominciato a impararlo dopo di lui!» si vantò. «Sono davvero felice che siate qui. Ci sono fin troppi uomini in questo ranch.»

Caroline osservò con più attenzione la ragazza, che portava una gonna e una camicetta semplici, una coperta colorata avvolta attorno alle spalle, e pantofole morbide di un tipo che lei non aveva mai visto. Il marito, che sotto la casacca indossava una maglia adorna di perline, mormorò qualche parola brusca nella loro lingua, e Magpie si accigliò, rispondendogli con una frase breve e sdegnosa. Joe non era pronto al sorriso come la moglie, e agli occhi di Caroline la sua espressione sembrava estremamente ostile. Il nero intenso dei suoi occhi la inquietava, la bocca era una riga dritta e implacabile.

«Non ho mai conosciuto una... persona della tribù dei Cherokee prima d'ora» disse Caroline, trovando un pizzico di coraggio dopo aver visto che Magpie era così affabile.

«E non l'avete conosciuta nemmeno ora» esordì Joe in tono ironico. Aveva una parlata così gutturale che le ci volle un po' per capirlo. Caroline lanciò un'occhiata a Corin.

«Joe e la sua famiglia sono della tribù dei Ponca» spiegò.

«Ma... Hutch mi ha detto che queste terre un tempo erano dei Cherokee...»

«Un tempo sì. È che... be', in poche parole, ci sono molte tribù in questo Stato. In fondo, prima di diventare il territorio dell'Oklahoma era territorio indiano. Joe e la sua famiglia sono un po' fuori del comune, perché hanno scelto di adottare in parte lo stile di vita dei bianchi. Gran parte della sua gente ha deciso di restare fedele ai propri usi, vivendo nelle riserve. Joe, invece, ci ha preso gusto a portare le bestie al pascolo, e non si è mai voltato indietro, dico bene, Joe?»

«Ci ho preso gusto a batterti a carte, più che altro» disse il Ponca con un mezzo sorriso sardonico.

Mentre si allontanavano dal teepee, Caroline aggrottò la fronte.

«Joe sembra uno strano nome per un... per un Ponco...»

«Ponca. Be', il suo vero nome, nella loro lingua, è praticamente impronunciabile. Significa Tempesta di Polvere, o qualcosa del genere. Joe è molto più facile da dire, tutto qui» spiegò Corin.

«Non sembra portarti molto rispetto, considerando che sei il suo padrone.»

A quel punto Corin lanciò un'occhiata a Caroline, e per un

istante si adombrò. «Ha un grandissimo rispetto per me, te lo garantisco, ed è un rispetto che mi sono dovuto guadagnare. La gente come Joe non ti rispetta solo perché sei bianco, o perché hai della terra o dai loro una paga. Lo fanno quando riesci a dimostrare di essere onesto e disponibile a imparare, e a rispettarli. Le cose qui sono un po' diverse rispetto a New York, Caroline. Le persone devono fare da sé, e aiutarsi a vicenda quando un'alluvione o una gelata o un tornado rischiano di spazzare via in un istante tutto quello che hanno...» S'interruppe e tacque. Dalla prateria spirava un vento caldo che s'insinuava tra i raggi delle ruote del calesse. Ferita dal suo rimprovero, lei sedette in un silenzio mesto.

«Non ci metterai molto ad ambientarti, non ti preoccupare» disse Corin, addolcendosi.

Qualche giorno più tardi festeggiarono le nozze con un picnic. Partirono con il calesse mentre il sole era ancora basso all'orizzonte e procedettero verso ovest per circa tre ore, diretti in un luogo in cui la terra si distendeva in curve voluttuose attorno a un laghetto poco profondo, alimentato da un torrente dalle acque calme. I rami dei salici argentei ombreggiavano le rive del laghetto e a tratti sfioravano l'acqua, increspando il riflesso del cielo sulla superficie.

«Com'è bello qui» disse Caroline, e sorrise mentre Corin la faceva scendere dal calesse.

«Sono contento che ti piaccia» replicò lui, dandole un bacio sulla fronte. «È uno dei miei posti preferiti. Ci vengo ogni tanto, quando ho bisogno di riflettere su qualcosa o mi sento giù...»

«Perché non sei venuto a stare qui, allora? Perché hai costruito il ranch così a est?»

«Be', avrei voluto farlo, ma Geoffrey Buchanan mi ha preceduto. La sua fattoria è tre chilometri più in là, e questa terra è tutta di sua proprietà.»

«Non gli dispiacerà che siamo venuti?»

«Ne dubito. È un tipo molto tranquillo, e la cosa ancora più importante è che non lo saprà nemmeno.» Corin sogghignò e Caroline scoppiò a ridere, raggiungendo la riva del laghetto e intingendo le dita nell'acqua.

«Ci vieni spesso, allora? Ti capita di sentirti giù di morale?»

«Certe volte sì, agli inizi. Mi chiedevo se avessi fatto bene a occupare proprio quel lotto, se non fosse troppo distante dalla mia famiglia, se la terra sarebbe stata adatta per il bestiame. Ma è già da molti mesi che non vengo qui» disse con un'alzata di spalle. «In poco tempo ho avuto la certezza che la terra che ho rivendicato e le scelte che ho compiuto sono la cosa migliore che abbia mai fatto. Ogni cosa succede per una ragione. Ci ho sempre creduto, e adesso so che è vero.»

«Come lo sai?» chiese lei, voltandosi verso di lui e asciugandosi le dita sull'abito.

«Perché adesso ho te. Quando mio padre morì, per un certo periodo pensai che avrei fatto meglio a tornare a New York a occuparmi di mia madre, ma nell'istante in cui misi piede in città capii che non potevo restare. E poi ti incontrai, e tu accettasti di venire via con me e... Se è mai possibile che dalla perdita di mio padre sia venuto qualcosa di buono, quel qualcosa sei tu, Caroline. Sei quello che mancava nella mia vita.» Parlò con tanta chiarezza e decisione che lei ne fu commossa.

«Lo pensi sul serio?» sussurrò, ferma accanto a lui, con il sole che le arrossava la pelle e splendeva intensamente negli occhi di Corin.

«Lo penso sul serio» rispose lui sottovoce, e lei si alzò in punta di piedi per baciarlo.

Stesero le coperte all'ombra dei salici, vuotarono il paniere e Corin, dopo aver sganciato il cavallo dal calesse, lo legò a un albero. Caroline si sedette piegando accuratamente le gambe sotto di sé, e versò a Corin un bicchiere di limonata. Lui si sdraiò con disinvoltura al suo fianco, si appoggiò su un gomito e aprì i bottoni della camicia per lasciar passare l'aria fresca. Caroline lo guardò, quasi intimidita, stentando a credere che lui le appartenesse e che fosse così disinvolto. Prima di arrivare al ranch non sapeva che agli uomini crescessero i peli sul petto, e adesso si mise a esaminarli: erano arricciati e imperlati di sudore.

«Corin?» gli chiese d'un tratto.

«Sì, amore?»

«Quanti anni hai?»

«Cosa? Ma lo sai benissimo!»

«E invece no! Mi sono appena resa conto che... non so quanti anni hai. Sembri molto più vecchio di me... Non nell'aspetto, intendo! Be', in parte nell'aspetto, ma anche in... in altri modi» farfugliò. Corin sorrise.

«Devo compiere ventisette anni» rispose lui. «Ecco, adesso sei sconvolta per aver sposato un vecchio decrepito come me?»

«Ventisette anni non sono poi tanti! Io ne farò diciannove tra un paio di mesi appena. Però... dai l'impressione di vivere qui già da una vita. Ti sei sistemato così bene che sembri starci da cinquant'anni!»

«Be', la prima volta ci venni con mio padre, per un viaggio di lavoro. Eravamo in cerca di nuovi fornitori di carne bovina. Mio padre era un commerciante di carni e le vendeva a tutti i migliori ristoranti di New York, e per un certo periodo sembravo destinato a entrare nella sua attività. Ma mi bastò venire qui per capire che eravamo all'estremità sbagliata di quella catena di distribuzione, e non me ne andai più. Avevo appena sedici anni quando decisi di restare e imparare ad allevare bovini, anziché limitarmi a comprare la carne.»

«Sedici anni!» ripeté Caroline. «Non ti spaventava l'idea di lasciare la tua famiglia in quel modo?» chiese. Corin rifletté un istante, poi scosse la testa.

«Non ho mai avuto molta paura di niente... finché non ti chiesi di ballare» disse. Caroline arrossì di felicità, sistemandosi la gonna.

«Anche qui all'ombra fa caldissimo, vero?» osservò.

«Vuoi sapere qual è il modo migliore per rinfrescarsi?»

«Quale?»

«Una nuotata!» dichiarò Corin, balzando in piedi e sfilandosi la camicia dalla testa.

«Una *nuotata*? Ma come?» disse Caroline ridendo.

«Ti faccio vedere» replicò lui. Si tolse gli stivali, scalciò via i pantaloni e si gettò nel laghetto completamente nudo, lanciando un urlo selvaggio e sollevando spruzzi d'acqua. Caroline si alzò e stette a guardarlo piena di stupore. «Vieni dentro, tesoro! È una meraviglia!» gridò.

«Sei *pazzo*?» strillò lei. «Non potrei *mai* fare il bagno qui!»

«E perché no?» chiese lui, attraversando tutto il laghetto con ampie bracciate.

«Be'... be', è...» Allargò le braccia in un gesto d'incredulità. «L'acqua è torbida! Siamo qui in bella mostra, potrebbe vederci chiunque! E poi non ho il costume.»

«Sì che ce l'hai! È proprio lì, sotto il vestito» sogghignò Corin. «E chi mai potrebbe vederci? Non c'è nessuno nel raggio di chilometri. Ci siamo solo io e te. Forza! Ti piacerà!»

Caroline, ancora incerta, si avvicinò alla riva, slacciò gli stivali ed esitò. Raggi di luce danzavano leggiadri sulla superficie del laghetto, e piccoli pesci oziavano sul caldo fondale. Il sole batteva a picco su di lei, scottandole la testa e rendendo i suoi abiti stretti e opprimenti. Si chinò, sfilò gli stivali e le calze e li ripose con cura sulla sponda, dopodiché, raccogliendo la gonna sopra le ginocchia, entrò nel laghetto fino alle caviglie. Il sollievo dell'acqua fredda sulla pelle sudata fu la sua rovina.

«Oddio!» sussurrò.

«Allora, non si sta molto meglio così?» gridò Corin, accostandosi al punto in cui lei si era fermata. Il pallore delle sue natiche risaltava sotto la superficie increspata dell'acqua, e Caroline rise.

«Sembri proprio un ranocchio in un secchio!» gli disse.

«Ah, ma davvero?» chiese lui, schizzandola, e Caroline indietreggiò con uno strillo. «Forza, vieni a fare il bagno! È una sfida!»

Caroline si guardò alle spalle, neanche fosse comparso qualche spettatore pronto a scandalizzarsi per la sua sfrontatezza, quindi si tolse di dosso l'abito e il corsetto e li appese al ramo di un salice. Rimasta in sottoveste con le spalle nude, si sentì più esposta che mai mentre tornava in riva al laghetto rabbrividendo leggermente, con le braccia strette attorno al corpo. Si fermò, incantata dalla sensazione del fango che le si infilava tra le dita dei piedi. Non aveva mai provato niente di simile, e sollevò la gonna per guardare giù, agitando i piedi e sorridendo. Quando alzò lo sguardo per dare voce ai suoi pensieri, sorprese Corin a guardarla con un'espressione rapita.

«Cosa c'è?» chiese, allarmata.

«Tu. Guardati... Sei così coraggiosa, e così bella. Non ho mai visto niente del genere» disse lui, semplicemente. L'acqua gli aveva lisciato i capelli sulla fronte dandogli un'aria più giovane e sbarazzina.

Caroline aveva in mente di restare a riva, ma il tocco fresco del laghetto e l'eccitazione nella voce di Corin la resero audace, così si immerse fino alla vita, con le pieghe traslucide della sottoveste che turbinavano attorno alle gambe. Fece una risatina nervosa e si abbandonò all'indietro, lasciando che l'acqua fredda la tenesse a galla, insinuandosi tra i suoi capelli.

«Vieni a darmi un bacio» disse Corin.

«Mi rincresce dirlo, signore, ma sono troppo impegnata a nuotare» replicò Caroline in tono solenne, allontanandosi con una goffa bracciata. Ebbe un sussulto quando si rese conto di non aver più nuotato dall'infanzia, nella casa estiva della sua famiglia.

«Quel bacio sarà mio, dovessi rincorrerti in capo al mondo per prendermelo!» ribatté Corin. Ridendo e scalciando, Caroline tentò di sfuggirgli, ma non resistette a lungo.

Il sole stava per tramontare quando superarono l'ultima salita e videro le luci della casa baluginare sotto di loro. Caroline sentiva la pelle calda e indolenzita dove il sole l'aveva scottata, e l'abito le dava una sensazione strana senza la sottoveste, che era stesa ad asciugare sul retro del calesse. Si leccò le labbra, assaporando il sapore minerale dell'acqua del laghetto. A entrambi ne era rimasto l'odore sulla pelle e tra i capelli. Avevano fatto l'amore sulla riva e il languore indugiava ancora dentro di lei, dandole un senso di pesantezza e calore. All'improvviso avrebbe voluto non arrivare mai a casa, avrebbe voluto che la giornata durasse per sempre: lei e Corin all'ombra, in una giornata afosa, a fare l'amore ancora e ancora, senza un solo pensiero al mondo. Come se le avesse letto nel pensiero, Corin fermò il cavallo tirando le redini e contemplò la sua casa per un momento prima di rivolgersi a lei.

«Sei pronta a rientrare?» chiese.

«No!» rispose Caroline in tono concitato. «Vorrei... vorrei che ogni giorno potesse essere come oggi. È stato così perfetto!»

«Hai ragione, tesoro» assentì Corin, prendendole la mano e portandosela alle labbra.

«Promettimi che ci torneremo. Non mi avvicinerò di un solo *centimetro* a casa finché non me lo prometti.»

«Dobbiamo pur rientrare! Si sta facendo buio... Ma ti prometto che ci andremo di nuovo. Possiamo tornarci ogni volta che vogliamo, e *ci torneremo*, e passeremo tante altre giornate come questa. Te lo giuro» disse.

Caroline osservò il suo profilo stagliato contro l'indaco del crepuscolo, il bagliore dei suoi occhi, il sorriso appena accennato. Tese la mano e gli toccò il viso. «Ti amo» disse semplicemente.

Con un colpo di redini, il cavallo intraprese la lenta discesa verso la casa di legno ai piedi del declivio, e a ogni passo Caroline si sentì crescere dentro una specie di oscuro presagio. Guardò la terra buia che aveva di fronte e all'improvviso, nonostante la promessa di Corin, temette che nessuno dei giorni a venire sarebbe stato dolce quanto quello appena trascorso.

... l'occhio intento con finto studio al libro:
se non che dalla porta mezzo aperta
io coglievo un'occhiata fuggitiva,
ed ancora il mio cuore sussultava
nell'attesa di un volto di straniero...

SAMUEL TAYLOR COLERIDGE,
Gelo a mezzanotte

3

Stavo cercando di ricordare qualcosa di positivo sul conto di Henry. Forse glielo dobbiamo, visto che noi abbiamo avuto modo di crescere, di vivere la nostra vita, di innamorarci e disinnamorarci. Gli piaceva raccontare certe barzellette stupide che trovavo divertentissime. Beth era sempre gentile, mi portava con sé e mi aiutava, ma era un po' troppo seria, anche da bambina. Una volta le barzellette di Henry mi fecero ridere così tanto che per poco non mi feci la pipì addosso. Avevo così paura di farla per davvero che tornai seria di colpo e mi precipitai in bagno con un pugno stretto tra le gambe. "Come si chiama un pesce noioso? Pesce palla. Quale è il ballo preferito delle scimmie? L'orango-tango. Qual è la differenza tra un pesce e il Nordamerica? Che il pesce ha la lisca e il Nordamerica l'Alaska. Qual è il colmo per una gallina? Avere la pelle d'oca." Poteva andare avanti per ore, facendomi sganasciare.

Un giorno – dovevo avere pressappoco sette anni – mi stava raccontando una delle sue barzellette sceme. Era sabato, perché sul tavolo della sala da pranzo erano ancora sparpagliati gli avanzi della colazione. Fuori splendeva il sole, ma faceva fresco. La portafinestra che dava sul terrazzo era aperta e lasciava entrare uno spiffero freddo che mi solleticava le caviglie. Non prestavo attenzione a quello che faceva Henry mentre raccontava una barzelletta dopo l'altra. Mi limitavo a tenergli dietro, standogli quasi appiccicata, e ogni volta che si interrompeva lo incitavo: "Raccontane un'altra!". "Cosa si dicono due gatti quando fanno la pace? Mici come prima. Cos'è quella cosa che più la sporchi più diventa bianca? La lavagna." Aveva con sé la biscottiera, e stava unendo due biscotti con uno spesso strato di senape inglese, quella salsa fortissima, di un colore orrendo, che Clifford metteva sempre sulle salsicce. E dire che stavo cercando qualche bel ricordo su di lui.

Non mi passò per la mente di chiedere perché lo stesse facendo, né gli domandai dove fossimo diretti. Avvolse i biscotti in un tovagliolo e se li mise in tasca. Lo seguii nel prato come una scimmia addomesticata, chiedendogli ancora e ancora barzellette. Non ci addentrammo nel bosco ma andammo a ovest, verso il viottolo, costeggiandolo da dietro la siepe fino all'accampamento di Dinny. Poi Henry si accovacciò nel fosso, trascinandomi giù con sé dietro una parete pungente e spessa di cerfoglio selvatico. Solo a quel punto mi venne in mente di sussurrare: "Henry, cosa stai facendo? Perché ci nascondiamo?". Mi disse di chiudere la bocca, e ubbidii. Pensavo che stessimo giocando a fare le spie e cercai di non fare troppo rumore controllando che sotto di me non vi fossero ortiche, formicai, bombi. Il nonno di Dinny sedeva su una sedia pieghevole fuori dal suo scassato camper bianco, il cappello calato sugli occhi, le braccia incrociate, le mani sotto le ascelle. Dormiva, credo. Il suo viso era segnato da solchi scuri e profondi che si allungavano dai lati del naso fino agli angoli della bocca. Accanto a lui erano sdraiati i suoi cani, uno per parte, il muso sulle zampe. Erano due collie bianchi e neri di nome Dixie e Fiver, che nessuno aveva il permesso di toccare prima di aver ricevuto il via libera di nonno Spad. "Occhio che ve le staccano quelle dita, se li provocate."

Henry gettò i biscotti farciti di senape oltre la siepe. I cani scattarono in piedi, ma non abbaiarono e li divorarono in un attimo. Trattenni il fiato e nella mia mente gridai: "Henry!". Dixie diede un colpo secco di tosse, starnutì, appoggiò il muso a una zampa e con l'altra prese a sfregarlo, poi socchiuse gli occhi, starnutì di nuovo e scosse la testa piagnucolando. Henry si mordicchiava le nocche e aveva gli occhi che brillavano di una luce strana, febbrile. Nonno Spad si era svegliato e stava sussurrando qualcosa ai cani. Aveva afferrato il collare di Dixie e stava osservando la cagna che respirava affannosamente, scossa dai conati di vomito. Fiver si mosse lentamente, disegnando un piccolo cerchio, poi ebbe un conato e rigettò una disgustosa poltiglia gialla. A Henry sfuggì una risatina singhiozzante. Io provavo pietà per i cani ed ero sopraffatta dal rimorso. Volevo alzarmi e gridare: "Non sono stata io!". Volevo sparire, tornare a casa di corsa, ma rimasi lì, rannicchiata, a dondolarmi con il volto nascosto tra le ginocchia.

Ma il peggio venne in seguito, quando Henry mi diede finalmente il permesso di andarmene con un pizzicotto sul braccio. Dopo appena una ventina di passi vedemmo comparire Dinny e Beth. Avevano l'orlo dei jeans inzuppato di rugiada, e tra i capelli di mia sorella c'era una fogliolina verde.

"Che stavate facendo voi due?" chiese Beth. Henry la guardò torvo.

"*Niente*" rispose. Era capace di iniettare fiumi di disprezzo in una singola parola.

"Erica?" Beth mi rivolse uno sguardo severo, non riuscendo a credere che fossi con Henry, che avessi quell'aria colpevole, che avessi potuto tradirli in quel modo. Ma dov'erano stati *loro*, senza di me? avrei voluto gridare. Erano stati *loro* ad abbandonarmi. Henry mi guardò in cagnesco, dandomi una spinta.

"Niente" mentii. Rimasi taciturna e accigliata per il resto della giornata e quando vidi Dinny, l'indomani, non riuscii a guardarlo negli occhi. Aveva capito, ne ero sicura. Era stata tutta colpa delle barzellette di Henry.

«Rick? Possiamo andare adesso?» La testa di Eddie fa capolino dalla porta della mia stanza, dove una volta tanto sono rimasta a poltrire, fissando il candido mondo esterno al di là del vetro appannato e gli esili cristalli agli angoli della finestra, frastagliati e perfetti.

«"Il gelo adempie i suoi segreti intenti, senza l'aiuto d'alcun vento"» cito.

«Che cos'è?»

«È Coleridge. Certo che possiamo andare, Eddie. Dammi cinque secondi.»

«Un-due-tre-quattro-cinque.»

«Ah, ah, divertente. Fila via. Scendo fra un attimo, non posso mica uscire in vestaglia.» Stamattina, in segno di sfida, ho aperto la porta a Maxwell così.

«No, oggi no» concorda Eddie, ritirandosi. «Fuori c'è un freddo che congelerebbe il culo di un pinguino.»

«Che finezza, tesoro!» grido quando se n'è già andato. La brina ha ammantato gli alberi di bianco. Fuori è come un altro mondo, un mondo fragile, albino, dove il candore e le opalescenti sfumature di azzurro hanno rimpiazzato il grigio spento e il marrone scialbo. Ogni cosa ha una lucentezza abbagliante, ogni esile ramoscello, ogni foglia morta, ogni filo d'erba. La casa si è rinnovata: non è più il fantasma o il cadavere di un posto che ricordo. Oggi sprizzo ottimismo da tutti i pori, e non potrebbe essere altrimenti: dopo tanti giorni nuvolosi, il cielo sembra innalzarsi all'infinito. Tutto quello spazio lassù dà un senso di vertigine, e la giornata è talmente bella che Beth verrà con noi.

Quando le ho detto che avevo incontrato Dinny, si è come pietrificata. Per un attimo mi sono spaventata. Sembrava aver smesso di respirare, come se il sangue le si fosse gelato nelle vene e il suo cuore non battesse più, tale era la sua immobilità. C'è stato un lungo momento di sospensione in cui ho aspettato, guardato e cercato di indovinare cosa sarebbe successo, poi Beth ha distolto lo sguardo e si è passata la lingua sul labbro inferiore.

"Saremo come estranei, ormai" ha detto, e si è avviata lentamente in cucina. Non mi ha chiesto come facessi a saperlo, che aspetto avesse, perché era qui, e mi sono resa conto che non mi dispiaceva non dirglielo. Non mi dispiaceva tenerlo per me, conservare soltanto nella mia testa le parole che Dinny aveva pronunciato, possederle. Era di nuovo tranquilla quando l'ho raggiunta. Abbiamo preparato due tazze di tè e ho inzuppato qualche biscotto nella mia. Ma quella sera Beth non ha mangiato: neanche un biscotto, neanche il piatto di risotto che le ho messo di fronte, neanche il gelato dopo cena.

Oggi è il 20 dicembre. I vetri della macchina si appannano mentre attraverso il villaggio in direzione est per poi svoltare a nord sulla A361.

«Ancora un giorno, ragazzi, e poi sarà tutto in discesa fino a primavera!» annuncio, piegando le dita intirizzite dal freddo nei guanti.

«Non puoi pensare già alla fine dell'inverno, non è ancora passato Natale!» obietta Eddie deciso.

«Ah, no? Neanche se il gelo mi ha inchiodato le mani sul volante? Guarda, sto provando a mollarlo e non ci riesco! Sono attaccate!» Eddie scoppia a ridere.

«Tenere le mani sul volante mentre guidi mi sembra una buona cosa» osserva Beth in tono ironico, seduta sul sedile del passeggero.

«Be', allora è una fortuna che ci siano rimaste attaccate.» Sorrido e prendo lo svincolo per Avebury. Eddie sta studiando la preistoria questo semestre, e il Wiltshire è pieno di testimonianze di quel periodo. Parcheggiamo e ci uniamo al flusso ininterrotto di persone che procedono lungo il sentiero verso le pietre. Il terreno scintilla, il sole è abbacinante.

È un bel sabato e c'è un sacco di gente ad Avebury, tutte persone infagottate come noi, scure e informi, che fanno avanti e indietro fra gli antichi monoliti di arenaria. Formano due cerchi concentrici, non alti quanto quelli di Stonehenge, non altrettanto imponenti e ordinati, ma dal diametro molto, molto più ampio. Sono tagliati in due da una strada, e all'interno è sparpagliato mezzo villaggio, ma la chiesetta è sobriamente relegata al di fuori. Mi piace questa disposizione: così tante vite, così tanti anni accumulati in un unico luogo. Facciamo il giro e Beth legge la guida, ma non sono sicura che Eddie la stia ascoltando. Ha di nuovo in mano un bastone: nella sua testa sta duellando con qualcuno, e mi piacerebbe sapere chi è. I barbari, forse, o qualche compagno di scuola?

«I Cerchi di Pietre di Avebury sono i più grandi della Gran Bretagna, e sono situati nel terzo sito preistorico per dimensioni. Nel complesso, il terrapieno esterno, il fossato e l'area interna coprono undici ettari e mezzo...»

«Beth!» grido. Si è spinta un po' troppo vicino all'orlo del terrapieno. La brina si sta sciogliendo e rende l'erba scivolosa.

«Ops.» Corregge la traiettoria con una brusca risatina.

«Eddie, poi su queste cose ti interrogo!» urlo. La mia voce echeggia nell'aria immobile, e una coppia di anziani si volta a guardarci. Voglio solo che presti ascolto a Beth.

«Fra gli strumenti usati per gli scavi vi erano picconi e rastrelli ricavati da corna di cervo e scapole di bovini, e con ogni probabilità badili e canestri...»

«Fico» dice Eddie in tono ammirato. Superiamo un albero cresciuto a ridosso del bastione, con le radici che si riversano sul terreno in una cascata nodosa. Eddie si cala lungo le radici, si acquatta e, tenendosi aggrappato tre metri sotto di noi, alza lo sguardo.

«Sei un elfo?» chiede Beth.

«No, sono un uomo dei boschi, e sto per derubarti» replica lui.

«Scommetto che non fai in tempo ad acciuffarmi prima che superi quest'albero e mi metta al sicuro» lo sfida Beth.

«Mi sono bruciato il fattore sorpresa» protesta Eddie.

«Ce l'ho quasi fatta!» lo stuzzica Beth, avanzando lentamente. Con un grido di rivolta Eddie si inerpica su per le radici, scivolando e battendo le ginocchia. Afferra Beth con entrambe le mani e lei si mette a strillare. «Mi arrendo, mi arrendo!» dice tra le risa.

Ci lasciamo alle spalle il villaggio e proseguiamo lungo l'ampio viale di pietra che conduce a sud. Il sole splende sul viso di mia sorella: è passato molto tempo dall'ultima volta che l'ho visto sotto una luce così forte. È pallida, invecchiata, ma le guance sono rosee e sembra serena. Eddie ci fa strada brandendo il bastone, e camminiamo finché non sentiamo le dita dei piedi intirizzite dal freddo.

Sulla via del ritorno mi fermo al negozio Spar di Barrow Storton a comprare una birra allo zenzero per Eddie. Beth aspetta in macchina, di nuovo taciturna, ma Eddie e io fingiamo di non averlo notato. Ho la terribile sensazione che stia vacillando, come se fosse sull'orlo di qualcosa. Noi non sappiamo cosa fare per aiutarla: vorremmo portarla in salvo, ma abbiamo paura di spingerla accidentalmente e sbilanciarla nella direzione sbagliata.

«Non è che posso prendere una coca?»

«Sì, se preferisci.»

«Non vado matto per l'alcol, sai? Ho provato la vodka lo scorso semestre, in collegio.»

«Hai bevuto la *vodka*?»

«Non proprio bevuta. L'ho assaggiata una volta sola e mi è venuta voglia di vomitare, ma Boff e Danny hanno vomitato davvero, appestando tutta la stanza. Uno schifo. Non so cosa ci troviate voi adulti» dice con noncuranza. L'aria pungente gli ha donato uno splendido colorito rosato e i suoi occhi scintillano come acqua cristallina.

«Be', può darsi che più avanti cambierai idea, ma non dirlo a tua madre, per l'amor di Dio! Le verrebbe un colpo.»

«Non sono mica *stupido*, sai» replica alzando gli occhi al cielo.

«No. Lo so.» Sorrido e faccio una smorfia sotto il peso di due enormi bottiglie di Coca-Cola che finiscono nel cestino. Mentre ci avviciniamo alla cassa entra Dinny, facendo tintinnare il campanello della porta, uno squillo secco e brioso. Sulle prime non so dove guardare, come comportarmi. È passato proprio di fronte a Beth, in macchina, e mi chiedo se lei l'abbia visto, se l'abbia riconosciuto.

«Ehilà, Dinny» lo saluto sorridendo. Siamo semplici vicini di casa, niente di più, eppure sento il cuore scoppiarmi nel petto. Alza gli occhi su di me con un sussulto.

«Erica!»

«Questo è Eddie, voglio dire Ed. Te ne avevo parlato, è mio nipote, il figlio di Beth.» Tiro Eddie al mio fianco, e lui fa un sorrisetto affabile e saluta. Dinny lo osserva attentamente, poi sorride.

«Il figlio di Beth? È un piacere conoscerti, Ed» dice. Si stringono la mano, e per qualche ragione sono commossa, senza fiato. Un gesto banale, i miei due mondi che si uniscono, pelle contro pelle.

«Sei quel Dinny che giocava sempre con la mamma quand'era piccola?»

«Sì, in persona.»

«Erica mi stava raccontando di te. Mi ha spiegato che eravate grandi amici.» Dinny mi lancia un'occhiata tagliente che mi fa sentire in colpa, anche se ho detto soltanto la verità.

«Be', sì, direi che un tempo lo eravamo.» La voce è bassa e calma, sempre misurata.

«Fai provviste per Natale?» mi intrometto scioccamente. Non si può dire che lo Spar pulluli di gadget natalizi, c'è solo qualche logora decorazione legata ai bordi degli scaffali. Dinny scuote la testa.

«Honey vuole delle patatine all'aceto» dice, e subito distoglie gli occhi, imbarazzato.

«Hai visto la mamma fuori? È qui davanti, in macchina. L'hai salutata?» chiede Eddie. Avverto una stretta alla bocca dello stomaco.

«No, non ancora. Vado... Vado subito» replica Dinny, girando gli occhi verso la porta. Ha lo sguardo assorto e procede dritto verso la mia macchina bianca sporchissima, le spalle rigide, come se stesse andando da lei perché è obbligato a farlo.

Lo vedo attraverso il vetro della porta, incorniciato dai turbini di neve finta spruzzati negli angoli. Si china verso la macchina e Beth abbassa il finestrino. Non vedo il suo viso, c'è Dinny davanti, ma scorgo le mani accostarsi alla bocca e poi ritrarsi, fluttuando come se fossero senza peso. Mi sporgo, allungando il collo per vedere meglio, e tendo l'orecchio, ma la sola cosa che sento sono gli Slade alla radio dietro il bancone. Dinny appoggia il braccio nudo sul tetto della macchina, e avverto il dolore che si prova a contatto con il metallo gelido.

«Rick, tocca a noi» dice Eddie, dandomi un colpetto con il gomito. Sollevo il cestino sul banco, costretta a interrompere la mia osservazione e a sorridere al malinconico cassiere. Pago la Coca, un Twix e del prosciutto per pranzo, e torno subito alla macchina.

«Allora, che lavoro fai adesso? Un tempo sognavi di diventare flautista, se ricordo bene» sta dicendo Dinny. Si raddrizza, incrociando le braccia, e tutt'a un tratto mi rendo conto che lui sembra sulla difensiva e Beth non è scesa dalla macchina per parlargli: lo guarda a stento e continua a giocherellare con i lembi della sciarpa sulle ginocchia.

«Oh, alla fine non ce l'ho fatta» risponde con una risatina flebile. «L'ho studiato sino alla seconda media e poi...» Si interrompe, distogliendo di nuovo lo sguardo. Cominciò la seconda media l'anno prima della scomparsa di Henry. «Non ce la facevo più con tutti quegli esercizi» conclude seccamente. «Faccio qualche traduzione adesso, dal francese e dall'italiano, perlopiù.»

«Oh» dice Dinny. La osserva, e dato che il silenzio si protrae intervengo con un commento impacciato.

«Io faccio già abbastanza fatica con l'inglese: cercare di insegnarlo a dei ragazzini è come tentare di tirare su dell'acqua con una forchetta. Ma Beth è sempre stata portata per le lingue.»

«Basta saper ascoltare, Rick, tutto qui» mi dice mia sorella, e suona un po' come un rimprovero.

«Non è mai stato il mio forte» riconosco con un sorriso. «Siamo appena stati ad Avebury. Mio nipote aveva una gran voglia di visitarlo perché l'hanno studiato a scuola, ma diciamola tutta, Ed: da quando siamo arrivati non vedevi l'ora di andare al bar a prendere quel gelato con la panna e il cioccolato fuso.»

«Era *strabiliante*» ci assicura Eddie. Dinny mi rivolge un sorriso scherzoso, ma vedendo che Beth non gli chiede altro si incupisce un po' e si scosta dalla macchina.

«Allora, quanto pensate di restare?» si informa rivolgendosi a me, dato che Beth tiene gli occhi fissi davanti a sé.

«Senz'altro sino a Natale, dopo non sappiamo ancora. Ci sono un sacco di cose da sistemare» dico, dandogli una risposta onesta e ambigua quanto basta. «E tu?»

«Per un po'» dice Dinny con un'alzata di spalle, ancora più ambiguo.

«Ah.» Sorrido.

«Be', adesso è meglio che vada. È stato bello rivederti, Beth.

Piacere di averti conosciuto, Ed» conclude, e con un cenno del capo si allontana.

«Non ha preso le patatine» osserva Eddie.

«È vero. Se le sarà dimenticate» annuisco, senza fiato. «Ne prenderò qualche pacchetto, e più tardi glieli porto.»

«Grande» approva Eddie e apre la portiera posteriore con una mano, mentre con l'altra tenta di rompere l'involucro del Twix. Non ha idea dell'importanza di ciò che è appena successo qui, davanti al finestrino della macchina.

Torno in negozio, compro le patatine all'aceto e, quando salgo in macchina e avvio il motore per riportarci tutti a casa, non guardo Beth, perché l'imbarazzo è troppo, e le domande che vorrei porle non si possono fare davanti a suo figlio.

Eddie è a letto, in pigiama, con il suo iPod. È sdraiato sulla pancia e dondola le gambe piegate avanti e indietro. Sta leggendo un libro intitolato *Sasquatch*, e con la musica non può sentire le grida delle civette fra gli alberi di fronte alla finestra. Lo lascio da solo.

Al piano di sotto Beth si sta preparando un tè alla menta, tenendo l'angolo della bustina con la punta delle dita e immergendola nell'acqua più volte.

«Spero che Dinny non ti abbia spaventata sbucandoti davanti in quel modo» dico in tono più leggero possibile. Beth mi lancia un'occhiata e stringe le labbra.

«L'ho visto entrare in negozio» replica, continuando a immergere la bustina.

«Davvero? E l'hai riconosciuto? Io non credo che ci sarei riuscita se l'avessi visto passare di sfuggita.»

«Non essere ridicola, è uguale identico a prima» ribatte, facendomi sentire inadeguata perché lei ha colto qualcosa che a me è sfuggito.

«Be'» commento «che sorpresa rivederlo dopo tutto questo tempo, eh?»

«Sì, direi di sì» mormora.

Non mi vengono in mente altre domande. Questo incontro non dovrebbe lasciarla tanto indifferente. La osservo attentamente, in cerca di qualche segnale. «Magari dovremmo invitarli qui a casa, per un drink o qualcosa del genere.»

«Invitarli?»

«Dinny e Honey. È la sua... Be', non sono sicura che siano sposati. Sta per avere un figlio. Potresti convincerla a non partorire nel bosco. Credo che Dinny te ne sarebbe grato.»

«Partorire nel bosco? Che idea assurda» dice Beth. «Un bel nome però, Honey.» C'è sotto dell'altro. Deve esserci.

«Senti, sei sicura di stare bene?»

«Perché non dovrei?» replica, con quel tono pensieroso di cui non mi fido. Torna a guardarmi, e mi accorgo che ha le dita immerse per metà nell'acqua calda. Il liquido è bollente, ma lei non batte ciglio.

«Non so, gli hai a malapena rivolto la parola. Un tempo eravate così uniti... Non avevi voglia di parlargli, di raccontare un po' di cose?»

«Ventitré anni sono tanti, Erica. Siamo persone completamente diverse, ormai.»

«Non *completamente*. Tu sei pur sempre tu, e lui è sempre lui. Siamo ancora le stesse persone che giocavano insieme da piccole...»

«Col tempo si cambia. Si volta pagina» insiste.

«Beth, cos'è successo?» mi decido a domandare. «A Henry, intendo.»

«In che senso?»

«Be', che ne è stato di lui?»

«È scomparso» taglia corto lei, ma il suo tono è innaturale.

«Intendo dire, ricordi quel giorno allo stagno? Il giorno in cui è sparito? Ricordi cos'è successo?» insisto. Non credo che dovrei farlo. C'è una parte di me che vuole sapere, che vuole scuoterla, eppure so che non dovrei. La mano di Beth ricade sul piano della cucina, cozzando bruscamente contro la tazza e rovesciando un po' di tè. Fa un respiro profondo.

«Con che coraggio me lo chiedi?» domanda, angosciata.

«Con che coraggio? Perché non dovrei?» replico, ma quando alzo lo sguardo vedo che sta tremando, gli occhi fiammeggianti di rabbia. La sua risposta si fa attendere.

«Non è che adesso, solo perché c'è in giro Dinny... solo perché è qui anche lui, devi per forza rivangare il passato!» sbotta.

«Cosa c'entra Dinny? Ti ho fatto una semplice domanda!»

«Be', allora piantala! Piantala con tutte queste maledette domande, Erica!» grida, e se ne va. Rimango seduta in silenzio, a lungo, ripensando a quel giorno.

Ci alzammo presto perché era stata una notte caldissima, una di quelle notti in cui le lenzuola sembravano incollarsi alle gambe, e mi ero svegliata più volte con qualche ciocca umidiccia di capelli appiccicata sulla fronte e sul collo. Ci preparammo la colazione e poi ascoltammo la radio nel giardino d'inverno, che affacciava a nord e al mattino era fresco. Il pavimento era in cotto, e sul davanzale c'erano schiere di orchidee e felci. Ci crogiolammo sulla sedia a dondolo di Caroline, con quei cuscini di tela azzurra che avevano un odore vagamente aspro, quasi felino. Caroline era morta quando avevo cinque o sei anni. Una volta, quando ero ancora molto piccola, ero passata di corsa davanti alla sua sedia a dondolo e non mi ero accorta che era lì seduta finché il suo bastone non era sbucato fuori e mi aveva colpita. "Laura!" aveva detto seccamente, chiamandomi con il nome di mia madre. "Va' a trovare Corin. Digli che ho bisogno di vederlo. Devo vederlo!" Non avevo idea di chi fosse questo Corin. Ero terrorizzata dal floscio fagotto di tessuto che occupava la sedia a dondolo e dalla forza sproporzionata con cui aveva sferrato il colpo. Ero sgusciata sotto il bastone ed ero filata via.

Ci vestimmo all'ultimissimo minuto, andammo in chiesa controvoglia con Meredith e i nostri genitori, e poi pranzammo nel prato all'ombra della quercia, a un tavolino messo lì appositamente per noi tre, Beth, Henry e io. C'erano burro di arachidi e sandwich al cetriolo, che la mamma aveva preparato per noi perché sapeva che eravamo troppo accaldati e ribelli per mangiare la minestra. Le gambe, a contatto con la sedia di vimini, mi prudevano. Un uccellino appollaiato su un ramo fece i suoi bisogni sul tavolo e Henry li raccolse con il coltello, lanciandomeli addosso. Io mi scansai con un tale impeto che caddi dalla sedia e urtai la gamba del tavolo, rovesciando la mia limonata e quella di Beth. Henry rise così forte che un pezzo di pane gli s'infilò nel naso e prese a rantolare fino a farsi venire le lacrime agli occhi. Beth e io restammo a guardarlo soddisfatte, senza battergli sulla schiena per aiutarlo. Henry fu insopportabile per il resto della giornata, e facemmo di tutto per tenerlo a distanza. Il caldo lo aveva intontito rendendolo violento come un toro colpito da un un'insolazione. Alla fine fu richiamato in casa e spedito a letto dopo essere stato sorpreso a legare con un laccio le zampe di un labrador, mentre l'animale, paziente e sconcertato, respirava affannosamente. Meredith non sopportava che si infastidissero i suoi cani.

Più tardi, però, con l'avanzare del pomeriggio, Henry tornò fuori e ci trovò allo stagno, tutti e tre insieme, ovviamente. Io stavo nuotando, fingendo di essere una lontra, una sirena, un delfino. Henry rise delle mie mutandine flosce, bagnate e gonfie. "Te la sei fatta addosso, Erica?" chiese. E poi qualcosa, *qualcosa* che correva. L'immagine del buco in fondo allo stagno, di Henry che veniva risucchiato. Forse era per questo che dopo ripetevo a tutti quanti senza sosta: "Cercatelo nello stagno. Secondo me è lì. Eravamo tutti allo stagno". Eppure ci avevano guardato, o almeno così dissero la mamma e il poliziotto. Avevano guardato, e non c'era. Non era il caso di chiamare i sommozzatori: l'acqua era così limpida che si vedeva il fondo. Meredith mi prese per le spalle, mi scrollò e gridò: "Dov'è, Erica?". Una piccola bolla di saliva schizzò dalla sua bocca e mi si posò sulla guancia, tiepida e bagnata. "Mamma, smettila! Basta!" urlò mia madre. Beth e io cenammo in cucina e la mamma, con il volto pallido e pensieroso, ci diede fagioli e pane tostato. All'arrivo del crepuscolo si levò un profumo d'erba calda e umida, una fragranza così buona che veniva voglia di mangiarla, ma Beth non toccò cibo. Fu la prima volta, quella sera, in cui vidi la sua bocca chiudersi con una tale fermezza. Niente entrava, niente usciva.

«Cosa ce ne facciamo di tutte queste patatine?» chiede Beth, dando un colpetto alla confezione multipla che ho lasciato sul tavolo della cucina, tra i resti della colazione.

«Oh... in teoria erano per Honey. Dovevo portargliele ieri, ma mi sono dimenticata» rispondo. Eddie, seduto sulla panca con la schiena appoggiata al tavolo, lancia una pallina da tennis contro il muro e la riprende al volo. È liscia, logora; probabilmente un tempo era stata di un labrador. La scaglia con una frequenza esasperante. «Eddie, ci dai un attimo di tregua?» chiedo. Lui sospira, prende la mira e getta la palla nel cestino con un arco perfetto.

«Bel colpo, tesoro» dice Beth con un sorriso. Eddie alza gli occhi al cielo. «Ti annoi?» gli chiede lei.

«Un po'. No, in realtà no» farfuglia. Il giusto compromesso fra onestà e tatto.

«Perché non porti le patatine a Honey?» suggerisco, vuotando la tazza di tè.

«Non la conosco neanche, questa Honey, e lui l'ho visto ieri per la prima volta. Non posso mica piombare nel loro cortile agitando un pacchetto di patatine, no?»

«Ti accompagno io» replico, girando le gambe di scatto e alzandomi. «Ti va di venire, Beth? L'accampamento è sempre al solito posto» aggiungo, non riuscendo a trattenermi. Com'è possibile che non ci voglia tornare, che non voglia vedere?

«No. No, grazie. Farò... farò una passeggiata fino al villaggio, a comprare il giornale.»

«Posso prendermi un Twix?»

«Eddie, di questo passo ti trasformerai in un Twix.»

«Ti prego!»

«Forza, Eddie. Andiamo. Metti gli scarponcini, c'è un bel po' di fango per strada» dico.

Raggiungiamo l'accampamento prendendo la strada più lunga, quella che passa per lo stagno. Sta diventando un pellegrinaggio quotidiano. Oggi la giornata è fredda e cupa, senza il ghiaccio e lo sfavillio di ieri. Mi fermo e mi accosto alla riva, osservando la profondità dello stagno. È immutato. Non mi dà risposte. Penso che forse, semplicemente, non stavo prestando attenzione quando successe quello che successe. A volte la mia mente vaga, s'impiglia in un pensiero che sta sul fondo, si lascia trascinare via, come in certi momenti, quando gli altri insegnanti mi parlano. Non mi piace pensare ai ricordi rimossi, al trauma, all'amnesia, alla malattia mentale.

«Mi sembra che tu sia un po' ossessionata da questo stagno, Rick» mi dice Eddie in tono serio. Sorrido.

«Ma no, figurati. Perché dici così?»

«Ogni volta che passiamo di qui diventi una specie di Luna Lovegood. Ti metti a fissare il vuoto, come adesso.»

«Oh, chiedo umilmente perdono!»

«Stavo solo scherzando!» esclama, dandomi una goffa spintarella con la spalla. «Ma non ti sembra che sia sempre più o meno uguale?» Si allontana di qualche passo, si china a raccogliere una pietra e la getta nell'acqua. La superficie si frantuma. Guardo Eddie e all'improvviso sento un dolore fortissimo alle ginocchia, come se mi fosse scivolato il piede su una scala.

«Dài, andiamo» dico, voltandomi di scatto.

«È successo qualcosa qui?» chiede lui tutto d'un fiato. Sembra teso, preoccupato.

«Perché me lo chiedi, Eddie?»

«È solo che... continui a tornarci. Ti viene quell'espressione negli occhi, la stessa che viene alla mamma quando è triste» borbotta. Mi maledico in silenzio. «E sembra che... sembra che a lei non piaccia questo posto.» Troppo spesso dimentichiamo con quanta chiarezza i bambini vedano le cose.

«Be', sì, è successo qualcosa qui, Eddie. Quando eravamo piccole nostro cugino Henry scomparve. Aveva undici anni, la stessa età che hai tu adesso. Nessuno ha mai scoperto che fine avesse fatto, e così, insomma, non siamo mai riuscite a dimenticarcene.»

«Oh.» Con un calcio solleva un mucchietto di foglie secche. «Che storia triste» dice infine.

«Sì, hai ragione» replico.

«Magari è solo scappato via e... non lo so, si è unito a qualche banda o qualcosa del genere?»

«Può anche darsi» rispondo, senza convinzione. Eddie annuisce, apparentemente soddisfatto di questa spiegazione.

Dinny è in compagnia di un uomo che non riconosco, e i cani ci vengono incontro di corsa, girandoci nervosamente attorno. Sorrido e saluto con la mano, come se fossi di casa, e Dinny ricambia con un gesto incerto. La persona che è con lui mi sorride. È un uomo magro, nerboruto, non molto alto, con i capelli chiari tagliati cortissimi e un fiore azzurro tatuato sul collo. Eddie si affianca a me, urtandomi, e avanziamo nervosi nel cerchio di veicoli.

«Ehi, scusate l'intrusione» dico. Cerco di fare la brillante, ma alle mie orecchie suono sfrontata.

«Salve, io sono Patrick. Voi dovete essere i nostri vicini, quelli che stanno su alla tenuta?» chiede l'uomo. Ha un sorriso caldo e sincero, e una stretta di mano molto decisa. Dopo un benvenuto così, il nodo che mi serrava lo stomaco comincia a sciogliersi.

«Sì, esatto. Io sono Erica, e questo è mio nipote Eddie.»

«Ed!» sibila Eddie tra i denti.

«Piacere di conoscerti, Ed» dice Patrick stritolando anche la mano di mio nipote. Vedo Harry seduto sul predellino di un furgone dietro di loro e penso di gridargli un saluto, ma cambio idea. Ha di nuovo qualcosa tra le mani, che sta catalizzando tutta la sua attenzione. Il viso è in larga parte nascosto dietro i capelli sciolti e le folte basette.

«Ehm, ecco, so che sembrerà un po' strano ma ci siamo accorti che ieri al negozio avevi dimenticato di comprare le patatine per Honey, e così gliene abbiamo portato qualche pacchetto, sempre che invece stamattina non abbia una voglia matta di sottaceti...» dico agitando la grossa confezione di patatine.

Patrick lancia un'occhiata a Dinny, non scortese, solo vagamente confusa.

«Io mi arrabbio un sacco se la mamma dimentica le cose per me quando va a fare la spesa» viene in mio soccorso Eddie. Al suono della sua voce, Harry alza gli occhi. Dinny solleva una spalla e si volta.

«Honey!» grida verso l'ambulanza.

«Oh, no! Non stare a disturbarla...» Sento le guance avvampare. Honey si affaccia da una finestrella che le incornicia il volto carino e stizzoso.

«*Che c'è?*» strilla di rimando, molto più forte del dovuto.

«Erica ha portato una cosa per te.» Sono in imbarazzo. Eddie si avvicina lentamente a Harry, cercando di capire a cosa stia lavorando. Honey esce dal veicolo, scendendo con cautela i gradini. È completamente vestita di nero oggi, e i suoi capelli chiari spiccano moltissimo. Si ferma a una certa distanza da me e mi guarda con sospetto.

«Senti, è solo una sciocchezza. Ti abbiamo portato queste. Dinny ha detto che ti era venuta voglia di patatine, così...» Lascio in sospeso la frase e faccio ondeggiare la confezione. Lentamente Honey si avvicina e la prende.

«Quanto ti devo?» chiede, accigliandosi.

«Ma no, non ti preoccupare. Non me lo ricordo, lascia stare» rispondo agitando una mano. Honey scocca un'occhiata dura a Dinny, e lui infila una mano in tasca.

«Due sterline bastano?» mi chiede.

«Davvero, non c'è bisogno.»

«Per favore, prendile.» Alla fine le accetto.

«Grazie» mormora Honey, e torna dentro.

«Non fare caso a lei» dice Patrick con un sogghigno. «È nata con la luna storta, poi con la pubertà è peggiorata, e adesso che è incinta... Ah, lasciamo stare!»

«Fottiti, Pat!» strilla Honey, nascosta alla nostra vista. Patrick sorride di nuovo.

Eddie si è avvicinato a Harry. È intento a guardare le mani dell'uomo, e probabilmente gli fa ombra.

«Vedi di non disturbarlo» gli dico con un sorriso circospetto.

«Che cos'è?» chiede Eddie. Harry non risponde, ma lo guarda e sorride.

«Lui è Harry» spiega Dinny. «Non gli piace molto parlare.»

«Ah. Be', mi sembra una torcia. È rotta? Posso vedere?» insiste Eddie. Harry spalanca le mani, mostrando i piccoli ingranaggi.

«Allora, Erica, vi andrebbe di venire alla nostra festicciola del solstizio, questa sera?» domanda Patrick.

«Oh, non saprei» rispondo. Guardo Dinny e lui mi fissa intensamente, come se stesse risolvendo un problema.

«Non potete mancare! Più siamo meglio è, dico bene, Nathan? Faremo un falò, cuoceremo qualcosa con il barbecue. Se portate da bere sarete più che benvenuti, cari vicini» continua Patrick.

«Allora ci faremo un pensiero.» Sorrido.

«I tuoi dreadlock sono una bomba» dice Eddie a Harry. «Somigli un po' a *Predator*. Hai visto il film?» Infila le dita tra i componenti della torcia ammonticchiati, poi estrae qualche pezzo e lo mette al suo posto. Harry ha l'aria un po' stupita.

«Devo scappare. A dopo.» Patrick ci saluta e lascia l'accampamento con passo elastico, le mani affondate nelle tasche di una cerata logora.

Guardo le punte infangate dei miei scarponcini, poi Eddie, che sta rimontando la torcia sotto gli occhi increduli di Harry.

«Ed mi sembra un bravo ragazzo» dice Dinny a quel punto, e io annuisco.

«È fantastico. Ci aiuta tantissimo.» Segue un lungo silenzio.

«Quando ho parlato con Beth sembrava... non so» dice Dinny, esitante.

«Sembrava come?»

«Non sembrava la stessa di un tempo, come se non ci stesse del tutto con la testa.»

«Soffre di depressione» replico in fretta. «È ancora la Beth di prima. Solo, è più... è diventata più fragile.» Una spiegazione gliela devo, anche se mi sento una traditrice. Dinny annuisce, aggrottando la fronte. «Credo che tutto abbia avuto inizio qui, con la scomparsa di Henry» mi lascio sfuggire. Beth non me l'ha mai detto, ma penso davvero che sia andata così. Lei sostiene che è cominciato tutto in una giornata tempestosa, mentre tornava a casa in macchina al crepuscolo. Le nubi erano fitte, ma di colpo all'orizzonte verso occidente, dov'era diretta, si sfilacciarono in tanti frammenti lasciando intravedere strisce di cielo chiare e luminose. Era uno di quei cieli a pecorelle, che promettono pioggia. All'improvviso non era stata più in grado di distinguere l'orizzonte dal cielo, le colline dalle nuvole, la terra dall'aria. Fu così sconcertante che per poco non finì nella corsia di marcia opposta, e per tutta la sera ebbe la nausea, come se la terra le si muovesse sotto i piedi. Da quel momento, a suo dire, non seppe più distinguere quali cose fossero reali, certe. Secondo Beth è iniziato tutto quel giorno, ma io ricordo com'era la sera della scomparsa di Henry. Ricordo il suo silenzio, e i fagioli intatti nel suo piatto.

«Non voglio neanche pensare che quello che è successo l'abbia fatta stare male per tutto questo tempo» dice Dinny a voce bassa. Lui sa cos'è successo. Lui *sa*.

«Come?» replico. Se solo proseguisse, se dicesse di più. "Dimmelo" penso. Ma non lo fa.

«Non è stata... Vabbe', mi dispiace saperla infelice.»

«Credevo che tornare qui le avrebbe fatto bene, ma... ho paura che potrebbe farla stare anche peggio. Sai, riportare a galla quella faccenda... Potrebbe succedere di tutto, mi sa. Comunque è un bene che Eddie sia qui, la aiuta a non pensare. Credo che senza di lui avrebbe dimenticato perfino che è Natale.»

«Secondo te Beth verrà alla festa stasera?»

«Sinceramente no. Glielo chiederò, se vuoi» dico.

Dinny fa cenno di sì, ma ha l'aria delusa. «Chiediglielo. Portate anche Eddie. Lui e Harry si sono piaciuti, mi pare. Harry se la cava alla grande con i bambini, sono meno complicati per lui.»

«Se glielo chiedessi tu, sono sicura che verrebbe. Se facessi un salto alla tenuta, intendo» azzardo. Dinny mi rivolge un sorrisetto sardonico.

«Io e quella casa non andiamo molto d'accordo. Chiediglielo tu, al massimo ci vediamo più tardi.» Annuisco, infilando le mani nelle tasche posteriori dei jeans.

«Vieni, Ed? Io torno a casa.» Eddie e Harry alzano lo sguardo dal loro lavoro: due paia di limpidi occhi azzurri.

«Non posso finire un attimo qui, Rick?» Lancio un'occhiata a Dinny e lui si stringe nelle spalle, annuendo.

«Li tengo d'occhio io» dice.

Una volta facemmo entrare Dinny in casa di nascosto, mentre Meredith era a Devizes per un appuntamento dal dentista. Henry era andato a trovare un ragazzo del villaggio con cui aveva fatto amicizia e che in casa aveva una *vera* piscina.

"Muoviti!" sibilai a Dinny. "Che fifone che sei!" Morivo dalla voglia di mostrargli le grandi stanze, le imponenti scalinate, le enormi cantine, non per fare colpo o per mettermi in mostra, ma solo per vedere i suoi occhi sgranati. Per essere io, una volta tanto, a mostrargli qualcosa, a prendere in mano le redini. Beth se ne stava rannicchiata dietro di noi con un sorriso teso. Non c'era nessuno in giro, a parte la governante, eppure ci acquattammo prima di sgattaiolare dentro. Al riparo dietro l'ultimo cespuglio, io e Dinny eravamo talmente vicini che sentii il suo ginocchio premuto contro il mio fianco e l'odore secco, di bosco, della sua pelle.

Dinny non era convinto. Gliene avevano parlato tante volte, aveva sentito fin troppe storie da nonno Spad e dai suoi genitori, aveva perfino incontrato Meredith di sfuggita in qualche occasione. Sapeva di non essere il benvenuto, e che l'idea di dare un'occhiata non avrebbe nemmeno dovuto sfiorarlo, ma era curioso, lo sentivo, curioso come qualsiasi bambino di fronte a un luogo proibito. Non lo avevo mai visto così insicuro al punto da esitare, per poi decidere di proseguire. Mentre passavamo da una stanza all'altra feci qualche commento sbrigativo: "Questo qui è il salotto, anche se in realtà non ci ho mai visto nessuno fare salotto. Per di qua si va in cantina. Vieni a vedere, è grande come una casa intera! Questa è la camera di Beth. Si è presa la stanza più grande perché è la sorella maggiore, ma dalla mia camera si vede fin dentro alle chiome degli alberi, e ci ho visto una civetta una volta". E chiacchieravo, chiacchieravo... I labrador ci seguivano, mostrando i denti e agitando la coda per l'eccitazione.

Ma più parlavo, più cose gli mostravamo, più stanze lo trascinavamo a vedere, tanto più Dinny si faceva taciturno. Rimase a corto di parole e i suoi occhi, dopo essersi sgranati, tornarono spenti. Alla fine me ne accorsi anch'io.

"Non ti piace?"

Un'alzata di spalle, un sopracciglio inarcato, e poi il rumore di un'auto nel vialetto. Paralizzati, nel panico, avemmo un tuffo al cuore e tendemmo le orecchie: stavano arrivando dal davanti o dal retro? Cercai di calcolare il rischio e feci la scelta sbagliata: uscimmo di corsa in terrazza proprio mentre Meredith, mio padre e, peggio ancora, Henry, di ritorno dalla sua visita, sbucavano dal lato della casa. Henry sogghignò. Dopo un attimo di esitazione, afferrai Dinny per un braccio, lo strattonai e attraversammo il prato a tutta velocità. Credo sia stato il più grande atto di ribellione che io abbia mai compiuto, e fu per salvare Dinny, per salvarlo dalle parole che Meredith gli avrebbe rivolto. Per un istante la nonna era rimasta ammutolita per lo shock, immobile, alta e magra, in un abito di lino inamidato di un blu ceruleo, i capelli impeccabili, candidi. La bocca era una rigida linea dipinta di rosso, ma quando fuggimmo si spalancò.

"Erica Calcott, torna qui *immediatamente*! Come hai osato portare quel *lurido* in casa mia? Come hai *osato*? Te lo ripeto, torna subito qui! E tu, tu, ladro di uno zingaro! Te la svigni come un delinquente, eh? Come il delinquente che sei!" Mi piace pensare che mio padre abbia detto qualcosa. Mi piace sperare che Dinny non abbia sentito, ma dentro di me, naturalmente, so che non è così. Farlo scappare via come un ladro, come un criminale... Credevo di essere stata coraggiosa, credevo di essere un'eroina per lui, e invece mi tenne il muso per giorni perché lo avevo fatto entrare in quella casa, e poi lo avevo costretto a fuggire.

Sono salita nella stanza di Meredith. È la più spaziosa delle camere da letto, ovviamente, con un brutto letto a baldacchino riccamente intagliato. La base è alta e il materasso spesso. Come faranno i prossimi proprietari a spostare questo letto? È enorme. Solo a colpi di scure, temo, magari per rimpiazzarlo con qualcosa di più moderno, probabilmente beige. Mi getto di traverso sopra il rigido copriletto di broccato. Chi ha rifatto questo letto? Suppongo che sia stata la governante, il mattino in cui Meredith ebbe un collasso andando al villaggio. Pian piano smetto di sobbalzare sul materasso e mi rendo conto che sono sul letto della mia defunta nonna, sulle stesse lenzuola in cui ha dormito la notte prima di morire.

Qui più che altrove sembrano aleggiare i suoi resti spettrali. Mi sembra naturale. In parte rimpiango di non essere venuta a trovarla, una volta cresciuta, di non averla messa con le spalle al muro, costringendola a dirmi da dove venisse tutto il suo malanimo, ma ormai è troppo tardi. La sua toeletta è un mobile enorme, profondo, con svariati cassetti incolonnati ai due lati, un ampio cassettone centrale che mi si apre in grembo, uno specchio trittico inserito in un vano che contiene altri cassetti. La superficie è liscia come seta per essere stata sfiorata per secoli da delicate dita femminili. Credo che a nostra madre spetterebbero anche i gioielli, oltre alle fotografie. Meredith non si fece scrupolo di avvertirci che avrebbe svenduto i pezzi più interessanti, insieme alla parte migliore dei terreni della proprietà, per far riparare il tetto. Lo disse in tono accusatorio ai miei genitori, lasciando quasi intendere che sarebbe spettato a loro mettere mano al portafoglio, rovistare sotto il materasso e tirare fuori trentamila sterline. Ma sarà pure rimasto qualcosa, e io lo scoverò.

Rossetti, ombretti e belletto nel primo cassetto in alto a destra. Residui di trucco sparsi sul fondo, scintillanti sotto i tubetti metallici e i portacipria di plastica. Il secondo cassetto è pieno di cinture arrotolate come serpenti, fazzoletti, fermagli per capelli, sciarpe di chiffon. È impregnato del profumo di Meredith e del tenue odore dei suoi labrador. Nel cassetto in basso a destra ci sono delle scatole. Le tiro fuori e le appoggio in un punto meglio illuminato. Sono quasi tutte piene di gioielli, bigiotteria e decorazioni per abiti da sera, a quanto posso vedere. Una sola scatola, quella più grande, scura e lucida, è zeppa di carte e fotografie.

Con un fremito di eccitazione ci rovisto dentro: contiene lettere di zio Clifford e di sua moglie Mary, cartoline di mia madre e mio padre in vacanza, qualche estratto conto occultato in questa scatola segreta per chissà quale ragione. Leggo qualche singolo frammento di ognuno, e provo il brivido dell'illecito spiando tra le cose altrui. C'è anche qualche fotografia, che metto da parte. E poi trovo i ritagli di giornale, su Henry, ovviamente. Furono i quotidiani locali a occuparsene per primi. "Scomparso il nipote di Lady Calcott. Si intensificano le ricerche del nostro giovane concittadino. Gli indumenti rinvenuti nel bosco di Westridge non appartengono al ragazzo scomparso." Poi si unirono quelli nazionali. Timori di un rapimento, illazioni, un misterioso vagabondo notato mentre camminava sulla A361 trascinando un fagotto che avrebbe potuto contenere un bambino, un ragazzino corrispondente alla descrizione avvistato a Devizes, sdraiato in una macchina. "La polizia nutre forti preoccupazioni." Non riesco a distogliere lo sguardo. Un vagabondo non avrebbe mai potuto trascinarsi dietro Henry, anche solo per pochi metri, era troppo robusto e massiccio. Beth e io non vedemmo nulla di tutto questo, ma è normale. Nessun bambino a otto anni legge i giornali, e non ci era permesso guardare i notiziari neanche quando andava tutto bene.

A quanto pare Meredith comprò parecchi quotidiani, diversi ogni giorno. Il fatto di ritagliare questi articoli, all'epoca ma anche in seguito, anni dopo, era forse un modo per tenere viva la speranza, per tenere vivo Henry?

Non sapevo che all'epoca l'episodio avesse destato un tale interesse, non l'avevo mai associato ai giornalisti che si accalcavano davanti al cancello per gettarci addosso ogni sorta d'infamia sotto gli occhi dell'intera nazione. Adesso so perché erano venuti, perché la storia si trascinò nel tempo, occupando spazi sempre più esigui sui quotidiani con il passare dei mesi fino a scomparire del tutto. I bambini non dovrebbero svanire nel nulla senza lasciare traccia. Non c'è paura peggiore, nemmeno quella di ritrovare il corpo, forse. Non avere risposte, non avere idea. Povera Meredith, era sua nonna, in fin dei conti. Avrebbe dovuto badare a lui.

Ora sto osservando con attenzione l'ingrandimento sgranato di una fotografia di Henry. Una foto di classe, lui lindo e ordinato con una giacca sportiva e la cravatta a righe della scuola, i capelli pettinati, i denti in bella mostra, un sorriso educato. Era la stessa immagine dei manifesti che erano comparsi sulla vetrina del negozio, sui pali del telegrafo, sulle pagine dei quotidiani, nelle sale d'attesa dei medici e in supermercati, autorimesse, pub. Internet non era ancora diffuso, all'epoca, ma ricordo di aver visto questa fotografia in ogni angolo del villaggio. Quella sulla vetrina del negozio era a colori: sbiadì ben presto sotto il sole, ma era sgargiante la prima volta che la notai. "Posso andare al negozio?" "No! Devi stare in casa!" Non capivo il perché. La mamma mi ci accompagnò alla fine, tenendomi per mano, e con gentilezza chiese ai giornalisti di lasciarci passare, di non seguirci. Qualcuno lo fece comunque, scattando inutili istantanee di noi che uscivamo dal negozio mangiando ghiaccioli all'arancia. Trovo un piccolo ritaglio dell'agosto 1987. Era già passato un anno intero, e l'ultima frase recita con rammarico: "Malgrado le approfondite indagini della polizia, del ragazzino scomparso non si è trovata traccia".

Sento un dolore tra le costole e mi accorgo che stavo trattenendo il respiro come se fossi in attesa, come se la storia potesse avere una fine diversa. La pioggia si è fatta più intensa e rumorosa. Eddie è fuori nel bosco: sarà bagnato fradicio.

È talmente strano leggere di Henry sui giornali, leggere di quell'estate irreale e allo stesso tempo così terribilmente reale. È successo davvero, e io c'ero. Rimetto i ritagli nella scatola, attenta a non stropicciarli. Credo che li conserverò in questa stessa scatola, tanto simile a una bara, in cui Meredith li ripose ventitré anni fa.

Prendo la pila di fotografie e le faccio passare, scrollandomi di dosso lo spettro dei ritagli di giornale. Perlopiù sono ritratti di famiglia e ricordi di vacanze buttati alla rinfusa, proprio quello che la mamma voleva. Una piccola fotografia in bianco e nero di Meredith e Charles il giorno del loro matrimonio. Mio nonno Charles rimase ucciso durante la Seconda guerra mondiale. Non era un soldato, ma un giorno si recò a Londra per affari e un missile vagante si andò a schiantare contro il locale in cui stava pranzando. Gli scatti migliori delle loro nozze sono sul pianoforte del salotto, chiusi in spesse cornici d'argento, ma in questa piccola istantanea Meredith è ritratta in una postura singolare, voltata indietro anziché verso Charles, come se l'orlo del vestito si fosse impigliato in qualcosa. Stanno uscendo dalla chiesa, passando dal buio alla luce. Il profilo del volto di Meredith è giovane, segnato da una dolorosa inquietudine. Ha i capelli chiarissimi e gli occhi enormi rispetto al volto. Com'è possibile che una ragazza così graziosa, una giovane sposa così intimorita, si sia trasformata nella Meredith che ricordo, fredda e dura come i ripiani di marmo nella dispensa?

Solo un'altra foto mi colpisce. È molto vecchia, rovinata agli angoli, l'immagine affiora in un mare di chiazze giallastre e scolorite. Ritrae una giovane donna, forse sui vent'anni, con un abito a collo alto, i capelli raccolti in un'acconciatura severa e in grembo un bambino che non avrà più di sei mesi con un vestito di pizzo, i capelli scuri e il volto un po' sfocato, spettrale, come se si fosse mosso proprio nell'istante dello scatto.

La donna è Caroline. La riconosco dalle fotografie sparse per casa, anche se nessun'altra la ritrae così giovane. La giro, leggo il timbro sbiadito sul retro: "Gilbert Beaufort & Son, New York City", e poi, scritto a mano con un inchiostro quasi illeggibile, "1904".

Ma Caroline sposò Henry Calcott, il mio bisnonno, solo nel 1905. Zia Mary si appassionò alla genealogia qualche anno fa, e ricostruì la discendenza della famiglia Calcott, di cui era così orgogliosa di essere entrata a far parte dopo il matrimonio, e ne mandò una copia a tutti noi con gli auguri di Natale. Caroline e

Henry si sposarono nel 1905 e persero una figlia prima della nascita di Meredith, nel 1911. Aggrotto la fronte e rivolgo l'immagine alla luce, cercando di scovare altri indizi. Caroline mi osserva imperturbabile, la mano stretta attorno al suo bambino come se volesse proteggerlo. Che fine ha fatto il bambino? Perché non è presente nel nostro albero genealogico? Mi faccio scivolare la fotografia nella tasca posteriore dei pantaloni e comincio a rovistare fra i gioielli senza quasi vederli. La punta di una spilla mi ferisce un dito, e resto seduta per un po' a succhiare il mio sangue.

Dopo cena Eddie scappa via da tavola per guardare la tivù. Beth e io rimaniamo sedute tra piatti e scodelle sporchi. Ha mangiato qualcosina, anche se non abbastanza. Quando sente su di sé gli occhi di Eddie, si sforza di più. Rubo un'ultima patata dalla zuppiera, mi adagio sullo schienale e avverto la presenza di qualcosa nella tasca posteriore.

«Quella cos'è?» chiede Beth, mentre tiro fuori la fotografia della nostra bisnonna. Non mi ha quasi rivolto la parola da quando le ho chiesto di Henry, e adesso c'è una nota fredda nella sua voce, ma so ancora riconoscere un ramoscello di ulivo.

«L'ho trovata nella stanza di Meredith. È Caroline» spiego, porgendogliela.

Beth studia il viso giovane, gli occhi chiari. «Caspita, sì, è proprio lei. Riconosco gli occhi, perfino da vecchia erano rimasti di questo grigio scintillante. Te lo ricordi?»

«No, per niente.»

«Be', eri molto piccola.»

«Avevo tanta paura di lei! Non mi sembrava quasi umana.»

«Sul serio? Ma non ci ha mai dato fastidio, non si è mai curata molto di noi.»

«Lo so. È solo che era così... *vecchia*!» dico, e Beth ridacchia.

«Già, è vero. Era di un'altra epoca, in tutto e per tutto.»

«Cos'altro ricordi di lei?» chiedo. Beth si allontana dal tavolo e spinge via il piatto. Dentro c'è ancora mezza fetta di quiche, intatta.

«Ricordo l'espressione stampata sul viso di Meredith ogni volta che doveva darle da mangiare o vestirla, un'aria di prudente distacco. Ero convinta che avesse pensieri terribili, così terribili da dover fare attenzione a non lasciarli trasparire.»

«E di Caroline, invece, ricordi qualcosa in particolare? Qualcosa che ha detto o ha fatto?»

«Aspetta, fammi pensare. Rammento la volta che andò su tutte le furie a quella festa d'estate, quand'era? Adesso mi sfugge... Poco prima che morisse, mi pare. Tu te lo ricordi? C'erano i fuochi d'artificio e tutte quelle lanterne appese che illuminavano il vialetto fino alla porta.»

«Cavolo! L'avevo completamente rimosso... Rammento i fuochi, quelli sì, e il cibo, ma adesso che mi ci fai pensare ricordo anche che Meredith portò dentro Caroline sulla sedia a rotelle perché se l'era presa a morte con un cuoco... Cos'era successo? Ti ricordi?» domando. Beth scuote la testa.

«Non era un cuoco» dice lei e, mentre racconta, la mia mente rimette a fuoco la scena come se fosse sempre stata lì, in attesa che Beth la riportasse alla luce.

La festa d'estate di Storton Manor si teneva una volta all'anno, di solito il primo sabato di luglio. A volte arrivavamo in tempo, altre volte no, dipendeva dal calendario scolastico. Speravamo sempre di farcela: era l'unica occasione in cui desiderassimo partecipare a un evento organizzato da Meredith, perché con tutte le luci e la gente e la musica e gli abiti, la tenuta si tramutava in un altro mondo.

Quell'anno Beth passò ore ad acconciarmi i capelli. Avevo pianto perché il mio vestito della festa mi era diventato piccolo, ma ce n'eravamo accorte solo all'ultimo momento, quando lo avevo provato. Era troppo stretto sotto le braccia, e il plissé mi pizzicava la pelle. Purtroppo, però, non ne avevo altri, così fui costretta a indossarlo e per rallegrarmi Beth mi intrecciò fra i capelli dei nastri turchesi, in tutto quindici o venti, che si univano sulla nuca.

"Ancora uno. Sta' ferma! Ecco fatto. Sembri un uccello del paradiso, Erica!" disse sorridendo mentre annodava l'ultimo. Voltai la testa da una parte e dall'altra, sentendo i nastri sfiorarmi piacevolmente la nuca.

Lungo il vialetto serpeggiava una fila di torce che emanavano odore di paraffina e fiammeggiavano nell'aria della sera, crepitando come bandiere al vento. Sulla terrazza si esibiva un quartetto d'archi, e lì accanto erano disposti lunghi tavoli coperti da tovaglie bianche e abbondanti schiere di cristalleria scintillante. Le bottiglie di champagne erano tenute in fresco nei cestelli per il ghiaccio, che erano d'argento e sorretti da lunghe piantane, e i camerieri aggrottarono la fronte quando mi videro infilarvi le dita per sgraffignare qualche gelido cubetto da succhiare. Probabilmente il cibo era squisito, ma ricordo che presi un blinis al caviale, me lo ficcai in bocca e lo sputai nell'aiuola più vicina. Conversazioni adulte incomprensibili alle nostre orecchie ci sfrecciavano sopra la testa, pettegolezzi e dicerie andavano avanti e indietro senza curarsi di noi, piccole spie infiltrate nella folla.

Era presente gran parte della nostra famiglia allargata, gente che da allora non ho più rivisto, e anche tutte le personalità di spicco dell'alta società della contea. Un fotografo di «Wiltshire Life» gironzolava per la tenuta immortalando le signore più attraenti e gli uomini più titolati.

Donne dal volto equino, con i capelli lisci e grandi denti, portavano costosi abiti da sera troppo appariscenti in varie tonalità di rosa, blu pavone e verde smeraldo, e per l'occasione avevano rispolverato i loro diamanti, che rilucevano sulle lentigginose carnagioni inglesi. L'intero giardino era invaso dai loro profumi, e più tardi, quando ebbero inizio le danze, dall'olezzo di sudore.

Gli uomini erano in completo da sera. Mio padre si tormentava il colletto e la fascia dello smoking, non essendo abituato agli orli rigidi e ai tanti strati di tessuto. Gli insetti turbinavano vicino alle lanterne come scintille attorno al fuoco. Nel prato risuonavano voci e risate, un rumore costante che aumentava di pari passo con le bottiglie vuote. Solo i fuochi d'artificio lo zittirono, e noi bambini restammo a guardare rapiti il violaceo cielo notturno esplodere di luci.

Per il rinfresco era stato assunto uno staff di catering al completo. Sommelier, cuochi impadronitisi della cucina, cameriere che servivano vassoi di tartine calde, maggiordomi calmi e imperturbabili, che si trattenevano dentro casa convogliando con garbo gli ospiti verso i bagni al piano inferiore e dissuadendo i curiosi dallo sbirciare nelle stanze di famiglia. Fu proprio uno di questi anonimi lavoratori a divenire inspiegabilmente bersaglio dell'attacco di Caroline. L'avevano sistemata in veranda sulla sua sedia, abbastanza vicina alla terrazza per sentire la musica senza abbandonare il riparo della casa. Gli ospiti si presentavano a salutarla, chinandosi goffamente per non torreggiare su di lei, ma si allontanavano appena i limiti imposti dalle buone maniere glielo consentivano. Alcuni erano accolti con un assente cenno del capo, altri semplicemente ignorati. Poi una cameriera le si accostò con un sorriso, offrendole qualcosa da un vassoio.

Era scura di carnagione, questo lo ricordo, e molto giovane, forse ancora adolescente. Beth e io l'avevamo notata nel corso della serata, perché invidiavamo i suoi capelli. La pelle aveva un'intensa tonalità olivastra, e la fluente chioma nera ricadeva sulla spalla in una folta treccia scura e scintillante come inchiostro. Il corpo era ben fatto e proporzionato, così come il viso, con due occhi castano scuro e zigomi alti e sporgenti. Poteva essere spagnola, forse greca. Beth e io eravamo nei paraggi perché la stavamo seguendo: la trovavamo incredibilmente graziosa. Ma quando Caroline alzò lo sguardo e lo puntò sulla ragazza, i suoi occhi si sgranarono e la bocca si spalancò a disegnare una cavità umida, senza labbra. Ero abbastanza vicina da accorgermi che stava tremando, e vidi anche un'espressione allarmata balenare sul volto della cameriera.

"Magpie?" sussurrò Caroline in un suono reso indistinto dal respiro affannoso, al punto che credetti di aver sentito male. Poi ripeté più chiaramente: "Magpie, sei tu?". La cameriera scosse la testa e sorrise, ma Caroline alzò le mani in aria ed emise un grido roco. Meredith si voltò a guardare la madre, aggrottando la fronte.

"Ti senti bene, mamma?" chiese, ma Caroline la ignorò, continuando a fissare la cameriera dai capelli scuri con un'espressione di autentico terrore.

"Non puoi essere tu! Sei morta! Ne sono sicura... l'ho *visto*..." gemette.

"Va tutto bene" disse la ragazza indietreggiando. Beth e io continuammo a guardare, rapite, mentre le lacrime cominciavano a rigare le guance di Caroline.

"Non farmi del male... no, ti prego" gracchiò.

"Cos'è questa storia?" domandò Meredith, raggiungendo la madre e lanciando un'occhiata alla povera cameriera, che poté soltanto scuotere la testa, perplessa. "Mamma, calmati adesso. Che cos'hai?"

"No! Magpie... com'è possibile? Ero sicura che non... io non volevo..." supplicò, portandosi le dita tremanti alla bocca. Aveva un'espressione scioccata, terrorizzata.

La cameriera si allontanò con un sorriso impacciato. "Magpie... aspetta, Magpie!" gridò Caroline.

"Adesso basta! Non c'è nessuna Magpie, qui! Per l'amor del cielo, mamma, ricomponiti" la ammonì Meredith bruscamente. "Abbiamo ospiti" disse in tono pungente, sporgendosi in avanti per parlare all'orecchio di Caroline, ma lei continuava a cercare con lo sguardo la ragazza con i capelli neri, scrutando angosciata la folla.

"Magpie! Magpie!" gridò, ancora in lacrime. Afferrò la mano di Meredith e le piantò addosso due occhi enormi, disperati. "È tornata! Non lasciare che mi faccia del male!"

"Va bene, adesso ne ho abbastanza. Clifford, vieni a darmi una mano." Meredith fece un cenno secco al figlio, e insieme voltarono la carrozzina di Caroline e la condussero in casa. Lei cercò di ribellarsi: allungava la testa per scorgere la ragazza, continuava a ripetere "Magpie, Magpie!". Fu la prima e unica volta che ricordo di aver provato pietà per lei, perché sembrava così spaventata, e tanto, tanto triste.

«Magpie, è così che l'aveva chiamata. Strano nome» dico, mentre Beth smette di parlare, scioglie la lunga treccia e si passa le dita fra i capelli. «Chissà per chi l'aveva scambiata.»

«Non ne ho idea. È chiaro che era molto confusa a quell'epoca. Aveva più di cent'anni, non dimenticartelo.»

«Credi che Meredith sapesse qualcosa? Fu così brusca con lei, quella volta!»

«No. Non lo so» taglia corto Beth. «Meredith era sempre brusca.»

«Sì, ma quella sera fu tremenda.» Mi alzo, metto il bollitore sulla piastra e preparo un caffè.

«Dovresti dare un'occhiata in soffitta, se sei così interessata alle vecchie scartoffie e alle fotografie» dice Beth, all'improvviso infervorata.

«Ah, sì?»

«C'è un vecchio baule rosso di cuoio, lassù. Ricordo che quando venimmo per il funerale di Caroline, Meredith stava mettendo qualsiasi cosa le capitasse per le mani lì dentro. Sembrava quasi che volesse levarsi di torno tutto ciò che era appartenuto a Caroline.»

«Io non me lo ricordo. Dov'ero?»

«Eri rimasta a Reading con Nick e Sue, i vicini. Papà diceva che eri troppo piccola per andare a un funerale.»

«Allora più tardi vado su a controllare» replico. «Perché non vieni anche tu?»

«No, no, non mi è mai importato granché della storia di famiglia. Tu potresti trovare cose interessanti, però» dice sorridendo. Sta facendo di tutto, l'ho capito, perché io indaghi su quel lontano passato piuttosto che sul nostro, più recente. Sta facendo di tutto per distrarmi.

La malinconia

1902-1903

Mentre la primavera cedeva il passo all'estate, Caroline si stava abituando sempre di più alla presenza di Joe e Magpie e delle altre donne Ponca, la madre di Joe Nuvola Bianca e sua sorella Annie, già vedova. Non passò più a trovarle al teepee, ma Corin l'aveva avvertita che fra le indiane vigeva la tradizione di presentarsi a casa delle altre donne per scambiarsi doni, e infatti ricevette parecchie visite prima che le Ponca sembrassero perdere interesse. Caroline temeva sempre di vederle arrivare tutte e tre insieme, e in loro presenza sedeva impacciata, paralizzata dal nervosismo, non sapendo come rivolgersi alle sue ospiti né cosa offrire in cambio dei loro regali, che spaziavano dal miele ai guanti, a un mestolo di legno finemente intagliato. Finiva quasi sempre per dare loro del denaro, che Nuvola Bianca accettava con un'espressione impenetrabile. Caroline preparava loro un tè e non vedeva l'ora che se ne andassero, ma al termine di ogni visita non riusciva a liberarsi dalla sensazione di avere in qualche modo fallito. Dalla finestra seguiva Joe con lo sguardo da una parte all'altra del ranch, osservando con curiosità i suoi lineamenti insoliti e la criniera di capelli neri. Sul fianco portava un lungo coltello infilato in un fodero di cuoio lavorato, e ogni volta che lo vedeva Caroline sentiva un brivido freddo lungo la schiena.

Una cosa a cui non riusciva ad abituarsi era il caldo, sempre più intenso con il passare del tempo. A mezzogiorno il sole era un disco bianco e piatto che sembrava premerle sulla testa come una mano enorme ogniqualvolta metteva un piede fuori, schiacciandola giù e facendola sentire pesante e mezza cieca. Il vento, quando soffiava, era caldo quanto il getto di un forno. Dopo essersi alzata tutta la vita alle dieci del mattino, Caroline cominciò a svegliarsi insieme a Corin, alle prime luci del giorno, in modo da avere un po' di tempo per esistere, per vivere prima che il caldo diventasse insostenibile. A quell'ora il cielo a oriente era azzurro e violetto, punteggiato di fievoli stelle che luccicavano un attimo prima di spegnersi, svanendo al dispiegarsi del giorno. Corin la accompagnò a Woodward per ordinare i tessuti da cui ricavare tende e tappeti e un ampio specchio da appendere sopra il caminetto, e pagò tutte queste cose con un'espressione un po' pensierosa. Caroline fremette di impazienza nelle settimane che seguirono, prima che la merce giungesse in treno da Kansas City, e quando infine arrivò l'accolse con un applauso eccitato. Poco alla volta trovò la disposizione migliore per ciascun mobile, e si ostinò a spazzare e spazzare per tenere fuori la sabbia nei giorni di vento, finché non si trovò le mani coperte di vesciche e si arrese, frustrata, tappando con gli stracci tutti i buchi che riuscì a scovare attorno a porte e finestre.

Fu ancora più dura per lei abituarsi ai lavori che erano necessari ogni giorno solo per mandare avanti la casa. Sapeva che, essendo la moglie di Corin, era suo dovere preparargli il caffè e la colazione tutte le mattine prima che uscisse, ma quando aveva finito di sistemarsi i capelli, lavarsi la faccia e allacciare il corsetto, il marito si era servito da solo ed era già andato a lavorare.

«Perché perdi così tanto tempo con i capelli, amore? Non darà fastidio a nessuno, qui, se li tiri indietro con un fermaglio e basta» le disse un giorno Corin con gentilezza, sollevando alcune ciocche dal collo sudato di Caroline e facendo scivolare il pollice fra i capelli sottili.

«Darebbe fastidio *a me*» rispose Caroline. «Una signora non può andare in giro con i capelli sciolti. Non è decoroso.» Tuttavia, credendo di aver capito cos'avesse voluto dire Corin in realtà, iniziò ad alzarsi ancora prima in modo da rendersi presentabile in tempo utile per preparargli la colazione.

Quando la cisterna era vuota bisognava tirare su l'acqua da un pozzo che sorgeva su un'altura a nord della casa. Secondo Corin, l'esistenza di quel pozzo era un vero e proprio miracolo, dato che l'acqua freatica della contea era quasi tutta contaminata dal gesso, che faceva torcere lo stomaco e aveva un sapore disgustoso.

«Neanche la casa più elegante di Woodward ha una riserva d'acqua tanto buona così vicino. Devono ancora farla arrivare da sud, con i carri!» le disse al colmo dell'orgoglio.

L'acqua impiegava molto tempo a bollire sulla stufa e il più delle volte, data la scarsità di legname, il solo combustibile erano gli scarti bovini che aveva visto usare da Hutch sul fuoco di bivacco. Una volta capito di cosa si trattasse – grossi pezzi di sterco di vacca essiccati – Caroline si rifiutò di andare a raccoglierla e si lasciò persuadere a usarla solo a patto di infilarla nella stufa con le pinze di ferro. Lì vicino scorreva un corso d'acqua poco profondo che la gente del ranch chiamava il Ruscello del Rospo, sulle cui sponde crescevano schiere esili e disordinate di pioppi neri, susini selvatici e noci, che davano alla proprietà una gradevole spolverata di verde.

«Perché non usiamo le piante in riva al torrente per fare la legna?» chiese Caroline, arricciando il naso mentre Hutch, senza nascondere l'irritazione, posava una cesta di sterco di vacca sulla porta di casa sua.

«Si potrebbe fare, signora, solo che nel giro di un paio di mesi dovremmo comunque tornare agli scarti bovini, e senza più gli alberi ad abbellire il panorama» rispose Hutch con freddezza.

Tutte le mattine bisognava tirare su l'acqua, vuotare e ripulire la stufa, e poi c'erano le padelle da sgrassare, la biancheria da lavare (Caroline era abituata a vedere i suoi vestiti sporchi ritirati e riconsegnati due giorni più tardi puliti, stirati e piegati con cura: fu una sorpresa per lei scoprire la mole di lavoro che quel compito richiedeva), e poi l'eterna battaglia con la sabbia in casa e in veranda. Doveva anche occuparsi del suo orto avvizzito e rachitico. Era stato Corin a donarle la semenza, tutto fiero per averla barattata con un vicino. Le aveva procurato cocomeri, zucche, piselli e fagioli, oltre a due piccoli ciliegi che Caroline annaffiava con grande diligenza e attenzione, crucciandosi quando il vento li sferzava. Sopravvivevano a stento nella terra rossa, e per quanto si prodigasse nelle cure non fiorivano mai. Poi doveva cucinare il pranzo, rammendare gli indumenti, e infine preparare la cena. Non era una brava cuoca: bruciava le uova e dimenticava di salare il manzo, la verdura appassiva, la carne diventava coriacea e fibrosa, i fagioli che cucinava rimanevano duri, il caffè era leggero e il pane si rifiutava di lievitare, restando gommoso. Ogni volta si scusava, e ogni volta Corin la rassicurava.

«Non ti hanno mai insegnato a farlo, tutto qui. Ci farai l'abitudine» diceva con un sorriso, trangugiando coraggiosamente qualunque cosa gli mettesse nel piatto. Quando si imbrattava le mani correva subito a lavarle, non riuscendo a sopportare la sensazione di sporco sulla pelle, la mezzaluna scura di terriccio e fuliggine sotto le unghie. Se le strofinava così tante volte al giorno che divennero rosse e irritate e cominciarono a screpolarsi, e al termine della giornata Caroline sedeva a rimpiangerne la morbidezza perduta, tenendole in grembo.

Il solo modo per farsi un bagno caldo era laborioso: doveva riempire un grosso bidone di rame, metterlo sul fuoco e poi travasare l'acqua a secchiate nella vasca di stagno, celata dietro un paravento di legno che Caroline aveva ordinato al preciso scopo di lavarsi in privato. Corin si irritava nel vedere quell'inutile spreco di acqua preziosa, ma dopo aver lavorato per tutto il giorno, per giunta con l'impaccio del corsetto, Caroline era dolorante da capo a piedi. Sentiva tutte le nodose sporgenze della spina dorsale distendersi contro il fondo della vasca, la piega delicata tra una costola e l'altra. Le sue mani, mentre strizzava la pezza per lavarsi, tremavano per la fatica. Nel giallo bagliore delle lampade al cherosene osservava le unghie rotte e le braccia abbronzate, adesso che aveva preso a tirarsi su le maniche per il caldo. Sfregava il pollice sui calli, massaggiandoli con la crema emolliente al profumo di rosa per ammorbidirli, mentre all'esterno il canto di un coyote solitario riempiva l'oscurità.

Non si lamentava del carico di lavoro nemmeno tra sé. Ogni volta che si sentiva senza forze immaginava Bathilda sorriderle con aria di beffardo trionfo, oppure pensava a Corin, così pieno di ammirazione, alla volta in cui l'aveva definita coraggiosa e bellissima, e a quanto avrebbe odiato deluderlo. Ma quando cominciava davvero a perdersi d'animo, suo marito sembrava intuirlo. Le spazzolava via la sabbia dai capelli a fine giornata, cantando con voce sommessa mentre faceva scorrere le setole con colpi lunghi e regolari.

Altre volte, invece, per farla ridere le raccontava qualche storiella assurda sulla mucca incredibilmente scaltra che beveva birra e aveva imparato a contare, o sul colono impaziente che si era coperto tutto il corpo con il fango rosso e acquoso della contea di Woodward in modo da spacciarsi per un indiano e impossessarsi delle loro terre. Oppure, mentre lei era sdraiata nella vasca e si strofinava i calli, lui faceva capolino dal paravento e le premeva le dita sui muscoli tesi del collo e delle spalle, riuscendo a farla quasi assopire tra le sue mani, quindi la prendeva in braccio e, ancora bagnata, la accompagnava a letto. Nella gioia struggente e sconvolgente di fare l'amore con lui, Caroline dimenticava ogni sofferenza.

Una sera erano sdraiati a letto, vicini, a riprendere fiato. Corin si sollevò sul gomito, asciugò le tracce del loro sudore dal petto di Caroline e le fece scivolare le dita fino al ventre. Lei sorrise e si mosse sotto il peso della sua mano calda.

«Maschio o femmina, per cominciare?» le domandò.

«Tu cosa preferiresti?» disse lei.

«L'ho chiesto prima io!» protestò Corin sorridendo.

Caroline sospirò. «A dire il vero non mi importa. Magari una femmina... una femminuccia con i tuoi occhi castani e i capelli del colore del miele...»

«E poi un maschietto?» suggerì Corin.

«Certo! Preferiresti prima il maschio?»

«Non per forza, anche se non sarebbe male metterlo subito sotto, così potrebbe darmi una mano con il ranch...» rifletté.

«Povero piccolo! Non è ancora nato e l'hai già spedito a girare per i recinti!» strillò Caroline.

Con un sorrisetto, Corin le posò le labbra sulla pancia e baciò la sua pelle umida. «*Pst!* Ehi, tu, lì dentro. Se sei un maschietto, ti comprerò un pony!» sussurrò.

Caroline scoppiò a ridere e cullò la testa di Corin tra le mani, dimenticando quanto fossero ruvide.

Passarono due mesi prima che un vicino andasse a trovarli. Caroline stava esaminando con tristezza una torta al miele che si era completamente afflosciata durante la cottura, quando udì un urlo provenire dall'esterno della casa.

«Ehilà, Massey!» sentì gridare di nuovo, e rimase sbigottita nel realizzare che era una voce di donna. Si tirò indietro i capelli, strofinò via la farina dal grembiule e aprì la porta d'ingresso, comparendo in veranda con una grazia regale. Rimase a bocca aperta: la donna, se così la si poteva definire, non solo era vestita come un uomo – con pantaloni sportivi, copricalzoni di cuoio e una camicia di flanella infilata in un'ampia cintura, anch'essa di cuoio – ma per giunta era seduta su un alto baio a cavalcioni sulla sella con una tale disinvoltura che sembrava esserci nata sopra. «Ah, allora ci sei! Cominciavo a credere di parlare da sola» dichiarò la donna, quindi sollevò la gamba sopra la groppa del cavallo e balzò energicamente a terra. «Sono Evangeline Fosset, piacere di conoscerti. Ti prego, chiamami Angie, lo fanno tutti» proseguì, andandole incontro con un sorriso. Una lunga coda di capelli rossi ondeggiava dietro di lei, e il viso era abbronzato quanto quello di Corin, ma allo stesso tempo deciso e bello. Gli occhi azzurri brillavano.

«Io sono Caroline. Caroline Massey.»

«Lo avevo immaginato.» Caroline si sentì sopraffatta dai penetranti occhi azzurri di Angie. «Be', Hutch mi aveva detto che eri uno schianto, e Dio solo sa se quell'uomo ha mai mentito» commentò. Caroline sorrise, incerta, e non disse nulla. «A proposito, sono la vostra vicina. Mio marito Jacob e io abbiamo una fattoria a una decina di chilometri in quella direzione» disse puntando il dito a sudest.

«Ah! Be'... ehm... ti andrebbe di entrare?» balbettò Caroline.

Tagliò piccoli quadrati dal bordo del dolce nell'unico punto in cui poteva assomigliare a una torta, e li servì su un grosso piatto con tè e acqua. Angie bevve un lungo sorso.

«Oh, quanto vi invidio quel pozzo d'acqua dolce! Avere dell'acqua che non sappia di gesso o di cisterna è una cosa meravigliosa, te lo assicuro» esclamò, vuotando il bicchiere. «Corin ti ha raccontato come l'hanno scoperto?»

«No, non ancora...»

«In pratica, avevano scavato un centinaio di buchi diversi ma non avevano trovato altro che acqua puzzolente piena di gesso, gesso e ancora gesso. Facevano affidamento sul torrente, ma quello va in secca per metà dell'anno, come vedrai ben presto, e stavano così maledettamente attenti con le scorte che tutti quanti gli uomini del ranch non si lavavano da più di un mese. Ti dico che sentivo il loro tanfo dalla porta di casa mia, ed è la sacrosanta verità! Be', un giorno arriva un buffo vecchietto a cavallo di un mulo malandato e chiede a Corin se vuole che gli trovi una fonte d'acqua dolce sui suoi terreni, e visto che Corin ha sempre dato una possibilità a tutti gli risponde di sì, pur non capendo come il vecchio possa procurarsi quello che lui non è riuscito a trovare per mesi.» Angie si fermò a riprendere fiato e mise in bocca un quadrato di torta. Caroline la guardava affascinata. «Allora questo vecchietto tira fuori un bastone di legno sottile e biforcuto, liscissimo perché lo ha manipolato per anni, e si mette in marcia, vagando qua e là con il bastone stretto fra le dita. Il sole di mezzogiorno comincia a battere a picco eppure lui continua a fare su e giù, avanti e indietro, finché non arriva in cima alla collina e *zac*! Il bastone gli si rigira nella mano e punta dritto in giù, verso il terreno erboso, come una freccia. "Ecco qui la sua acqua dolce, signore" annuncia il vecchio. E quando sono andati a scavare era proprio vero, c'era il pozzo. Ti sembra possibile?» Angie concluse il racconto con un cenno del capo e un sorriso e stette a guardare Caroline, in attesa.

«Be', ecco...» esordì Caroline, con una voce che suonò debole dopo il racconto appassionato di Angie. «Se lo dici tu ci credo senz'altro» terminò, accennando un sorriso. Per un attimo Angie sembrò perplessa, ma tornò subito a sorridere.

«Allora, come te la passi? Ti stai abituando alla vita nel ranch?»

«Sì, direi di sì. È parecchio diversa... da New York.»

«Ci avrei scommesso! Ci avrei proprio scommesso!» ridacchiò Angie producendo un suono basso, gutturale.

«Non ho mai visto una donna montare a cavalcioni, prima d'ora» continuò Caroline, sentendosi sgarbata a parlarne, ma troppo sorpresa per non farlo.

«Oh, è il solo modo per spostarsi da queste parti, credimi! Provaci, e non perderai più tempo a cavalcare all'amazzone. Quando ho sentito che Corin avrebbe portato una ragazza dalla città ho pensato: "Poveretta, non sa in che guaio si sta cacciando!". Non che non ami questo posto, è la mia casa, ma Dio solo sa quanto Madre Natura sappia essere stronza da queste parti, a volte... Perdona il linguaggio, ma è la sacrosanta verità, parola mia.» Angie la guardò di nuovo e Caroline sorrise nervosamente, perplessa. Versò dell'altro tè alla sua ospite. La tazza di porcellana, con quel motivo di rose rosa e nastri azzurri che sul catalogo le era parso incantevole, ora, nella robusta mano di Angie, sembrava fragile e infantile come un giocattolo. «Certe donne non si adattano facilmente a non vedere nessun'altra donna per settimane di fila, talvolta mesi. A qualcuna può pesare il fatto di stare a casa da sola per tutto il giorno.»

«Mi sono... tenuta molto impegnata» disse Caroline esitante, sconcertata dalla schiettezza dell'altra donna.

«Ma certo, come facciamo tutte» disse Angie con un'alzata di spalle. «I bambini ti saranno di conforto, quando cominceranno ad arrivare. Non c'è niente di meglio di una casa piena di marmocchi per distrarti, te lo garantisco!» Caroline sorrise, e arrossì leggermente. Non vedeva l'ora di avere il suo primo figlio. Bramava una piccola creatura da cullare, la morbidezza della sua pelle, il senso di completezza che le avrebbe dato una nuova famiglia, l'aver messo stabilmente radici.

«Corin ne vuole cinque» disse con un sorriso timido.

«Cinque! Buon Dio, avrai un bel da fare, ragazza mia!» esclamò Angie ridendo. «Ma in fondo sei ancora giovane. Falli a una certa distanza, te lo consiglio, così i più grandi potranno darti una mano con gli ultimi arrivati. Be', quando resterai incinta vedi di farmelo sapere. Ti servirà una mano in più, e i consigli di una che ci è già passata. Tieni a mente dove sto, e mandami a chiamare per qualsiasi cosa.»

«È davvero molto gentile da parte tua» disse Caroline, ma in cuor suo era sicura che non le sarebbe servito aiuto per quello. Dentro di sé sapeva che, per quanto la sua cucina si rifiutasse di migliorare e i lavori domestici non bastassero a irrobustire il suo corpo, era la maternità la sua vera vocazione.

Quando se ne andò, un'oretta più tardi, Angie non si avviò verso casa ma in direzione dei corral, dove gli uomini erano al lavoro.

In genere Caroline non si avventurava lì perché era troppo intimidita dai cowboy e quel tipo di lavoro non le era familiare, sebbene Corin l'avesse esortata più volte a prendere dimestichezza con le attività del ranch. Quello che aveva visto le era parso brutale: animali sbattuti a terra in malo modo, le corna segate via, la testa immersa in un liquido fetido e urticante per uccidere i parassiti, il simbolo del Ranch Massey, "RM", marchiato a fuoco sulla loro pelle. Odiava il modo in cui le bestie roteavano gli occhi, terrorizzate e vulnerabili. Ma vedendo Angie condurre tranquillamente il suo cavallo verso Hutch, che stava sovrintendendo alla marchiatura dei nuovi vitelli nel corral più vicino, d'un tratto si sentì tagliata fuori. In un batter d'occhio si tolse il grembiule, prese il cappello e s'incamminò a passo svelto nella stessa direzione.

Accostandosi alla palizzata, Hutch vi si appoggiò e si mise a conversare con Angie senza mai perdere d'occhio la marchiatura. Mentre pensava a come annunciare la propria presenza, più nervosa che mai, Caroline sentì pronunciare il proprio nome e così si fermò, rimanendo in disparte, nell'ombra dietro la casa dei mandriani. Il tanfo di pelle e peli bruciati le provocò un conato di vomito, e si portò una mano alla bocca per soffocare il rumore.

«Non è molto socievole, eh?» stava dicendo Angie, incrociando le braccia. Hutch alzò le spalle.

«Sta facendo del suo meglio, secondo me. Di certo non sarà facile per una come lei, che è cresciuta nella bambagia. Credo che non abbia mai fatto più di mezzo chilometro a piedi in una volta sola prima d'ora, e a quanto dice Corin non aveva neanche mai cucinato.»

«Peccato che Corin non si è scelto un posto più vicino alla città, così lei avrebbe potuto insegnare o qualcosa del genere, e quei suoi modi raffinati sarebbero serviti a qualcosa, mica come qui» commentò Angie, scuotendo il capo in segno di disapprovazione. «Che ne pensano di lei i ragazzi?»

«Difficile dirlo, in realtà. Non mette quasi mai il naso fuori di casa, non esce a cavallo, e nelle giornate afose non ci porta neanche una limonata, puoi metterci una mano sul fuoco» disse Hutch con un sogghigno. «Credo che soffra parecchio il caldo.»

«Come gli è saltato in mente, a Corin, di sposare una pivellina di primo pelo come lei e lasciarla qui abbandonata a se stessa?»

«Be', immagino che abbia visto in lei una bella ragazza con la testa ben piantata sulle spalle.»

«Hutchinson, un giorno di questi ti sentirò dire qualcosa di brutto sul conto di qualcuno e cadrò da cavallo come un sasso. La testa ben piantata sulle spalle in città, forse, ma qui? Andiamo, fa addirittura i lavori di casa con addosso un corsetto così stretto che quasi non riesce a respirare! Ti sembra buonsenso, questo?» esclamò Angie. Hutch disse qualcosa che Caroline non riuscì a sentire fra i muggiti terrorizzati dei vitelli, poi si voltò verso Angie. Temendo di essere vista, Caroline rasentò il fianco dell'edificio e tornò in fretta verso casa, le guance solcate da calde lacrime di rabbia.

Più tardi, a cena, guardò il marito mangiare senza lamentarsi il cibo insipido che gli aveva messo davanti. Era rientrato tardi dopo essere andato a recuperare due bovini dispersi, arrivando a tavola affamato e senza essersi lavato, a parte una sciacquata alle mani e al viso con l'acqua dell'abbeveratoio. Alla luce della lampada sembrava un uomo rude, più vecchio della sua età. I capelli erano arruffati, e l'attaccatura era piena di sabbia della prateria. Quando stava all'aperto tutto il giorno, le pareva che immagazzinasse il sole per poi brillare tutta la notte. Il sole lo amava, ma non amava lei. Scottava la sua pelle chiara, le riempiva le guance di lentiggini e le faceva spellare il naso rendendola ben poco attraente.

Guardandolo, Caroline avvertì uno slancio d'amore che fu al tempo stesso travolgente e disperato. Era suo marito, eppure sentiva che correva il rischio di perderlo. Non si era resa conto di essere un fallimento finché non aveva incontrato Angie e udito il verdetto sulla nuova, gracile moglie di Corin. Ricacciò indietro le lacrime, perché sapeva che non sarebbe riuscita a spiegargliele.

«Oggi è passata di qui Evangeline Fosset» disse in tono un po' forzato.

«Ma davvero? Fantastico! È un'ottima vicina, ed è sempre così affabile, vero?» chiese. Caroline bevve un sorso d'acqua, preparandosi a rispondere. «Angie è l'esempio perfetto di come l'Ovest conceda alle donne libertà che non hanno mai avuto, e di come si possa farne buon uso» proseguì Corin.

«Non mi ha nemmeno avvertito che sarebbe passata. Non ero pronta a ricevere ospiti» disse Caroline, detestando la freddezza della propria voce, ma anche il fatto che il marito elogiasse un'altra donna.

«No, be'... Se devi farti dieci chilometri di cavalcata per dire che farai visita a una persona, mi sembra più logico andare direttamente a trovarla una volta che arrivi lì.»

«L'ho sentita parlare di me con Hutch. Mi ha chiamata pivellina. Cosa intendeva?»

«Pivellina?» Corin sorrise, ma smise subito quando vide l'espressione seria della moglie e il luccichio nei suoi occhi. «Oh, suvvia, tesoro, sono sicuro che non intendesse niente di male. Ti ha chiamata pivellina solo perché non sei abituata all'Ovest, alla vita all'aria aperta, tutto qui.»

«Be', come potrei esserci abituata? È colpa mia se sono nata dove sono nata? È forse un buon motivo per parlare alle spalle di una persona e insultarla? Sto *provando* ad abituarmi alla vita qui!»

«Lo so! Lo so bene.» Corin prese le mani di Caroline e le strinse. «Non tormentarti. Te la stai cavando alla grande...»

«No, non è vero! Non so cucinare! Non riesco a tener dietro a tutto il lavoro! Le piante non crescono, la casa è piena di sabbia!» strillò.

«Adesso esageri...»

«Hutch sa che non so cucinare, perciò devi averglielo detto tu! L'ho sentito con le mie orecchie!»

A questo punto Corin tacque e arrossì leggermente. «Scusami, tesoro. Non avrei dovuto farlo, e mi dispiace. Ma, amore mio, se ti serve una mano devi solo dirmelo, e troveremo qualcuno che ti aiuti!» la rassicurò, accarezzandole il viso bagnato di lacrime.

«Mi serve una mano» disse Caroline mestamente, e nell'ammetterlo sentì alleggerirsi il fardello che portava sulle spalle. Corin sorrise.

«Allora l'avrai» replicò con gentilezza, e le sussurrò parole dolci finché lei non ricambiò il sorriso e smise di piangere.

Fu così che Magpie venne incaricata di aiutarla a sbrigare parte delle faccende domestiche, e sebbene Caroline non fosse sicura di volerla tutto il giorno al proprio fianco, la ragazza indiana si dimostrò ben presto carina e gentile. Lei lasciò con piacere che fosse Magpie a cucinare, e stette a guardare mentre qualche osso e dei fagioli essiccati si tramutavano in una minestra densa e gustosa, la pasta del pane lievitava perfettamente tra due panni umidi sul davanzale soleggiato, e manciate di erbe misteriose colte nella prateria rendevano le salse saporite e deliziose. Per il bucato impiegava meno della metà del tempo rispetto a prima, e i capi erano più puliti. Inoltre Magpie si sobbarcava i lavori più duri, come andare a prendere l'acqua e portare fuori la biancheria bagnata da stendere, e in questo modo Caroline, per la prima volta dal suo arrivo, trovò il tempo di sedersi a leggere o a cucire durante il giorno. Era sicura che non le spiacesse delegare ad altri quelle faccende, ma al tempo stesso invidiava la facilità con cui Magpie le svolgeva. L'indiana lavorava con entusiasmo e le insegnava le cose con grandissimo tatto, senza mai lasciare intendere che avrebbe dovuto impararle prima né farla sentire inadeguata, quindi Caroline non aveva motivo di essere infastidita da lei.

Eppure trovava difficile concentrarsi quando Magpie era in casa, perché non passava certo inosservata. Mentre lavorava canticchiava piano tra sé strane melodie, insolite e misteriose per Caroline quanto le voci dei lupi della prateria, e si muoveva con passo talmente leggero che lei quasi non la sentiva. Una mattina, mentre era intenta a ricamare una piccola ghirlanda di fiori nell'angolo di un copritavola, avvertì una presenza dietro di sé e voltandosi vide Magpie alle sue spalle, intenta ad ammirare il lavoro che stava facendo.

«Molto bello, Mrs Massey» disse sorridendo, con un cenno di approvazione. «Siete davvero brava a ricamare.»

«Oh... ti ringrazio, Magpie» rispose Caroline un po' affannosamente, sconcertata dall'improvvisa comparsa della ragazza. Il sole, posandosi sulla lunga treccia della giovane Ponca, non rivelava nemmeno una traccia di rosso o castano: i suoi capelli erano neri come l'ala di un corvo. Caroline notò quanto fossero folti e lucenti come inchiostro, anche se spessi. Con il viso tondo e gli zigomi larghi, Magpie somigliava un po' ad alcune donne che aveva visto qualche volta a New York, sebbene la sua pelle fosse più scura, tendente al rosso. Caroline non riusciva a non rabbrividire quando le loro braccia si sfioravano per caso, eppure era ammaliata da lei, e si sorprendeva spesso a guardarla, qualunque incombenza stesse sbrigando. Nella calura del giorno, mentre il sudore le imperlava la fronte e le faceva pizzicare la pelle sotto i vestiti, Magpie sembrava impassibile: il sole non le procurava il minimo disagio, e anche questo per Caroline era motivo d'invidia.

In una giornata di caldo opprimente, convinta che sarebbe

impazzita se non avesse trovato sollievo, Caroline andò in camera da letto, chiuse la porta, si tolse camicetta e corsetto e li gettò sul pavimento. Rimase seduta immobile mentre una leggerissima brezza le sfiorava la pelle appiccicaticcia, e pian piano lo stordimento che l'aveva oppressa per tutta la mattina cominciò ad alleviarsi. L'aria era talmente umida e pesante, il cielo di una luminosità così intensa, sfolgorante, che a Caroline pareva di sentire il sangue addensarsi e ribollire nelle vene. Quando si rivestì, rinunciò al corsetto, ma nessuno parve notarlo, anche perché c'era ben poco da notare. Aveva quasi perso l'appetito per effetto del caldo e della propria cucina, e il lavoro si stava ripercuotendo sul suo fisico, facendola diventare magrissima.

Alla fine della settimana arrivò la pioggia. Cadde in modo torrenziale, come se il cielo ce l'avesse a morte con la terra e volesse farle del male: non cadevano gocce, ma solide verghe di pioggia che, scagliate giù dalle nubi minacciose, rimestavano la superficie del suolo come una zuppa che scorreva via verso il Ruscello del Rospo. Il piccolo torrente si tramutò in un'irosa cascata. I cavalli rimasero stoicamente immobili, con l'acqua che grondava dalle criniere, e nei pascoli le mucche restarono sdraiate con gli occhi socchiusi. Corin era andato a Woodward con Hutch, dopo aver condotto ai recinti ben settecento capi di bestiame, e quando arrivò la sera Caroline si sdraiò a letto pregando con tutta se stessa che il North Canadian non esondasse e che la piena non durasse a lungo, impedendo il ritorno del marito. Lasciò aperte le imposte, ascoltando la pioggia martellare sul tetto sopra di lei e aspettando con le braccia spalancate che l'aria filtrata dalla finestra diventasse più fresca e l'acqua lavasse via la calura.

A un certo punto udì un colpo esitante alla porta, e Magpie entrò.

«C'è qualcosa che non va?» chiese Caroline bruscamente, alzandosi di scatto a sedere.

«No, va tutto bene, Mrs Massey. Vi ho portato qualcosa per darvi sollievo» disse la ragazza. Caroline sospirò, tirando indietro i capelli sudati.

«Non c'è niente che possa darmi sollievo» mormorò.

«Venite a provare» la esortò Magpie. «Non vi fa bene stare troppo sdraiata. Non è così che ci si abitua alle cose» insistette, e Caroline si trascinò in piedi, seguendola in cucina. «Cocomero, il primo dell'estate! Assaggiate.» Magpie passò a Caroline una grossa fetta del frutto, una mezzaluna color sangue che le impiastricciò le dita.

«Ti ringrazio, Magpie, ma non ho proprio fame...»

«Assaggiatelo» ripeté la ragazza con più fermezza. Lei incrociò i suoi occhi neri e non vi lesse altro che generosità, così prese il frutto e gli diede un piccolo morso. «È buono, vero?»

«Sì» ammise Caroline, prendendo un boccone più grande. Il cocomero non era dolce ma nemmeno aspro. Aveva un sapore delicato, terroso, che alleviò dolcemente la sensazione dilaniante di secchezza in fondo alla gola.

«E bevete questo.» Magpie le porse una tazza d'acqua. «È acqua piovana, viene direttamente dal cielo.»

«Be', di quella ce n'è in abbondanza oggi!» scherzò Caroline.

«Questa è acqua che viene dalla terra, e questa è acqua che viene dal cielo» spiegò Magpie indicando il frutto e la tazza. «Mangiare e bere queste cose mette... mette in armonia con la terra e con il cielo, capite? In questo modo non vi sentirete più a disagio, ma parte di questa terra e di questo cielo.»

«Sarebbe bello non sentirsi a disagio» disse Caroline, abbozzando un sorriso.

«Mangiate ancora, bevete ancora!» la incoraggiò Magpie, ricambiando il sorriso. Sedettero insieme al tavolo della cucina, con il rumore della pioggia fuori e il mento lucido di succo di cocomero, e ben presto Caroline si sentì crescere dentro una frescura che soffiò via dalla sua pelle quel bruciore febbricitante.

C'era una giumenta scura di nome Clara che aveva zampe corte e snelle, il corpo sodo, costole arrotondate come una botte e il collo un po' scheletrico. Era ormai giunta alla vecchiaia dopo aver sfornato una mezza dozzina di puledri, che crescendo erano diventati cavalli da sella pregiati con un'unica eccezione: una creatura con qualche rotella fuori posto che non si lasciò mai domare e ruppe le ossa a parecchi cowboy prima che il suo cuore cessasse finalmente di battere, logorato dalla furia.

«Clara se ne stava lì tutta abbacchiata quel giorno, anche se in quel momento il puledro era dalla parte opposta di Woodward» disse Hutch a Caroline, che stava accarezzando esitante il muso ossuto della giumenta. La cavalla e il cuoio dei finimenti emanavano un tanfo pungente sotto il sole del mattino. Caroline lanciò uno sguardo furtivo al sovrintendente del ranch sotto la falda del suo cappellino. Gli occhi di Hutch erano schegge luccicanti tra i solchi della fronte e le zampe di gallina che gli rigavano le tempie. Aveva rughe profonde, sebbene fosse poco più vecchio di Corin.

«Secondo voi sapeva che suo figlio era morto?» chiese Caroline.

«Credo di sì. Inferno, così si chiamava il puledro, era del colore del fuoco, e quando qualcuno gli si avvicinava gli piantava addosso uno sguardo che faceva tremare anche uomini grandi e grossi.»

«È tremendo! Com'è possibile che una bestia docile come Clara abbia messo al mondo un figlio così cattivo?»

«Parecchi assassini sono nati da donne rispettabili e timorate di Dio, e suppongo che per i cavalli valga lo stesso che per gli uomini» rispose Hutch con un'alzata di spalle. «La nostra Clara non farebbe male a una mosca. Potreste montarle in groppa, gridare a squarciagola e darle una brutta bastonata, e lei non se la prenderebbe neanche.»

«Cielo! Non credo proprio che farò niente di tutto questo!» rise Caroline.

«Lo farete eccome, almeno la parte del montarle in groppa, intendo» disse Hutch e sorrise.

«Oh, no! Credevo di dover solo imparare a mettere la sella oggi» protestò Caroline, allarmata.

«È vero, e ci abbiamo messo ben cinque minuti. E a che serve mettere la sella a un cavallo se poi nessuno ci monta sopra?»

«Hutch, io... non penso che ci riuscirei...» balbettò.

«C'è un solo modo per scoprirlo» replicò lui con gentilezza, e la prese per il gomito avvicinandola al fianco della cavalla. «Forza, Mrs Massey. Non è possibile che la moglie del padrone vada in giro per il ranch senza saper cavalcare, e non avete nulla da temere. È facile come sedersi su una sedia.»

«Le sedie non si mettono a correre o a scalciare!» obiettò Caroline.

«No, ma non vi portano nemmeno dal punto A al punto B nella metà del tempo che impiegherebbe un carro» ridacchiò Hutch. Aveva un sorriso sghembo e affettuoso, e quando le tese la mano per Caroline fu impossibile non prenderla.

«Non sono per niente convinta» disse, la voce stridula per l'agitazione.

«Tra una decina di minuti vi parrà incredibile aver fatto tante storie» la rassicurò Hutch, poi l'aiutò a issarsi sulla sella all'amazzone, dove Caroline si appollaiò, pallida in volto, aspettandosi di essere sbattuta sulla sabbia da un momento all'altro. Lui le spiegò che doveva ripiegare la gamba destra attorno al pomo per tenersi salda, e spostare il peso sulla staffa sinistra per stare in equilibrio.

«Così siete a posto. Comoda?» chiese.

«Direi di no» rispose Caroline, ma riuscì ad accennare un sorriso.

«Ora date un colpetto con quel tacco, mollate le redini e dite: "Hop, Clara!".»

«Hop, Clara! Per favore» disse Caroline, sforzandosi di suonare convincente, e lanciò un gridolino quando l'ubbidiente giumenta si mise in marcia.

«Bene, adesso state cavalcando!» esclamò Hutch. «Rilassatevi, non andrà da nessuna parte. Rilassatevi, Mrs Massey!» la esortò, camminando al suo fianco con una mano sulle redini. «Ve la state cavando alla grande» disse.

Per una mezz'ora Hutch la seguì mentre cavalcava nel corral vuoto. Clara teneva un passo costante, fermandosi e ripartendo, girando a destra e a sinistra senza il minimo accenno di fastidio. Caroline ascoltò i suggerimenti di Hutch e tentò di memorizzarli, cercando di sentire il movimento della cavalla proprio come le consigliava lui, ma non riusciva a scrollarsi di dosso la sensazione che la bestia fosse costretta a subire la sua presenza e che da un momento all'altro avrebbe dato libero sfogo al suo istinto animale e l'avrebbe scaraventata il più lontano possibile.

Ben presto cominciarono a dolerle la schiena e le gambe e, quando lo fece presente a Hutch, lui lanciò uno sguardo sprezzante alla sella all'amazzone.

«Be', è più che normale quando si fa una cosa per la prima volta. Ma a essere onesto, Mrs Massey, stareste molto più comoda seduta a cavalcioni, anziché all'amazzone...»

«A cavalcioni si mettono gli uomini. Le signore cavalcano all'amazzone» obiettò Caroline con fermezza.

«Il capo siete voi» concluse Hutch scrollando le spalle.

In quel momento Corin sopraggiunse dai pascoli al piccolo galoppo insieme a due cowboy che sorvegliavano i confini della proprietà. La luce del sole si rifletteva sul mantello nero di Sgualdrina, e il sudore gocciolava lungo le zampe anteriori della cavalla. Caroline drizzò la schiena e si irrigidì per l'imbarazzo. I cowboy, dei quali ancora non aveva imparato i nomi, la salutarono con un cenno del cappello, rallentando i cavalli, e per un terribile istante Caroline temette che si sarebbero fermati a seguire il resto della sua lezione di equitazione. Agitò appena la mano verso di loro, arrossendo. I due cavalcavano con la stessa naturalezza con cui Magpie cucinava e lavorava, stravaccati sulla sella come se i loro corpi fossero stati forgiati a quel preciso scopo. Con suo immenso sollievo proseguirono alla volta degli abbeveratoi, e solo Corin si accostò alla palizzata del corral.

«Caspita, dovresti vederti! Sei fantastica là sopra, tesoro!» esclamò raggiante, togliendosi il cappello e strofinandosi la testa accaldata.

«Volete andargli incontro?» chiese Hutch, e Caroline annuì. «Allora andate. Sapete cosa fare» la incalzò. Con cautela Caroline fece voltare la testa della cavalla e la persuase a dirigersi verso la staccionata.

«È fantastico, Caroline! Sono così felice di vederti in groppa a un cavallo, finalmente!» le disse Corin.

«Non riuscirò mai a sellarla da sola, è pesantissima!» replicò Caroline con un sorriso ansioso.

«Be', quello forse no, ma basta che domandi a uno dei ragazzi, ti aiuteranno loro. C'è sempre qualcuno in giro, e farebbero i salti mortali se glielo chiedesse una bella ragazza come te!» sogghignò Corin.

«Adesso posso scendere, Hutch?» chiese.

«Per essere il primo giorno direi che abbiamo fatto abbastanza» assentì Hutch. «Ancora un paio di giri come oggi e farete concorrenza a Annie Oakley!» aggiunse sorridendo.

Sentendosi un po' meno una pivellina, Caroline ascoltò Hutch mentre le spiegava il modo migliore per smontare da cavallo, ma chissà come il piede le s'impigliò nella staffa e la sottana le si avviluppò alle ginocchia. Si sbilanciò in avanti e atterrò di faccia sulla sabbia del corral, rimanendo senza fiato. Alle sue spalle, Clara fece un piccolo sbuffo di sorpresa.

«Per la miseria! Tutto bene, Caroline?» imprecò Corin, scendendo frettolosamente da cavallo.

«Be', non doveva andare proprio così» osservò Hutch con calma, prendendola per il braccio e aiutandola a mettersi seduta. «State ferma qui, riprendete fiato» le raccomandò Hutch, ma Caroline non aveva intenzione di rimanere a terra più del necessario, soprattutto non così vicina agli zoccoli di Clara. Si rimise in piedi tremando e tossendo, con le lacrime agli occhi per via della sabbia. Aveva preso un brutto colpo al collo, e durante la caduta un polso si era storto sotto il suo peso. Era coperta di polvere dai capelli all'orlo della gonna. Fulminò Corin con lo sguardo, furibonda con se stessa e paralizzata dall'imbarazzo.

«Caspita, quando vi arrabbiate così siete uguale identica a Inferno!» disse Hutch con ammirazione.

«E sei rossa proprio come lui» sogghignò Corin.

«Non... *ridete* di me!» strillò Caroline per la frustrazione e la rabbia che le bruciavano dentro. Girò i tacchi e si allontanò impettita verso casa, tremando per lo shock della caduta, le gambe molli dopo la cavalcata. Non poteva sopportare una simile delusione, l'idea di aver fallito di nuovo, di essersi messa in ridicolo.

«Ah, che diamine, Caroline! Torna indietro! Non stavo ridendo di te!» Caroline sentì le grida di Corin dietro di sé, ma drizzò le spalle con tutte le sue forze e continuò a camminare.

L'autunno si abbatté sulla prateria con un susseguirsi di violenti temporali e grandinate martellanti che si rovesciavano dal cielo buio. Una sera Hutch rientrò dal pascolo e, mentre si scaldava vicino alla stufa, riferì della perdita di tre capi di bestiame, abbattuti da un fulmine che si era andato a schiantare nel bel mezzo della mandria, scagliando in aria le bestie come coriandoli. Sentendo il racconto Caroline impallidì, e Corin lanciò al sovrintendente un'occhiata di riprovazione che il poveretto, con i denti che battevano e le mani rosse e scottate piegate ad artiglio, non notò nemmeno. Fu una stagione tetra ma breve, che ben presto cedette il posto all'inverno vero. Rincasando per cena Corin aveva il corpo rigido, intorpidito, e granelli di pioggia ghiacciata tra le sopracciglia, eppure riusciva sempre a fare un sorriso alla moglie mentre esclamava: «Per la miseria, oggi quel vento gelido da nord era *indiavolato*!».

Un tempo Caroline sarebbe rimasta turbata da un simile linguaggio, ma ora non più. Adesso aggrottava appena la fronte, com'era sua abitudine, e si stringeva forte nello scialle per respingere l'ondata d'aria fredda che entrava insieme al marito. Proprio lei, che mai avrebbe pensato di provare nostalgia per il calore estivo, si trovò a bramare il sole.

Per celebrare la fine del 1902 e accogliere l'arrivo dell'anno nuovo, alla fattoria dei Fosset si tenne una festa cui furono invitati tutti i padroni dei ranch vicini, con le loro famiglie e i cowboy. L'aria serale, immobile e asciutta, era adagiata sul mondo come un manto gelido, e durante il viaggio in calesse le dita di mani e piedi, il naso e la punta delle orecchie di Caroline divennero insensibili per il freddo. Non c'era luna, e il faro del calesse illuminava la prateria per un raggio di pochi metri. Il buio tutt'attorno era come una cosa viva, un corpo in carne e ossa che guardava. Caroline rabbrividì e si rannicchiò più vicina a Corin. Alle loro spalle si udivano gli zoccoli dei cavalli montati dai cowboy dei Massey, a poca distanza, quasi che anche loro si sentissero inseguiti. Quando la proprietà dei Fosset comparve davanti a loro, inondando la notte di luci, il sollievo di Caroline fu tale che recitò in silenzio una breve preghiera e tornò a respirare regolarmente.

C'erano fuochi accesi attorno al cortile, carne che fumava e scoppiettava sulla piastra, e una piccola folla di gente e cavalli radunati in quell'oasi di luce e vita al centro di una pianura morta, buia. Alcuni uomini strinsero energicamente la mano a Corin, dandogli pacche sulla spalla, e in un attimo gli sposi si trovarono inghiottiti dalla folla amichevole dei loro vicini di casa. Una fisarmonica, un violino e un tamburo attaccarono a suonare nel granaio, e il calore irradiato dai corpi che ballavano riscaldò l'aria, saturandola dell'odore animale di fiato e sudore. I figli di Angie avevano ricavato uno striscione da un vecchio lenzuolo lacero, che adesso era appeso sopra il cancello e sfoggiava la scritta BUON ANNO NUOVO! ondeggiando avanti e indietro nella brezza leggera. Angie aveva due figlie di dodici e otto anni, e un maschietto di quattro che aveva i suoi stessi capelli rossi e gli occhi più azzurri che si fossero mai visti. Mentre ballava, rideva e conversava, Angie teneva sempre d'occhio la sua perfetta, allegra creatura, e quando vide Caroline osservarlo lo chiamò.

«Kyle, questa è la nostra vicina, Caroline Massey. Allora, come si dice?» sussurrò al bambino, mettendolo a sedere sulle ginocchia.

«P-piacere di conoscervi, s-signora Massey» farfugliò Kyle timidamente, mordicchiandosi le dita.

«Oh, anche per me è un piacere conoscerti, Kyle Fosset» disse Caroline sorridendo, prendendo la mano che il bambino non aveva in bocca e stringendola dolcemente nella sua. Angie lo rimise a terra e il piccolo schizzò via, sgraziato sulle gambe corte e paffute. «Oh, Angie! È un bambino semplicemente *meraviglioso*!» esclamò, e Angie fece un gran sorriso.

«Già, è il mio angioletto, e lo ha capito benissimo anche lui!»

«E pure le ragazze... devi essere così orgogliosa di...» continuò Caroline, ma la voce le si spezzò e dovette interrompersi.

«Forza, forza, adesso basta! Stiamo per celebrare il nuovo anno, e tutte le cose magnifiche che porterà con sé. Capisci cosa intendo?» disse Angie in tono eloquente. «Verrà anche il tuo turno. Devi solo avere pazienza. Hai capito?» Caroline annuì, e rimpianse di non avere la stessa sicurezza di Angie.

«Mrs Massey, concedereste un ballo a un rude cowboy come me?» chiese Hutch, comparendo al loro fianco.

«Volentieri» rispose Caroline con un sorriso, e si affrettò ad asciugarsi gli occhi con la punta delle dita. L'orchestrina suonava un brano dietro l'altro, senza interruzioni, e Hutch la condusse in una danza ondeggiante che assomigliava vagamente a un valzer. La stanza era un ammasso indistinto di volti sorridenti, alcuni non troppo puliti, e Caroline ripensò al ballo dei Montgomery che si era tenuto nemmeno un anno prima, anche se sembrava passata una vita intera. Ne aveva fatta di strada, si disse. Non c'era da meravigliarsi che non riuscisse ancora a sentirsi a casa.

«Va tutto bene, Mrs Massey?» chiese Hutch, serio in volto.

«Ma sì, certo! Perché non dovrebbe?» rispose troppo vivacemente, con voce stridula.

«No, infatti» tagliò corto Hutch. Indossava la sua camicia migliore, e Caroline notò che il primo bottone era rimasto appeso a un unico filo. Si ripropose di aggiungerla alla pila di vestiti da rammendare, una volta tornata al ranch. «Siete già pronta per un'altra lezione di equitazione? Ve la siete cavata alla grande, l'altra volta che abbiamo provato, ma poi non siete più tornata a fare un giro.»

«No, ehm... Non penso di essere molto portata per andare a cavallo e fra l'altro se ci provassi adesso, col freddo che fa, di sicuro mi congelerei!» rispose lei.

«A qualcuno viene naturale farlo e a qualcun altro no, questo è certo, ma ho visto gente che all'inizio faceva fatica e poi ci ha preso la mano, con la pratica. Però dovete essere disposta a rimontare a cavallo, Mrs Massey, dovete proprio rimontare in sella» disse Hutch con fervore, e Caroline non era più sicura che stesse parlando di andare a cavallo.

«È che...» cominciò, ma non seppe come continuare. Si guardò i piedi, e alla vista delle scarpe impolverate gli occhi le si riempirono di lacrime.

«Andrà tutto bene» disse Hutch a voce così bassa che lei lo sentì a stento.

«Hutchinson, permetti? È a mia moglie che sei avvinghiato, ed è di gran lunga la più bella ragazza della sala» dichiarò Corin, prendendo le mani di Caroline e facendola roteare tra le proprie braccia. Gli occhi gli brillavano di felicità, le guance erano accese dal whisky e dalle danze, e aveva un'aria beata, talmente beata che Caroline scoppiò a ridere e gli gettò le braccia al collo.

«Buon anno, tesoro mio» sussurrò all'orecchio del marito, lasciando che le labbra gli sfiorassero appena il collo, e Corin la strinse ancora di più a sé.

A febbraio la neve cadde fitta, ammassandosi in spessi cumuli e rendendo il mondo troppo luminoso da guardare. Caroline fissava ammirata il piatto scenario fuori dalla finestra, e passava quasi tutto il tempo vicino alla stufa, le mani raggomitolate dentro i guanti senza dita ricevuti in dono dai Ponca, che coprivano più pelle possibile senza impedirle di rammendare i vestiti. Le dita gelide maneggiavano a fatica l'ago, e spesso lo lasciavano cadere.

«Adesso siete contenta di averli» disse Magpie, indicando i pesanti guanti con un cenno del capo. «Quando Nuvola Bianca ve li ha dati, pensavate che non vi sarebbero mai serviti, l'ho capito dalla faccia che avete fatto!» disse sorridendo.

«Avrei dovuto pagarla il doppio» convenne Caroline, al che Magpie aggrottò leggermente la fronte.

«Vi va di raccontare una storia mentre faccio questo lavoro?»

chiese Magpie. Era inginocchiata davanti alla tinozza del bucato a strofinare via le macchie dagli abiti di lavoro di Corin su un'asse di legno ondulata.

«Che tipo di storia?»

«Non ha importanza. Una storia della vostra gente» disse Magpie con un'alzata di spalle. E così Caroline, senza sapere bene chi fosse la sua gente, raccontò la storia di Adamo ed Eva nel Giardino dell'Eden, del serpente insidioso, della mela succosa, della conseguente caduta nel peccato. Smise di cucire mentre si avvicinava al finale, descrivendo l'improvvisa vergogna per la loro nudità, e la ricerca forsennata di qualcosa con cui coprirsi. Magpie ridacchiò, e le sue guance divennero ancora più rotonde, gli occhi scintillanti.

«È una bella storia, Mrs Massey. Una volta un missionario la raccontò a mio padre, e sapete cosa disse lui?»

«No, cosa?»

«Disse che era tipico delle donne bianche! Una donna indiana avrebbe preso un bastone e ammazzato il serpente, e nel giardino sarebbe andato tutto bene!» esclamò ridendo. Per un attimo Caroline fu infastidita dalla critica che lesse tra le righe, ma ben presto si trovò a sorridere e si unì alla risata contagiosa della ragazza.

«Probabilmente non aveva tutti i torti» ammise, e stavano ancora ridendo quando Corin entrò, scrollandosi via la neve dalle spalle. Guardò Caroline, seduta accanto alla stufa con il cucito messo da parte mentre Magpie era in ginocchio davanti alla tinozza, e aggrottò la fronte. «Corin, che c'è che non va?» chiese Caroline, ma il marito scosse il capo e si accostò alla stufa per scaldarsi.

Più tardi, durante la cena, Corin parlò chiaro.

«Oggi, quando sono entrato, non... non mi è piaciuto quello che ho visto, Caroline» disse.

«A cosa ti riferisci?» domandò lei, il cuore in gola.

«A te che te ne stavi seduta lì al caldo mentre Maggie sfacchinava...»

«Ma non è vero! Stavo rammendando! Chiedilo a lei... Mi

sono fermata solo per raccontare la storia di Adamo ed Eva...» Caroline si interruppe, mortificata.

«So che sei abituata ad avere la servitù, ma Maggie non è una serva. D'accordo, l'ho chiamata perché ti aiutasse in casa, ma non ha il tempo di fare *tutto*. Deve occuparsi di casa sua, e tra poco non sarà più in grado di fare così tante cose. Devi aiutarla di più, amore» concluse Corin con gentilezza. Staccò un pezzo di pane dalla pagnotta e lo sbriciolò distrattamente fra le dita.

«E infatti mi aiuta! Voglio dire, anch'io l'aiuto... ci dividiamo il lavoro! Hai detto che non sarà più in grado di fare così tante cose... Perché no?»

«Tesoro» Corin alzò gli occhi su di lei. «Maggie è incinta. Lei e Joe avranno un figlio, il loro primogenito.» Distolse lo sguardo, scuro in volto, e in quell'espressione Caroline scorse un'accusa. Le salirono le lacrime agli occhi e si sentì soffocare da un'emozione che somigliava un po' all'ira, un po' al dolore, un po' al rimorso, un'insopportabile miscela che le bruciava le viscere e le rimbombava assordante nelle orecchie. Si alzò da tavola facendo tintinnare le stoviglie, corse in camera da letto e chiuse la porta dietro di sé.

A bordo di un calesse leggero, trainato da un baio dal portamento fiero ed eretto, poterono compiere il viaggio fino a Woodward in un solo giorno, partendo all'alba e facendo una pausa per riposarsi e abbeverare il cavallo all'ora di pranzo. Quasi tutti i braccianti e i cowboy del ranch li accompagnarono a cavallo, compresi Joe e Magpie. Caroline guardò la ragazza indiana, che montava un pony dal mantello grigio e ispido, e si chiese come avesse potuto non accorgersi dell'inconfondibile protuberanza all'altezza del ventre, di quel tocco di riguardo in più che traspariva dai suoi movimenti.

«Magpie non dovrebbe evitare di cavalcare nelle sue condizioni?» sussurrò Caroline a Corin, anche se sarebbe stato difficile sentirla sopra il tonfo degli zoccoli, il vento, lo stridio e il ronzio delle ruote del calesse.

«Ho detto la stessa cosa a Joe» rispose il marito sorridendo. «E lui mi ha riso in faccia.» Alzò le spalle. «Immagino che le donne Ponca siano un po' più robuste di quelle bianche.» Dal cielo cadde qualche minuscola goccia di pioggia. Caroline non rispose all'osservazione di Corin, ma ne rimase ferita. L'implicazione che lesse tra le righe, che lui lo pensasse davvero oppure no, era che lei era debole e lì nell'Ovest stava fallendo, come donna e come moglie.

Giunsero a Woodward al crepuscolo e presero una stanza al Central Hotel. Joe, Magpie e i ragazzi del ranch si sparpagliarono per la città nei vari saloon, l'Equity, il Midway, lo Shamrock e il Cabinet, al bordello gestito da Dollie Kezer nel Dew Drop Inn, e a casa di amici. Caroline aveva male alla schiena per il lungo viaggio ed era stanca, ma nonostante tutto insistette per fare l'amore con Corin, e chiuse gli occhi mentre lui si muoveva dentro di lei, pregando perché qualunque fosse la magia che permetteva a un bambino di fondersi in una nuova vita si compisse questa volta, *questa volta*.

Le era tornato il buonumore al pensiero di andare in città il giorno della festa di primavera e di danzare. Le visite fuori dal ranch erano una preziosa rarità, e per quattro lunghi mesi non si erano più allontanati da casa, dopo il ricevimento di Capodanno dai Fosset. Woodward, che al suo arrivo da New York le era parso un paesino insignificante, ora le sembrava un centro vibrante di vita e attività, ma perfino lì c'era qualcosa che la rattristava. L'indomani, di mattina presto, il tempo era sereno e le strade straripanti di gente, cowboy e coloni. Erano raccolti in due spesse file che si snodavano per parecchi isolati lungo Main Street, incurvandosi in corrispondenza dei marciapiedi rialzati davanti a qualche negozio. L'aria brulicava degli odori e dei rumori di migliaia di corpi, di voci eccitate, del tanfo di cavalli e letame e della fragranza di legno e vernice che si scrostava sulle pareti degli edifici. Le facciate dei negozi erano coperte di stendardi variopinti e i proprietari avevano spalancato le porte di fronte all'occasione senza precedenti di avere, almeno per un giorno, qualche nuovo cliente.

Per intrattenere la folla erano stati organizzati rodei, una finta caccia al bufalo e gare di tiro a segno. C'erano numeri spettacolari di lancio del lazo e una competizione in cui i cowboy dovevano atterrare i vitelli. A Caroline pareva eccessivamente violenta, e distoglieva lo sguardo quando il concorrente di turno strattonava la testa del manzo e gli immobilizzava la bocca trascinandolo a terra con sé. Joe sbaragliò tutti i partecipanti a una gara di lancio dei coltelli, infilzando più e più volte con la sua lama il centro dei bersagli di carta appesi alle balle di fieno, e vinse una scatola di ottimi sigari e un coltello Bowie nuovo di zecca. L'applauso per lui fu debole in confronto a quello per i bianchi che avevano vinto le altre competizioni, ma Joe fece comunque il suo mezzo sorrisetto sardonico e ammirò il coltello nuovo.

Mangiarono carne alla griglia, pesche, gelato e torta al miele, e le signore bevvero tè freddo mentre gli uomini si davano alla birra. Per Caroline, che era rimasta senza ghiaccio e refrigerazione da quando aveva lasciato New York, assaporare una bibita fresca fu quasi paradisiaco. Incontrarono i vicini di casa, e Corin discusse sul prezzo corrente di grano e bovini con i padroni degli altri ranch, poi si imbatterono nei Fosset. Angie aveva un orrendo abito lilla e il viso troppo truccato e, quando Corin le fece i complimenti, rise ed esclamò: «Oh, lo so che sembro una ballerina, ma a noi ragazze non capita tanto spesso di metterci in ghingheri, e Dio solo sa se non mi serve un piccolo aiuto per avere l'aria festosa! Mica possiamo essere tutte come tua moglie, Corin Massey, che è graziosa come una rosa!».

«Be'» replicò Corin, sollevando il cappello in un gesto generoso «secondo me stai proprio bene così, Angie Fosset.»

Mentre gli uomini parlavano, Angie prese Caroline in disparte. «Qualche novità, cara?» chiese a bassa voce, e per tutta risposta Caroline strinse il labbro inferiore fra i denti e scosse la testa. «Senti, ho pensato a un paio di cose che potresti provare...» continuò Angie.

Alla sera la banda suonò valzer e polke, alternati a qualche quadriglia. La sabbia di Main Street era stata coperta con ampi teloni per facilitare le danze, dato che nessun locale della città avrebbe potuto ospitare una tale abbondanza di coppie. Caroline ballò con la grazia che le era stata insegnata, sebbene i passi di Corin fossero intralciati dalla birra e dalle grinze del telone. Trovandosi circondata di edifici e persone, Caroline si sentì bene come non era stata da mesi, mentre danzava un valzer nel pigia pigia dei cittadini di Woodward, e per un po' poté sfoggiare un sorriso che non fosse coraggioso, né ipocrita, ma semplicemente genuino.

Più tardi però, mentre conversava con un gruppetto di donne di Woodward, vide Corin sull'altro lato della strada, chino davanti a Magpie e con le mani adagiate sul suo grembo. Sembrava cullare la pancia sporgente della ragazza con dolcezza, quasi con riverenza, e dal canto suo Magpie, pur mostrandosi imbarazzata, pareva anche compiaciuta. Caroline trattenne il fiato e arrossì violentemente. Corin era brillo, lo sapeva, ma adesso stava proprio esagerando. Un attimo dopo, però, le sue guance avvamparono per tutt'altro motivo. Corin aveva distolto il viso, lo sguardo perso nel vuoto, e lei si rese conto che stava aspettando: aspettava che il bambino si muovesse dentro il ventre dell'indiana. E d'un tratto, mentre assisteva a quel gesto così intimo, le parve di riconoscere nel tocco di suo marito una possessività fin troppo partecipe.

4

Fa freddo mentre scendiamo verso il bosco nella notte più lunga dell'anno, noi tre insieme. Eddie ha assillato Beth perché venisse, e alla fine lei sembrava quasi incuriosita. La brezza ci penetra nei cappotti, frizzante, pungente, così camminiamo a passo svelto, con le gambe intirizzite. Nel buio più completo, il fascio di luce delle nostre torce ondeggia senza una direzione. La luna splende e, con il passaggio delle nubi, si ha l'impressione che attraversi la volta celeste. Una femmina di volpe lancia un grido mentre ci avviciniamo agli alberi.

«Cos'è stato?» ansima Eddie.

«Un lupo mannaro» rispondo in tono pragmatico.

«Simpaticona. Tra l'altro non c'è neanche la luna piena.»

«E va bene, era una volpe. Hai perso il senso dell'umorismo, Edderino.» Sono su di giri. Mi sento libera da ogni vincolo, come se avessi mollato gli ormeggi e mi stessi abbandonando alla corrente. È una cosa che mi capita nelle serate allegre e movimentate. C'è un non so che nel vento quando spira nell'oscurità, nel suo tocco delicato, noncurante. Sembra voler dire: "Potrei prenderti con me, potrei portarti via, se lo volessi". Questa serata reca con sé una promessa.

Si sente la musica, adesso, e un frastuono di voci e risate, e finalmente il bagliore del falò penetra fra gli alberi. Beth rimane indietro, tenendo le braccia incrociate con forza sul petto, e il chiarore del fuoco sottolinea la tensione che le segna il volto. Se Eddie non fosse con noi credo che si fermerebbe qui, al riparo tra i boschi, fra ombra e tenebre, osservando. Tiro fuori una fiaschetta di whisky dalla tasca del cappotto e armeggio per aprirla con i guanti. Noi tre soli, in cerchio, il respiro che sale verso il cielo.

«Bevi. Forza, ti scalderà» le dico, e per una volta Beth non protesta e ne prende una lunga sorsata.

«Posso averne un po'?» chiede Eddie.

«Neanche per sogno» risponde Beth, mentre si asciuga il mento e tossisce. Sembra così reale, così presente, così se stessa, che faccio un sorrisetto e le stringo le mani.

«Andiamo. Voglio presentarti Patrick. È un tipo carinissimo.» Bevo un sorso anch'io, la gola in fiamme, e proseguiamo.

C'è un momento di nervosismo quando ci immergiamo nella luce del fuoco: ancora una volta, non siamo sicuri di essere i benvenuti. Poi, però, Patrick ci intercetta e ci presenta a un sacco di persone, di cui mi sforzo di memorizzare i nomi: Sarah e Kip, capelli lunghi che scintillano davanti al fuoco e berretti a righe fatti a maglia; Denise, una donna minuta con il viso segnato dalle rughe e i capelli nero corvino; Smurf, un uomo imponente con le mani come badili e un sorriso gentile; Louise e Penny, la più mascolina della coppia, la testa rasata, lo sguardo intenso. Hanno abiti e capelli sgargianti, sembrano farfalle stagliate su uno sfondo invernale. C'è un impianto stereo sul retro di un pickup, e tutto il viottolo è gremito di veicoli parcheggiati. Ci sono anche bambini che scorrazzano dentro e fuori dalla folla. Eddie si dilegua, e qualche tempo dopo lo vedo con Harry: stanno infilzando pile di foglie morte su dei bastoncini per poi gettarli nel fuoco.

«Chi è il tizio con Eddie?» chiede Beth, con una nota di allarme nella voce.

«È Harry. L'ho conosciuto, non ti preoccupare. È un pochino lento, mettiamola così. Dinny dice che è sempre andato d'accordo con i bambini. Mi sembra del tutto innocuo» replico, parlando a voce alta direttamente nel suo orecchio. Il fuoco ci ha imperlato di sudore le labbra e la fronte.

«Ah» dice Beth, non ancora convinta. Vedo Honey attraversare lo spiazzo, preceduta dal suo enorme pancione. Stasera ha un'aria vivace, è sorridente, adorabile. Sento un pizzico di sconforto.

«Quella là è Honey, la biondina» dico a Beth un po' controvoglia. I bruschi cambi di espressione sul volto di Honey non mi lasciano dubbi, ho insegnato a ragazze anche più grandi di lei: è troppo giovane per avere questo bambino. Sento qualcosa di simile alla rabbia, ma non saprei dire a chi o a che cosa sia indirizzata.

Poi Dinny compare al fianco di Beth, con il solito sorriso circospetto. I capelli sciolti gli incorniciano il viso, neri e arruffati. È fermo lì, rivolto per metà verso il fuoco e per metà altrove, tagliato in due dalla luce che mette in netto risalto il suo profilo. Il respiro mi si blocca in gola.

«Beth, Erica, sono contento che siate venute» dice, e quando torna a sorridere scorgo in lui il vago torpore dell'alcol, un calore sincero, per la prima volta da quando l'ho rivisto.

«Sì, be', grazie infinite per averci invitate» replica Beth, guardandosi in giro e facendo cenni del capo ai presenti come se fossimo a una serata di gala.

«Comunque vi è andata bene che il tempo è migliorato in serata. Prima era orribile» dico. Dinny mi guarda divertito.

«Non credo che il tempo possa essere orribile. Il tempo è il tempo, e basta» dice.

«Del tipo, non esiste il brutto tempo ma solo i vestiti sbagliati?» chiedo.

«Esatto! Avete provato il mio punch? È una vera bomba. Tenetelo lontano dal fuoco a qualsiasi costo» scherza sorridendo.

«Di solito giro al largo» dico. «Ho avuto un disguido con il punch una volta, o almeno così dicono, ma può benissimo darsi che mentano perché io non ricordo un bel niente.»

«E tu, Beth? Ti posso tentare?» Beth annuisce e si lascia portare via. Sembra ancora vagamente stordita, quasi sconcertata di essere qui. La mano di Dinny è sul suo gomito e la guida. Per un momento rimango sola mentre Dinny la conduce con sé, e sperimento di nuovo la sensazione antica, familiare, di essere tagliata fuori da loro due. Mi scuoto, riconosco alcune facce già viste e mi aggrego a loro.

Sento il calore del whisky nel sangue, e so che dovrei andarci piano. Eddie mi passa accanto di corsa, mi agguanta per la manica e mi costringe a voltarmi.

«Tu non mi hai visto! Non dire che mi hai visto!» ansima, sogghignando.

«A chi non dovrei dirlo?» chiedo, ma se n'è già andato, e pochi istanti dopo un gruppetto di bambini lo segue sgambettando, e tra loro c'è anche Harry. Bevo un altro lungo sorso di whisky, poi passo la fiaschetta a una ragazza con un viso da folletto e vari piercing al naso, che ride e mi ringrazia, facendola girare. Le stelle ruotano sopra di me, il terreno sembra vibrare. Quasi non ricordo l'ultima volta che ho preso una sbronza, sono passati anni. Avevo dimenticato quanto faccia stare bene. Poi adocchio Beth accanto a Dinny, in un gruppetto di persone, e anche se non sta parlando ha un'aria quasi rilassata. Si è unita a loro anziché chiudersi in se stessa, ed è un piacere vederla. Ballo con Smurf, che mi fa piroettare fin quasi a farmi venire la nausea.

«Non ti innamorare di lei, Smurf, queste giovani Calcott non restano!» grida Dinny vedendoci passare, ma non ho i riflessi abbastanza pronti da chiedergli cosa intenda. Mi arrischio il più vicino possibile al fuoco, e con un attizzatoio rastrello una patata arrosto dalle braci ai margini, poi mi scotto la lingua. Sa di terra. Saluto Honey senza lasciarmi infastidire dalla sua replica fredda e guardo Dinny. Non me ne rendo nemmeno conto, dopo un po': ovunque io sia, mi sembra di sapere dov'è lui, come se il fuoco lo illuminasse un po' di più rispetto agli altri. La notte vortica attorno a noi, buia e viva, sinché all'improvviso vedo dei lampeggianti blu avvicinarsi a noi lungo il viottolo.

La polizia è costretta a parcheggiare e raggiungere l'accampamento a piedi. Da due auto escono quattro agenti, marciano con aria zelante verso di noi e si mettono a cercare droga, ordinando alla gente di rivoltare le tasche. La musica tace e le voci ammutoliscono mentre il fuoco continua a scoppiettare rumorosamente.

«C'è un certo Dinsdale qui?» domanda un giovane agente, con un luccichio combattivo negli occhi. È basso, tarchiato, molto composto.

«Parecchi!» grida Patrick di rimando.

«Posso vedere qualche documento che lo confermi, signore, per cortesia?» chiede il poliziotto in tono severo. Dinny scansa Patrick con un gesto della mano, scompare in gran fretta nel suo furgone e porge all'agente la sua patente di guida. «Bene, sono comunque tenuto a chiedervi di sgombrare, perché state facendo un raduno non autorizzato in un luogo pubblico. Ho motivo di credere che la situazione possa degenerare, trasformandosi in un rave illegale. Abbiamo ricevuto diverse lamentele...»

«Non è un raduno non autorizzato in un luogo pubblico. Abbiamo il diritto di accamparci qui, come lei sa bene, e abbiamo il diritto di invitare qualche amico a una festa, proprio come ce l'hanno gli altri abitanti del posto» obietta Dinny con freddezza.

«Abbiamo ricevuto lamentele per il rumore, Mr Dinsdale...»

«Lamentele da chi? Sono appena le dieci!»

«Dalla gente del villaggio, e dalla tenuta...»

«Dalla tenuta? Ma davvero?» chiede Dinny, lanciandomi un'occhiata. Lo raggiungo e mi fermo accanto a lui. «Sei stata tu a lamentarti, Erica?»

«No di certo. E vale lo stesso per Beth e Eddie, ne sono sicura.»

«E lei chi sarebbe, signora?» mi domanda l'agente, alquanto dubbioso.

«Erica Calcott, la proprietaria di Storton Manor, e quella è mia sorella Beth, e dato che siamo le *uniche* persone che vivono a Storton Manor, penso di poter dire con certezza che tutti gli abitanti della tenuta danno il loro pieno appoggio a questa festa. E *lei* chi sarebbe?» Il whisky mi dà coraggio, ma sono anche arrabbiata.

«Sergente Hoxteth, Miss... Lady... Calcott, e...» L'ho innervosito. Con la coda dell'occhio vedo lo sguardo di Dinny illuminarsi.

«Sono *Miss* Calcott. È per caso parente di Peter Hoxteth, il vecchio poliziotto?» lo interrompo.

«È mio zio, anche se non credo che sia pertinente con...»

«Già, be', mi ricordo di suo zio. Aveva modi più garbati dei suoi.»

«Resta il fatto che abbiamo ricevuto lamentele, e sono autorizzato a sciogliere questo raduno. A ogni modo, mi auguro che non la vediate come una scortesia...»

«Gli Hartford, quelli che stanno a Ridge Farm, ogni anno organizzano un ballo estivo con il doppio di persone e un'orchestra dal vivo con un enorme amplificatore. Mi sta dicendo che, se dessi un colpo di telefono e mi lamentassi per *quella festa*, andreste là a passo di marcia per interromperla? Vi mettereste a cercare droga?»

«Non penso proprio che...»

«E in ogni caso questo non è un luogo pubblico, sono i miei terreni. E suppongo che questo ne faccia la *mia* festa, la mia festa *privata*. Alla quale voi ragazzi, purtroppo, non siete stati invitati.»

«Miss Calcott, senz'altro capirà che...»

«Ora abbasseremo la musica, e a mezzanotte smetteremo, come avevamo già intenzione di fare. I bambini devono andare a letto» interviene Dinny. «Ma se volete cacciarci via senza arrestare nessuno, fareste meglio a presentarvi con una motivazione più valida di qualche lamentela fasulla dalla tenuta, *agente*.»

Hoxteth si incupisce e raddrizza le spalle. «Siamo agenti di polizia ed è nostro *dovere* andare a verificare, quando arrivano lamentele...»

«Be', la vostra verifica l'avete fatta. Perciò adesso smammate!» prorompe Honey, agitando la pancia davanti all'uomo con fare aggressivo. Dinny la trattiene posandole una mano sul braccio. Hoxteth nota quanto Honey sia giovane e bella, quindi abbassa gli occhi sul pancione della ragazza. Arrossisce e contrae la mascella, poi fa un cenno ai suoi uomini e i poliziotti battono in ritirata.

«Spegnete la musica, e tutti a casa a mezzanotte. Torneremo a controllare» dice, sollevando un dito in un gesto ammonitore. Anche Honey alza un dito, ma Hoxteth si è già allontanato.

«Coglione» mormora Patrick. «Esaltato come un ragazzino, quel tizio» aggiunge. Non appena le macchine se ne sono andate, Dinny mi sorride inarcando un sopracciglio.

«E così questa sarebbe la *tua* festa?» chiede, divertito.

«Oh, andiamo, ha funzionato» replico.

«Questo è vero. Non mi sembravi proprio il tipo da sfidare il sistema» dice in tono ironico.

«Si vede che non mi conosci. Una volta mi hanno perfino arrestata. Ho guadagnato qualche punto?»

«Dipende, cos'hai fatto per farti arrestare?»

«Ehm... ho tirato un uovo a un deputato» ammetto con riluttanza. «Non proprio un gesto anarchico.»

«Non proprio» dice, facendo un sorrisetto. «Ma è un inizio.»

«Sei stata una bomba» mi dice Eddie comparendo al mio fianco, trafelato. Gli metto una mano sulla spalla e lo tengo stretto prima che scappi di nuovo.

Beth sta preparando il pranzo, e il pianterreno è avvolto in una nube di vapore fragrante d'aglio. Le finestre sono appannate, e la pioggia ammanta il mondo esterno al punto che la casa sembra un'isola. Eddie è uscito nei boschi con Harry, e le melodie della *Quinta* di Sibelius, la preferita di Beth, risalgono le scale con i profumi della cucina. Mi sembra un buon segno che sia andata a cercarla nella collezione di dischi di Meredith, e che stia preparando del cibo che potrebbe addirittura mangiare. Mi chiedo cosa stiano facendo Dinny e Honey sotto questa pioggia, in una giornata così deprimente, senza stanze in cui vagare, senza file interminabili di libri o di dischi, senza televisore. Sul loro stile di vita posso avanzare pure e semplici congetture. Se fossi nei loro panni, suppongo che starei al pub del villaggio. Per un secondo valuto l'idea si andarli a cercare là, ma il mio stomaco ha un sussulto di protesta che mi fa tornare in mente il mio doposbronza, così mi avvio verso le scale della soffitta.

Ricordo davvero lo zio del sergente Hoxteth. Lo vedevamo al villaggio, a volte, quando andavamo al negozio a comprare qualche dolcetto o un gelato. Era sempre sorridente, e si presentò anche a casa nostra, in più di un'occasione, mandato a chiamare da Meredith oppure dai Dinsdale. Dinny ha detto bene, hanno tutto il diritto di accamparsi qui. C'è un atto, un'ordinanza o qualcosa del genere, risalente ai tempi del mio bisnonno, prima che sposasse Caroline. Lui e il soldato Dinsdale erano stati nell'esercito insieme, in Africa, mi pare. Il resto della storia è andato perso nel corso degli anni, ma quando tornarono a casa Dinsdale aveva bisogno di un posto in cui accamparsi, e Lord Henry Calcott glielo diede, a lui e a tutti i membri della sua famiglia, per sempre. Loro ne posseggono una copia, e il nostro avvocato di famiglia un'altra. Questa cosa Meredith non l'ha mai mandata giù.

Vedevamo il sergente Hoxteth fermo nell'atrio, sulle spine, in attesa di veder comparire Meredith con il suo sguardo da Gorgone. Ricordo la volta in cui la nonna ordinò a uno dei fattori di parcheggiare un'enorme imballatrice in cima al sentiero, per tenere fuori gli zingari. Quella in cui venne a sapere che non tutti quelli che stavano all'accampamento erano della famiglia Dinsdale, e volle sfrattare i "parassiti". La volta in cui vide qualcuno prendere l'acqua da uno dei trogoli della proprietà e intendeva sporgere denuncia. La volta in cui continuava a sparire cibo dalla dispensa, e piccoli oggetti in giro per casa, e Meredith insisteva nel dire che erano stati i Dinsdale finché non venne fuori che la governante aveva una madre anziana da mantenere. La volta in cui uno dei cani degli zingari entrò in giardino e lei gli "mise paura" con un fucile calibro 12. La gente del villaggio si spaventò a morte. "Faranno ammalare i miei animali" fu la secca spiegazione di Meredith.

A volte venivamo fin quassù in soffitta per rovistare tra le cianfrusaglie. Sembrava sempre che dovesse esserci qualcosa di eccitante da scoprire, ma non passava molto prima che ci stancassimo di cassette da imballaggio, lampade rotte, scampoli di moquette, e della cisterna dell'acqua calda che gorgogliava e sibilava come un drago addormentato. In una giornata piovosa come questa è buio quassù, e gli angoli più remoti della stanza sono immersi nell'ombra. I piccoli lucernari sono pochi e distanti fra loro, e pure incrostati. C'è un tale silenzio che riesco a sentire il respiro sommesso della casa e il mormorio melodioso della pioggia che filtra nelle grondaie intasate. Senza rendermene conto, cammino in punta di piedi.

Il cuoio del vecchio baule rosso è così secco e friabile da sembrare sabbia al tatto, e mi si sgretola fra le dita. Aguzzo gli occhi per vedere cosa contenga, trascinandolo sotto la finestra più vicina. Lascia una scia nella polvere accumulata sul pavimento, e mi domando quando sia stato spostato l'ultima volta. Dentro ci sono pile di incartamenti, scatole, una strana valigetta sgangherata, qualche oggetto misterioso avvolto in fogli di giornale ingialliti, un astuccio di cuoio per la corrispondenza. Non mi pare molto, per essere tutto ciò che resta degli effetti personali di Caroline. Non è un granché per cent'anni di vita, ma in fondo le case antiche come questa si somigliano un po' tutte, credo. Le vite vanno e vengono, ma i contenuti rimangono in gran parte gli stessi.

Rovisto avidamente tra le scartoffie: inviti a varie cerimonie, un opuscolo governativo sul comportamento da tenere in caso di un attacco aereo, il telegramma inviato a Caroline dalla regina in occasione del suo centesimo compleanno, alcune ricette mediche scritte con una grafia talmente disordinata che non riesco a distinguere le parole. Apro qualche pacchetto. Ci sono un portacipria color oro con rossetto abbinato, un delizioso ventaglio di tartaruga, così fragile che quasi non oso toccarlo, un set da toeletta in argento intarsiato di madreperla, le spazzole morbide come piume, lo specchio crepato, un curioso anello d'osso liscio come seta, con appeso un campanellino d'argento che tintinna nel silenzio, facendomi sussultare. Mi chiedo cos'avessero di particolare questi oggetti, cosa li rendesse di proprietà esclusiva di Caroline, cos'abbia impedito a Meredith di svenderli come ha fatto con buona parte delle altre cose di valore. Poco dopo, lo capisco: recano tutti un'incisione che li riconduce a lei, "CC", due lettere infiorettate impresse nel metallo. Mi rigiro l'anello d'osso fra le dita cercando quello stesso marchio e, quando scorgo una scritta sul bordo del campanello d'argento ossidato, minuscola e quasi cancellata, mi fermo un istante: "A un bravo figlio", si legge.

Impacchetto di nuovo questi tesori e li rimetto nel baule. Non so cosa ne sarà di loro. In teoria appartengono a Beth e a me, adesso, ma in pratica no di certo, non più di quanto appartenessero a Meredith: ecco perché li ha stipati quassù. La valigetta, che ha un ampio coperchio a cerniera ed è vuota, un tempo aveva una fodera di seta rosa ormai sbrindellata. Prendo l'astuccio per la corrispondenza, talmente rigonfio che i lacci faticano a tenerlo chiuso. All'interno ci sono le sue lettere, molte delle quali ancora infilate in buste bianche e compatte, ben più piccole di quelle che si usano adesso. Do una scorsa e mi rendo conto che la maggior parte degli indirizzi è stata scritta dalla stessa mano in inchiostro nero con una grafia minuta, obliqua, un po' troppo schiacciata per essere elegante. Ne apro una con cura e passo direttamente alla fine. Quasi tutte le lettere portano la firma di Meredith, e un francobollo del Surrey.

Sento una leggera stretta al cuore, chissà perché. Torno alla prima pagina della lettera che ho fra le mani, e la leggo.

28 aprile 1931

Madre cara,

spero che quando leggerete questa lettera starete meglio, e non sarete più così tormentata dai vostri reumatismi come negli ultimi tempi. Sarete felice di sapere che mi sono sistemata bene, e poco alla volta mi sto abituando a mandare avanti la mia casa, anche se sento molto la vostra mancanza, naturalmente, la vostra e anche quella di Storton. Charles non ha posto condizioni severe: la sua unica richiesta è che gli serva la colazione alle otto e la cena alle nove! È un uomo facile da accontentare, e mi ha lasciata libera di fare le cose a modo mio. La casa è molto più piccola di Storton, e senz'altro vi sareste divertita a sentire le istruzioni di ogni tipo che ho dovuto dare ai domestici perché mi facessero avere quello che serviva! Temo si siano troppo abituati ad avere per casa solamente un uomo, e di quelli che non prestano molta attenzione al cambio delle lenzuola, al rimpiazzo dei fiori e ad arieggiare le stanze degli ospiti.

Fa un effetto piuttosto strano stare in casa da sola tutto il giorno mentre Charles è in ufficio. Al pomeriggio cala una quiete singolare qui: spesso mi giro per rivolgervi qualche osservazione, e solo allora realizzo che la stanza è vuota! Immagino che dovrei approfittare quanto più possibile di questa pace e tranquillità prima che siano spazzate via dallo scalpiccio di due piedini... Mi sento totalmente divisa tra due emozioni: la trepidazione in vista della nascita del vostro primo nipotino, e un autentico terrore! Mi ripeto ogni giorno che le donne partoriscono senza problemi da tempo immemorabile, e posso star certa che non v'è nulla che un'altra donna potrebbe fare e io no. Avevate paura alla vostra prima gravidanza? Spero con tutto il cuore che verrete a farmi visita, madre mia, mi farebbe un immenso piacere ascoltare i vostri consigli. La casa è più piccola di quelle a cui siete abituata, come vi ho già detto, ma è comunque piuttosto accogliente. Ho preparato la stanza degli ospiti più grande sostituendo le tende e le lenzuola – quelle di prima erano un po' troppo consunte – perciò è tutto pronto per il vostro arrivo. Il giardino è un tripudio di narcisi, che so essere di vostro gradimento, e le campagne tutt'attorno sono davvero incantevoli per fare qualche passeggiata in tranquillità. Scrivetemi e fatemi sapere se e quando preferireste venire. In attesa del nostro lieto evento, Charles mi ha fatto promettere che non avrei più guidato l'automobile, ma posso farvi venire a prendere alla stazione dal nostro fidato Hepworth in qualsiasi momento: è un tragitto breve, per nulla scomodo. Venite, ve ne prego.

Con grande affetto,
Meredith

Nel 1931 Meredith aveva appena vent'anni. Vent'anni, sposata e incinta di un figlio che doveva aver perso, poiché la mamma nacque molto tempo dopo. Rileggo la lettera, cercando di crearmi una nuova immagine di Caroline come una madre amata, la madre di cui Meredith sentiva indubbiamente la mancanza. La lettera mi rattrista, e devo leggerla ancora una volta per comprenderne il motivo: è piena di solitudine. Dal piano di sotto Beth mi chiama per pranzo. Rimetto la lettera nell'astuccio, e scendendo me lo infilo sotto il braccio.

La pioggia non cessa prima di martedì pomeriggio, e fremo dalla voglia di uscire. Provo invidia per Eddie, che torna quando si fa buio con una chioma di ricci bagnati e i jeans infangati fino alle ginocchia. A che età si cominciano a notare il freddo, l'umidità, il fango? Pressappoco alla stessa in cui si smette di scorrazzare tutto il giorno, immagino. Nella cameretta dei bambini mi si spalanca di fronte lo spazio vuoto dove prima c'era l'armadio della biancheria. Sul muro ci sono un'impronta di polvere, ragnatele e vernice immacolata. Mi avvicino alle montagne di tessuto che ho tirato fuori dall'armadio e comincio a smistarle, mettendo da una parte lenzuola e federe per neonati, minuscoli sacchettini di pizzo, un vistoso abitino da battesimo, un mucchio di pezze di mussola che trovo nascoste tra i vari strati, e una piccola trapunta di piuma. Non ho idea se una qualsiasi di queste cose possa essere utile a Honey e al suo bambino, quando arriverà. Avrà almeno un lettino? Però è biancheria buona, il tessuto è spesso, liscio al tatto, sfarzoso. Magari potrebbe piacerle l'idea di avvolgere il neonato in lenzuola costose, anche se la vecchia ambulanza in cui vivono lei e Dinny offrirà una cameretta ben più spartana. Ed ecco di nuovo le federe, quelle con i fiori gialli ricamati. Mi riprometto di controllare di che fiori si tratti e dare loro un nome, così forse capirò perché abbiano stuzzicato tanto il mio subconscio.

«Dove vai con quella roba?» chiede Beth, vedendomi trascinare la biancheria giù per le scale.

«La porto da Honey. Sono tutte cose per bambini, pensavo che potrebbero tornarle utili.» Beth aggrotta la fronte. «Cosa c'è?» domando.

«Erica, perché stai cercando di...»

«Di fare cosa?»

«Lo sai. Secondo me non dovresti insistere così per recuperare l'amicizia con loro, tutto qui.»

«Perché no? E comunque, non sto insistendo più di tanto. Sono pur sempre i nostri vicini. L'altra sera, alla festa, mi sembravi molto contenta di parlare con Dinny.»

«Be', tu e Eddie mi ci avete trascinata. Sarebbe stato scortese non parlargli. Ma non... non credo che abbiamo molto in comune, ormai. In realtà non sono nemmeno sicura che lo conoscessimo bene come credevamo. E poi mi sembra assurdo sforzarci di fingere che sia rimasto tutto com'era.»

«Lo conoscevamo, eccome! Cosa cerchi di dirmi? E perché le cose non dovrebbero essere rimaste com'erano, Beth?» le chiedo. Lei stringe le labbra e distoglie lo sguardo. «Se fra voi due è successo qualcosa che non so...»

«Non è successo proprio niente!»

«Oh, non ne sono così sicura» protesto. «Fra l'altro, se non vuoi più essere sua amica mi sta bene, ma non puoi costringermi a fare lo stesso» borbotto, trascinando la sacca fino alla porta e infilando il cappotto.

«Erica, aspetta!» Beth attraversa il salone per raggiungermi. Mi volto e osservo il suo viso in cerca di qualche indizio. Gli occhi azzurri sono agitati, molto guardinghi. «È *impossibile* che torni tutto com'era. Sono successe troppe cose, è passato troppo tempo! È molto meglio se... se voltiamo pagina. Se lasciamo perdere il passato» dice, mentre i suoi occhi scivolano via dai miei. Penso alla mano di Dinny, alla sua presa delicata, possessiva sul gomito di Beth.

«Ho l'impressione» ribatto in tono risoluto «che tu non voglia più saperne di Dinny ma non sopporti l'idea che possa essere mio.»

«Che possa essere tuo? Di cosa stai parlando?» ribatte bruscamente. Mi accorgo di essere arrossita e non rispondo. Beth respira profondamente, con un po' di difficoltà. «Il solo fatto di essere di nuovo qui è già abbastanza complicato, Erica, senza che tu ti comporti come una bambina di otto anni. Non puoi girare al largo, per una volta? In teoria siamo venute qui per passare del tempo *insieme*. Ora Eddie se ne sta fuori tutto il giorno con questo Harry, e tu preferisci correre dietro a Dinny piuttosto che... Non sono obbligata a restare, sai? Potrei prendere Eddie e tornare a Esher per Natale...»

«Oh, questa sì che è un'idea geniale, Beth, proprio il genere di comportamento strambo che Maxwell va cercando da sempre!» Me ne pento subito dopo averlo detto. Beth si ritrae da me. «Scusami» mi affretto ad aggiungere.

«Come puoi venirmi a dire una cosa del genere?» chiede a voce bassa, e i suoi occhi si fanno lucidi, annebbiati. Si gira e se ne va.

Una volta fuori respiro a fondo, ascoltando i richiami smorzati dei corvi e il dolce gocciolio del fogliame inzuppato. Suoni e odori vivi nel bel mezzo dell'inverno: non l'avevo notato prima. Lascio cadere la sacca della biancheria, d'un tratto esitante, e mi metto a sedere su una panchina di metallo arrugginito ai margini del prato. Sento il gelo penetrare nei jeans. Forse la porterò a Honey più tardi.

Dal torrente a est del giardino provengono delle voci. M'incammino in quella direzione, varcando il piccolo cancello laterale e scendendo il pendio coperto di arbusti. Dopo la pioggia, la terra è impregnata d'acqua e non posso evitare di sprofondare mentre cammino.

Eddie e Harry sono nel torrente, con l'acqua che turbina attorno a loro, pericolosamente vicina al bordo degli stivaloni di gomma. Con tutta la pioggia che è caduta nelle ultime ore la corrente è impetuosa, e lo è ancora di più al centro, dato che quei due hanno costruito una diga di pietre e bastoni partendo dalle due sponde del torrente, restringendone il corso. I pantaloni di Harry sono bagnati fino ai fianchi, e so quanto possa essere fredda l'acqua.

«Rick! Dai un'occhiata! Eravamo quasi riusciti a chiuderla tutta un attimo fa, ma poi un pezzo è venuto giù!» grida Eddie su di giri, mentre li raggiungo. «Però prima l'acqua era diventata altissima! Infatti è stato lì che ci siamo lavati...»

«Lo vedo bene. Ragazzi, starete congelando!» Sorrido a Harry, che ricambia e indica un sasso vicino ai miei piedi. Mi chino e con cautela glielo passo, scivolando sulla riva fangosa, quindi lui lo aggiunge alla diga.

«Grazie» dice Eddie sopra pensiero, parlando inconsciamente a nome dell'amico. «Non è poi così fredda, quando ti ci abitui» minimizza.

«Ma davvero?»

«No, in effetti no. Ho i piedi congelati, maledizione!» ridacchia.

«Bada a come parli» replico automaticamente, senza convinzione. «La diga è venuta bene, devo ammetterlo» continuo, ferma nel fango con le mani sui fianchi. «Cos'avete in mente di fare, se riuscite a finirla? Si formerà un lago enorme.»

«L'idea è quella!»

«Capito. Oddio, Eddie, sei letteralmente coperto di fango!» Ha le maniche del pullover sporchissime, dopo che le ha arrotolate con le mani infangate, e anche le gambe dei pantaloni di velluto su cui se le è asciugate. Sulla fronte ha una chiazza di fango e ciocche di capelli incrostate. «Come hai fatto a ridurti così? Guarda Harry, è ancora pulito!»

«Lui è più lontano dalla riva!» protesta Eddie.

«Questo è vero» ammetto.

Aggrappandosi al cappotto di Harry per tenersi in equilibrio, Eddie mi viene incontro, i piedi vacillanti sul letto di sassi del torrente.

«Non è ancora ora di pranzo? Sto morendo di fame» dichiara, poi si sbilancia e si piega in avanti per ritrovare l'equilibrio, affondando le mani nel fango gelato.

«Sì, quasi. Torna dentro a darti una ripulita. Potete finire benissimo più tardi. Prendi qua.» Tendo la mano e lui l'afferra, ma per uscire dal torrente si allunga troppo e mi strattona il braccio. «No, non tirare, Eddie! Così scivolo!» grido, ma è troppo tardi. Le gambe slittano sotto di me e mi siedo per terra a peso morto con un tonfo sonoro.

«Scusa!» ansima Eddie. Dietro di lui Harry fa una smorfia e uno strano sbuffo, e capisco che sta ridendo.

«Ma bene, lo trovate divertente?» chiedo, e mi rimetto in piedi scivolando, con il fango bagnato che mi s'intrufola nelle mutandine. Mi tiro su i pantaloni e vi lascio impresse grosse chiazze di fango. Eddie vacilla di nuovo e posa bruscamente un piede in avanti, riversando un'onda d'acqua sulla punta dei miei scarponcini. «*Eddie!*»

«Scusa!» ripete, ma questa volta non riesce a trattenere un sorriso e Harry ride più forte.

«Brutti marmocchi! Sto congelando! Beccati questo» dico, scegliendo il dito più infangato e strofinandolo sul naso di Eddie. «Prendine ancora un po'!»

«Caspita, grazie, Rick! E guarda qua... Questo è per te! Buon Natale!» Eddie raccoglie una manciata di fango e me la getta addosso. Atterra sul davanti del mio maglione grigio chiaro, insozzandolo. Resto a bocca aperta e abbasso gli occhi. Eddie si paralizza, come se improvvisamente temesse di essersi spinto troppo in là. Gratto via la maggior pare del fango, soppesandola nel palmo della mano.

«Tu-sei-morto!» urlo, avventandomi su di lui. Con una risatina stridula Eddie mi supera di slancio, risale la sponda e si tuffa nella boscaglia.

Impiego un po' a raggiungerlo, e devo buttare via il fango e promettergli una tregua prima che mi lasci avvicinare. Lo cingo con un braccio, più che altro per scaldarmi le dita tremanti. Harry ci è venuto dietro, ma adesso si ferma e alza gli occhi verso una pianta di biancospino dove due pettirossi stanno battibeccando.

«Lui non viene?» chiedo.

Eddie si stringe nelle spalle. «Non fa che fermarsi a guardare gli uccelli e roba del genere. Ci vediamo dopo, Harry!» urla, agitando la mano. Dovremmo entrare dal retrocucina, ma la porta è chiusa a chiave e non ci resta altra scelta che usare l'ingresso principale. Lasciamo le scarpe fuori, un gesto inutile dato che anche le calze sono tutte bagnate e infangate. Beth mette fuori la testa dalla cucina.

«Che diavolo avete combinato?» esclama, attonita. «Come avete ridotto quei vestiti?» Eddie ha l'aria un po' pentita, e mi lancia un'occhiata in cerca di sostegno.

«Ehm, mi sa che siamo tornati a quando avevamo otto anni» azzardo, dipingendomi un'espressione innocente sul volto. Beth mi scocca uno sguardo duro, ma non riesce a resistere e l'ombra di un sorriso le incurva la bocca.

«Forza, andate a cambiarvi tutti e due prima di venire a tavola» dice.

Telefono a mia madre nel pomeriggio, per accertarmi che sia tutto a posto e chiederle a che ora pensano di arrivare.

«Come vanno le cose lì? Come sta Beth?» mi chiede con quel tono distaccato che riconosco, il tono che riserva alle domande importanti. Faccio una pausa, tendendo l'orecchio per capire se mia sorella è nei paraggi.

«Mi pare che stia bene. Solo un po' di alti e bassi.»

«Ha detto qualcosa? Qualcosa sulla casa, magari?»

«No, qualcosa del tipo?»

«Oh, niente in particolare. Ho una gran voglia di vedervi, tutte e due, e anche Eddie, ovvio. Si sta divertendo lì?»

«Stai scherzando? Adora questo posto! Non lo vediamo praticamente mai, sta fuori tutto il giorno a giocare nei boschi. Mamma, posso chiederti un favore?»

«Ma sì, certo, dimmi pure.»

«Potresti recuperare la tua copia dell'albero genealogico che ci ha mandato Mary? Ti spiacerebbe portarla qui?»

«Sì, non c'è problema, sempre che la trovi. A cosa ti serve?»

«Devo solo controllare una cosa. Per caso hai mai sentito parlare di un figlio che Caroline avrebbe avuto prima di sposarsi con Lord Calcott?»

«No, mai, e farei molta fatica a crederci: era giovanissima quando si sposò. Da dove ti è uscita un'idea del genere?»

«È solo che ho trovato una fotografia... Te la farò vedere quando arrivi.»

«Va bene. Ma sappi che se hai delle domande sulla storia della nostra famiglia, dovresti farle a Mary. Con tutte le ricerche che ha fatto l'anno scorso...»

«Già, hai ragione. Be', adesso è ora che mi metta all'opera. Ci vediamo prestissimo.»

Non posso chiamare la zia Mary, la madre di Henry, non posso parlare con lei al telefono. Avverto una sensazione quasi insopportabile, come se l'aria mi si solidificasse nei polmoni. Al funerale di Meredith mi nascosi. Fu un gesto vergognoso: mi nascosi proprio da lei, dietro un grosso mazzo di gigli.

Voglio leggere qualcosa prima di dormire, così mi appoggio l'astuccio di Caroline sulle ginocchia e tiro fuori qualche altra lettera di Meredith. Alcune delle più vecchie risalgono agli anni che trascorse al college e parlano di una spietata insegnante di portamento, delle politiche dei convitti e delle spedizioni di shopping in città, poi cominciano le lettere solitarie dal Surrey. Ne faccio scorrere ancora qualcuna finché, infilata in una tasca dell'astuccio, trovo una busta con una scrittura completamente diversa. La carta all'interno è come una foglia secca, e la sfioro appena, spiegandola con la massima delicatezza. È un unico foglio, scritto con una grafia più grande di quella di Meredith e calcando energicamente la mano, quasi con urgenza. La data è il 15 marzo 1905.

Caroline,

ho ricevuto la tua lettera questa mattina, e mi ha destato non poca preoccupazione. Il tuo recente matrimonio e la tua delicata condizione sono motivo di grande giubilo, e nessuno potrebbe essere più soddisfatto di me nel vederti accasata con un uomo come Lord Calcott che, grazie alla sua posizione, può darti tutto ciò di cui hai bisogno per condurre una vita felice. Mettere inutilmente a repentaglio la tua situazione attuale sarebbe un gesto più che mai avventato. Qualunque sia la cosa che senti di dover confessare, ti invito caldamente a far sì che tutto ciò che è legato alla tua precedente esistenza in America rimanga in America, costi quel che costi. Non servirebbe a niente rivangare simili faccende, adesso. Sii grata per il nuovo inizio che ti è stato concesso, per la lieta circostanza del tuo inaspettato matrimonio, e che questa sia l'ultima volta che ne discutiamo. Se mai dovessi gettare imbarazzo o disonore su di te o sulla nostra famiglia, non mi resterà altra scelta che recidere ogni legame con te, per quanto il pensiero mi addolori.

Tua zia,
B.

La linea sotto le parole "rimanga in America" è stata vergata con un tratto pesante, violento, che ha quasi lacerato la carta. Nel silenzio che mi avvolge, dopo aver letto queste parole così dure ho l'impressione che tutti i segreti della casa si addensino come la polvere e le ombre negli angoli della stanza.

Alla Vigilia di Natale arrivano i nostri genitori, e vedere una macchina conosciuta infilare il vialetto sembra una specie di miracolo, la prova che un mondo esterno esiste, e che questa casa, Beth e io ne facciamo parte.

Avrei voluto che Eddie restasse qui stamattina – ne avevo discusso anche con Beth –, e invece si è alzato prima di noi ed è sgusciato fuori, lasciando una scodella vuota nel lavello della cucina, i cornflakes ormai stantii e mezzo bicchiere di succo di ribes sul tavolo.

«Mi spiace ma abbiamo perso vostro nipote» dico, mentre do un bacio a papà e lo aiuto a scaricare le valigie dal bagagliaio della macchina. Forse non era una gran battuta. La mamma esita.

«Che fine ha fatto Eddie?» chiede.

«Ha trovato un amico, Harry. Sta all'accampamento, insieme... Insomma, stanno sempre nel bosco. Non si fa quasi mai vedere, in questi giorni» dice Beth, e si capisce che è un po' infastidita.

«All'accampamento? Non vorrai dire...?»

«Dinny è qui. C'è anche suo cugino Patrick e altra gente» dico con noncuranza, ma non so trattenere un sorriso.

«Dinny? Stai *scherzando*?» replica mamma.

«Ma bene!» aggiunge papà.

«Mmh... Be', adesso avrai capito come ci sentivamo noi» dice la mamma a Beth, baciandola sulla guancia mentre entra in casa. Beth e io ci scambiamo un'occhiata, perché quell'idea non ci era nemmeno passata per la testa.

Beth somiglia a nostra madre. È sempre stato così, ma con il passare degli anni è ancora più evidente. Hanno la corporatura esile di Meredith, gli stessi lineamenti delicati del viso, le mani affusolate da artista. Meredith teneva i capelli corti e faceva la messa in piega, mentre la mamma preferisce lasciarli al naturale, e quelli di Beth sono lunghi, indisciplinati. Tutte loro hanno un qualcosa che a me manca. La grazia, suppongo. Io ho preso da nostro padre, sono più bassa, più robusta, e anche più sgraziata. Papà e io incespichiamo, le maniche ci si impigliano nelle maniglie, rovesciamo bicchieri di vino, andiamo a sbattere contro gli spigoli dei tavolini, le gambe delle sedie e il piano della cucina. Sono profondamente legata a questo mio modo di essere, perché l'ho preso da lui.

Beviamo un caffè e ammiriamo l'albero di Natale che ci è stato consegnato ieri e ora torreggia nella tromba delle scale. Credevamo di aver comprato troppe decorazioni, e invece non bastavano: sembrano un po' smarrite su questi rami enormi, ma le luci sfavillano e l'odore di resina s'insinua in ogni angolo della casa, come un costante promemoria della festività.

«Non ti sembra di avere un po' esagerato, tesoro?» chiede papà a Beth, che solleva appena le sopracciglia con aria sprezzante.

«La casa aveva bisogno di una ravvivata, per Eddie» replica.

«Ah, sì, hai ragione» ammette papà. Indossa un pullover rosso e ha i capelli grigi ritti in ciuffi disordinati, proprio come quelli di Eddie, e le guance rosate per aver bevuto il caffè caldo. Ha un volto buono, gioviale, lo specchio della sua natura.

Si sente un colpo alla porta, e quando vado ad aprirla trovo Eddie e Harry sulla soglia, come sempre trafelati e bagnati fradici.

«Ciao, Rick! Sono passato a fare un saluto alla nonna e al nonno, e ho detto a Harry che poteva venire a vedere l'albero. Può, vero?»

«Ma certo, però non fate un altro passo finché non vi siete tolti quelle scarpe!»

Eddie è sommerso da abbracci, baci e domande. Papà tende la mano a Harry, ma lui si limita a guardarla, confuso, poi si avvicina lentamente all'albero e si accovaccia per osservarlo dal basso, come se cercasse di coglierlo in tutta la sua grandezza e imponenza. Papà mi guarda con aria interrogativa, e a voce bassa gli dico: «Te lo spiego dopo». Decidiamo di trattenere Eddie, dato che non manca molto all'ora di pranzo, e rimandiamo a casa Harry con una scatola piena delle tortine natalizie di Beth, che lui assaggia attraversando il giardino con passo dinoccolato.

«Che tipo strano» osserva la mamma con gentilezza.

«È una bomba. Conosce tutti i posti migliori del bosco, sa dove andare per trovare i funghi e i nidi dei tassi» dice Eddie in difesa dell'amico.

«I tassi fanno le tane, Eddie, non i nidi, e spero che non avrai giocato con i funghi perché sono davvero molto pericolosi!» esclama la mamma. Eddie si fa serio.

«Harry sa quelli che si possono mangiare» borbotta, sulla difensiva.

«Non ne dubito. È tutto a posto, mamma» dico per rabbonirla. «I vecchi non sanno che "una bomba" è una cosa positiva» sussurro a Eddie. Lui alza gli occhi al cielo e corre di sopra a cambiarsi.

«Gli fa bene avere un amico con cui stare all'aperto. A scuola passa tutto il tempo al chiuso» dice Beth con decisione.

Mamma solleva una mano. «Non volevo criticare! Dio solo sa quanto tempo passavate nel bosco insieme a Dinny, voi due, quando venivate qui.»

«Non ti dispiaceva però, vero?» chiede Beth, ansiosa. È diventata incredibilmente sensibile alle mancanze di rispetto dei figli nei confronti dei genitori. Mamma e papà si guardano, e lui le sorride affettuosamente.

«No, direi proprio di no» risponde nostra madre. «Magari sarebbe stato carino se aveste voluto passare un po' più di tempo con noi...» Nel silenzio attonito che segue, Beth e io ci scambiamo un'occhiata colpevole e la mamma scoppia a ridere. «È tutto a posto, ragazze! Erano gli inizi della mia sindrome del nido vuoto, tutto qui.»

«Non so come farò quando Eddie andrà all'università. È già abbastanza difficile adesso che sta in collegio tutta la settimana» mormora Beth, incrociando le braccia.

«Ti mancherà da impazzire, lo vizierai in modo vergognoso quando tornerà a trovarti, e ti inventerai un nuovo passatempo, proprio come fanno tutte le madri, tesoro» le dice la mamma, posandole un braccio sulle spalle ossute.

«E comunque manca ancora un sacco di tempo» le faccio presente. «Ricordati che ha solo undici anni.»

«Sì, ma fino a cinque secondi fa era ancora un bimbo!» esclama Beth.

«Crescono in fretta» concorda papà con un cenno del capo. «E devi esserne felice, Beth! Dopo sei anni con un adolescente in giro per casa, non vedrai l'ora di mandarlo a studiare altrove, poco ma sicuro!»

«E poi pensa a tutti i momenti spassosi che ti aspettano, prima che se ne vada. I litigi per il coprifuoco, le lezioni di guida, le prime ragazzine che si fermeranno a dormire, le riviste porno che gli troverai sotto il letto... E quando al mattino lo vedrai con lo sguardo vuoto e ti chiederai che razza di droga abbia preso la sera prima...»

«Erica! Ti prego!» mi ammonisce la mamma, vedendo gli occhi di Beth sgranati per il terrore.

«Scusa» dico con un sorriso.

«Rick, secondo me tu insegni da troppo tempo» ridacchia papà. Mia sorella mi scruta, inarcando le sopracciglia.

«La sindrome della zia compiaciuta, ecco qual è il tuo problema. Puoi startene a guardare mentre io mi sorbisco questi casini, e ridere sotto i baffi quando mi vedi sbagliare tutto e strapparmi i capelli» dice in tono di accusa.

«Ma dài, Beth, sto scherzando. Non hai mai sbagliato un colpo come madre» mi affretto a dire, poi tutti rimaniamo in silenzio per un attimo, ripensando al suo tremendo passo falso di qualche tempo fa. «Venite ad assaggiare le tortine ripiene, Beth si è superata.»

Più tardi faccio vedere alla mamma le fotografie che ho cercato per lei. Dà un nome alle persone che non avevo riconosciuto: parenti molto lontani, gente ormai morta, che ha lasciato soltanto il proprio volto sulla carta e una traccia del suo sangue nelle nostre vene.

Le mostro quella di Caroline scattata a New York, in cui cinge il bambino con il braccio sinistro. Lei la osserva aggrottando la fronte.

«Be', questa è senz'altro Caroline, con quegli occhi così chiari! Era uno schianto, non trovi?»

«Ma cosa ci faceva a New York? E di chi è quel bambino, se con Lord Calcott si sposò solo nel 1905? Credi che avessero fatto un figlio prima del matrimonio?»

«In che senso "cosa ci faceva a New York"? Caroline *era* di New York!»

«Era americana? Com'è possibile che nessuno me l'abbia mai detto prima?»

«Com'è possibile che tu non te ne sia accorta, piuttosto, con l'accento che aveva...»

«Mamma, avevo cinque anni. Come potevo notare il suo accento? E poi era molto vecchia, quasi non parlava più.»

«Sì, forse hai ragione» ammette la mamma.

«Be', questo spiega perché era a New York nel 1904, ma chi è questo bambino?» insisto. La mamma fa un respiro profondo.

«Non ne ho idea» risponde. «Non è possibile che abbia fatto un figlio con Henry prima del matrimonio, sarebbe scoppiato uno scandalo terribile. Lo incontrò soltanto sul finire del 1904, quando si trasferì a Londra, e si sposarono nel 1905, poco dopo essersi conosciuti.»

«Allora era già stata sposata prima? Portò il figlio con sé?»

«No, mi sembra impossibile. Secondo me ti converrebbe proprio chiederlo a Mary. Per quel poco che so, quando Caroline arrivò da New York era una ricca ereditiera di ventuno o ventidue anni che sposò con una certa fretta quest'uomo titolato, e fine della storia.»

Annuisco, stranamente delusa.

«Forse era il figlio di un'amica, e Caroline era la sua madrina. Chi lo sa!» dice la mamma.

«Possibile» concordo. Riprendo la fotografia e la osservo da vicino. I miei occhi indugiano sulla mano sinistra di Caroline in cerca dell'anulare, ma è nascosto nelle pieghe dell'abito chiaro del bambino. «Ti spiace se la tengo per un po'?» chiedo.

«Ma no, cara, figurati.»

«Ho letto... alcune delle sue lettere. Le lettere di Caroline.» Sono stranamente riluttante a confessarlo, come se avessi sbirciato il diario segreto di qualcuno, per quanto defunto. «Hai l'albero genealogico? Tra le lettere ce n'è una di una certa zia B.»

«Eccolo qui. Ho paura che la parte relativa a Caroline sia un po' incompleta. A quanto pare, Mary era più interessata alla stirpe dei Calcott, e poi tutti i documenti della famiglia di Caroline saranno rimasti in America.» In realtà riguardo a Caroline non è indicato nulla, a parte i nomi dei suoi genitori. Niente zie o zii, solo un minuscolo ramo laterale prima che si congiungesse al tronco principale nel 1905. Caroline Fitzpatrick, così si chiamava all'epoca.

Studio il suo nome per qualche tempo, aspettandomi di scoprire non so bene cosa.

«In questa lettera sua zia, la zia B., dice che qualunque cosa fosse successa in America sarebbe dovuta rimanere in America, e che per nessuna ragione Caroline doveva mandare all'aria il suo matrimonio con Lord Calcott. Tu ne sai qualcosa?» domando. La mamma scuote la testa.

«No, niente di niente, purtroppo.»

«E se avesse avuto un figlio prima di trasferirsi qui e sposarsi?»

«Oh, in quel caso non sarebbe neanche riuscita a trovare un marito! Le ragazze di buona famiglia non potevano concedersi di avere un figlio illegittimo, all'epoca. Sarebbe stato impensabile.»

«Ma se invece fosse stata sposata con qualcun altro prima di Lord Calcott? Ho trovato una cosa su in soffitta, nel baule in cui Meredith aveva messo tutta la roba di Caroline. Sopra c'è scritto: "A un bravo figlio"» dico.

Mamma solleva appena le sopracciglia, pensosa. «Probabilmente era di Clifford. Che cos'è?»

«Non lo so, una specie di campanello. Più tardi vado a prenderlo e te lo faccio vedere.»

Ci siamo spostate in salotto. La mamma solleva le fotografie dal pianoforte, una per una, e mentre le esamina con attenzione, il viso è attraversato da diverse espressioni. Passa il pollice sul vetro che protegge la foto di nozze di Charles e Meredith, sfiorandolo delicatamente.

«Ti manca?» chiedo. In genere, quando muore la madre di qualcuno, è una domanda stupida, ma Meredith era diversa.

«Ma certo. Sarebbe difficile non sentire la mancanza di una persona capace di riempire una stanza come solo mia madre sapeva fare.» La mamma sorride, rimette giù la foto e strofina via le impronte dal vetro con il polsino soffice del cardigan.

«Perché era così? Voglio dire, così... *arrabbiata*?»

«Caroline era stata crudele con lei» risponde con un'alzata di spalle. «Non fisicamente, nemmeno a parole... e forse nemmeno intenzionalmente, ma chissà quali danni subisce un bambino quando gli viene negato l'amore.»

«Non riesco a immaginarlo. Non riesco a immaginare come una madre possa non amare il proprio figlio. Hai detto che era crudele con lei, ma in che modo?»

«Oh, giusto in un migliaio di piccoli modi» sospira la mamma, fermandosi un attimo a pensare. «Per esempio, Caroline non le comprò mai un regalo, nemmeno una volta. Né per il compleanno, né per Natale, neanche quando Meredith era ancora piccola. Non ricevette un regalo per il matrimonio o quando nacqui io, niente di niente. Puoi immaginare come una cosa del genere un po' alla volta possa... farti a pezzi?»

«Ma se non ha mai ricevuto un regalo, forse non sapeva nemmeno di doverseli aspettare.»

«Tutti i bambini sanno dei regali di compleanno, Erica, basta leggere un libro di fiabe per scoprirlo. E i domestici di solito le prendevano delle cosucce quando era piccola, perché la mamma mi ha detto quanto significassero per lei. Ricordo che mi parlò di un coniglio da compagnia che le aveva regalato la governante.»

«È... davvero triste» dico. «Si vede che Caroline non dava importanza ai regali.»

«Credo solo che il più delle volte non sapesse nemmeno che giorno era. Per dirla tutta, secondo me non sapeva neanche quand'era il compleanno di Meredith. Era come se non l'avesse nemmeno messa al mondo lei.»

«Ma se Caroline era una persona così terribile, perché Meredith le era tanto affezionata? Perché tornò a vivere qui con te e lo zio Clifford, alla morte di vostro padre?»

«Per quanto fosse una persona difficile, Caroline era pur sempre sua madre. Meredith la amava, e cercava in ogni occasione di... dimostrarsi degna di lei.» Mamma scrolla mestamente le spalle, apre il coperchio del pianoforte e preme il primo tasto. La nota si libra nell'aria, perfettamente intonata, riempiendo la stanza. «Non avevamo il permesso di suonare questo pianoforte, non prima di aver raggiunto un certo standard. Per esercitarci potevamo usare quello verticale nella cameretta, che già a quei tempi era vecchio e malmesso. Clifford non diventò mai abbastanza bravo, io invece sì, appena prima di partire per l'università.»

«Ci sono un sacco di lettere di Meredith, fra le cose di Caroline. Sembrano tutte tristissime, come se fosse praticamente sempre da sola, anche se era sposata.»

«Be'» sospira mamma «non ho ricordi di mio padre, perciò non so come andassero le cose prima della sua morte. Lei lo amava, e anche molto, credo. Forse troppo. Una volta Caroline mi disse che perdere l'amore in quel modo ti lascia dentro un vuoto che non si potrà mai colmare. Lo ricordo chiaramente, perché mi parlava così di rado, e lo stesso valeva per Clifford: sembrava quasi non accorgersi di noi bambini. In quell'occasione ero in giardino, stavo guardando mia madre, e quando Caroline parlò feci un salto perché non l'avevo sentita arrivarmi alle spalle.»

«Camminava ancora?»

«Ma sì, certo! Non è stata sempre vecchissima, sai?»

«Ma perché Caroline non amava Meredith? Non capisco.»

«Neanch'io, cara. La tua bisnonna era una donna davvero strana, molto altera. Certe volte andavo a sedermi vicino a lei e cercavo di parlarle, ma alla fine mi accorgevo che non aveva ascoltato una sola parola di quello che avevo detto. Non ti vedeva nemmeno, con quei suoi occhi grigi. Non mi meraviglia che Meredith si sia sposata così giovane: sarà stata entusiasta di trovare qualcuno che la ascoltasse!»

«È un miracolo che tu sia così normale. Sei una mamma fantastica.»

«Ti ringrazio, Erica. Bisogna dire che tuo padre mi ha dato una mano. Il mio principe azzurro! Se fossi tornata a vivere qui dopo la laurea, se fossi rimasta talmente tanto da non sopportare più nessuna delle due... chissà!»

«Forse non tutti siamo tagliati per essere genitori. Non credo che Meredith fosse molto affettuosa...»

«No, eppure era una buona madre, in linea di massima. Era severa, certo, ma quando eravamo piccoli non era... caustica come diventò quando eravamo tornati a vivere qui da qualche anno. Caroline cominciò a indebolirsi, e aveva sempre più bisogno di cure. Ho l'impressione che a mia madre desse un gran fastidio. Con noi fece del suo meglio, ma credo che non abbia mai superato la perdita di mio padre, né la delusione di vedere la sua vita cominciare e finire qui, con lei e Caroline rinchiuse nella stessa casa. Eppure Clifford e io siamo cresciuti bene, o sbaglio?» domanda con un'espressione triste. Attraverso la stanza e la abbraccio.

«Benissimo.»

«Sono passato a prendere un po' di baci!» annuncia papà, venendoci incontro con un ramo di vischio e un sorrisetto.

Dopo cena mettiamo tutti i regali sotto l'albero. Eddie sembra proprio un ometto, con indosso la sua vestaglia blu con le iniziali, il pigiama a righe e le pantofole rosse di feltro. Controlla i bigliettini dei regali e dispone ciascun pacchetto con cura. Beviamo brandy ascoltando i canti natalizi. La casa è sferzata da scrosci di pioggia così violenti da sembrare manciate di ghiaia gettate contro i vetri. Mi fanno rabbrividire.

Verso mezzanotte la pioggia cessa, le nuvole si diradano e una luna splendente accende il cielo notturno, illuminando i rampicanti verdi sulla tappezzeria della mia stanza, l'armadio, la finestra ad arco affacciata sul vialetto. C'è una colonia di cornacchie nel castagno spoglio qui fuori, i nidi ammucchiati tra i rami esili. Non riesco ad addormentarmi. Il mio cervello si rianima di scatto non appena mi sto lasciando andare al sonno, abitato da una schiera di volti, nomi e ricordi che mi confondono. Il brandy mi fa questo effetto, a volte. Devo sbrogliare i pensieri da questa matassa aggrovigliata uno per uno, liberarli dalla mia mente e lasciarli scivolare via. I ricordi di Dinny, però, non li lascio andare. Ricordi nuovi, da aggiungere a quelli che già avevo, lieti e consumati. Adesso so che aspetto ha nella luce invernale, sotto la pioggia, davanti al fuoco, so che effetto gli fa l'alcol, so come vive, so che quell'ampio, indolente sorriso dell'infanzia è mutato, diventando un fugace scintillio di denti nelle tenebre del suo volto. So che ce l'ha con noi, con Beth e me, e tra non molto, forse, potrò cominciare a capire il perché.

La mattina di Natale trascorre in un vortice caotico e confortante di cibi da preparare, bottiglie di champagne e mucchi di carta da regalo strappata. Papà aiuta Eddie ad aprire la sua nuova console per i videogame, e la testano sull'inadeguato televisore dello studio, mentre noi donne occupiamo la cucina. Il tacchino entra a stento nel forno. Dobbiamo infilarci dentro le zampe con la forza, e in questo modo le estremità premute contro le pareti si anneriscono.

«Non ha importanza, tanto vogliono tutti il petto» dice la mamma a Beth, che agita nervosamente una mano tra le volute di fumo che si levano dal forno. Ci vorranno ore perché cuocia, e con la scusa di un leggero mal di testa mia sorella si congeda e va a coricarsi, ma prima di uscire ci rivolge uno sguardo muto, corrucciato. Sa che ora parleremo di lei. Non ho idea se dormirà oppure se ne resterà sdraiata a fissare le crepe nel soffitto traendone chissà quali perle di saggezza, o a guardare i ragni avviluppare il paralume con le loro tele. Spero che riposi.

Mamma e io ci abbandoniamo sulle sedie della cucina e ci

stringiamo le mani sopra il tavolo. La smania di parlare di Beth ci mette in imbarazzo, e le parole si fanno attendere. Sono io a rompere il silenzio.

«Ho trovato un sacco di ritagli di giornale con le fotografie, in uno dei cassetti di Meredith. Parlavano di Henry» aggiungo, inutilmente. La mamma sospira e ritira le mani.

«Povero Henry» dice, e si passa le dita sulla fronte per spostare un capello immaginario.

«Già. Negli ultimi tempi ho pensato molto a lui, a quello che è successo...»

«In che senso, a quello che è successo?» chiede la mamma in tono brusco. Alzo gli occhi dall'unghia del pollice che stavo stuzzicando.

«Niente, al fatto che è svanito nel nulla. Alla sua scomparsa» dico.

«Ah.»

«Perché? Cosa credi che gli sia successo?»

«Non lo so! Non ne so proprio niente. Per un attimo ho pensato che... che magari voi ragazze sapeste più di quanto ci stavate dicendo...»

«Credi che c'entriamo qualcosa?»

«Ma no, figurati! Però pensavo che magari steste proteggendo qualcuno.»

«Dinny, vuoi dire» replico.

«E va bene, sì, Dinny. Aveva un bel caratterino, il vostro giovane eroe, ma Henry è sparito, Erica! Lo hanno preso, ne sono sicura. Qualcuno se l'è portato via, fine della storia. Se gli fosse successo qualcosa qui nella nostra proprietà, una cosa qualunque, la polizia avrebbe trovato qualche traccia. Se lo sono portato via, non c'è altro da dire» conclude, ritrovando la calma. «Fu una cosa terribile, davvero terribile, ma la colpa non è di nessuno se non della persona che l'ha preso. Ci sono tipi pericolosissimi in giro, e Henry ha avuto la sfortuna di incontrarne uno.»

«Immagino di sì» convengo. Niente di tutto questo mi suona vero, convincente.

«Non parliamone oggi, ti va?»

«Va bene.»

«Com'è stata Beth?»

«Non una favola, ma ora va un po' meglio. Siamo andate a una festa all'accampamento, l'altra sera. Ha scambiato due chiacchiere con Dinny, e mi è sembrato che si sia ripresa un po', poi, adesso che siete arrivati anche tu e papà...»

«Siete andate a una *festa* con *Dinny*?» La mamma ha l'aria incredula.

«Sì. Perché?»

«Be'» dice con un'alzata di spalle «è solo che mi sembra così strano, dopo tutti questi anni, riallacciare i rapporti con lui...»

«Non stiamo riallacciando i rapporti con lui, però siamo vicini di casa, adesso, almeno per il momento. Lui è... oh, non è poi cambiato molto, e nemmeno io, perciò...» Per un terribile istante temo che arrossirò.

«Era innamorato perso di Beth, sai, quando avevano dodici anni» dice la mamma, e ripensandoci sorride. «Dicono che il primo amore non si scorda mai.»

Finisco il mio champagne e mi alzo per recuperare la bottiglia. La vampata di calore alle guance non passa, minacciando anzi di trasformarsi in lacrime. «Forza. Queste patate non si peleranno da sole!» Sorrido e le porgo un coltello per sbucciarle.

«Quanto si riposerà Beth?»

«Un'oretta, credo. Quanto basta per evitare di pelare le patate, stanne certa.»

Devo aguzzare gli occhi nel buio incombente. Non sono ancora le cinque e non mi vedo già più i piedi. Si impigliano nei ciuffi d'erba, nei rametti, nelle radici che non riesco a scorgere. Sono venuta a recuperare Eddie. Faccio un salto all'accampamento, ma tutto tace. Non ho ancora capito a chi appartenga ciascun veicolo, e poi sembrano così sigillati, barricati contro il mondo esterno, che non trovo il coraggio di andare a bussare chiedendo di Harry e Eddie. Mi addentro nel bosco, ma l'oscurità è ancora più fitta qui. Avrei dovuto portare una torcia, la notte sta calando alla svelta.

«Eddie!» chiamo, ma la mia voce risuona pateticamente. Rivedo gli schieramenti compatti delle squadre di ricerca che perlustrarono questo stesso bosco ventitré anni fa. Erano passati cinque giorni dalla scomparsa di Henry, eppure non si arrendevano. Erano scuri in volto, i cani tiravano al guinzaglio e le ricetrasmittenti crepitavano. "Henry!" Le loro grida erano sonore e chiare, ma al tempo stesso innaturali, quasi imbarazzate, come se sapessero che stavano pronunciando quel nome invano, che soltanto le loro orecchie lo avrebbero sentito. C'era un tempo orribile quel fine settimana, dopo tutto erano gli ultimi giorni di agosto. La coda dell'uragano Charley si stava abbattendo sulla Gran Bretagna con sferzate di vento e pioggia. «*Eddie!*» ritento, più forte che posso. Il silenzio, quando i miei piedi goffi si fermano, è stupefacente.

Emergo dal bosco oltre lo stagno. Il tumulo non è che un vago rilievo all'orizzonte. Dirigendomi verso casa, rasento il campo seguendo la palizzata e vedo alcune figure – due grandi e una piccola – prendere forma lentamente sulla riva. Faccio un respiro profondo e un brivido mi percorre la schiena. Non avevo realizzato quanto fossi spaventata. Harry, Eddie, Dinny. Potrebbero essere i tre protagonisti di una storiella per ragazzi, e ora eccoli qui allo stagno, il giorno di Natale, a far rimbalzare sassi sull'acqua all'imbrunire.

«Chi va là?» dice Eddie, quando si accorgono della mia presenza. La sua voce è stridula, infantile.

«Sono io, stupidotto» replico, facendomi beffe della mia paura a spese sue.

«Oh, ciao, Rick» dice. Harry lancia un urlo bizzarro, il primo vero suono che sento uscire dalla sua bocca, e mi corre incontro lungo la riva a passi lunghi e sgraziati. Trattengo il fiato temendo che possa scivolare e cadere in acqua, ma non succede. Mi porge un sassolino, piatto, quasi triangolare. Riesco a malapena a distinguere il suo sorriso.

«Vuole che tu faccia un tiro» dice Dinny. Li raggiungo muovendomi con cautela. Rigiro il sasso nella mano. È caldo, liscio.

«Sono venuta a prendere Eddie. Sarebbe già dovuto rientrare, è buio pesto qua fuori» dico a Dinny. Mi sento vulnerabile, in pericolo. L'acqua è una pozza di oscurità sotto di noi.

«Bisogna dare il tempo agli occhi di abituarsi, tutto qui» replica Dinny, mentre gli altri tornano ai loro sassi, all'acqua piatta e nera, alla conta dei fiori bianchi nel crepuscolo.

«Dovremmo comunque rientrare. Ci sono qui i miei genitori...»

«Ah, sì? Salutameli.»

«Va bene.» Sono ferma accanto a lui, talmente vicina che le nostre maniche si sfiorano. Non mi preoccupo di stargli troppo addosso, ho bisogno di avere qualcosa abbastanza vicino da potermici aggrappare, qualcosa a cui ancorarmi. Sento il suo respiro tra gli echi dello stagno.

«Lo lanci quel sasso o no?» Ha l'aria divertita, ma sempre un po' ironica.

«Non riesco quasi a vedere l'acqua.»

«E allora? Ti basta sapere che è lì» ribatte guardandomi di sottecchi. Non è nient'altro che una sagoma nel buio, e vorrei posare le mani sul suo viso per sentire se sta sorridendo.

«E va bene, lo tiro.» Mi avvicino lentamente all'argine e poggio il piede in un punto sicuro. Mi accovaccio, faccio roteare il braccio, e dopo aver mollato il sasso ne seguo la traiettoria verso la superficie dell'acqua color ossidiana. "Uno, due, tre..." Conto mentalmente i rimbalzi e poi incespico, ho un senso di vertigine, il piede slitta sul bordo dell'argine. Trattengo il fiato.

«Tre! Che schiappa! Harry ne ha fatti sette poco fa!» mi grida Eddie. Sento le mani di Dinny sotto le braccia, la sua mole rassicurante mentre mi rimette in piedi. Il panico mi stringe il petto.

«Non è la serata migliore per farsi un bagno, direi» mormora. Scuoto la testa, sollevata che non possa vedere il mio volto, gli occhi lucidi di lacrime.

«Forza, Eddie, rientriamo» dico affannosamente.

«Ma ho appena...»

«Subito, Eddie!» Mio nipote sospira, e con un gesto solenne consegna a Harry i sassi che teneva in mano. Producono un suono caldo, allegro, passando da un palmo all'altro. Mi allontano dalla riva, tornando verso casa.

«Erica!» mi chiama Dinny. Mi volto e lui esita. «Buon Natale» dice. Capisco che non è quello che avrebbe voluto dire, e vorrei sapere che cosa fosse, solo che in questo momento non trovo la forza di chiederglielo.

«Buon Natale, Dinny» rispondo.

La perdita

1903-1904

L'estate si dilatava, e il corpo di Magpie maturava di pari passo, dando l'impressione di crescere un giorno dopo l'altro insieme al bambino che portava dentro. La ragazza si muoveva con una grazia singolare, risoluta come sempre ma mai avventata, spostando con cura la sua nuova mole fra i mobili e attraverso la porta del rifugio in cui viveva con Joe. Caroline la guardava e si interrogava, il cuore colmo di sospetti che passava dal negare al confermare tra sé una ventina di volte al giorno. E più di ogni altra cosa, era gelosa. Sentiva un misto di nausea e debolezza e qualcosa di oscuro e amaro, ogni volta che vedeva il corpo della ragazza indiana ingrossarsi. E se esisteva una sola cosa capace di spingerla fuori casa sotto il sole estivo, era proprio questo.

La casa di legno non aveva speranze di tenere fuori il calore come sapevano fare le pareti in arenaria di New York. E poi, rifletteva Caroline, il caldo di New York non era niente se paragonato a quello, e prima di allora non era mai stata costretta a sfacchinare sotto temperature del genere. Ma la compostezza di Magpie e le esortazioni che Hutch le aveva rivolto a Capodanno avevano fatto presa su di lei, così, un mattino in cui il tempo era nuvoloso e appena più fresco del solito, decise di uscire di casa. Preparò un cestino con un cocomero appena maturato, qualche biscotto e una bottiglia di acqua tonica, annodò il nastro del cappellino da sole sotto il mento e si incamminò verso la fattoria più vicina, di proprietà di una famiglia irlandese, i Moore. Sorgeva una decina di chilometri a nordovest, e Caroline, pur non avendo idea di cosa significasse camminare per dieci chilometri, aveva sentito Corin dire che un uomo poteva tranquillamente percorrerne sei in un'ora. Partendo di prima mattina, pensò, sarebbe arrivata in tempo per prendere un caffè e magari un boccone per pranzo, e poi tornare indietro con un margine sufficiente ad aiutare Magpie a preparare la cena. Disse alla ragazza dov'era diretta e raddrizzò le spalle quando Magpie le rivolse uno sguardo incredulo per poi battere le palpebre lentamente, come una civetta.

Camminò per un'ora, ammirando dapprima i fiori sulle piante di menta e verbena selvatica e raccogliendone un mazzolino da offrire ai Moore, ma ben presto il cestino che portava sul braccio divenne un peso morto e le irritò la pelle. Era madida di sudore anche se il cielo era coperto, e la testa le formicolava sotto il cappellino. La sottana, aggrovigliata e punteggiata di capolini di cardo, le ondeggiava pesantemente attorno alle gambe facendola inciampare. Il terreno sabbioso e lievemente ondulato faceva presa sotto le scarpe, rendendo la camminata più faticosa di quanto avesse creduto. Risalì un lungo declivio arrancando lentamente, convinta che dalla cima avrebbe scorto la fattoria dei vicini, ma non fu così. Respirando affannosamente, vide il paesaggio srotolarsi davanti a lei a perdita d'occhio. Posò a terra il cestino, girò su se stessa e fissò l'orizzonte ininterrotto. Il soffio del vento caldo faceva ondeggiare l'erba alta, che vista da lontano sembrava un oceano verde e dorato. Il vento recava con sé un odore di terra secca e artemisia, e le sussurrava nelle orecchie una nota bassa e lamentosa.

«Non c'è niente qui» mormorò Caroline tra sé, e in quel momento qualcosa a metà fra il panico e la rabbia si risvegliò in lei. «Non c'è *niente qui*!» gridò, con tutta la voce che aveva. Sentì la gola secca e infiammata. Il vento si portò via le sue parole senza darle risposta. Si lasciò cadere sulla sabbia della prateria e si sdraiò per riposare. Cielo sconfinato sopra di lei, terra sconfinata tutt'attorno. Se non si fosse più alzata, pensò, se fosse rimasta dov'era, solo i dingo e le poiane avrebbero potuto trovarla. Era un pensiero incontrollabile, terrificante.

Quando si decise a tornare verso casa senza aver raggiunto la fattoria dei Moore, per poco non si lasciò sfuggire il ranch. Aveva deviato verso nord di un paio di chilometri o forse più, e solo per puro caso notò il fumo levarsi dal capanno delle provviste sulla destra, dove un silenzioso negro della Louisiana di nome Rook stava probabilmente preparando la cena per i braccianti. Allora si diresse verso sud, le gambe tremanti per la stanchezza. Aveva la bocca riarsa e la pelle del viso, dopo una giornata sotto la luce spietata e il vento caldo, era tirata e pungeva. Dietro di sé avvertiva la vastità della prateria, e al di là del ranch i pascoli si estendevano in ogni direzione. I corral, le palizzate, i campi di grano e melica che il marito aveva ritagliato per sé erano penosamente piccoli. Il ranch era un'isola, un piccolo atollo di civiltà in un mare sconfinato, screziato, e quando finalmente raggiunse la casa, boccheggiando per riprendere fiato e gettandosi alle spalle i fiori avvizziti, chiuse la porta e scoppiò in lacrime.

Quella sera, per quanto fosse spossata, Caroline non riusciva a prendere sonno. Le nubi si diradarono al calare della notte, e una brillante luna piena rischiarò il cielo. Non era questo, però, a tenerla sveglia, ma il fatto di avere appena intuito quanto in realtà fosse vasta e deserta la terra nella quale ora viveva. Si sentiva risucchiata, minuscola, invisibile. Voleva crescere, espandersi, occupare più spazio in qualche modo. Voleva essere importante. L'aria in camera da letto era soffocante, satura dell'indolenza estiva. Al suo fianco Corin russava piano, il viso affondato nel cuscino, le braccia abbandonate lungo i fianchi. La luna delineava il contorno della sua muscolatura, e la linea netta tra l'abbronzatura del collo e il pallore della schiena. Caroline si alzò, prese una coperta e uscì.

Stese la coperta tra i cocomeri e vi si sdraiò. Qualcosa sgattaiolò via in mezzo al fogliame vicino al suo viso, facendola rabbrividire. Non udì altri suoni, neanche quando tese l'orecchio per cogliere eventuali movimenti nella casa dei mandriani, qualsiasi rumore che preannunciasse l'arrivo di un bracciante. A quel punto sollevò la camicia da notte, lasciando coperto soltanto il seno e denudando la metà inferiore del corpo sotto il cielo notturno. Le anche sporgenti proiettavano ombre nella luce argentea. Il cuore le batteva forte nel petto, e tenne gli occhi aperti per fissare il cielo pieno di stelle. Cominciò a contarle, perse il filo e ricominciò da capo, e poi ancora, senza sapere quanto tempo fosse rimasta sdraiata lì né dove fosse. D'un tratto la porta sbatté dietro di lei, seguita da alcuni passi irregolari, e poi Corin la afferrò sotto le braccia e la tirò su.

«Cosa c'è? Qualcosa non va?» sussultò Caroline. Nell'oscurità, il volto di Corin era teso per la paura, gli occhi sgranati. Vedendo che era sveglia e stava bene, il marito allentò la presa con un sospiro di sollievo e si prese il volto tra le mani.

«Cosa ci fai qua fuori?» borbottò. «Stai bene?»

«Sto... bene. Stavo solo... Faceva così caldo in camera...» Caroline si affrettò ad abbassare la camicia da notte.

«Ma qua fuori fa altrettanto caldo! Che stavi facendo, perché eri nuda?» domandò. Caroline si allarmò vedendo che Corin tremava. Si morse il labbro e distolse lo sguardo.

«Un bagno di luna» disse lei.

«Cosa?»

«Stavo facendo un bagno di luna... Angie mi ha detto che poteva servire» spiegò lei a voce bassa. In cuor suo aveva riso di una simile superstizione, la prima volta che la vicina gliene aveva parlato, ma ormai sembrava disposta a provare di tutto.

«Servire a che? Amore, dici cose senza senso!»

«Servire a far rimanere incinta una donna. Sdraiarsi sotto la luna e lasciarla splendere sul proprio corpo» rispose Caroline, imbarazzata.

«E tu le hai creduto?»

«No, per niente. È solo che... *Perché* non sono ancora incinta, Corin? È passato più di un anno!» gridò. «Non capisco.»

«Non capisco neanch'io» sospirò Corin. «Ma sono convinto che per queste cose bisogna aspettare il momento giusto, tutto qui. Un anno non è poi tanto! Sei giovane e... per te è stato un cambiamento enorme trasferirti qui per stare con me. Prima o poi succederà, amore, e ti prego, cerca di non preoccuparti.» Le sollevò appena il mento con la punta delle dita. «Torna dentro adesso.»

«Corin... perché eri così spaventato un attimo fa?» chiese Caroline mentre si alzava in piedi faticosamente, con le membra intorpidite.

«Come? Quando?»

«Un attimo fa, quando mi hai trovata qua fuori. Sembravi così preoccupato! Perché? Cosa credevi che fosse successo?»

«C'era una donna a Woodward, un paio d'anni fa... Lascia stare. Pensavo solo che potesse esserti successo qualcosa, ma stai bene, e non c'è niente di cui preoccuparsi...» la rassicurò Corin.

«Dimmelo, ti prego» insistette lei, avvertendo la sua riluttanza. «Cos'è successo a quella donna?»

«Be', pare che soffrisse molto il caldo, proprio come te, e sentiva anche la nostalgia di casa sua, in Francia, e così cominciò a dormire in cortile per stare al fresco, ma una notte... una notte lei...» Corin strinse i pugni nel buio mentre cercava un modo per dire la verità senza dirla.

«Lei cosa?»

«Si tagliò la gola» disse lui tutto d'un fiato. «Con tre figli che l'aspettavano a casa e tutto il resto.» Caroline deglutì convulsamente, la gola serrata nell'immaginare un simile atto di violenza.

«E tu credevi che io... mi fossi fatta la stessa cosa?» sussurrò.

«No! No, amore. Ero solo in pensiero per te, nient'altro.» La riaccompagnò in camera da letto e disse che avrebbe aspettato sveglio finché non si fosse addormentata, ma ben presto il suo russare sommesso riprese, mentre Caroline rimase a fissare il soffitto.

Cominciò a chiedersi come Corin passasse il tempo. In precedenza, non si era mai posta davvero il problema. Lui le faceva sempre un resoconto delle sue giornate mentre cenavano, ma come poteva sapere che stesse dicendo la verità? Come poteva sapere quanto ci volesse a radunare le bestie che erano scappate, a inseguire i ladri, a marchiare i nuovi manzi, a fare accoppiare lo stallone Apache con una cavalla da riproduzione, a riparare le staccionate, ad arare o seminare o mietere i campi di grano, a falciare il fieno, a fare una qualsiasi di queste cose? Per giunta, Corin non avrebbe avuto problemi a mandare Joe da qualche parte, se lo voleva fuori dai piedi, e spesso Magpie se n'era già andata da un'oretta quando Corin rincasava per cena. C'erano volte, moltissime volte, in cui non aveva idea di dove fossero quei due, e il modo in cui aveva toccato Magpie quel giorno, in cui aveva posato le mani sul suo ventre alla festa di Woodward...

Caroline pensava a questo mentre giaceva sveglia a letto, e quando sedeva nel silenzio assordante, al termine di ogni giornata, aspettando il ritorno di Corin. Non appena vedeva il marito le sue paure svanivano, ma quando era sola proliferavano come erbacce. La sola consolazione era che Magpie le sembrava bruttina, per via dei suoi capelli ruvidi, del grasso, di quel viso dalle fattezze aliene. Notava queste cose e ripensava agli elogi di Corin alla sua bellezza.

Ma in una dura giornata d'agosto, quando i pascoli erano sbiancati da un sole alto e inclemente, Caroline si vide portare via anche questa consolazione. Magpie era alla finestra della cucina, di profilo, il fianco appoggiato alla panca mentre pelava le carote con un coltello corto e appuntito. Stava cantando come sempre, sul viso un'espressione dolce, le mani indaffarate. Caroline la guardava attraverso la porta aperta dalla stanza principale, dietro un libro che stava fingendo di leggere, e rimase sorpresa quando udì un momento d'incertezza nel placido canto della ragazza. Magpie si fermò, lo sguardo perso nel vuoto, e si posò una mano sul ventre gonfio. Accennò un sorriso, poi riprese a cantare e a lavorare. Caroline capì che il bambino si era mosso: era sveglio, vivo dentro di lei, e stava ascoltando il canto della madre. Deglutì e si portò una mano al ventre. Non era solamente piatto, era concavo, non c'era quella carne opulenta e accogliente, quella sfacciata vitalità. Sentiva le costole e le anche, legnose e aguzze.

Quanto sembrava duro, arido e morto il suo corpo, paragonato a quello di Magpie, come una buccia secca, come la pula che gli uomini scartavano dal grano. Guardò di nuovo la ragazza, le si serrò la gola, e per un secondo non poté respirare. Il sole, riversandosi dalla finestra, esaltava la lucentezza dei folti capelli neri di Magpie, il contorno curvo e pieno del suo labbro superiore, gli occhi a mandorla, il colore caldo della sua pelle. Era bellissima.

L'indomani, prima che facesse giorno, mentre Corin si rigirava poco prima di svegliarsi, Caroline andò in cucina in punta di piedi, gli versò una tazza di tè freddo e tagliò due spesse fette di pane dalla pagnotta del giorno prima, spalmandole di miele. Gli offrì questi doni mentre lui si metteva a sedere, battendo le palpebre nel bagliore cinereo del giorno che stava per nascere.

«Colazione a letto. Un tempo la facevo sempre, al sabato» gli disse sorridendo.

«Oh, grazie, mi fai sentire un re!» Corin le diede una carezza e bevve un lungo sorso di tè, mentre lei impilava i cuscini contro il muro dietro di lui.

«Mettiti comodo un momento, amore. Non c'è bisogno che scappi via subito» lo incalzò.

«Rimandare un lavoro non serve a finirlo più in fretta» sospirò mestamente.

«Solo cinque minuti» lo supplicò. «Assaggia un po' di pane. Ci ho spalmato sopra il miele che Joe ha raccolto per noi.»

«Quell'uomo fa miracoli con le api» assentì Corin. «Non ho mai visto niente del genere. Lui va dritto all'alveare e ci infila dentro il braccio, così, e non l'hanno mai punto nemmeno una volta.»

«Qualche stregoneria indiana, magari?»

«O è quello, oppure ha semplicemente la pelle più dura di qualunque altro uomo al mondo» rifletté Corin. Caroline pensò a Joe, ai suoi inflessibili occhi neri e alla pelle come la corteccia di un albero, e rabbrividì leggermente, chiedendosi come Magpie potesse sopportare di andare a letto con lui.

«Corin?»

«Sì?»

«Sai, è passato più di un anno ormai da quando ci siamo sposati e, be'... non siamo mai più tornati a nuotare al laghetto, come in occasione della nostra luna di miele.»

«Lo so. Lo so bene, Caroline. È così difficile trovare il tempo» replicò Corin, appoggiando la testa contro i cuscini, il volto ancora assonnato.

«Ci possiamo andare presto? È solo che... voglio passare la giornata con te. Tutta la giornata... Non lo facciamo praticamente mai, con tutto il lavoro che hai da fare...»

«Oh, non saprei. C'è davvero troppo da fare in questo periodo dell'anno! Abbiamo la più stupida mandria di bestiame che si sia mai vista nel ranch. Alla prima occasione sfondano le palizzate, vagano per i campi e finisce sempre che qualche animale resta intrappolato nel torrente, incastrato nel filo spinato o chissà cos'altro. Magari tra una settimana. Tra una settimana o due... Che ne dici, tesoro?»

«Mi avevi promesso che lo avremmo fatto» disse lei con un filo di voce.

«E lo faremo. Lo faremo» insistette lui.

Poco dopo, Corin si alzò, si infilò i vestiti, accarezzò con delicatezza i capelli di Caroline e la baciò sopra la testa prima di spostarsi in cucina a preparare il caffè. Lei rimase seduta ad ascoltare il rumore metallico del bollitore sulla stufa, e si sentì travolgere da una stanchezza mai provata. Per un istante credette che non avrebbe trovato la forza di alzarsi, di vivere un'altra giornata dal principio alla fine. Ogni osso del suo corpo sembrava di piombo. Ciò nonostante, fece un profondo respiro, si alzò e lentamente cominciò a vestirsi.

Alla fine di settembre Joe si presentò a casa in un pomeriggio piovoso con il cappello tra le mani, gli occhi ridotti a una fessura sotto lo scroscio incessante e un'espressione calma e impenetrabile. Caroline sorrise, ma si ritrasse istintivamente da lui, e nel farlo vide lo sguardo dell'uomo indurirsi.

«È per Magpie. Ci siamo. Vorrebbe che andaste là» disse Joe.

«Che andassi dove? Perché?» chiese Caroline, disorientata.

«Che andaste da lei per aiutare il bambino» spiegò Joe con il suo accento gutturale. Il tono era incolore quanto l'espressione del viso, eppure Caroline aveva la vaga impressione che Joe non condividesse affatto la richiesta della moglie. Esitò, e il cuore prese a batterle più velocemente. Sarebbe dovuta entrare nel rifugio. Per quanto si fosse abituata ad avere Magpie in giro per casa, non poteva fare a meno di pensare a quell'abitazione bassa e mezza infossata come alla tana di qualche animale.

«Ho capito» disse a bassa voce. «Ho capito.»

«Potete sentirvi onorata» dichiarò Joe con solennità. «È un compito riservato alla famiglia.»

Vi fu un lungo momento di silenzio, in cui Caroline rimase come paralizzata sotto lo sguardo imperscrutabile di Joe. Poi rientrò in casa, si calcò il cappello in testa e si tolse il grembiule. Il panico le serrò la gola: non aveva esperienza con il parto, non aveva idea di come aiutarla. Non era nemmeno sicura di volerlo fare.

Fuori, Joe mostrò il primo e unico segno d'impazienza che Caroline avesse mai visto in un Ponca. Si rigirò il cappello tra le mani e lanciò un'occhiata verso il rifugio, dove si trovava la moglie in travaglio. A quel punto Caroline sentì una fitta di rimorso e uscì di corsa, tenendo gli occhi bassi mentre camminavano per non vedere la spaventosa distesa di campi attorno a loro. Dopo la sua trasferta fallita alla fattoria dei Moore, il paesaggio aperto della contea di Woodward le suscitava un terrore incontrollabile. Una tale vastità sembrava demolire i pensieri, esercitando una pressione insopportabile dietro gli occhi. Ebbe l'impulso di correre, di gettarsi di nuovo dentro casa prima di disintegrarsi nel cielo sconfinato. I piedi sguazzavano nel fango, e ben presto Caroline si trovò con l'orlo dell'abito inzuppato d'acqua e macchiato di terra rossa.

Tre gradini portavano nel rifugio immerso in un'oscurità calda, soffusa, illuminata da una lampada al cherosene che lottava contro le tenebre. C'era un odore intenso, un misto di fumo della stufa, pelli di animali ed erbe che Caroline non seppe riconoscere. Il sangue le martellò nelle tempie quando vide gli occhi di Magpie, di Nuvola Bianca e della sorella di Joe, Annie, posarsi su di lei. Joe rimase fuori e scomparve nella pioggia. Il volto di Magpie era madido di sudore, gli occhi sgranati e impauriti. Le altre donne avevano un'espressione guardinga, non ostile, ma schiva.

«Joe... mi ha detto di venire. Ha detto che avevi... che avevi chiesto... che venissi?» balbettò Caroline. Magpie annuì e accennò un sorriso prima che il suo corpo fosse scosso dalle convulsioni, poi digrignò i denti con un'espressione sconvolta. «Come posso aiutarti? Non so cosa fare!» disse Caroline con voce tremante. Nuvola Bianca pronunciò qualche frase serrata nella lingua dei Ponca, poi le porse un piccolo secchio di legno riempito di acqua piovana e un panno pulito. L'anziana donna fece il gesto di immergere il panno nell'acqua e si premette una mano sulla fronte, indicando Magpie. Caroline annuì, si inginocchiò accanto alla ragazza in travaglio, le tamponò il volto madido con l'acqua fredda, e nel compiere un gesto così intimo temette che Magpie in qualche modo avrebbe letto nel suo cuore turbato.

Nella penombra Nuvola Bianca intonò un canto sommesso e monotono che cullò tutte loro, al punto che Caroline non aveva idea di quanto tempo fosse passato, se ore, minuti, oppure giorni. Le parole erano aspre, indistinte, e all'orecchio di Caroline quella nenia somigliava alle lunghe, interminabili raffiche del caldo vento della prateria. Con la regolarità delle onde sulla battigia, Magpie si inarcava per contrastare il dolore che le montava dentro, strizzando gli occhi e mostrando i denti. Aveva l'aria di un gatto selvatico, eppure non lanciò neanche un grido. Le ondate si susseguivano senza sosta mentre all'esterno le tenebre si infittivano, e Nuvola Bianca cantava ininterrottamente, mescolando una bevanda che fece bere a Magpie a poco a poco, un cucchiaio alla volta. Poi, mentre dalla gola della ragazza sgorgava un suono grave, come un ringhio soffocato, il bambino approdò fra le braccia pronte di Annie. Nuvola Bianca interruppe il suo canto con un acuto grido di gioia, e sul suo volto grinzoso si disegnò un ampio sogghigno che presto si trasformò in una risata. Caroline sorrise, sollevata, ma quando Annie consegnò alla madre il neonato che si dimenava e piagnucolava, una scheggia penetrò nel suo cuore e vi si conficcò. Gli occhi le si riempirono di lacrime, e nel distogliere lo sguardo per nasconderli scorse in un angolo buio un paio di speroni con le cinghie di cuoio. Corin li stava cercando: le aveva chiesto se li avesse visti in giro per casa. Fissò gli speroni, e la scheggia penetrò ancora più a fondo.

Due mesi più tardi, il bambino era diventato paffuto e incantevole. Il suo nome in lingua Ponca significava "il primogenito", ma tutti, compresi i genitori, lo chiamavano William. Girava per il ranch dentro un marsupio che Magpie portava sulla schiena, guardando il mondo con un'espressione di mite stupore negli occhi tondi. Poi si addormentava, un fagottino accartocciato, il mento umido di bava, immobile mentre Magpie tornava al lavoro nella casa del padrone, per nulla affaticata. Il freddo, come il caldo, sembrava influire ben poco sull'umore della ragazza. Si presentava in casa avvolta nella sua spessa coperta dai colori sgargianti, le guance arrossate dal vento e gli occhi sfavillanti come pietruzze di ambra nera.

Per quanto fosse doloroso per lei tenere in braccio William, Caroline chiedeva spesso di farlo, un po' come quando ci si tormenta una ferita o si preme un livido. Lo cullava nell'incavo del braccio e lo dondolava piano. Era un bambino buono, che non piangeva quando vedeva un viso sconosciuto. Aveva una gamma di espressioni che le addolcivano il cuore, allentando la pressione della scheggia. Una piccola ruga di sconcerto sulla fronte quando Caroline faceva qualche strano rumore, la bocca e gli occhi rilassati al sopraggiungere del sonno, l'ingenuo stupore alla vista del ventaglio di penne di pavone. Ma la sofferenza di restituirlo alla madre orgogliosa era un po' più intensa ogni volta, il colpo un po' più forte, e ancor più doloroso era guardare Corin giocare con il bambino quando rincasava dal lavoro. Le mani abbronzate sembravano esageratamente grandi attorno al corpicino del piccolo, e il suo viso si apriva in un ghigno sciocco quando strappava un sorriso a William a suon di solletico e smorfie. Ogni volta che riusciva nell'impresa, Corin guardava la moglie per renderla partecipe, ma Caroline faticava a trovare quel sorriso che lui, ne era sicura, avrebbe voluto. Vederlo così innamorato di quel bambino che non era suo le era quasi insopportabile.

William non sarebbe stato battezzato, e sebbene fosse una decisione ragionevole Caroline l'accolse con stupore. Si preoccupò dei pericoli che avrebbe corso l'anima del bambino, ma Magpie si limitò a ridere quando Caroline le suggerì timidamente che non c'era niente di male nel celebrare comunque la cerimonia, giusto per sicurezza.

«I nostri antenati vegliano su di lui, Mrs Massey. Non dovete preoccuparvi» disse allegramente.

Caroline, imbarazzata, lasciò cadere la questione, ma quando propose di organizzare un pranzo di benvenuto per il piccolo, Magpie acconsentì. Caroline mandò qualche invito, ma solo Angie Fosset si mostrò disponibile a celebrare la nascita di un bambino indiano, e si presentò sul suo alto cavallo con le bisacce straripanti di camiciole smesse e pannolini.

«Io mi fermo a tre, perciò queste cose non mi servono più» disse a Magpie. La settimana prima Caroline aveva mandato Hutch a Woodward a ritirare i doni ordinati per William da parte sua e di Corin. Magpie accolse ciascun regalo con crescente disagio, e si creò un certo imbarazzo.

«Mrs Massey... è troppo» disse con aria turbata. Annie e Nuvola Bianca si scambiarono uno sguardo che Caroline non seppe interpretare.

«Santo cielo, che cose adorabili!» esclamò Angie.

«Be'...» Caroline sorrise, sentendosi improvvisamente esposta. «Un bimbetto adorabile merita cose adorabili» disse, ma ebbe la sensazione che tutti avessero intuito ciò che aveva nel cuore: quelli erano i regali che avrebbe voluto donare al proprio bambino, non al figlio di Magpie. Si voltò verso il marsupio in cui

William stava dormendo, per non dare a vedere la sua costernazione, e fece scorrere un dito sul suo visino arricciato nel sonno, ma fu ancora peggio. Sentì le guance avvampare e le mancò il respiro. «Chi vuole un po' di torta?» chiese con voce tesa, quindi si alzò e scappò in cucina.

Il secondo inverno di Caroline nella prateria fu più duro del primo. Le quattro mura di casa divennero la sua prigione, e in trappola con lei c'erano Magpie e William, promemoria costanti del suo fallimento, un giorno dopo l'altro. Infatti, se il ritorno al lavoro di Magpie, con la sua allegria e la facilità con cui affrontava la vita, dimostrava qualcosa a Caroline, era che lei non sarebbe mai stata legata alla prateria come la ragazza indiana. Non se la sarebbe mai cavata bene quanto lei, non avrebbe mai germogliato, attecchito, messo radici, ma si sarebbe lasciata soltanto rotolare sulla superficie come una palla di sterpi. Trovò sempre più difficile parlare con Magpie, cantare e raccontare storie come avevano sempre fatto. Le parole le si incastravano in gola, e temeva che persino le frasi di sincera ammirazione per lei e William sarebbero state contaminate dalla sofferenza che si portava dentro, suonando false.

Quando Hutch passava da loro a prendere un caffè la incoraggiava a dire quello che pensava, a uscire di nuovo a cavallo, a fare qualsiasi cosa pur di non restare chiusa in casa. Caroline, distrattamente, assicurava che stava bene e che tutto andava per il meglio, e il sovrintendente del ranch si vedeva costretto ad andarsene, impensierito. Quando la reclusione diveniva insopportabile e Caroline trovava il coraggio di avventurarsi all'aperto, il vento si abbatteva sulla sua pelle come una raffica di lame e il cielo le riversava addosso una pioggia terrificante, e una volta preso freddo le ci volevano ore per scaldarsi di nuovo, anche se si raggomitolava vicino alla stufa. Una mattina, mentre rompeva il ghiaccio sulla cisterna dell'acqua, sentendo gli schizzi bruciarle le mani per quanto erano freddi, ricordò le calde acque del laghetto in cui lei e Corin avevano fatto il bagno durante la luna di miele e fissò il fondo oscuro del serbatoio, paralizzata dalla tristezza.

Alla sera capitava spesso che Caroline e Corin non riuscissero a prendere sonno, disturbati dal chiassoso ululato del vento attorno alla casa. Sotto le coperte, una di quelle sere, lui cominciò ad accarezzarle la spalla con un tocco morbido, a un tempo eccitante e rilassante. Caroline amava l'odore di Corin, così forte, pungente e animale dopo che aveva lavorato tutto il giorno con addosso i vestiti pesanti. Si strinse a lui come chi per non annegare si aggrappa a un salvagente, gli occhi chiusi con forza, e le parve quasi che la casa, da un momento all'altro, potesse cedere al furibondo assalto del vento ed essere scagliata via, portandoli con sé. La casa era una finzione, pensò, un sottilissimo guscio tra loro e la cieca furia del mondo esterno, e poteva svanire in un soffio. Ma, finché Corin era lì con lei, non le importava. Il marito parve intuire i suoi timori e tentò di placarli parlando come lo aveva sentito fare con i cavalli irrequieti. La sua voce era bassa, e Caroline faticava a sentirla nel frastuono: parole che sgorgavano senza sosta, come un rivolo d'acqua, tra la veglia e il sonno.

«Credo che dovremmo pensare a Nuvola Bianca e Annie, anche se so che i Ponca sono abituati a questa vita e sono più forti di noi. Però non dev'essere comunque piacevole avere soltanto qualche pelle d'animale per difendersi dal vento, in una notte come questa. Hutch mi ha parlato della Grande Moria nell'inverno dell'87, quando ancora non ero venuto all'Ovest e tu e io eravamo a New York e non ci conoscevamo. Ogni volta che c'è un inverno rigido, ogni volta che faccio accenno al freddo, lui scuote la testa e dice che non è niente in confronto alla Grande Moria. Ci furono intere mandrie di bestiame congelate sul posto, cowboy scomparsi nelle praterie e ritrovati solamente a primavera, quando la neve si sciolse e li lasciò lì, seduti e immobili, con le ginocchia rannicchiate al petto nell'ultima posizione che avevano assunto tentando di scaldarsi. I capi di bestiame erano tutti deboli e scheletrici, perché prima di quell'inverno era venuta un'estate arida che aveva concesso loro pochissima erba o foraggio. Morirono mandrie intere, e le vacche persero i vitelli prima del termine, perché il cibo non bastava quasi a sfamare una bocca, figurarsi due. Lo stesso Hutch perse tre dita dei piedi, due del destro e uno del sinistro. Era uscito durante una tormenta così fitta che quasi non riusciva a vedere le orecchie del suo cavallo, per cercare di tenere in movimento le bestie in modo che non si stringessero l'una all'altra congelando e formando un unico, enorme blocco di carne morta, e quando rientrò a fine giornata non sentiva più le gambe, per non parlare dei piedi. Mi ha detto che si tolse gli stivali soltanto tre giorni dopo, e a quel punto aveva i piedi gonfi e neri. Ed è la pura verità: ho visto i buchi dove avrebbero dovuto esserci le dita. Ci furono tempeste di neve come non se n'erano mai viste, né più ce ne sono state in seguito, dal Messico al Canada, ovunque, e lo ricordo anch'io. Tu non rammenti che un anno, quand'eri bambina, non si trovava carne di manzo in città? Forse eri troppo piccola, ma io me lo ricordo perfettamente. La nostra cuoca faceva il possibile per procurarsene un po' ogni settimana, ma non c'era modo di trovarla, anche perché quelle povere bestie nelle praterie erano quasi tutte sepolte sotto cumuli di neve. Perciò questa tempesta, questo vento... Be', come dice Hutch, non è niente, tesoro mio. La prateria è buona con noi, Caroline. E poi siamo al caldo, no? E siamo anche al sicuro. Come potremmo non esserlo, finché siamo insieme?» Parlò così, senza mai fermarsi, in quella notte turbolenta, mentre i chicchi di grandine si abbattevano sul tetto come pallini di piombo. Caroline indugiò sull'orlo del sonno, assorbendo il flusso incessante delle sue parole e provando un dolore gelido ai piedi per le dita perse di Hutch, e un dolore gelido al cuore per i cowboy che si erano stretti le ginocchia al petto nella buona prateria spazzata dal vento.

Nella primavera del 1904 sembravano esserci neonati dappertutto. Molte giumente avevano partorito puledri dinoccolati che le inseguivano scorrazzando, le galline in cortile ballonzolavano in mezzo a un mare di pulcini lanuginosi, i gridolini di William a volte si sentivano fin negli angoli più remoti del ranch, e un piccolo terrier dal pelo irsuto che apparteneva a Rook, il cuoco, diede alla luce una cucciolata dal muso schiacciato, nata da un incontro occasionale con un meticcio di Woodward di dubbia provenienza. Il clima cominciava a riscaldarsi, le giornate si allungavano e non c'era più ghiaccio nella cisterna, né grandinate o venti gelidi da nord. Il grano e la melica erano ancora giovani, di un verde pastello, e sui ciliegi affusolati di Caroline era comparsa un'ardita spruzzata di fiori, ma per quanto si sforzasse lei non riusciva a liberarsi dal peso delle sue speranze deluse, né dalla paura di quelle vaste praterie che il marito tanto amava.

Erano seduti fuori in veranda in un sereno pomeriggio domenicale, dopo che un pastore itinerante si era fermato per celebrare una funzione per gli abitanti del ranch, e l'appagamento che lesse sul volto di Corin la fece sentire distante mille miglia da lui.

«Cosa stai leggendo?» le chiese infine il marito, facendola sussultare poiché lo aveva creduto addormentato dietro la sua copia del "Woodward Bulletin". Caroline sorrise e sollevò il libro per mostrargli la copertina. «Ma come, ancora *Il virginiano*? Non ti stanchi mai di leggerlo?»

«Un po', ma è uno dei miei preferiti, e finché non mi porterai in città a comprarne degli altri...» Si strinse nelle spalle.

«E va bene. Ci andremo la prossima settimana, dopo che Campanella avrà partorito, che ne dici? Se non hai voglia di aspettare, però, potresti sempre andarci da sola. Non può succederti niente di male...»

«Chi può dirlo? Preferisco aspettarti» tagliò corto Caroline. Il solo pensiero di partire da sola alla volta di Woodward bastò a torcerle lo stomaco.

«Come vuoi tu.» Corin sparì di nuovo dietro il giornale. «Allora leggimi un po' di quel libro. Vediamo cos'ha di tanto speciale.» Caroline guardò la pagina che aveva di fronte. Non aveva niente di speciale, pensò. Niente, a parte il fatto che l'eroina, una signora civilizzata dell'Est, si era costruita una vita tutta sua e aveva trovato la felicità in quelle lande incontaminate. Era riuscita a scorgervi una bellezza che a Caroline sfuggiva, e a capire il proprio uomo come lei non aveva saputo fare. Sfogliò le pagine, come se il segreto si nascondesse lì, da qualche parte, e potesse insegnarle ad ambientarsi nell'Ovest, ad amare quella terra, a stare bene. Ma il passaggio che stava leggendo era quello in cui Molly Wood decideva di andarsene – il tetro periodo che precedeva il gioioso lieto fine per la ragazza – e prima di leggerlo al marito Caroline fece una pausa, si mise a sedere ben dritta come le era stato insegnato e sollevò il libro davanti a sé, in modo che la piega del collo non ostacolasse l'emissione della voce.

«"Il virginiano le aveva detto che sarebbe tornato presto per rimanere con lei un'ora, e Molly Wood aveva deciso di fuggire: scappava lasciando dietro di sé il suo cuore. Non osava più affrontare il suo indomabile innamorato. Lo amava e perciò non voleva più rivederlo..."»

«Mio Dio, com'è drammatico» mormorò Corin con voce assonnata quando Caroline ebbe finito, e lei chiuse il libro accarezzando la copertina che, dopo tante riletture, era piena di orecchie e grinze.

«Corin?» disse dopo poco in tono esitante, mentre il sole splendeva nel cielo. «Sei sveglio?»

«Mmh...» mugugnò lui mezzo addormentato.

«Fra poco erediterò il mio patrimonio. So che te ne ho già parlato ma... non ti ho mai detto a quanto ammonta. Sono... un sacco di soldi. Potremmo andarcene ovunque tu voglia... non dovrai più sgobbare così tanto...»

«Andarcene? Perché mai dovremmo andarcene?» chiese lui.

Caroline si morse il labbro. «È solo che... è così isolato qui, così lontano dalla città! Potremmo... potremmo comprare una casa a Woodward, magari. Potrei stare un po' lì durante la settimana... Oppure potremmo trasferirci più vicino alla città, spostare tutto il ranch! Io potrei... entrare nel circolo femminile, magari...»

«Cosa stai dicendo, Caroline? È ovvio che non posso spostare il ranch più vicino alla città! Alle bestie servono i pascoli aperti, e vicino alla città i terreni sono tutti in mano ai coloni, ormai.»

«Ma non avrai più bisogno di allevare bestiame, non capisci? Avremo soldi, un sacco di soldi!» strillò lei. Corin si drizzò a sedere, ripiegò il giornale e guardò la moglie con un'espressione addolorata.

«Se me ne fosse importato qualcosa dei soldi, sarei rimasto a New York, tesoro! Questa vita è tutto quello che ho sempre sognato, fin da quando mio padre mi portò a Chicago da ragazzo e vidi l'esibizione di Buffalo Bill Cody alla Columbian Exposition... Fu allora che decisi che sarei venuto qui con mio padre, quando avesse dovuto cercare nuovi fornitori. Guardando quei cowboy cavalcare e usare il lazo capii che era *questo* che volevo fare nella vita! Il ranch non è solo un lavoro per me... È la nostra vita, e questa è la nostra casa, e non credo che potrei mai desiderare di trasferirmi a vivere in qualche altro posto. È questo che vuoi? Vuoi vivere in qualche altro posto? Lontano da me, magari?» Gli si spezzò la voce nel pronunciare la domanda, e Caroline rimase sconvolta quando vide che il marito aveva le lacrime agli occhi.

«No! Certo che no! *Mai* lontano da te, Corin. È solo...»

«Cosa?»

«Niente. Pensavo solo... forse sarei più felice se avessi un po' più di compagnia, persone più raffinate di quelle che frequento qui... E magari... se fossi più felice potremmo costruirci una famiglia, finalmente.»

A questo punto Corin posò lo sguardo sui corral e parve riflettere a lungo. Caroline, credendo che il discorso fosse terminato, si abbandonò sulla sedia e chiuse gli occhi, profondamente triste e spossata dal tentativo di dare voce alle sue paure.

«Si potrebbe costruire. Potremmo usare parte dei soldi per raddoppiare le dimensioni della casa, se ti va, e assumere una donna di servizio, magari, una governante che prenda il posto di Magpie, adesso che deve occuparsi di William... Un generatore elettrico, perché no. E un bagno! Una vera toilette per te, con l'acqua corrente dentro casa... Che te ne pare? Potrebbe servire?» chiese Corin. Sembrava così ferito, così disperato.

«Sì, forse sì. Un bagno sarebbe meraviglioso. Vediamo quando arrivano i soldi» replicò lei.

«E ti porterò in città prestissimo. Possiamo passare la notte là, anche un paio di notti, se ti va. Prenderemo tutti i libri e le riviste che riusciremo a trasportare, e io devo passare da Joe Stone a comprare degli speroni nuovi. Ho fatto la stupidaggine di rompere il mio paio di scorta, e gli altri non sono ancora saltati fuori...»

«Sono a casa di Joe e Magpie, nel rifugio» gli disse Caroline con voce incolore.

«Cosa? Come lo sai?»

«Li ho visti quando ho dato una mano con il parto.» Caroline scrutò il volto del marito, cercando una traccia di rimorso o d'imbarazzo, oppure un rossore rivelatore, invece Corin si picchiò un palmo sulla fronte.

«Oddio, ma certo! Li ho prestati a Joe mesi e mesi fa, la volta che abbiamo stanato quei ladri. I suoi si ruppero, e dato che Sgualdrina si stava comportando bene e il suo cavallo invece gli creava problemi, gli ho prestato i miei speroni. Mi sono dimenticato di chiederglieli indietro alla fine di quella lunga cavalcata: non vedevo l'ora di buttarmi sul letto! Perché non mi hai detto che li hai visti, amore?»

«Oh, be'...» balbettò Caroline con un'alzata di spalle. «È solo che... me ne sono dimenticata, tutto qui. È arrivato il bambino ed è stata una bella distrazione...» Corin balzò in piedi.

«Sei stata bravissima a ricordarmelo! Vado subito a riprenderli, prima che ce ne dimentichiamo di nuovo.» Sorrise e si allontanò da casa a grandi passi. Caroline lo guardò andare via, poi si prese il volto tra le mani pensando a tutte le volte che, dopo la nascita di William, si era vista davanti quegli speroni, là in casa di Magpie, e si era immaginata la fretta con cui dovevano essere stati abbandonati lì da mani focose, nel vortice della passione.

Dopo aver suggerito di trasferirsi in città, e con l'avvicinarsi del loro secondo anniversario di nozze, Caroline sorprese il marito a guardarla con più attenzione, forse in cerca di qualche segno di malessere o di depressione. Ormai doveva essersi accorto che era sempre più silenziosa e visibilmente deperita, ma non c'era molto che potesse fare. Caroline sorrideva quando Corin le chiedeva come stesse, e gli assicurava che andava tutto bene. Non gli disse che quando apriva la porta aveva la sensazione che da un momento all'altro sarebbe stata risucchiata fuori, precipitando nel vuoto abissale della prateria senza costruzioni umane a cui aggrapparsi. Non disse che, quando guardava in lontananza, il cuore le sussultava nel petto con una tale forza da farle pensare che Magpie potesse sentirlo. Non disse che il cielo era talmente sconfinato che alla sua semplice vista si sentiva frastornata. Cullare William era l'unica cosa che sembrava consolarla. Si meravigliava nel vederlo sempre più forte quando si dimenava per afferrare qualcosa, o quando le prendeva le dita e le mordicchiava. I movimenti del corpicino del bimbo contro il suo sembravano colmare l'abissale buco nero che aveva dentro, e Magpie sorrideva vedendo l'espressione tenera sul suo viso. Ma Caroline doveva sempre restituire il bambino alla madre, e ogni volta quella voragine si riapriva.

Le piante in giardino avvizzirono e furono soffocate dalle erbe infestanti. Gli ortaggi non raccolti si spaccarono e marcirono sotto il sole. Magpie accettò di occuparsene, ma anche lei osservava Caroline con aria perplessa e vagamente indagatrice. La costrinse a stare a guardarla mentre sradicava le piante invernali ormai indebolite e riorganizzava il giardino per le colture estive.

«Dovete dirmi cosa piantare, Mrs Massey, e dove» insisteva la ragazza, sebbene sapessero entrambe che Magpie era di gran lunga più esperta in queste cose. Caroline cercò di sottrarsi, ma l'indiana insistette con garbo e non volle sentire ragioni. Mentre Magpie scavava e zappava, Caroline rimase sempre all'ombra della casa, le mani dietro la schiena, appoggiata al legno grezzo del muro per trovare sostegno. Magpie balzò indietro con un gridolino quando scoprì un serpente a sonagli rintanato tra le foglie morenti, poi però lo uccise con un abile colpo di zappa e gettò da una parte le spire afflosciate. «Ecco, provate a immaginare se la donna bianca avesse fatto una cosa del genere nel Giardino dell'Eda!» gridò a Caroline, ridendo. Ma a lei quell'atto di violenza diede il voltastomaco.

«Eden» sussurrò. «Era il Giardino dell'Eden.» Tornò dentro senza aggiungere altro, e le sue dita non si staccarono neanche per un istante dal muro della casa.

Una sera Caroline vide Corin fermare Magpie, che si stava dirigendo al rifugio con William sulla schiena, per andare a preparare un'altra cena e mandare avanti un'altra casa. Rimase alla finestra e trattenne il fiato, guardando il marito avvicinarsi alla ragazza e posarle con delicatezza una mano sul braccio per fermarla. Caroline tese l'orecchio come se potesse sentire la voce di Corin, perché anche restando dentro casa riusciva a leggergli in viso tante domande. Magpie gli rispose con il consueto contegno. Nessun gesto, nessuna espressione rivelatrice, o quantomeno nulla che Caroline potesse interpretare in senso negativo. Quando Corin lasciò andare la ragazza e si incamminò verso casa, Caroline si scostò dalla finestra e si tenne occupata servendo il pasto che Magpie aveva preparato per loro: zuppa di cereali tostati, con spesse fette di manzo arrosto.

Chiaramente Corin era rimasto turbato da quello che gli aveva detto Magpie. Caroline ebbe un moto di risentimento nei confronti della ragazza, ma si impose di sorridere mentre serviva il pasto per rassicurarlo: non voleva che il marito si preoccupasse per lei, perché non sapeva davvero cosa rispondergli se un giorno le avesse domandato se era felice.

Invece, mentre si accingevano a mangiare, Corin disse: «Tesoro, credo davvero che dovresti imparare a cavalcare, così qualche volta potrai uscire con me e vedere qualcosa di più della terra in cui viviamo. Non c'è niente che mi riempia il cuore come una cavalcata al galoppo nella prateria, sospinto dal vento e dalle zampe veloci di un buon cavallo...». Ma si interruppe perché Caroline stava scuotendo la testa.

«Non ce la faccio, Corin! Ti prego, non me lo chiedere... Ci ho provato! I cavalli mi spaventano, e loro lo sanno. Hutch dice che sentono quello che prova la gente, ed è per questo che si comportano male...»

«Ma eri spaventata anche da Joe e Maggie, finché non te li ho presentati. Non hai più paura di loro, vero?»

«Be', no...» ammise con riluttanza. Di Magpie non aveva più paura, certo, ma ancora adesso, nelle rare occasioni in cui Joe si presentava a casa per parlare con Corin o consegnare le provviste comprate a Woodward, un nodo di tensione le serrava la bocca dello stomaco. Il viso di quell'uomo le sembrava feroce, checché ne dicesse Corin. I suoi lineamenti trasudavano violenza e crudeltà.

«Ecco, con i cavalli succederebbe la stessa cosa. Clara, la giumenta che hai cavalcato, è docile come un agnellino! E quella sella all'amazzone che ti ho comprato è là nella rimessa a coprirsi di ragnatele... La stagione sta cambiando ormai, il tempo migliora... Se solo volessi uscire con me e ammirare la bellezza di questa terra vergine...»

«Non ci riesco! Ti supplico, non costringermi a farlo! Sto molto meglio qui...»

«Sicura?» chiese Corin. Caroline rigirò la zuppa nel piatto con il cucchiaio. «Maggie mi ha detto...» Lasciò in sospeso la frase.

«Cosa? Cosa ti ha detto di me?»

«Che non vuoi uscire. Che resti sempre in casa e sei troppo taciturna, e lei ha molto più lavoro da fare. Caroline... io...»

«Cosa?» chiese di nuovo, temendo di sentire il resto.

«Voglio solo che tu sia felice» concluse Corin, avvilito. La fissò, e nei suoi occhi Caroline non vide altro che sincerità e amore, e si odiò ancora una volta per aver anche solo pensato che potesse averla tradita, che avesse rifiutato il suo corpo infecondo per generare un figlio con un'altra.

«Io...» esordì, ma non seppe cosa dire. «Anch'io voglio essere felice» sussurrò.

«Allora, ti prego, dimmelo. Dimmi cosa posso fare per renderti felice!» la implorò. Caroline tacque. Cosa avrebbe potuto dire? Lui aveva fatto tutto quello che era nelle sue possibilità per darle un figlio, ma lei non era stata all'altezza. L'aveva amata e sposata, le aveva donato una nuova vita, una vita alla quale adesso non poteva chiedergli di rinunciare. «Torneremo al laghetto. Rifaremo la nostra luna di miele. Ci andremo questa domenica. Al diavolo il ranch, al diavolo il lavoro! Solo tu e io, amore mio. E questa volta un bambino arriverà, ne sono sicuro. Che ne dici?» la esortò. Caroline chinò il capo, profondamente scossa, rendendosi conto che ormai era troppo tardi per la loro seconda luna di miele al laghetto. Non poteva tornare in quel posto, non più. Era troppo lontano, la strada troppo esposta, ormai era troppo spaventoso per lei, troppo. Ma cosa restava? Cos'altro poteva suggerire?

«Solo... Promettimi solo che non mi lascerai mai» disse Caroline alla fine. Corin la prese tra le braccia e la tenne stretta a sé in una silenziosa, inerme disperazione.

«Non ti lascerò *mai*» sussurrò.

La prima notte calda di giugno, Caroline si destò al buio, con il sudore che si raffreddava tra i seni raccogliendosi nell'incavo dello stomaco e i capelli appiccicati alla fronte. Aveva sognato di svegliarsi da sola in mezzo alla prateria, come se si fosse addormentata il giorno in cui era andata a fare visita ai Moore senza più svegliarsi. Non c'erano case, ranch, persone, e nemmeno Corin. Rimase immobile, sentendo il sangue affluire alle orecchie e ascoltando il proprio respiro farsi più lento e silenzioso, e le venne la pelle d'oca. Guardò accanto a sé il rassicurante profilo di Corin stagliato contro la luce grigia che filtrava dalle imposte. Il canto dei coyote echeggiava come ogni notte nella prateria, spiegandosi incontrastato per chilometri e chilometri. Caroline chiuse gli occhi e tentò di ignorarlo. Dopo un incubo del genere, quel suono la terrorizzava, perché le parlava senza sosta della natura selvaggia appena fuori dalle mura di casa, di quella terra deserta, spietata.

All'improvviso, guardò in faccia quello che sapeva da tempo ma si rifiutava di accettare. Era lì che viveva. Lì c'erano suo marito, la sua vita, fine della storia. Niente cambiamenti, niente trasferimenti: Corin era stato chiaro. E niente bambini. Erano trascorsi due anni da quando si erano sposati, e ancora non era stata in grado di mettere al mondo un figlio, per quanto ci avessero provato. Avrebbe guardato Magpie e Joe crescere una nidiata di bambini, e non ne avrebbe mai avuto uno suo. Sarebbe stato insopportabile. Se Magpie fosse rimasta incinta di nuovo, non sarebbe più riuscita ad averla attorno. Sarebbe restata sola in quella casa vuota mentre Corin era fuori a comprare o vendere il bestiame, a consegnare un purosangue al suo nuovo proprietario, o a Woodward a trattare il prezzo del grano. Quella casa vuota in quella terra vuota, per il resto dei suoi giorni. "Perderò la testa" realizzò all'improvviso, e quella verità lampante sembrò scorrerle a chiare lettere davanti agli occhi. "Perderò la testa." Si alzò a sedere lanciando un grido e si premette le mani sulle orecchie per coprire gli ululati e il silenzio assordante in sottofondo.

«Cosa succede? Ti senti male?» farfugliò Corin, destato dal sonno. «Cosa c'è, tesoro? Hai avuto un incubo? Ti prego, dimmi qualcosa!» la supplicò, afferrandole le mani per farla smettere di tempestare di pugni se stessa e lui.

«È... è solo...» ansimò Caroline, boccheggiando e scuotendo la testa.

«Che cosa? Dimmelo!»

«È solo che... non riesco a dormire con quegli *stramaledetti* coyote che gridano tutta la notte! Non la smettono proprio *mai*? Tutta la notte! Ogni notte! Mi stanno facendo perdere questa *stramaledetta testa*, te lo giuro!» urlò, gli occhi stravolti da un misto di collera e paura. Corin rifletté un istante e sorrise.

«Lo sai, è la prima volta in assoluto che ti sento imprecare» disse, lasciando le mani di Caroline e scostandole i capelli arruffati dal viso. «E devo dire che te la sei proprio cavata alla grande!» ridacchiò. Caroline smise di piangere. Intravide il sorriso di Corin nell'oscurità e fu colta da un'insolita calma, dal torpore di un sonno invincibile che si insinuò in lei e in pochi secondi la sopraffece.

L'indomani mattina Corin uscì poco prima di colazione e poi tornò, sorridendo alla moglie con uno sfavillio negli occhi. Quelli di Caroline erano gonfi e bruciavano. In silenzio si mise a preparare la colazione, ma lasciò troppo a lungo il caffè sul fuoco, ottenendo una bevanda amara e densa. Riscaldò un po' della zuppa di fagioli della sera prima e la accompagnò con un'infornata di biscotti insapori che Corin mangiò di gusto. Poco dopo giunse un richiamo dall'esterno. Caroline aprì la porta e trovò Hutch e Joe di fronte a casa, in groppa ai loro cavalli con i fucili che sporgevano dalla sella e le pistole in vita. Joe teneva le redini di Sgualdrina, e anche la cavalla nera era sellata e pronta a mettersi in marcia.

«Non credevo che saresti uscito a cavallo oggi. Pensavo che dovessi riparare le palizzate» disse Caroline al marito, la voce flebile dopo la sfuriata notturna.

«Oh» replicò Corin, vuotando la tazza di caffè con una smorfia quasi impercettibile e uscendo di casa. «È un viaggetto fuori programma, l'ho deciso così, su due piedi.»

«Dove andate?»

«Andiamo...» Corin balzò in sella. «A caccia di coyote» rispose infine. «Hai proprio ragione, Caroline, ce ne sono troppi attorno al ranch. Abbiamo perso qualche gallina, e tu hai perso qualche ora di sonno. Ed è una bella giornata per fare un po' di sport!» esclamò, facendo fare un giro sul posto a Sgualdrina, che sbuffò per l'impazienza.

«Oh, Corin!» disse Caroline, commossa dagli sforzi che il marito stava facendo per lei. Gli uomini la salutarono sollevando il cappello e si dileguarono con un grido e uno scalpiccio di zoccoli, lasciando dietro di sé solo impronte nella sabbia.

All'ora di pranzo il cielo si coprì di spesse nubi che avanzavano inesorabili da nordovest. In cucina, Caroline sedeva al tavolo insieme a Magpie, sbaccellando piselli mentre William dormiva pacifico ai piedi della madre. Di quando in quando si rigirava e piagnucolava come se stesse sognando, e mentre Magpie sorrideva, a Caroline il cuore doleva come se fosse congelato. Quanto tempo le restava ancora, si chiese, prima che quel freddo divenisse irreversibile e il suo cuore fosse definitivamente perduto, com'era successo alle tre dita di Hutch? Magpie parve intuire la sua tristezza e, dopo un po', parlò.

«Nuvola Bianca è una donna molto saggia» disse. Nel silenzio della casa, lo schiocco secco dei baccelli e il tintinnio dei piselli nel secchio risuonavano con forza. Caroline aspettò che Magpie aggiungesse qualcosa, non sapendo cosa rispondere. «Sa preparare molte medicine» concluse Magpie. Caroline alzò lo sguardo e la ragazza la fissò con i suoi occhi neri e decisi.

«Ah, sì?» commentò, cercando di mostrare un garbato interesse.

«Nel passato, quando viveva tra la nostra gente nelle terre del lontano Nord, molti Ponca andavano da lei per avere consigli. Molte donne andavano da lei» precisò Magpie con grande enfasi. Caroline si sentì arrossire, e si alzò per accendere una lampada. Il bagliore giallastro fece risplendere le trecce lucide e la pelle bruna dell'indiana. Caroline ebbe la sensazione di essere una specie di fantasma, come se Magpie fosse reale e lei invece non del tutto concreta. La lampada non la illuminava allo stesso modo.

«Secondo te... Nuvola Bianca potrebbe aiutarmi?» domandò, la voce ridotta a un sussurro. A quel punto Magpie la guardò con profonda compassione, e Caroline abbassò gli occhi velati di lacrime.

«Posso chiederglielo, se volete» disse Magpie a bassa voce. Caroline non riuscì a parlare, ma fece cenno di sì con il capo.

Più tardi si accostò alla finestra e guardò cadere le prime gocce di pioggia. Non era un temporale violento, soltanto un rovescio persistente e deciso, e non soffiava un filo di vento. Ascoltò la pioggia percuotere il tetto e gorgogliare nelle grondaie mentre scivolava giù, verso la cisterna. Si sentiva a disagio, ma impiegò un po' a capirne il motivo. La perturbazione era sopraggiunta lentamente da nordovest, la stessa direzione in cui gli uomini si erano allontanati a cavallo. Senz'altro avevano visto arrivare la pioggia, che aveva ammantato di grigio l'orizzonte. Doveva averli sorpresi molto prima di abbattersi sul ranch, eppure non erano ancora tornati. Non era possibile cacciare con un tempo del genere, e si era fatto tardi. Magpie aveva messo a cuocere uno stufato di coniglio e se n'era andata da più di un'ora. La tavola era apparecchiata e la cena era pronta. Caroline si era strofinata le unghie per levare le macchie lasciate dai baccelli. Se ne stava alla finestra, e il suo disagio cresceva a ogni nuova goccia di pioggia.

Quando infine le parve di scorgere qualcuno arrivare a cavallo, nella flebile luce del crepuscolo, non poté distinguere di chi si trattasse. Vide solo due cappelli, solo due uomini a cavallo. Il cuore le batteva nel petto non rapidamente ma con violenza, una stretta costante, lenta e intensa, quasi dolorosa. Solo due cappelli, e senza dubbio solo due cavalli. Quando si avvicinarono ancora di più, vide che nessuno dei due animali era nero.

Io fui allevato
nella grande città, tra le alte moli,
e non vedevo amabile che il cielo
e le stelle.

SAMUEL TAYLOR COLERIDGE,
Gelo a mezzanotte

5

Il giorno di Santo Stefano, al mio risveglio, sento un chiacchiericcio in cucina, il rumore metallico del bollitore sul fuoco, il rubinetto aperto e l'acqua che gorgoglia lungo le tubature nel muro accanto al letto. Mi ricorda così tanto le mattine d'infanzia trascorse qui che resto immobile un istante, con la sensazione vertiginosa di essere tornata indietro nel tempo. Immagino che sarò l'ultima ad alzarmi, come sempre. Ancora sazia e appesantita dall'abbondante pasto di ieri, salgo in soffitta con addosso la vestaglia, tiro fuori l'anello d'osso trovato nel baule di Caroline e lo porto di sotto. Sulle scale c'è odore di caffè e pancetta fritta, e contro ogni logica mi brontola lo stomaco.

Sono già tutti seduti attorno al tavolo, apparecchiato alla perfezione con piatti, posate e tazze, un'enorme caffettiera, un piatto di uova e pancetta e le fette di pane tostato disposte con ordine in un cestino. Questi piccoli gesti d'altri tempi mi scaldano il cuore. A me non sarebbe mai venuto in mente di preparare la tavola per la colazione, né di mettere il pane in un cestino anziché sul mio piatto. Le quattro persone a cui tengo di più al mondo sono sedute alla stessa tavola imbandita. Mi appoggio allo stipite della porta per un secondo e vorrei che potesse essere sempre così. Nell'aria c'è il vapore caldo della lavastoviglie e in sottofondo il suo lento, rumoroso lavorio.

«Ah! Hai deciso di onorarci della tua presenza» dice papà raggiante, versandomi un caffè.

«Non starmi addosso, papà. Sono solo le nove.» Sbadiglio avvicinandomi con calma al tavolo e mi lascio cadere su una panca.

«Io sono già uscito, e ho portato dentro un mucchio di legna» si vanta Eddie, sommergendo una fetta di pane con uno strato di crema al cioccolato.

«Tutta scena» lo schernisco.

«Ed, vorresti anche un po' di toast da aggiungere alla Nutella?» lo stuzzica Beth. Eddie fa una smorfia e dà un morso enorme, che gli lascia un sorriso di cioccolato sulle guance.

«Dormito bene?» chiedo ai miei genitori. Occupano la stessa stanza degli ospiti di sempre. Ci sono così tante camere fra cui scegliere, eppure ci siamo sistemati tutti quanti nelle solite, come bambini educati.

«Molto bene, Erica, grazie.»

«Ecco, mamma. È questo il campanello di cui ti parlavo, quello che ho trovato fra le cose di Caroline.» Glielo porgo. «L'impugnatura sembrerebbe d'osso, o qualcosa del genere.»

Mia madre se lo rigira fra le mani e alza gli occhi, incredula. «Non è un campanello, sciocchina, è un massaggiagengive per neonati, davvero molto carino, tra l'altro. Questo è avorio, non osso... e il campanello d'argento è una specie di sonaglio, per incuriosire i bambini.»

«Un massaggiagengive? Sul serio?»

«Molto vecchio, ma sì, lo è senz'altro.»

«Ho visto una cosa simile in tivù poco tempo fa, al "The Antiques Roadshow"» interviene papà.

«Avorio e argento... Sarà stato di un bambino ricchissimo» osserva Eddie con la bocca piena.

«Era di Clifford? Te lo ricordi?» chiedo. La mamma aggrotta appena la fronte.

«No, ma potrei averlo dimenticato... Oppure...» Si sporge all'indietro e prende l'albero genealogico dalla credenza. «Guarda quanto tempo è passato tra il matrimonio di Caroline e la nascita di Meredith. Sette anni! Davvero strano. Questa era la mia prozia Evangeline: morì prima ancora di compiere un anno, poveretta.» Indica il nome che precede quello di Meredith, e sotto, tra parentesi, le date di nascita e morte tristemente vicine. «Due figli in sette anni non sono molti. Magari prima di Meredith ne aveva avuto anche un altro che poi era morto, e questo anello apparteneva a quella povera creatura.»

«Possibile, ma anche se fosse morto non sarebbe comunque sull'albero genealogico?»

«Be', non necessariamente, non se era nato prematuro o già morto» riflette la mamma. «So che Meredith aveva perso un bambino prima che nascessi io. Queste cose spesso si tramandano di madre in figlia.»

«Non è che potremmo discutere di qualcos'altro mentre facciamo colazione?» osserva Beth a voce bassa. La mamma e io stringiamo le labbra con aria colpevole. Beth ebbe un aborto spontaneo molti anni fa, prima della nascita di Eddie. Era poco più che un accenno di vita, ma fu come se un vivace lumicino si fosse spento.

«Allora, che facciamo oggi?» chiede papà, servendosi altre uova strapazzate. «Io come prima cosa avrei bisogno di sgranchirmi un po' le gambe, per smaltire l'abbuffata di ieri.»

«E fare spazio per l'abbuffata di oggi, David?» commenta la mamma, sbirciando nel suo piatto.

«Esatto!» conferma papà con allegria.

La giornata è più luminosa di ieri, ma nubi grigie si fanno risolutamente strada in cielo e il vento è forte, pungente. Ci incamminiamo verso il villaggio per poi deviare a ovest, in direzione della chiesetta di pietra appollaiata su un verde declivio punteggiato di lapidi, dove giacciono generazioni di abitanti di Barrow Storton. I Calcott sono in fondo, in un angolo e, come per un tacito accordo, ci dirigiamo tutti lì. Un freddo letto di graniglia di marmo largo un paio di metri e lungo altrettanto è destinato alla nostra famiglia. Là dentro ci sono Lord Calcott e Caroline con la figlioletta Evangeline, e ora anche Meredith li ha raggiunti. Ci sono ancora i resti dei fiori del funerale in un piccolo vaso di ottone, e l'incisione del nome sulla pietra è recente e ben marcata. Non posso fare a meno di pensare che avrebbe preferito un posto tutto per sé, o accanto al marito Charles, piuttosto che passare l'eternità rinchiusa con Caroline, ma ormai è troppo tardi. Rabbrividisco, ripromettendomi che mai e poi mai giacerò in questa claustrofobica tomba di famiglia.

«Immagino che se Caroline avesse avuto un figlio sarebbe sepolto qui, giusto?» chiedo, rompendo il silenzio. Beth fa un sospiro brusco e si allontana verso l'ingresso, dove Eddie si sta arrampicando sul cancello.

«Penso di sì, è probabile, ma chi può dirlo? Se era ancora molto piccolo, potrebbero averlo messo in una tomba da bambino» risponde la mamma.

«Come sono fatte?»

«Come una tomba normale, solo che la lapide è più piccola e di solito c'è un angelo o un cherubino da qualche parte» spiega. Papà mi guarda di sottecchi.

«All'improvviso ti sei proprio appassionata a questa storia, eh?» osserva.

«No, è solo che... Insomma, non sopporto i misteri irrisolti» taglio corto.

«Allora ho paura che tu sia nata nella famiglia sbagliata.»

«Ehi, Eddie!» grido. «Cerca delle lapidi piccole con sopra degli angeli, e vedi se su qualcuna c'è scritto "Calcott"!» Eddie risponde con un rapido saluto militare e comincia a trotterellare su e giù tra le schiere di lapidi. Beth incrocia le braccia e mi fulmina con lo sguardo.

«Potremmo smettere di cercare bambini morti, per cortesia?» urla, la voce sospinta dal vento.

«Dammi cinque minuti!» grido di rimando.

«Forse è il caso che andiamo, Erica» dice la mamma, esitante.

«Cinque minuti» insisto.

Faccio scorrere lo sguardo lungo le file di lapidi, nella direzione opposta a quella seguita da Eddie, ma sembrano tutte di dimensioni normali.

«A volte c'è una zona riservata alle tombe dei bambini...» La mamma guarda verso l'angolo in fondo al cimitero. «Prova laggiù, vedi? Sotto quel faggio.» Mi incammino a passo spedito verso il punto in cui il vento infuria tra i rami del faggio spoglio, facendo un rumore che ricorda quello del mare. Ci saranno quindici o venti tombe qui. Su quelle più vecchie ci sono piccoli cherubini, i lineamenti velati di muschio, le braccia paffute mestamente strette alle lapidi. Ce ne sono anche due o tre più recenti, con incisi degli orsacchiotti, e questi guardiani ben poco celestiali sembrano in qualche modo fuori luogo, ma è proprio questo il punto, suppongo: il cimitero non è un posto per bambini. Vite che non hanno avuto la possibilità di cominciare, perdite che devono aver straziato l'anima dei genitori. Qui sono sepolti anche tutti i loro cuori infranti, accanto ai corpicini che li hanno spezzati. È uno spettacolo malinconico, e controllo velocemente i nomi e le date, allontanandomi da questo triste gruppetto con un brivido.

Prima d'ora i cimiteri non mi erano mai sembrati inquietanti, né particolarmente deprimenti. Mi piacciono le frasi amorevoli sulle lapidi, silenziose testimonianze del fatto che quelle persone sono esistite e hanno contato qualcosa. Chissà quali sentimenti si celano veramente dietro le schiere di figli, fratelli e vedovi che hanno scolpito il loro affetto nella pietra, chissà se erano animati da sentimenti sinceri. Ma c'è sempre la speranza che ogni vita abbia significato qualcosa per quanti sono rimasti, lasciando una scia indistinta di emozioni che svanisce pian piano nel corso degli anni.

«Trovato niente?» chiedo a Eddie.

«Macché. C'è un angelo, laggiù, ma la tomba è di una signora che aveva settantatré anni e si chiamava Iris Bateman.»

«Adesso possiamo andare?» dice Beth, spazientita. «Se muori così tanto dalla voglia di sapere se Caroline aveva avuto un figlio, va' a controllare sul registro dello stato civile. È tutto online, ormai.»

«Magari si era davvero già sposata in America» dice la mamma prendendomi sottobraccio con fare conciliatorio. «Forse il bambino della fotografia è morto là, prima che lei si trasferisse.»

A nord del villaggio, un intrico di sentieri agricoli si snoda tra i grigi campi invernali. Seguiamo un percorso circolare, a passo spedito, procedendo in fila per due lungo gli stretti viottoli. Eddie rimane indietro per camminare accanto a me. Partirà nel tardo pomeriggio. Guardo il suo viso affilato, i capelli spettinati, e per un istante provo un sentimento così insolito, disperato, che mi fermo a riflettere su come debba sentirsi Beth. Eddie sembra leggermi nel pensiero.

«La mamma starà bene?» chiede, cercando di usare un tono distaccato che stona con la sua giovane età.

«Ma sì, certo» rispondo, con tutta la sicurezza che riesco a esprimere.

«È solo che... quando papà è venuto a prendermi l'ultima volta, prima di Natale, la mamma sembrava... tristissima. Sta dimagrendo di nuovo, e un attimo fa ti ha trattata proprio male...»

«Le sorelle si trattano male di continuo, Eddie. Non c'è niente di straordinario!» Faccio una risata forzata, e lui mi lancia un'occhiata accusatoria. Lascio perdere la spavalderia. «Scusami» dico. «Senti, è solo che... per tua madre è difficile essere di nuovo qui alla tenuta. Ti ha detto del testamento della bisnonna, che possiamo tenere la casa solo se veniamo a starci entrambe?» Eddie annuisce. «Be', è per questo che ci siamo sistemate qui per un po', per vedere se ci piacerebbe viverci.»

«Perché la odia così tanto? Perché è qui che hanno rapito vostro cugino, e le manca?»

«Può darsi... può darsi che abbia a che fare con Henry, e col fatto che, be', questo posto fa parte del passato ormai, e a volte cercare di vivere nel passato non è la cosa migliore. A essere sincera non credo che ci trasferiremo qui, ma cercherò comunque di convincere tua madre a rimanere ancora un po', anche se l'idea non la entusiasmerà.»

«Ma perché?»

«Be'...» Mi sforzo di trovare un modo per spiegarglielo. «Ricordi quella volta che il dito ti si è gonfiato come una salsiccia? Ti faceva così male che non volevi nemmeno che ci avvicinassimo, solo che non guariva più, e alla fine ci hai lasciato dare un'occhiata e dentro c'era una scheggia di metallo.»

«Me lo ricordo eccome. Sembrava che stesse per esplodere» ridacchia.

«E quando abbiamo tirato fuori la scheggia è guarito, giusto?» Eddie annuisce. «Be', credo che se tua madre non... guarisce, è per colpa di una scheggia. Non di metallo, e non nel dito, ma ha una specie di scheggia dentro di sé, ed è per questo che non riesce a stare meglio. Voglio tirare fuori quella scheggia, Ed. Voglio... scoprire cos'è, e farla sparire.» Spero di essere apparsa calma, ferma in questo mio proposito, ma quello che provo in realtà è disperazione. Se credessi in Dio, in questo momento tenterei in ogni modo di trovare un accordo con lui. "Fa' che Beth stia bene, fa' che sia felice."

«Ma come? Perché siete dovute venire qui per farlo?»

«Perché... credo che sia stato proprio qui che ha preso quella scheggia.»

Eddie riflette in silenzio per un po', con un'espressione preoccupata che detesto vedere. «Spero che ce la farai. Spero che riuscirai a scoprire cos'è» dice alla fine. «Lo scoprirai, non è vero? E la mamma starà meglio?»

«Te lo prometto, Ed» dico, e adesso non devo fallire. Non posso permettere che ce ne andiamo di qui senza una soluzione di qualche tipo. Il peso di questa promessa mi stringe come una catena.

I nostri genitori se ne vanno poco dopo pranzo, e all'ora del tè Maxwell passa a prendere Eddie. È scontroso e ha un'espressione ipocrita. Carico sacchetti pieni di regali nel bagagliaio, con Beth che mi guarda male, neanche fossi in combutta con il suo ex per sottrarle il figlio.

«Ci vediamo, Edderino» dico.

«Ciao, *zietta* Rick» risponde, e sale sul sedile posteriore. È calmo, rassegnato, pratico, non si agita. Passerà da una casa amorevole all'altra. Si lascia scarrozzare e finge di non notare l'angoscia di Beth. C'è qualcosa di vagamente crudele in questo, come se volesse dire: “Sei tu che hai creato questa situazione. È colpa tua se le cose sono andate così”.

«Hai detto a Harry che saresti partito oggi?» gli chiedo.

«Sì, ma può darsi che dovrai ripeterglielo, se lo vedi in giro. Non sono sicuro che mi stesse ascoltando per davvero.»

«Va bene. Chiama la mamma più tardi, d'accordo?» dico a voce bassa.

«Contaci» mormora, guardandosi le mani.

Osserviamo il luccichio rosso dei fari posteriori mentre l'auto esce dal vialetto. Ha ripreso a piovere. Beth e io restiamo lì ad agitare la mano come due idiote, finché la macchina non scompare dalla nostra vista e lasciamo cadere quasi simultaneamente il braccio. Non abbiamo voglia di tornare dentro, ora che abbiamo alle spalle le feste, il Natale, la preparazione della casa, l'impegno di accudire e intrattenere Eddie e i nostri genitori. E adesso? Niente più scadenze, programmi. Niente a guidarci, a parte noi stesse.

Do un'occhiata a mia sorella e noto le goccioline di pioggia che le imperlano i capelli arruffati attorno al viso. Non riesco nemmeno a chiederle cosa vuole per pranzo, a mettere a fuoco questo scorcio di futuro: la casa trabocca di avanzi già pronti per essere piluccati.

«Eddie è veramente fantastico, Beth. Hai fatto un ottimo lavoro con lui» dico, sentendo il bisogno di rompere il silenzio, ma nei suoi occhi c'è uno sguardo gelido, triste.

«Non so fino a che punto sia stato merito mio» ribatte.

«Quanto c'è di buono in lui è merito tuo» replico, prendendole la mano e stringendola. Lei scuote la testa. Ci voltiamo e torniamo dentro, da sole.

Quando è così silenziosa, così pallida e immobile come una statua, ripenso a lei in ospedale. Almeno, non fui io a trovarla. Devo affidarmi alle descrizioni di Eddie per riuscire a immaginarmela. Era in camera da letto, sdraiata su un fianco, piegata in due come se, da seduta, si fosse accasciata a terra. Eddie mi ha raccontato che la faccia non si vedeva, perché era coperta dai capelli. Non è in grado di dire quanto tempo sia rimasto lì prima di avvicinarsi a lei, perché aveva troppa paura di scostarle i capelli dal viso per vedere cosa ci fosse sotto, se sua madre fosse viva o morta. Non era necessario che la toccasse, è ovvio, gli sarebbe bastato chiamare un'ambulanza, ma era un bambino. Voleva sistemare tutto da solo. Voleva toccarla e sincerarsi che stesse dormendo, nient'altro. Chissà dove ha trovato il coraggio di farlo, di tirarle indietro i capelli. L'orgoglio che provo per lui è talmente forte da farmi male.

Aveva preso un sacco di sonniferi e poi aveva cercato di tagliarsi le vene con la piccola lama del coltello da frutta che le avevo visto usare più di una volta per affettare le banane sui cereali di Eddie. Ma il responso fu che aveva esitato, forse perché il primo taglio, abbastanza profondo da spaventarla ma non sufficiente a procurare lesioni serie, le aveva fatto più male di quanto si fosse aspettata, e mentre esitava le pillole avevano fatto effetto e lei aveva perso conoscenza. Si era tagliata le vene nel modo sbagliato, recidendo i tendini e i vasi sanguigni in orizzontale anziché in verticale, e al giorno d'oggi qualsiasi suicida convinto sa che questo è il modo migliore. I dottori lo definirono un grido di aiuto più che un tentativo autentico, ma io ero sicura che non fosse così. Mi precipitai in ospedale e attesi che le facessero la lavanda gastrica. Di fronte a me in corridoio c'era una finestra con le veneziane abbassate, e il mio riflesso mi fissava. Nella luce verdognola sembravo morta, con i capelli schiacciati e il viso sciupato. Infilai qualche moneta in un distributore automatico e presi una cioccolata calda e acquosa per Eddie, poi venne Maxwell e lo portò via.

Quando Beth si svegliò andai da lei, e prima di vederla non avevo idea di essere arrabbiatissima, più arrabbiata di quanto fossi mai stata.

"Cosa credevi di fare? A Eddie non hai pensato?" Furono queste le mie prime parole, inesorabili come una trappola.

Un'infermiera con i capelli di un castano spento mi guardò corrucciata e in tono ammonitore disse: "Elizabeth ha bisogno di riposare", neanche la conoscesse meglio di me. Mia sorella aveva un livido sul mento e ombre violacee attorno agli occhi e sulle guance. "E a me non hai pensato?" avrei voluto aggiungere. Ero ferita, sapendo che sarebbe stata disposta ad abbandonarmi. Provai la stessa sensazione di quando la vedevo correre via con Dinny, accresciuta a dismisura dal passare degli anni. Non mi rispose. Scoppiò a piangere e il cuore mi si spezzò, lasciando fuoriuscire la rabbia. Raccolsi una ciocca arruffata dei suoi capelli e mi misi a districare i nodi con la punta delle dita.

È da molto che non parlo con la zia Mary, né di persona né al telefono. La chiamo con riluttanza, ma ormai sono in ballo. Ho cominciato a scoprire cose, a svelare segreti. Se vado avanti così, presto o tardi arriverò a trovare quello che cerco. Mi sposto nervosamente sulla sedia mentre aspetto di sentire la voce di Mary. È sempre stata riservata, taciturna, così mite e tranquilla che per metà del tempo non ci accorgevamo neanche di lei. È una di quelle donne con la pelle rosea e lo sguardo scialbo, che indossano belle camicette infilate in belle gonne. Fu uno shock sentirla gridare, sbraitare e imprecare subito dopo la scomparsa di Henry. Poi, quando smise, divenne ancora più silenziosa di prima, come se avesse esaurito tutto il rumore che aveva dentro in quell'unica esplosione. La sua voce è flautata e sommessa, fragile come carta velina bagnata.

«Mary Calcott, chi parla?» risponde in tono timoroso, come se non fosse affatto sicura di quello che dice.

«Ciao, zia Mary, sono Erica.»

«Erica? Oh, ciao, cara. Buon Natale. Be', per quello immagino che sia un po' tardi. Buon anno.» C'è poca convinzione nelle sue parole. Mi chiedo se ci odi perché siamo ancora vive mentre Henry non lo è, perché siamo ancora qui a ricordarglielo.

«Anche a te. Va tutto bene, spero. Non c'eri quando Clifford è venuto qui alla tenuta per recuperare le poche cose che volevi...»

«No, no. Capirai anche tu che per me Storton Manor non è un posto... facile. Non mi va di pensarci spesso, e nemmeno di tornarci» mi dice. Non riesco a provare affetto per lei per via del tono distaccato con cui parla della perdita del figlio, neanche fosse un episodio imbarazzante che è meglio dimenticare. So di essere molto ingiusta. So che la sua vita è stata completamente distrutta.

«Sì, capisco.» Mi sforzo di trovare altre sciocchezze da dire, e non ci riesco. «Senti, spero di non sembrarti inopportuna, ma ti ho chiamata perché volevo chiederti un paio di cose riguardo alla ricerca che facesti un paio d'anni fa sulla nostra famiglia.»

«Certo, dimmi pure.»

«Ecco, ho trovato una foto di Caroline che fu scattata a New York nel 1904...»

«Guarda, i conti tornano. Venne a Londra sul finire del 1904, anche se è difficile stabilire la data con assoluta certezza.»

«Già. Il fatto è che c'è un bambino con lei, nella fotografia. Un maschietto che potrebbe avere sei mesi, pressappoco. Mi chiedevo solo se avessi un'idea di chi potesse essere questo bambino.»

«Un bambino? È davvero strano. Non mi torna proprio.»

«Era stata sposata prima, negli Stati Uniti? Il fatto è che, da come tiene il bambino... per me ha tutta l'aria di una foto di famiglia. Sembra così orgogliosa... Ho l'impressione che sia suo figlio, capisci?»

«Oh, no, Erica. Non è possibile. Aspetta, prendo il raccoglitore. Un attimo solo.» Sento il rumore dell'anta di una credenza che si apre. «No, ho qui una copia del suo certificato di matrimonio con Lord Henry Calcott, e nella colonna dello stato civile si dice chiaramente che era zitella. Zitella a ventun anni! Non mi sembra la dicitura più appropriata, vero?»

«È possibile che abbia... ottenuto il divorzio o qualcosa del genere?» chiedo dubbiosa.

«Santo cielo, no. Era molto raro, a quei tempi, e se anche fosse successo la voce sarebbe girata, o almeno sarebbe venuta fuori in occasione del suo secondo matrimonio. Doveva essere il figlio di qualcun altro.»

«Capisco. Be', ti ringrazio...»

«Devo ammettere che Caroline era sempre piuttosto restia

a parlare degli anni passati in America. La sola cosa che sono riuscita a scoprire è che era cresciuta senza parenti stretti ed era venuta in Inghilterra per ricominciare da capo quando aveva ereditato il suo patrimonio. Sposò Henry Calcott subito dopo averlo conosciuto, o quasi, e ho sempre pensato che questo potesse dare la misura di quanto si sentisse sola, povera ragazza.» Henry Calcott. È già la seconda volta che pronuncia quel nome.

«Già, così sembra più plausibile. Comunque grazie di aver controllato.»

«Figurati, Erica. Sarebbe un problema se ti chiedessi di spedirmi quella fotografia? Ci sono così poche immagini di Caroline da giovane e delle sue origini...»

«In realtà mia madre mi ha già chiesto di darle tutte le fotografie che trovo, però non avrà nessuna difficoltà a mandartene una copia.»

«Capisco. Vorrà dire che lo chiederò a Laura la prossima volta che la vedo.»

C'è un momento di silenzio, e non riesco a convincermi a salutarla, ad ammettere che questa informazione era la sola cosa che mi interessasse e non ho voglia di parlare con lei. C'è così tanto da dire, e così tanto da non dire.

«Allora... Com'è andato il Natale?» chiedo. La sento respirare a fondo per farsi forza.

«Bene, grazie.» Tace di nuovo, poi riprende. «Continuo a comprare un regalo per Henry ogni anno, sai? Clifford crede che abbia perso la testa, è ovvio, ma lui non ha mai capito davvero cosa significhi per una madre perdere un figlio. Non ce la faccio a metterlo da parte e andare avanti come ha fatto lui.»

«Cosa gli hai preso?» Non riesco a trattenermi.

«Un libro sulla RAF, un paio di scarpe da calcio e un po' di DVD» risponde a voce più alta, come se fosse soddisfatta dei regali che ha scelto e che non consegnerà mai. Non trovo niente da dire. Mi domando assurdamente se abbia comprato scarpe per bambini, o se abbia tentato di indovinare il numero che il figlio avrebbe portato da grande. «Pensi mai a tuo cugino, Erica? Pensi ancora a Henry?» chiede tutto d'un fiato.

«Ma sì, certo che ci penso. Soprattutto adesso che siamo... di nuovo qui.»

«Bene. Bene, ne sono felice» replica, e mi chiedo cosa intenda, se avverta il senso di colpa che aleggia attorno a Beth e me come un cattivo odore.

«Non ci sono più state novità su di lui... su Henry?» È una domanda ridicola da fare ventitré anni dopo la sua scomparsa, ma quale conclusione posso trarre dai regali che si ostina a comprargli, se non che si aspetti di vederlo tornare un giorno o l'altro?

«No» risponde con voce piatta. Un'unica parola: non si sforza di approfondire.

«Eddie è stato qui con noi per Natale» le dico.

«Chi?»

«Edward, il figlio di Beth.»

«Oh, sì, giusto.»

«Ha undici anni ormai, la stessa età di... Be', comunque si è divertito un mondo a girovagare tra i boschi, sempre sporco dalla testa ai piedi.»

«Clifford voleva fare un altro figlio, sai, dopo aver perso Henry. Forse eravamo ancora in tempo.»

«Oh.» È l'unico commento che riesco a fare.

«Ma gli ho detto che non potevo. Cosa credeva, che lo avremmo rimpiazzato così, come un orologio perso?» Sento un suono strano, strozzato, che forse vorrebbe essere una risata.

«No, certo che no» rispondo. Un'altra lunga pausa, un altro lungo sospiro di Mary.

«So che voi ragazze non siete mai andate d'accordo con Henry. So che non vi piaceva» dice, a un tratto rabbiosa, offesa.

«Ma certo che ci piaceva!» mento. «È solo che... Be', ci piaceva anche Dinny, e in pratica abbiamo dovuto scegliere da che parte stare...»

«Non vi è mai passato per la testa che Henry facesse... delle scenate, certe volte, perché lo tagliavate sempre fuori dai vostri giochi e scappavate a divertirvi con Dinny?» chiede.

«No. Non... non ho mai pensato che avesse voglia di giocare con noi. Non ha mai dato l'impressione di tenerci» borbotto.

«Oh, io credo di sì. Credo che si sentisse ferito perché non vedevate l'ora di scappare via» replica, risoluta. Cerco di considerare mio cugino in questa prospettiva, di interpretare così il modo in cui trattava noi e Dinny, ma non ci riesco, non funziona. La situazione era diversa, *lui* era diverso. Ho un moto d'indignazione, ma so di non poter replicare e così resto in silenzio.

«Be', Erica, adesso devo proprio andare» dice infine. «È stato... bello parlare con te. Ciao.»

Riattacca il telefono prima che possa rispondere. Non lo fa con rabbia o in modo brusco, ma distrattamente, come se qualcos'altro avesse catturato la sua attenzione. Ha avuto un sacco di manie e progetti da quando è morto Henry: tappezzerie, acquerelli, oroscopi, riproduzioni di bassorilievi in ottone, poesia antica... La genealogia della nostra famiglia fu l'impegno più duraturo, il solo che riuscì a portare a termine. Mi chiedo se l'abbia fatto perché così avrebbe potuto ripetere quel nome quando Clifford non le permetteva di parlare del figlio – "Henry Calcott, Henry Calcott, Henry Calcott" –, scoprendo il più possibile sugli avi dai quali aveva avuto origine, come se in questo modo sperasse di riaverlo.

È morto, di questo sono certa. Non l'hanno portato via, non era lui quello sdraiato sul sedile posteriore di una macchina nel parcheggio di Devizes, non era lui quello trascinato via da un misterioso vagabondo sulla A361. Lo so perché lo sento, sento il ricordo della sua morte. Lo sento allo stagno, anche se non riesco a vederlo, proprio come sentivo la sagoma di Dinny nel buio, il giorno di Natale. C'eravamo noi, c'era Henry, e Henry è morto. La sagoma c'è già, adesso devo solo colorarla perché sono andata in stallo, sono bloccata. Non posso andare da nessuna parte finché non avrò riempito questa lacuna nella mia testa, finché non sarò riuscita a estrarre la scheggia di Beth. Ogni altro pensiero deve per forza ruotare attorno a questi tasselli mancanti, ma così non si può andare avanti, non per molto, e se devo cominciare dal 1904 per arrivare fino in fondo, lo farò.

Dalla finestra della cucina vedo Harry fermo accanto agli alberi, in fondo al giardino. Sta ancora piovendo, più forte adesso. Ha le mani affondate nelle tasche del cappotto rappezzato, ed è curvo, fradicio, sconsolato. D'impulso tiro fuori gli avanzi dal frigorifero e dalla dispensa e mi metto a tagliare qualche fetta spessa del tacchino freddo, con i moncherini delle zampe bruciati. Spalmo un ricco strato di maionese su due pezzi di pane bianco, lo imbottisco con il tacchino, poi l'avvolgo nell'alluminio e glielo porto, il cappotto tirato sopra la testa. Non mi sorride. Sposta il peso da un piede all'altro, preso da un'indecisione angosciosa. La pioggia gronda dai suoi dreadlock, e sento l'odore del suo corpo non lavato, un odore lieve, animale, che stranamente mi intenerisce.

«Tieni, Harry, te l'ho preparato per pranzo. È un sandwich di tacchino» dico, porgendoglielo. Lo prende. Non so perché mi aspetti che parli, anche se in fondo sono certa che non lo farà. Il desiderio di comunicare attraverso i suoni è una cosa così profondamente umana, suppongo. «Harry, Eddie è tornato a casa con suo padre adesso. Capisci quello che ti sto dicendo? Non è più qui» gli spiego con la massima delicatezza possibile. Se avessi idea di quando tornerà glielo direi, ma non lo so. Non so neanche se resteremo qui. Non so niente. «È venuto qui suo padre, oggi, e l'ha portato a casa con lui.» Harry osserva il sandwich mentre la pioggia tamburella sull'alluminio, producendo una leggera melodia metallica. «Be', almeno mangia il panino» lo esorto con gentilezza. «Ti darà un po' di energie.»

Beth mi trova nello studio. Sono raggomitolata in una poltrona di cuoio a pozzetto. Mi sono arrampicata sulla scrivania per prendere dall'ultimo ripiano un libro sui fiori selvatici, che si è tirato dietro un nugolo di mosche morte e un odore di vite passate. Ora mi pesa sulle ginocchia, ed è aperto su due pagine dedicate agli spadoni gialli. Sono iris dall'aspetto burroso e disordinato, i petali che penzolano con noncuranza dagli alti steli, come stendardi in un giorno senza vento. Li ho riconosciuti non appena li ho visti: spadoni.

«Ha smesso di piovere. Ti andrebbe una passeggiata veloce?» chiede Beth. Si è fatta le trecce, ha messo un paio di jeans puliti e un pullover color lampone.

«Ma certo» rispondo, più meravigliata che mai. «Sì, andiamo.»

«Che cosa stavi leggendo?»

«Oh, una cosa sui fiori selvatici. C'erano tre vecchie federe di sopra, nell'armadio della biancheria, con dei fiori gialli ricamati, e volevo sapere cos'erano.»

«E l'hai scoperto?»

«Spadoni. Ti ricorda qualcosa?»

«No, dovrebbe? Tipo?»

«Niente, probabilmente mi confondo. Metto un paio di stivali e ci sono.»

Non andiamo molto lontano, dato che il cielo all'orizzonte è nero come il carbone fino al villaggio e poi su al tumulo. Sono sicura di riconoscere una delle ragazze che erano alla festa del solstizio, dietro la vetrina di un pub. Seduta accanto al fuoco, sta prendendo una birra fresca da un uomo che mi dà le spalle. Dall'ingresso si riversa un'accogliente ondata di fumo, birra e voci, ma proseguiamo oltre. C'è un sacco di gente in giro per il villaggio quest'oggi, a smaltire tortine e pudding. Ci salutano tutti anche se nessuno ci riconosce, ne sono sicura. Alcuni volti mi colpiscono, si inseriscono in qualche fessura tra i miei ricordi, ma troppo rapidamente perché possa distinguerli. Una donna corpulenta ci supera in sella a un cavallo con la coda adornata da alcune decorazioni argentate.

Attraversiamo i pascoli fin su al tumulo, mettendo in fuga una ventina di corvi che zampettano decisi, il piumaggio lucente. Il vento li porta via, e da lontano sembrano fori di proiettile nel cielo. Beth mi prende sottobraccio e cammina con passo elastico.

«Sembri felice oggi» osservo con cautela.

«Infatti. Ho preso una decisione.»

«Ah, sì, quale?» Siamo giunte al tumulo. Beth lascia il mio braccio, conquista la cima della montagnola in tre lunghe falcate e si volta e guardare l'orizzonte sopra la mia testa.

«Vado via. Non resterò qui» dice, spalancando le braccia in un gesto fanciullesco, teatrale. Prende un lunghissimo respiro ed espira rumorosamente.

«Ma come? Dove vorresti andare?»

«A casa, dove se no? Oggi stesso. Ho già fatto i bagagli!» Ride come se fosse impazzita. «Prenderò *quella* strada» prosegue, aguzzando la vista e indicando la schiera di alti pioppi lungo il viale che conduce fuori dal villaggio.

«Non puoi!» Il pensiero di restare sola in quella casa mi riempie di un terrore indefinibile. Preferirei tuffarmi in fondo allo stagno, lasciarmi risucchiare giù. Il panico mi stringe lo stomaco.

«Certo che posso. Che senso ha restare? E poi, che diavolo ci facciamo qui? Non ricordo nemmeno perché siamo venute, e tu?»

«Siamo venute per... per sistemare le cose. Per... decidere cosa volevamo fare!» Fatico a trovare le parole.

«Andiamo, Erica. Nessuna di noi due vuole vivere qui.» Detto questo lascia cadere le braccia lungo il corpo, e all'improvviso mi guarda. «Neanche tu, vero? Non vuoi vivere qui? Non vuoi restare?»

«Non lo so ancora!»

«Ma... non puoi volerlo. È la casa di *Meredith*. Là dentro tutto parla di lei. E poi c'è... quell'altra cosa.»

«Henry?» dico. Beth fa un cenno di assenso con il capo, uno solo, breve e secco. «Adesso è casa *nostra*, Beth. Tua e mia.»

«Oddio, tu vuoi restare. È così, vero?» Non riesce a crederci.

«Non lo so! Non per sempre, forse, magari per un po'... Non lo so, ma ti prego, non te ne andare, Beth! Non... non ho ancora finito. Non posso andarmene ora e non posso rimanere qui da sola. Ti prego. Resta ancora un po'.» In cima al tumulo, Beth sembra afflosciarsi: l'ho pugnalata, ed è come se tutta l'aria fosse uscita dal suo corpo. Rimaniamo in silenzio per un po'. Il vento scivola sul crinale, facendo fremere l'erba. Vedo Beth tremare: sembra incredibilmente sola, lassù.

Alla fine torna giù da me, gli occhi bassi.

«Scusami» dico.

«Cosa vuol dire che non hai ancora finito?» Parla con voce incolore e spenta, ora.

«Ho bisogno di... scoprire cos'è successo. Ho bisogno di ricordare.» È una mezza verità. Non posso dirle della scheggia, non deve sapere a cosa miro. Si ritrarrebbe di scatto, non si lascerebbe toccare, proprio come Eddie con il suo dito gonfio.

«Ricordare cosa?»

La fisso. Non può non sapere di cosa sto parlando.

«*Henry*. Beth, devo ricordare cos'è successo a Henry.» Mi fissa con uno sguardo truce, dritto in faccia, il cielo grigio riflesso nei suoi occhi. Io rimango in attesa.

«Te lo ricordi cos'è successo. Non mentire. Eri grande abbastanza.»

«E invece no. Sul serio, non me lo ricordo» insisto. «Ti prego, dimmelo.» Beth volge lo sguardo altrove, oltre i tetti e le schiere di camini del villaggio sotto di noi e verso est, come a volersi proiettare laggiù.

«No. Non te lo dirò. Non lo dirò a nessuno. *Mai.*»

«Beth, ti supplico! Devo sapere!»

«No! E... se mi vuoi bene, smetti di chiedermelo.»

«Dinny lo sa?»

«Ma sì che lo sa, è *ovvio*. Perché non lo chiedi a lui?» Per un attimo nei suoi occhi scorgo una gelida nota di risentimento, che poi scompare. «Ma lo sai anche tu. E se davvero non te lo ricordi, forse... forse è meglio così.» Si allontana lungo il crinale, dirigendosi verso casa.

Si ferma allo stagno. È la prima volta che torna qui, a quanto ne so, e si arresta così bruscamente che per poco non le finisco addosso. Il vento scivola sulla superficie dell'acqua rendendola cupa e opaca. Mi aspetto di vederla piangere, ma i suoi occhi sono asciutti, duri. Le rughe di sofferenza che le segnano il viso sono più profonde che mai. Posa lo sguardo sullo stagno.

«Ero così spaventata, la prima volta che ti buttasti in acqua» mormora, talmente piano che fatico a sentirla. «Credevo che non saresti più riuscita a venire fuori, come il riccio nello stagno vicino a casa, quella volta. Te lo ricordi? Aveva continuato a nuotare e nuotare finché non aveva più avuto la forza di tenersi a galla, ed era semplicemente affogato. Tutti quei filmati che ci facevano vedere a scuola... Mai fare il bagno nelle cave e nei fiumi. Ero convinta che l'acqua senza cloro avesse un qualche potere terribile, occulto, che spiava i ragazzini in attesa di mangiarseli.»

«Ricordo che mi gridasti dietro come un'arpia.»

«Mi preoccupavo per te» dice, scrollando debolmente le spalle. «Adesso sei tu che passi tutto il tempo a preoccuparti per me, a parte oggi. *Perché* dovrei restare? Non lo capisci che... mi fa male, stare qui?»

«No, io... io credo che potrebbe farti bene» mi costringo a rispondere.

«Cosa vuoi dire?» chiede Beth, incupita. Il mio cuore batte più in fretta.

«Quello che ho detto. Non puoi continuare a fuggire da questa cosa, Beth! Ti prego! Se solo accettassi di parlarne...»

«No! Te l'ho ripetuto un'infinità di volte. Né a te né a nessun altro!»

«Perché neanche a me? Sono tua *sorella*, Beth, e niente di quello che potresti dirmi condizionerebbe il mio amore per te! Niente» dico con fermezza.

«È questo che pensi, vero? Che in me c'è qualcosa di spregevole e che sto cercando di nasconderlo?» sussurra.

«No, Beth, questo non lo penserei *mai*! Non mi stai ascoltando! Però è vero che mi tieni nascosto qualcosa, non puoi negarlo. Io non ho segreti per te!»

«Tutti hanno dei segreti, Erica» ribatte. È vero, e distolgo lo sguardo.

«La sola cosa che voglio è che ci lasciamo alle spalle questo posto...»

«Bene! È quello che voglio anch'io! Facciamolo, allora. Andiamocene.»

«Non basta mica andarsene per lasciarselo alle spalle, Beth! Guardati, da quando siamo tornate qui mi sembra di dividere la casa con un fantasma! Sei... infelice, e sembri decisa a restarlo!» grido.

«Ma fammi il piacere!» urla Beth di rimando, spalancando le braccia per la rabbia. «Sei tu quella che sta facendo di tutto per tenermi qui. Sei tu che fai di tutto per rendermi infelice! Io sono venuta qui solo perché tu hai insistito tanto!»

«Io sto facendo di tutto per liberarti da quello che ti fa stare male, Beth, qualunque cosa sia. Ed è qui, lo so. È qui in questa casa... Non andartene!» Le afferro il braccio per fermarla. Beth ha il respiro affannoso, è pallida ed evita il mio sguardo.

«Se non mi lasci andare, può darsi che non te lo perdonerò mai. Non so cosa potrei fare» dice con voce tremante. Spaventata, le lascio andare il braccio. Ho paura di quello che potrebbe fare. La mia fermezza vacilla, ma mi costringo a tenere duro.

«Ti prego, Beth. Ti prego, resta qui con me, almeno fino al nuovo anno. Vediamo di... di risolvere questa cosa, di qualunque cosa si tratti.»

«Risolverla?» mi fa eco, risentita. «Non è un indovinello, Erica.»

«Questo lo so. Ma non possiamo più andare avanti come abbiamo fatto finora. Questa è la nostra *occasione*, Beth. La nostra occasione di rimettere a posto le cose.»

«Certe cose non si cancellano, Erica. Prima lo accetti, meglio è» mormora. Ha gli occhi lucidi di lacrime, ma quando mi guarda scopro che sono pieni di rabbia. «Questa cosa non si può rimettere a posto!» sbotta, e si allontana come una furia. Aspetto un istante prima di seguirla, e mi accorgo che sto tremando.

Per il resto del giorno giochiamo a nascondino. Questa casa è sempre stata il posto perfetto per farlo. La pioggia cade di traverso, spifferi d'aria s'insinuano nei camini. Faccio entrare Harry e gli preparo un tè zuccherato. Siede al tavolo della cucina, succhiando il tè dal cucchiaino come un bimbo. Gronda acqua sul pavimento, e la stanza si riempie dell'odore di lana bagnata. Non riesco a trovare Beth per offrirne una tazza anche a lei, né per chiederle cosa vuole mangiare a cena, per sapere se ha voglia di andare da qualche parte, se vuole noleggiare un film alla stazione di servizio sulla strada per Devizes. Sento che il mio compito, adesso, è di aiutarla a occupare il suo tempo, il tempo che la sto costringendo a passare qui, ma Beth è sgusciata via come un gatto, e mi sposto con passo pesante da una stanza all'altra, invano.

Henry una volta la lasciò nascosta per ore, sola, intrappolata, nel panico. Tirò in mezzo anche me, per l'ennesima volta. Ero sicuramente piccola, perché Caroline era ancora viva. Proprio quel giorno l'avevano portata in terrazza con la sedia a rotelle. Aveva una vecchia, imponente carrozzella di vimini, quelle grigie di metallo e plastica del servizio sanitario non facevano per lei. Avanzava scricchiolando tra l'elegante scintillio dei raggi, ma Henry diceva che era Caroline a scricchiolare, tanto era vecchia e mummificata. Sapevo che era una sciocchezza, eppure ogni volta che sentivo quel rumore mi trovavo a pensare alla pelle che si strappava come carta, ai capelli che si sarebbero ridotti in polvere al solo toccarli, alla lingua diventata rigida e legnosa dentro la bocca raggrinzita. Non eravamo costrette a baciarla, se non lo volevamo. Ci pensava nostra madre, grazie al cielo.

All'epoca stava quasi sempre a letto, ma quel giorno c'era bel tempo ed eravamo tutti lì, con Clifford e Mary e i miei genitori. Accostarono la carrozzella al tavolo e le servirono il pranzo su un vassoio inserito nel telaio. La governante portò fuori la minestra in un'enorme zuppiera di porcellana bianca a forma di cavolfiore, e sul tavolo c'erano patate, insalata e prosciutto. Mi sgridarono per aver intinto le dita nel burro fuso in fondo alla ciotola delle patate. Meredith aiutò Caroline a mangiare, a tratti imboccandola come si fa con i bambini. Aggrottava la fronte nel farlo, stringendo con forza le labbra. I capelli di Caroline erano radi, si intravedeva il cuoio capelluto e sembrava davvero di carta. Gli altri conversavano attorno a lei, e io stavo attenta a tenere gli occhi fissi sul piatto. Solo una volta Caroline parlò, e sebbene la sua voce fosse più alta di quanto pensassi, le parole le uscirono faticosamente.

«Quel Dinsdale è ancora vivo?» Lasciò cadere la forchetta, come se reggerla e parlare allo stesso tempo fosse troppo impegnativo, e la posata tintinnò rumorosamente contro le lastre del pavimento.

«No, mamma, no» rispose Meredith, e io avvampai sapendo che in realtà c'erano molti Dinsdale, vivi e a neanche duecento metri da dove stavamo mangiando, ma mi guardai bene dal farne parola a tavola. Caroline emise un breve suono, stridulo e tremolante, che poteva significare qualsiasi cosa. Soddisfazione, forse. «Credo che suo figlio sia ancora vivo, però» aggiunse Meredith.

«Non puoi *sbarazzarti* di lui, piccola mia?» chiese Caroline, e rimasi sconcertata tanto dalla richiesta offensiva quanto dal sentir chiamare Meredith "piccola". Dall'altra parte del tavolo Henry sogghignò, dandomi un calcio nello stinco.

«Non possiamo fare proprio niente» replicò Meredith.

«Zingari» mormorò Caroline. «Dovevano sloggiare. Dovevano andare per la loro strada» disse.

«Vanno. È che poi tornano» borbottò Meredith. «E purtroppo mi trovo con le mani legate.» A quel punto Caroline si zittì. Vi fu una pausa innaturale, come se stesse per aggiungere qualcosa, e tutti a tavola rimasero in attesa, ma lei non disse altro. Meredith si piegò il tovagliolo sulle gambe con un gesto deciso e cominciò a servirsi l'insalata, però rimase accigliata, e quando guardai Caroline notai che stava fissando oltre il prato, gli occhi puntati sugli alberi lontani come se potesse vedervi attraverso. La testa le ballonzolava sul collo, e di quando in quando le mani si contraevano involontariamente, ma quello sguardo remoto, annebbiato, non vacillava mai.

Dopo pranzo a noi bambini toccò fare un riposino pomeridiano, perché io ero piccola e irritabile, Henry era stato sgarbato a tavola e a Beth non rimaneva nessuno con cui stare. Fu Henry a istigarci a giocare. Si nascose per primo, e alla fine lo trovammo in soffitta, dietro lo stesso logoro baule di cuoio rosso che ho da poco riscoperto. Sollevammo una nube di polvere che scintillava e danzava in lente volute nella luce filtrata dal lucernario. Trovai una farfalla Vanessa avvolta in una ragnatela e mummificata, proprio come dava l'impressione di essere Caroline. Mi misi a sbraitare che toccava a me nascondermi, ma Beth aveva trovato Henry per prima quindi era il suo turno. Henry e io ci inginocchiammo in fondo alle scale, chiudemmo gli occhi e contammo.

Non credo che sapessi contare fino a cento, a quell'età. Mi affidavo a Henry, che in genere contava così: "Uno, due, saltiamone un po', novantanove, cento", perciò, dopo essere stata ad ascoltare l'acciottolio dei piatti in cucina per quello che mi era parso molto tempo, aprii un occhio per controllarlo. Non c'era. Alzai lo sguardo e lo vidi scendere dalle scale. Fece un sorrisetto cattivo, e io mi guardai attorno. Lo facevo d'istinto, ogni volta che mi trovavo sola con lui e vedevo quell'espressione sul suo volto, nella speranza che vi fosse un aiuto a portata di mano. Il cuore mi batteva forte."È già ora di trovare Beth?" sussurrai.

"No, non ancora. Te lo dico io quando è ora" rispose. "Su, vieni con me." Parlava con voce falsamente gentile, la stessa voce stridula che aveva usato per lo scherzetto ai cani. Mi tese la mano e la presi controvoglia, poi andammo nello studio e accese il televisore.

"Adesso è ora?" chiesi di nuovo. Qualcosa non andava. Mi diressi alla porta, ma Henry tese la gamba per fermarmi.

"Non ancora! Te l'ho detto, non puoi andare a cercarla finché non te lo dico io."

Restai in attesa. Ero triste e non mi interessava cosa ci fosse in tivù. Guardavo Henry fare avanti e indietro dalla porta. Cos'è il tempo, quando hai cinque anni? Non ho idea di quanto mi costrinse ad aspettare, dev'essere stata più di un'ora, e mi parve un'eternità. Quando sentii lo scricchiolio della porta, mi ci diressi di corsa. Entrò mio padre, chiese dove fosse Beth poi, notando la mia espressione ansiosa, ripeté la domanda, ma Henry fece finta di niente. Papà e io girammo tutta la casa chiamandola, poi, nel corridoio dell'ultimo piano la sentimmo picchiare i pugni ed emettere qualche gemito flebile e angoscioso. Sotto l'ultima rampa di scale, che portava in soffitta, c'era uno sgabuzzino con una chiave di ferro nella serratura. Papà girò la chiave, tirò il chiavistello, e Beth si precipitò fuori, il volto pallido e sporco di lacrime.

"Che diavolo succede?" chiese papà, prendendola in braccio. Beth respirava in modo così affannoso che per poco i singhiozzi non la soffocarono, e il suo sguardo era talmente fisso che mi spaventò. Era come se si fosse isolata da me, dal mondo: la paura l'aveva spinta a rifugiarsi nella propria mente. Lo sgabuzzino era ingombro di roba e pieno di ragnatele, e l'interruttore della luce era all'esterno. Henry l'aveva spenta e l'aveva chiusa dentro mentre io tenevo gli occhi chiusi, convinta che stesse contando. L'aveva lasciata sola al buio, con i ragni e senza spazio per muoversi. Dissi a mio padre quello che sapevo, e lui pretese la verità da Henry. Beth era ferma dietro di lui, in un silenzio innaturale. Aveva le ginocchia sporche e impolverate e graffi sui palmi delle mani. Qualcosa le si era impigliato in una ciocca di capelli, facendola uscire dal cerchietto e formando un cappio afflosciato.

"Io non c'entro niente. Sono stato tutto il tempo qui. Ci eravamo stancati di cercarla" tagliò corto Henry, dondolando avanti e indietro per l'agitazione ma riuscendo comunque a rimanere serio. Beth aveva smesso di piangere. Stava guardando Henry, negli occhi un odio bruciante che mi sconvolse.

È metà pomeriggio e sono al piano di sopra, rannicchiata sul davanzale della mia camera. Il mio respiro ha fatto appannare il vetro e non riesco più a vedere fuori, ma non ha importanza perché sto leggendo altre lettere di Meredith a Caroline. Mi sorprende che mia nonna le abbia tenute tutte, riponendole insieme alle cose di Caroline a testimonianza del loro rapporto tormentato. Le lettere sono di chi le riceve, lo so, eppure sarebbe stato così facile per lei distruggerle dopo la morte della madre, e nessuno l'avrebbe potuta biasimare, ma può darsi che volesse tenerle proprio per quello che rappresentavano: il suo tentativo, per quanto fallito, di crearsi una vita diversa.

Mia cara madre,

vi ringrazio per il biglietto che mi avete mandato. Posso solo dirvi che nel complesso sto bene. Laura mi sta dando un gran da fare. Ha da poco imparato a camminare e già fatico a starle dietro: è praticamente impossibile tenerla alla larga dai guai. Questa settimana ha scoperto una passione speciale per il fango e i vermi. Ho una balia eccezionale, una ragazza del posto di nome Doreen, che sa sempre come tranquillizzare la bambina, e anche me, devo ammetterlo. Niente sembra innervosirla, ed è un grosso pregio in un una situazione difficile come questa. Ho riflettuto a lungo sul vostro invito a tornare a vivere con voi a Storton Manor, ma per il momento ho intenzione di restare nella mia casa. Ho il sostegno dei vicini, che mi hanno dimostrato grande solidarietà nel momento del bisogno. Molte donne del posto hanno figli e mariti in guerra, e ogni volta che arriva il tanto temuto telegramma si presenta qualcuno ad assicurarsi che vi sia cibo in casa, i bambini abbiano da vestire, e la moglie o la madre respiri ancora. Immagino che voi non approvereste di vedere gente di classi sociali diverse mescolarsi in questo modo, ma per me fu molto commovente ricevere una visita del genere quando arrivò la notizia della morte di Charles. Sono stata a Londra venerdì scorso, per raccogliere quel che rimaneva delle sue cose al circolo e nei suoi uffici. Non credereste alle scene di devastazione che ho visto. Mi hanno raggelata nel profondo del cuore.

Perciò rimarrò qui finché ce la farò, anche perché, sebbene mi addolori profondamente mettere per iscritto una cosa del genere, non vi ho ancora perdonata per non essere venuta al funerale di Charles. La vostra disapprovazione nei suoi confronti come marito e la vostra avversione per i viaggi non possono giustificare un oltraggio come l'assenza alla funzione, e il vostro affronto non è passato inosservato tra i nostri conoscenti. E a me non pensate? Non capite che mi avrebbe fatto piacere avervi accanto, che avevo bisogno del vostro appoggio in un giorno come quello? Non credete che esista un limite allo stoicismo che una donna appena rimasta vedova è costretta a sfoggiare? Questo è tutto ciò che ho da dire, per il momento. Devo abituarmi a vivere senza mio marito, e devo prendermi cura di me, della piccola Laura e del bambino in arrivo. Per ora non penso che voi o chiunque altro possiate pretendere di più da me.

Meredith

Mentre sto finendo di leggere vengo interrotta dal suono del campanello. Scendo dal davanzale con un sussulto e la circolazione riprende nelle mie gambe intorpidite. Mi incammino verso le scale, poi mi fermo perché ad aprire la porta è già andata Beth, e sento la voce di Dinny. L'istinto mi direbbe di proseguire, di scendere di corsa per vederlo, per rendere il loro incontro più semplice, ma i miei piedi non ubbidiscono. Rimango immobile, la mano sulla ringhiera, in ascolto.

«Come stai, Beth?» chiede Dinny, e la domanda suona più densa di significato di quanto lo sarebbe normalmente.

«Benissimo, grazie» risponde lei con una nota insolita nella voce che non so interpretare.

«È solo che... Erica ha detto...»

«Erica ha detto cosa?» ribatte lei in tono brusco.

«Che non eri felice di essere tornata. Che te ne volevi andare.» Non riesco a sentire la replica di Beth, ammesso che ci sia. «Posso entrare?» domanda lui, quasi intimorito.

«No. Credo... credo che sia meglio di no. Sono... Adesso sono occupata» mente Beth, e sento la sua tensione al punto che mi fanno male le spalle.

«Ah, va bene. Ero solo passato a ringraziare Erica delle cose per la bambina che ha portato a Honey. Stava addirittura sorridendo quando sono tornato: è stato incredibile.» Strappa un sorriso anche a me, ma credo che mia sorella non sappia quanto sia raro un simile evento.

«Ah, bene... Glielo dirò, o vuoi che la chiami?» chiede lei con voce severa.

«No, no. Non ce n'è bisogno» risponde Dinny, e il mio sorriso svanisce. C'è un momento di silenzio. Uno spiffero penetra dalla porta d'ingresso, lo sento sussurrare lungo le scale. «Senti, Beth, vorrei parlarti di... quello che è successo. Ci sono cose che secondo me non hai capito...»

«No!» lo interrompe Beth, a voce più alta adesso, allarmata. «Non ne voglio parlare. Non c'è niente di cui parlare. È tutto passato.»

«Lo credi davvero?» chiede lui in tono sommesso, e io trattengo il fiato, aspettando la risposta di Beth.

«Sì! Che domande sono? Ma certo.»

«Voglio dire, certe cose sono difficili da lasciarsi alle spalle, da dimenticare. Per me è così, almeno.»

«Devi solo sforzarti di più» commenta lei freddamente. «Molto di più.»

Sento un rumore di piedi che si muovono sul pavimento di pietra e mi immagino Beth che si gira, cercando di sfuggirgli.

«Eppure non è così semplice, o sbaglio?» dice lui più forte, ora. «Una volta riuscivamo... riuscivamo a parlare di qualsiasi cosa, tu e io.»

«È stato molto tempo fa» dice lei.

«Senti, Beth, non puoi decidere sempre tutto tu. Non puoi semplicemente fingere che non sia successo niente, non puoi lavarti le mani di questa storia... di me.»

«*Non ne voglio parlare*» replica lei, sottolineando con durezza ogni singola parola.

«Può darsi che non avrai altra scelta. Ci sono cose che devi proprio sapere» dice Dinny con fermezza.

«Ti prego» replica Beth. La sua voce si è fatta più sottile, mite e spaurita. «Ti prego, no.»

C'è un lungo momento di silenzio. Non oso quasi respirare.

«È stato bello rivederti» dice infine Dinny, e anche questa volta il commiato non suona leggero come dovrebbe. «Cominciavo a pensare che non mi sarebbe più capitato.»

«Non dovremmo essere qui. Non ci saremmo se non fosse per...»

«E ve ne andrete presto, giusto?»

«Sì, presto. Subito dopo Capodanno.»

«Nessun ripensamento?» chiede lui, con una nota risentita nella voce.

«No» risponde Beth, ma la parola non suona decisa come dovrebbe. L'aria fredda mi fa rabbrividire e di nuovo mi assale il bisogno smodato di sapere di che cosa stanno parlando, di ricordare.

«Allora vado.» Dinny ha un tono sconfitto. «Ringrazia Erica da parte mia. Spero... spero che ci rivedremo ancora prima che tu sparisca.» Non sento la replica di mia sorella, solo la porta che sbatte e un sospiro improvviso, sonoro, come se migliaia di parole represse fossero sgorgate fuori tutte insieme dalla sua bocca, echeggiando nell'atrio.

Rimango ancora un attimo sulle scale e sento Beth entrare nello studio. La poltrona emette un sibilo quando ci si siede bruscamente sopra, poi più nulla. Penso che sarebbe più facile strappare qualche verità alle pietre di questi muri, piuttosto che a mia sorella. Frustrata, torno in soffitta, apro il coperchio del baule rosso di scatto, senza la consueta delicatezza, e frugo ancora una volta tra le cose di Caroline. Dev'esserci qualcos'altro, qualcosa che mi è sfuggito, qualcosa che mi riveli l'identità del bambino della fotografia e cosa gli è successo. Qualcosa che mi aiuti a capire perché il suo odio per i Dinsdale era talmente forte da non lasciarle spazio all'amore per sua figlia. Una volta tirato fuori tutto, però, non ho scoperto niente di nuovo. Mi fermo e mi accovaccio, accorgendomi che mi tremano le mani, e quando raccolgo un pacchetto e mi sporgo per metterlo via, qualcosa cattura il mio sguardo. È uno strappo nella fodera di carta, sul fondo del baule, con una falda sollevata. Lì, mezzo nascosta sotto la carta, c'è una busta. Allungo la mano, vedo una scrittura diversa da quella di Meredith e mentre inizio a leggere i battiti del mio cuore accelerano.

Mi rimetto in piedi con difficoltà e mi precipito nello studio, dove il fuoco divora un'enorme catasta di legna irradiando un grande calore.

«Guarda cos'ho trovato! Era di sopra, tra le cose di Caroline» dico. Beth alza gli occhi su di me, il volto teso. Non mi ha ancora perdonata per quello che le ho detto allo stagno.

«Che cos'è?» chiede in tono indifferente.

«È una lettera indirizzata a Caroline che era andata persa. L'ho trovata nella fodera del suo baule: è vecchissima, di prima ancora che venisse in Inghilterra. Senti qua!» Anche questa busta è molto piccola; la carta all'interno è così vecchia che l'inchiostro, sbiadito, è di un marrone tenue. Le pagine sono macchiate e lacere, come se fossero state troppo maneggiate, lette e rilette in uno spazio di molti anni. Quando li apro, i fogli quasi si sgretolano lungo le pieghe, quindi cerco di maneggiarli con la massima delicatezza. A tratti le parole sono quasi indecifrabili, ma quello che riesco a capire è sufficiente se non altro a dimostrare una mia teoria.

«"22 aprile 1902"» leggo. «"Mia adorata Caroline, ho ricevuto la tua lettera e sono rimasto davvero sconvolto di sapere che la mia non ti è arrivata, e nemmeno quella precedente, a quanto pare! Ti prego, credimi: ti ho scritto e ho continuato a farlo quasi ogni sera. C'è così tanto lavoro da sbrigare qui, devo preparare tutto per il tuo arrivo, così a fine giornata sono sempre stanco morto, ma nonostante questo ti penso ogni sera, te lo giuro. Qui i temporali primaverili ci hanno molto intralciato, l'altro ieri è venuta giù una tempesta di chicchi di grandine grandi come il mio pugno, che avrebbero potuto ammazzare un uomo! A questa terra selvaggia serve una mano femminile che l'ammansisca e la ami, e so che non mi preoccuperò più di queste tempeste quando tu sarai al mio fianco.

«"Ti prego, non ti tormentare per la partenza di tua zia: qui troverai la casa e la famiglia di cui hai bisogno! So che ti addolora separarti da lei in malo modo, ma di certo..." Non riesco a capire cosa c'è scritto dopo, anzi, quasi tutto il paragrafo...» Strizzo gli occhi. «"Ho fatto in modo che... Mi dispiace... Abbi pazienza ancora per un po', mia adorata, e prima che te ne accorga saremo insieme. Ho individuato un pezzo di terra di fianco alla casa che trasformerò in un giardino per te. Ricordo che una volta mi dicesti quanto lo avresti voluto: be', adesso ne avrai uno tutto tuo, e potrai piantarci quello che desideri. Il terreno è un po' sabbioso da queste parti, ma possono fiorirvi molte cose, e anche noi fioriremo qui, lo sento. Il mio cuore mi rammenta ogni giorno la tua assenza, e ringrazio Dio che fra poco ci ricongiungeremo."

«Qui c'è un pezzo lunghissimo che non riesco proprio a capire, sembra che si sia bagnato o qualcosa del genere...» Mi interrompo, dando una scorsa al resto della pagina. «Finisce così: "Desidero ardentemente rivederti, e mi scalda il cuore sapere che fra non molto ti metterai in viaggio per raggiungermi. Stai tranquilla, tesoro. Presto cominceremo il resto della nostra vita. Per sempre tuo. C". Che te ne pare?»

«Allora era sposata!» esclama Beth.

«Sembrerebbe di sì... Non viene detto espressamente, ma non vedo cos'altro avrebbe potuto spingere un uomo, a quei tempi, a scrivere una lettera del genere, in cui parla di ricominciare le loro vite insieme, del fatto che avrebbe avuto una nuova famiglia e tutto il resto.»

«Dov'era questo posto? Cosa dice il francobollo?» Esamino la busta.

«Non si capisce. È tutto cancellato.»

«Peccato. E se fosse partita per andare a sposare l'uomo che ha scritto la lettera, ma fosse successo qualcosa prima del suo arrivo?»

«Ma allora di chi è il bambino?»

«Giusto. Quindi ha perso un marito e un figlio prima ancora di venire qui. E quanti anni aveva, a quel punto?»

«Ventuno, mi pare. Aveva appena ereditato il suo patrimonio.»

«È incredibile che di tutto questo non ci sia traccia sul suo certificato di nozze e non se ne sia saputo niente finora! Ma scusa, com'è possibile che sia finito nel dimenticatoio?» rimugina Beth.

Mi stringo nelle spalle. «Chissà. Se aveva divorziato, magari non desiderava che si sapesse in giro. Mary ha detto che Caroline non ha mai voluto parlare di quando era giovane: forse aveva qualcosa da nascondere. E ricordi la lettera di zia B. che ti ho fatto vedere, quella in cui accennava a certe cose successe in America che dovevano rimanere in America? Di sicuro era preoccupata che scoppiasse uno scandalo. Se il marito era morto, sul certificato di matrimonio con Lord Henry ci sarebbe stato scritto semplicemente "vedova" . Doveva averlo lasciato. E se il bambino era morto, ciò potrebbe spiegare perché era sempre così glaciale e impenetrabile.» A questo punto Beth si zittisce.

Non mi ha detto che Dinny è venuto alla tenuta. Non mi ha detto che è passato per ringraziarmi, e non ho modo di scoprire se l'abbia fatto apposta o se ne sia dimenticata, a meno di non confessarle che stavo origliando. Eppure il pensiero mi tormenta. Darei qualsiasi cosa per sapere cosa voleva dirle Dinny.

«Cosa c'è che non va?» chiedo.

«Erica, perché ti interessa così tanto sapere queste cose? Sapere tutto?» Mi guarda, gli occhi nascosti dietro le lunghe ciglia. Il fuoco alle sue spalle la circonda di un bagliore arancio.

«Scusa, a te non interessa? Voglio sapere perché la nostra famiglia odia i Dinsdale. Perché *li* odiava» mi correggo. «Voglio sapere come mai Meredith era diventata così crudele, astiosa e contorta, e la risposta è che ha ereditato questi atteggiamenti da Caroline, a quanto pare. Io voglio solo sapere il *perché*...»

«E credi di averlo scoperto?»

«Perché odiavano i Dinsdale? No, non ne ho la minima idea. Non è possibile che fosse un semplice pregiudizio di classe, doveva esserci sotto qualcosa di più. C'*era* sotto qualcosa di più. Era un fatto personale. E comunque, da quanto scriveva Meredith durante la guerra, l'abbattimento delle barriere sociali per lei non rappresentava un problema. Comunque, penso di sapere perché Caroline fosse così fredda: come ha detto la mamma, non ha mai amato Meredith.»

«Credi che fosse così perché aveva perso un figlio?»

«Perché aveva perso una vita intera, sembrerebbe. Ricordi quella volta, durante la festa d'estate, quando Caroline credeva di aver riconosciuto la cameriera?»

«Sì.»

«Mi chiedo per chi l'avesse scambiata, perché fosse rimasta così sconvolta.»

Ancora una volta Beth non risponde e si isola da me in quel modo che non sopporto. «E non riesco a levarmi dalla testa quei maledetti fiori! Sono sicura che abbiano un significato particolare...» Ma Beth non mi sta più ascoltando.

«Perdere un figlio... Non immagino neanche come ci si possa sentire. Un figlio che abbia avuto la possibilità di crescere, di diventare una persona vera, mentre il tuo amore per lui ha avuto modo di rafforzarsi per anni. Non riesco proprio a immaginarlo.»

«Neanch'io.»

«No, ma tu non puoi nemmeno averne una vaga idea, Erica, perché non sai cosa si provi, non sai quanto sia forte quell'amore» ribatte accalorandosi.

«Ci sono molte cose che non so» ammetto, ferita, e taccio. Le fiamme guizzano scoppiettando nel camino.

«Non abbiamo mai sentito la mancanza di Henry» mormora Beth, lasciandosi cadere nell'ombra della poltrona, e io non riesco a vedere chiaramente il suo volto. «Abbiamo seguito con i nostri occhi le ricerche, abbiamo visto come la famiglia ne è rimasta quasi distrutta, in un certo senso abbiamo visto le conseguenze di... quello che è successo. Ma non abbiamo mai *sentito la sua mancanza*. Siamo sempre rimaste ai margini di... di quel casino, del dolore che ha causato...»

«Come avremmo potuto sentirne la mancanza, Beth? Era insopportabile.»

«Sarà anche stato insopportabile, ma era solo un ragazzino, Erica. Era così giovane! Non lo so... Non so come Mary sia riuscita a sopravvivere» dice con voce strozzata. Non credo che mia zia sia sopravvissuta, non nel senso più pieno del termine. Per un tremendo istante immagino Beth fra una ventina d'anni, in tutto e per tutto vuota e spenta come Mary, perché è senz'altro così che andrà a finire, se non dovessi riuscire a guarirla. E se avessi preso un granchio, se avessi peggiorato le cose portandola qui? Non me la sento di parlare. Nelle mie mani la lettera per Caroline è impalpabile come aria, incorporea, con le parole di quest'uomo perduto che sfiorano a stento le pagine, la sua voce che sussurra un anno dopo l'altro, svanendo nel passato. Mentre passo le dita sulla "C" con cui si è firmato gli rivolgo un pensiero silenzioso, attraverso il tempo, come se in qualche modo potesse sentirlo e trarne conforto.

È tardi ormai, e Beth è andata a dormire da ore. Sono passati appena due giorni da Natale, l'ultima volta in cui ho visto Dinny, e già una sorta di muta disperazione mi stringe il petto. Se Beth non vuole dirmi cos'è successo dovrà farlo Dinny per forza, il che significa che glielo dovrò chiedere, e so, so benissimo che lui non vuole che glielo chieda. Fuori c'è un buio pesto, eppure non mi prendo il disturbo di tirare le tende, mi piace godermi la vista della notte. C'era un film stupido alla televisione, così ho abbassato il volume e sto guardando il fuoco spegnersi mentre continuo a pensare. Non c'è nessun altro ad ascoltare questa notte tempestosa, però è confortante sapere che Beth è al piano di sopra. La casa mi dà un senso di vuoto, che senza di lei sarebbe insopportabile. Di tanto in tanto una goccia di pioggia riesce a raggiungere le braci, atterrando con un sibilo. Impigliato nella grata c'è un frammento bruciato di quella che un tempo era carta da regalo. Sventola da una parte all'altra nella tremula corrente ascensionale, mentre il vento s'insinua nei comignoli. Ha un effetto ipnotico su di me.

Cosa sarebbe successo se Henry non fosse scomparso? Forse Meredith non sarebbe diventata così profondamente sgradevole. Magari nostra madre non avrebbe rotto i rapporti con lei come fece alla fine, rimasta a corto di pazienza e di comprensione. Mary avrebbe continuato a venire a Storton Manor, e Clifford non sarebbe stato tagliato fuori dalla spartizione della casa quando fosse giunto il momento. So che è tremendamente seccato all'idea di perderla: un re senza castello. Non ha mai smesso di venire qui, ma non è stato sufficiente. Il fatto che Mary si rifiutasse di avvicinarsi alla proprietà è bastato a irritare Meredith. "Vuole o non vuole essere una Calcott, Clifford? Che vigliaccheria!" Henry sarebbe stato l'onorevole Henry Calcott, e avrebbe atteso soltanto la morte di Clifford per potersi accaparrare il titolo di lord. Beth e io avremmo passato altre estati qui, e forse saremmo cresciute con Dinny. Beth e Dinny insieme: due adolescenti impacciati, esitanti, focosi. Chiudo gli occhi, scacciando via quel pensiero.

Qualcuno bussa sul vetro alle mie spalle e un volto balena nel buio, dietro la finestra, lasciandomi senza fiato. È Dinny, e lo fisso instupidita, come se si fosse materializzato direttamente dai miei pensieri. La pioggia gli ha schiacciato i capelli sulla fronte, e ha il colletto sollevato per proteggersi dal freddo. Apro la finestra e il vento la agguanta, strappandomela quasi di mano.

«Scusa per... scusa per l'ora, Erica. Ho visto la luce accesa. Ho bisogno di aiuto.» Le sue labbra sono umide di pioggia, e mi pare di sentirne il sapore. È trafelato e ha l'aria smarrita.

«Che c'è? Cos'è successo?»

«Honey è entrata in travaglio e... qualcosa non va, Erica. I furgoni si sono impantanati, con tutta la pioggia che è venuta giù, ma dobbiamo andare in ospedale. Potresti accompagnarci tu? Ti prego. Faremo prima dell'ambulanza, ci metterebbe troppo a trovare il posto...»

«Ma certo! Però se vengo giù da voi con la mia macchina, mi impantano anch'io...»

«No, no... Va' solo in cima alla strada sterrata, ce la fai? La porterò fin lì.»

«Va bene, va bene. Sei sicuro di riuscire a portarla?»

«Vai, per favore, dobbiamo sbrigarci!»

Dinny scompare nel buio. Cerco a tentoni le chiavi dell'auto e il cappotto, poi mi fermo un secondo a pensare se sia il caso di avvisare Beth, ma probabilmente sta dormendo e non ho il tempo di spiegarle. Mi infilo in tasca il cellulare e mi precipito alla macchina. La pioggia si abbatte sul parabrezza in un'onda ininterrotta, e nella breve corsa dalla porta di casa all'auto mi sono inzuppata. Respiro troppo affannosamente, le mani mi tremano mentre cerco l'accensione e sono costretta a fermarmi per ritrovare la calma. Il vialetto è coperto di pozzanghere, e mi immetto sulla strada fra gli schizzi, con i tergicristalli al massimo.

Non c'è traccia di Dinny e Honey quando mi fermo sulla sommità della strada sterrata. I fari dell'automobile illuminano la siepe di arbusti, puntando verso l'accampamento. Scendo il viottolo a passo svelto, scivolando sul terreno limaccioso. Sotto i miei piedi l'erba schiacciata sembra svanire nel nulla, e nell'oscurità gli alberi sono scossi dal vento come un oceano invisibile. Mi fermo dove la luce dei fanali s'interrompe e scruto le tenebre. La pioggia penetra nelle cuciture delle scarpe, poi li vedo. Avanzano lentamente, e mentre barcollo verso di loro Dinny scivola e cade su un ginocchio, cercando di mantenere l'equilibrio con Honey fra le braccia. Lei si aggrappa alle sue spalle, le mani tramutate in artigli dalla paura.

«Ce la fai a camminare?» chiedo a Honey non appena li raggiungo. Lei annuisce con una smorfia. «Mettila giù, Dinny! Lascia che cammini con le sue gambe!»

Dinny la posa a terra, dopodiché l'aiuta a sollevarsi a fatica e lei rimane dritta un secondo prima di piegarsi in due lanciando un grido.

«*Cazzo!*» urla. Le prendo la mano e le sue unghie affondano nella mia carne. I capelli fradici le nascondono il viso. «C'è qualcosa che non va, per forza... per forza» geme.

«Il liquido era sporco quando si sono rotte le acque» mi dice Dinny.

«Non so cosa voglia dire!» grido.

«Vuol dire che il bambino ha dei problemi» ribatte. «Ci dobbiamo muovere!» Ma Honey è ancora piegata in due e ora sta singhiozzando, non so se per il dolore o per la paura.

«Andrà tutto bene» la tranquillizzo. «Ascoltami, dico davvero, andrà tutto bene. Sei sicura di riuscire a camminare? La macchina è qui vicino.» Honey fa cenno di sì, gli occhi serrati e il respiro che somiglia a un muggito. Il cuore mi batte all'impazzata ma mi sento calma, ora. Ho un obiettivo.

Quando arriviamo alla macchina, sistemo Honey sul sedile

posteriore. Ho il fango fino alle ginocchia e lei è bagnata fradicia, pallida e tremante.

«Guido io, tu aiuta Honey» dice Dinny, portandosi sul lato del guidatore.

«No! Ha bisogno di te, Dinny! E poi è la mia macchina, sbanda un po' quando piove. Mi fido di più se lo faccio io!» grido.

«Basta che qualcuno guidi questa cazzo di macchina!» sbraita Honey. Scanso Dinny con la forza, mi siedo al volante e lui sale dietro. Ci mettiamo in marcia slittando e raggiungiamo la strada principale.

Mi dirigo verso Devizes a una velocità folle dando fondo al mio coraggio e aguzzo gli occhi in mezzo alla pioggia scrosciante, ma alla prima svolta Honey viene sballottata sul sedile posteriore, quindi rallento, non sapendo bene cosa sia meglio per lei. Piange sommessamente fra una contrazione e l'altra, come tra sé, e Dinny sembra scioccato.

«Non manca molto, Honey! Andrà tutto bene, ti prego, non aver paura! Il bambino uscirà così in fretta che non farai neanche in tempo a chiedere l'epidurale!» grido, guardandola nello specchietto retrovisore. Spero che sia vero.

«Siamo vicini?» singhiozza, guardando con occhi imploranti il mio riflesso.

«Cinque minuti, te lo giuro, e poi si prenderanno cura di te e del bambino. Andrà tutto liscio, dico bene, Dinny?» Lui sobbalza come se lo avessi spaventato. Le sue nocche, strette attorno alle mani di Honey, sono sbiancate.

«Sì. Sì, hai ragione. Andrà tutto bene, tesoro. Devi solo resistere ancora un po'.»

«Avete già pensato al nome?» chiedo. Voglio distrarla dalla paura, dalla notte fredda e piovosa, dal dolore che le imperla il viso di sudore.

«Ehm... credo, uhm... Callum, se è un maschio...» ansima Honey, poi si interrompe con una smorfia quando una contrazione le sconquassa il ventre.

«E se è femmina?» la incalzo.

«Se è femmina... se nasce femmina... Haydee...» geme, cercando di drizzarsi a sedere. «Devo proprio spingere!»

«No, aspetta! Non ancora! Siamo quasi arrivati!» Schiaccio l'acceleratore mentre il bagliore arancio della città si espande davanti a noi.

Accosto proprio di fronte all'ospedale e Dinny scende dalla macchina prima ancora che sia ferma, poi corre a chiamare aiuto e torna con una sedia a rotelle.

«Ci siamo, Honey.» Mi volto verso di lei e le prendo la mano. «Starai bene adesso.» Mi stringe la mano, e sul volto rigato di lacrime non è rimasta traccia della sua aggressività, del suo fuoco, dello sdegno con cui teneva il mento sollevato. Sembra poco più che una bambina. Per un istante rimaniamo in silenzio mentre la pioggia flagella il tetto dell'auto, poi la portiera posteriore si apre e la portano fuori. Honey si lamenta e impreca e noi ci precipitiamo nell'edificio, battendo le palpebre nella luce abbagliante. Li seguo fin dove posso, percorrendo tre corridoi e varcando talmente tante porte da perdere l'orientamento. All'ultima qualcuno ferma Dinny e me posandoci una mano sul braccio, delicata ma implacabile.

«Mi spiace, qui entrano solo i partner. Lei può aspettare in fondo al corridoio, c'è una sala d'attesa» mi dice un uomo, indicando il punto da cui siamo venuti.

«Lei è il partner di Honey?» chiede a Dinny.

«Sì... No. Sono suo fratello. Non ha un partner» risponde.

«Bene. Allora può entrare.» Scompaiono oltre la porta, che oscilla alle loro spalle. I battenti sibilano e s'incrociano producendo un tonfo una, due, tre volte. Il mio respiro rallenta di pari passo, finché non tornano immobili. Dinny è suo fratello.

L'orologio a muro è identico a quello che era appeso nella mia aula, a scuola: rotondo, di plastica bianca tendente al giallognolo, la sottile lancetta rossa dei secondi che tremola ticchettando. Segna l'una meno dieci quando mi lascio cadere su una sedia di plastica verde, e la guardo girare nel quadrante, più e più volte, chiedendomi come mai non mi sia venuto in mente che

Dinny potesse avere una sorella. Non l'aveva quando eravamo piccoli, perciò ho concluso che non ce l'avesse neanche adesso. Non si somigliano per niente. Cerco di ricordare se li ho mai visti toccarsi o parlarsi come se fossero una coppia. Non l'hanno mai fatto, naturalmente. Ora che so che non è la sua compagna, che il bambino non è suo, un sentimento nuovo si fa strada in me, una timida speranza.

Alle tre e mezzo, sono ancora l'unica persona in questa sala d'attesa quadrata. Qualcuno passa di tanto in tanto nel corridoio, con le scarpe che scricchiolano sulle mattonelle. Ho le gambe intorpidite perché sono rimasta seduta troppo a lungo, e sto cadendo in una sorta di torpore. Con gli occhi della mente vedo l'accampamento di Dinny in un giorno d'inizio estate, quando i fiori ormai appassiti cadono dagli alberi nella brezza leggera e il sole si riflette sulle cromature dei furgoni parcheggiati. Nonno Spad sonnecchia sulla sua sedia, perfettamente immobile, e il vento gli smuove i capelli color grafite. Non ha mai parlato molto con noi, eppure mi è sempre parso un uomo buono, innocuo. Si accasciava come se stesse dormendo, e poi all'improvviso sghignazzava sonoramente per qualcosa che era stato detto o fatto. Portava sempre un cappello malconcio calato sul viso, e i suoi occhi scuri brillavano all'ombra della tesa. Vivendo sempre all'aperto, le sue guance erano segnate da solchi profondi e la sua pelle coriacea aveva preso una sfumatura nocciola, la stessa delle braccia di Dinny d'estate. La polizia, nei giorni che seguirono la scomparsa di Henry, fece spostare il suo furgone e quelli degli altri un'infinità di volte. Nonno Spad li fissava con il suo sguardo calmo, penetrante, tra il rombo dei motori e i pennacchi di fumo del gasolio. Per muovere una roulotte di un tale di nome Bernie sarebbe servito un rimorchio. Mickey e gli altri uomini ubbidirono agli ordini dei poliziotti e fecero uno sforzo immane per spostarla, sebbene la roulotte fosse abbastanza sollevata da terra da potervi guardare sotto senza problemi. Chiesi a mia madre cosa stessero cercando. "Terra smossa" tagliò corto lei, e io non capii.

Una sagoma mi ridesta passando davanti alla porta: è Dinny, che cammina lentamente. Mi precipito goffamente in corridoio.

«Dinny, cos'è successo? Va tutto bene?»

«Erica, cosa ci fai ancora qui?» Sembra stordito, ed è meravigliato di trovarmi lì.

«Be', stavo... stavo aspettando di sapere qualcosa, e pensavo che ti servisse un passaggio per tornare a casa.»

«Credevo che te ne fossi andata. Non dovevi aspettare tutto questo tempo! Posso tornare con l'autobus...»

«Sono le tre e mezzo.»

«In taxi, allora» si corregge testardamente.

«Dinny, mi dici come sta Honey? E il bambino?»

«Bene, Honey sta bene» risponde sorridendo. «Il bambino era podalico, ma alla fine ce l'ha fatta a venir fuori. È una femminuccia, ed è sana anche lei.» Ha la voce roca e l'aria esausta.

«È fantastico! Congratulazioni, zio Dinny» dico.

«Grazie.» Nel suo sorriso c'è una punta di timidezza.

«Allora, quanto devono stare in ospedale?»

«Un paio di giorni. Honey ha perso parecchio sangue, e la bambina è un po' itterica. Si sono addormentate tutte e due ora.»

«Sembri distrutto. Vuoi un passaggio a casa?» propongo. Dinny si strofina gli occhi.

«Sì, grazie» risponde.

La pioggia non ha allentato la presa, e guido a una velocità più prudente. La campagna è così nera e vuota. È come se stessimo scavando un cunicolo e fossimo le due uniche persone al mondo. Sono intontita e spossata, ma troppo stanca per dormire. Devo concentrarmi a fondo per guidare. Apro appena il finestrino, e l'aria fredda mi colpisce insieme a qualche goccia di pioggia. Il rumore invade l'abitacolo, alleviando il peso del silenzio calato tra noi.

«Non mi hai mai detto che Honey è tua sorella. Non l'avevo capito» dico, non proprio in tono leggero.

«Chi pensavi che fosse?»

«Be'... credevo... Non lo so...»

«Credevi che fosse la mia ragazza?» domanda incredulo, poi scoppia a ridere. «Erica, ha quindici anni!»

«Oh, questo non lo sapevo!» protesto, sulla difensiva. «Cos'altro avrei dovuto pensare? Non avevi una sorella l'ultima volta che ti ho visto.»

«No, è vero. È nata molto dopo che ve ne siete andate. Un premio tardivo, così la definiva mia madre.» Accenna un sorriso. «Adesso non ne è più così convinta.»

«In che senso?»

«Be', l'hai conosciuta anche tu. Honey non ha un caratterino facile.»

«Cos'è successo? Come mai è finita a vivere con te?»

«Per via del bambino. Quando rimase incinta, la mamma voleva che se ne sbarazzasse. Sosteneva che si sarebbe rovinata la vita facendo un figlio così giovane. Honey si rifiutò, così mamma disse: "E va bene, dallo in adozione", ma lei non voleva sentire ragioni. Fecero una litigata pazzesca, e poi si mise in mezzo anche Keith. Allora Honey si offese e se ne andò, e le dissero di non farsi più vedere.» Sospira. «Sono solo arrabbiate, tutto qui.»

«Keith è il nuovo marito di tua madre?»

«Non sono sposati, ma sì, lo è a tutti gli effetti. È un tipo a posto, solo un po' severo.»

«Non riesco proprio a immaginare tua madre con un tipo severo.»

«No, e non ci riesce neanche Honey.»

«Ma immagino che tua sorella abbia avuto una vita più... convenzionale, o sbaglio?»

«Ha viaggiato con noi fino a sette anni, quando morì mio padre. Penso che le sia entrato nel sangue, non si è mai davvero piegata alla mentalità borghese.»

«Ma adesso, con la bambina... non potrà mica stare con te per sempre.»

«No, hai ragione» risponde deciso, e lo guardo di sottecchi. Gli si legge in faccia che è preoccupato, e in macchina cala di nuovo il silenzio.

«Che fine ha fatto il padre?» domando con tatto.

«Ah, quello? Nessuna, per ora, ma ne farà una brutta se mai mi capiterà sotto mano» ribatte Dinny cupamente.

«Mi sembra di capire che non è stato proprio l'eroe della situazione.»

«È un ventenne idiota che sta in città, e ha detto a Honey che non poteva rimanere incinta la prima volta.»

«La solita storia.» Ho un fremito. «E poi, un ventenne? Doveva sapere per forza che era una balla...»

«Come ti ho detto, se mai riuscirò a scovarlo... Honey non vuole dirmi come si chiama di cognome, e neanche dove abita» spiega Dinny arrabbiato.

Gli lancio un'occhiata e abbozzo un sorriso. «Chissà perché» mormoro. «Però dev'essere un gran bel modo di tirare su un figlio, il vostro. Sempre in viaggio, ogni volta che vi va, senza mutui, senza chiudervi tutto il giorno in un ufficio, senza barcamenarvi tra asili e tate... Grandi spazi aperti, niente screzi con i vicini...» azzardo.

«Va bene per i tipi come me, ma per una ragazza di quindici anni con una figlia e senza un compagno? Non ha nemmeno finito la scuola» sospira. «No. Deve tornare a casa.»

Parcheggio davanti alla tenuta. La luce dello studio, che ho lasciato accesa, si riversa all'esterno illuminando i tronchi degli alberi a ridosso della casa.

«Grazie, Erica. Grazie per averci accompagnati. Sei stata davvero fantastica prima, con Honey... proprio fantastica» dice Dinny, afferrando la maniglia della portiera.

«Ti va di venire dentro, giusto per scaldarti un po'? C'è del brandy, e potresti fare una doccia, se vuoi. Sei coperto di fango.» Dinny mi guarda, inclinando la testa in quel suo modo un po' beffardo.

«Mi stai offrendo una *doccia*?» chiede sorridendo.

«O qualsiasi altra cosa. Posso cercarti una maglietta pulita» farfuglio.

«Non mi sembra una buona idea, Erica.»

«Oh, per la miseria, Dinny! È solo una casa, e tu sei il benvenuto, adesso. Non sarai contaminato dalle convenzioni sociali solo perché hai usato un bagno.»

«Non sono sicuro di essere il benvenuto. Prima sono passato per parlare con Beth, e non mi ha neanche lasciato entrare» dice a voce bassa.

«Lo so» replico, senza riuscire a trattenermi. Mi guarda con aria interrogativa. «Stavo origliando in cima alle scale» spiego in tono di scuse.

Dinny alza gli occhi al cielo. «Sei sempre la solita, Erica.»

«Allora, vieni dentro o no?» chiedo sorridendo. Dinny mi osserva per un lungo momento e sembra leggermi dentro, poi sposta lo sguardo all'esterno, sulla notte ostile.

«E va bene. Grazie» accetta.

Lo accompagno nello studio. Il fuoco si è spento, ma fa ancora molto caldo. Vado a tirare le tende.

«Oddio, fuori non si vede niente! A Londra tiri le tende per ripararti dalla luce, qui per ripararti dal buio» dico. Il vento scaglia una foglia morta contro il vetro. «Sei ancora convinto che il brutto tempo non esista?» gli chiedo sarcastica.

«Sì, ma devo ammettere che questa sera ho un abbigliamento decisamente sbagliato» riconosce Dinny.

«Siediti. Ti porto del brandy» dico. Sguscio in salotto a prendere la bottiglia e due bicchieri di cristallo, cercando di non fare rumore, poi chiudo piano la porta. «Beth sta dormendo» spiego, versando il liquore.

«La casa è proprio come me la ricordavo» dice, bevendo un sorso del liquido ambrato con un sorrisetto.

«Meredith non amava i cambiamenti superflui» dico con un'alzata di spalle.

«I Calcott sono della vecchia guardia. Chi glielo faceva fare di cambiare qualcosa?»

«*Erano* della vecchia guardia. Non si può certo dire lo stesso di Beth e me. Cavolo, io sono un'insegnante spiantata e mia sorella è una mamma single che lavora.»

A questo punto Dinny fa un sorriso fugace, ironico. «La vecchia canaglia sarà stata incavolata nera.»

«Grazie. Ci piace pensare che sia andata così.» Sorrido. «Ne vuoi un altro?» chiedo mentre vuota il bicchiere. Dinny scuote la testa, poi si adagia contro lo schienale della poltrona, allunga le braccia sopra la testa e inarca la schiena come un gatto. Guardandolo provo un'ondata di eccitazione e le orecchie iniziano a pulsarmi violentemente.

«Una doccia potrei farla, però. Ammetto che è passato un bel po' dall'ultima volta che ho messo piede in un vero bagno.»

«Bene» annuisco con disinvoltura. «Ti accompagno.»

La stanza più lontana da quella di Beth è la camera di Meredith, e il suo bagno ha la doccia migliore: l'ampio vano di vetro è incrostato di calcare, ma ha uno di quegli enormi soffioni che riversano una bella cascata d'acqua calda. Rimedio un sapone nuovo e un asciugamano pulito, e accendo un abat-jour perché la luce del bagno è troppo intensa: se Beth fosse sveglia, potrebbe vederla attraverso la fessura sotto la porta e venire a indagare. Dinny è fermo al centro della stanza e gira su se stesso, osservando il letto imponente, i pesanti tendaggi, i mobili antichi ed eleganti. La moquette che ricopre le assi sconnesse del pavimento è di uno sbiadito verde salvia e c'è un odore vago, familiare, un misto di polvere, naftalina e cane.

«Questa è la sua stanza, vero? Di Lady Calcott?» chiede Dinny. Nella luce fioca i suoi occhi neri sono indecifrabili.

«Ha la doccia migliore» dico distrattamente.

«Non mi sembra... giusto che io sia qui.»

«Credo che almeno una doccia te la debba» dico con gentilezza. Dinny non risponde, e quando comincia a sbottonarsi la camicia esco in fretta dalla stanza.

Mentre avanzo piano lungo il corridoio sento il rumore dell'acqua che scorre, i tubi gorgogliare e scricchiolare nei muri, e chiudo gli occhi sperando che Beth non si svegli. Nell'istante in cui lo penso, però, lei compare e mi guarda dalla soglia della sua stanza all'altro capo del corridoio. I capelli sono sciolti ai lati del viso, i piedi scalzi.

«Erica, sei tu?» La voce tesa tradisce la sua preoccupazione.

«Sì. È tutto a posto» sussurro. Non voglio che Dinny senta che è sveglia.

«Cosa ci fai alzata? Che ore sono?» dice con uno sbadiglio.

«È ancora prestissimo. Torna a dormire, tesoro.» Beth si stropiccia il viso. Ha gli occhi sgranati, confusi perché si è appena svegliata.

«Chi c'è nella doccia?» chiede.

«Dinny.» Mi guardo con aria colpevole i piedi, che si muovono nervosamente nelle calze infangate.

«Come? Cosa succede?»

«Niente di grave. Honey ha partorito stanotte, ho dovuto accompagnarli a Devizes e ci siamo inzuppati e infangati e... quando siamo tornati gli ho detto che poteva fare la doccia qui, se voleva» spiego tutto d'un fiato.

«Sei stata a Devizes? Perché non me l'hai detto?»

«Stavi dormendo! E sono dovuta andare di corsa, Honey non stava bene e... è successo in un lampo, tutto qua.» Schiaccio un piede sotto l'altro e sfuggo il suo sguardo, poi faccio un sorrisetto. «Pensa al colpo che si sarebbe presa Meredith se avesse trovato un Dinsdale nella sua doccia!» sussurro, ma Beth non sorride.

«Dinny è sotto la doccia e tu aspetti fuori dal bagno come... come non so cosa» dice.

«Non lo stavo aspettando fuori dal bagno! Stavo andando a prendergli una maglietta pulita...»

«Erica, cosa stai facendo?» mi chiede, seria.

«Niente! Non sto facendo un bel niente» rispondo, ed è la verità anche se non sembra. «Non vorrai dirmi che non avrei dovuto invitarlo a entrare?»

«Forse no» taglia corto.

«Perché no?»

«Perché lui è... è quasi un perfetto sconosciuto, Erica! Non puoi pescare gente a caso e invitarla qui nel bel mezzo della notte!»

«Non è gente a caso. È Dinny» dico con decisione. Reggo il suo sguardo e capisco di averla avuta vinta. Non può motivare la sua contrarietà, non senza darmi qualche spiegazione. Non aggiunge altro: si volta lentamente e chiude la porta.

Corro nella mia stanza, prendo dalla valigia una delle magliette enormi che uso come pigiama e la lascio di fronte alla stanza di Meredith. Il vapore fuoriesce da sotto la porta, insieme all'odore di acqua calda. Scendo frettolosamente le scale, vado nello studio e bevo d'un fiato l'ultimo sorso di brandy.

Sento Dinny scendere le scale ed esco dallo studio. L'atrio è immerso nel buio. Quando mi vede, si ferma.

«Erica! Mi hai fatto prendere un colpo» dice con voce stanca, pettinandosi i capelli alla bell'e meglio con le dita. L'acqua gocciola dalle punte, bagnando le spalle della mia maglietta dei Rolling Stones.

«Alla faccia dei vestiti asciutti» osservo.

«Almeno sono più asciutti degli altri» dice sorridendo. «Tornerò fradicio non appena metterò piede fuori, ma grazie lo stesso. È una doccia favolosa, devo proprio ammetterlo.»

Ho l'impressione di non essere in grado di rispondergli, quasi non riesco a respirare. Mi sembra di aver dimenticato come si fa. È come se l'atto di inspirare non seguisse più quello dell'espirare, come se ne avessi scordato la logica. Dinny giunge ai piedi delle scale: ora è al mio fianco e sento che siamo troppo vicini, eppure lui non si sposta, e io nemmeno. Inclina la testa e mi rivolge un'occhiata perplessa, la stessa occhiata di tanti anni fa, quando gli dissi di aver visto dei troll nell'avvallamento fra le colline. All'improvviso sono assalita dal ricordo di lui, di quando mi insegnò a fare il tuffo dell'anatra e stette a guardare i miei innumerevoli tentativi falliti, e di quando mi mostrò come succhiare il nettare dai fiori bianchi delle false ortiche, cogliendone uno e porgendomelo. A poco a poco la sua espressione cambia, facendosi più seria. Potrei sciogliermi sotto il suo sguardo, ma è come se non riuscissi a voltarmi e ad allontanarmi, anche se so che dovrei. Guardo una goccia d'acqua scorrergli lungo il braccio e la lieve traccia di pelle d'oca che si lascia dietro.

La mia mano si muove senza che io lo voglia. Tocco il punto in cui la goccia si è fermata e faccio scivolare le dita sul suo avambraccio, cancellando la scia fredda dell'acqua. Il profilo dei suoi muscoli. Il calore del sangue. Sento la pelle infiammarsi a contatto con la sua, ma non tolgo la mano: sono inchiodata a terra, non riesco a muovermi. Per un secondo anche lui resta immobile, come se il mio tocco non richiesto ci avesse congelati entrambi. L'ampio atrio sembra restringersi attorno a me, poi Dinny si scosta, di poco, ma quanto basta.

«Dovrei andare» dice sottovoce. «Grazie... per tutto l'aiuto che ci hai dato stasera, dico davvero.» Sembra perplesso.

«Non c'è... non c'è problema. Quando vuoi» dico, e batto le palpebre, disorientata.

«Ci si vede in giro.» Con un sorriso impacciato, si immerge nelle prime, gelide luci del giorno.

Il lamento

1904

Caroline si trovò all'aperto, inzuppata e tremante, e non si era nemmeno resa conto di essersi mossa. La pioggia le scivolava negli occhi, tra i capelli, lungo il retro del vestito di cotone, e quando i due cavalli infilarono il cortile al trotto lei si lanciò verso di loro avvertendo nelle narici il forte tanfo degli animali fradici e accaldati. Riconobbe Hutch e Joe, il cappello abbassato sul viso, e mentre prendeva fiato per dare voce alla domanda vide il terzo cowboy penzolare floscio sul davanti della sella di Hutch, la testa scoperta e la pioggia che grondava tra i capelli bronzei rendendoli scuri e lucidi.

«Corin?» sussurrò, allungando la mano per scuoterlo appena. Non riuscì a vederlo in faccia né a fargli alzare gli occhi su di sé. «Dov'è il suo cappello? Si prenderà un malanno!» gridò a Hutch. Non riconobbe la propria voce, tanto era stridula e tesa.

«Mrs Massey, forza, adesso fatevi da parte. Dobbiamo portarlo in casa. Subito!» le disse Hutch inflessibile, e tentò di superarla in sella al suo cavallo.

«Dov'è Sgualdrina? Cos'è successo a Corin, cos'ha che non va? Ditemelo!» urlò, ormai fuori di sé. Strinse fra le dita le redini del cavallo e gli fece voltare la testa per impedire che si allontanasse portando via con sé il suo prezioso carico. A un comando secco di Hutch, Joe balzò giù dal suo cavallo, prese le mani di Caroline e liberò le redini. Poi gridò qualcosa a voce alta e grave, ma lei non gli prestò attenzione. Vennero altri uomini a prendere i cavalli e a tirare giù Corin, e Caroline li seguì incespicando fino ai piedi delle scale di casa, poi cadde e non riuscì a rialzarsi. Non ricordava più come fare a camminare, a piegare le gambe, ad alzare e abbassare i piedi. Mani forti la sollevarono, e sebbene la stessero conducendo nella direzione in cui voleva andare si ribellò selvaggiamente, come se cercasse di opporsi a quanto stava succedendo, cambiandone il corso.

Distesero Corin sul letto. Caroline gli tamponò premurosamente i capelli con un asciugamano di lino, gli tolse la maglia bagnata e gli sfilò dai piedi gli stivali inzuppati, schizzando acqua piovana sul pavimento, poi andò a prendere delle lenzuola pulite e lo coprì con cura. Le mani di Corin erano fredde come il ghiaccio, e Caroline le strinse tra le sue, riconoscendo i calli che le erano familiari e cercando di instillarvi quel poco di calore che nemmeno lei aveva. Poi andò a prendere un piatto di stufato di coniglio fumante e odoroso e lo appoggiò accanto al letto.

«Ti va di mangiarne un po'? Ti scalderà» mormorò al marito.

«Stava galoppando dietro a un grosso coyote. Era l'ultimo che avremmo cacciato, visto che stava per piovere. Sgualdrina... È sempre stata lei la più veloce, ed era anche agile. Era lesta, quella giumenta. Pensava alla svelta. Mai visto un cavallo e un cowboy muoversi così in sintonia come Corin e quella cavalla...» Hutch parlava in tono basso e uniforme, gli occhi fissi su Corin mentre si torceva nervosamente le mani. Caroline lo ascoltava a stento. «Ma poi, di punto in bianco, Sgualdrina si è imbizzarrita. Si è drizzata in aria, le zampe sopra la testa. Non so in cosa fosse incappata, secondo me erano sabbie mobili, ma senz'altro non aveva visto l'ostacolo, altrimenti l'avrebbe scansato. Corin è stato sbalzato giù con violenza e poi... poi Sgualdrina gli è caduta addosso. È successo tutto in un attimo, come se Dio avesse allungato una mano e rivoltato quella povera cavalla schioccando un dito! Si era rotta le due zampe anteriori. Joe le ha sparato. Le ha sparato, e abbiamo dovuto abbandonarla a quei maledetti coyote. Che cavalla coraggiosa!» Si interruppe, le guance rigate di lacrime.

Caroline batté le palpebre. «Be'» disse infine, lentamente, come se fosse ubriaca «dovrete andare a riprenderla. Corin non ne vorrà sapere di usare un altro cavallo.» Hutch la guardò confuso. «Il dottore è già arrivato?» chiese lei, accostandosi di nuovo al letto. Una chiazza d'acqua scura si stava spandendo attorno a Corin, rovinando i riquadri di seta della trapunta. Macchie di un rosso cupo comparvero sotto la pelle del petto e delle braccia. La spalla destra era in una posizione innaturale, e la testa gli ricadeva sulla sinistra. Caroline infilò le mani sotto le coperte per sentire se si stava scaldando, ma il corpo era freddo e rigido, qualcosa non andava. Adagiò la testa accanto alla sua e si rifiutò di dare retta a quell'angolo silenzioso e terrorizzato della sua mente che sapeva che Corin era morto.

Seppellirono Corin nella sua proprietà, sulla sommità di un'altura verdeggiante, a una cinquantina di metri dalla casa e a una bella distanza dal pozzo d'acqua dolce. Giunse il parroco da Woodward e cercò di persuadere Caroline che sarebbe stato più opportuno inumarlo nel cimitero cittadino ma, dato che lei era troppo frastornata per rispondergli, fu Hutch ad avere l'ultima parola e disse che Corin aveva espresso il desiderio di essere sepolto nella prateria. Furono Angie Fosset e Magpie a occuparsi di Caroline quel giorno, e le fecero indossare un abito nero preso in prestito, che le stava troppo grande e ricadeva in tante pieghe sul suo corpo esile. Le trovarono anche un cappello con il velo e due lunghe piume di struzzo nere che ondeggiavano maestose dietro di lei.

«Hai scritto alla sua famiglia, Caroline?» chiese Angie, passandole una spazzola tra i capelli aggrovigliati. «Tesoro, hai scritto a sua madre?» Ma lei non rispondeva. Non trovava la forza di prendere fiato, di formulare le parole. Angie lanciò uno sguardo cupo a Magpie e la prese in disparte per consultarsi con lei sottovoce, anche se Caroline non si curava nemmeno di origliare. La accompagnarono all'altura e la condussero accanto alla tomba, mentre il pastore leggeva il sermone di fronte a una congregazione che raccoglieva i padroni degli altri ranch, i vicini di casa e una buona parte degli abitanti di Woodward. Il cielo era coperto. Un vento caldo agitava la corona di rose bianche sulla bara, e una leggera spruzzata di pioggia cadde sui presenti.

Una volta recitate le preghiere di rito, Hutch fece qualche passo avanti e si fermò davanti alla bara. I convenuti rimasero in attesa, gli occhi rispettosamente abbassati, e poiché lui non parlava continuarono ad aspettare, levando lo sguardo su di lui di quando in quando. Persino Caroline, a un certo punto, alzò gli occhi dietro il velo per capire cosa stesse succedendo. Infine Hutch fece un lungo respiro e parlò con voce grave, ferma e pacata.

«Il nostro parroco ha fatto un gran bel discorso e so che intendeva consolarci, e per qualcuno potrebbe essere davvero di conforto che Corin Massey ci abbia preceduti nel regno dei cieli. Suppongo che anch'io, col tempo, potrei riuscire a trarre un po' di consolazione da questo pensiero. Spero che gli piaccia lassù. Spero che ci siano bei cavalli, e ampi spazi verdi in cui cavalcare. Spero che il cielo sia del colore di un'alba primaverile sopra la prateria. Ma quest'oggi...» S'interruppe, la voce spezzata. «Quest'oggi spero che Dio mi perdonerà se non riesco ad accettare che ci abbia portato via Corin così presto. Credo che almeno per oggi possiamo sentirci feriti per la scomparsa del nostro grande amico, perché sentiremo tremendamente la sua mancanza. A me mancherà più di quanto possa esprimere. Era il migliore di tutti noi, e non possiamo sperare di incontrare un uomo più onesto e più generoso.» Hutch deglutì e due lacrime gli solcarono le guance. Le asciugò bruscamente con il dorso della mano, poi, schiarendosi la voce, intonò un canto:

Tra gocce di rugiada la farfalla si posa,
Rose canine in fiore sull'altura erbosa,
Dove gridano i coyote e il vento corre libero,
Lo seppellirono lì, nella solitaria prateria.

Il canto addolorato scivolò su Caroline come la brezza. Si sentiva incorporea come l'aria, intangibile come le nuvole sopra di lei. I suoi occhi tornarono alla bara di legno chiaro. Lì non c'era niente che le parlasse di Corin, niente che glielo ricordasse. Era come se fosse stato cancellato dalla faccia della terra, e le sembrava impossibile che fosse successa una cosa del genere. Non aveva sue fotografie, suoi ritratti, e il suo profumo cominciava già a svanire dal cuscino e dagli abiti. Hutch, Joe, Jacob Fosset e altri tre uomini si portarono ai lati della bara, presero le funi e tirarono. Il parroco tornò a parlare, ma Caroline si voltò e scese la collina incespicando, con le pieghe del vestito troppo grande che la seguivano come una cupa eco del suo abito nuziale. Non sopportava di vedere il peso che gravava sulle funi, la tensione in quelle mani. Non sopportava di immaginare quello che c'era dentro la bara, ed era orripilata dall'oscurità della fossa aperta che l'attendeva.

«Non lasciarla sola nemmeno per un secondo, Maggie. Era già abbastanza isolata quando Corin era vivo, che Dio l'aiuti» sussurrò Angie a Magpie, mentre si accingeva ad andarsene dopo il funerale. Caroline era ferma accanto a loro, ma non sembrava rendersi conto di niente. Angie si voltò verso di lei e le posò saldamente le mani sulle spalle. «Tornerò martedì» le disse con voce mesta, ma quando aprì la porta Caroline ritrovò la voce.

«Non te ne andare!» gemette. Non sopportava di essere lasciata lì, non sopportava il vuoto. La casa la terrorizzava quanto l'esterno, ormai. «Ti prego... non te ne andare» disse. Angie si voltò con una smorfia di compassione.

«Oh, Caroline!» sospirò, abbracciando la vicina. «Sono addolorata per te, devi credermi» disse, e Caroline pianse, abbandonandosi contro di lei.

«Io... non ce la faccio a sopportarlo... *Non ce la faccio!*» gridò, distrutta dall'angoscia. Magpie affondò il volto fra le mani e chinò tristemente il capo.

Ma a un certo punto Angie dovette andarsene: aveva una famiglia di cui occuparsi. Magpie le stette vicina il più possibile.

Dormì su una coperta ripiegata nella stanza principale, tenendo William al proprio fianco. Gli strilli del bambino svegliavano Caroline in piena notte, gettandola nel panico: credeva che i coyote fossero entrati in casa, o che Corin fosse tornato e stesse piangendo di dolore. Quando si svegliava del tutto, però, un'apatia sorda e persistente tornava a impossessarsi di lei. Una notte sbirciò Magpie da una fessura della porta e la guardò mentre allattava il piccolo a lume di candela cantando, la voce così bassa che avrebbe potuto essere la brezza o il sangue che Caroline sentiva pulsare nelle orecchie. L'oscurità incombeva alle sue spalle come una minaccia o uno spirito maligno, ma era troppo spaventata per voltarsi a guardare. Il buio della camera vuota, vuota ormai come ogni altra cosa. Il dolore per la mancanza di Corin, quando stava sdraiata su quel letto, era come un pugnale conficcato nel cuore e rigirato lentamente. Così rimase accostata alla fessura nella porta a lungo, attirata dal lume della candela come una falena, e alla fine Magpie smise di cantare e cambiò posizione in modo quasi impercettibile, quanto bastava per farle capire che si sentiva osservata.

Non aveva più senso combattere l'afa dell'estate, ormai. Caroline faceva quello che le dicevano, e mangiava finché Magpie rimaneva seduta accanto a lei e la costringeva a farlo. Alla sera la ragazza indiana parlava a bassa voce di cose senza importanza mentre svestiva Caroline e le spazzolava i capelli proprio com'era solita fare la sua domestica di New York, Sara. Lei chiudeva gli occhi e tornava col pensiero a quei tempi, all'oscuro periodo dopo la morte dei suoi genitori, quando aveva creduto che non si sarebbe mai più sentita smarrita e triste come allora. Ma questo era peggio, molto, molto peggio.

«Ricordi la volta che mio padre ci portò al circo, Sara?» mormorò accennando un sorriso.

«Chi è Sara?» chiese bruscamente Magpie. «Io sono Magpie, la vostra amica, Mrs Massey.»

Caroline aprì gli occhi e incrociò lo sguardo della ragazza nello specchio.

«Ma sì, certo» disse con voce piatta, tacendo il fatto che per un istante aveva perso la cognizione di chi fosse o dove si trovasse.

Mentre sbrigava le faccende, Magpie prese l'abitudine di lasciare William in braccio a Caroline. Lo faceva soprattutto quando non parlava da parecchie ore, o non rispondeva alle domande, l'espressione fissa e immutabile. Il bambino, che ormai aveva dieci mesi, ben presto cominciò a dimenarsi e ad arrampicarsi su di lei, costringendola ad afferrarlo, a tenerlo ben saldo, a concentrare su di lui la sua attenzione.

«Cantategli qualcosa, Mrs Massey. Raccontategli la storia del Giardino dell'Eda» la incalzava Magpie, e sebbene Caroline non riuscisse a ricordare storie o canzoni, trovava sempre un accenno di sorriso per il piccolo, e non poteva fare a meno di fargli il solletico o tenerlo tra le braccia. Non batteva ciglio quando le tirava i capelli. William la guardava con i suoi occhi curiosi, scuri e vellutati, ogni tanto le faceva un sorrisetto sdentato, allora lei lo sollevava e lo attirava a sé, tenendo gli occhi chiusi, come a voler trarre energia dal suo esile corpicino. In quei momenti Magpie rimaneva nei paraggi, pronta a riprendersi il figlio se fosse scoppiato a piangere perché lei l'aveva stretto con troppa intensità.

Per tutta l'estate Caroline passò molte ore seduta in veranda, spingendo con la punta del piede la sedia a dondolo di Corin e poi chiudendo gli occhi e ascoltando lo scricchiolio che produceva mentre oscillava avanti e indietro. Cercava di non pensare. Di non chiedersi come sarebbero potute andare le cose se non avesse incolpato i coyote per le sue angosce notturne, se non avesse avuto quell'incubo, se non avesse avuto paura della natura selvaggia, se fosse stata una persona più forte, migliore, più capace di adattarsi, più coraggiosa. Un altro genere di persona rispetto a quella che aveva mandato il marito a morire dando la caccia ai lupi della prateria. Piangeva senza rendersene conto e andava in giro con il viso sporco di lacrime. E non aveva figli suoi da curare e allevare, a cui parlare con rimpianto di quanto bello e straordinario fosse il loro padre dai capelli color bronzo. Non era rimasta nemmeno quella traccia di lui a confortarla. Fissava il vasto, remoto orizzonte e se ne lasciava spaventare. Restava seduta tutto il giorno e aveva paura. Era il solo modo che conoscesse per punirsi, e sentiva che quell'infelicità estrema non era il peggio di ciò che si meritasse.

Qualche settimana dopo la morte di Corin, Hutch entrò in casa dopo aver bussato rispettosamente alla porta. Se Caroline non fosse stata così distante, così chiusa in se stessa, si sarebbe accorta della sofferenza di quell'uomo e di come la evitasse, attribuendosi la responsabilità dell'incidente di Corin. Era dimagrito perché non riusciva a costringersi a mangiare. L'accaduto l'aveva ferito profondamente, e le rughe avevano segnato ancor di più il suo volto, sebbene non avesse neanche trentacinque anni. Il rimorso gravava su di lui come un macigno, e la sofferenza lo aveva invecchiato, imprimendo il suo marchio su di lui proprio come aveva fatto con lei, ma Caroline non era in grado di offrire conforto nemmeno a Hutch. Gli preparò un caffè e, senza alcuna soddisfazione, si rese conto di aver finalmente ottenuto una bevanda bella forte, non amara né bruciacchiata. Immaginò Corin sorseggiare quel caffè, il sorriso che avrebbe fatto e il modo in cui si sarebbe complimentato con lei, passandole un braccio attorno alla vita e dandole un bacio. "Tesoro, è il caffè più buono che abbia mai bevuto!" Era orgoglioso anche dei suoi minimi trionfi. Pensieri del genere le facevano girare la testa, le facevano cedere le gambe.

«Mrs Massey, sapete quanto detesti disturbarvi, ma ci sono alcune cose che devo sottoporre alla vostra attenzione» disse Hutch, accettando il caffè. Con un debole gesto della mano Caroline lo invitò a sedersi, ma lui, dopo essersi voltato a guardare la sedia che gli era stata offerta, rimase in piedi.

«Cose di che tipo?» chiese Caroline.

«Be', ora che Mr Massey... se n'è andato, siete voi la padrona del ranch. So che la cosa potrebbe allarmarvi, ma non è il caso. Non voglio che vi preoccupiate di niente, rimarrò qui e lo gestirò per voi. So benissimo cosa c'è da fare, e ci ho vissuto abbastanza a lungo da considerarlo la mia casa. Vostro marito delegava a me tutto ciò che riguardava gli affari, e spero che voi farete lo stesso. Ma ci sono cose di cui non mi posso occupare io, e una di queste è pagare il salario ai braccianti e ai cowboy.»

«Pagarli? Ma... io non ho denaro» disse Caroline accigliandosi.

«Non qui, forse. Corin ritirava le paghe ogni due mesi dalla sua banca di Woodward, e non penso che ci saranno problemi se d'ora in poi lo farete voi.»

«Volete... volete che vada a Woodward? Non posso» fu il netto rifiuto di Caroline, neanche le avessero chiesto di andare sulla luna.

«Vi accompagnerò io. Possiamo trattenerci una notte soltanto, se è questo che volete, oppure potete andare a fare visita a qualche altra signora mentre siamo là. Credo...» Hutch fece una pausa, rigirandosi la tazza fra le mani. «Credo che abbiate bisogno di andare a Woodward. Credo che abbiate bisogno di vedere gente, di respirare un'aria diversa, e se non li paghiamo i ragazzi andranno altrove. Sono bravi e fidati, ma ormai sono due mesi che non prendono soldi, e non è giusto. E io non posso andare avanti senza di loro.» Finalmente Hutch sorseggiò il caffè e rimase sorpreso sentendone il sapore intenso. Caroline immaginò il viaggio a Woodward, e un'immensa stanchezza s'impossessò di lei. Dondolandosi sui talloni perse l'equilibrio, e afferrò lo schienale di una sedia per sostenersi.

«E va bene, se è l'unico modo. Corin... Corin avrebbe voluto che mandassimo avanti il ranch.»

«Eccome se lo avrebbe voluto, Mrs Massey» confermò Hutch. Si interruppe, abbassando la testa tristemente. «Vostro marito era un brav'uomo, questo è certo, l'uomo migliore che abbia mai conosciuto, e questo posto era il suo orgoglio e la sua gioia, perciò secondo me abbiamo il dovere di mandarlo avanti per lui, di renderlo più grande ed efficiente che mai» disse. Poi alzò gli occhi, aspettando che Caroline convenisse con lui, ma lei aveva lo sguardo fisso fuori dalla finestra e non lo stava quasi ascoltando. «Perdonate il linguaggio, Mrs Massey, ma questo caffè è dannatamente buono» osservò Hutch, vuotando la tazza. Lei lo guardò e annuì.

Aveva dimenticato l'ombrellino, e sentì il sole scottarle la pelle non appena si misero in marcia verso Woodward. Strizzando gli occhi per difenderli dalla luce, pensò alle rughe che avrebbero segnato il suo viso e scoprì che non gliene importava. Il vento soffiava, caldo e secco, e la cittadina era coperta da una cappa di polvere. Gli occhi imperturbabili di Caroline si riempirono di granelli aguzzi al punto che, una volta giunti in Main Street, il suo volto era bagnato di lacrime. Le fregò via bruscamente, premendo forte con le dita e tastando la sorprendente durezza dei bulbi dietro le palpebre.

«Adesso basta. Basta così» le disse dolcemente Hutch. Bagnò il fazzoletto con l'acqua della sua fiaschetta e strinse i polsi di Caroline in una mano, mentre con l'altra le toglieva la sabbia dal viso. «Ecco fatto. Così va meglio. Direi che negli ultimi tempi i vostri poveri occhi hanno versato abbastanza lacrime per il resto della vita.» Allentò la presa sui suoi polsi ma non li abbandonò del tutto, e con il pollice le strofinò via teneramente un ultimo granello di sabbia dalla guancia.

«È questo il posto?» chiese Caroline con voce spenta. Si erano fermati davanti alla Gerlach's Bank, un imponente edificio con un'insegna grandiosa e allettante.

«Sì, è questo. Volete che venga dentro con voi?»

«No.» Caroline scosse la testa. «Me la caverò. Grazie.»

L'interno era fresco e silenzioso, e quando Caroline varcò la soglia i suoi stivali echeggiarono pesantemente sul pavimento di legno. Si avvicinò all'impiegato giovane ed elegante, e lo vide sobbalzare quando notò le condizioni pietose del suo viso, degli abiti e dei capelli. Un orologio a torre ticchettava pesantemente contro il muro, un suono che Caroline non sentiva da quando aveva lasciato New York. Guardò l'orologio luccicante, molto simile a quello che c'era nell'anticamera di Bathilda, e le parve un oggetto venuto da un altro mondo.

«Posso aiutarvi, signora?» chiese l'impiegato.

«Vorrei fare un prelievo» rispose Caroline, e si accorse che non aveva idea di quale fosse la procedura per ottenerlo, non avendo mai fatto una simile richiesta.

«Avete un conto presso la Gerlach's, signora?» domandò l'impiegato, come se gli sembrasse un'eventualità remota. Caroline contemplò i suoi baffi perfettamente regolati, l'abito e il colletto immacolati. Aveva l'aria un po' troppo impertinente, pensò, per lavorare in banca. Raddrizzò la schiena e lo fissò con decisione.

«Credo che mio marito abbia un conto qui da molti anni. Sono Mrs Corin Massey.» A quel punto un uomo più anziano comparve alle spalle del giovane impiegato e le rivolse un sorriso cortese.

«Mrs Massey, vi prego, venite a sedervi. Mi chiamo Thomas Berringer, e vi stavo aspettando. Abbiamo sistemato ogni cosa, e naturalmente potete avere accesso al conto del vostro defunto marito. Posso farvi avere un bicchiere d'acqua?» Mr Berringer la accompagnò a una poltrona e fece un cenno con la mano all'impiegato perché le portasse da bere.

Quando si trattò di decidere la somma da prelevare, Caroline si rese conto di non averne idea. Non sapeva quanto prendessero i cowboy o i braccianti del ranch, a quanto ammontassero gli arretrati, e nemmeno quanti uomini dovessero essere pagati. Si fece consegnare metà del denaro disponibile, e Mr Berringer, pur mostrandosi sorpreso, riempì i moduli necessari e glieli diede da firmare senza aprire bocca. Quando vide la data che l'uomo aveva scritto all'inizio della pagina, Caroline sussultò.

«È il mio compleanno» disse con voce spenta. «Oggi compio ventun anni.»

«Oh, bene.» Mr Berringer sorrise, leggermente a disagio. «Cento di questi giorni, Mrs Massey.»

La mazzetta di banconote che le venne consegnata era spessa e pesante, e Caroline la soppesò chiedendosi dove riporla. Indovinando le sue difficoltà, Mr Berringer fece di nuovo un cenno all'impiegato, che le diede un sacchetto di stoffa in cui nascondere il denaro da occhi indiscreti. Una volta uscita, Caroline rimase ferma sul marciapiede a osservare la calca di persone, cavalli, calessi. Un tempo si sentiva a casa in mezzo alla gente, ma in quel momento si rese conto che non c'era più un solo posto in cui fosse davvero a suo agio. Ora che aveva l'occasione di andare nei negozi della città e fare scorta di libri, cibo, vestiti, non aveva voglia di niente. Lo sguardo le cadde su una merceria, e comprò una soffice coperta bianca lavorata all'uncinetto per William, e una culla portatile aperta, fatta di paglia finemente intrecciata.

«Sarà più fresca con quest'afa, piuttosto che quel marsupio di cuoio che usa adesso» spiegò a Hutch.

«È un pensiero gentilissimo, Caroline. Sono sicuro che Maggie sarà molto contenta» disse Hutch annuendo, e ripose i doni sotto il sedile del calesse. Solo in seguito, Caroline si rese conto che Hutch l'aveva chiamata con il suo nome di battesimo per la prima volta.

Si trattennero una sola notte nell'albergo in cui avevano alloggiato la sera della festa di primavera. Caroline chiese la stessa stanza, ma era occupata. Avrebbe voluto alloggiare in un posto in cui era stato anche Corin, come un pellegrino in visita a un santuario, come se un luogo potesse serbare il ricordo del marito, come se la sua essenza fosse ancora palpabile... Stette a lungo alla finestra a guardare il tramonto, che tinse la città di sontuose sfumature rosa e dorate. Guardò la gente di passaggio, ascoltò frammenti di conversazioni e scrosci di risate, e cercò di ricordare come ci si sentiva a essere una di loro. Al calare della sera vide Hutch uscire, con i capelli pettinati all'indietro e una camicia pulita, e incamminarsi a passo lento lungo Main Street. Caroline stette a osservarlo finché non lo perse di vista in mezzo alla calca.

Una volta pagati gli uomini, la mazzetta di banconote si assottigliò di meno di un terzo. Caroline mise la parte restante nel sacchetto di stoffa che ripose nel suo nécessaire. Con la mano sfiorò qualcosa di soffice e lo tirò fuori. Era la busta di velluto blu che conteneva gli smeraldi della madre e altri preziosi gioielli. La srotolò e ammirò le pietre scintillanti, pensando all'ultima volta in cui li aveva sfoggiati, la sera del suo primo incontro con Corin. Quando mai avrebbe potuto metterli, in un posto del genere? Sembravano ridicoli nella sobria stanza da letto, come fiori di serra in un campo spelacchiato. Li accostò alla pelle e si guardò allo specchio. Com'era diversa, così magrolina e abbronzata, con le lentiggini sul naso e i capelli opachi e spettinati. Sembrava una cameriera intenta a provare i gioielli della sua signora, e si rese conto che forse non li avrebbe indossati mai più. Non c'era posto per loro, nella prateria. Li avvolse di nuovo nella busta e li rimise nel nécessaire. Poi, senza pensare, vi infilò qualche altra cosa: della biancheria intima e alcune camicette pulite, una vestaglia con le maniche lunghe troppo calda per l'estate, qualche pettine, della cipria. Chiuse il coperchio e strinse al massimo le fibbie, chiedendosi dove accidenti avesse creduto di andare.

Sul finire di agosto, il ranch divenne silenzioso. Hutch, Joe e molti dei cowboy erano usciti nei pascoli con quasi mille capi di bestiame, per le ultime settimane all'ingrasso prima che gli animali venissero caricati sui treni e spediti verso nord, ai mercati della carne degli Stati orientali. Molti degli uomini rimasti al ranch furono colpiti da una malattia che si trasmetteva rapidamente, e li costrinse tutti a letto con brividi e febbre. Un giorno, mentre sedeva in veranda di prima mattina senza pensare a niente, completamente apatica, Caroline vide Annie, la sorella di Joe, allontanarsi dal ranch in sella al pony grigio di Magpie. Andava verso est, spingendo il cavallo a un galoppo spedito. Quando l'indiana passò lì davanti, Caroline notò che aveva un'aria molto preoccupata. Stette a guardarla finché non scomparve in lontananza, poi rifletté qualche istante e si rese conto di non aver più visto Magpie dal pomeriggio precedente, quindi si alzò e attraversò lentamente il cortile.

L'aria nel rifugio era calda e stantia. Magpie giaceva immobile a letto mentre William borbottava e piagnucolava tra sé nella culla di paglia che Caroline gli aveva regalato. Il piccolo emanava un inconfondibile odore di ammoniaca misto a feci, ma in sottofondo aleggiava un tanfo rancido, metallico, e Caroline si spaventò. Con il cuore che batteva all'impazzata, si inginocchiò accanto a Magpie e la scosse con delicatezza. La ragazza aveva la pelle del viso secca e di un rosso acceso. Quando aprì gli occhi Caroline vide che erano strani, velati, e si ritrasse un po', impaurita.

«Magpie, sei malata? Dov'è andata Annie?» chiese in tono concitato.

«Sono malata, e lo è anche Nuvola Bianca. Le sue medicine non ci hanno guarite» sussurrò Magpie. Vedendo una tazza di legno accanto al letto, Caroline la prese. Conteneva un intruglio dall'odore intenso e acido. La avvicinò a Magpie, ma la ragazza distolse debolmente la testa. «Basta con quella roba. Basta» mormorò.

«Se hai la febbre, devi bere qualcosa» disse Caroline. «Vado a prenderti dell'acqua. Ti devi alzare, Magpie. William è sporco...»

«Non riesco ad alzarmi. Non riesco a cambiarlo» replicò la ragazza in tono così triste che Caroline vacillò. «Dovete farlo voi. Vi prego.»

«Ma io non lo so fare!» protestò. «Perché non mi hai fatto sapere che eri malata?» chiese. Magpie la guardò, e nei suoi occhi Caroline lesse la risposta: perché nessuno di loro credeva che lei potesse essere di aiuto. Gli occhi le si riempirono di lacrime. «Lo lavo io. Ti porterò dell'acqua» disse, asciugandosi il viso. Il tanfo della ragazza malata e del suo bambino sporco era nauseante ed ebbe un capogiro, ma si mosse con decisione, prendendo un secchio e dirigendosi alla cisterna. «Dov'è Nuvola Bianca? Dov'è andata Annie?» domandò di nuovo, dalla porta.

«Anche Nuvola Bianca è malata. È nel teepee a riposare. Annie sta andando verso est, nelle terre del nostro popolo, sul fiume Arkansas... È andata a prendere le medicine...»

«*Sul fiume Arkansas?* Ma sono più di trecento chilometri! Le ci vorranno giorni interi!» urlò Caroline.

Magpie si limitò a guardarla, il volto esausto e disperato. «Vi prego, lavate William» ripeté.

Caroline recuperò un secchio d'acqua e un mestolo. Dovette chiamare a raccolta tutte le sue forze per sollevare la testa e le spalle di Magpie in modo che potesse bere, ma la ragazza riuscì a mandare giù solo qualche piccolissimo sorso, deglutendo a fatica.

«Ti prego, bevine ancora un po'» la implorò, ma Magpie non rispose: tornò a sdraiarsi sul suo lurido giaciglio e chiuse gli occhi. Caroline rovistò nel rifugio e trovò dei pannolini puliti e un asciugamano. Prese William dalla culla e lo portò fuori con sé. Il bambino era talmente sporco che ebbe un conato di vomito e gettò gli stracci sulle braci del fuoco morente. L'acqua era fredda, e William si mise a piangere quando lo immerse nel secchio per sciacquargli il sederino incrostato, ma erano strilli deboli, rochi, e sembrarono sfiancarlo al punto da farlo quasi appisolare mentre Caroline finiva di lavarlo e gli sistemava un pannolino nuovo tra le gambe come meglio poteva. Si sedette a terra facendolo distendere sulle sue gambe, ma nell'accarezzargli le braccia si rese conto di quanto fosse caldo, e del rossore che gli aveva colorato le guance. Si posò un dito sulla fronte per controllare la temperatura: la differenza era lampante. Lo prese in braccio e tornò subito dentro il rifugio.

«Magpie... William è molto caldo. Credo che abbia la febbre anche lui» disse, portando il piccolo al capezzale della madre perché lo vedesse. Gli occhi di Magpie si gonfiarono di lacrime.

«Non so come aiutarlo. Vi prego... Si ammalerà anche lui. Dovete prenderlo con voi... Dovete portarlo a casa vostra! Lavatelo, dategli da mangiare. Vi prego!» disse debolmente.

«L'ho lavato, guarda. Starà bene... starete bene entrambi» dichiarò Caroline.

«Nuvola Bianca...» mormorò Magpie indistintamente. Caroline rimise William nella culla e andò al teepee. Per un po' indugiò fuori dalla tenda, spaventata all'idea di spingersi oltre. Pensò allo sguardo duro di Nuvola Bianca, alla sua voce così poco familiare mentre cantava.

«Nuvola Bianca, posso entrare?» chiese in tono esitante, ma non ricevette risposta. Con il fiato corto, sollevò il lembo della tenda ed entrò. L'anziana donna, rannicchiata a terra, sembrava un mucchio di stracci, i capelli grigi madidi di sudore e tutti arruffati. Ora che i suoi occhi penetranti erano chiusi, era solo una vecchietta piccola e debole, e Caroline si vergognò di aver avuto paura di lei. «Nuvola Bianca?» sussurrò, inginocchiandosi accanto a lei e scuotendola come aveva fatto con Magpie, ma la donna non si mosse né si svegliò. La sua pelle scottava, e il respiro era debole e affannoso. Caroline non aveva idea di cosa fare. Tornò fuori e si sentì venire meno, trovandosi da sola con le mani che tremavano, circondata di persone che tutt'a un tratto avevano bisogno del suo aiuto.

Dato che Magpie insisteva, Caroline portò William a casa con sé. Era immerso in un sonno profondo, il pugno infilato in bocca. Lo mise nel punto più fresco e ombreggiato che riuscì a trovare e cominciò a rovistare negli armadietti della cucina in cerca di cibo da portare a Magpie. Poi si fece coraggio, andò alle case dei mandriani e trovò tre dei letti occupati. Al suo arrivo i cowboy malati, inermi e in imbarazzo, mormorarono che si sentivano abbastanza bene quando in realtà erano troppo deboli anche solo per alzarsi. Caroline andò a prendere qualche secchio d'acqua e li fece bere a turno, quindi lasciò un'altra tazza piena accanto al letto di ciascuno. Aveva sperato di trovare un uomo in grado di cavalcare fino al villaggio e chiamare il medico, ma era fuori discussione che qualcuno fra quelli rimasti fosse in condizione di farlo. A quel pensiero, il panico le serrò la gola. Tornò a casa e si mise a preparare una zuppa con fagioli essiccati e la carcassa di un pollo che Magpie aveva arrostito due giorni prima. Rimediò anche una zucca dalla dispensa nel seminterrato, e fece un passato per William.

Durante la notte il piccolo la svegliò con le sue flebili grida angosciate, così Caroline si alzò, lo prese in braccio e lo coccolò finché non smise di strillare. Quando stava per assopirsi lo fece di nuovo coricare, poi si sedette accanto a lui e pianse in silenzio, perché aveva sempre desiderato avere un bambino addormentato vicino al proprio letto, un bambino a cui donare conforto e amore. Ma William non era suo e Corin non era al suo fianco, e quel piccolo assaggio di ciò che sarebbe dovuto succedere, di come le cose sarebbero dovute andare, era allo stesso tempo dolce e amaro.

Il mattino dopo ebbe la certezza che anche William avesse la febbre. Aveva dormito troppo, scottava e al risveglio sembrava fiacco e intontito. Caroline tornò alle case dei mandriani con la zuppa che aveva preparato, poi da Magpie al rifugio, fermandosi davanti al teepee. Sapeva che doveva entrare per provare di nuovo a svegliare Nuvola Bianca, per cercare di farle bere un po' d'acqua, ma ebbe paura, una nuova, terribile paura dettata dall'istinto piuttosto che da un pensiero cosciente. Un brivido le percorse la schiena mentre si costringeva a sollevare il lembo della tenda. Nuvola Bianca non si era mossa. Anche il petto, che avrebbe dovuto sollevarsi e abbassarsi nell'atto di respirare, era immobile. Caroline lasciò cadere il lembo della tenda e indietreggiò di scatto, sconvolta e terrorizzata, e tornò in fretta al rifugio.

Magpie si era indebolita ulteriormente, e svegliarla fu più difficile. Il bianco degli occhi era diventato grigiastro, e la pelle scottava. Caroline le lavò il viso con una pezza bagnata, e con il mestolo versò altra acqua tra le sue labbra screpolate.

«William come sta? È malato?» sussurrò Magpie.

«Ehm...» balbettò Caroline, riluttante a dirle come stavano le cose. «Ha la febbre. È fiacco, stamattina» rispose in tono grave. La preoccupazione accese un barlume fioco negli occhi di Magpie.

«E Nuvola Bianca?» chiese. Caroline distolse gli occhi e si mise ad armeggiare con la pezza, il secchio d'acqua e il mestolo.

«Sta dormendo» tagliò corto. Quando alzò gli occhi, Magpie la stava fissando e non seppe reggere il suo sguardo.

«Non so cosa fare. Non posso fare niente per me e per Nuvola Bianca» mormorò Magpie in tono disperato. «Dobbiamo augurarci che Annie torni presto e porti le medicine.»

«Ci vorrà troppo!» replicò Caroline, esasperata. «Bisognerà che qualcuno vada a cercare aiuto! Non potete aspettare Annie!» Si alzò e fece su e giù per il rifugio a grandi passi. «Lo farò io» disse infine. «Mi sento bene. Andrò io, e... porterò William con me, così il medico potrà visitarlo subito, poi lo accompagnerò qui e si occuperà di te e di tutti gli altri. È la cosa migliore.»

«Porterete William con voi...?»

«È la cosa migliore da fare. Tu non puoi badare a lui, Magpie, io sì! Prenderò il calesse e in questo modo il medico potrà vederlo questa sera stessa. Stasera, Magpie! Potrebbe avere le medicine *stasera*! Ti prego. È davvero la cosa migliore.» Ora che aveva deciso, moriva dalla voglia di passare all'azione. Pensò a Nuvola Bianca, alla sua sagoma rannicchiata, immobile. «Altrimenti potrebbe essere tardi» aggiunse. Magpie sbarrò gli occhi per la paura e batté le palpebre per fermare le lacrime.

«Vi supplico, prendetevi cura di lui, e tornate presto» la implorò la ragazza.

«Sta' tranquilla! Dirò al medico di venire immediatamente da te. Andrà tutto bene, Magpie, fidati. Andrà tutto bene» disse Caroline con voce tremante mentre il cuore le batteva all'impazzata. Prese la mano di Magpie e la strinse forte.

Caricò sul calesse il nécessaire, la culla portatile e una sacca con le cose di William, e facendosi coraggio partì a tutta velocità, conducendo il cavallo tra le macchie di boscaglia come aveva visto fare a Hutch e Corin. Il North Canadian scorreva basso fra gli argini, e durante il guado le ruote del calesse sollevarono piccoli schizzi d'acqua gelida, smuovendo l'odore dolce e umido del letto del fiume. Quando si fermò per riposarsi e far riposare il cavallo, Caroline prese William tra le braccia. Era ancora caldo e piangeva ogni volta che si svegliava, ma ora stava dormendo, e il calmo abbandono che traspariva dal suo viso le ricordò il volto di Corin assopito in poltrona. Ripensare anche solo per un secondo che quello potesse essere il figlio di Corin la lasciò senza fiato. Si sedette sulla sabbia con William in grembo e lo esaminò, facendo scorrere una mano dall'attaccatura dei capelli alle dita dei piedi lunghe e molto distanziate fra loro, proprio come quelle di Corin. Aveva i capelli neri, ma la pelle non era scura come quella di Magpie e Joe. Gli occhi erano castani, ma resi più chiari da un anello verdastro attorno all'iride. Nel solco sulla piccola fronte e nelle labbra imbronciate sopra il mento affondato nel collo, Caroline ebbe l'impressione di scorgere delle somiglianze con il marito. Cullò il piccolo al petto e pianse per il tradimento di Corin, per la sua perdita, e per la sensazione perfetta, straziante, di stringere quel bambino a sé.

Il medico diede una rapida occhiata al viso sconvolto di Caroline e al bambino che aveva tra le braccia, e la fece entrare. Prese William e lo visitò con cura, domandando a Caroline quali sintomi avessero gli adulti al ranch e da quanto tempo la malattia stesse imperversando. Auscultò il cuore e il respiro del piccolo e sentì il calore che ardeva sotto la sua pelle morbida.

«Penso che si riprenderà. La febbre non è ancora troppo alta e ha il cuore forte, perciò vi prego, cercate di non preoccuparvi troppo. Vi fermerete in città stanotte? Bene. Tenetelo al fresco. La cosa più importante è abbassargli la temperatura il prima possibile. Usate delle pezze intinte nell'acqua fredda, e cambiatele spesso. Somministrategli tre gocce di questo sulla lingua con un cucchiaino d'acqua ogni quattro ore: è un antipiretico, gli farà scendere la febbre. E se avrà voglia di mangiare o bere, cercate di dargliene. Credo che guarirà presto. Non abbiate paura, lo abbiamo preso in tempo, però devo partire per il ranch, perché questa malattia può diventare più grave se non la teniamo sotto controllo. Riuscite a raggiungermi domani, così potrò visitare di nuovo vostro figlio?» Caroline annuì. «Bene. Dovete riposare, tutti e due, e ricordatevi le pezze fredde. Ci sono altri bambini così piccoli al ranch, o qualcuno molto anziano?» domandò il dottore accompagnandola fuori dalla stanza. "Vostro figlio."

«Altri bambini non ce ne sono, però Nuvola Bianca... è in là con gli anni, anche se non saprei dire quanti ne abbia» sussurrò. «Ma credo... credo che sia già morta» disse con voce strozzata. Il dottore le lanciò un'occhiata sbigottita.

«Devo partire immediatamente. Viaggerò di notte, così posso sperare di arrivare entro l'alba. Troverete un altro medico a questo indirizzo. Se le condizioni di William dovessero peggiorare, andate da lui.» Porse a Caroline un biglietto e con un energico cenno del capo uscì dalla stanza a grandi passi.

Caroline non dormì. Rimediò un catino d'acqua fredda nelle cucine dell'albergo e adagiò con delicatezza le pezze bagnate sulla pelle di William, come aveva prescritto il medico. Non riusciva a togliergli gli occhi di dosso: studiava ogni lineamento del suo volto, ogni singolo capello. Controllava ossessivamente l'orologio, dandogli la medicina allo scoccare delle quattro ore. Di tanto in tanto William si svegliava e si metteva anche lui a guardarla, afferrandole il dito con una presa salda che la rassicurava. Al mattino Caroline era stordita dalla stanchezza, ma William aveva un colorito più sano e la pelle più fresca. Il piccolo mangiò un pudding di riso preparato apposta per lui dall'albergatrice, e scrutò le donne con uno sguardo quieto e indagatore che le fece sorridere. Caroline lo avvolse nella coperta all'uncinetto, lo sdraiò nella culla portatile, gli mise un ciuccio tra le manine paffute e lo guardò. Poteva essere suo, il medico lo aveva creduto. Poteva essere il figlio di una rispettabile donna bianca, niente nel suo aspetto lasciava intendere che fosse un Ponca. Avrebbe potuto essere suo per davvero, pensò. Avrebbe *dovuto* essere suo.

Caroline era riluttante a tornare al ranch. Sarebbe dovuta partire qualche ora prima, al sorgere del sole, ma il pensiero di rimettersi in viaggio la faceva sentire così stanca che distolse gli occhi dal calesse nero parcheggiato nel cortile di fronte e dal recinto in cui il cavallo aveva passato la notte, masticando fieno e strofinando la testa sudata contro la palizzata. Il medico si sarebbe preso cura dei malati, e al suo ritorno Caroline avrebbe dovuto separarsi da William. Pensò al corpo di Nuvola Bianca abbandonato nel teepee. Pensò a Magpie, inerme e malata. Pensò alla vita che si sarebbe trascinata per anni e anni, vuota, senza Corin. Ma quando guardava William sorrideva e sentiva qualcosa crescere dentro di sé, qualcosa che scalzava ogni altro pensiero e rendeva sopportabile l'idea di tirare avanti. Non poteva tornare indietro. Era una prospettiva tetra e spaventosa quanto la fossa che Hutch aveva scavato nella prateria per la bara di Corin. *Non poteva tornare indietro.*

Dai binari ferroviari all'altro capo della città si levavano pennacchi di vapore. Caroline si incamminò in quella direzione, il nécessaire in una mano, la culla nell'altra. Il peso dei due oggetti la faceva barcollare leggermente, ma avanzava con decisione, la mente ormai svuotata di pensieri perché quelli che aveva erano troppo cupi. La banchina era invasa dal vapore e dallo stesso odore caldo, metallico, che l'aveva accompagnata a Woodward la prima volta, ma questa immensa locomotiva nera puntava dalla parte opposta, verso nord, verso Dodge City, Kansas City e oltre. La direzione dalla quale era venuta, lontano dalla prateria che le aveva straziato il cuore.

«Guarda, William!» esclamò, prendendo in braccio il bambino in modo che potesse vedere il treno per la prima volta. William lo scrutò con diffidenza, allungando una mano per afferrare una voluta di fumo che turbinò accanto a loro. All'improvviso il fischietto del capotreno li fece trasalire entrambi e il convoglio emise un copioso, pesante sbuffo di vapore mentre le ruote si mettevano in movimento. Un ritardatario corse lungo la banchina, aprì una portiera con uno strattone e saltò a bordo proprio quando il treno cominciava ad avanzare lentamente lungo il binario.

«Saltate su, signora! Sbrigatevi, altrimenti lo perderete!» disse lo sconosciuto con un sorriso, tendendole la mano. Caroline esitò per un attimo, poi l'afferrò.

6

La risata di Meredith era più unica che rara. Perfino al ballo d'estate, o alle cene di gala che organizzava a volte – i bambini non erano ammessi, e così sgusciavamo fuori dal letto per origliare –, non capitava quasi mai di sentirla. Si limitava a sorridere e qualche volta, se era proprio soddisfatta, si concedeva un unico suono compiaciuto, di gola. All'epoca, come tante ragazzine, ridevo con la stessa naturalezza con cui respiravo. Ricordo di aver pensato che probabilmente il riso fosse una cosa che si sarebbe esaurita con il passare degli anni, come una matassa aggrovigliata di nastri variopinti: una volta che si fosse srotolata tutta, fine della storia.

Eppure una volta la sentii e rimasi sbalordita, non soltanto dal suono – alto e stridulo, come il cigolio di un vecchio cardine –, ma da ciò che l'aveva prodotto. Era una giornata nuvolosa, scossa da una brezza leggera, poco prima della scomparsa di Henry. Eravamo nel camper di Mickey e Mo ad ascoltare la radio e a giocare a ramino con Dinny, che aveva qualche linea di febbre ed era stato obbligato a rimanere al chiuso, cosa che lui sopportava a fatica. Cercai di convincerlo a uscire, ad andare a giocare nella casa sull'albero, ma lui fece come Mo gli aveva detto. Era più ubbidiente di Beth e me. L'accampamento era tranquillo, gli adulti erano andati quasi tutti al lavoro. Fuori c'erano delle lenzuola messe ad asciugare su una corda tesa tra i veicoli. Comparivano e scomparivano dal riquadro della finestra, gonfiandosi e sgonfiandosi a intervalli regolari. Le vedevo con la coda dell'occhio, mentre mi agitavo sulla panca di vinile esortando mentalmente Beth a scartare un quattro o un jack. Fui la prima, quindi, a notare il cambiamento fuori dalla finestra, l'improvvisa stranezza del colore delle lenzuola e il cielo che si era offuscato sopra di loro.

Le lenzuola avevano preso fuoco. Le guardai a bocca aperta, sconvolta da una cosa tanto inaspettata. Erano divorate da fiamme gialle e azzurre che si propagavano in modo strano, spandendo nell'aria nuvole di fumo mentre si riducevano in brandelli scuri, sfilacciati come ragnatele. Dall'esterno giunse un grido e Dinny si alzò, sporgendosi sopra di me per sbirciare dalla finestra.

"Guarda!" boccheggiai.

"Erica! Perché non ce l'hai detto?" mi rimproverò Beth, mentre Dinny correva fuori e noi gli andavamo dietro. All'esterno, due donne che erano rimaste all'accampamento perché avevano preso lo stesso virus di Dinny, avevano tirato giù le lenzuola rimaste e le stavano pestando convulsamente. La corda rivestita di plastica si era fusa, riversando a terra i brandelli infuocati di tessuto, e forse fu un bene. Di fianco al camper un'orribile chiazza brunastra rivelava quanto il fuoco si fosse spinto vicino.

"Perdio, cos'è successo qui?" imprecò una delle donne, trattenendo il fiato mentre le ultime fiamme si spegnevano e contemplando i residui fumanti con le mani sui fianchi.

"Se non ci fossimo state noi... Non capisco, Mo le aveva stese appena prima di uscire!" esclamò l'altra, fissando severamente noi ragazzi.

"Eravamo dentro a giocare a carte, lo giuro su Dio!" disse Dinny con enfasi, e Beth e io ci affannammo ad annuire per confermarlo. Il fumo mi entrò nel naso e mi fece starnutire. Una delle donne si accovacciò, prese un brandello di lenzuolo con la punta delle dita e lo annusò.

"Paraffina" disse con aria torva.

A quel punto Beth e io ci allontanammo, correndo finché non fummo fuori dal loro campo visivo. Costeggiammo le scuderie e controllammo nella rimessa delle carrozze, poi trovammo Henry nella legnaia. Aveva con sé una bottiglia di plastica opaca, con un beccuccio rosso flessibile all'imboccatura. Pensai alla strana traiettoria disegnata dalle fiamme, che sembravano seguire delle linee. Henry rimise la bottiglia su un ripiano alto e si voltò a guardarci sorridendo.

"Che c'è?" chiese con aria indifferente.

"Avresti potuto incendiare i furgoni. Avresti potuto uccidere qualcuno" disse Beth senza scomporsi, e la sua espressione era talmente seria che mi sentii ancora più turbata e spaventata.

"Non so di cosa parli" ribatté Henry altezzoso. La puzza di paraffina gli era rimasta addosso, impregnandogli le mani.

"Sei stato *tu*!" gridai.

"Dimostralo." Alzò le spalle, sempre sorridendo.

"Racconterò tutto. Avresti potuto uccidere qualcuno" ripeté Beth, e allora Henry smise di sorridere.

"Non dovevate neanche andarci, all'accampamento. Non racconterai un bel niente" replicò con un ghigno cattivo; allora Beth si voltò e si diresse impettita verso casa. Henry e io la seguimmo, e all'improvviso ci mettemmo tutti a correre ed entrammo nel salone trafelati, chiamando Meredith a squarciagola.

Ci pareva una cosa talmente grave che non potevamo tenerla nascosta. Eravamo convinte che, sebbene Henry fosse il suo prediletto, questa volta Meredith avrebbe dovuto rimproverarlo. Un conto era far stare male i cani, ma Beth aveva ragione: l'incendio avrebbe potuto uccidere qualcuno, e questo era troppo, perfino per Henry.

"Henry ha dato fuoco alla biancheria dei Dinsdale!" Beth fu la prima a proferire parola, boccheggiando mentre Meredith alzava gli occhi dalla lettera che aveva di fronte, seduta allo scrittoio del salotto.

"Cos'è tutto questo baccano?" chiese.

"Eravamo all'accampamento, e so che non ci saremmo dovute andare ma stavamo solo giocando a carte, e Henry ha dato fuoco alle lenzuola che erano stese fuori sulla corda! Ha usato la paraffina che c'è nella legnaia, e per poco non prendeva fuoco anche il camper, e qualcuno poteva rimanere ucciso!" disse Beth tutto d'un fiato, ma scandendo bene le parole.

Meredith si tolse gli occhiali e li ripiegò con calma. "È la verità?" chiese a Henry.

"No! Non mi sono neanche avvicinato a quel lurido accampamento, *io*" rispose.

"Bugiardo!" gridai.

"Erica!" mi zittì Meredith, e il mio nome risuonò come un colpo di frusta.

"E come sarebbe scoppiato questo incendio, ammesso che un incendio ci sia stato?"

"Certo che c'è stato! Perché l'avrei detto, sennò?" protestò Beth.

"Be', Elizabeth, hai detto anche che non avreste frequentato quegli zingari, cosa che vi ho chiesto ripetutamente, perciò adesso come faccio a sapere se stai mentendo oppure no?" domandò Meredith con voce pacata. Beth strinse le labbra, gli occhi furenti. "Allora, Henry? Hai idea di come sia scoppiato l'incendio?"

"No! Tranne che... Be', queste due sembrano fare scintille con gli zingari. Magari è scoppiato così" disse, e la guardò con circospezione, quasi sorridendo, per valutare la sua reazione. Meredith lo scrutò un istante, e poi rise. Quel suono inconsueto, forte, ci fece sobbalzare tutti, compreso Henry. Due vivaci chiazze di compiacimento gli colorarono le guance.

Caroline non era mai andata a trovarla nel Surrey, a quanto pare, e non si era nemmeno presentata al funerale di Charles, eppure Meredith tornò comunque a vivere qui con lei. Forse la vita era diventata troppo dura senza un marito e con due figli. Forse Caroline aveva bisogno di qualcuno che si occupasse di lei, e malgrado tutto Meredith le voleva bene. Forse aveva ritenuto suo dovere tornare alla residenza di famiglia, visto che in fin dei conti sarebbe diventata la nuova Lady Calcott. Non lo saprò mai, ovviamente, perché le lettere si interrompono dal momento del suo ritorno. Penso alle cure e alle attenzioni che Meredith dedicava a Caroline: le dava da mangiare, la vestiva, leggeva per lei. E se, anche dopo aver fatto tanto, non avesse ricevuto un briciolo di amore in cambio? E se avesse sperato invano che sul letto di morte la madre le rivelasse che l'aveva sempre amata, che era stata una buona figlia? Sognava forse di risposarsi, di ricominciare da capo? Magari si aspettava che Caroline sarebbe morta poco dopo il suo ritorno, e aveva in mente di ridare vita alla casa, di usarla per trovare un nuovo marito, di avere altri figli con cui abitarla? Ma Caroline, come la regina, visse ancora a lungo, e l'erede invecchiò aspettando l'ascesa al trono. Credo che sia andata più o meno così: qualche speranza infranta, qualche immensa delusione devono aver reso Meredith la donna che era diventata, inducendola a trattare nostra madre con tanta severità quando si rifiutò di compiere i suoi stessi sacrifici.

Ecco cosa mi passa per la testa in questo lunedì mattina, mentre indosso un paio di caldi pantaloni di velluto a coste e mi infilo in tasca il massaggiagengive. Il campanello tintinna come un'allegra risatina. Vado nello studio, cerco una penna e un blocchetto per gli appunti nei cassetti della scrivania e li metto in borsa. Fuori è un'altra di quelle giornate di una limpidezza cristallina, luminose da far male. Cerco di ritrovare l'ottimismo che ho provato l'ultima volta in cui ho visto un cielo così terso, quando siamo stati ad Avebury e Eddie era qui a rallegrarci. Lascio Beth al telefono con Maxwell, a contrattare sul ritorno del figlio. È seduta alla finestra della cucina, in uno scorcio di luce violenta che cancella la sua espressione.

Il sole è basso in cielo, inesorabile. Mi colpisce attraverso il parabrezza, balenando su dalla strada bagnata al punto che mi trovo a guidare attraverso un muro di luce accecante. Esco dal villaggio imboccando con prudenza la strada principale, e vedo una sagoma familiare camminare lungo il ciglio coperto di brina. Abiti leggeri, come sempre, le mani affondate nelle tasche come unica concessione al gelo pungente. Ho un tuffo al cuore. Mi accosto, abbasso il finestrino e lo chiamo. Dinny si scherma il viso con una mano, nascondendo gli occhi e lasciando visibile solo la parte inferiore del volto, la linea dritta della bocca che a volte sembra così seria.

«Dove stai andando?» chiedo. Il freddo mi mozza il fiato, facendomi lacrimare gli occhi.

«Alla fermata dell'autobus» risponde.

«Fin qui c'ero arrivata. E poi? Io vado a Devizes, vuoi un passaggio?» Dinny si avvicina alla macchina, toglie la mano dalla fronte. Sotto il sole così intenso, mi rendo conto che i suoi occhi sono marroni, non neri, della calda tonalità delle castagne d'India, e i suoi capelli hanno qualche sfumatura più chiara.

«Grazie, mi faresti un grosso favore.»

«Devi fare la spesa?» chiedo mentre mi immetto di nuovo sulla strada, il motore che gira con un po' di difficoltà per il gelo.

«Volevo prendere qualcosa per la bambina, e mi serve del cibo. Tu, invece?»

«Sto andando in biblioteca. Avranno la connessione a Internet, vero?»

«Non ne ho idea, non ci ho mai messo piede» confessa con un pizzico d'imbarazzo.

«Vergogna!» lo punzecchio.

«Ci sono già abbastanza tragedie sui giornali, che senso ha mettersi a leggere anche quelle inventate?» scherza. «Devi controllare le mail?»

«Sì, anche, e poi devo fare una ricerca nel registro dello stato civile. Sto cercando di fare luce su un mistero della famiglia Calcott.»

«Ah, sì?»

«Ho trovato una fotografia della mia bisnonna, Caroline. Te la ricordi?»

«Non bene. Credo di averla vista da lontano un paio di volte.»

«Era americana. Venne fin qui per sposare Lord Calcott verso la fine del 1904, ma ho trovato una sua foto scattata proprio quell'anno in America, e c'è anche un bambino.» Cerco a tastoni nella borsetta e gliela porgo. «Sembra che nessuno sappia cosa ne sia stato di quel bambino. Non risulta che fosse già stata sposata, ma ho trovato anche una lettera che fa pensare il contrario.»

«Oh, può darsi che il figlio fosse morto là prima che si trasferisse» osserva stringendosi nelle spalle.

«Probabile» ammetto. «Ma preferisco dare un'occhiata, sai, magari compare nei registri. Se è... Se riesco a dimostrare che Caroline aveva perso un figlio, anzi un altro figlio, dato che sappiamo che ha perso una bambina anche qui a Barrow Storton, questo potrebbe aiutarci a capire perché era diventata la persona che era.»

Dinny non risponde. Osserva la fotografia, aggrottando appena la fronte.

«Forse» mormora dopo qualche istante.

«Vedi, stavo cercando di scoprire perché le Calcott, le vecchie Calcott, fossero così fissate con voi Dinsdale. Caroline e Meredith, intendo. Volevo capire per quale motivo si fossero comportate in quel modo con la vostra famiglia» dico, d'un tratto ansiosa di avere il suo appoggio in questa ricerca.

«Fissate?» mi fa eco lui senza scomporsi. «Un gran bell'eufemismo.»

«Lo so» dico in tono di scuse, e cambio argomento. «Allora, come sta Honey?» Chiacchieriamo di sua sorella per un po', finché non tento di parcheggiare a Devizes e mi trovo di fronte un sacco di gente e interminabili file di automobili posteggiate.

«Cos'è tutto questo casino?» esclamo.

«Il delirio dei saldi» sospira Dinny. «Prova in Sheep Street.»

Alla fine riesco a infilare la macchina in uno spazio libero, urtando la fiancata di quella accanto quando apro la portiera. L'aria è satura di gas di scarico, e la città risuona di voci chiassose e passi pesanti. Mi sembra tutto troppo rumoroso, e ho la sensazione che in qualche modo la quiete di Storton Manor si sia impossessata di me. Mi ha soggiogata subdolamente, e ora ne noto l'assenza come se mi fosse venuto a mancare qualcosa di vitale.

«Vuoi un passaggio anche al ritorno?» chiedo.

«Quanto ti ci vorrà?»

«Non lo so di preciso. Un'ora e mezza, forse qualcosa di più.»

«Va bene, grazie. Ci ritroviamo qui?»

«Perché non facciamo al caffè in High Street, quello con il tendone blu? Almeno lì dentro fa caldo, se uno dei due deve aspettare» suggerisco. Dinny annuisce, mi saluta con la mano e si allontana a grandi passi fra le macchine parcheggiate.

La biblioteca è in Sheep Street, perciò non devo camminare molto. Dalla presa d'aria sopra la porta si riversa una cascata di caldo soffocante, e non appena varco la soglia mi fermo, armeggiando nel tepore opprimente per liberarmi di sciarpa e cappotto. La sala è quasi vuota: poche persone rovistano tra gli scaffali, mentre la donna dall'aria austera seduta al banco è occupata a fare qualcosa e non mi degna di uno sguardo. Mi siedo a un computer e verifico i decessi registrati tra il 1903 e il 1905, per ampliare l'arco temporale, e i nomi Calcott e Fitzpatrick a Londra e nel Wiltshire, poi restringo i risultati ai decessi di bambini sotto i due anni. Accanto a me, sulla scrivania, il blocco per gli appunti rimane intonso. Dopo un'ora scribacchio: "Qui non c'è".

Fisso l'ultimo elenco di nomi sullo schermo finché il mio sguardo non si perde tra i pixel. Probabilmente il bambino morì in America. Chissà che non sia stato proprio questo, insieme al motivo che la spinse a lasciare l'uomo che si firmava "C.", qualunque sia stato, a indurre Caroline a trasferirsi qui in Inghilterra e a renderla così distaccata e fredda. Allora perché non riesco a lasciar perdere? Cos'è che si aggrappa a un angolo remoto della mia mente, supplicandomi di afferrarlo? Qualcos'altro, qualcosa di diverso, che so e ho dimenticato. Mi chiedo quante cose siano in agguato nella mia testa, in attesa che vada a stanarle. Tiro fuori il massaggiagengive dalla tasca e faccio scorrere le dita sull'avorio liscio e chiaro. Dentro il campanello, sul bordo, è impresso un marchio: la sagoma di un leone, un'ancora, la lettera "G" e qualcos'altro che fatico a distinguere. Lo volto verso la luce, accostandolo al viso. Una fiamma? Un albero, una pianta esile, come un cipresso? Un martello? La luce vi si riflette sopra:

è la testa di un martello, in verticale, come se fosse raffigurata di lato nell'atto di colpire qualcosa.

Torno al computer e cerco su Internet "marchi americani argento G". Compaiono svariate enciclopedie online e guide per collezionisti di argenteria. Controllo le voci alla lettera "G" e mi basta un attimo per riconoscere il marchio riportato sul campanello: è della Gorham, una fabbrica di argenteria fondata a Rhode Island nel 1831, che realizzò parecchi servizi da tè per la Casa Bianca e la Coppa Davis del tennis. La gran parte della produzione però consisteva in cucchiaini da tè, ditali e altri piccoli oggetti da regalo. Trovo la testa di martello in verticale nella lista dei simboli con cui la Gorham indicava le date, e vedo che corrisponde al 1902. Almeno questo sono riuscita a dimostrarlo: chiunque fosse il bambino nella fotografia, chiunque fosse suo padre e qualunque fine avesse fatto, questo massaggiagengive d'argento e avorio apparteneva a lui. Era lui il bravo figlio a cui era stato donato, non Clifford, né qualunque altro bambino che Caroline potesse aver perso dopo essere giunta in Inghilterra. Chiudo la mano attorno al piccolo oggetto: il metallo si scalda a contatto con la pelle, e il movimento soffocato del battaglio all'interno sembra un debole, tremulo battito cardiaco.

Sono costretta a procedere lentamente lungo High Street, facendomi largo in un groviglio di passanti intenti a curiosare. Le vetrine dei negozi sono animate da cartelli sgargianti che promettono affari imperdibili e sconti inauditi, ondate di musica e calore si riversano in strada e la gente va in giro con quattro, cinque, sei sacchetti strapieni di roba. Sono sballottata di qua e di là e il bar, quando lo raggiungo, è gremito di gente. Mi innervosisco subito, ma poi scorgo Dinny già seduto a uno dei tavolini accanto alla vetrina appannata. C'è un odore di fondi di caffè intenso e delizioso, qui dentro. Mi faccio strada fra i tavoli stipati.

«Ciao. Scusa, hai aspettato molto?» Sorrido e appendo il cappotto alla sedia vuota di fronte a lui.

«No, non molto. Ho avuto un colpo di fortuna. Una coppia di vecchi amici si è alzata proprio mentre entravo io.»

«Ti va un altro caffè? Qualcosa da mangiare?»

«Un altro caffè lo prendo volentieri, grazie.» Intreccia le mani sulla superficie appiccicosa del tavolo, e all'improvviso ha un'aria così bizzarra che mi trovo a fissarlo senza capire cosa ci sia di strano in lui. Poi mi rendo conto che questa è una delle rarissime volte in cui mi capita di vedere Dinny al chiuso, o meglio seduto in un bar senza alcuna fretta di tornare fuori, mentre si dedica a una cosa banale come bere un caffè. «Che c'è?» mi chiede.

«Niente» rispondo scuotendo la testa. «Torno subito.»

Compro due tazze grandi di caffè con panna e un croissant alle mandorle per me.

«Non hai ancora fatto colazione?» chiede Dinny quando mi siedo.

«Sì» dico con un'alzata di spalle, mentre prendo un pezzo di croissant e lo intingo nel caffè. «Però è Natale» aggiungo, e Dinny sorride, inarcando con indulgenza un sopracciglio. Il sole si riversa dalla vetrina circondandolo di un alone di luce quasi abbagliante.

«Hai trovato quello che cercavi?»

«Sì e no. Non ci sono prove che il bambino sia morto da questa parte dell'Atlantico, perciò immagino che debba essere morto dall'altra, come hai suggerito tu.»

«Oppure...» Dinny scrolla le spalle.

«Oppure cosa?»

«Oppure non è morto.»

«E dove sarebbe?»

«Non ne ho idea. La missione è tua. Ti ho solo dato un'altra spiegazione possibile sul perché non ci siano prove della sua morte.»

«È vero. Ma sul certificato di matrimonio di Caroline c'è scritto che era zitella. Non sarebbe stato possibile se fosse arrivata qui con il figlio di un altro uomo» obietto. Dinny fa di nuovo spallucce. Gli passo il massaggiagengive. «Ho controllato il marchio che c'è qui sopra. È un...»

«Massaggiagengive?» azzarda Dinny.

«Benissimo, in pratica ero l'unica a non sapere cosa fosse.»

Alzo gli occhi al cielo. «È un marchio americano, e l'oggetto fu fabbricato nel 1902.»

«Ma lo sapevi già che il bambino era nato in America, no? Questo cosa dimostra?»

«Be', se non altro dimostra che era figlio di Caroline, almeno per me. Quando ho fatto vedere la fotografia a mia madre, ha suggerito che Caroline potesse essere la sua madrina, o che fosse il figlio di un'amica o qualcosa del genere. Ma se ha conservato il massaggiagengive tutto questo tempo doveva per forza essere sua madre, o no?»

«Sì, immagino di sì.» Dinny fa un cenno con il capo e mi restituisce l'oggetto d'avorio.

Bevo un sorso di caffè caldo e mi si arrossano le guance. Dinny torna a guardare fuori, verso la strada piena di gente, e sembra assorto nei suoi pensieri.

«Allora, come ci si sente a essere le padrone della tenuta? Cominciate a farci l'abitudine?» chiede all'improvviso con lo sguardo sempre rivolto alla vetrina.

«Per niente. Non credo proprio che quel posto ci sembrerà mai nostro. E quanto a restare a viverci... mah. Anche lasciando perdere tutto il resto, basterebbero le spese di manutenzione a impedircelo.»

«Che fine ha fatto la fortuna che avete ereditato dai Calcott, se sono vere le voci che girano al villaggio?»

«Purtroppo sono solo voci. Il patrimonio di famiglia ha cominciato a calare fin dai tempi della guerra, e intendo la Prima guerra mondiale. Meredith si è sempre lamentata con i miei genitori che non la aiutavano abbastanza con le spese della tenuta. È per questo che ha dovuto vendere una grossa fetta dei terreni, i dipinti migliori, l'argenteria, e chi più ne ha più ne metta. Alla sua morte un po' di soldi sono rimasti, ma ce li giocheremo con l'imposta di successione.»

«E cosa mi dici del titolo?»

«Oh, quello è andato a Clifford, il padre di Henry.» Nel pronunciare il suo nome alzo gli occhi e incrocio quelli di Dinny per un attimo. «Il mio bisnonno, che si chiamava Henry anche lui, fece modificare le lettere patenti, non avendo figli maschi. Ha fatto in modo che il titolo potesse passare a Meredith, e poi tornare all'erede maschio. Al suo primo discendente maschio, per la precisione.»

«È per questo che Meredith è rimasta Calcott anche da sposata e anche vostra madre è una Calcott? Ma non capisco, perché anche tu e Beth vi chiamate così?»

«Perché Meredith fece pressioni sui miei genitori, e quel poveretto di papà non ebbe scampo. Meredith disse che il cognome Calcott era troppo importante e non potevamo mollarlo. Allen non gode dello stesso prestigio, a quanto pare.»

«Strano che abbia lasciato la casa a voi ragazze pur sapendo che il titolo sarebbe andato a vostro zio, dato che ci teneva così tanto che il nome non si perdesse e tutto il resto» riflette, facendo girare il fondo di caffè nella tazza.

«Meredith *era* strana. Non poteva mettere bocca sulla trasmissione del titolo, ma della casa poteva fare quello che le pareva. Forse le sembravamo le più indicate a portare avanti la famiglia.»

«Quindi dopo Clifford...»

«Si estinguerà. Niente più titolo. In teoria Clifford potrebbe fare in modo che passi a Eddie, ma Beth non acconsentirebbe per niente al mondo.»

«Ah, no?»

«Non vuole averci più niente a che fare. Neanche con la casa, in realtà, e così tra l'altro ha preso la decisione anche per me, perché se volessimo tenerla dovremmo viverci entrambe.» Dinny resta in silenzio per un po'. È come se i motivi della riluttanza di Beth si stessero materializzando tra di noi.

«La cosa non mi sorprende affatto» mormora infine Dinny.

«Davvero?» chiedo, protendendomi sul tavolo, ma lui si scosta con un'alzata di spalle.

«Allora cosa ci fate qui, se sapete già che non rimarrete?»

«Credevo che a Beth avrebbe fatto bene, e a dire il vero anche a me. Tornare qui e fare una specie di...» Agito una mano, non trovando le parole adatte. «Rivisitazione, hai presente?»

«Perché dovrebbe farle bene? A me sembra che non voglia nemmeno pensarci alla vostra infanzia qui, figurarsi rivisitarla.»

«Dinny...» Mi interrompo. «Quando sei venuto a casa a trovarla, cosa intendevi dicendo che c'erano cose che doveva sapere, di cui volevi parlarle?»

«Stavi proprio origliando, allora» dice in un tono ambiguo.

«Che cosa intendevi? È qualcosa che ha a che fare con Henry?» insisto, il cuore che mi martella nel petto.

Dinny mi guarda con la fronte corrugata.

«Credo di doverglielo... No, "doverglielo" non è la parola giusta. Ci sono cose che dovrebbe sapere riguardo a quando eravamo ragazzini. Non so cosa ne pensi lei, ma... può darsi che tutto non fosse come sembrava» dice a bassa voce.

«Di cosa parli?» Mi sporgo in avanti e lo costringo a incrociare il mio sguardo. Lui esita, restando in silenzio. «Beth continua a ripetermi che non si può tornare indietro nel tempo, che le cose non potranno più essere come prima» proseguo, fissandolo «ma voglio solo dirti che... che puoi contare su di me, Dinny.»

«Contare su di te per cosa, Erica?» chiede con una nota di tristezza nella voce.

«Per qualsiasi cosa. Sono dalla tua parte, qualsiasi cosa succeda, o sia successa» replico. So di non essermi espressa con chiarezza. Non so come fare. Dinny si pizzica il naso e stringe gli occhi per un attimo. Quando li riapre, rimango sconvolta nel vederli lucidi di lacrime non ancora pronte a scendere.

«Non sai di cosa stai parlando» dice con voce pacata.

«In che senso?»

S'interrompe di nuovo, perso nei suoi pensieri.

«Allora, hai finito qui in città?» dice, preparandosi ad andare.

Quando controllo il telefono trovo tre chiamate perse della mia coinquilina, Annabel. Il suo nome sembra provenire da un'altra epoca, addirittura da un altro mondo. Mi chiedo distrattamente se ci siano problemi con l'affitto, o con il termosifone della mia stanza che continua a perdere macchiando il tappeto, ma sembrano questioni così lontane, irrilevanti. E poi capisco: quella non è più la mia vita. Era la vita che stavo vivendo, e a un certo punto, senza neanche rendermene conto, ho smesso di farlo. Non impiego molto per giungere a una conclusione. Salgo nella mia stanza a leggere lettere e a pensare ascoltando il silenzio intenso dopo il trambusto della città, le grida sommesse dei corvi fuori dalla finestra. Non c'è il canto armonioso degli uccellini a deliziarmi, né i rintocchi delle campane o le risate dei bambini. Solo il profondo silenzio che tanto mi turbava agli inizi. Lascio che penetri dentro di me. È incredibile che proprio qui io mi senta a casa.

Martedì prendo la macchina e raggiungo West Hatch, socchiudendo gli occhi sotto il sole pallido. Il villaggio non è grande: faccio due volte il giro finché non trovo quello che stavo cercando. Davanti a un angusto bungalow di mattoni, residuo dell'edilizia convenzionata degli anni Sessanta, c'è un vecchio camper sgangherato che occupa per intero il vialetto d'accesso. Un tempo era nuovo, con una verniciatura crema e una spessa striscia color caffè che correva sulle fiancate. Ora è verde per il muschio e senza pneumatici, ma lo riconosco subito. Sono stata lì dentro, mi sono seduta su un'appiccicosa panca di vinile imbottita e ho bevuto avidamente della fantastica limonata fatta in casa. Rimango quasi senza fiato nel rivederlo. È la casa di Mickey Mouse. Mi figuro Mo com'era un tempo, rotondetta e un po' curva, appoggiata allo stipite ad asciugarsi le mani con uno straccio azzurro mentre Dinny, Beth e io le davamo le spalle. E Mickey, con i suoi baffi curati, la tuta sempre macchiata dall'olio dei motori e strisce nere di sporcizia tra le pieghe delle mani.

Sulla porta ho i nervi a fior di pelle. Sono eccitata, più che spaventata. Il campanello emette un flebile *ding dong* elettronico. Non avrei mai creduto che Mo potesse rispondere a un campanello del genere, e invece lo fa. Sembra più piccola, più vecchia, un po' sciupata, ma la riconosco immediatamente. Il viso è più grinzoso, i capelli di un castano uniforme e innaturale, ma ha gli stessi occhi penetranti di allora. Il suo sguardo indagatore è fisso su di me, ed è un sollievo sapere che non sto cercando di venderle qualcosa.

«Sì?»

«Ehm, sono venuta a trovare Honey e la bambina. Sono Erica. Erica Calcott.» Accenno un sorriso, mentre Mo riconosce il nome e scruta il mio viso in cerca di lineamenti familiari.

«Erica! Oh, signore, non ti avrei mai riconosciuta! Come sei cambiata!»

«Può capitare, quando non ci si vede da ventitré anni.» Sorrido.

«Entra pure, siamo tutti in salotto.» Mi accompagna dentro, poi mi indica una porta sulla sinistra, e di colpo l'idea di varcare quella soglia mi innervosisce: mi chiedo cosa intenda con "tutti".

«Grazie» rispondo indugiando nell'ingresso, le mani sudate sull'incarto plastificato dei fiori.

«Forza, vai pure di là» dice, senza lasciarmi scelta. «Mi hanno detto che hai rischiato di conoscere la piccola Haydee nel tragitto verso l'ospedale!»

«C'è mancato poco!» replico. Sono l'unica in piedi in una stanza piena di gente seduta. Fa un caldo opprimente. Lo scorcio della finestra tremola appena nella caligine del radiatore, e divento subito paonazza. Mi guardo attorno e sorrido come un'idiota. Dinny, seduto all'estremità del divano, alza gli occhi di scatto, mi vede e sorride.

Honey è accanto a lui, con una culla vuota ai suoi piedi e un fagotto tra le braccia. C'è un'altra ragazza che non conosco, con i capelli rosa shocking e un piercing al labbro. Mo la presenta come Lydia, un'amica di Honey, mentre l'uomo anziano, magro e sudato è Keith, il compagno di Mo. Non ci sono sedie libere per me, perciò resto in piedi nella piccola stanza, e Honey si drizza a sedere con uno sforzo.

«Oh, no, non alzarti!» dico, porgendole i fiori e i cioccolatini, poi li poso sul tavolo in mezzo a un cumulo di tazze vuote e un piatto di biscotti da tè.

«Non ci penso nemmeno. Volevo solo passartela» risponde Honey sbattendo le palpebre truccate, e solleva la bambina verso di me con un gesto premuroso.

«Oh, no. State così bene lì.»

«Non fare la fifona. Prendila» insiste Honey con un mezzo sorriso. «Come hai fatto a trovarci?» chiede.

«Prima sono scesa all'accampamento e ho incontrato Patrick. Mi ha detto che eravate a casa.» Lancio un'occhiata a Dinny, è più forte di me. Mi sta guardando intensamente, ma non so leggere la sua espressione. Metto giù la borsa e prendo Haydee dalle braccia della madre. Ha il visino rosa ancora raggrinzito e imbronciato e una massa di capelli scuri più sottili di una ragnatela. Non si muove mentre mi appollaio sul bracciolo del divano e le bacio la fronte annusando il profumo di neonato e di latte che emana dalla sua pelle. All'improvviso sono curiosa di sapere cosa proverei se questa bambina fosse mia, se mai penetrassi quei segreti... La forza che vedo negli occhi di Beth quando guarda suo figlio, il modo in cui Eddie riesce a scuoterla, a renderla completa, solamente stando nella stessa stanza. Queste creaturine hanno un tale potere su di noi... Sento crescere dentro di me un bisogno che non sapevo nemmeno di avere.

«È così *piccola*» dico meravigliata, e Honey alza gli occhi al cielo.

«Lo so. Tutti quegli sforzi, e tutta questa ciccia, per un esserino di due chili!» dice, ma non riesce a nascondere quanto sia contenta e orgogliosa. Una volta rotto il ghiaccio, l'atmosfera nella stanza sembra alleggerirsi.

«È bellissima, Honey. Hai fatto un ottimo lavoro! Piange molto?»

«No, per ora no. È sempre tranquillissima.» Honey si sporge verso di me, incapace di stare per troppo tempo anche solo a un metro di distanza dalla figlia. Da vicino, vedo le occhiaie scure e la pelle così pallida da lasciar trasparire l'azzurro delle vene che si snodano sulle tempie. Ha l'aria stanca, ma eccitata.

«Ci prenderà la mano a strillare, non preoccuparti» dice Mo tristemente, e Honey le lancia uno sguardo un po' insofferente.

«Metto su dell'altro tè» propone Keith, alzandosi dalla sedia e raccogliendo le tazze vuote su un vassoio di latta. «Erica, ne vuoi una tazza?»

«Ma sì, grazie.» Mi sento osservata, e guardo alla mia destra. Dinny mi sta fissando con quegli occhi scuri, di nuovo neri come quelli di una foca, impassibili. Reggo il suo sguardo per due secondi, poi è lui a cedere, alzandosi bruscamente in piedi. All'improvviso mi viene il dubbio che sia infastidito dal modo in cui mi sono intrufolata nella sua famiglia.

«Adesso devo andare» dice.

«Cosa? Perché?» chiede Honey.

«Ho... delle cose da fare.» Si china, bacia la sorella sulla testa, e dopo un attimo di esitazione si volta verso di me. «Domani sera andremo tutti al pub. Potete venire anche tu e Beth, se vi va» dice.

«Oh, ti ringrazio. Glielo proporrò» rispondo.

«Brindate anche per me» borbotta Honey. «È la sera di Capodanno, e io me ne starò chiusa in casa e prima delle nove sarò già a letto.»

«Oh, non preoccuparti, ci farai l'abitudine a perdere qualsiasi genere di occasione mondana» dice allegramente, e Honey fa una faccia sgomenta.

«Torno dopo. Ciao, ma'» dice Dinny con un sorriso, e dà una rapida carezza a Mo sulla guancia prima di uscire dalla stanza.

«Spara, cosa gli hai fatto?» mi chiede Honey, sorridente ma in tono circospetto.

«In che senso?» replico, allarmata.

«È scattato come un coniglio quando ti ha vista entrare» spiega, ma la sua attenzione è già tornata a Haydee, quindi le restituisco la bambina.

Keith ricompare con un vassoio di tazze fumanti, mentre le luci sull'albero di Natale nell'angolo si illuminano a intermittenza, lente, poi veloci, poi di nuovo lente. Mo mi chiede della casa, di Meredith, di Beth e Eddie.

«Nathan mi ha detto che il piccolo Eddie usciva a giocare con Harry quando era qui» dice.

«Sì, andavano d'accordissimo. Eddie è un ragazzino fantastico. Non giudica mai nessuno» replico.

«Be', Beth è sempre stata una brava ragazza. La cosa non mi stupisce» osserva Mo. Soffia sul suo tè, e il suo labbro superiore è increspato com'era quello di nonno Spad. Sono scioccata nel notare le cose in comune, il segno dei tanti anni trascorsi, Mo anziana.

«Già. È... una madre magnifica» dico.

«Oddio, quanto mi sento vecchia a vederti così cresciuta, Erica, e anche Beth... che ha addirittura un figlio!» sospira Mo.

«Be', in fondo sei una nonna, adesso.» Sorrido.

«Sì. Non che fossimo minimamente pronti, ma ormai sono diventata nonna» commenta, guardando Honey di traverso.

«Oh, andiamo, mamma. Questa conversazione l'abbiamo già fatta almeno *cento* volte» dice la ragazza esasperata. Mo agita la mano verso di lei in un gesto conciliante, poi se la passa stancamente sugli occhi.

«Dio santo, hai proprio ragione» mormora, e sorride. Restiamo un momento in silenzio, mentre Haydee borbotta nel sonno.

«Mo, vorrei chiederti una cosa, se non ti dispiace.»

«Dimmi tutto» risponde lei, ma intanto intreccia le dita in grembo come per prepararsi a chissà cosa, e noto una certa tensione nel suo sguardo.

«Ecco, mi chiedevo, potresti spiegarmi di nuovo come mai nonno Spad si chiamava così? Ricordo che qualcuno me lo disse una volta, quando eravamo piccole, ma in questo momento mi sfugge...» E subito Mo si rilassa, sciogliendo le mani.

«Ah! Guarda, è molto semplice. Il suo vero nome era Peter, ma pare che fosse un trovatello. Non lo sapevi? Un giorno i nonni di Mickey lo trovarono nel bosco, in una macchia di spadoni. Sono quei fiori gialli, hai presente? Comunque, era andata più o meno così. Doveva averlo abbandonato qualche ragazzina che si era cacciata nei guai, poco ma sicuro.» A questo punto Honey le lancia uno sguardo torvo. «E così lo presero e lo accolsero in famiglia, crescendolo come figlio loro e chiamandolo Peter. Il più delle volte, però, la nonna di Mickey lo chiamava soltanto "il mio bambino degli spadoni" o qualche sciocchezza del genere, ed è così che è venuto fuori quel nomignolo.»

«Ora ricordo. In una macchia di spadoni...» dico, e rammento di aver già sentito il resto della storia, ma questa parte no. Poi mi rendo conto che questo dettaglio del ritrovamento non combacia con la versione che conoscevo io e rabbrividisco. «Sai quando successe? In che anno?»

«Oddio, no! Mi spiace. Dev'essere stato nei primi anni del secolo scorso, ma non saprei dirti niente di più preciso. Povero piccino. Te lo immagini abbandonare un bambino così, all'aperto, senza sapere se qualcuno l'avrebbe trovato o se sarebbe rimasto lì a soffrire fino all'ultimo? Un gesto terribile.» Mo beve rumorosamente il suo tè. «Intendiamoci, a quei tempi una donna con un figlio non la voleva più nessuno, immagino, né per un lavoro, né per sposarla o per qualsiasi altra cosa.» Scuote la testa. «Sporchi bastardi.»

«Per caso sai dove lo trovarono? In che punto del paese, intendo.»

«Be', qui, e dove se no? A Barrow Storton. Chiunque lo avesse messo al mondo, era di queste parti.»

Assimilo l'informazione e sono tentata di dar voce ai miei pensieri, ma mi trattengo.

Tutt'a un tratto l'idea incredibile, inquietante, nauseante che mi è balenata alla mente mi sembra davvero troppo, per non parlare del fatto che combacia perfettamente con l'ipotesi che Dinny ha formulato ieri al bar.

«Perché ti interessa?» chiede Mo.

«Oh, pura curiosità. Da quando sono tornata mi sono messa a rovistare nella storia dei Calcott, con annessi e connessi. Sto dando fondo ai miei ricordi per cercare di colmare qualche lacuna» taglio corto, e lei annuisce.

«È sempre così. Aspettiamo fino a quando le persone che potrebbero rispondere alle nostre domande sono morte e sepolte, e solo allora ci rendiamo conto che avevamo delle cose da chiedere» riflette Keith con una punta di tristezza.

«Oh, tanto dubito che Meredith avrebbe risposto a una qualsiasi delle mie domande» replico in tono ironico. «Non sono mai stata la sua preferita.»

«Però, se ti interessa la storia della casa, dovresti andare a parlare con George Hathaway, su al Corner Cottage» mi dice Keith, appoggiando le braccia nerborute sulle ginocchia ossute.

«Come? Chi è George Hathaway?» domando.

«Solo un vecchio conoscente. Ha gestito l'officina sulla strada per Devizes quasi per tutta la vita. Adesso ovviamente è in pensione, ma sua madre ha fatto la cameriera alla tenuta per un po', tempo fa.»

«Quanto tempo fa?» chiedo con grande interesse.

«Mah» Keith fa un cenno con la mano arrossata e nodosa. «Tanto tempo fa. Sai, a quell'epoca andavano a servizio ancora giovanissime. Credo che fosse appena una ragazzina quando la presero a lavorare, prima della Grande Guerra, a occhio e croce.» Faccio un respiro profondo, e l'eccitazione mi fa prudere i palmi delle mani. «Hai presente qual è il Corner Cottage? Uscendo dal villaggio, verso Pewsey, quando la stradina fa una curva a gomito a sinistra? È proprio lì, una casetta con il tetto di paglia e il cancello verde.»

«Sì, me la ricordo. Grazie.» Sorrido e poco dopo me ne vado, mentre Honey sonnecchia sul divano e Mo prende la bambina, adagiandola nella culla.

«Tornerai a trovarci, vero? E porta anche Beth, sarebbe bello vedervi tutte e due» dice Mo. Annuisco e, quando esco, il freddo mi gela il naso.

Mi dirigo subito al Corner Cottage, alla periferia di Barrow Storton. I muri, un tempo bianchi, ora sono grigi e macchiati, l'intonaco è crepato in certi punti, il tetto di paglia è scuro e incurvato. Il cancello è chiuso, ma entro comunque e percorro il vialetto invaso dalle erbacce. Busso tre volte, con forza: il pesante batacchio è talmente ghiacciato da farmi bruciare le dita.

«Dimmi, cara.» Un uomo anziano, basso ed energico, mi sorride senza togliere il catenaccio alla porta.

«Ehm, salve. Scusi il disturbo, lei è George Hathaway?» dico, riordinando in fretta le idee.

«In persona, cara. Posso fare qualcosa per te?»

«Mi chiamo Erica Calcott, e mi chiedevo se...»

«Calcott, ha detto? Della tenuta?» mi interrompe George.

«Sì, esatto. Mi stavo chiedendo...»

«Un attimo solo!» La porta mi si richiude in faccia per aprirsi un secondo dopo senza il catenaccio. «Mai in vita mia mi sarei aspettato che una Calcott venisse a bussare alla mia porta. Che colpo di scena! Ma venga dentro, venga, non se ne stia lì sulla soglia!»

«Grazie.» Entro. L'interno del cottage è pulito, ordinato e caldo, una piacevole sorpresa in confronto all'esterno.

«Per di qua. Metto su l'acqua, così poi mi racconta cosa l'ha portata fin qui.» George mi precede in fretta lungo uno stretto corridoio. «Un caffè può andare?» La cucina è bassa e stipata di varie cose – scatole di biscotti, spatole, setacci arrugginiti e bucce di cipolla –, ma ci sono anche altri oggetti che rivelano l'assenza di una donna in casa: un pezzo di motore, nero e sporco d'olio, lasciato sul tavolo, e una serie di chiavi sopra il frigorifero. George si muove con una rapidità e una sicurezza insolite per la sua età. Ha i capelli bianchi e ricci pettinati con ordine intorno al viso affilato e gli occhi di un verde sorprendentemente chiaro.

«Sono tornato giusto ieri sera, le è andata bene che mi ha trovato in casa. Ho passato il Natale da mia figlia, a Yeovil. È bellissimo vedere lei e i nipotini, ovviamente, ma è altrettanto bello anche essere di nuovo a casa, dico bene, Jim?» Si rivolge a un meticcio dal pelo irsuto, piccolo e grasso, che esce dalla sua cesta ciondolando per esaminare le mie gambe. Ha l'odore pungente tipico dei cani anziani, ma nonostante questo gli do una grattata dietro un orecchio. Uno spesso strato di sporcizia mi si infila sotto le unghie. «Ecco qua. Si sieda, cara.» Mi porge una tazza di caffè solubile che stringo fra le mani con gratitudine, accomodandomi su una sedia vicino al tavolo smaltato. «Si è trasferita nella tenuta adesso, dico bene?»

«Oh, no, non esattamente. Abbiamo passato il Natale qui, mia sorella e io, ma non credo che ci stabiliremo a Storton Manor» spiego. George pare deluso.

«Oh, che peccato! Non vorrete mica vendere, spero? Sarebbe un peccato se la famiglia perdesse quel posto, dopo che l'ha tenuto per tutti questi anni.»

«Lo so, ha ragione. Solo che mia nonna ha inserito delle clausole ben precise nel suo testamento e... Be', diciamo solo che per noi potrebbe essere molto difficile rispettarle» spiego.

«Ah, ho capito, non dica altro. Non sono affari miei. La famiglia è la famiglia, e Dio solo sa se non hanno tutte i loro scheletri nell'armadio, anche quelle più importanti!»

«Forse soprattutto quelle.» Sorrido.

«Mia madre lavorava per la sua famiglia, sa?» dice George in tono orgoglioso.

«Sì, è proprio per questo che sono venuta a trovarla, in realtà. Sono stati i Dinsdale a farmi il suo nome...»

«Mo Dinsdale?»

«Esatto.»

«Una signora adorabile, quella Mo, e anche sveglia. Di solito erano gli uomini a portare le macchine a riparare, perché non so se lo sa, ma un tempo gestivo l'officina sulla strada per Devizes. Però quando quel loro grosso furgone aveva bisogno di una sistemata, era sempre Mo a portarmelo, e mi teneva d'occhio come un falco! Non ce n'era mica bisogno, non mi è mai neanche venuto in mente di provare a fregarla. Una signora adorabile» ridacchia George.

«Mi chiedevo una cosa: sua madre le ha mai parlato del periodo in cui aveva lavorato alla tenuta?» domando, sorseggiando il caffè bollente.

«Per la miseria, non faceva altro che parlarmene, cara, almeno quand'ero ragazzo.»

«Davvero? Ci lavorò per molto tempo, che lei sappia? Ha idea di quando entrò in servizio?» Mi sporgo verso di lui con impazienza. Sotto il tavolo Jim si siede sul mio piede, scaldandomi con il suo corpo grassoccio. George fa un sorrisetto.

«Ne parlava di continuo proprio perché ci era rimasta pochissimo tempo!» dice. «La licenziarono, sa, appena otto o nove mesi dopo che era arrivata... In un certo senso, fu un disonore per la nostra famiglia.»

«Ah.» Non so nascondere la delusione, perché in così poco tempo non credo che abbia potuto scoprire molto. «Sa il perché? Cos'era successo?»

«Lady Calcott la accusò di aver rubato. Mia madre negò con tutte le sue forze, ma non ci fu niente da fare. I nobili non avevano bisogno di prove, a quel tempo, e così levò le tende, senza referenze né niente. Fortuna volle che il macellaio del paese, mio padre, si innamorò di lei nel momento stesso che le mise gli occhi addosso, e poco dopo si sposarono, così mia madre non fece la fame per molto.»

«Quale Lady Calcott intende? Sa che anno fosse?»

«Lady Caroline. Era il 1905, me lo ricordo perché me lo disse mia madre.» George si strofina il mento, frugando nella memoria con gli occhi socchiusi. «Ne sono sicuro» conclude. «Lei e il mio vecchio si sposarono nell'autunno del 1905.»

«Caroline era la mia bisnonna. Le andrebbe di vedere una sua foto?» propongo con un sorriso. Ho con me nella borsetta la fotografia di New York. Gli occhi di George si spalancano per la gioia.

«Oh, sì, guarda un po' qua! È proprio uguale a come me la ricordavo! È un piacere sapere che il mio vecchio cervello non è ancora partito del tutto.»

«La conosceva?» La cosa mi sorprende.

«No, dire che la conoscevo è esagerato. La gente come lei non si fermava a bere un tè con quelli come noi. Ma quando ero ragazzo ci capitava di vederla, di tanto in tanto. Sa, un paio di volte inaugurò la festa parrocchiale, e poi ci furono le grandi celebrazioni per l'incoronazione, nel '53. Aprirono i giardini della tenuta, piazzarono qua e là un po' di bandiere e cose del genere. Forse fu l'unica volta che ricordo di averli visti fare qualcosa per la comunità. La gente del villaggio si presentò in massa per dare una sbirciatina perché quei ricconi dei Calcott, con tutto il rispetto, signorina, sono sempre stati più chiusi di un riccio. Non invitarono mai più nessuno di noi alla tenuta, per nessuna ragione.»

«La prego, mi chiami Erica» dico. «Allora, sua madre le ha detto altro sul periodo in cui lavorò per Caroline? Ad esempio, perché l'accusò di aver rubato mentre lei sosteneva di non averlo fatto?» A questo punto George sembra un po' imbarazzato.

«È una storia un po' balorda, questa qua. Mia madre è sempre stata una donna molto perbene, molto onesta, ma gli altri, quasi tutti, facevano fatica a credere a quello che diceva, e così alla fine, dopo molto tempo, smise di parlarne. Ma mi ricordo bene, fin da quand'ero ragazzo, che lei era convinta di aver scoperto qualcosa che non avrebbe dovuto sapere...»

«Che cosa?» Mi manca il fiato e respiro a fatica.

«Glielo dico, se me ne lascia il tempo!» replica George con un sorriso. «Diceva che dalla casa era scomparso un bambino. Non sapeva di chi fosse figlio, ma era saltato fuori da un giorno all'altro, ed è anche per questo che la gente dubitava di lei. In fin dei conti i bambini non sbucano fuori dal nulla, dico bene? Qualcuno doveva pur averlo portato in grembo e partorito. Ma lei giurava che in casa c'era stato un bambino, e che poi era svanito nel nulla, di punto in bianco, proprio com'era venuto, e più o meno nello stesso periodo ne comparve uno in mezzo al bosco, e gli zingari, la famiglia di Mo, lo portarono in giro per il villaggio chiedendo di chi fosse. Nessuno si fece avanti, così lo tirarono su loro, ma mia madre non poteva far finta di niente e giurava solennemente a chiunque la stesse a sentire che un giorno quel bambino era stato alla tenuta, e che Lady Calcott lo aveva portato via e abbandonato. Così, ovviamente, Lady Caroline volle liberarsene. La accusò di aver rubato qualche gingillo, e il gioco era fatto. Fu sbattuta fuori di casa talmente in fretta che non ebbe neppure il tempo di infilarsi il cappotto. Lei può pensarla come vuole. Alcuni al villaggio credono che mia madre si sia inventata questa storia del bambino per vendicarsi, capisce? Per mettere nei guai i Calcott, che l'avevano lasciata senza un lavoro. E magari, dico magari, c'è del vero. Mia madre era giovanissima, a quei tempi. Non doveva avere più di quindici anni, forse era troppo giovane per tutte quelle responsabilità. Ma non posso proprio credere che abbia mentito su una cosa del genere, né che abbia rubato, tra l'altro. Era l'onestà fatta persona, la mia vecchia madre.» George si interrompe, lo sguardo perso nel passato, e mi rendo conto che sto trattenendo il fiato. Il cuore mi martella nel petto così violentemente da farmi male e le mani mi tremano. Con l'unghia picchietto la sagoma sfocata del bambino nella fotografia scattata a New York.

«È questo il bambino che comparve alla tenuta e che Caroline abbandonò nel bosco. Sua madre non stava mentendo!» dico. George mi guarda stralunato, e mi sento davvero sollevata ora che sono giunta a una conclusione e ho risolto l'enigma, anche se non mi riguarda da vicino.

Gli racconto quello che so e che ho desunto dalle lettere di Caroline e da questa fotografia, del massaggiagengive, della federa mancante con gli spadoni ricamati e degli antichi rancori nei confronti dei Dinsdale. Parlo finché non ho la bocca asciutta e sono costretta a bere un lungo sorso di caffè freddo. Quando ho terminato, mi sento sfinita ma felice. È come se avessi trovato qualcosa di prezioso che credevo di aver perso, come se avessi colmato un'enorme lacuna nel mio passato, nel nostro passato, mio, di Beth e di Dinny. È mio cugino. Non più due famiglie in guerra, ma un'unica famiglia. Alla fine, George riprende a parlare.

«Guardi, sono sbalordito. Una prova, dopo tutti questi anni! Cara, se mia madre ha potuto sentirla, ovunque si trovi adesso, stia pur certa che in questo preciso istante starà festeggiando la vittoria con un bel balletto! È proprio sicura di quello che dice, vero?»

«Sì, ne sono sicura. Probabilmente non reggerebbe come prova in un processo o cose del genere, ma ne sono sicura al cento per cento. Quel bambino se l'era portato dall'America, e in qualche modo l'aveva tenuto nascosto quando aveva conosciuto e sposato Lord Calcott, ma a un certo punto il marito dev'essersi presentato qui alla tenuta e Caroline è stata costretta a sbarazzarsi del piccolo. È su questa parte che brancolo ancora nel buio. Non so dove fosse stato nel frattempo, e poi, se lei era già stata sposata e aveva avuto un figlio, perché tenerlo nascosto? Ma non può trattarsi di una coincidenza. Il bambino sparito e quello che fu ritrovato *devono* essere la stessa persona.»

«È un peccato che tutti quelli che davano della bugiarda a mia madre non siano più in circolazione per fargli rimangiare ogni cosa.»

«Come si chiamava sua madre?» chiedo per curiosità.

«Cassandra. Di cognome faceva ancora Evans, all'epoca. Aspetti, le faccio vedere una foto.» George va alla credenza, apre un cassetto e vi rovista dentro. La fotografia che mi porge ritrae Cassandra Evans il giorno delle nozze. È una ragazza minuta, delicata, con un luccichio risoluto nello sguardo e un largo sorriso, pelle liscia, capelli scuri raccolti in una crocchia e ornati da una ghirlanda di fiori. L'abito è semplice, a tubino, con una striscia di pizzo nel corsetto e inserti di tulle al collo. Questa ragazza vide nonno Spad mentre era ancora il "bravo figlio" di Caroline. Può darsi che lei sapesse quello che la mia bisnonna desiderava confessare alla zia B. Fisso i suoi occhi scuri, cercando di scorgervi una risposta.

Di lì a poco me ne vado dal Corner Cottage con la promessa di fare visita di nuovo a George. "Una nuova *entente cordiale* tra i Calcott e gli Hathaway!" ha esclamato lui con gioia mentre uscivo. Non ho avuto il coraggio di dirgli che potrei non venire più al villaggio, alla tenuta, in questo posto. È strano quello che provo al solo pensiero di non tornare, considerando che per più di vent'anni ho vissuto felicemente altrove. Ho l'impressione di essere sull'orlo di un profondo lago di tristezza in cui potrei cadere senza uscirne mai più, proprio come Beth temeva mi sarebbe successo allo stagno. Eppure non ho nemmeno disfatto i bagagli, gli abiti sono ancora in valigia, tutti sottosopra, come me.

Di colpo ho deviato dalla mia traiettoria abituale e sto procedendo a caso, senza sapere dove andare.

Tornando verso la tenuta, penso al sangue, alle minime tracce, alle piccole inclinazioni che tutti i nostri antenati hanno lasciato in noi. La mia propensione a buttarla sul ridere nelle situazioni imbarazzanti, la bravura di mia madre a disegnare, la grazia di Beth, le sopracciglia dritte e gli occhi neri di Dinny. Una tormenta di minuscole tracce che turbinano nel profondo di ciascuno di noi. Penso al mio sangue e a quello di Beth, a quello di Dinny, di nonno Spad, e a quello di Henry, naturalmente. Henry, l'ultimo rampollo della dinastia Calcott. Per colpa sua vedemmo il sangue di Dinny una volta, su al tumulo. Credo che perfino lui fosse rimasto un po' sconvolto, anche se solo per un attimo. Sconvolto, e poi soddisfatto, ovviamente, anzi euforico. Era l'estate della sua scomparsa, le vacanze erano iniziate da poco. Forse era la prima volta che s'incontravano quell'anno, ma non posso dirlo con certezza.

È vero, prima di allora avevo già visto dei ragazzi azzuffarsi a scuola, nel punto in fondo al cortile dove il muro della zona ricreazione nascondeva i litiganti agli occhi vigili del supervisore di turno. "L'angolo", lo chiamavamo così. Sussurrato da un orecchio all'altro durante le lezioni, un nuovo incontro, una nuova sfida all'ultimo sangue. "Gary e Neil all'angolo all'ora di pranzo!" Gli scontri mi elettrizzavano ogni volta, anche se non duravano mai a lungo. Un cappotto strattonato, qualcuno spintonato e buttato a terra, una tirata di capelli, magari, un calcio allo stinco, lividi alle ginocchia. Poi il supervisore notava l'assembramento, oppure un ragazzo si metteva a strillare. Il vincitore si guadagnava il diritto di scappare, il perdente doveva restare lì e dichiarare che non era successo niente.

Ma con Dinny e Henry fu diverso. Eravamo saliti al tumulo per collaudare certi aeroplanini che avevamo passato tutta la mattina a costruire, usando la carta da pacchi e i bastoncini dei ghiaccioli. Eravamo giunti alla conclusione che sarebbe servito un buon punto di lancio, perché Dinny aveva spiegato che bisognava trovare le giuste correnti calde ascensionali. Meredith era andata a creare problemi al villaggio, come suo solito. Aveva proibito agli affittuari dei terreni della proprietà di assumere qualsiasi lavoratore itinerante, privando in tal modo i fattori dell'aiuto di cui avevano bisogno, l'unico che potessero permettersi, e i Dinsdale degli incarichi estivi che avevano contato di trovare qui. Senz'altro era questo il suo scopo, anche se adesso non ne sono più tanto sicura. Doveva sapere che sarebbe stata costretta a cedere, prima o poi, ma credo che lo facesse solo per rinfrescare loro la memoria, per far presente che era lì, che li odiava. In casa scoppiavano litigi di continuo, e molte volte ci mettevamo a origliare. Va da sé che faceva lo stesso anche Henry, e quei litigi divennero la sua arma quando ci seguì fino al tumulo.

"Non dovresti andare a chiedere l'elemosina, tu? Mi sa che tra poco la tua famiglia finirà tutta a cercare l'elemosina, o a rubare." Era comparso dal nulla e si era messo a schernire Dinny. "Non riuscirete più a comprarvi da mangiare, almeno non finché bazzicate da queste parti."

"Chiudi il becco, Henry! Vattene!" ordinò Beth, ma Henry rispose arricciando le labbra.

"Chiudilo *tu* il becco! Non puoi darmi degli ordini! Guarda che vado a dire alla nonna che giocate con quegli zozzoni degli zingari!"

"Diglielo pure! Sai cosa me ne frega!" urlò Beth. Era rigida e dritta come un giavellotto.

"Dovrebbe fregartene, invece. Se sei amica loro rischi di diventare una zingara anche tu. Puzzi già come loro, e sei abbastanza stupida per diventarlo, mi pare..." Aveva il respiro affannoso perché ci aveva rincorso su per la collina, e il rancore gli aveva fatto avvampare il collo. Dinny lo guardò con una tale furia che lanciai il mio aeroplanino di carta con un'angosciosa disperazione.

"Guardate! Guardate come va lontano, guardate!" gridai, saltellando su e giù, ma nessuno si voltò.

"Cos'hai che non va? Non hai ancora imparato a parlare? Sei troppo stupido, per caso?" lo prese in giro Henry. Dinny lo fissò, contrasse la mascella e non disse nulla. Il suo silenzio era una sfida, e Henry non si tirò indietro. "A proposito, ho visto tua madre un attimo fa. Stava frugando nella nostra pattumiera per cercare qualcosa da darvi per cena!" A quel punto Dinny gli si scagliò contro. Fu talmente veloce che non mi resi nemmeno conto che si era mosso finché non gli fu addosso e ruzzolarono giù per la collina.

"Smettila!" urlò Beth, ma non so a chi dei due stesse parlando. Io rimasi lì impalata, paralizzata dallo shock. Stavolta non era un'innocua zuffa nel cortile della scuola: sembrava che volessero uccidersi. Li vidi mostrare i denti, i pugni, i muscoli tesi.

Poi Henry assestò a Dinny un unico cazzotto ben piazzato. Fu un puro caso, perché Dinny gli stava artigliando la faccia e quindi aveva gli occhi chiusi. Agitava le braccia menando pugni, ed ebbe fortuna. Il pugno spaccò il naso a Dinny e lo mandò al tappeto. Lui rimase seduto un istante, intontito, dopodiché un intenso fiotto di sangue gli sgorgò dal naso e cominciò a gocciolargli dal mento. Beth e io ammutolimmo per l'orrore, per la vittoria di Henry e per Dinny che stava perdendo un sacco di sangue. Non lo avevo mai visto così rosso e copioso, non come le macchie sbiadite sul tagliere del macellaio, quando andavo a fare la spesa con la mamma. Dinny mise la mano a coppa sotto il mento e raccolse il sangue come se volesse conservarlo. Il naso doveva fargli male. Le lacrime gli salirono agli occhi, scivolando ribelli lungo le guance per mescolarsi al sangue. Quando si rese conto di aver vinto, Henry si piantò davanti a lui con un sogghigno. Ricordo che le sue narici sbiancarono, dilatandosi per il trionfo, e la sua aria boriosa mentre si allontanava tutto impettito. Dinny lo guardò, e io guardai Dinny. I suoi occhi fiammeggiarono, e per un lungo momento Beth e io fummo troppo spaventate per avvicinarci.

L'ultimo dell'anno è un mercoledì, e sembra proprio un mercoledì come gli altri. Non c'è neanche l'ombra dell'eccitazione di un tempo, anche se un po' la temevano, adesso posso ammetterlo. L'euforia e gli scoppi dei fuochi d'artificio sopra il Tamigi, la fastidiosa consapevolezza del tempo che ci sarebbe voluto prima che la folla si disperdesse finita la baldoria... Alle porte, però, c'è un altro genere di scadenza. Beth ha detto che sarebbe rimasta fino all'anno nuovo. Era questa la mia supplica: almeno fino all'anno nuovo, cioè domani. Mi viene in mente una sola cosa che potrebbe convincerla a restare più a lungo: se nella disputa con Maxwell riuscisse ad avere la meglio e Eddie tornasse di nuovo prima dell'inizio delle lezioni, allora potrebbe rimanere.

Sono su di giri a causa dell'annuncio che ho in mente di fare questa sera, si vede lontano un chilometro. Fuori c'è il finimondo. Alzo il volume della radio per soffocare i gemiti del vento che sferza gli angoli della casa. Mi ci è voluto parecchio per convincere Beth a venire al pub: ho dovuto mentire, dicendo che forse sarebbe stata l'ultima occasione di vedere Dinny prima della nostra partenza. Anche il semplice ululato del vento potrebbe bastare a dissuaderla.

«Legati o sciolti?» chiedo a Beth quando mi raggiunge in bagno, raccogliendo i capelli con una mano per farle vedere come sto e poi lasciandoli cadere con uno scrollone. Beth mi osserva, inclinando la testa di lato.

«Sciolti. In fondo stiamo solo andando al pub» dice. Mi passo le dita fra i capelli.

«Sì, infatti metterò un paio di jeans» concordo. Beth mi raggiunge da dietro, si piega e mi appoggia il mento sulla spalla, osservando il proprio riflesso. Lo vede? Lo vede quanto sono sporgenti le ossa del suo viso in confronto alle mie, e che la pelle sembra troppo sottile, troppo pallida?

«So che è la sera di Capodanno, è solo che... non mi va proprio di uscire. Questa gente non la conosciamo nemmeno...» dice, scostandosi di nuovo.

«Io ci sto provando, e potresti farlo anche tu, se solo uscissi più spesso. Ti prego, Beth. Non puoi startene qui da sola. Non stasera.»

«Tra l'altro, perché ti è venuta questa ossessione di passare del tempo con lui? Cosa può uscirne di buono? Non lo conosciamo più, ormai, viviamo vite completamente diverse! E comunque tra poco ce ne andremo, ed è probabile che non lo rivedremo mai più.» Cammina avanti e indietro alle mie spalle, turbata.

«Non è un'ossessione» borbotto, passandomi l'ombretto argentato sulle palpebre e valutandone l'effetto nello specchio. Sento che mi sta guardando. «È *Dinny*» dico con un'alzata di spalle. «Si può dire che sia stata la persona più importante della nostra infanzia. Senti» mi volto verso di lei, costringendola a guardarmi «per stasera togliamoci dalla testa questa faccenda, ti va? Pensiamo solo a uscire, a brindare all'anno nuovo e a divertirci. Che ne dici?» La scuoto con delicatezza. Beth fa un respiro profondo, trattenendo il fiato per un istante.

«E va bene! Hai ragione, scusami» si arrende. Sembra sollevata, e accenna un sorriso.

«Così va meglio. Adesso va' a preparare due bicchieri di whisky. Due bicchieri belli pieni» dico.

«Ecco qua» dice, mentre scendo in cucina.

«Così dovremmo entrare un po' di più nell'atmosfera festaiola.» Sorrido e prendo un bicchiere, poi brindiamo e beviamo. Il sorriso di Beth sembra un po' forzato, ma almeno ci sta provando. «Com'è andata con Maxwell? Eddie tornerà per qualche giorno?»

«Come? Qui? No» risponde. «Voglio che passi l'ultima settimana di vacanza a casa mia. Maxwell dice che dovrebbero andare dai suoi genitori... Non lo so» sospira. «Mi sembra di dover sempre combattere per ritagliarmi i momenti migliori.»

«Be', in realtà ha passato con noi il Natale...» La delusione è cocente. Ormai non c'è più niente a trattenerla a Storton Manor. Qualcosa si agita dentro di me, si contorce, cerca un modo per tenersi aggrappato a lei, al nostro tempo qui. Non ho ancora finito, e il bisogno mi rende nervosa.

«Pochi giorni in un mese intero di vacanza! È una vera ingiustizia.»

«Pochi sì, ma i più importanti» obietto con voce stridula. Ho perso il filo della conversazione. Dovrei incalzarla a lottare di più, a riportare qui Eddie, dal suo amico Harry. Beth beve un sorso di whisky.

«Lo so. È che... mi manca così tanto, Rick. Non riesco a trovare un senso alla mia vita quando non devo badare a lui» dice sconsolata.

«Il senso della tua vita è essere sua madre anche quando non siete nella stessa stanza, oltre che essere la mia sorella maggiore. Ma il tuo obiettivo più importante in questo momento è bere whisky con me, perché non ho intenzione di essere la sola a cominciare l'anno nuovo con il mal di testa» replico.

«Alla salute, allora» dice Beth con solennità e si scola l'intero bicchiere, sbuffando e ridendo perché il liquido le fa bruciare il naso.

«Oh, così mi piaci!» esclamo ridendo.

Fuori l'aria riesce a penetrare i vestiti e a vanificare il calore prodotto dall'alcol, facendoci lacrimare gli occhi e screpolare le labbra. Camminiamo a passo svelto e battendo i denti, curve e sgraziate. È una serata limpida, il cielo è nero come inchiostro e il vento soffia implacabile. Le luci sono accese in tutto il villaggio per tenere lontana la solitudine della notte, e non appena apro la porta del White Horse il calore del locale si riversa fuori come un'onda. Siamo tutti stipati. Respiriamo il respiro degli altri, ci sguazziamo dentro, l'odore di alcol e corpi è pesante e gioioso e le voci così chiassose, così vicine. Il silenzio nel cuore di Beth sarà costretto alla resa, ne sono sicura. Mi apro un varco fino al bancone, scrutando tra la folla in cerca di Patrick, Dinny o qualunque altro volto noto. Sono i dreadlock di Harry a richiamare il mio sguardo nella stanzetta in fondo al locale. Prendo due whisky e dell'acqua, poi faccio un cenno con il capo a Beth e le sorrido per invitarla a seguirmi.

«Ciao!» grido, avvicinandomi al tavolo. Riconosco alcune persone che ho visto alla festa del solstizio e all'accampamento: Denise, Sarah, Kip, e poi Dinny e Patrick, naturalmente. Patrick sorride, e anche Dinny lo fa, sgranando gli occhi per la sorpresa quando vede Beth. Mi viene il dubbio che il suo sorriso fosse rivolto a mia sorella e non a me, ma non posso averne la certezza.

«Ecco le padrone della tenuta! Venite a sedervi con noi, signore!» urla Patrick, agitando bonariamente un braccio al di sopra del gruppo. Ha le guance rosse e gli occhi luccicanti. Harry mi dà una pacca sul braccio e d'istinto mi chino verso di lui per baciarlo sulla guancia, sfiorando con le labbra le sue basette. Dinny ci osserva. Tutti si fanno un po' in là, stringendosi sulla panca a ferro di cavallo, in modo da lasciare spazio alle due estremità per Beth e me.

«Adesso che ci penso, non avevo mai messo piede qui prima d'ora!» dico a voce alta. «Eravamo ancora troppo piccole l'ultima volta che siamo state al villaggio!»

«Un vero peccato! Be', adesso è diventato il vostro pub, perciò vediamo di mettervi a vostro agio. Alla salute!» Patrick tocca il mio bicchiere con il suo. Il liquido freddo ondeggia e trabocca, schizzando sul dorso della mano di Dinny.

«Scusa» dico, e lui si stringe nelle spalle.

«Figurati.» Lecca il whisky dalla pelle e fa una smorfia. «Non so come fai a bere questa schifezza.»

«Dopo quattro o cinque sorsi ci si abitua» rispondo in tono allegro. «Tu, piuttosto, ti sei abituato all'idea di essere diventato zio?»

«No! Non riesco a credere che Honey abbia avuto una bambina... Fino a ieri era ancora una bambina lei, ci pensi?» Dinny scuote scherzosamente la testa.

«Goditela il più possibile finché è piccola» dice Beth, ma le sue parole faticano a sovrastare il frastuono di voci. «Crescono così in fretta! Non ti sembrerà vero, vedrai» ritenta, questa volta più forte.

«Be', direi che io ho la botte piena e la moglie ubriaca. Posso divertirmi con la piccola, e poi ridarla indietro quando si sporca o comincia a strillare.» Dinny sorride.

«È proprio questo il bello di fare la zia» dico, sorridendo a Beth. E chiacchieriamo così, tranquillamente, come vicini di casa, come buoni amici. Cerco di non pensare a quanto tutto questo sia miracoloso: non voglio spezzare l'incantesimo.

«Come vanno le ricerche sulla vostra famiglia?» mi chiede

Dinny un po' più tardi. Sono accaldata e un po' intontita dall'alcol. Gli lancio un'occhiata.

«La storia della *nostra* famiglia, intendi?» preciso.

«Come? In che senso?»

«Be', in pratica alla fine ho scoperto che siamo cugini» replico con un largo sorriso. Beth mi guarda accigliata e Dinny assume quella sua aria beffarda.

«Rick, di che stai parlando?» chiede Beth.

«Alla lontana, però, mezzi cugini, di secondo grado o giù di lì. Dico sul serio!» aggiungo, quando tutti mi fissano con aria scettica.

«Sentiamo, allora» dice Patrick, incrociando le braccia.

«D'accordo. Sappiamo che Caroline aveva avuto un figlio prima di sposare Lord Calcott nel 1905. C'è una fotografia, e ha conservato il massaggiagengive del bambino per il resto della sua vita...»

«Un figlio che con ogni probabilità non è mai venuto da quest'altra parte dell'oceano con lei, altrimenti avrebbe avuto dei problemi a risposarsi dichiarando di essere zitella, mentre invece è andato tutto liscio, a quanto pare» interviene Beth.

«Non ho ancora finito. C'è anche quella federa che è sparita da uno dei vecchi corredi della casa, una federa con gli spadoni gialli ricamati sopra. Ora, Dinny, fu tuo nonno in persona a raccontarmi la storia di com'era nato il suo nome, e tua madre me l'ha ricordata l'altro giorno, quando sono passata da voi, ma credo che certi particolari si siano un po' confusi col passare degli anni. Mo ha detto che Spad venne trovato in una macchia di spadoni e fu da lì che ebbe origine il suo nome, ma nei boschi di Storton Barrow il terreno è in pendenza e drena bene, e non è certo l'habitat più adatto per gli spadoni. Mi ricordo, ne sono *sicura*, che fu proprio nonno Spad a raccontarmi di essere stato trovato in una copertina con sopra quei fiori gialli ricamati. Doveva essere per forza la federa, per forza!» insisto, mentre Patrick si fa beffe di me e Dinny assume un'aria ancora più scettica. «E oggi ho incontrato George Hathaway...»

«Il tizio che gestiva l'officina sulla strada per Devizes?» chiede Patrick.

«Proprio lui. Sua madre lavorava alla tenuta quando Caroline si trasferì qui. Fu licenziata, ufficialmente per aver rubato, ma lei si ostinava a dire che l'avevano cacciata perché sapeva che c'era stato un bambino in casa, proprio nello stesso periodo in cui i Dinsdale avevano trovato Spad. C'era stato un bambino, e poi era sparito. Tuo nonno era il figlio della mia bisnonna, ne sono sicura» concludo, puntando un dito contro Dinny. Lui mi guarda e si sfrega il mento, rimuginando.

«È...» Beth cerca la parola giusta. «Ridicolo!» conclude.

«E perché mai?» domando. «Spiegherebbe l'ostilità di Caroline verso i Dinsdale. Lei abbandona il bambino, se ne vuole sbarazzare, e quelli lo prendono e lo tirano su proprio davanti a casa sua. E poi, ogni volta che tornano qui, lo portano con sé. Una cosa da andare giù di testa. Ecco perché li odiava tanto.»

«Allora spiegami una cosa» dice Dinny. «Lei porta il bambino fin qui. Ce l'ha con sé quando si risposa, perché anche se il suo primo matrimonio per qualche ragione non fosse stato registrato, non sarebbe mai riuscita ad accasarsi con un nobile se il figlio fosse stato illegittimo. In pratica tiene il bambino finché non arriva qui a Barrow Storton, e poi lo abbandona nei boschi. La mia domanda è: perché? Perché lo avrebbe fatto?»

«Perché...» Lascio la frase in sospeso e osservo il mio bicchiere. «Non lo so» ammetto. Mi sforzo di pensare. «Tuo nonno aveva qualche handicap?»

«Era sano come un pesce e furbo come una volpe» risponde Dinny scuotendo la testa.

«Forse Lord Calcott non voleva lasciarle tenere il figlio di un altro uomo?»

«Non l'avrebbe neanche sposata se gliene fosse importato così tanto, questo è sicuro.»

«Non vi sembra possibile» esordisce Patrick «e anzi, anche più plausibile, che il figlio di Caroline fosse morto negli Stati Uniti, e che una delle domestiche della tenuta si fosse cacciata nei guai, magari proprio la madre di Hathaway, e in un momento di disperazione avesse preso una federa dalla casa e si fosse sbarazzata di un figlio illegittimo? Di certo non mi sorprenderebbe se avesse raccontato una balla e fosse stata licenziata proprio per questo» suggerisce allegramente.

«Non ha tutti i torti» dice Beth. Scuoto la testa.

«No. Io *so* che era il bambino della fotografia. Dev'esserlo per forza» insisto.

«Quanto al modo in cui trattava me e i miei» prosegue Patrick con un'alzata di spalle «Caroline era figlia del suo tempo, tutto qui. Dio solo sa quanti pregiudizi ci troviamo davanti oggi, figurarsi un secolo fa! Un tempo il vagabondaggio era considerato un crimine, sai?»

«E va bene, va bene!» strillo. «Io continuo a credere di avere ragione. Tu che ne dici, Dinny?»

«Non lo so, e non so neanche se vorrei essere un Calcott. Non si può dire che siano mai stati molto gentili con le persone che amo» risponde, e il suo sguardo è talmente diretto che devo distogliere gli occhi.

«Forza, vuota il bicchiere, cuginetta» dice Patrick in tono conciliante, ma non convinto, poi tutti cambiano argomento, dopo avermi guastato la festa.

«Era una buona teoria, però» dice Beth, dandomi un colpetto con il gomito.

A mezzanotte mi ronzano le orecchie, e quando giro la testa il mondo mi scorre davanti sfocato e ci mette un po' a ritrovare il giusto ordine. Mi appoggio a Harry, che è seduto bello dritto e ha bevuto talmente tanta Coca-Cola che mi scavalca per andare in bagno più meno ogni venti minuti. Tutt'attorno la gente chiacchiera, e io mi sento parte di loro, inclusa nel gruppo. Sono felice, ubriaca e intontita. A mezzanotte il barista alza al massimo la radio e ascoltiamo il Big Ben, aspettando con il fiato sospeso il primo rintocco del nuovo anno. Il pub esplode, e nell'udire il suono di quelle campane distanti penso a Londra, alla mia vecchia vita che va avanti senza di me, scoprendo di non rivolerla indietro. Ricevo baci da Patrick, Beth e tanti altri, poi mi volto verso Dinny porgendogli la guancia, e lui mi stampa un bacio che continuo a sentire anche molto tempo dopo, chiedendomi se abbia lasciato una specie di marchio indelebile.

Di lì a poco Beth mi tira per il braccio e dice di volersene andare. La folla si sta diradando per lasciare campo libero a quelli più ubriachi, come me. Io voglio restare. Voglio che la festa continui, voglio conservare la falsa impressione di appartenere a questa gente. Beth scuote la testa e mi parla nell'orecchio.

«Sono stanca. Credo che dovresti venire via anche tu, sarebbe più sicuro tornare a casa insieme. Hai bevuto parecchio.»

«Sto bene!» protesto a voce troppo alta, dimostrando che ha ragione.

Beth si alza, scambia sorrisi di saluto, comincia a infilarsi il cappotto e mi porge il mio.

«Noi ce ne andiamo» dice sorridendo ancora, ma senza incrociare lo sguardo di Dinny.

«Già. La festa è praticamente finita» dice Patrick sbadigliando, con gli occhi scintillanti e un po' arrossati.

«Potete venire tutti quanti da noi, se volete. C'è un sacco da bere a casa!» propongo allegramente. Beth mi guarda con aria preoccupata, ma nessuno accetta la mia offerta con il pretesto dell'ora tarda, della sbronza, dei mal di testa incombenti. Metto il cappotto. Sono impacciata, non trovo le maniche e urto contro il tavolo quando tento di alzarmi, facendo tintinnare i bicchieri. Mentre ce ne andiamo Dinny afferra il braccio di Beth, la attira a sé e le dice qualcosa all'orecchio.

«Buonanotte, cugina Erica!» grida vedendomi andare via a zigzag.

«Sto bene!» insisto, ed esco dal pub incespicando.

«Erica! Aspettami!» strilla Beth al vento mentre esce dal locale dietro di me, ma è come se non riuscissi a rallentare. È come se il fuoco mi scorresse nelle vene, governando il mio corpo, e ho perso completamente il controllo. «Aspettami, dài!» Mi raggiunge trotterellando. «Mi sono proprio divertita, sai?» dice.

«Te l'avevo detto» ribatto, alzando la voce contro l'aria sferzante. Non saprei definire quello che sto provando. Un'insofferenza sconfinata, l'immensa frustrazione di non sapere nulla con certezza.

«Che cosa stavate bisbigliando tu e Dinny poco fa?» chiedo.

«Oh, ehm...» L'ho colta alla sprovvista. «Mi ha solo detto di... di portarti a letto sana e salva, tutto qui.»

«Tutto qui?»

«Sì, tutto qui! Erica, non ricominciare... Sei ubriaca.»

«Non sono poi tanto ubriaca! Voi due avete sempre avuto i vostri segreti, e non è cambiato niente. Perché non volete dirmi cos'è successo tanti anni fa?»

«È che... te l'ho detto, non mi va di parlarne, e non dovresti farlo neanche tu. L'hai chiesto a Dinny?» Sembra allarmata, quasi spaventata. Torno indietro con la memoria, intontita, e mi rendo conto di non averlo fatto, non apertamente.

«Sii sincera, cosa ti ha bisbigliato?»

«Te l'ho appena detto! Mio Dio, Erica... sei *gelosa*? Ancora, dopo tutto questo tempo?» Mi fermo sui miei passi, voltandomi a guardarla nel chiarore ormai fioco del villaggio. Non avrei mai creduto che sapesse. Che sapessero, che avessero colto le mie richieste di attenzione. Questo, per qualche ragione, non fa che peggiorare le cose.

«Non sono gelosa» borbotto, e mi piacerebbe che fosse vero. Ci rimettiamo in cammino, arrancando su per il vialetto in silenzio. Mentre ci avviciniamo alla casa mi accorgo che sono agitata. C'è un campanello d'allarme che sta tentando di suonare, ovattato dall'ebbrezza. È il silenzio di Beth, credo. È la qualità del suo silenzio, così vasto e profondo.

Beth apre la porta, ma io mi ritraggo dall'oscurità che regna in casa. Nella plumbea luminescenza della luna, sembra l'ingresso di un sepolcro. Beth entra, accende una luce gialla troppo intensa e io mi allontano.

«Forza, così fai uscire tutto il caldo» dice alla fine.

Scuoto il capo. «Vado a fare due passi.»

«Non dire stupidaggini. È l'una e mezzo del mattino e si gela. Vieni dentro.»

«No. Resto... resto in giardino. Devo schiarirmi le idee» le dico con voce piatta, indietreggiando. È una sagoma nel vano della porta, nera, senza volto.

«Aspetto che rientri, allora. Non stare via tanto.»

«Non c'è bisogno che mi aspetti. Va' pure a dormire. Tornerò presto.»

«Erica!» grida mentre mi allontano. «Non... non hai la minima intenzione di lasciar perdere, vero? Non ci rinuncerai.» Nella sua voce, ora, c'è terrore allo stato puro. Anch'io sono spaventata da questo suo cambiamento, dalla sua improvvisa vulnerabilità, dal modo in cui si è aggrappata allo stipite della porta come se temesse di andare in pezzi, ma mi faccio coraggio.

«Non ci penso nemmeno» replico, e me ne vado.

Non lascerò che questa serata si concluda finché non avrò trovato qualcosa, finché non avrò risolto qualcosa, finché non avrò ricordato qualcosa. Percorro a grandi passi elastici il giardino dissestato. Sotto gli alberi, il buio si taglia con il coltello. Alzo gli occhi al cielo, tendo le braccia avanti per tastare il cammino e proseguo. So dove sto andando.

Lo stagno è solo un'altra isola di oscurità ai miei piedi. Dall'acqua si leva ad accogliermi l'odore di pietra e fango. Sopra di me il cielo giace inerte, e sembra irreale che le stelle non si spostino, che non siano spazzate via dal vento. La loro immobilità mi dà le vertigini. Così mi siedo qui, nel cuore dell'inverno, nel centro della notte, una donna con la testa piena di whisky che tenta di tornare indietro, di essere di nuovo una bambina piena di fantasie sotto un caldo cielo estivo. Fisso l'acqua. Respiro più lentamente e per la prima volta sono consapevole del freddo, del terreno che preme sotto i jeans. Mi stringo le ginocchia al petto. "Te la sei fatta addosso, Erica?" Henry che ride, Henry che sfoggia quel suo sorriso insopportabile, Henry che si china, guardandosi attorno. Cosa stava facendo? Cosa stava cercando? E io, cosa facevo io? Ero tornata in acqua, ne sono sicura. Era un diversivo, cercavo di allentare la tensione. Mi ero voltata e avevo preso la rincorsa, schizzando il più possibile, dimenandomi sotto la superficie perché le mutandine stavano per cadermi. E quando riemersi... quando mi strofinai via l'acqua dagli occhi... Henry aveva trovato quello che stava cercando?

Prima di rendermi conto di quello che sto facendo, sono dentro. Sono tornata là. Corro a perdifiato, schizzando acqua ovunque, e poi la realtà mi si riversa addosso e la mia pelle prende fuoco a contatto con l'acqua fredda. Il dolore è incredibile. Non so dove sia la superficie, non so dove andare, cosa fare. Ho perso il controllo del mio corpo, che si dimena e si contorce. L'aria è sgusciata via, i polmoni sono collassati, le costole schiacciate. Morirò, credo. Sto andando giù come un sasso. Alla fine riuscirò a toccare il fondo, dopo averci tanto provato. L'acqua non ha superficie, non c'è più il cielo, e vedo Henry. Il mio cuore sembra fermarsi. Vedo Henry, lo vedo, sta guardando giù verso di me dalla sponda, gli occhi sgranati e increduli. Lo vedo vacillare, vedo il sangue colargli negli occhi, un sacco di sangue. Lo vedo mentre sta per cadere. E poi sento di nuovo l'aria, ed è una benedizione, così calda, così piena di vita dopo la pugnalata dell'acqua. Un rantolo mi riempie i polmoni e lancio un grido di dolore.

Vedo la sponda. Si inclina e si annebbia davanti ai miei occhi, mentre il mio corpo minaccia di affondare di nuovo. Cerco di far funzionare le braccia, di scalciare con le gambe. Niente si muove come dovrebbe. Il cuore batte all'impazzata adesso, troppo veloce, troppo ingombrante nel petto. Sta cercando di fuggire via da me, da questo gelo parassita. Non riesco a trattenere l'aria nei polmoni, esce a sbuffi mentre l'acqua mi stritola. Sono scorticata viva, sto bruciando. Una mano picchia contro la riva ma non sento niente sulla pelle, ne avverto solo la resistenza. La artiglio, conficco le dita nel fango, cerco di aggrapparmi anche con l'altra mano, di tirarmi fuori. Mi dibatto. Sono un topo in una botte, un riccio in uno stagno. Sto piagnucolando.

Poi due mani mi afferrano sotto le braccia e mi tirano su finché le ginocchia non si posano a terra. Un altro strattone e sono fuori, con l'acqua che mi gronda dagli abiti, dai capelli, dalla bocca. Tossisco e scoppio a piangere, e la felicità di essere riemersa è immensa, come è immenso il dolore.

«*Ma che cazzo stai facendo?*» È Dinny. La sua voce echeggia in modo strano nelle mie orecchie e non riesco ad alzare gli occhi su di lui, non ancora, non riesco a muovere la testa, pesante sul collo rigido. «Cercavi di ammazzarti, perdio?» È duro, furioso.

«Non... Non lo so» gracchio, e riprendo a tossire. Dietro la sua testa le stelle tremolano e girano.

«Alzati!» mi ordina. Sembra così arrabbiato, e quel poco di volontà che mi è rimasto mi abbandona. Rinuncio. Mi sdraio e distolgo il viso da lui. Non riesco a sentire il mio corpo, non riesco a sentire il mio cuore.

«Lasciami in pace» dico. Credo di averlo detto. Non so se ho pronunciato le parole oppure ho solo sfiatato. Dinny mi fa girare, si mette dietro di me e mi solleva per le ascelle.

«Forza. Prima devi scaldarti, poi ti potrai stendere a riposare.»

«Sono già calda. Sono bollente» protesto, ma i primi tremiti mi scuotono dai piedi all'estremità delle mani, ogni muscolo in preda alle convulsioni. La testa mi martella.

«Su, adesso cammina. Non è lontano.»

Poco dopo riprendo coscienza di me stessa, della sensazione di scorticamento sulla pelle, del dolore alle costole, alle braccia e alla testa. Le dita di mani e piedi pulsano violentemente. Sono seduta nel furgone di Dinny con addosso solo la biancheria bagnata, avvolta in una coperta. C'è un tè caldo accanto a me. Dinny ci versa dentro alcuni cucchiai di zucchero e mi esorta a berlo. Prendo un sorso e mi brucio la lingua. Sto ancora tremando, ma meno di prima. L'interno della vecchia ambulanza è più caldo di quanto pensassi e le braci nella stufa illuminano i nostri volti. Una fila di brandine da una parte, credenze e mensole e un piano di lavoro dall'altra, un angolo per i pentolini, un bollitore sopra la stufa, tegami appesi ai ganci.

«Che ci facevi allo stagno?» chiedo. Nella mia voce risuona un rantolo malsano.

«Non ero allo stagno. Stavo tornando a casa quando ho sentito il tonfo pazzesco che hai fatto buttandoti in acqua. Ti è andata bene che il vento soffia da est, altrimenti non l'avrei sentito e non sarei venuto. E allora sai cosa ti sarebbe potuto succedere, se anche fossi riuscita a tirarti fuori e poi ti fossi sdraiata a riva per una mezz'ora? Te ne rendi conto?»

«Sì.» Sono pentita, imbarazzata. Non c'è più traccia di whisky dentro di me. Il tuffo nello stagno l'ha lavato via.

«Allora, cosa stavi facendo?» Si siede dall'altra parte del tavolo, accavalla le gambe e incrocia le braccia. Quante barriere. Scrollo le spalle.

«Stavo cercando di ricordare quel giorno. Il giorno in cui Henry è morto.» Morto. Non scomparso. Aspetto di vedere se Dinny mi correggerà. Non lo fa.

«Perché mai stavi facendo una cosa del genere?»

«Perché *non me lo ricordo*, Dinny. Non ricordo niente. E invece devo. Ne ho bisogno.» Non dice nulla per molto tempo, ma resta seduto e mi osserva con gli occhi socchiusi.

«Perché? Perché devi? Se davvero non ricordi...»

«Non dirmi che è meglio così! È quello che dice sempre Beth, e non è vero! Non è meglio così. C'è un pezzo mancante... Non riesco a smettere di pensarci...»

«Provaci.»

«So che è morto. So che lo abbiamo ucciso noi.» Mentre parlo, rabbrividisco di nuovo e qualche goccia di tè mi schizza sulle gambe.

«Lo abbiamo ucciso *noi*?» Dinny mi fulmina con lo sguardo, gli occhi fiammeggianti. «No. Non l'abbiamo ucciso *noi*.»

«Questo cosa vuol dire? Cos'è successo, Dinny? Dov'è andato?»

La domanda aleggia per un lungo momento. Credo che me lo dirà, lo credo davvero, ma il silenzio permane.

«Sono segreti che non sta a me svelare» dice infine Dinny con aria turbata.

«Vorrei solo che le cose tornassero com'erano» replico in tono sommesso. «No, non le cose... le persone. Vorrei che Beth fosse cresciuta serena, come se non fosse successo niente. È cominciato tutto qui, lo so. E vorrei che fossimo amici com'eravamo...»

«Avremmo potuto esserlo, forse.» La sua voce è distaccata. Alzo gli occhi, in attesa di una spiegazione. «Ma di punto in bianco avete smesso di venire!» esclama, sbarrando gli occhi. «Come credi che mi sia sentito, dopo tutto quello che ho...»

«Dopo tutto quello che hai...?»

«Dopo tutto il tempo passato insieme, dopo che siamo cresciuti insieme... non siete più venute.»

«Eravamo due bambine! I nostri genitori smisero di portarci... Non potevamo farci niente...»

«Vi portarono qui l'estate dopo, e quella dopo ancora... Vi vedevo, anche se voi non vedevate me... Ma non scendeste mai più all'accampamento. La polizia rivoltò la mia famiglia come un calzino per trovare Henry. Ci trattarono come se fossimo tutti dei criminali! Scommetto che non fecero lo stesso alla tenuta, dico bene? Scommetto che non setacciarono da cima a fondo l'orto in cerca di una fossa.» Lo fisso. Non so cosa dire. Cerco di ricordare la polizia che perquisisce la casa, ma non ci riesco. «All'inizio credevo che vi avessero proibito di venire qui, ma il divieto c'era da sempre, e questo non vi aveva mai fermate, poi pensai che magari eravate spaventate, che forse non volevate parlare di quello che era successo, e alla fine capii. Non ve ne importava niente, tutto qui.»

«Non è vero! Eravamo ancora bambine, Dinny! Quello che era successo era... troppo grande. Non avevamo idea di come affrontarlo...»

«*Tu* eri una bambina, Erica. Beth e io avevamo dodici anni. Eravamo grandi abbastanza per sapere cosa vuol dire essere leali con qualcuno. Che male vi avrebbe fatto passare di qui, anche solo una volta, o scrivermi una lettera?»

«Non lo so» replico. «Non so cos'è successo. Io... facevo tutto quello che faceva Beth. Neppure adesso saprei dire se mi fossi resa conto di quello che avevamo fatto, di quello che era successo. Non so quando mi è uscito dalla testa. Non ricordo quasi niente di quello che ho pensato e fatto nelle estati successive, e poi smettemmo di venire.»

«Be', non mi meraviglia. Se sembravate tanto assenti tutte e due, vostra madre avrà pensato che vi facesse male.»

«Ci faceva male davvero, Dinny.»

«Ecco, basta. Quel che è successo è successo. Non c'è modo di cambiarlo, ormai, neanche se lo volessi.»

«Io lo voglio davvero» mormoro. «Voglio indietro Beth. Voglio indietro *te*.»

«Sei sola, Erica. Lo sono stato anch'io, per molto tempo... Nessuno con cui parlare di tutta questa storia. È quello che ci meritiamo, immagino.»

«Di chi sono questi segreti, Dinny, se non sono né tuoi né miei?»

«Non ho mai detto che non sono tuoi.»

«Miei e di Beth?» Mi fissa senza dire una parola. Sento le lacrime salirmi agli occhi e poi scendere, insopportabilmente calde.

«Ma io *non lo so*!» dico a bassa voce.

«Sì che lo sai.» Dinny si sporge verso di me. Nella luce fioca distinguo le ciglia scure, una per una, contornate dal bagliore arancio della stufa. «È ora di andare a dormire» dice.

«Non voglio andarmene.» Ma Dinny è già in piedi. Mi asciugo il viso e vedo che ho le mani rosse e irritate e del fango sotto le unghie.

«Tieni pure la coperta, per adesso. Puoi restituirmela quando vuoi.» Arrotola i miei vestiti in un fagotto e me lo porge. «Ti accompagno.»

«Dinny!» Mi alzo di scatto, un po' barcollante. Lo spazio è ristretto, siamo a pochi centimetri l'uno dall'altra, ma è comunque troppo. Dinny si ferma e si volta a guardarmi. Non trovo niente da dire. Mi stringo nella coperta e mi avvicino a lui, poi inclino la testa fino a sfiorargli la guancia con la fronte. Faccio un passo avanti, chiudo gli occhi e gli metto una mano sulla spalla, sopra la dura sporgenza della clavicola. Un attimo dopo, mi sento cingere dal suo braccio. Alzo il mento, sento le sue labbra sulle mie e mi abbandono a questo bacio, resa impacciata dal desiderio. Dinny mi stringe tra le braccia, togliendomi il fiato. Fermerei il mondo se potessi, lo farei smettere di girare, farei in modo di poter stare per sempre qui, al buio, con la bocca di Dinny sulla mia.

Mi accompagna fino al massiccio portone della tenuta e, mentre me lo chiudo alle spalle, sento un rumore che mi induce a fermarmi: acqua che scorre. Il suono echeggia debolmente lungo le scale e si propaga nei muri, facendo schioccare le tubature.

«Beth?» chiamo ad alta voce, battendo i denti. Mi sfilo a fatica gli stivali fradici e mi avvio verso la cucina. La luce è accesa e mia sorella non c'è. «Beth? Sei ancora sveglia?» grido, ritraendomi dal bagliore delle luci con la testa che martella. L'acqua continua a scorrere, e la mia inquietudine è così profonda da darmi la nausea. Mi sforzo di mettere a fuoco la scena, perché qui in cucina c'è qualcosa che non torna, qualcosa che mi fa pulsare il sangue nelle tempie e mi secca la gola. Il ceppo dei coltelli, rovesciato in un gesto impulsivo e coricato su un fianco sopra il banco della cucina, e lì accanto parecchi coltelli tirati fuori, scartati. Per la seconda volta in questa notte buia non riesco a respirare. Mi volto e corro verso le scale con le gambe che non si muoveranno mai abbastanza in fretta.

La sopportazione

1904-1905

Il capostazione di Dodge City fu davvero comprensivo. Ascoltò pazientemente la storia del biglietto smarrito e le consentì di pagare sul momento per l'intero tragitto da Woodward a New York. Caroline passò le lunghe giornate di viaggio guardando fuori dal finestrino del treno cieli di un grigio minaccioso, cieli bianchi e roventi, cieli azzurro pastello così belli da farle venire mal di testa. Non pensava a niente, ma di quando in quando saggiava la disperazione che aveva nel profondo dell'animo per vedere se la distanza la avrebbe assottigliata come il tempo non aveva saputo fare. William, che doveva ancora riprendersi dalla febbre, dormiva quasi sempre e piagnucolava nervosamente quando si svegliava, ma poi la riconosceva e si lasciava tranquillizzare. Caroline sacrificò un pranzo all'albergo Harvey di Kansas City per andare a comprare pannolini puliti, coperte e un biberon per il piccolo, tornando di corsa in stazione con il cuore che palpitava per l'angoscia che il treno potesse partire senza di lei. Era la sola casa che aveva in quel momento, il suo unico piano, la sua unica certezza.

«Oh, ma è *meraviglioso*! Come si chiama?» esclamò una sera una donna che si era fermata mentre attraversava la carrozza, chinandosi sulla culla e portandosi le mani al cuore.

«William» rispose Caroline deglutendo, la gola improvvisamente, dolorosamente secca.

«Anche il nome è stupendo. E che capelli scuri!»

«Oh, sì, quelli li ha presi dal padre» disse Caroline con un sorriso, ma non seppe nascondere il dolore nella propria voce, e alla donna bastò una rapida occhiata per notare i suoi occhi cerchiati di rosso e il pallore del viso.

«Siete rimasti soli, voi e William, vero?» chiese con gentilezza. Caroline fece cenno di sì, e si sorprese per la disinvoltura con cui inventò una bugia.

«Lo sto portando a vivere con la mia famiglia» disse, sorridendo debolmente. La donna annuì con aria comprensiva.

«Mi chiamo Mary Russell. Sono nella terza carrozza, e se vi servisse qualcosa, anche solo un po' di compagnia, venite a cercare me e mio marito Leslie. Mi raccomando.»

«D'accordo. Vi ringrazio.» Caroline sorrise di nuovo mentre Mary si allontanava, e avrebbe tanto desiderato accettare l'offerta, ma sarebbe stato possibile solo in un altro mondo, un mondo in cui Corin non fosse morto e in cui stessero semplicemente facendo visita alla sua famiglia a New York, e con un bambino che lei avesse portato anche in grembo e non solo fra le braccia. Tornò alla sua silenziosa osservazione del paesaggio, e William si riaddormentò.

New York era tremendamente grande e rumorosa. Gli edifici sembravano curvarsi dalle loro altezze sconfinate, proiettando ombre cupe, fitte, e il rumore era come un'onda di maremoto che si frangeva e spumeggiava in ogni angolo di strada. Distrutta dalla fatica, con la mente stritolata dal nervosismo, Caroline fece un cenno a una carrozza a due ruote e montò a bordo. I suoi abiti erano sporchi per il viaggio e non avevano un buon odore.

«Per dove, signora?» chiese l'autista. Caroline batté le palpebre e arrossì violentemente: non aveva idea di dove andare. Conosceva l'indirizzo di alcune ragazze che un tempo avrebbe definito sue amiche, ma non poteva pensare di rivolgersi a loro dopo oltre due anni di silenzio, con un bambino dagli occhi neri e il viso insudiciato dalla fuliggine del treno. Pensò per un istante alla famiglia di Corin, ma William si dimenò fra le sue braccia e lei dovette ricacciare indietro le lacrime. Non era possibile che avesse portato in grembo e messo al mondo un nipotino senza che Corin avesse scritto loro una sola parola in proposito, e non voleva stare in un posto in cui avrebbero potuto trovarla. La consapevolezza piombò su di lei come una secchiata d'acqua fredda. Non *poteva* andare in un posto in cui rischiava che qualcuno andasse a cercarla.

«Un... ehm, un albergo. Il Westchester, grazie» rispose infine, nominando un luogo in cui un giorno era stata a pranzo con Bathilda. L'autista fece schioccare le redini e il cavallo si mise in marcia, schivando per un pelo un'automobile, che si fermò e li lasciò passare suonando il clacson con impazienza.

Bathilda. Caroline aveva deliberatamente evitato di pensare a lei per mesi e mesi. Sapeva come avrebbe giudicato le sue paure, e il disastro che era diventata la sua vita nella contea di Woodward. Caroline chiuse gli occhi e rivide subito lo sguardo penetrante della zia, la sua espressione severa. La immaginò mentre ascoltava le sue vicissitudini e rispondeva con un ponderato e ipocrita: "Be'...". Non sarebbe mai tornata da lei, neppure se fosse rimasta a New York, si disse con spavalderia. Non lo avrebbe fatto nemmeno adesso, sebbene non conoscesse nessuno e non avesse idea di dove andare né di cosa fare. Soffocò l'insano desiderio di vedere almeno un volto familiare, anche se non amichevole. A ben pensarci, quali volti amichevoli le erano rimasti in quel momento? Immaginò Magpie che aspettava nel rifugio, ma solo per un secondo: era un pensiero troppo spaventoso. Pensò a Hutch, alle emozioni che avrebbero attraversato il suo viso quando fosse tornato dalle praterie e avesse trovato Nuvola Bianca, e magari anche qualcun altro, morti e si fosse reso conto che lei e William erano scomparsi senza una parola. Era come se le sue viscere avessero preso fuoco, come se si stessero aggrovigliando sempre di più, e le sembrò che la testa le scoppiasse per il dolore. Con un grido soffocato affondò il volto fra le mani e si concentrò il più possibile per stare seduta dritta sulla panca imbottita della carrozza.

Arrivata al Westchester pagò una stanza decorosa e richiese una bambinaia per William, spiegando che la sua domestica si era gravemente ammalata ed era dovuta tornare dalla propria famiglia. Le mandarono subito una ragazza di nome Luella, con la faccia rincagnata e i capelli di un rosso sgargiante, che sembrò a dir poco terrorizzata quando Caroline le consegnò William. Al piccolo bastò guardare gli occhi spaventati e i capelli appariscenti di quella strana ragazza per scoppiare a piangere. Reggendo goffamente il bambino, Luella si ritirò dalla camera. Caroline andò nella stanza da bagno e, consapevole come mai prima di allora di quanto fosse miracoloso avere un bagno al chiuso, riempì d'acqua calda la vasca, vi si immerse e cercò di acquietare la mente, tormentata dagli echi di domande senza risposta, di pensieri e paure che minacciavano di gettarla nel panico da un momento all'altro.

Alla fine, non si trattenne più di una settimana nella città in cui era nata e cresciuta. Non si sentiva più a casa lì come non si era sentita a casa al ranch, a Woodward, o sul treno che l'aveva riportata indietro. Gli oleosi gas di scarico delle automobili, che durante la sua assenza si erano moltiplicate, le irritavano la gola, e la folla la faceva sentire invisibile come le era sembrato di essere in mezzo alla prateria. Gli edifici erano troppo vicini, troppo solidi, come le svettanti pareti di qualche labirinto dal quale fosse impossibile fuggire. "Non ho un posto al mondo in cui andare" pensò, mentre spingeva William nella sua nuova carrozzina lungo strade mai viste e sentite prima, sperando così di scongiurare il rischio di incontrare qualcuno che potesse riconoscerla. Si fermò a un angolo e alzò gli occhi per guardare molto in alto, nel punto in cui una gru stava trasportando una trave d'acciaio che pareva grande quanto uno stuzzicadenti verso una squadra di operai in attesa. Gli uomini erano fermi sull'orlo di quella torre incompleta, affidandosi solamente al proprio equilibrio. Caroline provò una profonda compassione per la situazione di pericolo di quegli uomini, che parevano sempre sul punto di cadere, ma ben presto si rimise in cammino, riconoscendo in quella sensazione qualcosa che aveva provato anche lei per tantissimo tempo: la strisciante consapevolezza della precarietà della vita, della sua transitorietà.

Passando davanti a uno studio fotografico con un'allettante insegna dorata che recava la scritta "Gilbert Beaufort & Son", Caroline si fermò. Entrò nel negozio soffocante e ingombro di roba e fu sopraffatta dal tanfo d'aceto che emanava dai prodotti chimici usati per lo sviluppo. Trovando a fatica un sorriso per la macchina fotografica, commissionò diverse fotografie di sé e William e chiese che le venissero recapitate al Westchester non appena fossero state pronte.

Le tremavano le dita mentre apriva il pacco. Aveva sperato di ottenere qualcosa di permanente, per dimostrare a se stessa che in qualche modo esisteva, e che malgrado fosse rimasta vedova aveva pur sempre il figlio di Corin, quel figlio che le apparteneva di diritto, a riprova del suo matrimonio. Era parte di una famiglia. Avrebbe avuto qualche testimonianza di se stessa e della propria vita, della quale era talmente incerta che a volte le veniva da chiedersi se non fosse ancora sdraiata in un angolo della prateria, e se quanto era successo da quel momento in poi non fosse stato solo un sogno. Ma in quasi tutte le fotografie William si era mosso, e così la sua immagine era sfocata al punto che il viso risultava misteriosamente indistinto, e Caroline vedeva il proprio volto fissare l'obiettivo con la stessa aria spettrale e incorporea che sentiva di avere in quel momento. Soltanto una fotografia aveva catturato una traccia intangibile di quanto aveva sperato di vedere, in un unico scatto sembrava una madre orgogliosa, calma, possessiva. La infilò nel suo nécessaire e gettò le altre nel camino.

Il quarto giorno vide Joe. Stava passeggiando con William in cerca di un parco o di un giardino, un qualsiasi spazio verde in cui prendere un po' d'aria e – così sperava – tranquillizzare il piccolo. Completamente guarito dalla malattia e tornato nel pieno delle forze, William era chiassoso e irrequieto. Di notte piangeva, agitava le braccia quando Caroline cercava di confortarlo e si divincolava mentre lei lo cullava e si sforzava di cantare come aveva sentito fare a Magpie. Riprodurre le bizzarre melodie della ragazza indiana, però, era difficile quanto imitare l'ululato di un coyote, e i suoi tentativi erano vanificati dagli strilli di William. Pensando che sentisse la mancanza degli spazi aperti della prateria, Caroline lo portava a spasso quasi tutto il giorno, sempre più consapevole di quanto al piccolo dovessero sembrare diversi i rumori, gli odori, gli scenari, e di quanto dovesse essere pesante quell'aria malsana per i suoi piccoli polmoni. Si rese conto che in quel posto William, proprio come lei, non si sentiva a casa ma lui una casa l'aveva. Avrebbe dovuto riportarlo indietro. Il pensiero la colpì come uno schiaffo in pieno viso. Anche se era figlio di Corin, anche se avrebbe dovuto essere suo, William apparteneva alla contea di Woodward. Si immobilizzò sui suoi passi, stordita da quella presa di coscienza, mentre i passanti le scorrevano attorno come un fiume. Ma come avrebbe fatto? Come poteva spiegare, come potevano perdonarla? Si figurò il dolore e l'accusa negli occhi di Hutch, la rabbia e la paura in quelli di Magpie. Ripensò a tutte le volte che l'avevano aiutata, che l'avevano incoraggiata. Ecco come aveva ripagato la fiducia che avevano riposto in lei: era stata un'atrocità, uno spregevole fallimento. Non era possibile, non poteva affrontarli. Non sarebbe mai tornata indietro.

E poi vide Joe. Lo vide svoltare l'angolo e andarle incontro, il viso distorto da una smorfia di furia cieca, i capelli neri che svolazzavano dietro di lui mentre si avvicinava a grandi passi, in mano il coltello con cui l'avrebbe uccisa. Caroline si sentì gelare e rimase come pietrificata quando l'uomo la superò. I capelli neri in realtà erano una sciarpa, il coltello un foglio di carta arrotolato, e il volto non era affatto quello di Joe ma apparteneva a un uomo con la carnagione scura, forse un messicano, che probabilmente era in ritardo e andava di corsa. Scossa da un tremito incontrollabile, Caroline si lasciò cadere su una panchina poco distante, mentre il frastuono della città cedeva il passo allo strano rumore sordo e attutito che le aveva invaso la testa. Puntini neri turbinavano come mosche ai margini del suo campo visivo, e quando chiuse gli occhi per sbarazzarsene divennero di un bianco brillante e continuarono a danzare. In lontananza, una nave passeggeri fece udire il suo fischio scivolando leggiadra in porto. Il suono penetrante echeggiò tutt'attorno, facendola tornare in sé e riportando la sua attenzione sugli strilli di William. Caroline deglutì, gli accarezzò la guancia, lo confortò con qualche breve cantilena, poi si alzò e volse lo sguardo a sud, verso il porto, la nave, il mare. Cinque ore più tardi era a bordo di un piroscafo diretto a Southampton.

Joe andò per davvero a New York, ma non quel giorno. Lui e Hutch arrivarono quando la nave di Caroline era già salpata da due giorni e, ignorando le occhiatacce causate dai loro abiti campagnoli e dal sangue indiano di Joe, si diressero a casa di Mrs Massey, la madre di Corin, in lutto per la seconda volta. Di Caroline e William non si era più saputo niente da quando lei era stata vista fare colazione in albergo, il mattino successivo alla sua partenza da Woodward. Il direttore della Gerlach's Bank aveva confermato che sul conto dei Massey non erano state compiute altre transazioni dopo il recente prelievo per il pagamento dei salari. Chiunque, dalla gente di passaggio ai padroni dei ranch più lontani, era stato pregato di comunicare ogni avvistamento, qualunque cosa potesse ricondurre alla donna; e sebbene il bigliettaio della stazione avesse giurato che nessuna signora bionda con un bambino al seguito aveva acquistato da lui un biglietto ferroviario, né quel giorno né in quelli immediatamente successivi, Hutch si era affidato all'istinto ed era partito per New York con Joe, chiedendo invano notizie di Mrs Massey in tutte le stazioni intermedie.

La madre di Corin, naturalmente, non aveva visto né sentito la nuora, e apprese con grande angoscia che era scomparsa insieme a un bambino piccolo. Poté fornire agli uomini il nome da ragazza di Caroline e il suo precedente indirizzo, ma le loro ricerche sul conto di una certa Miss Fitzpatrick in città si rivelarono altrettanto infruttuose. Fecero il percorso a ritroso e continuarono a chiedere notizie in giro, provando a usare il cognome Fitzpatrick invece di Massey, ma alla fine non poterono fare altro che rientrare al ranch, dove Magpie era caduta in una sorta di trance. In certi momenti si strappava i capelli e, con un coltello, si procurava lunghi tagli sulle braccia dai quali sgorgavano rivoli di sangue. Joe rispettò il lutto della moglie ma rimase impassibile, la rabbia ormai esaurita, il cuore vuoto dopo la scomparsa del figlio. Gli uomini fecero una colletta per assumere un detective della Pinkerton per un mese, ma l'uomo ebbe giusto il tempo di seguire la stessa pista tentata da Joe e Hutch, arrivando al termine dell'incarico senza nemmeno saper dire se Caroline e William fossero stati rapiti oppure fossero fuggiti. Hutch passò una notte dopo l'altra in bianco, allo stesso tempo disorientato e diffidente: temeva per Caroline e per il ranch, che ormai, non avendo più un padrone, non avrebbe avuto nemmeno un futuro.

Con il terrore di giungere a destinazione che cresceva a ogni chilometro, Caroline prese il treno da Southampton a Londra, e una volta lì trovò un albergo alla sua portata dopo aver convertito in sterline la mazzetta sempre più esigua di dollari prelevati dalla Gerlach's Bank. William le pesava tra le braccia, e gli strilli del bambino la tormentavano al punto che le sue orecchie parevano quasi ritirarsi fisicamente nel cranio in cerca di riparo. Durante i lunghi giorni della traversata per mare era stata assediata da un dolore martellante alle tempie, che le rendeva difficile anche solo pensare. William aveva pianto per ore, praticamente senza sosta, e per quanto si fosse ripetuta che il piccolo soffriva senz'altro del suo stesso malessere, dello stesso dolore alla testa, non era riuscita a scrollarsi di dosso la convinzione che in qualche modo sapesse che lo stava portando sempre più lontano da casa, e che le sue fossero grida di rabbia contro di lei per quello che gli stava facendo. Leggeva un'accusa sul suo viso ogni volta che lo guardava. Aveva smesso di cercare di tranquillizzarlo, di cantargli canzoncine, di tenerlo in braccio. Lo lasciava piangere nella culla, che in poco tempo si era fatta troppo piccola per lui, e se ne stava sdraiata a letto, tristemente raggomitolata contro la parete della cabina.

Ora, in una città sconosciuta, con la stanchezza che le impediva perfino di pensare e il terreno che le ondeggiava ancora sotto i piedi, Caroline sollevò il bambino che teneva in braccio e lo appoggiò sul liscio banco di marmo della hall di un albergo.

«Mi serve una bambinaia» annunciò, con una nota di panico nella voce. «La mia si è presa una brutta febbre.» Dietro il banco c'era un uomo alto, magro, con capelli e abiti impeccabili, che all'udire il suo accento inclinò la testa con sussiego e alzò un sopracciglio. Caroline sapeva di avere un aspetto stanco e trasandato, e che William non emanava un buon odore, ma questo la rese solo ancora più irritabile con l'albergatore.

«Molto bene, signora. Provvederò a cercarne una» replicò l'uomo in tono mellifluo. Caroline annuì, e a fatica salì le scale fino alla sua stanza. Fece il bagno a William nel catino di porcellana del lavabo, cercando di non rovinare gli asciugamani con la sporcizia che gli imbrattava il sederino e le gambe. Mentre lo lavava, il piccolo smise di piangere e lanciò sottili gridolini di gioia, sbattendo i piedi nell'acqua. Caroline si schiarì la gola infiammata e canticchiò una ninnananna finché William non si appisolò. Il silenzio le risuonò nelle orecchie quando il piccolo smise di strillare, e lo tenne stretto a sé, sempre canticchiando, dimenticando qualsiasi cosa tranne il calore del bambino e il suo corpicino fiducioso immerso nel sonno. Non le era rimasta acqua per lavarsi, così lasciò William a dormire sul letto e percorse invano i corridoi dell'albergo in cerca di una cameriera che portasse via l'acqua sporca, e per chiedere se fosse possibile fare un bagno caldo.

Più tardi giunse nella sua stanza una donna che si annunciò con un leggero colpo alla porta. Era grassoccia, rubiconda, con i capelli opachi e crespi e l'abito macchiato, ma i suoi occhi stillavano calore e intelligenza mentre si presentava con il nome di Mrs Cox, e si illuminarono posandosi su William.

«È questo il piccolino che ha bisogno di una bambinaia?» domandò. Caroline annuì, invitandola a farsi avanti e a tirarlo su dal letto.

«In quale parte dell'albergo posso trovarvi, se dovessi avere bisogno di voi o del bambino?» chiese Caroline.

«Oh, non sono una dipendente dell'albergo, signora, anche se spesso mi chiamano per badare ai figli degli ospiti che si vengono a trovare in situazioni particolari, proprio come voi... Abito con i miei figli e mio marito poco distante da qui, in Roe Street. Mr Strachen, al piano di sotto, saprà sempre dove trovarmi, se ne aveste bisogno. Per quanto tempo dovrò occuparmi di lui, signora?»

«Ehm... non lo so. Non ho ancora deciso. Un paio di giorni, forse? Magari un po' di più... Non ne sono sicura.» Caroline esitò. Mrs Cox parve delusa, ma quando Caroline pagò in anticipo tornò a sorridere, e di lì a poco uscì dalla stanza sballottando allegramente su un fianco il piccolo William, che aveva l'aria impaurita. Il cuore di Caroline ebbe un lieve, fastidioso sussulto quando il bambino scomparve dalla sua vista, ma ben presto una stanchezza sconfinata, frastornante, si impossessò di lei. Si sdraiò a letto senza nemmeno togliersi i vestiti sporchi, e con lo stomaco che borbottava si addormentò immediatamente.

L'indomani, dopo aver messo gli abiti più puliti e meno spiegazzati che riuscì a trovare nella borsa, Caroline consegnò a un tassista il foglietto di carta su cui Bathilda aveva scritto un indirizzo di Knightsbridge, e si lasciò traghettare verso la casa della zia con tutta la pacata determinazione di chi si sta avviando dignitosamente al patibolo. Arrivò di fronte a una villetta di quattro piani, con la facciata di pietra di un grigio sbiadito, in mezzo a una fila serrata di abitazioni tutte identiche, con bellissimi portoni rossi, e allungò la mano verso il campanello. Il suo braccio era pesante e rigido quanto la cancellata di ferro, e il dito, avvicinandosi al pulsante, le tremava per lo sforzo. Riuscì comunque a suonare, e disse il proprio nome all'anziana governante che l'accolse in una tetra anticamera.

«Aspettate qui, per cortesia» disse la donna in tono formale, e si allontanò senza fretta lungo il corridoio. Caroline rimase immobile come un sasso. Guardò dentro la propria testa e non vi trovò alcun pensiero, nient'altro che uno spazio echeggiante, cavo come un guscio di noce rotto e gettato via. "Oh, Corin!" Il nome si riversò in quel nulla come un rombo di tuono. Caroline barcollò appena, dopodiché scrollò la testa e il vuoto tornò.

Bathilda era ingrassata e i capelli sulle tempie erano di un bianco più candido, ma a parte questo i due anni trascorsi dal loro ultimo incontro non avevano portato grandi cambiamenti. Sedeva su un divano di broccato con in mano una tazza di tè, e rimase a fissare la nipote con stupore per parecchi secondi.

«Perbacco, Caroline! Non ti avrei mai riconosciuta se non ti fossi fatta annunciare!» esclamò infine, inarcando le sopracciglia e sfoggiando la sua consueta freddezza.

«Zia Bathilda» disse Caroline in tono basso e incolore.

«Sei tutta spettinata, e hai la pelle così abbronzata! Che disastro, non ti dona per niente.»

Caroline incassò la critica senza battere ciglio, e non disse una parola mentre Bathilda sorseggiava il suo tè. Sentiva distintamente il battito del proprio cuore, lento, forte, proprio come quando avevano riportato a casa Corin dopo la caccia al coyote. Era un genere di morte diverso, ma sempre di morte si trattava.

«Allora, a cosa devo l'onore? Dov'è quel mandriano di tuo marito? Non ti ha accompagnata in questa spedizione all'estero?»

«Corin è morto.» Era la prima volta che era costretta a pronunciare quelle parole, e gli occhi le si riempirono di lacrime brucianti. Bathilda impiegò un istante ad assimilare la notizia, quindi si addolcì.

«Vieni, piccola, mettiti a sedere. Faccio portare dell'altro tè» ordinò in tono più pacato.

Bathilda prese immediatamente Caroline sotto la propria guida, e sembrò farlo con piacere ora che la giovane nipote era mite, distrutta, non più spavalda come un tempo. Quel pomeriggio Caroline tornò in albergo a recuperare le sue cose e si sistemò in una stanza degli ospiti nella villetta con il bel portone rosso. Conobbe la padrona di casa, Mrs Dalgleish, una cugina acquisita di Bathilda che era magra e secca e sfoggiava uno sguardo ipercritico sopra la bocca dalle labbra sottili.

«Sara dov'è?» chiese Caroline, speranzosa.

Bathilda si limitò a un mugugno. «Quella sciocca si è sposata con un droghiere. Se n'è andata l'anno scorso.»

Caroline si sentì ancora più triste. «Lo amava?» domandò con aria malinconica. «Era felice?»

«Non saprei proprio. Adesso veniamo a noi» tagliò corto la zia.

Bathilda accompagnò Caroline in banca e dispose che il denaro della nipote fosse trasferito dall'istituto newyorkese dei genitori a un conto inglese. Portò Caroline a fare spese, bevendosi la storia che i suoi vecchi vestiti si erano tutti rovinati vivendo al ranch. Andarono in un salone di parrucchiere, e Caroline lasciò che i suoi capelli pieni di doppie punte e ciocche ribelli venissero tagliati, domati e arricciati con cura. Bathilda si rivolse a un farmacista per avere un flacone di Sulpholine, che provvide a strofinare dolorosamente sul volto e sulle mani della nipote per sbiancare la pelle abbronzata. Le unghie furono tagliate e lucidate, i calli rimossi con una pietra pomice, e per la prima volta da oltre un anno l'esile sagoma di Caroline si trovò di nuovo stretta in un corsetto.

«Sei troppo magra» disse Bathilda, esaminando il risultato della sua opera di abbellimento. «Non c'era da mangiare, in quel posto dimenticato da Dio?» Caroline pensò a come risponderle, ma la zia non le lasciò il tempo di parlare. «Be', sei quasi pronta per tornare in società. Dovrai trovare un nuovo marito, questo è ovvio, due vedove sotto lo stesso tetto sono già più che sufficienti. Ho in mente un candidato perfetto, che proprio adesso è in città per fare qualche nuova conoscenza. È un barone, con tanti terreni ma pochi quattrini, e a corto di eredi. Farebbe di te una signora... Da moglie di un contadino a dama dell'alta società nel giro di un paio di mesi! Pensa che svolta sarebbe!» esclamò Bathilda, afferrando le spalle di Caroline e raddrizzandole appena. «Però, anche se non è più un ragazzo, non fa mistero di prediligere le fanciulle più giovani e fresche... Non vorrà saperne della vedova di un mandriano fiaccata da una vita in mezzo al nulla. Sarà meglio che non facciamo parola con nessuno del tuo primo, sfortunato matrimonio. Pensi di farcela? Non ci sono prove in giro? Qualcosa che non mi hai detto?» domandò, fissandola con i suoi severi occhi azzurri.

Caroline fece un respiro profondo. Sentiva di dover parlare, e il cuore le batteva all'impazzata, ma sapeva che, se avesse confessato di avere portato con sé un bambino, la nuova vita che Bathilda stava costruendo per lei sarebbe svanita come un miraggio, costringendola a restare nel suo agonizzante presente senza la possibilità di avere un futuro più accettabile. Sarebbe dovuta rimanere con Bathilda, oppure da sola, per sempre: due prospettive ugualmente insopportabili. Caroline sapeva quale risposta la zia si aspettasse da lei, e la diede. Mordendosi la lingua per non parlare, scosse la testa. Ma quando alzò la mano sinistra e sfilò la fede nuziale, l'anello lasciò un perfetto circoletto bianco sulla pelle. Lo strinse nel pugno e più tardi lo mise dentro il nécessaire, accanto alla fotografia scattata con William.

Il segno bianco ben presto scomparve, tenuto nascosto sotto guanti di satin e capretto finché non fu del tutto invisibile. Caroline conobbe Lord Calcott a un ricevimento a cui Bathilda la accompagnò la settimana successiva; fu remissiva e schiva e rimase praticamente sempre in silenzio mentre lui le parlava e danzava con lei, guardandola con i suoi occhi focosi che non sapevano scaldare il gelo che aveva dentro.

Lord Calcott era un uomo sui quarantacinque anni, magro e non molto alto, e zoppicava leggermente. Aveva i capelli e i baffi scuri ma striati di grigio e le unghie ben curate. Le sue mani lasciarono chiazze umide sull'abito di seta di Caroline quando le cinse la vita per danzare un valzer. Si incontrarono altre due volte, a un ballo e a una cena di gala, in saloni riscaldati troppo nel tentativo di combattere il freddo del tardo autunno. Mentre ballavano Lord Calcott chiese a Caroline della sua famiglia, dei suoi svaghi preferiti e cosa ne pensasse di Londra e della cucina inglese. Poi andò a parlare con Bathilda per informarsi sul carattere della ragazza, sulla sua scarsa propensione alla conversazione e sul suo reddito. Dopo una di queste serate, Caroline accettò la proposta di matrimonio con un cenno del capo e un sorriso fugace quanto il sole d'inverno. Lord Calcott la riaccompagnò a Knightsbridge a bordo di un'elegante carrozza nera trainata da quattro cavalli, e il suo bacio della buonanotte scivolò dalla guancia alla bocca, le mani tremanti per il crescente desiderio.

«Mia adorata» sussurrò con voce roca, poi le sollevò la sottana e la penetrò con una tale violenza che Caroline rimase senza fiato per lo shock. "Lo vedi?" Scagliò quel pensiero muto e angoscioso addosso a Corin, ovunque egli fosse. "Lo vedi cos'è successo per colpa tua, che mi hai lasciata?"

Caroline trascorse il Natale del 1904 con Bathilda e Mrs Dalgleish e fissò le nozze con Henry Calcott a fine febbraio. Questa volta il suo fidanzamento fu annunciato a dovere, e una fotografia della coppia felice, scattata durante un ballo, venne pubblicata sul «Tatler». Con l'avvicinarsi del matrimonio Caroline cominciò a soffrire di una logorante spossatezza: sentiva in bocca un sapore metallico, e ogni mattina aveva una nausea tale da rimpiangere il caffè forte dei cowboy, che Bathilda e la cugina reputavano troppo volgare per essere servito nella loro casa.

La zia seguiva con grande attenzione questi sviluppi. «A quanto pare celebreremo le nozze giusto in tempo» commentò una mattina mentre Caroline era a letto, troppo debole e frastornata per alzarsi. Quando comprese il motivo del proprio malessere, Caroline rimase sbalordita.

«Ma... ma io...» fu l'unica cosa che riuscì a dire alla zia. Lei alzò un sopracciglio e ordinò un brodo di carne, ma solo a guardarlo Caroline ebbe un conato di vomito. Rimase parecchie ore immobile a riflettere, cercando di non cogliere le evidenti implicazioni della sua gravidanza. Già, perché era magra esattamente come quando viveva nel Territorio dell'Oklahoma, se non peggio, e altrettanto infelice, anzi ancora di più. L'unico elemento diverso era l'uomo con cui era andata a letto.

Storton Manor fece un'impressione sgradevole a Caroline. Era imponente, ma per nulla elegante: le finestre erano troppo austere per essere belle e la pietra troppo grigia per risultare accogliente. Il vialetto era stato invaso da soffioni a stelo lungo e denti di cane, la vernice della porta si stava scrostando, e al tetto mancavano parecchi comignoli. Era evidente che c'era un gran bisogno dei suoi soldi. Il personale si dispose ad accoglierla in una fila ordinata, forse con l'intento di eclissare lo squallore del luogo: governante, maggiordomo, cuoca, cameriera, domestica, sguattera, stalliere. Caroline scese i gradini della carrozza ricacciando indietro le lacrime al ricordo dei modesti lavoratori del ranch, che si erano messi in fila il giorno in cui era arrivata nella sua prima casa coniugale. "E tu li hai abbandonati" si accusò. "Li hai abbandonati tutti così, senza una parola." Rivolse un sorriso e un cenno del capo a ciascuno, mentre Henry faceva le presentazioni, e quelli risposero con una riverenza o un rapido inchino, mormorando a bassa voce "Lady Calcott". Allora lei si aggrappò al suo vero nome, Caroline Massey, e se lo strinse forte al cuore.

Più tardi, passeggiando per i vasti terreni della proprietà, cominciò a sentirsi un po' meglio, e la tormenta che imperversava dentro di lei poco alla volta si tramutò in qualcosa di simile all'ordine. L'aria della campagna inglese aveva una nota dolce, una sorta di tenera freschezza, persino sul finire dell'inverno. Non c'erano più il chiasso delle strade cittadine affollate di cavalli, carri e persone, il desolante vento della prateria, le grida dei coyote, né chilometri e chilometri d'orizzonte ininterrotto. Non aveva troppo caldo, ma nemmeno troppo freddo. Scorse i tetti e i pennacchi di fumo del villaggio attraverso gli alberi spogli che cingevano la casa, e la consolò il pensiero che a pochi passi ci fossero altre vite e altre persone intente a viverle. Una macchia di sgargianti narcisi rischiarava l'estremità del prato, e Caroline l'attraversò a passo lento, con l'orlo dell'abito che appiattiva i fiori e poi li lasciava balzare su, di nuovo liberi. Rifletté sul vuoto che aveva nella mente, su quel senso di vacuità che non riusciva a scrollarsi di dosso, ma si concesse di pensare, almeno per un istante, che adesso era al sicuro e poteva sopportare qualunque cosa.

Henry Calcott era un uomo carnale, e Caroline dovette subire le sue attenzioni ogni sera nelle prime settimane della loro vita matrimoniale. Restava immobile con la testa girata da una parte, stupefatta nel constatare quanto fosse diverso fare l'amore con una persona per la quale non provava nulla. Con la mente e i sensi totalmente spenti, Caroline si concentrò sui suoni prodotti dall'incontro dei loro corpi, sull'odore sgradevole, su quel modo che aveva il marito di ansimare e incrociare gli occhi all'avvicinarsi dell'orgasmo, sforzandosi di mantenere il volto inespressivo per non dare a vedere la propria ripugnanza.

Gli operai si presentarono a Storton Manor e cominciarono a riordinare i terreni e a rimettere in sesto la casa dentro e fuori.

«Starai tranquilla, se vado in città? Gli uomini non ti daranno fastidio?» le chiese Henry a colazione, tre settimane dopo il loro arrivo alla tenuta.

«Ma no, perché dovrebbero?» rispose lei tranquillamente.

«Se vuoi puoi benissimo venire in città con me...»

«No, no, va' tu. Preferisco restare qui per prendere un po' di dimestichezza con... con la casa e...»

«Molto bene. Starò via solo una settimana, credo. Ho due o tre questioni di affari da sbrigare» spiegò Henry sorridendo, e tornò ai giornali del mattino. Caroline si voltò a scrutare il cielo nuvoloso fuori dalla finestra. "Questioni di affari" ripeté fra sé. A Londra, durante un ballo, una ragazza dal viso affilato e i capelli biondo platino le aveva rivelato che Henry Calcott amava giocare a poker, anche se perdeva quasi sempre. A lei non importava perché quel vizio richiamava il marito a Londra abbastanza spesso, permettendole di stare un po' in pace da sola.

Due giorni dopo la partenza di Henry, prese a cadere una pioggia incessante che avvolse la casa in una cortina grondante. Dalla finestra non si vedevano che sprazzi di grigio, marrone e verde sbiadito, una striscia fangosa di campagna sfocata dal vetro appannato. Caroline si sedette accanto al fuoco in salotto a leggere un romanzo ampolloso scritto da una donna di nome Elinor Glyn. Gli occhi scorrevano veloci sul testo, mentre i suoi pensieri erano rivolti al bambino che portava in grembo. Si domandò perché non sapesse dire cosa provava, quando avrebbe dovuto informare il marito, e perché non lo avesse ancora fatto. Quest'ultima risposta, se non altro, la conosceva: l'idea di comunicare a Henry Calcott la notizia che aveva bramato invano di dare a Corin le faceva un male insopportabile. La cameriera, una ragazza timida di nome Estelle, interruppe le sue fantasticherie con un colpo leggero alla porta.

«Chiedo scusa, milady, ma c'è una donna che desidera vedervi» annunciò Estelle con la sua voce sottile.

«Una donna? E chi sarebbe?»

«Non ha voluto specificare il motivo della sua visita, milady, ma ha detto di chiamarsi Mrs Cox. Devo farla entrare?»

Caroline rimase come ipnotizzata dallo shock. Seguì una lunga pausa, in cui si udì un rumore di passi che si avvicinavano.

«No!» riuscì a dire alla fine, alzandosi di scatto ma troppo tardi: Mrs Cox superò Estelle con la forza e si fermò di fronte a Caroline, lasciando che l'acqua piovana grondasse dall'orlo dell'impermeabile sul tappeto persiano e fissandola con gli occhi fiammeggianti, il volto teso e risoluto. «È tutto a posto, Estelle, grazie» sussurrò Caroline.

Mrs Cox sembrava immensa, ma le bastò sbottonare l'impermeabile per rivelarne il motivo. William stava dormendo, sotto il riparo caldo e asciutto del cappotto, in una specie di marsupio che la donna aveva ricavato da uno scampolo di stoffa.

«Non so cosa vi sia passato per la testa a lasciarmi il bambino per così tante settimane!» esclamò Mrs Cox, quando capì che Caroline era senza parole. «Non lo so davvero!»

«Io...» Ma Caroline non sapeva come rispondere. Nella sua

meticolosa neutralità, nella sua passiva accettazione del proprio destino, aveva escluso William dal copione. Aveva respinto qualsiasi pensiero su di lui, qualsiasi responsabilità. Vedendolo di nuovo, ora che la luce e l'aria fresca lo stavano svegliando, avvertì una sensazione che somigliava a un pugno nello stomaco, un aguzzo stiletto d'amore imbevuto di rimorso e paura. «Come siete riuscita a trovarmi?» fu la sola domanda che le venne in mente.

«Non è stato poi così difficile, con l'annuncio del vostro matrimonio pubblicato su tutti i giornali. Ho aspettato ancora un po', pensando che voleste tenere il piccolo tranquillo e al sicuro finché non vi foste sposata, ma poi ho capito che non avevate alcuna intenzione di venirlo a riprendere! Ho ragione, vero? E pensare che è un bambino così buono, e sano... Non so cosa vi sia passato per la testa!» ripeté Mrs Cox, la voce d'un tratto roca. Prese un fazzoletto dalla tasca e si asciugò gli occhi. «E adesso mi sono sobbarcata la spesa di accompagnarlo fin qui in treno, e la fatica di portarlo a piedi sotto tutta questa pioggia evitando di fargli prendere un malanno...»

«Posso pagarvi. Per il treno, e... per il tempo in cui l'avete tenuto. Posso pagarvi ancora di più. Ecco qua!» Caroline corse alla credenza, prese un portamonete e lo porse alla donna. «Ve la sentireste di tenerlo?» domandò all'improvviso, la voce tremante per la paura. Mrs Cox le piantò gli occhi addosso.

«*Tenerlo*? Cosa state dicendo? Casa mia non è mica un asilo, per vostra informazione! La madre siete voi, e i figli devono stare con la madre, e poi pensate alla vita che avrà qui!» esclamò indicando l'ambiente sfarzoso. «Io ho già abbastanza bocche da sfamare e bimbi a cui dare un letto, senza bisogno di prendermene un altro!» La donna sembrava sconvolta. Caroline, disperata, poté soltanto stare immobile a guardare mentre Mrs Cox armeggiava con il nodo che fissava il marsupio attorno alle spalle. «Ecco fatto. Adesso ve l'ho riportato sano e salvo. Le sue cose sono tutte in questa borsa, tranne la culla, perché era diventata troppo piccola, e poi non potevo portare anche quella fin qui. Spero... spero che gli vorrete bene, signora. È un bravo bambino e merita di ricevere l'amore di una madre...» Mise a sedere William sul cuscino di seta rossa di una poltrona a braccioli. Il piccolo tese le braccia verso di lei e sorrise. «No, amore, tu resti qui con la tua vera mamma adesso» gli disse, e gli occhi le si riempirono nuovamente di lacrime. Ora che era giunto il momento di lasciarlo, Mrs Cox esitò. Il suo sguardo passò da William a Caroline, poi di nuovo al bambino, e a quel punto la donna fece una smorfia angosciata e intrecciò le mani sotto le pieghe del vestito. «Prendetevi cura del vostro bambino, Lady Calcott» disse, e corse via. William rimase silenzioso per un minuto, spostando lo sguardo da un oggetto sconosciuto all'altro, quindi si mise a piangere.

Nel disperato tentativo di nasconderlo, Caroline lo prese in braccio e andò di corsa nella sua stanza passando per le scale di servizio. Lo mise sul letto e tornò indietro, premendosi le mani sulle tempie per cercare di zittire i pensieri e il cuore che le martellava troppo forte nel petto. Respirando affannosamente, prese un massaggiagengive dalla borsa che conteneva le cose di William e glielo diede per distrarlo. Il bambino smise di piangere e strinse l'oggetto tintinnante che conosceva bene, borbottando tra sé. A poco a poco, Caroline si tranquillizzò. Quant'era cresciuto! Ma in fondo aveva un anno e mezzo, ormai. La pelle si era scurita, i capelli erano più folti e sul suo viso cominciavano a delinearsi gli zigomi alti e le sopracciglia dritte dei Ponca. Come aveva potuto credere che fosse figlio di Corin? William era indiano, in tutto e per tutto: avrebbe dovuto balzarle agli occhi anche se non fosse riuscita a comprendere che il suo fallimento nel dare un figlio a Corin era da attribuirsi più a lui che non a lei. E questo significava che aveva rubato il figlio di Joe e Magpie. L'enormità di quel crimine orrendo la colpì come un'ascia, e si lasciò cadere sul pavimento, infilandosi un pugno in bocca per soffocare i singhiozzi incontrollabili che rischiavano di strangolarla. Non aveva modo di rimediare a quell'atto terribile, non c'era riparazione che potesse offrire a Magpie... La buona, gentile Magpie, che non aveva mai smesso di essere leale e amichevole nei suoi riguardi, e che soffriva la perdita del figlio a migliaia di chilometri da dove lui si trovava ora. Migliaia di chilometri che né lei né William avrebbero mai più percorso. Era un altro mondo, un'altra vita. Portandolo lì, Caroline aveva superato un punto di non ritorno. In quel momento non sapeva come sarebbe riuscita a convivere con quello che aveva fatto. Si abbandonò pesantemente sul tappeto e desiderò la morte.

Una mezz'ora più tardi le domestiche e Mrs Priddy, la governante, videro Lady Calcott arrancare nel prato zuppo d'acqua, tirandosi dietro qualcosa di pesante in quello che sembrava un sacco di stoffa. La chiamarono e si domandarono se fosse il caso di accompagnarla per accertarsi che stesse bene, ma se anche lei le aveva sentite, non accennò nemmeno a fermarsi. Svanì con il suo fardello tra gli alberi in fondo al giardino, e quando si ripresentò alla porta di servizio, pallida e tremante, il sacco era scomparso.

«Che giornata per andare a passeggio, milady!» esclamò Mrs Priddy, mentre le domestiche recuperavano qualche asciugamano pulito e le slacciavano gli stivali infangati. Per la verità il clima era mite, malgrado la coltre di nubi che gravava sull'Inghilterra, e di certo non abbastanza freddo da giustificare i violenti tremiti che scuotevano l'esile corpo della loro nuova padrona. «Venite, vi accompagno nella vostra stanza. Cass vi porterà un tè caldo, vero, Cass?» disse Mrs Priddy rivolgendosi alla domestica, una ragazza di quindici anni che fissava Caroline con due grandi occhi verdi stralunati. Se anche qualcuno del personale si era fatto strane idee in merito alla breve visita di Mrs Cox, alla passeggiata di Caroline sotto la pioggia o alla federa scomparsa dal letto, tutti si guardarono bene dal farne parola. Tutti eccetto Cass Evans, per la verità, che a tarda sera si mise a confabulare sottovoce con Estelle nello stanzino che dividevano all'ultimo piano della tenuta.

Caroline rimase a letto parecchi giorni. Giaceva in uno stato di terrore e disperazione, che si aggravava quando faceva scivolare la mano sotto il cuscino e vi trovava il massaggiagengive di William. Quello che lei stessa gli aveva portato per tranquillizzarlo mentre era sdraiato sul letto, quello che lei e Corin gli avevano offerto come regalo di benvenuto. Passava le dita sulla liscia superficie d'avorio e cullava con delicatezza il campanello d'argento nella mano. Doveva sbarazzarsene, questo lo sapeva. Non poteva tenere nulla che potesse ricollegarla al bambino, a un qualsiasi bambino. Eppure non riusciva a farlo: lo stringeva forte e se lo premeva sul cuore, come se una parte dell'essenza di William, di Magpie, della vita e dell'amore fosse rimasta intrappolata in quel prezioso talismano. E quando Lord Calcott tornò da Londra con il portafoglio vuoto, si decise finalmente a comunicargli la notizia della sua gravidanza con il volto inespressivo e un contegno tranquillo.

La famiglia di zingari non se ne andò come Caroline credeva che avrebbe fatto, come pregava che avrebbe fatto. Anzi, qualche giorno più tardi si presentarono alla tenuta con William per chiedere cortesemente se qualcuno sapesse di chi era quel bambino, visto che le loro indagini al villaggio si erano rivelate infruttuose. Caroline, accostata alla finestra del salotto, li vide risalire il vialetto. Una morsa di terrore le attanagliò il petto, proprio come la volta in cui Corin le aveva detto che avrebbe avuto dei vicini indiani, e scattò in piedi per scappare via prima di rendersi conto che non poteva andare da nessuna parte. Attese che il maggiordomo aprisse il portone, sentì qualche parola indistinta, poi dei passi che si avvicinavano e un colpo leggero alla sua porta.

«Sì?» rispose con voce tremante.

«Perdonate il disturbo, milady, ma Mr Dinsdale e la moglie dicono di aver trovato un bambino nel bosco e chiedono se sappiamo di chi potrebbe essere, o che cosa dovrebbero farne.» Il maggiordomo, Mr March, sembrava disorientato, come se l'etichetta da seguire nel caso di un bambino smarrito fosse una cosa nuova per lui. Sentendosi sul punto di vomitare, Caroline se la prese con lui.

«Non vedo in che modo questo possa riguardarmi» replicò con freddezza.

«Bene, milady» scandì Mr March altrettanto freddamente, accennando appena un inchino mentre si ritirava. Così i Dinsdale dovettero andarsene con William, lanciando occhiate alla casa, come se fossero sconcertati per il modo in cui erano stati congedati. Caroline ebbe una sorta di capogiro e li guardò andare via con un disagio crescente, attribuendo la propria reazione al modo in cui Mr March si era riferito a quei due, "Mr Dinsdale e la moglie", come se li conoscesse.

«I Dinsdale? Ah, hai incontrato i nostri giovani campeggiatori!» esclamò Henry quando Caroline gli chiese degli zingari. Lei appoggiò forchetta e coltello, la gola troppo serrata per deglutire. «È gente innocua. Sai, so che potrebbe sembrare una cosa un po' bizzarra, ma ho dato loro il permesso di restare su quel lotto di terra...»

«Cosa? E perché mai?» ansimò Caroline.

«Robbie Dinsdale mi salvò la vita in Africa, cara, a Spion Kop, qualche anno fa. Se non fosse stato per lui adesso non sarei qui!» dichiarò Henry in tono melodrammatico, infilando in bocca un'enorme forchettata di patate *dauphinoise*. Un rivolo di panna calda gli scivolò lungo il mento, e Caroline distolse lo sguardo.

«Ma... sono degli *zingari*. Dei ladri e... e probabilmente anche peggio! Non possiamo averli come vicini di casa!»

«Mi spiace, tesoro, ma questo non posso proprio accettarlo. Il soldato semplice Dinsdale rimase con me in trincea quando mi spararono, e difese il mio corpo inerte da una decina di cecchini boeri finché i nostri non conquistarono Twin Peaks e quei bastardi dovettero arretrare!» Henry agitava energicamente il coltello. «Anche lui rimase ferito, e per poco non morì di sete, eppure stette al mio fianco anche quando ebbe l'occasione di scappare. Quanto al resto dei miei uomini, li ritrovai in un bagno di sangue che sembrava uscito direttamente dall'inferno. La guerra aveva cambiato Dinsdale, però... Alla fine lo congedarono per motivi di salute, anche se non capirono mai cos'avesse che non andava. Aveva perso qualche rotella, secondo me. Un bel giorno smise di parlare e di mangiare e si rifiutò di alzarsi dalla sua branda, ignorando gli ordini. Dovetti intervenire io e mettere una buona parola per lui. Adesso è molto migliorato, ma non si è mai reinserito del tutto nella vita civile. In principio si mise a fare l'apprendista maniscalco qui al villaggio, ma non durò molto. Dato che non riusciva a pagare l'affitto lo sfrattarono dal suo cottage, e fu a quel punto che si diede al vagabondaggio. Gli dissi che poteva restare a patto di non creare problemi, e non l'ha mai fatto. Ecco perché è ancora qui.» Henry si pulì i baffi dai residui di patate con un tovagliolo inamidato. Caroline esaminava il proprio piatto, giocherellando nervosamente con il cibo.

«Vagabondaggio, hai detto? Allora vanno in giro per il paese e non si vedono spesso da queste parti?» La sua voce era poco più di un sussurro.

«In realtà lui e la moglie stanno quasi sempre qui. È vicino a entrambe le loro famiglie, e Dinsdale trova da lavorare qua e là, dove si è già fatto conoscere. Gli danno da aggiustare arnesi di metallo e cose del genere. Perciò credo che dovrai abituarti a loro, cara, ma non hai nulla da temere. A dire il vero, basta che giri al largo da quella parte della proprietà e non li incontrerai nemmeno» concluse Henry, e Caroline capì che la discussione era finita. Chiuse gli occhi, eppure li sentiva ancora. Avvertiva la loro presenza, o meglio la presenza di William, a neanche duecento metri dal punto in cui stava cenando in quel momento. Era sicura che se il bambino fosse rimasto sempre lì a tenere vivi i suoi ricordi, quel tormento continuo l'avrebbe distrutta a poco a poco. Pregò che rinunciassero a lui, o che si spostassero altrove, portando via l'oggetto del suo rimorso e della sua angoscia.

Al momento del parto Caroline pianse. Mise al mondo una femminuccia, talmente piccola e perfetta che non sembrava vera, ma piuttosto frutto di una magia. L'amore sublime, travolgente che provò per la figlia servì unicamente a farle capire quanto fosse tremendo il male che aveva fatto a Magpie. Il solo pensiero di essere separata dalla sua bambina le dava un dolore atroce. Caroline piangeva, piangeva per amore e per disgusto verso se stessa, e non esistevano parole capaci di consolarla. Henry le carezzava la testa, smarrito, e non fu molto bravo a celare la delusione per avere avuto una femmina invece di un maschio. Estelle e Mrs Priddy le ripetevano senza sosta che la bambina era uno splendore e che aveva fatto un ottimo lavoro, ma serviva solo a scatenare nuove ondate di lacrime che le donne attribuivano alla spossatezza. Le sue notti erano tormentate: sognava Magpie che, con il cuore in fiamme e gli occhi luccicanti per la febbre, si indeboliva, deperiva e moriva di dolore, e al risveglio il peso del suo crimine le faceva pulsare la testa come se stesse per scoppiare. La bambina venne vestita con un abitino di trine bianco e battezzata con il nome di Evangeline. Per quattro mesi Caroline l'amò con tutta se stessa e poi, una notte, la piccola creatura morì nella sua culla, e nessuno dei tre medici consultati seppe accertarne la causa. La sua vita si spense come una candela smorzata, e Caroline ne uscì distrutta. Quel briciolo di voglia di vivere rimastole dopo la perdita di Corin sgorgò via come sangue da una ferita che ormai più nulla avrebbe potuto tamponare.

Un martedì, diversi mesi più tardi, Caroline scese in cucina e trovò Mrs Priddy e Cass Evans che preparavano una cesta di ortaggi coltivati nella tenuta per pagare Robbie Dinsdale. L'uomo era altrove, nel retrocucina, impegnato ad affilare i coltelli di casa usando una mola di pietra a pedale che sprizzava scintille e saturava l'aria con il sibilo penetrante del metallo limato. Caroline non si sarebbe preoccupata di scoprire l'origine di quel frastuono se non avesse notato lo sguardo colpevole di Mrs Priddy e se la donna non avesse smesso di fare quello che stava facendo, di punto in bianco e con un vistoso sobbalzo, quando la padrona era comparsa nella stanza. Cass si premette nervosamente la mano sulla bocca. Tutti sapevano come la pensasse Lady Calcott sul conto dei Dinsdale, sebbene nessuno ne conoscesse il motivo. Caroline si avviò a grandi passi nel retrocucina e interruppe Dinsdale, che alzò su di lei i suoi dolci occhi ambrati. Lentamente, la mola si arrestò. L'uomo portava abiti dozzinali e aveva i capelli lunghi e unti, raccolti sulla nuca. Il suo bel viso, innocente come quello di un ragazzino, per qualche ragione non fece che peggiorare le cose. Il dolore aveva tramutato il cuore di Caroline in pietra. Sapeva di essere stata punita, costretta dal fato a subire lo stesso tormento che aveva inflitto a Magpie, ma la sofferenza era talmente grande che lei non l'aveva accettata, non poteva accettarla. Vi si opponeva, e una rabbia incontenibile le scorreva nelle vene.

«Fuori di qui!» gridò, la voce vibrante d'ira. «*Fuori* da questa casa!» Dinsdale balzò su dallo sgabello come una molla e fuggì via. Caroline si rivolse alla governante e alla domestica. «Questo cosa significa? Credevo di aver messo perfettamente in chiaro ciò che penso di quell'uomo!»

«Mr Dinsdale è sempre venuto ad affilarci i coltelli, milady... Non mi sembrava che ci fosse qualcosa di male...» cercò di spiegare Mrs Priddy.

«Non me ne importa niente! Non lo voglio in questa casa, e neanche nei paraggi! E questo cos'è?» domandò, indicando la cesta di ortaggi. «Vi siete messa anche a rubare, adesso?»

A quel punto Mrs Priddy ebbe un moto d'orgoglio, e corrugò la fronte. «Lavoro qui da più di trent'anni, milady, e mai una volta sono stata accusata di una cosa del genere! È da molto tempo che gli avanzi dell'orto vengono usati per pagare i servizi agli uomini del villaggio...»

«Be', da adesso non più! Non a quell'uomo, in ogni caso. Mi sono spiegata?» sbottò Caroline. Si sforzò di tenere a bada la voce, che stava tremando e minacciava di trasformarsi in un grido.

«Quelli là hanno delle bocche in più da sfamare!» si lasciò sfuggire Cass Evans.

«Zitta, piccola!» sibilò Mrs Priddy.

«Che cosa?» disse Caroline. Fissò la ragazzina con un terrore incredulo. «*Che cosa?*» ripeté, ma Cass scosse la testa e non parlò più.

Solo l'intervento di Lord Calcott consentì a Mrs Priddy di conservare il posto malgrado la sua cattiva condotta. Henry non capiva perché la moglie ce l'avesse tanto con i Dinsdale, e nemmeno ci provava. Si limitava a tacitarla, dopodiché se ne andava a

Londra per sfuggire al suo umore caustico. Il personale cominciò a girare al largo da lei, temendo i suoi imprevedibili accessi d'ira e i suoi improvvisi attacchi di pianto. Una sera tardi, dopo essersi ritirata, Caroline si alzò e scese in cucina in cerca di qualcosa per combattere il mal di stomaco. Si spostò silenziosamente con le pantofole ai piedi, senza quasi fare rumore, e si fermò di fronte al retrocucina: le ragazze stavano ancora sistemando le stoviglie della cena chiacchierando con Davey Hook, il garzone di stalla.

«Scusa, se no perché se l'è presa così tanto con loro, secondo te?» Caroline riconobbe all'istante Cass per via dell'accento del posto.

«Perché è una riccona, sono tutti così! Hanno la puzza sotto il naso» disse Davey.

«Secondo me ha un po' perso la testa dopo che è morta la piccola Evangeline, povera creatura» intervenne Estelle.

«Ti dico che l'ho sentito. Non posso proprio essermi sbagliata, l'ho sentito con le mie orecchie. Quella donna che è venuta dalla stazione teneva nascosto qualcosa sotto l'impermeabile, e poi ho sentito un bambino piangere su nella camera della signora, dico davvero! E poi di punto in bianco Robbie Dinsdale trova un bambino nel bosco, e noi l'abbiamo vista andare per di là, e si tirava dietro qualcosa. L'abbiamo vista con i nostri occhi.»

«Però non avete visto che cosa aveva con sé, o sbaglio?»

«Ma cos'altro poteva essere?»

«Oh, qualsiasi cosa, Cass Evans!» esclamò Estelle. «Perché mai la signora avrebbe portato fuori un bambino per abbandonarlo nel bosco?»

«L'hai detto anche tu che ha perso la testa!» ribatté Cass.

«Solo dopo che è morta la piccina, ho detto.»

«Magari è suo, è figlio di un altro uomo, e ha dovuto tenerlo nascosto al signore! Allora, che ne dite?» li sfidò Cass.

«Dico che sei tu a essere diventata un po' picchiatella, Cass Evans, non la signora! I ricconi non se ne vanno in giro ad abbandonare i bambini come le figlie dei contadini!» la schernì Davey. «E poi l'hai visto anche tu: quel marmocchio che hanno trovato i Dinsdale è scuro come un negro, per la miseria! Non è figlio suo, non può essere. Lei è troppo pallida. Quello lì è figlio di zingari, dalla testa ai piedi, e di sicuro uno di loro se ne sarà sbarazzato. Troppe bocche da sfamare, fine della storia» disse il ragazzo.

«Non devi dire queste cose della signora, Cass» la mise in guardia Estelle a bassa voce. «Rischi solo di cacciarti nei guai.»

«Ma io so cos'ho sentito e cos'ho visto, e non è giusto!» Cass pestò i piedi. Fuori dalla stanza, Caroline si sentiva bruciare dalla tensione. D'un tratto le sfuggì un sospiro e la conversazione all'interno s'interruppe di colpo.

«*Ssh!*» sibilò Estelle. Si udirono dei passi avvicinarsi alla porta. Caroline si voltò e tornò di corsa alle scale, cercando di non farsi sentire.

Henry Calcott non era a casa quando Cass Evans fu licenziata. Caroline affrontò la questione con Mrs Priddy dopo aver mandato Cass in soffitta a recuperare le sue poche cose.

«Conosco benissimo la famiglia della ragazza, milady. Sono certa che non si metterebbe mai a rubare» disse la governante con un'espressione preoccupata.

«Ciò non toglie che l'ho trovata a rovistare nel mio portagioielli, e adesso è sparita una spilla d'argento» replicò Caroline, meravigliandosi per la freddezza della propria voce visto che era attanagliata dal panico.

«Com'era fatta la spilla, milady? Può darsi che sia stata appoggiata da qualche parte e magari sia ancora in giro per casa?»

«No, non l'ho appoggiata da nessuna parte. Voglio che quella ragazza sparisca da questa casa, Mrs Priddy, e non ho altro da aggiungere in merito» sbottò Caroline. Mrs Priddy la fissò impotente, con uno sguardo così penetrante che Caroline non seppe reggerlo a lungo. Si voltò verso lo specchio sopra il caminetto e non scorse traccia di paura, né di rimorso o di nervosismo sul proprio viso: era pallido e immobile come la pietra.

«Posso darle almeno delle buone referenze, milady, in modo che possa ricominciare da un'altra parte? È una brava ragazza, lavora sodo...»

«È una ladra, Mrs Priddy. Se le scrivete delle referenze dovete inserire anche questa informazione» rispose Caroline con calma. Mrs Priddy la fissò incredula. «È tutto, Mrs Priddy.»

«Molto bene, milady» disse l'anziana donna in tono distaccato e si allontanò. Quando la porta si chiuse alle sue spalle, Caroline si sentì mancare e dovette sorreggersi alla mensola del caminetto. Le si torse lo stomaco e sentì in bocca un sapore di bile, ma lo ricacciò indietro e si ricompose. Cass uscì dalla porta della cucina un'oretta più tardi, in lacrime e urlando sdegnata. Caroline stette a osservarla dalla finestra del corridoio al piano superiore, e quando la cameriera si voltò a guardare un'ultima volta la casa, fulminò Caroline con un'occhiata furiosa che l'avrebbe senz'altro ferita, se solo avesse avuto un briciolo di sensibilità.

Lord Calcott si limitò a mugugnare qualcosa quando la nuova domestica, una ragazza grassoccia e bruttina, una mattina aprì le tende della camera da letto.

«Che fine ha fatto quell'altra, quella con i capelli castani?» chiese pigramente.

«L'ho dovuta mandare via» rispose Caroline in tono piatto. Henry non aggiunse altro, dato che la cosa non gli creava alcun fastidio. Si tratteneva sempre più di rado a casa, e trascorse con la moglie giusto il tempo necessario a concepire un secondo figlio, che si fece attendere a lungo. Caroline temeva che non avrebbe mai più provato una sensazione meravigliosa quanto quella di prendere in braccio Evangeline per la prima volta. I cambiamenti del suo corpo, però, generarono un'irresistibile ondata d'amore dalla quale si lasciò sopraffare, chiudendosi in se stessa e canticchiando sottovoce alla creatura che portava in grembo, un nucleo di vita e calore dentro il guscio morto del suo essere. Ma il piccolo, un maschietto, venne alla luce troppo presto e non sopravvisse. Il medico insistette per portarlo via insieme alle lenzuola insanguinate, ma Caroline pretese di vedere suo figlio. Osservando il minuscolo volto informe fu stupita di essere ancora in grado di soffrire, di avere ancora lacrime da versare, ma il poco amore rimasto dentro di lei era confluito tutto in quell'unico sguardo, in quell'unica, lunga occhiata al viso del figlio morto. Gli aveva donato l'ultimissimo briciolo di calore che ancora aveva, dopodiché il medico lo portò via, e tutto fu perduto.

Caroline si riprese lentamente, e mai del tutto. Una volta che si fu rimessa quanto bastava per ricevere visite, gli amici e Bathilda la trovarono spenta e apatica, senza nessun desiderio di conversare, i movimenti lenti e la sua bellezza gravemente compromessa. Occhi e guance erano infossati, le mani ossute come gli artigli di un uccello, e aveva una spolverata di grigio sulle tempie sebbene non avesse ancora compiuto trent'anni. Aveva un'aria spettrale, come se una parte di lei si fosse ritirata in un'altra dimensione. La gente scuoteva il capo tristemente e ci pensava due volte prima di invitare i Calcott. Quando era sola, Caroline faceva lunghissime camminate nei giardini, avanti e indietro, come se stesse cercando qualcosa. Un giorno si addentrò nel bosco, verso la radura in cui erano ancora accampati i Dinsdale. Avevano imparato a girare al largo dalla casa, e non erano mai più tornati a offrire servizi in cambio di cibo, dunque Caroline non aveva scuse per esigere che venissero cacciati, e vedere i suoi piani ostacolati in quel modo non fece che accrescere il suo risentimento verso di loro.

Aspettò fra gli alberi, osservando il variopinto carro coperto e il pony pezzato legato poco distante. Quella casetta, circondata dalla verde erba estiva, sprizzava allegria e comodità. Si ricordò del teepee di Nuvola Bianca, e a quel pensiero, come a ogni altro collegato al ranch, le si annebbiò la vista e fu travolta dal dolore. Proprio allora i Dinsdale tornarono dal villaggio. Mrs Dinsdale, che aveva i capelli biondi sciolti in tanti boccoli, teneva in braccio un neonato, e la mano di Mr Dinsdale stringeva quella di un bambino robusto di circa tre anni, rotondetto e di carnagione scura. Camminavano a passo deciso, ma lentamente, fermandosi spesso per lasciare che il piccolo si rannicchiasse a esaminare con grande curiosità quello che trovava per terra. A Caroline si fermò il respiro in gola. William somigliava così tanto a Magpie che la sua sola vista le era quasi insopportabile.

Restò qualche tempo a guardarli. Mrs Dinsdale mise il neonato a dormire dentro il furgone, poi si sedette sui gradini e chiamò il bimbo più grande, che la raggiunse di corsa con le braccia alzate in aria per farsi prendere in braccio. Non usò il nome "William", naturalmente, ma uno diverso che non riuscì a sentire bene, qualcosa come "Spad". Mentre li guardava, Caroline era dilaniata da un dolore e da un'invidia incontenibili, ma era anche infuriata nel veder prosperare quella famiglia di zingari mentre la sua le era stata strappata via per ben due volte. Fissò William e lo odiò. Li odiò tutti quanti. "Basta" pensò "non ce la faccio più." Il prezzo che aveva dovuto pagare era fin troppo alto, e anche se una parte di lei era convinta che quell'ingiustizia avrebbe dovuto in qualche modo essere riparata, sapeva che non sarebbe successo. Si sedette nell'ombra e pianse in silenzio per Corin, che non poteva più aiutarla.

E ti sarà soave ogni stagione
sia che l'estate vesta di verdezza
la terra, o il pettirosso sieda e canti
di tra la neve sopra il nudo ramo
del melo molle di muschio, nel campo
quando fuma la paglia nel disgelo;
sia che sgrondino gocciole ascoltate
soltanto nella tregua delle raffiche
o la segreta attività del gelo
le sospenda in silenti stalammiti
quiete lucendo alla quieta luna.

SAMUEL TAYLOR COLERIDGE,
Gelo a mezzanotte

7

Le scale mi portano via le ultime energie, e una volta raggiunto il bagno sono trafelata e fatico a respirare. Dentro la luce è accesa, sbuffi di vapore escono da sotto la porta, e il rubinetto è ancora aperto. Mi blocco con la mano sulla maniglia e chiudo gli occhi per un secondo. Sono davvero spaventata da quello che potrei vedere. Penso a Eddie, a come scostò i capelli dal viso di Beth quando la trovò tornando da scuola. Avrei tanto bisogno del suo coraggio, in questo momento.

«Beth?» chiamo, troppo piano. Nessuna risposta. Deglutisco, do un paio di colpetti alla porta e la apro.

Mia sorella è nella vasca: i capelli galleggiano attorno a lei e l'acqua è pericolosamente vicina all'orlo. Ha gli occhi chiusi, e per un istante credo di averla persa. È Ofelia, scivolerà via, flutterà verso un sereno oblio. Poi però apre gli occhi, si volta verso di me, e il sollievo è tale che per poco non perdo l'equilibrio. Entro in bagno incespicando e mi siedo bruscamente sulla sedia occupata dai suoi indumenti piegati.

«Rick, che succede? Perché sei senza vestiti?» mi chiede, chiudendo il rubinetto con l'alluce. Li ho lasciati cadere nell'atrio insieme alla coperta di Dinny, prima di mettermi a correre. Indosso soltanto la biancheria intima bagnata e infangata.

«Credevo... credevo...» Ma non voglio dirglielo. Mi sembra un tradimento aver pensato che avrebbe potuto farsi di nuovo del male.

«Che cosa?» domanda, la voce un po' più piatta, più tesa.

«Niente» mormoro. La luce mi colpisce gli occhi, e faccio una smorfia. «Che ci fai nella vasca in piena notte?»

«Ti avevo detto che ti avrei aspettata alzata» replica. «E poi avevo freddo. Tu dove sei stata?» chiede mettendosi a sedere, con i capelli bagnati che le aderiscono al seno. Piega le ginocchia e le cinge con le braccia bagnate e luccicanti. Vedo ogni singola costola, ogni singola vertebra della spina dorsale.

«Ero con Dinny. Sono... sono caduta nello stagno.»

«*Che cosa?* Cosa ci faceva Dinny là?»

«Mi ha sentita cadere in acqua e mi ha dato una mano a venire fuori.»

«Ci sei caduta per sbaglio?» domanda, incredula.

«Sì! Troppo whisky, immagino.»

«E i vestiti... anche loro sono caduti per sbaglio, o ti ha dato una mano anche con quelli?» chiede sarcasticamente. Le pianto gli occhi addosso. Ora sono proprio arrabbiata, per come mi ha spaventata... Per come mi sono spaventata.

«Chi è quella gelosa, adesso?» domando, sarcastica a mia volta.

«Io non...» comincia, poi appoggia il mento alle ginocchia e distoglie lo sguardo. «È *strano*, Erica, va bene? È strano vederti correre dietro a Dinny.»

«Perché strano? Perché un tempo era tuo?»

«Sì!» grida, e io la fisso, stupita dalla sua ammissione. «Gira al largo da lui, ci siamo intese? Sarebbe come un incesto! È una cosa... sbagliata!» Si sforza di farsi capire, spalancando le mani. «Non mi va proprio giù.»

«Non è una cosa sbagliata, è solo che non ti piace l'idea, tutto qui. Ma non ti preoccupare. Credo che sia ancora innamorato di te» dico a bassa voce, con una stretta al cuore.

Aspetto di veder mutare la sua espressione, ma non succede.

«Ce ne dovremmo andare, Erica, non lo capisci? Dovremmo lasciare questo posto e non tornarci mai più. Sarebbe la cosa migliore, assolutamente. Potremmo partire domani stesso.» La sua voce si fa più convinta, mentre mi fissa disperata. «Lasciamo perdere le cose di Meredith. In realtà non siamo venute qui per questo. Ti prego, ce ne possiamo andare?»

«Io so perché sono venuta qui, Beth.» Sono stufa di non parlarne, stufa di girarci attorno in punta di piedi. «Volevo che venissimo qui entrambe perché pensavo di poterti aiutare a stare meglio. Perché voglio scoprire cos'è che ti tormenta, Beth. Voglio riportare tutto a galla. Voglio fare luce su questa storia e... dimostrarti che non è poi così terribile. Niente è così terribile alla luce del giorno, Beth! Non era quello che dicevi sempre a Eddie quando faceva un brutto sogno?»

«Certe cose lo sono eccome, Erica! Certe cose restano terribili!» grida con voce spezzata e piena di terrore. «Voglio *andare via*. Me ne vado, domani stesso.»

«No, tu non te ne vai. Prima devi affrontare questa situazione, di qualunque cosa si tratti. Devi guardarla in faccia!»

«Tu non sai di cosa stai parlando!» urla con durezza. Si alza di scatto, rovesciando fiotti d'acqua sul pavimento del bagno, poi recupera la vestaglia e se la stringe con violenza attorno alle spalle. «Se me ne voglio andare non puoi impedirmelo.»

«Non ti accompagnerò alla stazione.»

«Prenderò un taxi!» sibila.

«Il primo dell'anno? In piena campagna? Buona fortuna.»

«Maledizione, Rick! Perché fai così?» impreca Beth con gli occhi scintillanti di rabbia.

«Io... l'ho promesso a Eddie... che ti avrei fatto stare meglio.»

«Che cosa?» sussurra.

Rifletto bene prima di continuare a parlare, concentrandomi su quello che ho visto mentre lo stagno si richiudeva sopra di me.

«Dimmi cosa stava cercando Henry in riva allo stagno» dico a bassa voce.

«Cosa? Quando?»

«In riva allo stagno, il giorno che scomparve, mentre io ero in acqua. Stava cercando qualcosa per terra.» Sento Beth respirare con difficoltà. Le si sono sbiancate le labbra.

«Non avevi detto che non ricordavi nulla?» dice.

«Mi sta tornando in mente qualcosa, anche se non tutto. Ricordo di essermi tuffata nello stagno, di aver alzato lo sguardo verso Henry e di averlo visto cercare qualcosa per terra. E poi ricordo...» Deglutisco. «Ricordo che sanguinava. Gli sanguinava la testa.»

«Sta' zitta! *Zitta!* Non ne voglio parlare!» ricomincia a gridare Beth, premendosi le mani sulle orecchie e scuotendo con foga la testa. Resto a guardare sconvolta finché non si ferma, le mani brancolanti nel vuoto, il petto ansante. Le cingo le spalle con delicatezza e lei sussulta.

«Dimmi solo cosa stava cercando.»

«Sassi, cos'altro?» dice in tono sommesso, sconfitta. «Stava cercando dei sassi da lanciare.» A questo punto si ritrae da me e sguscia fuori dal bagno, immergendosi nelle tenebre del corridoio.

Niente sonno per me. Cerco di contare i respiri e i battiti, ma non appena lo faccio il cuore accelera, come se fosse allarmato dal mio atteggiamento indagatore. Corre all'impazzata, facendomi dolere la testa. Chiudo gli occhi così forte che, quando li riapro, vedo macchie colorate sbocciare nel buio e guizzare sul soffitto. La luna è luminosa questa sera, e mentre indugio sull'orlo del sonno e le ore scorrono rapide, la vedo scivolare incurante da un vetro all'altro della finestra.

Al mio risveglio mi sento uno straccio, pesante e stanca. Ho la gola infiammata, e sento un dolore dietro gli occhi che non accenna ad andarsene. Faceva un freddo pazzesco ieri sera, e Dinny aveva ragione su quello che mi sarebbe potuto succedere se mi fossi sdraiata per terra, ubriaca e stordita. Ora è calata una densa foschia, talmente chiara e luminosa che non so distinguere il punto in cui si interrompe e cede il passo al cielo. Il fatto è che ci mettemmo a correre, quel giorno. Beth e io corremmo. Ricordo di essermi precipitata fuori dallo stagno il più in fretta possibile, graffiandomi i piedi sulla ghiaia. Ricordo le dita di Beth serrate con forza attorno al mio braccio come gli artigli di un uccello, e poi la corsa verso casa, per rintanarci, per nasconderci e stare in silenzio finché non fossero cominciati i problemi. O meglio, finché i problemi non fossero venuti allo scoperto. Lì non tornammo, ne sono sicura. L'ultima volta che vidi Henry, era in riva allo stagno e stava barcollando: che ci fosse caduto dentro? È per questo che mi precipitai fuori come una disperata? È per questo che dicevo a tutti di cercarlo nello stagno, che lo ripetevo senza sosta? Eppure non era lì, e c'era solo un'altra persona con noi. C'è solo una persona che può avere spostato Henry, che può averlo portato altrove, perché so che non se n'è andato da solo. Qualcuno lo trascinò in un luogo talmente segreto e nascosto che ventitré anni di ricerche non sono bastati a scoprirlo. Ma adesso ci sono vicina.

Può darsi che sia questo ricordo, e lo sforzo immane di catturarlo, a farmi dolere la testa. Non serve che mi concentri per evocarlo, adesso. Si dipana di sua spontanea volontà davanti agli occhi della mia mente, inarrestabile. Henry che sanguina, Henry che cade. Non ho avuto voglia di fare colazione, e questo mi preoccupa. Ho guardato il cibo, mi sono ricordata di Henry e non c'è stato verso di mangiare qualcosa, di infilarmi qualcosa in bocca con piacere o soddisfazione. È così che si è sentita Beth negli ultimi ventitré anni? Il pensiero mi fa gelare il sangue. È come sapere che c'è qualcosa dietro di te, qualcosa che ti sta seguendo. Quella sensazione di formicolio alla nuca, una distrazione costante. Qualcosa di scuro e permanente quanto la tua ombra.

Il suono del campanello mi fa sussultare. È Dinny, che per una volta indossa un giaccone di tela pesante, le mani affondate nelle tasche. Mi sento avvampare e sono travolta da una sensazione che non riesco a definire. Sollievo, forse, oppure terrore.

«Dinny! Ciao... Vieni dentro» lo accolgo.

«Ciao, Erica, volevo solo controllare che stessi bene, dopo ieri sera» dice Dinny, varcando la soglia ma fermandosi sullo zerbino.

«Vieni dentro. Come faccio a chiudere la porta se te ne stai lì impalato?»

«Ho gli stivali pieni di fango.»

«È l'ultimo dei nostri problemi, credimi» replico agitando una mano.

«Allora, come stai? Pensavo che... se avevi bevuto l'acqua dello stagno, poteva averti fatto male» dice. Noto un imbarazzo in lui che prima non c'era, una timidezza che mi commuove.

«Sto bene, davvero. Cioè, mi sento uno straccio, e sono sicura che si vede anche da fuori, ma a parte questo va tutto bene.» Sorrido nervosamente.

«Avresti potuto morire» mi dice con aria grave.

«Lo so. Lo so, mi dispiace. Non era mia intenzione, credimi. E grazie per avermi salvata, sono davvero in debito con te» replico. A questo punto Dinny mi scruta con uno sguardo penetrante, poi però si addolcisce, tende la mano e con le nocche fredde mi sfiora delicatamente la guancia. Trattengo il fiato, scossa da un leggero tremito.

«Idiota» dice a voce bassa.

«Grazie» rispondo.

Sento un tonfo provenire dal piano di sopra. Mi immagino una valigia piena tirata giù dal letto. Dinny abbassa di scatto la mano e la rimette in tasca.

«Era Beth?» chiede.

«Sì, a meno che non fosse il fantasma dei vecchi Calcott. Credo che stia facendo i bagagli, non vuole restare un solo giorno di più» dico in tono rassegnato, con una leggera alzata di spalle.

«E così ve ne andate?»

«Non... non lo so. Io non voglio. Non adesso. Forse mai.» Lo guardo. Non credo proprio che potrei restare in questa casa da sola.

«Niente più Dinsdale e Calcott a Storton Manor. È la fine di un'era» commenta Dinny, ma non sembra dispiaciuto.

«Ve ne andate anche voi?» chiedo. Il mio cuore ha un lieve sobbalzo.

«Un giorno o l'altro. È un posto terribile per accamparsi d'inverno. Se sono tornato qui è stato solo ed esclusivamente per Honey...»

«Non avevi detto di aver visto il necrologio di Meredith?»

«Oh, sì, anche per quello. Pensavo che ci fossero buone probabilità che tu e Beth vi faceste vedere in giro.» Per un attimo non diciamo niente. Non mi fido ancora abbastanza di lui per tuffarmi in questa corrente che ci trascinerebbe via. Forse anche Dinny si sente così.

«Mi farebbe piacere salutare Beth prima che vi dileguiate» dice a bassa voce. Annuisco. Ma certo. «Non ho avuto modo di farlo, l'ultima volta che ve ne siete andate» aggiunge in tono tagliente.

«È di sopra. Abbiamo litigato. Non so se scenderà» gli spiego. Osservo le sue mani squadrate, con le unghie sporche. Penso al fango in riva allo stagno, a come mi ha tirata fuori, a come mi ha tenuta stretta solo per pochi istanti, mentre le braci si spegnevano e il mio corpo tremava. Penso al suo bacio. A quanto vorrei tenerlo qui.

«Perché avete litigato?»

«Tu che ne pensi?» chiedo con voce aspra. «Non vuole dirmi cos'è successo, ma prima o poi dovrà affrontarlo, Dinny. Deve farlo! È questo che la fa stare male, lo so!» Dinny fa un sospiro brusco e sposta il peso in avanti, come se si preparasse a correre. Si passa una mano sulla fronte, esasperato. «Non sei mai riuscito a dirle quello che le volevi dire, Dinny. Ma... puoi dirlo a me, se vuoi» azzardo.

«Erica...»

«Io voglio sapere!»

«E se a quel punto cambiasse tutto? Se per una volta tua sorella e io avessimo ragione, e per te fosse meglio non ricordare?» Gli occhi fiammeggianti di Dinny mi inchiodano.

«Io *voglio* che cambi tutto! E poi, cosa potrebbe cambiare? Lei è mia sorella. La amo, e continuerò ad amarla qualunque cosa faccia o abbia fatto» dichiaro con fermezza.

«Non sto parlando solo di Beth» dice Dinny.

«E di chi, allora? Di cosa? Avanti, dimmelo!»

«Non gridare, Erica, ti sento benissimo. Sto parlando di... te e me.» La sua voce si abbassa. Resto in silenzio per un attimo, ma mi sembra un'eternità.

«In che senso?»

«Nel senso che... qualsiasi cosa sia... qualsiasi cosa possa essere successa, cambierebbe tutto.» Distoglie gli occhi e incrocia le braccia. «Capisci?» Mi mordo il labbro inferiore e ho le lacrime agli occhi, ma d'un tratto vedo Beth nella vasca, proprio come la notte scorsa: senza ferite visibili, ma sul punto di svanire.

«Sì. Ma io devo sapere» sussurro. Mi cola il naso e lo asciugo con il dorso della mano. Aspetto che riprenda a parlare, e invece non lo fa. I suoi occhi guizzano dal pavimento alla porta e poi alle scale, senza soffermarsi su niente. Stringe la mascella sempre di più. «Dimmelo, Dinny! Beth e io scappammo via. Non so cosa fosse successo, ma ricordo che scappammo via e lasciammo te e Henry allo stagno. Quella fu l'ultima volta che qualcuno lo vide, e adesso *devi* dirmelo!» La mia voce suona strana, troppo stridula.

«Dovrebbe essere Beth...» comincia.

«Beth non lo farà. Be', magari lo farà, un giorno, oppure cercherà di nuovo di uccidersi, e questa volta ci riuscirà! Devo *tirarle fuori* questa cosa!» grido. Dinny mi fissa, sconvolto.

«Ha cercato di uccidersi?» sussurra. «Per questo?»

«Sì! Perché è depressa. Non è solo *infelice*, Dinny, è malata, e io voglio sapere qual è stata la causa. Se non mi racconti tutto, servirà soltanto a farla restare com'è, ossessionata. Dimmi cos'hai fatto del suo corpo, Dinny! Dimmi dov'è!» supplico. Sento il sangue montare come un'onda violentissima e ruggirmi nelle orecchie.

«Erica!» Il grido di Beth echeggia nell'atrio. Dinny e io sobbalziamo come due bambini colpevoli. «*Non farlo!*» grida, scendendo di corsa le scale. Ha gli occhi sbarrati e il viso stravolto dalla paura.

«Beth, non le avrei detto...» comincia a dire Dinny, alzando una mano per calmarla.

«Cosa? Perché no, perché *Beth* ti ha detto di non farlo?» sbotto, rivolta a Dinny.

«Non devi dirlo a nessuno! *Mai!*» ordina Beth. Quasi non riconosco la sua voce. Le afferro le mani, cerco di incrociare il suo sguardo, ma i suoi occhi sono fissi in quelli di Dinny e fra loro scorre qualcosa che non posso sopportare.

«Beth! Ti prego, guardami! Guarda come ti sei ridotta per cercare di mantenere questo segreto! È arrivato il momento che te ne liberi. Qualunque cosa sia, lasciala andare... Ti prego, fallo per Eddie! Ha bisogno di vederti felice...»

«Non tirare in ballo Eddie in questa storia» mi aggredisce lei con gli occhi pieni di lacrime.

«Perché no? Questa cosa si sta ripercuotendo anche sulla *sua* vita, non lo capisci? Eddie è responsabilità tua. Devi essere forte, Beth, glielo devi...»

«E tu cosa ne sai, Erica? Cosa ne sai della responsabilità? Non sei nemmeno riuscita a trovarti un lavoro fisso! Cambi appartamento ogni sei mesi! Vivi come una studentessa da quando te ne sei andata di casa, non hai mai avuto neanche un animale domestico, perciò non venirmi a parlare delle *mie* responsabilità!» sbraita Beth e io mi ritraggo, ferita.

«La mia responsabilità sei tu» dico con un filo di voce.

«No, non è vero» replica Beth, incrociando il mio sguardo.

«Beth» interviene Dinny «ho provato a parlare con te fin da quando sei tornata, e so che non vuoi sentire quello che ho da dirti, ma è importante e... credo che anche Erica abbia il diritto di sapere...»

«Lei *c'era*, Dinny! Se non se lo ricorda, tanto meglio per lei. Adesso, per cortesia, possiamo smetterla? Dinny... credo che te ne dovresti andare.»

«No che non se ne deve andare! Perché dovrebbe? L'ho invitato io a entrare. Anzi...» Raggiungo l'ingresso e blocco la porta con la schiena. «Nessuno se ne andrà finché non avrò sentito la verità da uno di voi. Dico sul serio. Voglio la verità. La aspetto da troppo tempo» dico. Il cuore mi batte all'impazzata.

«Come se potessi fermarmi» mormora Dinny.

«Erica, smettila di insistere!» grida Beth. «Devi... devi *smetterla*!»

«Beth, non sarebbe meglio dirglielo e basta? Non ne parlerà con nessuno. Siamo solo noi tre. Credo... credo che abbia il diritto di sapere» interviene Dinny a voce bassa. Beth lo fissa, pallidissima in volto.

«No» sussurra.

«Cristo! Non capisco neanche perché sei tornata qui!» grida lui, alzando le braccia esasperato.

«Dinny, dimmelo. È l'unico modo per aiutarla» lo esorto con decisione. Lo sguardo di Beth guizza da me a Dinny e viceversa.

«No!» sibila lei.

«Ti prego. Dimmi dov'è Henry» lo incalzo.

«Adesso basta!» mi ordina Beth. È scossa da tremiti incontrollabili. Dinny stringe i denti, guarda lei e poi di nuovo me. I suoi occhi sprizzano scintille, e sembra angosciato per una decisione che non riesce a prendere. Trattengo il fiato, e la testa inizia a girarmi.

«E va bene» sbotta, afferrandomi un braccio. «Se credi che sia l'unico modo per aiutarla. Ma se ti sbagli, e dopo che tutto sarà cambiato, non dire che non ti avevo avvertita!» All'improvviso è arrabbiato, furioso con noi. Le sue dita mi fanno male: mi scansa dalla porta e la spalanca.

«No! Dinny, *no*!» ci grida dietro Beth, mentre Dinny mi trascina fuori.

«Ahi, lasciami! Cosa fai? Dove stiamo andando?» D'istinto mi ribello, cerco di puntare i piedi, ma lui è molto più forte di me.

«Vuoi sapere cos'è successo a Henry? Te lo faccio vedere!» Le parole gli escono di getto. La paura mi stritola le viscere. Sono talmente vicina a trovare Henry che la cosa mi terrorizza. Dinny mi terrorizza. C'è una tale forza in lui, nella sua presa, e un'espressione così implacabile sul suo viso.

«Dinny, ti prego...» ansimo, ma lui mi ignora.

«Erica! *No!*» Sento il grido strozzato di Beth alle mie spalle, ma lei resta ferma dov'è. Giro la testa e la vedo nella cornice della porta, la bocca storta, le mani aggrappate allo stipite per reggersi in piedi.

Dinny mi conduce in fondo al prato, oltre il giardino, fra gli alberi, e penso che siamo diretti allo stagno. All'improvviso, so con assoluta certezza di non volerci andare. La paura mi fa tremare le ginocchia, e ricomincio a lottare per liberarmi.

«Sbrigati!» sbotta Dinny, tirandomi con una violenza che rischia di strapparmi via il braccio. Ma non stiamo andando allo stagno. Dinny punta verso ovest, adesso: siamo diretti all'accampamento. Lo seguo come un'ombra, riluttante, zigzagando e incespicando. Il cuore mi martella nel petto. Lui apre la portiera del furgone più vicino, senza preoccuparsi di bussare. Harry alza gli occhi spaventato, e sorride quando ci riconosce. Dinny mi spinge su per le scale dentro il furgone, che puzza di patatine, cane e vestiti umidi.

«Cos'è questa storia?» Mi trema la voce, non riesco a respirare, tra un attimo crollerò.

«Volevi sapere dov'era Henry.» Dinny alza un braccio e indica Harry. «Questo è Henry.»

Lo fisso. La testa mi si svuota, si stacca la spina. Non so quanto tempo resto a fissarlo, ma quando parlo ho la gola secca.

«Cosa?» La parola è un flebile sussurro, una sagoma indistinta attorno all'ultimo briciolo d'aria che mi rimane nel petto. Il pavimento si inclina sotto i miei piedi, la terra è uscita dal suo asse e si allontana vorticando, lasciandomi frastornata e impotente. Dinny abbassa il braccio, chiude gli occhi e li copre con la mano, esausto.

«Questo è Henry» ripete.

«Ma... com'è *possibile*? Henry è morto! Com'è possibile che questo sia Henry? Non è *Henry*. Non è lui.»

«Non è morto. Non era morto.» Dinny lascia cadere la mano, e il fuoco dentro di lui si è spento. Mi guarda, ma non riesco a muovermi o a pensare. Harry sorride, incerto. «Vedi di non gridare. Lo infastidisce» dice Dinny a bassa voce. Non riesco a gridare. Non riesco a fare niente, nemmeno a respirare. La testa sta per scoppiarmi. Mi premo le mani sulle tempie, come se cercassi di impedire al mio cranio di andare in pezzi. «Forza, andiamo fuori a parlare» mormora Dinny, e mi prende per il braccio, ma questa volta con più delicatezza. Mi divincolo e mi sporgo verso Harry. Sono spaventata a morte mentre lo guardo, talmente spaventata che mi cedono le ginocchia, mi accascio a terra con un tonfo sordo e una nausea tremenda mi pervade. Mi sento gelare fino alla punta dei capelli, e bruciare dappertutto. Scosto qualche dreadlock dal viso di Harry, lo guardo negli occhi. Cerco di vedere, di riconoscerlo, ma non ce la faccio. È impossibile.

«Ti sbagli. Stai mentendo!»

«No, Erica. Forza, non possiamo parlarne qui.» Dinny mi aiuta a mettermi in piedi e mi riporta fuori.

Per la seconda volta nelle ultime dodici ore mi trovo seduta nel furgone di Dinny, tremante, sconvolta e intontita. Prepara il caffè sulla stufa con una caffettiera d'acciaio malconcia, e la bevanda emana un aroma delizioso. Lo sorseggio dalla tazza che Dinny mi offre, mi scotto la bocca e mi riprendo.

«Non... non ci posso credere. Non capisco» dico in tono sommesso. Fuori una portiera sbatte. Sgorbio e Braccio di Ferro abbaiano piano fra i denti: un saluto, più che un avvertimento. Dinny ha accavallato le gambe appoggiando una caviglia sul ginocchio, la sua posa consueta. Ha un'aria severa e nervosa insieme. Sospira.

«Cos'è che non capisci?» chiede tranquillamente, con un sincero interesse.

«Be', dov'è stato in tutti questi anni? Com'è possibile che non l'abbiano mai trovato? L'hanno cercato dappertutto!»

«Non si cerca mai *dappertutto.*» Dinny scuote la testa. «È stato qui, con noi. Con la mia famiglia, o con gli amici della mia famiglia. Ci sono parecchi accampamenti nel Sud dell'Inghilterra. Mamma e papà avevano un sacco di amici a cui lasciarlo, persone disposte a badare a lui finché le acque non si fossero calmate. E non appena diventai grande abbastanza da tenerlo d'occhio, ci pensai io.»

«Ma... lo vidi sanguinare. Lo vidi cadere nello stagno...»

«E poi voi due correste via. Io lo tirai fuori e andai a chiamare mio padre. Non respirava, ma papà riuscì a rianimarlo. Il taglio non era brutto come sembrava... è solo che le ferite alla testa sanguinano un sacco.» Si guarda la scarpa, rigirando tra pollice e indice la punta sfilacciata di una stringa.

«E poi? Non lo portaste all'ospedale? Perché non veniste a cercare qualcuno alla tenuta?» domando. Ventitré anni della mia vita si stanno riscrivendo, dipanandosi davanti ai miei occhi come un gomitolo di lana. Fatico a concentrarmi, a pensare. Per un po' Dinny non risponde. Si stringe il mento con una mano, le nocche sbiancate. Ho i suoi occhi piantati addosso.

«Io non... non dissi mai cos'era successo. Non dissi come si era ferito... né chi era stato a ferirlo. E così papà... pensò che fossi stato io. Pensò che Henry e io avessimo litigato o qualcosa del genere. Stava cercando di proteggermi.»

«Ma avresti potuto dirgli che era stato un incidente...»

«Sì, come no. Erica, la gente ha sempre cercato di dimostrare che aveva ragione sul nostro conto. È da quando sono nato che provano in ogni modo a dimostrare che rubiamo, che siamo dei criminali, dei rifiuti umani. Quelli dei servizi sociali avrebbero colto al volo l'occasione per togliermi a mamma e papà. Un po' di tempo in riformatorio, poi in una casa *vera*, con una famiglia *vera*...»

«Non puoi saperlo...»

«Sì. Sì che lo so. Sei tu quella che non sa, Erica.»

«Perché è... diventato così?»

«Non per il colpo alla testa, questo è sicuro. Quello stesso pomeriggio, prima ancora che qualcuno si accorgesse che era scomparso, papà lo portò da una vecchia amica, Joanna, che prima faceva l'infermiera a Marlborough. Lei gli diede un paio di punti in testa e disse che poteva avere una commozione cerebrale, ma niente di preoccupante. Dovevamo solo aspettare che si svegliasse, per essere sicuri che stesse bene, e a quel punto lo avremmo lasciato a poca distanza dal villaggio e ce la saremmo svignata. Il piano era questo. Joanna si occupò di lui in quelle prime ore. Rimase privo di conoscenza per due giorni di fila e poi... poi si svegliò.»

«Potevate riportarlo indietro subito. Potevate lasciarlo in un posto in cui l'avrebbero trovato, come hai detto tu. Perché non lo faceste?»

«A quel punto le operazioni di ricerca erano diventate capillari. Ci sorvegliavano. Non potevamo muoverci senza che qualche poliziotto zelante ne prendesse nota. Quando lo avessero trovato Henry avrebbe detto che lo avevamo preso noi, questo è certo, però eravamo convinti che partendo con un certo vantaggio saremmo riusciti a sparire. Quando ci rendemmo conto che non avremmo mai potuto riportarlo indietro senza essere notati, era troppo tardi, e Henry non stava bene al suo risveglio. Lo si capiva immediatamente. Papà mi portò a trovarlo, dato che fra tutti ero quello che lo conosceva meglio. "Dimmi solo cosa ne pensi" mi disse. Non capivo cosa intendesse finché non vidi Henry e non gli parlai. Sedeva sul letto degli ospiti di Joanna tenendo in mano un bicchiere di spremuta d'arancia come se non sapesse cosa farne. Avrei preferito essere in qualunque altro posto al mondo, anziché in quella stanza con lui.» Dinny si passa le dita fra i capelli e le affonda nel cuoio capelluto. «Provai a parlargli, come aveva detto papà, ma non era più lo stesso. Era completamente sveglio, eppure... distante. Instupidito.»

«Ma perché? Hai detto che il colpo alla testa non era stato molto forte.»

«Infatti. Fu il tempo che passò senza respirare, prima che papà arrivasse e lo rianimasse.» Adesso Dinny sembra così stanco, inerte. Ho un moto di compassione per lui, ma non posso lasciare che mi pervada, non ora. È un momento che ho atteso da troppo tempo.

Finisco il mio caffè prima di tornare a parlare. Non avevo notato il silenzio. Dinny mi guarda, picchiettandosi nervosamente la caviglia con un pollice, in attesa di una mia reazione, immagino. C'è un barlume di diffidenza nei suoi occhi.

«Le acque non si calmarono mai, però. Non per i suoi genitori. E nemmeno per la nostra famiglia...»

«Credi che si siano calmate per me? O per la *mia* famiglia? Sono stato costretto a vederlo praticamente ogni giorno da allora, chiedendomi come sarebbero andate le cose se avessi cercato di rianimarlo io un attimo prima... se avessimo deciso di portarlo in ospedale.»

«Ma non hai mai parlato. Hai trattenuto Henry...»

«Non l'ho *trattenuto*. Ho badato a lui...»

«Lo hai trattenuto, lasciando che la sua famiglia, i suoi *genitori*, lo credessero morto! Hai lasciato che Beth e io lo credessimo morto!»

«No, non avevo idea di quello che credevate tu e Beth! Come potevo saperlo? Voi vi metteste a correre, ricordi? Correste via e ve ne lavaste le mani! Non veniste mai nemmeno a chiedermi qualcosa! Lo lasciaste con me, e io... noi... facemmo quella che ci sembrava la cosa migliore.»

Su questo non posso obiettare.

«Ma avevo otto anni!»

«Be', io ne avevo dodici. Ero ancora un ragazzino, e dovetti lasciar credere ai miei genitori che avevo quasi ammazzato un altro ragazzo, che lo avevo fatto diventare un *cerebroleso*. Sul momento, mi era sembrata la cosa giusta da fare. Quando mi resi conto che voi due non sareste mai più tornate, era troppo tardi per cambiare le cose. Credi forse che sia stato divertente per me?»

A queste parole, impallidisco. "Dovetti lasciar credere..." Un ricordo si fa largo nel frastuono della mia mente. Henry che si china, osserva il terreno, raccoglie quattro, cinque sassi. Ho l'acqua negli occhi e in un orecchio, che vibra e rimbomba distorcendo le loro voci: Henry che provoca e insulta Dinny, le invocazioni stridule di Beth, "Smettila! Vattene via! Henry, basta!", Henry che dice: "Pezzente! Schifoso! Sporco zingaro! Cane d'un ladro! Barbone!". A ogni parola getta un sasso, scagliandolo con quel movimento del braccio che i ragazzi imparano a scuola, ma le ragazze no. Lanci tesi, ben mirati, perfetti. Ricordo che Dinny gridò quando un sasso lo colpì, e si strinse la spalla con una smorfia. *Ricordo cos'è successo*. E ripenso a Beth sulla porta di casa, al grido che ha lanciato alle nostre spalle, al terrore sul suo volto. "No!"

«Devo andare» sussurro, e mi alzo incespicando.

«Erica, aspetta...»

«No! Devo andare!»

Devo vomitare. Ci sono troppe cose dentro di me, qualcuna dovrà pur venire fuori.

Torno di corsa alla tenuta, inciampando di continuo. Nel gelido bagno al pianterreno, dove l'asse della tazza è così gelido che fa male alle cosce, mi lascio cadere in ginocchio e rimetto. Eppure, anche se mi brucia la gola e la stanza è invasa dal fetore, in qualche modo mi sento meglio. Sento di aver ricevuto il giusto castigo. È come se fosse appena cominciata una sorta di punizione. Ora so cos'ha tormentato Beth in tutti questi anni, perché si è castigata in questo modo. Mi sciacquo il viso nel lavandino, boccheggio per prendere fiato e cerco la forza di alzarmi. La paura mi ha gelato il sangue: credo di sapere che genere di punizione potrebbe volere per se stessa.

«Beth!» chiamo, tossendo per la sensazione lacerante alla gola. «Beth, dove sei? Devo dirti una cosa!»

Reggendomi a fatica sulle gambe tremanti, guardo in tutte le stanze del pianterreno, con il cuore che batte all'impazzata e la testa che mi gira. «*Beth!*» La mia voce si alza, è quasi un grido. Salgo pesantemente le scale e mi precipito prima in bagno, poi lungo il corridoio fino alla sua camera. La porta è chiusa e mi ci scaglio contro.

All'interno le tende sono tirate, la stanza è immersa nel buio, e la mia più grande paura, quello che ho sempre temuto di vedere, è qui davanti ai miei occhi: riempie il mio campo visivo, scavandomi dentro. «*No!*» Mi lancio verso mia sorella raggomitolata sul pavimento, il viso nascosto. Ha una grossa forbice nella mano esile, e c'è una pozza scura attorno a lei. «Beth, no» sussurro, senza più aria nei polmoni, senza più sangue nelle vene. Cado sulle ginocchia e la sollevo da terra: è così leggera, incorporea. Per un secondo il dolore mi ammutolisce, poi Beth volta la testa verso di me. Vedo i suoi occhi aperti che mi fissano e mi abbandono a una risata di sollievo.

«Erica?» La sua voce è flebile.

«Oh, Beth! Cos'hai fatto?» Le scosto i capelli dal viso, e solo ora capisco. Li ha tagliati, tutti quanti. La pozza scura sul pavimento sono le ciocche recise dei suoi capelli. Sembra tornata ragazzina, è così vulnerabile. «Cos'hai fatto ai capelli?» grido, poi rido di nuovo e le bacio il viso. Non si è tagliata, non sta sanguinando.

«Non ce l'ho fatta. Volevo farlo ma... Eddie...»

«No che non volevi farlo! Tu non *vuoi* farlo! Dentro di te sai che non lo vuoi» le dico. La stringo ancora di più fra le braccia, cullandola con dolcezza.

«E invece sì! Sì che volevo farlo!» piagnucola per la rabbia, e penso che si divincolerebbe da me se ne avesse la forza. «Perché l'hai costretto a dirtelo? Perché non hai voluto ascoltarmi?»

«Perché doveva andare così, era inevitabile. Ma stammi a sentire, Beth. Mi ascolti? È importante.» Alzo gli occhi e scorgo il mio riflesso nello specchio della toeletta. Ho il volto grigio, spettrale, ma adesso nei miei occhi la vedo: la verità che attende di venire fuori. Faccio un respiro profondo. «Beth, Henry non è morto. Henry è *Harry*! Dico davvero! Dinny mi ha raccontato tutta la storia... Non è morto. Lo portarono da una loro amica per dargli i primi soccorsi, e poi lo spostarono da un accampamento all'altro per anni e anni. Ecco perché le squadre di ricerca non lo trovarono mai.»

«*Che cosa?*» sussurra. Mi guarda come guarderebbe un serpente, pronta a ricevere il prossimo assalto.

«Harry, lo stesso Harry con cui tuo figlio ha giocato per tutte le vacanze di Natale... Harry è *nostro cugino Henry*.» Voglio liberarla, voglio guarirla! Nel silenzio sento il suo respiro tremante e spezzato.

«Non è vero» mormora.

«Sì che è vero, Beth. Ne sono sicura. Dinny non volle dire a nessuno cos'era successo, e così Mickey si convinse che fosse stato lui, e temevano che lo avrebbero portato via...»

«No, no, no! È tutto sbagliato! L'ho ucciso io! Sono stata *io* a ucciderlo, Rick.» La sua voce si fa acuta come un gemito. «L'ho ucciso io» ripete, questa volta con più calma, come se si sentisse sollevata per aver pronunciato quelle parole.

«No, non è vero» insisto.

«Ma... ho lanciato quel sasso... era troppo grosso! Non avrei mai dovuto farlo! Nemmeno Henry ne avrebbe lanciato uno così. È solo che ero tanto arrabbiata! Ero arrabbiatissima... Volevo farlo *smettere*! Andò così in alto...» sussurra.

Adesso vedo tutta la scena, finalmente, come se fosse sempre stata lì. Nessuno insegna alle ragazze a lanciare come si deve. Beth accompagnò il sasso con tutto il corpo, lo lasciò andare troppo presto, lo scagliò troppo in alto, e lo perdemmo di vista nell'incandescente cielo estivo. Henry stava già ridendo di lei, che non sapeva neanche lanciare un sasso. Stava ridendo quando il sasso piombò giù, centrandogli la testa con un rumore così sbagliato. Forte, e sbagliato. Capimmo subito quanto fosse sbagliato quel rumore, tutti noi, sebbene non lo avessimo mai sentito prima. Il rumore di carne lacerata, di un osso colpito. È stato quel rumore a darmi la nausea poco fa, come se lo avessi risentito in quel momento. E poi tutto quel sangue, il suo sguardo vacuo, la mia uscita precipitosa dall'acqua, la nostra fuga. Ora so, finalmente.

«Non l'ho ucciso?» mormora infine Beth, scavandomi dentro con gli occhi in cerca della verità.

Scuoto la testa e sorrido.

«No, non l'hai ucciso.»

Vedo il sollievo farsi strada sul suo volto, lentamente, molto lentamente, come se non osasse crederci. La tengo stretta e sento che scoppia a piangere.

Più tardi, nel primo pomeriggio, con il sole che splende attraverso la foschia, torno all'accampamento. Quando i primi scorci di cielo fanno capolino – brandelli diafani, abbaglianti –, qualcosa mi abbandona e prende il volo. Mi resta dentro una sensazione indistinta che potrebbe diventare qualsiasi cosa, gioia, magari. Mi siedo di fianco a Harry sui gradini del suo furgone. Gli chiedo cosa sta facendo e, sebbene non parli, me lo mostra. In una mano ha un piccolo temperino e nell'altra un pezzo di corteccia semicilindrico, sul quale sono incise forme geometriche che s'intrecciano e si sovrappongono. Mi sembra un miracolo. Cerco di prenderlo sottobraccio ma si sposta, non vuole. Non insisto. È davvero un miracolo che nostro cugino sia potuto diventare quest'anima buona. Mi chiedo se sia rimasto danneggiato o se piuttosto l'incidente non lo abbia liberato da qualcosa. Dalla perfidia, forse? Dall'arroganza infantile, dall'aggressività? Quel che c'era di spregevole in lui, l'intera eredità di Meredith, tutto l'odio che lei gli aveva insegnato è svanito. È una lavagna completamente intonsa.

Lo lascio lavorare, però gli raccolgo i dreadlock in una crocchia scompigliata, così posso vedere il suo volto. Resto seduta a osservarlo, e poco alla volta emergono certi tratti familiari. Alcuni dei suoi lineamenti tornano ad assumere una forma che riconosco. Il naso dei Calcott, quello che abbiamo tutti noi, con il dorso sottile, la sfumatura grigio-azzurra delle iridi. Non sembra infastidito dal mio sguardo, non pare nemmeno accorgersene.

«Ti ha riconosciuta, credo» dice Dinny sottovoce, fermandosi davanti a noi. Ha le braccia abbandonate lungo i fianchi e le mani strette a pugno, come se fosse pronto per qualcosa. Pronto a reagire. «La prima volta che vi siete incontrati nel bosco. Secondo me ti ha riconosciuta, sai?» Alzo gli occhi verso Dinny, ma non riesco a parlargli, non ancora. I tendini dei suoi avambracci sono tesi, in rilievo. Aveva ragione: tutto è cambiato. Dall'altra parte della radura, Patrick emerge dal suo furgone e mi rivolge un solenne cenno del capo.

Nel tardo pomeriggio salgo a prendere Beth. È rimasta sdraiata per ore a metabolizzare. Le dico chi c'è di sotto, e accetta di scendere con l'espressione grave e terrorizzata di chi sta andando al patibolo. I capelli appena tagliati si dividono in ciocche ribelli, e il suo volto è immobile, innaturalmente fermo. Deve costargli un bello sforzo di volontà rimanere così impassibile. In cucina c'è la luce accesa. Dinny e Henry, seduti al tavolo uno di fronte all'altro, giocano a rubamazzo e bevono un tè come se le fondamenta delle nostre vite non avessero appena ricevuto un violento scrollone. Quando entriamo Dinny alza lo sguardo, ma Beth ha occhi solo per Henry. Si siede a una certa distanza da lui e lo fissa. Io guardo, aspetto. Henry mescola goffamente le carte, un paio gli cadono sul tavolo e le rimette subito nel mazzo, una alla volta.

«Sa chi sono?» sussurra Beth. La sua voce è così esile, incerta, che sembra sul punto di spezzarsi. Mi siedo al suo fianco e tendo le mani verso di lei.

Dinny si stringe appena nelle spalle. «Non c'è modo di saperlo. Sembra... a suo agio con te e Erica. Di solito ci mette un po' a prendere confidenza con gli sconosciuti, perciò...»

«Credevo di averlo ucciso. Per tutto questo tempo ho creduto di averlo ucciso...»

«Lo hai fatto» dice Dinny in tono incolore. La bocca di Beth si spalanca per lo shock. «Gli hai fatto perdere i sensi e l'hai lasciato a faccia in giù nell'acqua...»

«Dinny! Smettila...» intervengo, cercando di fermarlo.

«Se non lo avessi tirato fuori io sarebbe morto per davvero. Vedi di ricordartelo prima di metterti a giudicare quello che ho fatto io, che ha fatto la mia famiglia...»

«Ma io non sto giudicando nessuno! Eravamo solo dei bambini... non avevamo idea di cosa fare. E sì, è stata una fortuna che tu sia riuscito a pensare così alla svelta, Dinny» replico.

«Non la chiamerei proprio fortuna.»

«Be', chiamala come ti pare.»

Dinny fa un respiro profondo e mi guarda con gli occhi socchiusi, ma Beth comincia a piangere. Non è un pianto sommesso, da vittima, ma un susseguirsi di singhiozzi scomposti, orribili, disperati. Flebili gemiti si levano dall'oscurità quasi palpabile che alberga dentro di lei, e sono terribili da sentire. Mi appoggio allo schienale e la stringo fra le braccia, come se cercassi di evitare che cada a pezzi. Dinny va alla finestra e preme la fronte contro il vetro, con l'aria di chi desidera solo andarsene immediatamente. Appoggio la guancia alla schiena di Beth e sento i tremiti irradiarsi dal suo corpo al mio. Henry divide le carte in base ai semi e le dispone sul tavolo in pile ordinate. Non riesco neanche lontanamente a decifrare quello che provo per Dinny, per il segreto che ci ha tenuto nascosto. Henry, rintanato nel labirinto di piazzole di sosta e viottoli erbosi delle campagne inglesi, in furgoni e camper, roulotte e camion, a pochi passi eppure a un mondo di distanza dalla squadra di ricerca che setacciava i villaggi puliti e ordinati. È qualcosa di troppo grande, non riesco a vederlo con chiarezza.

Ci separiamo qualche tempo dopo, per mettere a letto i nostri fardelli. Dinny si immerge nella notte insieme a Henry e io salgo le scale con Beth, che ha pianto a lungo e adesso è silenziosa. Credo che la sua mente si stia in qualche modo riprogrammando, come ha dovuto fare la mia, e le servirà del tempo. Spero che non avrà bisogno d'altro. Il suo volto è come carne viva. Non è soltanto rosso o irritato, ma sembra essere stato appena creato, come se dovesse ancora essere plasmato, marchiato dalla vita. Ha una delicatezza infantile. Spero che da questo volto verrà spazzata via un po' di circospezione, un po' di cupezza e di paura, ma è troppo presto per dirlo. Le rimbocco le coperte fino al mento, come farebbe una madre, e lei fa un sorriso un po' beffardo.

«Erica» dice, poi sospira piano. «Da quant'è che sei innamorata di Dinny?»

«Cosa?» Alzo una spalla con aria noncurante, e mi rendo conto troppo tardi che questo gesto l'ho preso proprio da lui.

«Non negarlo. Ce l'hai scritto ovunque.»

«Hai bisogno di dormire. È stata una giornata dura.»

«Da quanto?» insiste, afferrandomi la mano mentre mi allontano. La guardo. Con questa luce, i suoi occhi sono indecifrabili. Non posso mentire, ma non posso rispondere.

«Non lo so» taglio corto. «Non so se sono innamorata di lui.» Mi avvio rigidamente alla porta, sentendo che la mia postura e ogni mio movimento mi tradiscono.

«Erica!»

«Che c'è?»

«Ero... ero contenta quando hai detto che non ricordavi cosa fosse successo. Non volevo che ricordassi. Eri così piccola...»

«Non così tanto.»

«Ma quanto bastava. Non hai colpa di quello che è accaduto,

spero che tu lo sappia. Non volevo che ricordassi perché mi vergognavo così tanto. Non per avergli lanciato addosso quel sasso, ma per essere corsa via, per averlo lasciato là e non aver mai detto niente a mamma e papà. Non so perché... Non so perché l'ho fatto! Non l'ho mai capito!»

«Non era...»

«Era una cosa da decidere al volo. Sono arrivata a questa conclusione, crescendo. Una decisione istantanea, e una volta presa non c'era modo di tornare indietro. Quando fai un errore, per quanto terribile, lo affronti oppure corri via? Io sono corsa via. Ho fallito.»

«Non hai fallito, Beth.»

«E invece sì. Tu hai fatto sempre e solo quello che facevo io. Ero io il capo, la più grande. Se avessi parlato subito, forse poteva vivere.»

«Ma è vissuto comunque!»

«Poteva vivere da persona *normale*! Senza restare così danneggiato...»

«Beth, tutto questo non ha senso. È vivo. Non si può tornare indietro, ormai. Ti prego, smettila di tormentarti: eri una bambina.»

«Quando penso a Mary, e a Clifford...» Le lacrime tornano a riempirle gli occhi. Questa volta non so come rispondere. Clifford e Mary. Le loro vite sono state rovinate ancor più delle nostre. Questo pensiero mi pesa sul cuore come piombo.

Sono sveglia nell'opprimente oscurità del primo mattino, e raggiungo furtivamente la cucina. Sono esausta ed elettrizzata allo stesso tempo, che strana sensazione. Preparo un caffè troppo forte e lo bevo troppo caldo. Nonostante abbia le calze, ho le dita dei piedi intorpidite per il contatto con il pavimento freddo. L'orologio digitale del microonde mi informa che sono le sette e mezzo. C'è silenzio in casa, tranne che per lo scricchiolio dei tubi del riscaldamento che combattono una battaglia già persa. Recupero il giornale di ieri e lo fisso con sguardo assente, rinunciando a fare le parole crociate. La caffeina mi ridesta il cervello, ma non mi aiuta a pensare. Come possiamo non dire ai genitori di Henry che è vivo? Non possiamo. Ma vorranno sapere cos'è successo. Perfino la placida Mary, distrutta com'è, vorrà saperlo. E Clifford vorrà *giustizia*. Giustizia per come la intenderà lui. Vorrà vedere i Dinsdale accusati di rapimento, di omissione di cure mediche, probabilmente vorrà far incriminare Beth e me, anche se sarebbe difficile trovare un'imputazione valida. Lesioni personali gravi, magari, o l'aver ostacolato le indagini. Non so quali capi d'accusa siano imputabili ai bambini. Però lo vedo, chiaro come il sole, Clifford che ci afferra tutti e tre fra i denti e scrolla la testa ancora e ancora. Come possiamo dirglielo?

Fuori, il cielo si schiarisce lentamente. Beth si presenta alle dieci, vestita di tutto punto, e si ferma sulla porta con la borsa sulla spalla.

«Come stai?» le chiedo.

«Bene. Devo andare. Maxwell mi porterà Eddie domani dopo pranzo, e non c'è niente di pronto, e... devo andare dal parrucchiere prima che arrivi. Lo tengo finché non ricomincia la scuola, mercoledì.»

«Oh, va bene. Pensavo... pensavo che avremmo parlato di Henry» osservo.

Beth scuote la testa. «Adesso non sono pronta. Non ancora. Mi sento meglio, però.»

«Bene, mi fa piacere, Beth. Dico sul serio. Voglio solo che ti lasci tutta questa storia alle spalle.»

«È quello che voglio anch'io.» Sembra meno angosciata, quasi allegra. Sorride per lasciarmi intendere che è pronta a uscire, e stringe più forte la borsa.

«Solo... Non so come dovremmo comportarci con Clifford e Mary. Non so se sia il caso di dirglielo...» aggiungo. Si rabbuia. Sta seguendo la mia stessa linea di pensiero, credo, solo che io l'ho preceduta di qualche ora. Si lecca le labbra nervosamente.

«È ora di andare. Ma se posso essere sincera, Rick, non credo che dovrei mettere bocca su quello che succederà. Non ne ho il diritto e non voglio averlo, ho già fatto abbastanza male a Henry, a tutti loro, e non penso che potrebbe mai venirmi una buona idea.» Qualche ombra torna a segnarle il viso.

«Non preoccuparti, Beth. Sistemerò tutto io.» Quanto sembro sicura di me! Beth sorride, diafana e meravigliosa come una farfalla appena uscita dalla crisalide, poi si avvicina e mi abbraccia.

«Grazie, Erica. Ti devo così tanto» dice.

«Non mi devi un bel niente. Sei mia sorella.»

Mi stringe con le poche forze rimaste nel suo corpo esile.

Mentre saliamo in macchina comincia a nevischiare, e non appena avvio il motore Dinny sbuca fuori dagli alberi e bussa al finestrino.

«Speravo di riuscire a incontrarti. Ho immaginato che saresti partita questa mattina» dice rivolgendosi a Beth. Nel suo tono c'è solo un accenno di rimprovero, quasi impercettibile ma sufficiente a tracciare un solco sulla fronte di mia sorella.

«Beth deve prendere il prossimo treno» mi intrometto. Dinny mi lancia una rapida occhiata e annuisce.

«Ascolta, Beth... Volevo solo dirti... Ieri sera, quando ho detto che lo avevi ucciso, non intendevo che... che lo avessi fatto intenzionalmente o qualcosa del genere» dice. «Chiedevo spesso ai miei genitori perché Henry fosse così cattivo, perché fosse una carogna rabbiosa... E loro mi rispondevano sempre che quando i bambini si comportano in quel modo è perché non sono felici. Qualunque sia il motivo, sono pieni di paura e di collera, e le sfogano sugli altri. Chiaramente all'epoca non ci credevo, pensavo semplicemente che fosse un grandissimo stronzo, ma adesso è diverso. Prima Henry non era felice, e invece adesso... Be', adesso lo è. È la creatura più felice e pacifica che io conosca. Ho pensato che... ho pensato che dovresti rifletterci sopra.» Dinny deglutisce, fa un cenno con il mento e indietreggia.

«Ti ringrazio» dice Beth. Non riesce a guardarlo negli occhi, ma almeno ci sta provando. «Grazie per quello che hai fatto, per non averlo mai detto a nessuno.»

«Non avrei mai fatto qualcosa che potesse ferirti, Beth» replica lui a bassa voce. Le mie mani stringono forte il volante. Mia sorella annuisce, tenendo gli occhi bassi. «Pensi che tornerai da queste parti?» chiede Dinny.

«Chissà. Forse sì, un giorno, in futuro» risponde.

«Allora ci si rivede, Beth» dice lui con un sorriso triste.

«Arrivederci, Dinny» sussurra lei. Dinny dà un colpetto sul tettuccio della macchina e io mi metto in marcia. Nello specchietto lo vedo lì fermo, le mani in tasca, gli occhi scuri, il volto cupo. Resta immobile finché non scompariamo dalla sua vista.

Oggi è sabato 3 gennaio. Quasi tutti torneranno al lavoro lunedì. Io telefonerò al legale della famiglia Calcott, un certo Mr Dawlish di Marlborough, e gli darò l'autorizzazione a mettere in vendita Storton Manor. Devo prendere qualche decisione, ora che posso di nuovo andare avanti. Non ci sono più tasselli mancanti, né crepe, nemmeno una scusa per restare bloccata. Sono silenziosa mentre giro per casa. Non voglio accendere la radio o il televisore per avere compagnia. Non canticchio, cerco di non fare rumore, poso i piedi per terra con delicatezza. Voglio sentir risuonare nella mia testa lo scampanellio cristallino delle verità che adesso so. Potrei lasciare tutto qui, l'enorme albero e l'agrifoglio che ho verniciato d'oro potrebbero restare a raccogliere polvere e ragnatele finché non passerà l'addetto della casa d'aste a prendere gli oggetti di valore lasciando le altre cose all'impresa di pulizie, cimeli dello strano limbo che è stato il nostro Natale. Ma non sopporto l'idea che ci siano frammenti delle nostre vite abbandonati come il torsolo della mela di Meredith nel cestino del salotto, scartati, ripugnanti.

Tenermi attiva mi fa bene, mi aiuta a non lasciarmi sopraffare dai pensieri. Conserverò solo tre cose: l'astuccio di Caroline con dentro le lettere, la fotografia di New York e il massaggiagengive di Spad. Il resto non mi interessa. Tolgo dall'albero gli addobbi e tiro fuori gli ultimi avanzi dal frigorifero e dalla dispensa, sparpagliando nel prato tutto ciò che potrebbe piacere a volpi e uccelli. Prendo le pinze da un cassetto nel retrocucina, salgo le scale fino al punto in cui l'albero di Natale è fissato alla ringhiera e taglio il filo. «Cade!» grido all'atrio vuoto. L'albero si incurva lentamente da una parte, poi si accascia sul pavimento come un vecchio cane. Uno scricchiolio sommesso mi dice che era rimasta qualche pallina. Gli aghi di pino secchi piovono giù dai rami ricoprendo le lastre di pietra. Sospiro, prendo spazzola e paletta e li inseguo per tutta la stanza. Non so trattenermi dall'immaginare una vita insieme a Dinny, dal figurarmi come sarebbe stare con lui. Dormire in un letto troppo stretto sul retro della sua vecchia ambulanza, preparare la colazione sulla piccola stufa, magari trovare un lavoro temporaneo in ogni nuova città, anche se stento a credere che qualcuno assumerebbe una supplente senza fissa dimora. E poi dormire vicini ogni notte, sentire il battito del suo cuore, svegliarmi al suo tocco.

Qualcuno bussa alla porta, e la voce di Dinny mi scuote dalle mie fantasticherie.

«È un momento sbagliato?» La sua testa fa capolino dalla porta d'ingresso.

«No, anzi, capiti proprio a fagiolo. Potresti darmi una mano a portare fuori l'albero.» Sorrido e mi rimetto in piedi con una smorfia. «Sono stata troppo in ginocchio, e non per i motivi più nobili» commento.

«Ah, e quali sarebbero questi motivi più nobili?» chiede Dinny con un sorriso malizioso che mi scalda il cuore.

«Be', le preghiere, naturalmente» rispondo con sincerità, e lui ridacchia, poi mi porge una busta.

«Tieni. È un biglietto di Honey per l'aiuto che le hai dato, e per i fiori.» Prende un elastico dalla tasca e lo infila tra i denti mentre si raccoglie i capelli.

«Oh, non ce n'era bisogno.»

«Be', quando te ne sei andata da casa di nostra madre, l'altro giorno, si è accorta che in realtà non ti aveva ancora ringraziata, e adesso che gli ormoni si stanno placando credo si sia resa conto di essere stata davvero insopportabile nelle ultime settimane.»

«Aveva i suoi buoni motivi, immagino. È stato un periodo difficile per lei.»

«È stata lei a renderlo difficile, ma adesso sembra che le cose si stiano sistemando.»

«Tieni, prendi un ramo.» Apro entrambi i battenti della porta d'ingresso, poi afferriamo l'albero per i rami più bassi e lo trasciniamo lungo il pavimento. Lascia una scia verde dietro di sé.

«Forse sarebbe stato meglio se avessi aspettato di portarlo fuori prima di spazzare» osserva Dinny.

«Forse sì» ammetto. Lo abbandoniamo nel vialetto, strofinandoci via gli aghi dalle mani. Il mondo esterno è bagnato fradicio, appesantito dall'acqua. Gli alberi sono percorsi da strisce scure simili a un sudore febbricitante. I corvi schiamazzano sull'altro lato del giardino, le loro voci metalliche si riverberano contro la casa, e mi sembra di sentire addosso quei loro piccoli occhi duri come perline. Il mio cuore batte all'impazzata, la mia mente lavora freneticamente. Guardo Dinny, improvvisamente intimidita. Non so definire quello che c'è fra noi, non riesco nemmeno a intuirne i contorni. «Vieni a cena da me, stasera» dico.

«Va bene, grazie» risponde.

Ho ricavato un pasto da quel poco di commestibile che era rimasto nella dispensa, nel frigorifero, nel congelatore. È l'ultima volta, il resto lo getterò via. Vecchie confezioni di budino, biscotti per cani, vasetti di melassa con il coperchio arrugginito, bustine di preparato per besciamella. La casa si trasformerà da vissuta a vuota così, di punto in bianco.

Ho detto a Dinny di portare anche Harry, se voleva. Mi sembrava giusto. Mi sento in dovere di occuparmi in qualche modo di lui, di stargli vicina, ma Dinny l'ha intuito e ha aggrottato la fronte, e quando si presenta alle sette è da solo. Un allocco grida fra gli alberi alle sue spalle, annunciando il suo arrivo. È una serata quieta, fredda e umida come un ciottolo nel greto di un fiume.

«Mi è sembrato che Beth stesse un po' meglio quando è andata via» dico, stappando una bottiglia di vino e riempiendo due grossi bicchieri. «Grazie per aver detto... quello che hai detto. Sul fatto che Henry è felice.»

«È la verità» replica Dinny, e beve un sorso di vino che gli lascia un residuo cremisi sul labbro.

Lui ha sempre saputo, per tutto questo tempo, per tutti questi anni. Quello che non può sapere è come mi sento io adesso, dopo aver abbassato gli occhi ed essermi resa conto che il terreno su cui poggiavo i piedi non era poi così solido.

«Comunque, cos'è questa roba?» chiede, rigirando il cibo con la forchetta.

«Pollo alla provenzale, e quelli sono fagottini di patate e insalata mista di fagioli e spinaci in scatola. Perché? C'è qualcosa che non va?»

«No, va tutto benissimo» dice sorridendo, e comincia coraggiosamente a mangiare. Prendo un fagottino. È gommoso come plastilina.

«Che schifezza. Scusami, non sono mai stata brava in cucina» commento.

«Il pollo non è male» dice Dinny con diplomazia. È una cosa così insolita sedere alla stessa tavola a mangiare e fare quattro chiacchiere, noi due insieme, in questa nuova prospettiva. Per un po' rimaniamo in silenzio.

«Mia madre mi ha detto che eri innamorato di Beth quando eravamo bambini. È per questo che non dicesti mai cos'era successo davvero? Per proteggerla?»

Dinny mastica lentamente e deglutisce.

«Avevamo dodici anni, Erica. Comunque sì, non volevo tradirla.»

«La ami ancora?» Non voglio saperlo, ma devo.

«Non è più la stessa persona, ormai.» Abbassa gli occhi, accigliato.

«E io? Io sono rimasta la stessa?»

«Più o meno» dice sorridendo. «Ostinata come sempre.»

«Non lo faccio apposta» replico. «Voglio solo fare la cosa giusta. Voglio solo... Voglio che tutto vada bene.»

«È quello che hai sempre voluto, ma la vita non è così semplice.»

«No.»

«Tornerai a Londra?»

«Non credo. No, a Londra no. Non so dove andrò.»

Lo guardo, e non riesco proprio a togliermi dagli occhi una domanda. Anche Dinny mi fissa, ma nei suoi occhi non leggo risposte.

«Clifford creerà dei problemi se gli raccontiamo tutto» dico infine. «Ne sono sicura. Ma non so se potrei vivere in pace con me stessa, sapendo quello che so e lasciando credere a lui e a Mary che Henry è morto» dico.

«Non lo riconoscerebbero neanche più, Erica» ribatte Dinny, serio. «Non è più figlio loro.»

«Certo che è figlio loro! Cos'altro potrebbe essere?»

«Ormai sta con me da troppo tempo, sono cresciuto con lui. Io sono cambiato, ma Harry è rimasto sempre lo stesso, come se il tempo per lui si fosse fermato il giorno in cui quel sasso lo ha colpito. Semmai è mio fratello, adesso, fa parte della *mia* famiglia.»

«Siamo tutti un'unica famiglia, ricordi? Per più di un motivo, a quanto pare. Potrebbero aiutarti a badare a lui... o potrei farlo io. Potrei darti una mano economicamente, ma anche... È loro *figlio*, Dinny, e non è morto!»

«E invece sì, loro figlio è morto. Harry non è Henry. Lo strapperebbero via da tutto quello che conosce.»

«Hanno il diritto di sapere di lui» insisto scuotendo la testa. Su questo punto non posso transigere.

«E dimmi un po', secondo te lo prenderanno a vivere con loro, intrappolandolo in una vita convenzionale, oppure lo rinchiuderanno in qualche istituto dove potranno andare a trovarlo quando ne avranno voglia e lui passerà il resto del tempo abbandonato davanti alla tivù?»

«Non andrebbe a finire così!»

«E tu cosa ne sai?»

«È solo che... non immagino nemmeno cosa debba essere stato per loro, tutto questo tempo.» Restiamo a lungo in silenzio. «Non deciderò niente senza il tuo assenso» dico.

«Ti ho già detto come la penso» replica Dinny. «Per loro non sarebbe un bene vederlo adesso, e noi non abbiamo bisogno di aiuto.»

Scuote la testa, addolorato. Non sopporto l'idea di averlo rattristato. Tendo le mani sopra il tavolo e intreccio le dita alle sue.

«Quello che hai fatto per noi, per Beth, prendendoti la colpa in quel modo... è immenso, Dinny. Hai fatto qualcosa di immenso» ripeto a bassa voce. «Ti ringrazio.»

«Ti fermi?» gli chiedo. Si è fatto tardi. Non risponde, ma si alza e aspetta che gli faccia strada. Non lo porto nella camera di Meredith. Scelgo una stanza degli ospiti all'ultimo piano, nel sottotetto, dove le lenzuola sono gelide per la lunga assenza di corpi caldi e le assi del pavimento scricchiolano al nostro passaggio. Il silenzio ci accompagna, e la notte fuori dalle finestre spoglie ci tinge di un grigio argenteo mentre ci spogliamo. Al suo tocco, un fremito mi percorre. Dinny è così scuro in questa luce monocroma, il volto un abisso di ombre che non so decifrare. Lo bacio appassionatamente, lo assaporo. Voglio che non rimanga nessuna distanza fra noi, che nessuna parte del mio corpo sia separata dal suo. Non ha tatuaggi, piercing, cicatrici. È integro, perfetto. I suoi palmi sono ruvidi sulla mia schiena. Si avvolge i miei capelli intorno alla mano e mi rovescia indietro la testa.

Chiudo gli occhi e sento i movimenti sicuri delle sue mani, il caldo tocco del suo respiro, il suo peso su di me. Voglio che mi copra, che mi schiacci. Non c'è più niente di cauto in lui adesso, nessuna esitazione, nessun pensiero. Mi passa le mani sotto i fianchi, poi mi solleva, incastra i nostri corpi, spinge con forza. Voglio imprimere questo momento nella mia testa, voglio trattenerlo per sempre in questa stanza con me, trattenere il suo sapore sulla lingua, far sì che l'intervallo tra un secondo e l'altro si protragga all'infinito. Sudore salato sul suo labbro, parole sconnesse mormorate fra i miei capelli. Non voglio altro.

«Potrei restare con te» dico alla fine. Tengo gli occhi chiusi, fiduciosa. «Potrei stare qui e darti una mano con Harry. Non ho problemi a trovare un lavoro. Non dovresti più provvedere a lui da solo. Potrei darti una mano. Potrei restare con te.»

«E viaggiare in continuazione, e vivere come viviamo noi?»

«Be', perché no? In fondo sono una senzatetto, ora come ora.»

«Sei ben lontana dall'essere una senzatetto. Non sai quello che dici.» Le sue dita mi stringono la spalla, e odorano di me. Mi appoggio a lui. Sento la sua pelle calda e asciutta sotto la guancia.

«E invece lo so. Non voglio tornare a Londra e non posso rimanere qui. Sono a tua disposizione» dico, e l'assurdità di questa affermazione mi fa ridacchiare, ma Dinny non ride. Nel suo corpo avverto una tensione crescente che mi mette a disagio. «Non intendevo... Non sto cercando di appiccicarmi a te o cose del genere» mi affretto ad aggiungere. Non potrei fare nulla per trattenerlo, se volesse andarsene. Dinny sospira, volta la testa e mi dà un bacio sui capelli.

«Non sarebbe poi così male averti appiccicata a me» dice sorridendo. «Dormiamoci sopra. Ci penseremo domani.» La sua voce è così pacata, sommessa, che devo indovinare le parole dal borbottio del suo petto, grave e deciso. Resto sveglia quanto basta per sentire il suo respiro farsi più profondo, lento e regolare, poi mi addormento.

Quando mi sveglio sono sola. Il cielo è di un bianco opaco, e un sottile piovischio penetra fra gli alberi. Un corvo è appollaiato su un ramo spoglio fuori dalla finestra, le penne arruffate per difendersi dal freddo. Di colpo ho voglia di estate, di calore, di terra asciutta, di un orizzonte sconfinato. Passo la mano sull'altro lato del letto, dov'era sdraiato Dinny quando mi sono addormentata. Le lenzuola non sono calde e sul cuscino non ci sono pieghe, nemmeno una traccia della sua testa. Potrei essermi immaginata che sia stato qui, ma non è così. Non mi precipiterò da lui. Non mi angoscerò. Con uno sforzo mi vesto e faccio colazione con cereali e il poco latte rimasto. Oggi dovrò fare la spesa oppure andarmene. Mi chiedo cosa deciderò di fare.

Attraverso il prato bagnato, gli stivali coperti d'acqua e di foglie morte. Mi sento lucida, risoluta. Può essere fuori luogo, dato che non ho ancora preso le decisioni rimaste in sospeso, ma forse sono finalmente pronta a farlo, forse è questa la sensazione che sto provando. Ho una scatola di cose per Harry. Le ho trovate in qualche cassetto della cantina, ed erano già destinate a essere buttate quando mi è venuto in mente che potrebbero piacergli. Una radio rotta della Sony, qualche vecchia torcia, pile, lampadine e piccoli oggetti metallici venuti da chissà dove. Sferragliano dentro lo scatolone che porto sotto il braccio. La schiena mi fa male per lo sforzo di aver sostenuto il peso di Dinny contro il mio bacino. Rabbrividisco e mi aggrappo a questo ricordo fisico.

Rimango ferma in mezzo all'accampamento per molto tempo, mentre la pioggia comincia ad ammorbidire la scatola che ho portato con me. Non ci sono più furgoni, né cani, né camini fumanti. Lo spiazzo è deserto e io sono rimasta sola, sola in una radura vuota e fangosa, sconquassata dal passaggio di piedi e ruote, e io, sconquassata da lui, dall'averlo avuto e poi perduto. Mio cugino, il mio eroe d'infanzia, il mio Dinny. È tutto perfettamente calmo e silenzioso, non c'è nemmeno un filo di vento oggi. Sento una macchina accelerare lungo la stradina che esce dal villaggio, lo scricchiolio degli pneumatici sotto la pioggia incessante. Non ho il suo numero di telefono, un indirizzo di posta elettronica, nemmeno un indizio per capire in che direzione sia andato. Mi guardo lentamente intorno, nel caso in cui ci fosse qualcosa dietro di me, qualcosa rimasto qui ad aspettarmi, o magari qualcuno.

L'eredità

1911

L'ultimo figlio di Caroline nacque nel 1911, quando gli abitanti di Storton Manor avevano perso ormai da tempo la speranza che i Calcott potessero avere un erede. C'erano state altre gravidanze, per la precisione due, arrivate dopo una lunga attesa, ma il corpo di Caroline aveva rifiutato entrambi i bambini, che erano morti prima ancora di essere venuti al mondo. La femminuccia nacque ad agosto. Era un'estate lunga e soffocante come nessuno ricordava di averne mai vissute, e Caroline, oppressa dall'afa, si trascinava in giardino per sdraiarsi all'ombra a sonnecchiare. Il caldo era tale che a volte, mentre indugiava sull'orlo del sonno, immaginava di essere di nuovo nella contea di Woodward, seduta in veranda con lo sguardo rivolto al cortile, aspettando che Corin rincasasse, e così, quando una domestica oppure il marito le si avvicinavano, li fissava confusa per qualche tempo prima di ricordare chi fossero e dove si trovasse.

I prati erano marroni e riarsi. Un ragazzo del villaggio, Tommy Westenfell, annegò nello stagno di rugiada. Gli s'impigliarono i piedi nelle alghe del fondale e fu rinvenuto ore dopo esangue, immobile come se stesse dormendo, dal padre sconvolto. Mrs Priddy si prese un brutto malanno tornando a piedi dal macellaio con un'intera zampa di agnello; aveva la pelle coperta di macchie, e le fu ordinato di stare a letto per tre giorni. Estelle e Liz, la grassoccia sostituta di Cass, lavorarono sodo per supplire alla sua assenza, le uniformi madide. Dappertutto c'era odore di terra secca e sudore, l'aria era calda e asciutta. I piedi di Caroline bruciavano a contatto con le lastre di pietra della terrazza, malgrado portasse le pantofole. Henry Calcott, che a quel punto era a disagio anche solo stando in presenza della moglie, si trattenne quanto bastava per veder nascere la figlia senza intoppi, dopodiché lasciò il Wiltshire per andare al mare a Bournemouth con alcuni amici.

Il travaglio fu lungo e difficile, e alla fine Caroline cadde in delirio. Il medico le fece assimilare liquidi attraverso un tubo infilato in gola mentre lei lo fissava dal letto terrorizzata. In quei primi giorni Liz ed Estelle si occuparono della bambina e stesero pezze fresche sulla pelle della loro padrona per rinfrescarla. Lentamente Caroline si riprese, ma quando le portarono la figlia la guardò con un'espressione impassibile, girò il viso dall'altra parte e si rifiutò di allattarla. Fu chiamata una balia dal villaggio, e Caroline, che voleva essere sicura che la bambina sopravvivesse prima di trovare il coraggio di amarla, con il passare dei mesi e poi degli anni si rese conto di aver aspettato troppo. La piccola creatura non le sembrava sua, e non era capace di volerle bene. La bambina dovette aspettare due anni prima che le fosse dato un nome. Per tutto quel tempo Estelle, Liz e la balia l'avevano chiamata Augusta, ma un giorno Caroline guardò freddamente nella culla e annunciò che si sarebbe chiamata Meredith, come la nonna.

Meredith era una bambina sola. Non aveva fratelli o sorelle con cui giocare, e le era proibito unirsi ai coetanei del villaggio che vedeva scorrazzare per i campi e i viottoli attorno alla tenuta. A quel punto la proprietà era in declino, e il villaggio di Barrow Storton era un luogo triste e silenzioso dopo che buona parte dei giovani era andata a combattere e a morire sul continente.

Henry Calcott stava quasi sempre in città, dove il gioco d'azzardo gli stava costando talmente tanti soldi che molti dei domestici furono licenziati, comprese Liz e la sguattera, lasciando Mrs Priddy a mandare avanti la casa come meglio poteva, con l'unico aiuto di Estelle. Mrs Priddy era gentile con Meredith: le permetteva di mangiare i dolci avanzati e di tenere un coniglietto in un recinto di fronte alla porta della cucina, nutrendolo con le cime delle carote e le foglie più esterne delle lattughe. Cinque mattine alla settimana un istitutore impartiva alla bambina lezioni di letteratura, musica, ricamo e portamento. Lei odiava sia le lezioni, sia l'istitutore, e appena poteva fuggiva in giardino.

Ma Meredith si struggeva per la madre. Caroline era ormai diventata una sorta di creatura ultraterrena che sedeva per ore affacciata a una finestra oppure fuori nel prato, con indosso una vestaglia bianca, lo sguardo perso in lontananza a fissare chissà cosa. Quando Meredith tentava di abbracciarla la madre resisteva un istante, dopodiché allontanava la figlia con un debole sorriso, invitandola distrattamente ad andare da qualche altra parte a giocare. Mrs Priddy l'aveva avvertita di non affaticare la signora, e Meredith l'aveva presa sul serio, temendo di essere in qualche modo responsabile della persistente letargia di Caroline. Per questo si teneva a distanza, perché credeva che in quel modo la madre non sarebbe stata così stanca e si sarebbe alzata, avrebbe sorriso, l'avrebbe amata di più. Giocava da sola, guardando i piccioni che si corteggiavano sui tetti e osservando le uova di rana nel laghetto ornamentale mettere a poco a poco la coda e tramutarsi in girini. Guardava i gatti della cucina dare la caccia a qualche topo sventurato per poi divorarlo con morsi frettolosi o svogliati. E guardava i Dinsdale nella radura fra i boschi. Lo faceva ogni volta che poteva, ma era troppo timida per farsi vedere.

I Dinsdale avevano tre figli: un neonato che la madre portava sulla schiena in un marsupio, una bimba con i capelli biondi poco più grande di Meredith, e poi un ragazzo con la carnagione scura e l'aria strana al quale lei non avrebbe saputo dare un'età, che seguiva il padre dappertutto e giocava con la sorellina, ridendo mentre la prendeva in giro. La madre era bionda e bella, aveva sempre il sorriso sulle labbra, rideva dei loro scherzi e li abbracciava. Il padre era più serio, come credeva che sarebbero dovuti essere tutti i padri, ma anche lui sorrideva spesso e cingeva il figlio con un braccio oppure sollevava in aria la bambina e se la sistemava sulle spalle. Meredith non riusciva neanche a immaginare suo padre fare una cosa del genere con lei, il solo pensiero la metteva a disagio. Così restava a spiare quella famiglia, incantata, e sebbene fossero persone felici e allegre, ogni volta che tornava dalle sue visite clandestine si sentiva triste e abbattuta. Non si rendeva conto che li guardava perché provava invidia per loro e si struggeva dal desiderio che anche Caroline la abbracciasse in quel modo.

Un giorno commise un errore. La madre era nel prato sulla sua sedia di vimini, con una caraffa di limonata ancora piena sul tavolo accanto a lei e le mosche assetate che si posavano impavide sui ricami della tovaglia di pizzo. Meredith, che tornava dal bosco, sussultò nel trovarla lì, poi si lisciò in gran fretta la gonna e si sistemò i capelli dietro le orecchie. La madre non alzò lo sguardo mentre si avvicinava, ma quando la figlia si fermò proprio davanti a lei si sforzò di sorriderle.

«Allora, piccola, dove sei stata oggi?» chiese Caroline con una voce flebile e fredda che sembrava venire da molto lontano. Meredith si fece più vicina e le prese la mano con un po' di esitazione.

«Sono stata nel bosco, a esplorare» disse. «Posso versarti un po' di limonata?»

«E cos'hai trovato nel bosco?» chiese la madre, ignorando la sua offerta.

«Ho visto i Dinsdale...» rispose Meredith, e subito si coprì la bocca con la mano. Mrs Priddy l'aveva messa in guardia dal nominare i Dinsdale quando parlava con la signora, anche se non aveva idea del perché.

«Cos'hai fatto?» sbottò Caroline. «Lo sai che è proibito! Spero che non ti sarai messa a parlare con quella gentaglia!»

«No, mamma» assicurò Meredith con un filo di voce. La madre tornò ad appoggiarsi allo schienale della sedia, le labbra tirate ed esangui. Meredith si fece coraggio. «Ma mamma, *perché* non posso giocare con loro?» Il cuore le batteva forte per aver compiuto un gesto tanto temerario.

«Perché sono degli schifosi! Degli zingari, dei vagabondi criminali! Sono ladri e bugiardi, e non sono i benvenuti qui. E tu *non devi* avvicinarti a loro! *Mai*! Hai capito?» Caroline si sporse in avanti sulla sedia con la violenza di un colpo di frusta e strinse il polso di Meredith fino a farle male. La bambina annuì, impaurita.

«Sì, mamma» sussurrò.

"Non sono i benvenuti qui." Meredith si impresse nella mente queste parole. Quando tornò a guardarli, la sua invidia divenne gelosia, e anziché sognare di giocare con i Dinsdale e di condividerne l'esistenza felice, cominciò a desiderare che non l'avessero neanche loro. Li osservava ogni giorno, e ogni giorno era sempre più arrabbiata con loro, e sempre più triste, tanto che finì per attribuire ai Dinsdale la colpa della tristezza sua e della madre. Se fosse riuscita a cacciarli, pensava, Caroline sarebbe stata contenta. *Doveva* essere contenta, non c'era dubbio.

In un caldo giorno d'estate del 1918, Meredith sentì i figli dei Dinsdale che giocavano allo stagno. Si avvicinò furtivamente nella luce screziata sotto gli alberi, poi si fermò dietro il tronco liscio di un faggio e li guardò tuffarsi e sgusciare fuori dall'acqua. Sembravano divertirsi un mondo, anche se Meredith non poteva saperlo per certo, non avendo mai nuotato. Le sarebbe tanto piaciuto provare, però. Le pizzicava la pelle per il caldo, e il pensiero di lasciarsi sommergere da tutta quell'acqua limpida e fresca era così invitante da annullare ogni resistenza. I Dinsdale sollevavano schizzi d'acqua cristallina, e Meredith si accorse di avere la bocca asciuttissima. La pelle del ragazzo era molto più scura di quella della sorella, quasi color nocciola, e i capelli arruffati erano di un nero corvino. Stuzzicava la bambina e la spingeva sott'acqua, ma Meredith notò che la guardava di sottecchi per essere sicuro che ridesse, prima di mandarla sotto di nuovo.

Si sporse per vedere meglio e si immobilizzò di colpo. I Dinsdale l'avevano vista: prima il ragazzo, che era uscito dallo stagno ed era fermo a riva, con i calzoncini corti grondanti d'acqua, poi la sorella, che si voltò per capire cosa avesse attirato l'attenzione del fratello.

«Ciao» le disse il ragazzo in tono affabile e disinvolto, mentre a lei sembrava che il cuore stesse per scoppiarle. «Chi sei?»

Meredith si stupì che non lo sapesse, mentre a lei sembrava di conoscerli così bene. Era offesa al pensiero che ignorassero la sua esistenza. Rimase ferma lì, immobile e ansante, senza sapere se restare o scappare via.

«Meredith» sussurrò dopo un lungo, nervoso silenzio.

«Io sono Maria!» gridò la bambina dall'acqua, facendo ruotare le braccia come una forsennata sotto la superficie.

«E io sono Spad. Vuoi venire a fare un bagno? Non è pericoloso» le disse il ragazzo, poi si mise le mani sui fianchi e la esaminò, inclinando la testa da un lato. La sagoma del suo corpo bagnato scintillava sotto il sole, e lo specchio d'acqua sembrava riflettersi nei suoi occhi. Meredith era talmente intimidita da non riuscire quasi a rispondere. Le pareva bellissimo, e non sapeva bene cosa dire.

«Che razza di nome è *Spad?*» chiese in tono arrogante, suo malgrado.

«Mi chiamo così» disse lui con un'alzata di spalle. «Abiti alla tenuta?»

«Sì» rispose lei, ancora un po' riluttante a parlare.

«Allora» proseguì Spad dopo un momento di silenzio «vuoi venire a fare il bagno con noi o no?»

Meredith arrossì violentemente e abbassò gli occhi. Non le era permesso fare il bagno, ma la tentazione era così forte, e poi chi mai lo avrebbe scoperto?

«È che... non so nuotare» fu costretta ad ammettere.

«Be', almeno sguazza un po'. Ti tiro fuori io se vai sotto» disse Spad con noncuranza. Meredith non aveva mai sentito la parola "sguazzare", ma le parve di capire a cosa si riferisse. Tremando per il brivido illecito della disobbedienza, si sedette sulla terra riarsa e si tolse le scarpe, poi raggiunse con circospezione la riva. Non era una vera disobbedienza, si disse. Nessuno le aveva mai proibito di sguazzare.

Giunta quasi in fondo alla sponda scoscesa scivolò e quando entrò con un piede nell'acqua rimase senza fiato.

«Com'è fredda!» strillò indietreggiando di scatto, goffamente.

Maria ridacchiò. «È fredda solo appena ci entri, poi è perfetta!» disse.

Meredith avanzò di nuovo, adagio, e si lasciò lambire le caviglie. Il morso dell'acqua le fece dolere le ossa e rabbrividì in tutto il corpo. Con un grido, Spad prese una breve rincorsa e si lanciò al centro dello stagno, piegando le ginocchia e stringendole al petto. L'impatto sollevò un'onda che sommerse Maria e inzuppò l'orlo del vestito di Meredith.

«Oh, guarda cos'hai fatto!» gridò, temendo che Mrs Priddy o la madre se ne sarebbero accorte e l'avrebbero scoperta.

«Spad, piantala!» gli disse allegramente Maria, mentre il fratello tornava in superficie tra gli schizzi.

«Si asciugherà in un attimo» disse Spad tranquillamente. Aveva i capelli appiccicati al collo, lucidi come la pelliccia di una lontra. Meredith uscì dall'acqua arrabbiata, si mise a sedere sulla riva e rimase a contemplarsi i piedi, che da rosa erano diventati bianchi dopo l'immersione nello stagno.

«Spad, chiedi scusa!» ordinò Maria.

«Scusa se ti ho bagnato il vestito, Meredith» disse Spad alzando gli occhi al cielo. Lei non rispose. Rimase seduta ancora un po' a guardarli nuotare, ma la sua presenza imbronciata doveva aver rovinato il divertimento, perché ben presto uscirono dall'acqua e si rivestirono.

«Vuoi venire a bere un tè?» le chiese Maria, il sorriso un po' meno spontaneo di prima. Spad si fermò quando si era già mezzo voltato per andarsene. L'acqua gli gocciolava dai capelli e gli inzuppava la maglietta, facendola aderire alla pelle. A Meredith sarebbe piaciuto guardarlo, ma appena ci provava distoglieva gli occhi senza volere, ed era esasperante.

Scosse la testa. «Non mi è permesso» rispose.

«Forza, Maria, andiamo» disse Spad con un pizzico d'impazienza.

«Alla prossima, allora» tagliò corto la bambina, e la salutò agitando appena la mano.

Ci vollero quasi due ore perché lo spesso cotone dell'abito si asciugasse del tutto, e nell'attesa Meredith restò ai margini del prato, dove soltanto il giardiniere avrebbe potuto vederla. Era un uomo anziano e non prestava molta attenzione a nulla, fatta eccezione per le sue zucche. Pensò a quando aveva sguazzato nell'acqua, a Maria che l'aveva invitata per il tè, allo scintillio dei capelli bagnati di Spad, e ciascuna di quelle immagini le diede un'eccitazione che non aveva nulla a che vedere con il rancore che aveva provato fino ad allora. Si mise un po' a saltellare, sorridendo, e immaginò come sarebbe stato andare da loro per il tè, vedere l'interno di quel carro coperto che aveva guardato così tante volte dagli alberi, e incontrare la loro madre bionda e affettuosa che abbracciava e sorrideva tutto il tempo. «Piacere di conoscerla, Mrs Dinsdale.» Ripeté la frase a bassa voce, rimanendo ai margini sicuri e silenziosi del giardino d'inverno, ma era innegabile che quella sarebbe stata un'enorme disubbidienza e, mentre con la faccenda dello sguazzare avrebbe potuto ancora spuntarla, sapeva che parlare con Spad e Maria era stato davvero un gesto imperdonabile. Il solo pensiero di quello che sarebbe successo se la mamma l'avesse scoperta le fece passare il buonumore, e quando la chiamarono per il tè era silenziosa e mogia.

Passò giorni interi a struggersi con pensieri e fantasticherie sui Dinsdale. Le era capitato così di rado di incontrare altri bambini, solo qualche cugino venuto in visita o i figli di ospiti passati solo di sfuggita, e non aveva avuto modo di conoscerli per davvero. Sapeva che avrebbe dovuto disprezzare gli zingari, sapeva tutte le cose che la madre le aveva detto sul loro conto, e ancora adesso desiderava più di ogni altra cosa fare contenta Caroline e renderla felice, ma l'idea di avere degli amici era irresistibile. Una settimana più tardi stava giocando tra le strisce d'ombra proiettate dall'alto cancello di ferro quando scorse Spad e Maria camminare lungo il viottolo che portava al villaggio. Non l'avrebbero vista a meno che non li avesse chiamati, e per un secondo rimase paralizzata, combattuta fra la brama di parlare con loro e la consapevolezza che non avrebbe dovuto farlo, men che meno al cancello, che era visibile dalla tenuta se qualcuno si fosse affacciato per caso a una delle finestre che guardavano a est. Spinta dalla disperazione, Meredith trovò una sorta di compromesso e si mise a cantare a squarciagola la prima cosa che le venne in mente, una canzone che aveva sentito cantare da Estelle mentre stendeva il bucato.

«*I'd like to see the Kaiser with a lily in his hand!*» strepitò stonando un po' e saltellando dall'ombra di una sbarra a quella successiva. Spad e Maria si voltarono e, vedendola, si avvicinarono al cancello.

«Ehi, ciao» la salutò Maria. «Cosa stai facendo?»

«Niente» rispose Meredith, con il cuore che batteva forte. «E voi cosa fate?»

«Andiamo al villaggio a comprare il pane e l'estratto di carne. Vuoi venire anche tu? Se troviamo una pagnotta già tagliata ci resterà un mezzo penny per i dolcetti» disse Maria sorridendo.

«Non è detto» precisò Spad. «Se avanza qualcosa dobbiamo comprare il burro, non dimenticartelo.»

«Oh, ma non bastano mai per prendere anche il burro!» osservò Maria.

«Dovete andare voi a fare la spesa?» chiese Meredith, perplessa.

«Ma certo, stupidina! Se no chi ci andrebbe?» rispose Maria ridendo.

«Tu, invece, avrai dei servi che corrono a comprarti il tè, vero?» domandò Spad con una punta di derisione.

Meredith si morse il labbro e arrossì imbarazzata. Lei al villaggio non ci andava quasi mai. In poche occasioni aveva accompagnato Mrs Priddy o Estelle a fare qualche commissione, ma solo quando il padre era fuori casa e la madre era a letto malata e non avrebbe avuto modo di scoprirlo.

«Allora, vuoi venire?»

«Non mi è permesso» disse Meredith con tristezza. Avvampò ancora di più, e Spad la guardò inclinando la testa di lato, negli occhi uno scintillio malizioso.

«Mi sa che ci sono un bel po' di cose che non ti è permesso fare» osservò.

«Taci, non è mica colpa sua!» lo ammonì Maria.

«Forza, ti sfido. O forse hai paura?» chiese Spad, inarcando un sopracciglio.

Meredith gli lanciò un'occhiata spavalda. «Per niente! È che...» Esitò. Era vero, aveva paura eccome. Di essere scoperta, degli improvvisi accessi d'ira della madre, ma sarebbe stato così facile sgattaiolare via e poi tornare senza dare nell'occhio... Ci sarebbe voluto proprio un colpo di sfortuna perché scoprissero la sua cattiva condotta.

«Fifona, fifona che non sei altro!» canticchiò Spad a bassa voce.

«Non stare a sentirlo» le disse Maria. «I ragazzi sono *stupidi.*» E invece Meredith lo stette a sentire: voleva a tutti i costi fare colpo su quel ragazzo con gli occhi neri, fare amicizia con sua sorella ed essere libera come loro, libera di andare e venire, di comprare il pane per il tè e i dolcetti al villaggio. I cancelli di Storton Manor parvero svettare sopra la sua testa ancora più alti e invalicabili. Con i nervi a fior di pelle, Meredith agguantò il chiavistello, aprì appena il cancello e sgusciò fuori nel viottolo.

Spad faceva strada a grandi passi, lasciando che le due bambine camminassero fianco a fianco, cogliendo fiori di campo in mezzo agli arbusti e scambiandosi domande a raffica: com'era vivere in una roulotte, com'era vivere in una villa signorile, quanti domestici c'erano e come si chiamavano e perché Meredith non andava a scuola, e com'era andare a scuola e cosa facevano durante le lezioni? Al villaggio si fermarono davanti all'officina del maniscalco e stettero a guardare mentre l'uomo premeva un ferro rovente sotto la zampa di un cavallo da lavoro, che aveva zoccoli grandi come un piatto. Nubi di fumo acre fluttuavano tutt'attorno, ma l'animale non batteva ciglio.

«Non gli fa male?» chiese Meredith.

«Ma figurati, non più di quanto fa male a te quando ti tagliano i capelli» disse Spad con noncuranza.

«Levatevi di lì, che mi togliete la luce» disse il maniscalco, che era vecchio e brizzolato e aveva lo sguardo arcigno, così proseguirono alla volta del droghiere. Comprarono mezza pagnotta e un barattolo di estratto di carne, e anche se il resto bastava appena per due topini dolci, la signora dietro il bancone sorrise a Meredith e ne diede loro un terzo.

«Non vi fate vedere spesso al villaggio, Miss Meredith» disse la donna, e la bambina trattenne il fiato.Come mai conosceva il suo nome? Avrebbe spifferato tutto a Mrs Priddy? Sbiancò e gli occhi le si riempirono di lacrime. «Su, su, che cos'è quella faccia spaventata? Il vostro segreto è al sicuro con me» la rincuorò la donna.

«Grazie, Mrs Carter!» strillò allegramente Maria, e uscirono fuori a divorare i loro dolcetti.

«Perché non hai il permesso di andare al villaggio? Che male c'è?» si informò Spad mentre erano fermi in riva allo stagno a guardare le anatre che sguazzavano pigramente in cerchio. Si sedettero sull'erba e Meredith diede piccoli morsi al suo topino dolce, per farlo durare il più possibile. Le capitava così di rado di mangiare dolcetti.

«Mamma dice che non è decoroso» rispose Meredith.

«Cosa vuol dire decoroso?» domandò Maria, leccandosi le dita con gusto. Meredith si strinse nelle spalle.

«Vuol dire che è troppo buona per mischiarsi con la plebaglia, cioè con la gente come noi» chiarì Spad in tono divertito. Le bambine ci rifletterono per un po' in silenzio.

«Allora... cosa succede se tua mamma scopre che sei stata in giro con noi?» chiese infine Maria.

«Mi... sgriderebbe» disse Meredith, incerta. A dire il vero, non ne aveva idea. Era stata sgridata per il solo fatto di aver guardato i Dinsdale. Questa volta era sgattaiolata fuori dal giardino ed era andata al villaggio con loro, aveva parlato un sacco, era stata vista in drogheria da una donna che la conosceva per nome, ed era stato tutto magnifico. Con un po' di sofferenza inghiottì l'ultimo pezzo del topino, che aveva perso tutta la sua dolcezza. «Adesso dovrei tornare a casa» disse con apprensione, alzandosi in fretta. Come se avessero avvertito il suo cambiamento d'umore, anche i Dinsdale si rimisero in piedi senza discutere e si incamminarono di nuovo lungo il viottolo.

Giunta al cancello, Meredith si fece scivolare nel piccolo varco il più in fretta possibile e richiuse il battente, senza osare alzare gli occhi verso la casa, nell'eventualità che qualcuno la stesse guardando. Era agitatissima, e solo quando ebbe chiuso il cancello si sentì un po' più al sicuro. Si tenne aggrappata alle sbarre mentre riprendeva fiato.

«Sei una tipa strana, poco ma sicuro» disse Spad con un sorriso allegro.

«Vieni a prendere un tè da noi domani» la invitò Maria. «Mamma ha detto che puoi, gliel'ho già chiesto.»

«Ti ringrazio, però... non lo so» rispose Meredith. Quell'avventura l'aveva talmente sfiancata che riusciva a pensare soltanto ad allontanarsi dal cancello senza farsi vedere con loro. I Dinsdale si rimisero in cammino, e Meredith si accostò alle sbarre per guardarli andare via, schiacciando la faccia contro il metallo freddo. Spad colse dalla siepe un lungo stelo di attaccamani e lo appiccicò dietro la camicetta di Maria, così lei iniziò a dimenarsi e ad allungare il collo cercando di afferrarlo. Quando scomparvero, Meredith si voltò e vide che la madre era affacciata alla finestra del corridoio al primo piano e la stava guardando. Dietro il vetro, il suo viso era di un pallore spettrale, gli occhi sbarrati. Sembrava un fantasma, paralizzato in uno stato di eterno tormento.

Le sembrò che il cuore le si fermasse e, in preda alla disperazione, pensò di scappare nell'angolo più remoto del giardino, ma in un attimo di fredda lucidità si rese conto che avrebbe soltanto peggiorato le cose. D'un tratto sentì il bisogno di fare pipì, e per un orribile istante credette che se la sarebbe fatta addosso. Con le gambe tremanti avanzò lentamente dentro casa, su per le scale e lungo il corridoio, fino al punto in cui la madre la stava aspettando.

«Come hai osato?» sussurrò Caroline. Meredith si guardò i piedi. Il suo silenzio parve attizzare la collera della madre. «*Come hai osato?*» gridò, la voce talmente alta e severa che Meredith sobbalzò e scoppiò a piangere. «Rispondimi! Dove sei stata con loro? Cos'avete fatto?» Mrs Priddy comparve da una stanza in fondo al corridoio e le raggiunse di corsa, fermandosi alle spalle di Meredith con fare protettivo.

«Milady, c'è qualche problema?» chiese la governante in tono rispettoso.

Caroline la ignorò. Si piegò in avanti, afferrò Meredith per le spalle e la scosse con violenza.

«*Rispondimi!* Come hai *osato* disubbidirmi, ragazzina?» sbottò, il viso scarno reso brutale dalla rabbia. Meredith singhiozzò ancora più forte, le guance solcate da lacrime di autentica paura. Drizzando la schiena, Caroline fece un breve respiro e dilatò le narici, poi diede un secco ceffone alla figlia.

«Milady, basta così!» gemette Mrs Priddy. Meredith cadde in un silenzio scioccato, gli occhi fissi sulla gonna della madre, senza avere il coraggio di muovere un passo. Caroline le afferrò di nuovo il braccio e la trascinò nella sua stanza, spingendola dentro con una tale irruenza che Meredith incespicò.

«Adesso resti qui e non esci finché non hai imparato la lezione» disse Caroline freddamente. Meredith si asciugò il naso e sentì il volto pulsare nel punto in cui la madre l'aveva colpita. «Sei una bambina cattiva. Nessuna madre potrebbe mai amarti» disse Caroline, e l'ultima cosa che Meredith vide prima che la porta si chiudesse fu l'espressione sbalordita di Mrs Priddy.

Per una settimana Meredith rimase chiusa nella sua stanza. I domestici ricevettero ordine di non darle altro che pane e acqua, ma non appena Caroline si fu ritirata Estelle e Mrs Priddy le portarono biscotti, focaccine e panini al prosciutto. Le spazzolarono i capelli, le raccontarono storielle divertenti, e le misero una crema di arnica sul labbro gonfio per lo schiaffo, ma Meredith rimase in silenzio, chiusa in se stessa, e le due donne si scambiarono uno sguardo preoccupato. *Nessuna madre potrebbe mai amarti*. Meredith rimuginò a lungo su quell'affermazione, rifiutandosi di crederci. Decise che avrebbe *convinto* la madre ad amarla. Le avrebbe dimostrato di non essere cattiva, si sarebbe sforzata di essere ubbidiente e avere un comportamento decoroso in ogni situazione, e così avrebbe conquistato il suo cuore. Si sarebbe tenuta alla larga dagli zingari: era a causa loro che la madre non poteva amarla. "Non sono i benvenuti qui." Giaceva apatica sul letto sentendo l'antico rancore nei confronti dei Dinsdale trasformarsi in una coltre soffocante che proiettava un'ombra scura sul suo cuore.

Epilogo

Finalmente la primavera sembra sul punto di spuntarla. Ci siamo lasciati alle spalle la fase degli scialbi narcisi, e anche la settimana in cui il vento e la pioggia hanno strappato via dagli alberi i teneri boccioli per lasciarli marcire sul ciglio della strada in cumuli rosa e marrone. Sono comparse piccole crepe nella terra del mio prato spelacchiato, e i passerotti appena usciti dal nido se ne stanno schierati sulla palizzata, con i becchi gialli spalancati e le piume lanuginose. Potrei prendermi un gatto, se non fosse per quegli sciocchi uccellini che siedono fianco a fianco come le perle di una collana. Controllo ogni giorno i loro progressi. Il vecchio inquilino usava il prato per parcheggiare le sue motociclette e ammonticchiare gli scarti del bricolage, perciò non è rimasta molta erba, ma adesso ricrescerà, credo. Il sole inizia finalmente a scaldare un po'. Mi immergo nella sua luce, gli rivolgo il viso come una margherita, e sento arrivare l'estate.

È stato un sollievo che qualcun altro abbia deciso al posto mio, Dinny, per essere precisi. Cos'avrei potuto dire a Clifford e Mary? Che Henry era vivo ma cerebroleso, e che pur avendolo visto parecchie volte durante le vacanze di Natale senza farne parola con loro, adesso non avevo idea di dove fosse? E perché avrei dovuto anche solo tentare di restare alla tenuta, ora che tutti se n'erano andati? Beth, Dinny, Harry, anzi, Henry. Ma non mi sono allontanata di molto. Ho l'impressione che questa sia una decisione che avevo già preso. Di tornare a Londra non se ne parlava – sarebbe stato come camminare a ritroso –, e ai margini di Barrow Storton c'era questo cottage in affitto. Non è bello né pittoresco, ma è dignitoso. Una casa su due piani con quattro stanze, costruita negli anni Cinquanta, ultima di una breve schiera di cottage identici. Due camere da letto, così Beth e Eddie possono fermarsi a dormire, e una magnifica vista dalla mia stanza sul davanti. È dalla parte opposta del villaggio rispetto a Storton Manor. Posso abbracciare con lo sguardo l'intera vallata, con Barrow Storton sul fondo e un angolo della tenuta che s'intravede attraverso gli alberi in lontananza, anche se sempre meno, ora che i rami si stanno coprendo di foglie. Da quel punto in poi, è tutto un susseguirsi di colline ondulate che si innalzano fino al tumulo all'orizzonte.

Mi mette molta serenità vivere qui, mi sento a casa. Non ho l'impressione che ci sia qualcos'altro che dovrei fare, o rincorrere, o cambiare. Non sono neppure in attesa di qualcosa, in realtà. Ho fatto della non attesa una questione essenziale. Insegno a Devizes, faccio lunghe camminate, passo a trovare George Hathaway per una tazza di tè e qualche biscotto. A volte mi mancano le persone che frequentavo a Londra, nessuno in particolare, solo l'idea di avere tutti quei volti attorno a me, quell'illusione di compagnia. Qui, però, tendo a prestare molta più attenzione ai pochi che vedo. La gente, da queste parti, non fa parte di una massa indistinta. Ho fatto amicizia con i miei vicini di casa, Susan e Paul, e di tanto in tanto mi offro di fare da baby-sitter per loro gratuitamente, perché le figlie portano pantaloni rattoppati e troppo corti, e non vanno a danza o a judo o a equitazione, né hanno un tappeto elastico nel giardino dietro casa. L'espressione di Susan è passata dal sospetto a una gioia incredula quando gliel'ho proposto. Le bambine sono buone e ubbidienti, il più delle volte. Le porto a fare passeggiate nella natura, sulle colline oppure lungo il fiume, prepariamo torte ai cornflakes e cioccolata calda mentre Susan e Paul vanno al pub, al cinema o a fare la spesa.

Honey sa che sono qui, e lo sa anche Mo. Quando sono tornata a trovare Haydee ho detto loro dove abito, così sono venute a farmi visita tutte e due. Ho lucidato il campanello d'argento ossidato del massaggiagengive di Spad sino a farlo brillare, poi l'ho messo nella culla di Haydee. La piccola l'ha afferrato con la manina paffuta e se l'è infilato subito in bocca. "Era del tuo bisnonno" le ho sussurrato. Ho scritto il mio indirizzo e ho detto a Honey di tenerlo, in caso qualcuno glielo chiedesse. Lei mi ha lanciato uno sguardo franco, serio, poi ha inarcato un sopracciglio, ma non ha detto niente. Ha ripreso la scuola, e Mo passa di qui con Haydee nella carrozzina. Viene a piedi da West Hatch, dice che l'aria fresca e un po' di movimento sono l'unico modo per far dormire la bambina. La rinfranco con una tazza di tè appena arriva a casa mia, il punto estremo del suo tragitto. Mo cammina a papera, le fa male la schiena, e quando giunge da me in genere è accaldata, ma adora Haydee. Mentre preparo il tè, armeggia con la coperta della bambina e non riesce a trattenere un sorriso.

Ho incorniciato la fotografia di Caroline con il figlio e l'ho messa sul davanzale. Non mi sono ancora decisa a darla a mia madre. Sono sempre orgogliosa di aver svelato l'identità del bambino e di avere ricostruito le origini dell'ostilità tra la mia famiglia e quella di Dinny. La mamma è rimasta sbalordita quando le ho raccontato la storia. Non posso dimostrare tutto con assoluta certezza, però so che è vero. Ho deciso che devo apprezzare il fatto di non poter scoprire ogni cosa, di non poter riempire tutti i buchi della storia: perché Caroline tenne nascosto il precedente matrimonio e il figlio, e dove fosse Spad prima di comparire alla tenuta per poi finire tra le braccia amorevoli dei Dinsdale. Certe cose si perdono nel passato, ed è proprio per questo che il passato è così misterioso e ci affascina. Non si perderà più molto, ormai: troppe informazioni vengono registrate, annotate, salvate in un file in qualche computer. Di questi tempi tenere un segreto è più difficile, ma è ancora possibile: Harry ne è la prova vivente. Ho capito che i segreti mi danno molto meno fastidio quando non ne sono esclusa, anzi sono io a custodirli.

Storton Manor è stata venduta all'asta per una cifra che mi ha fatto mancare il fiato per un po', immaginando dove sarei potuta andare e cosa avrei potuto fare con una somma del genere. All'asta è venuto anche Clifford, ma per non farmi vedere mi sono nascosta in fondo alla sala conferenze di un albergo di Marlborough, mentre le offerte rimbalzavano da una parte all'altra, sempre più alte. Il suo tormento si intuiva anche solo vedendo la sua testa, rigida sopra le spalle tese. Ho provato pena per lui. Forse aveva sperato che non si sarebbe presentato nessuno, che nessuno volesse comprarla, così avrebbe potuto accaparrarsela al prezzo di una bifamiliare nell'Hertfordshire e sarebbe andato a raccontare in giro che l'aveva ereditata per diritto di nascita. E invece si sono presentati in molti, e ad aggiudicarsela è stato un imprenditore edile. Ne sta ricavando una serie di appartamenti di lusso, proprio come aveva suggerito Maxwell, perché questa adesso è diventata una zona di pendolari, da Pewsey a Londra e ritorno. Non so figurarmi come saranno gli interni, una volta finiti. Cosa diventerà la mia piccola cameretta sul retro? Una cucina con il banco di granito nero? Un bagno interamente piastrellato? Non riesco a immaginarla, e sarei quasi tentata di andare a vedere un appartamento non appena i lavori saranno terminati, ma non credo che lo farò: non voglio rovinare i miei ricordi.

Penso spesso a Caroline e a Meredith. Penso a quello che disse Dinny, che le persone votate alla prepotenza e all'odio, fredde e aggressive, si comportano così perché sono infelici. È difficile provare compassione per Meredith, visti i ricordi che ho di lei, ma adesso che è morta posso farcela sforzandomi un po'. Dopo aver visto fallire quasi subito il tentativo di fuggire da una casa priva d'amore, la sua vita è stata un susseguirsi di delusioni.

Forse farei ancora più fatica a provare compassione per Caroline, non avendola conosciuta bene e sapendo che decise di abbandonare un bambino per poi crescere una figlia senza darle l'amore che meritava. Sarebbe facile concludere che, semplicemente, non sapeva amare, che non ne era capace, che era troppo fredda per essere umana fino in fondo, che era nata sbagliata. Un giorno, però, ho trovato l'ultima lettera che scrisse prima di morire, e ho cambiato idea.

È rimasta nascosta per settimane nell'astuccio, dopo che ho lasciato la tenuta. Non avendo avuto la possibilità di spedirla, non l'aveva nemmeno staccata dal bloc-notes. È sempre stata lì, dietro la copertina. La sua grafia filiforme si dipana sulla pagina. È datata 1983, non sono specificati il giorno e il mese, e forse quello era il massimo che poteva fare: aveva superato i cento anni, a quel punto, ed era sempre più debole. Sapeva che stava per morire. Magari è per questo che scrisse una lettera, e per qualche istante si scordò che non l'avrebbe mai spedita, che non sarebbe mai stata letta da nessuno, se non fosse capitata tra le mie mani oltre un quarto di secolo dopo.

Mio adorato Corin,

ti ho perduto così tanto tempo fa che non so più quanti anni siano passati. Sono vecchia ormai, abbastanza vecchia da aspettare la morte, ma in verità ho atteso di morire sin da quando ci separammo, amore mio. È strano come i lunghi anni vissuti qui in Inghilterra a volte mi sembrano trascorsi dietro una cortina opaca. Non riesco a rammentare cosa posso aver fatto per riempire tutto questo tempo, non lo ricordo proprio. Invece ricordo ogni secondo passato con te, amore mio, ogni prezioso secondo in cui sono stata tua moglie, in cui siamo stati insieme. Oh, perché sei morto? Perché uscisti a cavallo quel giorno? Ci ho ripensato un'infinità di volte. Ti vedo montare in sella, e tento di modificare i ricordi. Mi convinco di averti rincorso, di averti detto di non andare, di non lasciarmi, perché così non saresti caduto, e non saresti morto, e io non avrei dovuto trascorrere questi lunghi anni bui senza di te. Certe volte mi convinco a tal punto di esserti davvero corsa dietro, di averti davvero fermato, che quando mi rendo conto che non ci sei più rimango sconvolta. Provo un dolore tremendo, eppure continuo a pensarci, ancora e ancora.

Ho fatto una cosa terribile, Corin. Una cosa imperdonabile. Ho cercato di rimuoverla, ma non ho potuto porvi rimedio, e da allora è rimasta con me in tutti questi anni. La mia sola consolazione è stata di non essermi mai perdonata, e senz'altro questa vita che mi è toccato sopportare è stata una punizione sufficiente. E invece no, non può esistere punizione sufficiente per quello che ho fatto. Prego che tu non ne sappia nulla, perché se lo sapessi non mi ameresti più, e sarebbe un colpo troppo duro per me. Prego che non vi sia un Dio, né un paradiso o un inferno, così che tu non abbia potuto guardare giù e non abbia visto i crimini che ho commesso. E non potrò mai raggiungerti in paradiso, se è lì che stai. Senza dubbio la mia anima finirà all'inferno quando morirò. Ma com'è possibile che tu non sia andato in paradiso, amore mio? Eri già un angelo, perfino sulla terra. Quello vissuto insieme a te è l'unico periodo di tutta la mia vita in cui sono stata felice, in cui mi sono sentita grata di essere viva, e da allora ogni cosa è stata cenere e polvere per me. Da quanto tempo giaci in quella vuota prateria? Non ti vedo da un'eternità. Il mondo intero sarebbe potuto nascere e morire di nuovo nel tempo sconfinato trascorso dall'ultima volta che ci siamo toccati.

Vorrei poterti vedere ancora una volta prima di morire. Una parte di me è convinta che sarebbe un segno di onestà, che se il mondo fosse un luogo giusto mi sarebbe concesso di abbracciarti anche solo per un secondo per compensare la tua perdita. Non importa cosa posso aver fatto nella follia della sofferenza, non importa se ho aggravato il mio errore e nemmeno quanto l'ho reso più insopportabile, soprattutto per me stessa. Sarei ben lieta di condannarmi a un'eternità di tormenti solo per vederti un'ultima volta, ma non sarà possibile: morirò, proprio come sei morto tu, e sarò dimenticata. Ma io non ti ho mai dimenticato, mio adorato Corin, marito mio. Qualunque cosa io possa aver fatto, non ti ho mai dimenticato e ho continuato ad amarti, sempre.

Caroline

Ho letto e riletto questa lettera per settimane, dopo averla trovata. L'ho letta fino a impararla a memoria, e ogni singola parola mi ha spezzato il cuore. Ha dentro un tale abisso di rimpianto e dolore che basterebbe a rannuvolare una giornata di sole. Quando sento che si sta impadronendo di me, quando sento di averne assorbito fin troppo, mi torna alla mente Beth. Il suo errore non la perseguiterà più. Mia sorella non peggiorerà le cose, non si lascerà dilaniare per sempre dal rimorso. La catena si è spezzata, ed è anche per merito mio. Me ne rammento, e lascio che il pensiero mi rallegri e mi riempia di speranza. Non saprò mai cos'aveva fatto Caroline, perché aveva preso il suo bambino ed era fuggita in Inghilterra per poi abbandonarlo. C'è però una cosa che noto dopo aver riletto tante volte questa lettera: Caroline non menziona mai il figlio. Se il bambino era suo, e Corin era il padre, perché non ne parla? Perché non cerca di spiegare al suo primo marito cosa l'ha spinta ad abbandonarlo? Potrebbe essere proprio questo il crimine del quale spera che lui non sia mai venuto a conoscenza, ma dev'essere successo prima della sua fuga dall'America, e l'abbandono diventa inspiegabile, veramente incredibile, se si pensa all'amore che Caroline professa per il padre del bambino. Mi torna in mente la ragazza con la pelle scura e i capelli neri come quelli di Dinny alla festa d'estate. Caroline l'aveva chiamata Magpie. Non ne avrò mai la certezza, ma questa mi fa pensare che la mia bisnonna abbia davvero commesso un crimine, e mi spinge a dubitare del presunto legame di parentela che ho sostenuto di avere con Dinny.

Beth è passata a trovarmi un paio di settimane fa. Ho l'impressione che avrebbe preferito se mi fossi sistemata in un altro villaggio, ma si sta abituando all'idea. Ha smesso di rifuggire questo posto.

"Non ti dà fastidio vedere la casa laggiù?" mi ha chiesto. Le espressioni sul suo volto cambiano rapidamente, ora, mentre prima c'era qualcosa che sembrava paralizzare i suoi lineamenti.

Può benissimo darsi che andrò a vivere da qualche altra parte, un giorno. Non aspetto nulla, eppure sento il bisogno di stare dove lui possa trovarmi quando tornerà. Ha tutte le ragioni per farlo, dopo tutto. Molte cose lo legano a questo posto, oltre a me e al mio desiderio di lui: una madre, una sorella, una nipote. Credo che Honey mi avviserebbe, se tornasse.

Sono incredibilmente felice nel vedere i miglioramenti di Beth. Non esistono cure miracolose, è ovvio, però sta meglio. Ora può spartire con Dinny il senso di colpa per quanto è successo, non è più costretta a credere di essere stata la sola a decidere del destino di Henry Calcott. La verità di questa storia e il confine tra il giusto e l'ingiusto sono più vaghi, adesso. Beth non ha spezzato una vita, l'ha soltanto cambiata. C'è persino un sottile margine di dubbio nello stabilire se il cambiamento sia stato in meglio o in peggio. Nessuna cura miracolosa, dunque, ma ora Beth mi parla, mi parlerà di quello che è successo, e da quando si è voltata indietro e ha guardato dritto in faccia il passato non ne è più ossessionata come un tempo. Vedo i suoi progressi e li vede anche Eddie, sebbene non mi abbia chiesto spiegazioni. Non credo che gli importi sapere che cosa sia cambiato, è solo felice di questo cambiamento.

Serve tempo per vedere qualcuno con occhi diversi dopo averlo visto per anni in un determinato modo, o non averlo visto affatto. Continuavo a vedere Harry anche quando Dinny mi esortava a vedere Henry, e continuavo a vedere Dinny come lo avevo sempre visto, come lo avevo sempre amato. Mi dico che gli servirà del tempo per vedermi per quella che sono ora e non come una bambina, o una rompiscatole, o la sorellina di Beth o qualunque altra cosa. Forse non è ancora giunto il momento, ma arriverà, ne sono sicura. C'è stata una disputa sull'appezzamento di terreno dove i Dinsdale hanno il diritto di accamparsi, perché l'imprenditore edile non voleva un mucchio di zingari parcheggiati vicino ai suoi nuovi appartamenti. Alla fine il lotto è stato venduto con il resto del bosco e dei pascoli al proprietario dei terreni adiacenti, un contadino che conosce i Dinsdale da anni, e così la terra dove hanno vissuto per tanto tempo è ancora lì ad aspettarli, ad aspettarlo. È un posto splendido per accamparsi d'estate, verde e ombreggiato, e finalmente indisturbato.

Spero che sarà un'estate calda, in cui abbrustolirsi sotto il sole e giustificare così il languore della mia nuova vita. Un'estate in cui Honey si coprirà di lentiggini, e io preparerò ghiaccioli al limone con le figlie di Susan e Patrick e vedrò la pelle di Dinny abbronzarsi. Un'estate perfetta per sgattaiolare allo stagno e sguazzarci, nuotare e scacciare i fantasmi. Oggi all'ufficio postale è arrivato un pacchetto per me. All'interno, un po' sgretolato, ho trovato un pezzo di corteccia con delle incisioni indecifrabili, fatta eccezione per il nome in basso – HARRY – scritto in lettere sbilenche, spigolose, quasi illeggibili. Un'affermazione, almeno così la intendo, della persona che è adesso, della persona che vuole essere, e un messaggio tacito di Dinny, che l'ha impacchettata e spedita, che sa dove sono e mi sta pensando. Per il momento, sento che questo mi basta.

Ringraziamenti

Il mio affetto e la mia riconoscenza vanno ad Alison e a Charlotte Webb, che hanno sempre letto, criticato e accolto con instancabile entusiasmo il mio lavoro nel corso degli anni, e a John Webb, che non mi ha mai consigliato di trovarmi un lavoro serio!

Ringrazio la WordWatchers di Newbury per il sostegno, i suggerimenti e la fantastica torta.

Un grazie, infine, anche a Edward Smith e ai membri di youwriteon.com per aver fatto leggere, recensire e conoscere il libro, e a Sara e a Natalie di Orion per averlo accompagnato lungo la strada.